Michael Peinkofer
Sieg der Könige

PIPER

Zu diesem Buch

Die Helden des Epos um »Die Könige« ziehen in die finale Schlacht um das Schicksal von Erdwelt: Orks, Elfen, Zwerge und Menschen sehen dem Sieg entgegen – oder ihrer Vernichtung. Denn der Dunkle König ist mächtiger denn je, und sein Kampf um die Krone hat erst begonnen ... Daghan von Ansun und Bertin Zwergenhammer haben das Heer der Fünftausend nach Tirgaslan geführt, um die alte Königsstadt zu erobern. Es gelingt, die Stadt einzunehmen und den Thron zurückzugewinnen. Doch eine Streitmacht von Kaldronen, Orks und Schattendrachen ist auf dem Weg nach Gorta Ruun – und ein Feind, der sich im Körper eines anderen verbirgt, entführt die kleine Prinzessin Alannah. Die Orks Balbok und Rammar nehmen die Verfolgung auf ...

Michael Peinkofer, 1969 geboren, studierte Germanistik, Geschichte und Kommunikationswissenschaften und arbeitete als Redakteur bei der Filmzeitschrift »Moviestar«. Mit seiner Serie um die »Orks« avancierte er zu einem der erfolgreichsten Fantasyautoren Deutschlands. Seine Romane um »Die Zauberer« wurden ebenso zu Bestsellern wie seine Trilogie um »Die Könige«. Seit 2017 begeistert Michael Peinkofer die Leser außerdem mit seiner neuen Reihe um »Die Legenden von Astray« und der Young-Adult-Serie »Phönix«. Weiteres zum Autor: www.michael-peinkofer.de

Michael Peinkofer

SIEG DER KÖNIGE

Roman

Mit einer Karte

PIPER

Entdecke die Welt der Piper Fantasy:

Piper Fantasy.de

Von Michael Peinkofer liegen bei Piper und ivi vor:
Die Könige (Die Könige 1)
Kampf der Könige (Die Könige 2)
Sieg der Könige (Die Könige 3)
Die Legenden von Astray (Serie)
Splitterwelten (Serie)
Phönix (Serie)
Die Zauberer (Serie)
Die Orks (Serie)
Land der Mythen (Serie)
Invisibilis (Serie)
Das Zauberer-Handbuch

FSC
www.fsc.org
MIX
Papier aus verantwortungsvollen Quellen
FSC® C083411

Ungekürzte Taschenbuchausgabe
Mai 2018
ISBN 978-3-492-28164-5

Umschlaggestaltung: Guter Punkt, München
Umschlagabbildung: Dirk Schulz, Bielefeld
Karte: Daniel Ernle
Satz: Satz für Satz, Wangen im Allgäu
Gesetzt aus der Janson
Druck und Bindung: CPI books GmbH, Leck
Printed in the EU

Dramatis Personae

Menschen

Daghan, genannt Dag	Herzog von Ansun
Aryanwen	Königin von Tirgaslan
Alured	Vertrauter Dags
Anghas Ca'Dur	Clansherr, Lord von Tarnag
Catriona Ca'Dur	seine Tochter
Ferghas Ca'Dur	sein Bruder
Yorus Ca'Gor	Clansherr, Lord des Südens
Gall Ca'Dal	Clansherr, Lord des Waldclans
Niall Ca'Bra	Clansherr, Lord des Purpurclans
Conor Ca'Bra	sein Neffe
Dermot von Camory	Ritter des Reiches
Braktas	Fälscher aus Smerada
Zeno	Hauptmann der Stadtwache von Smerada
Suvat Ramil	ein junger Mann mit einem dunklen Geheimnis

Zwerge

Bertin Zwergenhammer	König der freien Zwerge
Waldrada	seine Gemahlin
Dado	sein Berater und Freund
Fredegar Helmknecht	Statthalter von Tirgaslan

Argulf	Kommandant der Garnison von Tirgaslan
Runward Eisenherz	ein Waffenschmied
Gonthar	Zwergenkrieger
Bovo	Zwergenkrieger
Crodegang	Oberpriester des Schattenkults

Orks

Rammar	ein Krieger
Balbok	sein Bruder
Klogionn	König der Orks

Alchemisten und Zauberkundige

Dwethan	ein alter Druide
Seumas	Druide und Zeremonienmeister
Lyrx	ein Wechselbalg
Nagaya	eine Nathaira
Syolan	Chronist von Shakara

sowie

Urkaid Mock-Loor	der Dunkle König

Prolog

Er hatte das Gefühl, in einen bodenlosen Abgrund zu stürzen, dessen tiefe Schwärze ihn verschlang.
Tatsächlich vermochte der Zauberer nicht zu sagen, an welchem Ort oder auch nur in welcher Zeit er sich befand. Zu unvorstellbar war, was geschehen war, selbst für ein Wesen wie ihn, das jahrhundertealt war und vieles gesehen und erlebt, das der Finsternis wiederholt die Stirn geboten hatte.

Dies hier war beispiellos.

Im Augenblick höchster Bedrängnis, als sich in den tiefsten Gewölben der Zwergenfestung Gorta Ruun der Schlund der Unterwelt geöffnet hatte und Tausende von Schattenkriegern auszuspucken drohte, hatte er sich selbst geopfert. Einen anderen Ausweg hatte es nicht gegeben, die Invasion zu verhindern.

Die Legion der Schatten!

Lange hatten die Sterblichen gerätselt, hatten herauszufinden versucht, was es mit jenen Kreaturen auf sich hatte, die so unvermittelt in Erdwelt aufgetaucht waren – die Wahrheit jedoch hatte die ärgsten Befürchtungen noch weit übertroffen. Was die Schattenkrieger antrieb, war die Rachsucht uralter Geister, die sich zu ihren Lebzeiten als sterbliche Kreaturen dem Bösen verschrieben hatten und in blutigen Schlachten gefallen waren; was sie auf frevlerische Weise ins Hier und Jetzt zurückkehren ließ, war neue Lebensenergie, die ihnen zugeführt wurde, indem man sie Unschuldigen raubte, gefangenen Menschen und Zwergen, die daraufhin zu Zerrbildern ihrer selbst wurden, zu leeren Hüllen.

Zu Hunderten waren sie in jenen dunklen Schlund in den Tiefen des Stollens Zor getrieben worden, in dem die Geister der Schattenkrieger lauerten, seit Jahrtausenden in der Dunkelheit gefangen und nach neuen Untaten dürstend. Durch das Wirken dunkler Magie war das Tor zu jener Unterwelt weit aufgestoßen worden, und es war nur noch eine Frage von Augenblicken gewesen, bis die ruhelosen Schemen durch die geraubte Lebensenergie zu neuer Kraft gelangen und wieder stoffliche Form gewinnen würden.

Ein Opfer war notwendig geworden, eine andere Möglichkeit hatte es nicht gegeben.

Mit dem Kristallsplitter in den Händen, der seine ermattenden magischen Fähigkeiten um ein Vielfaches verstärkte, hatte sich der Zauberer in den Schlund gestürzt, den Schattenkriegern entgegen. Die Eruption von positiver Energie, von urtümlicher Schaffenskraft, die jedem Elfenkristall und selbst noch dem kleinsten Splitter innewohnte, hatte die Schatten vertrieben und zurückgedrängt in jene finsteren Tiefen, aus denen sie gekommen waren. Und was noch wichtiger war: Sie hatte das Tor verschlossen, das zwischen der Unterwelt und der Dimension der Sterblichen geöffnet worden war, jene frevlerische, den Gesetzen der Natur spottende Verbindung, die es niemals hätte geben dürfen.

Was dann geschehen war, daran hatte der Zauberer keine Erinnerung.

Das letzte Bild vor seinen Augen war der grelle Lichtblitz gewesen, der die Dunkelheit ringsum verzehrte und das Tor zur Unterwelt einstürzen ließ. Dann waren ihm die Sinne geschwunden, und er hatte die Augen geschlossen in der festen Überzeugung, dass dies das Ende seines für menschliche Begriffe unendlich langen Lebens sein würde.

So vieles hatte er miterlebt.

Den Aufstieg des Elfenreichs, den Glanz der Zwergenherrschaft, die Orks auf dem Höhepunkt ihrer Macht; er war dabei gewesen, als das vereinte Heer von Elfen und Zwergen den Unholden am Schwarzpass Einhalt geboten hatte; er hatte Könige kommen und gehen sehen, Reiche aufsteigen und fallen. Er hatte im Zweiten Krieg gekämpft, hatte mit ansehen müssen, wie Menschen und Orks sich miteinander verbündeten, war Zeuge der Schlacht gegen den Dunkelfen geworden; den Zauberorden von Shakara hatte er ebenso überlebt wie das Elfenreich, hatte von fern gewacht und beobachtet, während die Herrschaft über Erdwelt auf die Menschen übergegangen war und die Krone schließlich auf dem Haupt des Abenteurers Corwyn landete; er hatte den Tod ungezählter Freunde und Weggefährten betrauert, ebenso wie den *farwyla*, den Weggang der Elfen aus der Welt der Menschen.

Ganz allein war er zurückgeblieben. Es war sein Exil, seine Strafe und Chance zugleich – und all diese Zeit, all diese durchlebten und durchwachten Jahrhunderte schienen in diesem letzten Augenblick ihren Sinn und ihre Erfüllung zu finden.

Keine andere Kreatur auf Erden, kein Zwerg, kein Mensch und noch nicht einmal das uralte Schlangenwesen, auf das sie an den Hängen des Schwarzgebirges gestoßen waren, hätte bewerkstelligen können, was ein einziger Weiser, ein ehemaliges Mitglied des Ordens von Shakara, in Verbindung mit einem Elfenkristall vermochte. Die ganze Zeit über war ihm klar gewesen, dass er dieses Opfer würde bringen müssen, diesen letzten Einsatz für die Sterblichen. Und er hatte es gerne getan, hatte die Schuld beglichen, die er einst auf sich genommen hatte.

Doch wie sich zeigte, war es noch nicht vorbei.

Statt im Elysium zu erwachen oder an einem anderen der sieben Orte, an die die unsterbliche Seele zu wandern pflegte, hatte er sich im freien Fall wiedergefunden, schien unentwegt zu stürzen, keinem Ort zugehörig, verloren in der Unendlichkeit zwischen den Welten.

Nur eines konnte er mit Bestimmtheit sagen: *Wo* auch immer er war und *wann* auch immer – er war noch am Leben.

Und der alte Zauberer, den die Menschen unter dem Namen Dwethan gekannt hatten, war nicht sicher, ob dies eine Wendung zum Guten war.

BUCH I

Gwarsha

(Die Belagerung)

I

Mit einem scharfen Atemzug schreckte Daghan aus dem Schlaf.

Wieder einmal hatte der junge Herzog von Ansun einen Albtraum gehabt, und wieder einmal hatte er von Dwethan gehandelt, dem alten Druiden, dem nicht nur er persönlich, sondern alle freien Völker Erdwelts so unendlich viel zu verdanken hatten.

Dag richtete sich auf seiner Schlafstatt auf und wischte sich über die schweißnasse Stirn. Vier Monde waren seit jenen Ereignissen vergangen, aber es war nicht die Hitze des späten Sommers, die Dag den Schweiß aus den Poren trieb und ihn Nacht für Nacht diese Albträume haben ließ. Es war die Last der Verantwortung, das Wissen um das, was geschehen war. Um ruhiger zu werden, atmete er tief ein und aus, roch den fauligen Odem des Waldes und den Geruch der Pferde im nahen Pferch. Ab und an konnte er eines der Tiere schnauben hören, und hier und dort eine leise Stimme.

Dag beruhigte sich. Seine Gedanken jedoch blieben bei Dwethan, dem alten Fuchs, der das denkbar größte Opfer gebracht hatte – sein eigenes Leben.

Mit Wehmut dachte Dag an die Tage zurück, in denen er sich in einem dunklen Loch verkrochen und ein Dasein als Einsiedler gefristet hatte, um nur ja niemals wieder mit der Welt zu verkehren, die ihm so Böses angetan und ihm das Augenlicht geraubt hatte. Es war Dwethan gewesen, der eines Tages vor dem Eingang der Höhle gestanden und ihn ins Leben zurückgeholt hatte*. Und kein anderer als der alte Druide war es auch, der ihm neuen Mut und ein Lebensziel gegeben hatte. Dwethan hatte ihm beigebracht, dass sich der Wert eines Menschen nicht nach seinem Augenlicht bemaß; er hatte ihn gelehrt, auf andere Weise zu sehen und ihm klargemacht, dass die Welt ihn dennoch brauchte und er eine Bestimmung erfüllen würde. Und obwohl sich Dag dieser Erkenntnis lange Zeit verschlossen hatte, hatte er inzwischen erkannt, dass Dwethans Worte die Wahrheit waren.

Manches Rätsel hatte der Druide Dag in den vergangenen beiden Jahren enthüllt. Sein größtes Geheimnis jedoch hatte er fast bis zuletzt verborgen, sie alle mittels eines Blendzaubers getäuscht. Denn Dwethan war in Wirklichkeit kein Mensch gewesen, sondern der letzte Vertreter des Elfengeschlechts in Erdwelt.

Im sogenannten *farwyla*, dem großen Abschied, hatten sich die Elfen vor rund fünfhundert Jahren aus Erdwelt zurückgezogen, um nach neuer spiritueller Kraft und einer Heimat für ihr Volk zu suchen. Wohin sie gegangen waren, wusste niemand, doch seit jener Zeit war kein Elf mehr in Erdwelt gesehen worden. Dwethan jedoch war geblieben, dem Entschluss seiner eigenen Leute zum Trotz, um in all den Jahrhunderten unbemerkt über die Sterblichen zu wachen. Nur sein Name war ein versteckter Hinweis gewesen. Denn in der alten Elfensprache hatte das Wort *dwethan* jene bezeichnet, die vom Schicksal mit einer besonderen, magisch zu nennenden Fähigkeit bedacht worden waren – die Zauberer.

Für Dag stand fest, dass Dwethan solch ein Zauberer –

* siehe DIE KÖNIGE

oder Weiser, wie sie in alter Zeit geheißen hatten – gewesen war. Nur so ließen sich seine besonderen Kräfte erklären, nur so sein ungeheures Wissen um die Rätsel der Vergangenheit. Dag hatte so unglaublich viel von ihm gelernt und dennoch stets das Gefühl gehabt, nur an der Oberfläche seines Wissens zu kratzen – und vielleicht war das auch besser so. Während ihn früher eine schier unstillbare Neugier erfüllt hatte, war Daghan inzwischen zu der Erkenntnis gelangt, dass es besser war, manche Dinge nicht zu wissen.

Wissen bedeutete Last, bedeutete Verantwortung ... und von beidem hatte Dag mehr als genug.

Seit dem Tag, da sich Dwethan in den dunklen Eingeweiden der Festung Gorta Ruun selbst geopfert hatte, wurde Dag fast jede Nacht von diesen Träumen verfolgt, in denen er den alten Zauberer vor sich sah, kopfüber in einen bodenlosen Abgrund stürzend. Waren es wirklich nur Albträume?

Es war nicht das erste Mal, dass Dag derlei Visionen hatte. Seit er sein Augenlicht verloren hatte, hatte er mehrmals Dinge gesehen, die an anderen Orten und zu anderen Zeiten stattfanden, ohne dass er irgendwelchen Einfluss darauf hatte, was er vor seinem inneren Auge sah. Dwethan war überzeugt davon gewesen, dass es sich dabei um eine spezielle Gabe handle, die das Schicksal Dag zugedacht habe – ihm selbst kam es eher wie ein Fluch vor, zumal er in letzter Zeit auch noch andere, noch schlimmere Visionen hatte.

Erschreckende Bilder drängten sich ihm auf, Eindrücke von einer Zukunft, die sie alle erwarten mochte, von einer Welt, die zerstört war und in Trümmern lag, in der die Angst und das Chaos regierten und in der Kreaturen aus dem Reich der Schatten die letzten Sterblichen versklavten.

Dafür zu sorgen, dass diese Bilder niemals Wirklichkeit wurden, war Daghans oberstes Ziel.

In einem jähen Entschluss schwang er sich von dem aus

Strohballen errichteten Lager, das in dem geräumigen, zweckmäßig eingerichteten Zelt für ihn bereitet worden war. Den meisten Kämpfern, die in seinem Heer dienten, stand sehr viel weniger Bequemlichkeit zu Gebote, viele mussten ihr Haupt auf den nackten Boden betten. Und doch hätte Dag gerne mit ihnen getauscht, hätte er dafür nur eine Nacht lang Ruhe gefunden, Schlaf, der frei war von quälenden Bildern.

Es war eine schwüle, mondlose Nacht. Obwohl er keine Kleidung trug, hatte Dag Schweiß auf der Haut. Er griff nach seinem Umhang, legte ihn sich um die Schultern und hüllte sich darin ein. Dann trat er unter dem Vordach des Zeltes hindurch nach draußen, vorbei an den beiden Wächtern, deren alarmierte, wachsame Präsenzen er fühlen konnte.

An einen der Pfosten des Baldachins gelehnt blieb er stehen, sog die feuchte Luft in seine Lungen und lauschte den Geräuschen der Nacht.

Verhaltenes Schnarchen war hier und dort zu hören, das durch die Zeltwände der Unterführer drang, das Scharren von Hufen und gelegentlich ein Schnauben. Ein metallischer Klang ließ vermuten, dass irgendwer seine Waffe schärfte – vermutlich jemand, der ebenso wenig Schlaf fand wie Dag. Und ab und an waren leise Stimmen zu hören. Dag konnte die Worte nicht verstehen – sprachen die Krieger über die gefährliche Lage, in der sie sich alle befanden? Über die Schlachten, die ihnen bevorstanden? Oder unterhielten sie sich einfach nur über ihr Zuhause, über ihre Heimat und ihre Familien, die sie womöglich niemals wiedersehen würden?

Der Gedanke ließ Dag schwermütig werden. Er hatte niemals ein großer Heerführer sein, niemals über Leben und Tod so vieler entscheiden wollen. Aber so, wie sich die Dinge entwickelt hatten, konnte er nicht anders. Das Schicksal hatte ihm keine Wahl gelassen, und nun musste er sehen, dass er der ihm übertragenen Verantwortung gerecht wurde – auch wenn er sehr viel lieber an einem ganz anderen Ort gewesen wäre, und am liebsten auch zu einer anderen Zeit.

Er erinnerte sich noch gut daran, als er das erste Mal hier gewesen und die gewaltigen Mauern von Tirgaslan erblickt hatte. Niemals hätte er geglaubt, dass er eines Tages als Eroberer zurückkehren würde … zumindest als jemand, der sein Heer gegen die Mauern der alten Königsstadt schickte. Über Sieg oder Niederlage würden andere Dinge entscheiden.

Es lag nicht mehr in seiner Hand …

»Aye, findest du auch keinen Schlaf?«

Es war die Stimme von Ferghas, seinem treuen Gefährten, den er zum stellvertretenden Befehlshaber des Heeres ernannt hatte. Anders als Dag stammte Ferghas nicht aus Ansun, sondern gehörte den Clansleuten der Hügellande an, bei denen Dag einst Hilfe gesucht hatte. Mehrfach waren sie dem Tod um Haaresbreite entronnen, hatten viel zusammen durchgemacht – zu viel, um einander noch etwas vorzuspielen.

»Die Geister der Vergangenheit«, gab Dag leise zu, während er weiter so tat, als blickte er hinaus in die Nacht, auf die Zelte des Heerlagers, die sich überall zwischen den Bäumen duckten, auf die Wagen und Pferde – und auf die trutzigen Mauern von Tirgaslan, die sich jenseits davon in den wolkenverhangenen Nachthimmel reckten.

»Mir fehlt der alte Mann ebenfalls«, gab Ferghas unumwunden zu, der offenbar am anderen Stützpfosten des Vorzeltes lehnte. Seinen geräuschvollen, gleichmäßigen Atemzügen nach rauchte er Pfeife. »Irgendwie schien der alte Fuchs immer zu wissen, was zu tun war.«

»Wir wissen es auch«, versicherte Dag. »Nur nicht, ob es uns auch gelingen wird.«

»Aye«, bestätigte Ferghas mit leise grollendem Lachen, »wenn du dich geirrt hast, Herzogsohn, wird die Niederlage so vollkommen sein, dass wir nicht einmal Gelegenheit haben werden, sie zu bedauern.«

»Ich weiß, guter Ferghas. Ich weiß.«

Nachdem sie den Zwergen dabei geholfen hatten, deren alte Feste Gorta Ruun zurückzuerobern und den Einfall der Schattenlegion in die Welt der Sterblichen zu verhindern*, hatte sich das neu formierte »Heer der Fünftausend« gen Süden gewandt. Neben den Zwergen, die von der Schreckensherrschaft Lord Ansgars und seiner Alchemisten befreit worden waren, setzte sich dieses Heer vor allem aus Menschen zusammen, Angehörigen der Hochland-Clans, die nach Jahren des inneren Zwists und kleinlicher Fehden endlich ihren Streit begraben hatten und nun Seite an Seite kämpften. Und da waren die Nathiri, eine Gruppe von Assassinen, die ihrer Anführerin, der schlangenhaften Nagaya, treu ergeben waren. Obschon vergleichsweise gering an Zahl, waren sie sowohl als Kundschafter als auch als Speerspitze eines jeden Angriffs ein unverzichtbarer Teil von Daghans Heer.

Gorta Ruun zu verlassen und sich gegen Tirgaslan zu wenden, war eine logische Entscheidung gewesen. Der Dunkle König, der im fernen Tirgas Winmar Hof hielt, bediente sich dunkler Kräfte, um die Seelen in grauer Vorzeit gefallener Krieger in die Welt der Sterblichen zurückkehren zu lassen. Den Anfang hatten die Schattendrachen gemacht, grausige, fliegende Kreaturen, die zu Beginn nicht mehr als bloße Schemen gewesen waren. Doch je länger sie in Erdwelt weil-

* nachzulesen in KAMPF DER KÖNIGE

ten und je mehr die Macht ihres dunklen Gebieters wuchs, desto wirklicher waren sie geworden. Auch einige Schattenkrieger hatten bereits die Grenze der Unterwelt passiert und verbreiteten in Erdwelt Angst und Schrecken, die große Invasion jedoch hatte durch Dwethans selbstloses Opfer verhindert werden können. Allerdings gab sich Dag keinen Illusionen darüber hin, dass der Dunkle König erneut versuchen würde, sein Heer der Finsternis zu entfesseln.

Ziel des Widerstands musste es daher sein, die Zeit bis zum Eintreffen der Schattenlegion möglichst zu nutzen und in den letzten Monden und Jahren verlorenes Terrain zurückzugewinnen. Tirgaslan, die einstige Königsstadt, die sich von der Küste im Süden bis tief nach Trowna erstreckte, befand sich in der Hand des Feindes, seit der Marionettenkönig Lavan sich gegen den der Finsternis verfallenen Zwergenherrscher Winmar gewandt hatte und diesen in einer gewaltigen Seeschlacht zu vernichten suchte. Die Schlacht war verloren gegangen, weil Winmar die Schattendrachen zu Hilfe rief – seither herrschte ein Statthalter des Königs über die Stadt, und Zwergenkrieger und Orksöldner hielten sie besetzt. Was aus Winmar dem Steinernen geworden war, darüber konnte Dag nur spekulieren – die einen behaupteten, der Dunkle König hätte ihn ermordet und selbst den Thron der Äxte bestiegen, andere meinten, dass Winmar selbst jener Dunkle Herrscher sei, der von seiner fernen Feste aus Erdwelt mit Krieg und Zerstörung überzog.

Dag befürchtete, dass die Wahrheit noch schlimmer und der Dunkle König das war, was aus der Verschmelzung Winmars mit dem uralten Bösen hervorgegangen war, das seit jeher in den Tiefen Erdwelts lauerte – so jedenfalls hatte Dwethan es ihm einst erklärt. Winmar mochte gefährlich gewesen sein, skrupellos in seiner Gier nach Macht und Geltung. Doch niemals hätte er die Kraft oder die Kenntnis besessen, die nötig waren, um die Legion der Schatten aus den Untiefen der Zeit in die Gegenwart zu rufen.

Doch mit dem Gegner hatte sich auch das Ziel des Krieges geändert. Beim Kampf gegen Winmar war es um die Freiheit Erdwelts gegangen, um das Recht der Völker, über sich selbst zu bestimmen. Inzwischen war es ein Kampf um das nackte Überleben geworden …

»Noch zwei Stunden bis zum Morgengrauen«, meinte Ferghas.

Dag nickte.

Zwei Stunden.

Dann begann der Angriff …

»In meiner Truhe«, sagte er leise, »befindet sich ein Schriftstück. Falls ich diesen Tag nicht überlebe, soll es der Königin übergeben werden.«

»Aye«, sagte Ferghas nur. Sie alle hatten Vorbereitungen getroffen, die freien Zwerge unter dem Kommando ihres neuen Königs Bertin Zwergenhammer ebenso wie die Menschen.

Letzte Liebesbezeugungen.

Letzte Gedanken.

Letzte Grüße.

Dags Worte galten seiner geliebten Aryanwen, der rechtmäßigen Königin von Tirgaslan, und ihrer gemeinsamen Tochter Alannah. Beide waren in Gorta Ruun geblieben, zusammen mit den Frauen, Kindern und Alten – und mit zwei Orks, die sich bereit erklärt hatten, das Leben der kleinen Alannah mit dem ihren zu schützen.

Normalerweise hätte Dag auf das Versprechen zweier Unholde einen feuchten Kehricht gegeben, in diesem Fall jedoch verhielt es sich anders. Denn Balbok und Rammar hatten Alannah zwei Jahre lang beschützt und sie an Eltern statt aufgezogen. Zwar merkte man das dem Kind zum Leidwesen seiner Mutter noch immer deutlich an, die Hauptsache jedoch war, dass es überlebt hatte, allen Nachstellungen zum Trotz. Denn der Dunkle König trachtete dem Kind nach dem Leben, das die Blutlinien beider Herrscherhäuser der Menschen in sich vereinte und zudem Elfenblut in seinen Adern hatte. Dwethan hatte stets behauptet, dass dieses Kind die letzte Hoffnung für Erdwelt sei, also waren Alannah und ihre Mutter in Gorta Ruun geblieben. Zwar gab es in diesen Tagen keinen Ort in ganz Erdwelt, der tatsächlich sicher gewesen wäre, doch versprach die Abgeschiedenheit der Zwergenfeste sehr viel größeren Schutz als ein Feldlager vor feindlichen Mauern.

Noch knapp zwei Stunden bis zum Hornsignal.

Zwei Stunden …

Wenn Dag sich konzentrierte, konnte er von jenseits des Heerlagers das Hämmern der Schmiedehämmer hören und das Klopfen der Zimmerleute. Fredegar Helmknecht, der von Winmar eingesetzte Statthalter von Tirgaslan und Oberkommandierende der Garnison, hatte Anweisung gegeben, die Stadtmauern mit allen Mitteln zu sichern und die Verteidigungsanlagen zu verstärken – und ganz sicher hatte er bei seinem dunklen Herrscher auch Verstärkung angefordert.

Es würde also schnell gehen müssen.

Wenn Dag und die Seinen nicht innerhalb kürzester Zeit die feindliche Verteidigung durchbrachen, würde ihr Schicksal besiegelt sein, denn einen langwierigen Kampf vor Tirgaslans Mauern würden sie nicht durchstehen. Und wenn das Heer der Fünftausend vor den Mauern der Königsstadt vernichtet wurde, dann starben mit ihm auch alle Hoffnungen, denn dann gab es nichts mehr, das zwischen den Legionen der Dunkelheit und den letzten freien Kreaturen Erdwelts stand. Dann, dachte Dag bitter, würden auch ihre beiden Orkleibwächter Alannah nicht mehr vor dem Zugriff des Bösen bewahren können …

Der neue Tag, der fern im Osten heraufdämmerte, würde die Entscheidung bringen.

2

Statthalter?«

Fredegar Helmknecht stand auf dem steinernen Balkon des ehrwürdigen Palasts von Tirgaslan und starrte hinaus in die allmählich verblassende Nacht. Der Gedanke, dass just an dieser Stelle schon gekrönte Häupter gestanden und über die Dächer und Türme ihrer Stadt geblickt hatten, hatte etwas Erhebendes … Zuerst die Könige der Elfen, unnahbar in ihrer Unsterblichkeit; später dann die Herrscher der Menschen, die die Stadt erweitert und vergrößert hatten, bis sie sich schließlich vom Meer bis tief in den Wald von Trowna erstreckte, ein gewaltiges steinernes Band. Darüber zu herrschen, war ohne Frage ein Privileg – eines, das er sich nicht nehmen lassen würde. Am allerwenigsten von ein paar hergelaufenen Aufständischen, die jenseits der Ostmauer ihr Lager aufgeschlagen hatten …

»Statthalter«, erklang es noch einmal.

Ein unwirsches Pfeifen ausstoßend, fuhr Fredegar herum. Argulf stand vor ihm, der Kommandant der Garnison. Wie immer verriet seine verkniffene, fast zur Gänze hinter einem ergrauten Bart verborgene Miene nicht, was in seinem schimmernd behelmten Kopf vor sich ging.

»Berichtet, Oberst«, verlangte Fredegar.

»Die Späher sind soeben zurückgekehrt, Statthalter. Sie glauben, dass die Aufständischen im Morgengrauen angreifen werden. Alle Zeichen sprechen dafür.«

»Ach ja?« Fredegar schnaubte in seinen Bart, der weit über

das samtene Gewand hing und bis zu dem breiten, goldverzierten Gürtel reichte. »Sollen sie doch. Diese Rebellen werden vor meinen Mauern ein grausames Ende finden. Ihr kindischer Angriff wird schon bald zurückgeschlagen sein, und sie werden in ihrem eigenen Blut ertrinken.«

Argulfs Züge verrieten noch immer keine Regung, und es kam auch kein Wort der Zustimmung.

»Zweifelt Ihr etwa daran, Oberst?«, begehrte Fredegar auf. »Haben wir nicht alle denkbaren Vorbereitungen getroffen, um diesen feigen und ungerechtfertigten Angriff zurückzuschlagen?«

»Das haben wir.«

»Haben wir nicht die Bollwerke verstärkt? Die wehrfähigen Männer zu den Waffen gerufen? Und sind unsere Waffenkammern nicht bis zum Bersten mit Pulver und Munition gefüllt?«

»Auch das ist wahr«, kam Argulf nicht umhin einzuräumen, »und dennoch …«

»Was?«

»Ich weiß nicht, Statthalter.« Der altgediente Offizier wich Fredegars forschendem Blick aus und starrte stattdessen zu Boden. »Die Sache will mir nicht gefallen«, rückte er heraus. »Ich habe oft gegen Menschen gekämpft, seit Anbeginn des Krieges, auch in der Schlacht um Ansun … und wenn ich eines gelernt habe, dann dass man niemals den Fehler begehen darf, sie zu unterschätzen. Zumal, wenn Zwerge an ihrer Seite kämpfen, Söhne des Berges, genau wie wir.«

Fredegar lachte heiser auf. »Was für Zwerge? Ein Verräter, der sich selbst zum König gekrönt hat, und seine nicht weniger verräterische Anhängerschaft …«

»… die Lord Ansgar getötet und seine Alchemisten aus Gorta Ruun vertrieben hat«, brachte Argulf in Erinnerung. »Bertin Zwergenhammer ist nicht irgendein hergelaufener

Rebell, Statthalter, sondern ein erfahrener Kämpfer, der bei seinen Leuten hohes Ansehen genießt. Man muss die Bedrohung ernst nehmen.«

»Dann nehmt sie ernst, wenn Ihr müsst«, empfahl Fredegar ohne Zögern. »Ich jedenfalls habe Wichtigeres zu tun. Denn der Dunkle Herrscher erwartet Erfolge – und wenn ich sie ihm nicht liefere, wird er sich einen anderen Statthalter suchen. Aber bildet Euch nicht ein, Argulf, dass unsere Köpfe dann noch auf unseren Schultern sitzen.«

Der Oberst blickte weiter betreten zu Boden.

Er schien zu verstehen.

»Wie viele Aufständische sind da draußen?«, wollte Fredegar schließlich wissen.

»Nach unserer Schätzung an die fünftausend – mehr als Zwergenkrieger in der Garnison sind.«

»Dafür haben wir noch die Orksöldner, die ich Tag für Tag bezahle«, brachte der Statthalter in Erinnerung. »Und vergessen wir die Hilfstruppen nicht.«

»Die Orks stehen auf der Seite dessen, der sie am besten bezahlt«, konterte Argulf unbeeindruckt. »Und die Hilfstruppen bestehen aus dem, was von der einstigen Stadtwache übrig geblieben ist. Es sind Menschen, und wir sollten uns keinen Illusionen hingeben, was ihre Loyalität betrifft – sobald sie eine Chance sehen, sich gegen uns zu erheben, werden sie es tun.«

»Dann sorgt dafür, dass sie bei der Axt bleiben«, wies Fredegar ihn an und strich eine Falte glatt, die sich in seinem fellgesäumten Samtrock gebildet hatte.

»Und wie?«

»Muss ich Euch das wirklich erklären?« Der Statthalter warf dem Offizier einen mitleidigen Blick zu. »Schließlich seid Ihr von uns beiden der Soldat, und nicht ich. Aber bitte, wie Ihr wollt – treibt zwanzig beliebige Männer auf einem der Plätze zusammen. Behauptet, dass Ihr sie dabei erwischt hättet, wie sie versuchten, über die Mauer zu fliehen und sich dem Feind anzuschließen. Dann lasst sie enthaupten. Die Köpfe spießt über den Mauern auf, sodass es alle sehen können. Ich versichere Euch, das wird seine Wirkung nicht verfehlen.«

»Meint Ihr?« Argulf schaute verunsichert auf.

»Denkt Ihr, ich scherze?«

»Sicher nicht.«

»Gut so.« Fredegar wandte sich schnaubend ab und blickte wieder auf die nächtliche Stadt hinaus. Noch war alles ruhig, die Luft angenehm warm und mild. Bald schon würde der Geruch von Blut sie tränken und der Gestank von verbranntem Pulver. Das Krachen von Donnerbüchsen würde zu hören sein und das Grollen von Winmars Faust, die mit vernichtender Wucht unter die Angreifer fuhr und sie vernichtete – und dieser Feigling von einem Obristen wollte ihm ernstlich erzählen, dass Gefahr bestand?

»Ihr seid ein Narr, Argulf«, sagte Fredegar.

»Statthalter?«

»Wisst Ihr, warum man mich Helmknecht nennt? Wie meine Ahnen zu diesem Namen kamen?«

»Nein«, gab der andere zu.

»Es geschah zur Regierungszeit König Dorgans«, eröffnete Fredegar.

»Des Wahnsinnigen?«

»So nannten sie ihn – aber vielleicht wurde er auch nur missverstanden und war seiner Zeit in Wahrheit weit voraus.«

»Indem er Männer im Dutzend kastrieren ließ?«

»Nun, wie auch immer – jedenfalls besuchte König Dorgan eines Tages die Minen, in denen mein Vorfahr arbeitete. Als plötzlich Gestein von der Decke rieselte, bekam es der

König, der keinen Helm trug, mit der Furcht zu tun und forderte einen seiner Berater auf, ihm doch seinen Helm zu geben. Als der Mann zögerte, weil er selbst fürchtete, von herabfallendem Gestein erschlagen zu werden, trat kurzerhand mein Urahn vor und gab dem König seinen eigenen Helm. Der König nahm das Geschenk dankbar entgegen – und kurz darauf stürzte tatsächlich ein Teil der Stollendecke ein.«

»Und?«, fragte Argulf. »Was geschah?«

»Dem König gar nichts, wie Ihr aus den Geschichtsbüchern wahrscheinlich wisst. Und auch mein Vorfahr ging unbeschadet aus der Sache hervor.«

»Obwohl er keinen Helm trug? Wie das?«

»Just in dem Augenblick, als der Steinschlag einsetzte, nahm mein Urahn seinen Hammer zur Hand und schlug ihn dem Berater ins Genick, der zuvor den Wunsch des Königs abgelehnt hatte. So kam er zu einem Helm und blieb ebenfalls unverletzt. Sobald sich der Steinschlag jedoch legte und der König sah, was mein Urahn getan hatte, musste er herzlich lachen und beschied ihm, dass dies echte Zwergenart sei.«

»Jemanden hinterrücks zu erschlagen?«, fragte Argulf wenig überzeugt.

»Nein – dem Wunsch seines Herrschers zu entsprechen und dabei dennoch am Leben zu bleiben. König Dorgan war so beeindruckt von der Tat meines Ahnen, dass er ihn mitnahm und zu seinem neuen Berater ernannte. Und weil er ihm so trefflich gedient hatte, nannte er ihn fortan Helmknecht.«

»Das wusste ich nicht.«

Der Statthalter nickte. »Sich dem Willen seines Herrschers zu verweigern, bringt keinen Vorteil«, belehrte er seinen Untergebenen. »Erst recht nicht in unserem Fall.«

»Was meint Ihr?«

Fredegar lächelte schwach. »Ihr seid Soldat, Oberst Argulf. Eure Aufgabe ist es, Befehle zu empfangen und nicht, Euch Gedanken über jene zu machen, die sie Euch erteilen. Aber selbst Ihr müsst doch bemerkt haben, dass sich die Dinge geändert haben. Dass König Winmar sich geändert hat.«

»Nun«, meinte der Obrist, »ich gebe zu, dass …«

»Winmar war ein schlauer Fuchs, daran besteht kein Zweifel«, fiel Fredegar ihm ins Wort. »Er hat die Gelegenheit, sich selbst auf den Thron zu bringen, genutzt und das Zwergenvolk zu neuen Höhen geführt, und wir alle, die wir in seiner Gunst standen, haben davon profitiert. Doch inzwischen, so fürchte ich, hat sich vieles geändert. Winmar ist im fernen Tirgas Winmar, und wie es heißt, hat ihn dort kaum jemand je zu Gesicht bekommen. Nur Crodegang, dem Oberpriester des Schattenkults, und einigen seiner Anhänger ist es gestattet, den Dunklen Herrscher von Angesicht zu sehen.«

»Und? Was folgert Ihr daraus?«

»Dass Winmar nicht mehr der ist, der er einst war. Die dunklen Mächte, die er durch seine Alchemisten heraufbeschwören ließ, sind ihm zum Verhängnis geworden. Dieser geheimnisvolle Kult, diese Schattenkreaturen – das alles ist nicht sein Werk. Unser König ist, so fürchte ich, selbst zu einem Werkzeug geworden, zu einem Spielball einer fremden Macht, die in der Lage scheint, der Finsternis selbst zu gebieten.«

Argulf blieb eine Antwort schuldig. Dass er nicht widersprach, schien zu bestätigen, dass auch er schon über diese Dinge nachgedacht hatte; sie jedoch so offen zu hören, noch dazu aus dem Mund eines königlichen Statthalters, erschütterte ihn sichtlich. »U-und das bedeutet?«, fragte er schließlich.

Fredegar sah ihn durchdringend an. »Dass wir in dem Sturm, der dieser Welt bevorsteht, auf der richtigen Seite stehen sollten, mein Freund – andernfalls werden wir ihn nicht überleben.«

»Und welche ist die richtige Seite?«

»Die des Siegers«, erwiderte der Statthalter ohne Zögern, »und wir wissen beide, wer am Ende der Sieger in diesem Konflikt sein wird. Deshalb müssen wir uns als würdig erweisen. Keines Rebellen Fuß darf diese Stadt betreten, Oberst, habt Ihr das verstanden?«

»Ja, Statthalter.«

»Unser dunkler Herrscher blickt auf uns, womöglich gerade jetzt, in diesem Augenblick. Wir wollen ihn nicht enttäuschen, wie Ansgar es in Gorta Ruun getan hat. Ich will leben, Oberst, und meinem König dienen«, fügte Fredegar grinsend hinzu. »Genau wie mein Ahne.«

3

Das Lagerfeuer knisterte. Sein flackernder, orangeroter Schein beleuchtete die Gesichter der beiden Männer, die im Wald ihr Lager aufgeschlagen hatten.

Der eine hörte auf den Namen Alured.

Er war ein Westmensch, groß gewachsen und sehnig. Die Kleidung, die er am Körper trug, war abgetragen und zeugte von langer Wanderschaft, ebenso die wildledernen Stiefel. Eine Narbe verlief quer über die von blondem Haar umrahmten Gesichtszüge und verlieh ihm ein verwegenes Aussehen.

Der andere Mann war ungleich jünger, beinahe noch ein Knabe; seine zierliche Gestalt, sein schwarzes Haar und die schmalen Augen verrieten, dass er aus dem fernen Osten stammte, aus den Landen jenseits der See.

Sein Name war Suvat Ramil.

In seine Decke gehüllt lag Suvat am Feuer und schlief, während Alured Wache hielt. Mit einem Stück Ast stocherte er im Feuer, das er vorsorglich in einer Grube entzündet hatte. Flammen, die schon von fern zu sehen waren, konnten in diesen unruhigen Zeiten leicht den Ausschlag geben zwischen Tod oder Leben. Und Alured hatte schon zu viele Fährnisse überstanden und war zu weit gekommen, als dass er sich jetzt noch aufhalten lassen wollte.

Ursprünglich waren sie drei Gefährten gewesen. Auch der ruchlose Zwerg Vigor, der Alureds gesamte Familie ausgelöscht hatte und mit dem er sich dennoch notgedrungen verbündet hatte, hatte dazugehört. Doch Vigor war tot. Sie hatten seinen Leichnam in dem Boot gefunden, in dem sie erwacht waren, nachdem sie aus Tirgas Winmar entkommen waren – wie sie in dieses Boot gelangt, wie sie überhaupt aus den Fängen des Dunklen Königs und seiner Häscher entkommen waren, wusste Alured nicht, und Vigor konnte er nicht mehr fragen.

Von Smerada aus, wo sie geholfen hatten, die dort gefangenen Sklaven zu befreien*, waren Alured und Suvat den nördlichen Handelswegen gefolgt und hatten das Gebiet der Hügelclans aufgesucht, um Daghan von Ansun zu finden, Alureds Freund und Lehnsherrn, den er vor den Vorgängen in Tirgas Winmar warnen wollte. Doch sie hatten Daghan nicht mehr angetroffen. Über seinen Verbleib machten wilde Gerüchte die Runde, und was Alured und sein junger Begleiter in den Tavernen und Wegstationen hörten, trug nicht unbedingt zur Klarheit bei. Angeblich, so hieß es, war Daghan nach Gorta Ruun gezogen, wo er den Zwergen dabei geholfen hatte, das Joch der Zwangsherrschaft durch die Alchemisten abzuschütteln. Andere behaupteten, er wäre an der Spitze einer Streitmacht von Menschen und Zwergen gen Süden marschiert, um Tirgaslan zu befreien und die Königskrone zurückzugewinnen.

Alured wusste nicht, was davon der Wahrheit entsprach, aber nachdem sie den Ausläufern des Scharfgebirges bereits ein gutes Stück nach Westen gefolgt waren, waren sie der Zwergenfeste im Augenblick näher als der alten Königsstadt, also hatte er sich entschlossen, zunächst dort nach Dag zu suchen. Und vielleicht, so hoffte er, würde auch *sie* dort sein.

Catriona.

* vgl. KAMPF DER KÖNIGE

Fast war ihm, als könnte er die Züge der jungen Kriegerin vom Clan Ca'Dur in den Flammen des Lagerfeuers vor sich sehen. Nur eine kurze Zeit der Zweisamkeit war ihnen vergönnt gewesen, ehe das Schicksal sie getrennt hatte. Mehr als zwei Jahre lag dies nun zurück. Was aus Catriona geworden war, wusste er nicht, und je mehr Zeit verging, desto größer wurde seine Angst, dass sie einander womöglich niemals wiedersehen würden, die Clanstochter aus den Hügellanden und der Krieger aus Ansun …

Alured lachte freudlos auf, verspottete sich selbst für seine Sentimentalität. Hatten die Ereignisse der letzten Jahre, der Krieg und all die anderen schrecklichen Dinge nicht eindringlich gezeigt, dass für zarte Gefühle kein Platz war in dieser Welt? Warum nur hielt er dennoch weiter daran fest?

Mit einem Seufzen brach er den Ast in der Mitte entzwei und warf die Überreste in die allmählich verblassenden Flammen. Der Himmel, der sich hoch über den Wipfeln der Bäume spannte, hatte das Schwarz der Nacht abgelegt. Von Osten dämmerte der neue Tag herauf, nur vereinzelt funkelten noch Sterne.

Alured griff in den weichen Boden und warf mehrere Handvoll Erdreich in die Grube, um das Feuer zu löschen. Dann beugte er sich zu Suvat hinüber, um ihn zu wecken.

»Bruder?«

Es dauerte einen Moment, bis der Jüngere zu sich kam. Dann jedoch war er sofort hellwach. Er riss die schmalen Augen auf und schoss in die Höhe, die Hand am Griff des Dolchs. »Was? Wer …?«

»Schon gut.« Alured winkte ab. »Es ist nichts weiter. Die Nacht ist zu Ende. Wir brechen auf.«

Suvat schien geträumt zu haben, und womöglich wähnte er sich noch immer dort. Verwirrt schaute er sich auf der Lichtung um, dann erst schien die Erinnerung zu ihm zurückzukehren. »Du hast mich nicht zur Wache geweckt«, stellte er dann fest.

»Nein«, gab Alured zu, der bereits dabei war, seine Sachen zusammenzupacken. Ein Streifen Dörrfleisch als Frühstück musste genügen, nicht weit entfernt gab es eine Quelle, dort würden sie ihren Durst löschen und die Feldflaschen füllen.

»Warum nicht?«

»Weil ich nicht müde war«, entgegnete Alured schulterzuckend. »Und weil ich den Eindruck hatte, dass du ein wenig Schlaf ganz gut brauchen konntest.«

Der Blick, den Suvat ihm schickte, verriet wenig Dankbarkeit, dafür umso mehr Zorn. »Was geht es dich an?«, fuhr er Alured an. »Du bist nicht meine Mutter!«

Alured schürzte die Lippen. Zornesausbrüche wie diese kamen in letzter Zeit häufiger vor. »Nein, mein Freund«, beschwichtigte er, »das bin ich nicht. Aber ich dachte, dass du vielleicht erschöpft …«

»Hör auf, für mich zu denken!«, ereiferte sich der Jüngere. »Ich kann sehr gut für mich entscheiden, verstanden?«

Alured schluckte ob der Abneigung, die ihm entgegenschlug. Kein Zweifel, Suvat hatte sich verändert. An manchen Tagen war von dem gutmütigen, hilfsbereiten Jungen, den Alured in Tirgas Winmar aus der Gewalt der Schattenpriester befreit hatte, kaum noch etwas wiederzuerkennen. Und Alured wurde das Gefühl nicht los, dass dies auch seine Schuld war.

Er hätte sich nicht darauf einlassen dürfen, als Suvat ihm anbot, ihn auf seiner Suche nach Daghan zu begleiten. Die Gründe, die der Junge angeführt hatte – dass er tief in Alureds Schuld stehe und ihm sein Leben verdanke, und dass er deshalb erst nach Hause zurückkehren dürfe, wenn er seine Schuld beglichen hätte – hatten ihn zutiefst berührt, und so hatte er sich einverstanden erklärt. Allerdings ohne zu ahnen, auf welche Irrfahrt der Junge und er sich begeben würden. Die Entbehrungen der langen Reise, die ständige Bedrohung durch Orks und Schattendrachen, das Grauen eines vom Krieg gezeichneten Landes – all das war wohl zu viel für Suvat gewesen. Äußerlich mochte er noch immer der Junge sein, dem Alured das Leben gerettet hatte. Innerlich jedoch hatte er sich sehr verändert – und nicht zum Guten …

»Ich weiß«, versicherte Alured und hob beschwichtigend die Hände, »die letzten Wochen haben dich zum Mann reifen lassen, schneller, als dir lieb sein konnte. Vielleicht wäre es doch besser gewesen, wenn du …«

»Wenn ich was? Dir nicht gefolgt wäre?«, schnappte Suvat, der ebenfalls dazu überging, seine Decke einzurollen und das wenige Gepäck in einem ledernen Beutel zu verstauen.

»Vielleicht.« Alured nickte.

»Ich habe es dir schon einmal gesagt, und ich sage es dir wieder.« Energisch zog der Junge den Beutel zu. »Ich hatte keine andere Wahl, als dir zu folgen. Die Gesetze meines Volkes verpflichten mich dazu. Außerdem will ich meinen Teil dazu beitragen, gegen diese Schattenkreaturen zu kämpfen und den Dunklen König, der sie ins Leben gerufen hat.«

»Nicht jeder ist ein Krieger«, wandte Alured ein.

»Das ist wahr«, räumte Suvat ein – und schoss vom Boden hoch, wobei er in einer blitzschnellen, fließenden Bewegung seinen Dolch zückte. »Aber ich schon.«

Alured wusste nicht, ob er darüber lächeln oder bestürzt sein sollte. In jedem Fall nahm er sich vor, auf seinen jungen Begleiter, der ihm in mancher Hinsicht die verlorene Familie ersetzte, gut aufzupassen.

Die grässliche Wahrheit, die hinter Suvats verändertem Verhalten steckte, ahnte er nicht.

4

Der neue Tag war noch nicht ganz angebrochen, als der Angriff auf Tirgaslan begann.

Nicht mit einer frontalen Attacke.

Nicht mit lautem Gebrüll und Trommelschlag.

Nicht mit Leitern und Rammen.

Sondern mit dem Wind, der des Morgens über die Ebene von Trowna strich; der die Bäume des Waldes rauschen ließ und sich schließlich an den gewaltigen, jahrhundertealten Mauern brach. Denn dieser Wind trug sie empor, hinauf in die Wolken, die über den Türmen der Stadt hingen und sie den Blicken der Verteidiger entziehen würden – so lange, bis es zu spät sein würde, um Alarm zu schlagen.

Dado stand vorn am Bug des Luftschiffs, das nach Plänen Daghans von Ansun gebaut worden war. Als Sohn der Berge war ihm schon der Gedanke suspekt, sich in einem Boot auf dem Wasser zu bewegen; sich jedoch an Bord eines noch ungleich abenteuerlichen Vehikels geradewegs in die Lüfte zu schwingen, war in den Augen des jungen Zwergenkriegers ausgemachter Wahnsinn – warum er sich dennoch darauf eingelassen hatte, vermochte er selbst nicht mehr zu sagen.

Neugier war es jedenfalls nicht gewesen – Dado gehörte nicht zu der Sorte Zwerg, die ihre knollenförmige Nase gerne in anderer Leute Angelegenheiten steckten oder auch nur etwas Neues ausprobierten; schon eher Loyalität seinem Freund Bertin gegenüber, der zum König der freien Zwerge gewählt worden war und für diese Mission Freiwillige gesucht hatte.

Dado war nicht der Einzige, der dem Kommando angehörte. Auch Runward Eisenherz zählte dazu, ein weiterer Kampfgefährte Bertins, der auch bei der Befreiung Gorta Ruuns dabei gewesen war; dazu die beiden absonderlichsten Wesen, denen Dado jemals begegnet war. Da war zum einen Nagaya, die geheimnisvolle Schlangenfrau; zum anderen Lyrx, ein Wechselbalg, der in der Lage war, sein Erscheinungsbild nahezu beliebig zu verändern – im Augenblick hatte er die Gestalt eines Zwergenkriegers der Gegenseite angenommen, mit dem verhassten Axtsymbol auf den Schulterstücken seiner Rüstung, das zum Zeichen für Unfreiheit und Unterdrückung geworden war.

An diesem Morgen würde es die Freiheit bringen.

Vorausgesetzt, der Plan gelang.

Dado konnte nicht behaupten, dass ihm das Prinzip, aufgrund dessen sie sich in luftiger Höhe befanden, besonders einleuchtete. Eine riesige Blase, die aus der Seide der Höhlenraupe genäht worden war, war mit heißer Luft gefüllt worden und dadurch aufgestiegen. An ihrer Unterseite hing eine Gondel, die in etwa so lang und breit war wie ein Nachen und fünf Passagieren Platz bot: Dado vorn am Bug, dazwischen Lyrx und Runward. Nagaya, deren menschlicher, mit einer ledernen Rüstung bekleideter Torso auf ihrem eingerollten Schlangenkörper ruhte, kauerte im Heck der Gondel. Ihr gegenüber hockte ein Mensch, einer von Daghans Leuten, der das Steuer bediente und das Luftschiff hart an den Wind brachte. Die Taue knarrten, die Insassen fühlten einen kalten Luftzug – dann wurde es völlig windstill. Die Strömung hatte das Schiff aufgenommen und trug es durch die Wolken.

Während über ihnen alles in dämmrigem Grau verschwamm, konnte Dado unten am Boden Einzelheiten ausmachen – Haine und Lichtungen, dazwischen die Zelte der Belagerer, die sich in den Niederungen duckten; Baumwipfel, die unter dem Luftschiff vorüberwischten, einige davon beängstigend nah.

Anders als die meisten Angehörigen seines Volkes konnte Dado nicht behaupten, schwindelfrei zu sein – der Blick in die tiefen Abgründe Gorta Ruuns hatte ihm schon als Kind schwer zugesetzt. Entsprechend hätte er es auch jetzt vermeiden sollen, hinunterzusehen, aber der Anblick war zu faszinierend. Bis zuletzt hatte sich Dado nicht vorstellen können, wie ein Vogel durch die Lüfte zu reisen – nun erfüllte ihn trotz seiner Höhenangst regelrechte Euphorie. Dado fühlte sein Herz schneller schlagen und bekam einen Moment lang das Gefühl, unbesiegbar zu sein – auch wenn ihm klar war, dass die Äxte und Donnerbüchsen der Verteidiger dieses Gefühl jederzeit als verhängnisvollen Irrtum entlarven konnten.

Noch immer hatte die Dämmerung nicht ganz eingesetzt. Graues Zwielicht herrschte, aus dem sich schemenhaft die Umrisse von Tirgaslan schälten.

Trutzige, schräg ansteigende Mauern.

Runde, von spitzen Dächern gekrönte Wachtürme.

Dahinter ein Häusermeer, das sich im morgendlichen Nebel verlor – und davor das große Osttor.

Ihr Ziel.

Die Wehrgänge auf den Mauern waren durch hölzerne Barrikaden verstärkt worden, zwischen den Zinnen ragten Donnerrohre hervor, die bereit waren, Tod und Verderben auf die Angreifer zu spucken. Der Versuch, das Tor durch eine frontale Attacke zu erstürmen, wäre reiner Wahnsinn gewesen, ein aussichtsloses Unterfangen – der Plan, den König Bertin und Herzog Daghan geschmiedet hatten, sah jedoch etwas anderes vor. Es fühlte sich seltsam an, nach all den Jahren, in denen die Menschen die Feinde der Zwerge gewesen waren, nun Seite an Seite mit ihnen zu kämpfen. Doch in den letzten Wochen hatte Dado feststellen müssen, dass vieles, was er über die Menschen zu wissen glaubte, nicht der Wahrheit entsprach. Um seine eigene Herrschaft zu festigen und den Krieg gegen die Menschen zu rechtfertigen, hatte Winmar gezielt Lügen über sie verbreitet, und das Zwergenvolk hatte ihm bereitwillig geglaubt … Aber wenn dieser Tag zu Ende ging, so dachte Dado grimmig, würde hoffentlich alles anders sein …

Der Steuermann brachte das Luftschiff aus dem Wind und verlangsamte seine Fahrt. Umgeben von Morgennebel und tief hängenden Wolken bewegte sich das Fluggefährt auf das Tor zu, das aus einem mächtigen, von wuchtigen Zinnen gekrönten Turm bestand. Darauf war ein weiteres Donnerrohr errichtet, und Wachen patrouillierten auf und ab. Nicht mehr lange, und sie würden das Luftschiff entdecken.

Dann kam es darauf an …

»Aye. Nun werden wir sehen, was der Plan wert ist.«

Anghas Ca'Dur, Lord von Tarnag und Herr des Roten Clans, saß auf dem Rücken seines Schlachtrosses, dessen sehniger Körper mit ledernem Rüstzeug gepanzert war. Das Tier, das die Anspannung seines Reiters zu spüren schien, tänzelte unruhig und warf den Kopf vor und zurück, während es geräuschvoll schnaubte und weiße Dampfwolken in die kühle Morgenluft blies. Anghas selbst trug die traditionelle, ebenfalls aus Leder gefertigte Rüstung der Hochländer, die leicht war und schnelles Reiten ermöglichte. Nur auf dem Haupt trug er einen metallenen, mit einem Nasenschutz versehenen Helm, unter dem das angegraute Haar hervorquoll. Das dunkle Augenpaar spähte zu den Mauern Tirgaslans hinüber und zu dem mächtigen Tor, das sich dort erhob, nur rund vierhundert Schritte entfernt und in Dunkelheit und Nebel doch nur schemenhaft zu erkennen …

»Vertrauen scheint nicht Eure Stärke zu sein, Lord Anghas«, meinte Bertin Zwergenhammer, der neben ihm im Dickicht lauerte, ebenfalls auf dem Rücken eines Pferdes sitzend – das gleichwohl sehr viel kleiner war als der prächtige Hochland-Hengst des Clansherren.

»König Bertin«, knurrte Anghas, ohne seinen Blick von der Mauer und dem Tor zu nehmen, »seid versichert, wenn ich Euch und dem Jungen nicht vertrauen würde, dann wären meine Leute und ich nicht hier. Und die anderen Clans ebenfalls nicht.«

»Ihr habt Euren Streit begraben, um einen größeren und weit gefährlicheren Feind zu bekämpfen«, erwiderte Bertin, der eine Rüstung aus Zwergensilber trug und dazu einen Helm mit herabgezogenen Wangen, der direkt auf seinen breiten Schultern zu sitzen schien. Der dunkle Bart war kunstvoll geflochten, ein Zeichen seiner Königswürde. »Dafür wird Euch das Volk der Berge immer dankbar sein.«

»Nein, Zwerg«, widersprach Anghas. »Wir sind es, die zu danken haben – denn ohne Euch und Euren Mut hätten in Gorta Ruun noch immer die Alchemisten das Sagen.«

»Wir alle sind einen weiten Weg gegangen«, meinte Bertin.

»Aye«, stimmte der Clansherr zu, »und ich frage mich, ob … Seht!« Er hatte fast Mühe, sein schnaubendes und mit den Hufen scharrendes Pferd zu halten. »Es beginnt!«

Nicht nur Anghas und König Bertin, sondern auch die anderen Kämpfer, die sich am Saum des Waldes entlang verbargen, hielten den Atem an. Im fahlen Licht der Dämmerung war zu sehen, wie ein riesiges Etwas in einem waghalsigen Sturzflug aus den tief hängenden Wolken fiel – ein Luftschiff!

»Mögen die Alten Könige mit ihnen sein«, hauchte Bertin atemlos.

»Aye«, knurrte Anghas Ca'Dur, »und die Ahnen des Roten Clans gleich mit.«

5

»Pfeile!«, ordnete Nagaya an.

Sie selbst und Lyrx griffen zu den Bogen, die sie meisterlich zu gebrauchen verstanden, Dado und Runward nach ihren Armbrüsten, die bereits fertig gespannt waren.

Ein fauchender Luftzug war zu vernehmen, als die Gondel tiefer sank. Durch Fetzen von Dunst und Nebel schien sie dem Turm entgegenzustürzen – und in diesem Moment erblickten die Wachen das unwahrscheinliche Gefährt.

Wären es Reiter gewesen, die sich aus dem grauen Halbdunkel schälten, oder Fußkämpfer mit Leitern, so hätten die Zwergenkrieger augenblicklich Alarm geschlagen. So jedoch standen sie einen Augenblick lang wie versteinert, die Münder unter den Bärten vor Staunen weit aufgerissen ...

... und dieser Augenblick kostete sie das Leben.

Lautlos schossen die Pfeile und Bolzen von den Sehnen und streckten die Wachen nieder. Der Krieger, den Dado anvisiert hatte, wurde in die Brust getroffen und von der Wucht des Einschlags niedergerissen. Noch ehe Dado und Runward dazu kamen, ihre Armbrüste nachzuladen, hatten Nagaya und Lyrx bereits ein zweites und ein drittes Mal geschossen – und die Turmplattform war von gedrungenen Körpern übersät, die sich mit Pfeilen gespickt am Boden wanden.

Nun ging alles blitzschnell.

Dado und die anderen warfen die Seile, an denen sie blitzschnell hinabglitten. Auf den Wehrgängen hatte man das riesige Gebilde, das über dem Tor schwebte, inzwischen fraglos bemerkt, doch wussten die Soldaten offenbar nichts damit anzufangen – war es ein feindlicher Angriff? Oder eine neue Kriegsmaschine aus der Werkstatt der Alchemisten?

Dado ließ das Seil los und sprang. Weich federnd kam er auf der Turmplattform auf, dicht gefolgt von seinen Kameraden – während das Luftschiff über ihnen bereits wieder in die Höhe stieg. Sie gaben sich keinen Illusionen hin, dass die Verwirrung der Verteidiger jeden Augenblick enden und sie Alarm schlagen würden – die Zeit bis dahin jedoch wollten sie bestmöglich nutzen.

Kurzerhand trat Lyrx vor einen der von Pfeilen niedergestreckten Krieger, drehte ihn auf den Rücken und betrachtete sein Gesicht – gleichzeitig veränderten sich seine eigenen Züge, bis sie exakt denen des Toten entsprachen. Dann huschte er zu der Öffnung, die ins Innere des Turmes führte, und stieg die gewundene Treppe hinab. Nagaya folgte ihm, indem sie auf ihrem Schlangenkörper lautlos in die Tiefe glitt.

»Hättest du mir das vor einem Mond gesagt, ich hätte es nicht geglaubt«, raunte Dado Runward zu.

»Hättest du mir das vor einem Mond gesagt«, konterte der schwarzbärtige Schmied trocken, »hätte ich dich ohne Federlesens erschlagen.«

Sie folgten ihren Gefährten in die dunkle Tiefe des Turmes, ohne zu wissen, was sie dort erwartete. Schon nach wenigen Schritten über die steile, linksgewundene Steintreppe hörten sie Stimmen. Lyrx hatte die Ebene erreicht, auf der sich die Winde für das Fallgitter befand.

»Was gibt es?«, hörten sie einen Wachsoldaten brummen.

»Das Tor steht offen«, meldete Lyrx in der Gestalt des Kriegers aufgebracht.

»Blödsinn!«, blaffte ein anderer.

»Ach ja? Dann seht doch selbst nach!«

Polternde Schritte waren auf den Holzbohlen zu hören, als die beiden Wachen zu den Schießscharten stürzten, um hinauszusehen – kaum wandten sie Lyrx den Rücken zu, stürzte sich dieser auf sie, dicht gefolgt von Nagaya und den beiden Zwergen. Der Kampf war ebenso kurz wie heftig, nur wenige Herzschläge später lagen die Torwächter – es waren insgesamt vier – in ihrem Blut, und Runward und Dado waren bereits dabei, die Winde zu betätigen, mit der sowohl das Fallgitter als auch das schwere Tor geöffnet wurden.

Fast im selben Moment waren draußen Schüsse zu hören, das laute Krachen einiger Donnerbüchsen, die vermutlich gegen das Luftschiff abgefeuert wurden – Dado hoffte, dass der Mensch das Gefährt inzwischen schon außer Reichweite der Geschosse gebracht hatte. Gleichzeitig war von draußen wütendes Geschrei zu hören und das Poltern von Schritten – und nur Augenblicke später stürmte ein ganzer Trupp kampfbereiter Zwergenkrieger in die Turmkammer.

»Was hat das zu bedeuten, Nurmur?«, polterte ihr Anführer. Sein Blick zuckte fiebrig zwischen Lyrx, der Winde und Nagaya hin und her, die ihm mächtig Angst einzuflößen schien.

»Wonach sieht es denn aus?«, fragte die Schlangenfrau lächelnd dagegen.

»Männer! An die Wa…!«, schrie der Zwergenkrieger – weiter kam er nicht.

Denn noch bevor er seine Axt heben konnte, hatte Lyrx das Blatt seiner eigenen Waffe in seine Brust gesenkt. Die übrigen Zwerge – es waren mehr als ein Dutzend – starrten die Eindringlinge entsetzt an, unternahmen jedoch keinen Versuch, sie anzugreifen und den Tod ihres Anführers zu rächen. Denn längst schon hatte die Nathaira ihren Zauber entfaltet.

Ihren Blick fest auf die feindlichen Krieger gerichtet,

drang die Schlangenfrau in ihre Gedanken ein und zwang ihnen ihren Willen auf.

»Eure Aufgabe ist es, dieses Tor bis zum letzten Atemzug zu verteidigen«, redete sie ihnen ein. »Es muss um jeden Preis offen bleiben, hört ihr? Egal was geschieht!«

»Egal was geschieht«, echoten die Zwerge, deren Blicke einen entrückten Ausdruck angenommen hatten – ihre Mienen waren dafür umso entschlossener.

Kaum hatte Nagaya sie entlassen, stürmten sie wieder hinab und warfen sich unter wüstem Gebrüll ihren Kameraden entgegen, die mitbekommen hatten, dass sich das Tor öffnete, und es wieder schließen wollten. Donnerbüchsen krachten und schlugen auf die kurze Distanz furchtbare Wunden, dann kamen die Äxte zum Einsatz. Ein furchtbares Gemetzel entbrannte unter den Wachen, während Dado und Runward ihre Arbeit zu Ende führten und die Winde weiterdrehten, bis die Zahnräder des Mechanismus mit lautem Klicken einrasteten.

Nagaya konzentrierte sich, griff mit ihren Gedanken über die Mauern von Tirgaslan hinaus in den Wald, wo das Heer der Rebellen wartete – und sandte das Signal.

»Jetzt!«

Bertin hatte sich gefragt, wie es sein würde, wenn er Nagayas Stimme in seinem Kopf hörte. Doch in dem Augenblick, da die Schlangenfrau zu ihm sprach, wusste er sofort, was die Stunde geschlagen hatte.

»Angriff!«, brüllte er aus Leibeskräften und riss den Hammer seines Vaters empor, der den Namen Martog trug und zum Symbol des Kampfes gegen den Dunklen König geworden war.

Anghas Ca'Dur tat es ihm gleich, ebenso wie die anderen Clanlords, die in unmittelbarer Nachbarschaft bei ihren

Kriegern waren und nur auf den erlösenden Befehl gewartet hatten. Signale erklangen, der spröde Ton der Hörner, in die die Clansleute stießen, vereinte sich mit dem blechernen Klang zwergischer Kriegstrompeten zu einem infernalischen Heulen, das durch Mark und Bein ging und weithin zu hören war. Gleichzeitig setzte Trommelschlag ein, und Tausende von Kehlen verfielen in wildes Gebrüll.

Bertin gab seinem Kriegspony die Sporen, und auch Anghas Ca'Dur gab seinem stolzen Ross nun endlich den Weg frei. Wie eine Urgewalt brach es aus dem Unterholz hervor, schoss hinaus auf das freie Feld, flankiert von Dutzenden weiterer Reiter. Niall Ca'Bra war unter ihnen, der Häuptling des Purpurclans, sowie Yorus Ca'Gor, der Herr des Südens, der das grüne Banner seines Clans ins Feld führte. Beide Clanlords, vor nicht allzu langer Zeit erbitterte Gegner Anghas Ca'Durs, kämpften jetzt gemeinsam. Und auch die anderen der insgesamt zwölf Clans von den Ca'Deig hoch im Norden über das Feuervolk der Ca'Tein bis hin zu den Todeskämpfern des Clans Ca'Bas stürmten Seite an Seite. Vor dem großen Ziel, ihre Heimat und ihre Welt gegen einen erbarmungslosen Feind zu verteidigen, mussten Rivalitäten und kleingeistiger Streit zurückstehen. Es war das Verdienst Daghan von Ansuns, die Stämme des Hochlands vereint zu haben – ob diese Einheit, die beispiellos war in der Geschichte, in die Freiheit führen würde oder nur in Tod und Untergang, würde sich nun entscheiden.

Hinter den Clansherren preschten weitere Reiter aus dem Wald, Menschen zumeist, aber auch schwer gepanzerte Zwerge. Auf donnernden Hufen überwanden sie das freie Feld, das sie von den Mauern Tirgaslans trennte, während hinter ihnen bereits das Fußvolk aus dem Wald stürmte und die Bogenschützen von Menschen und Zwergen hundertfachen Tod von ihren Sehnen schnellen ließen.

Sehen konnte man die Pfeile nicht, die in steiler Bahn in die tief hängenden Wolken stiegen und darin verschwanden – aber hören. Ein vielfaches Pfeifen und Sirren, das die heranstürmenden Reiter überholte und schließlich mit entsetzlichem Prasseln und Bersten über die Verteidiger hereinbrach. Manche der Geschosse zersplitterten an den Zinnen, andere flogen zu weit. Doch viele fanden auch ihr Ziel. Zahlreiche Verteidiger wurden getroffen und verschwanden hinter der Mauer, andere wurden in Deckung gezwungen, sodass sie keine Gegenwehr leisten konnten. Dort jedoch, wo man hölzerne Hurden über den Wehrgängen errichtet hatte, waren die Verteidiger vor feindlichem Beschuss geschützt. Und von dort schlug den Reitern jetzt flammendes Verderben entgegen.

Als das erste Donnerrohr krachte, hatte Bertin das Gefühl, sein Kopf müsste platzen. Trotz des Helmes, den er trug, war der Lärm gewaltig. Bertins Pony wieherte und bäumte sich auf, nur mit Mühe konnte er es am Durchgehen hindern.

Dann kam der Einschlag.

In den Anfangstagen dieser neuen Waffe, die die Alchemisten mithilfe dunkler Magie ersonnen hatten, war sie »Winmars Faust« genannt worden – und genau das war sie auch. Denn wie der Hieb einer gigantischen unsichtbaren Faust fuhr sie in die Reihen der Angreifer, zerfetzte Menschen, Zwerge, Tiere, ehe sie sie in einem lodernden Feuerball verzehrte. Ein Regen des Grauens prasselte auf das Feld herab, zusammen mit verbranntem Erdreich, das aus dem Boden gerissen worden war.

Für einen Augenblick geriet der Ansturm ins Stocken, selbst an den Außenflanken, wo die Wirkung des Einschlags kaum zu spüren gewesen war. Die Wirkung war verheerend, aber es gab keinen Weg zurück. Bertin war klar, dass noch mehr Einschläge folgen und noch mehr Angreifer einen schrecklichen Tod sterben würden – dennoch gab es keine Umkehr. Wenn der Angriff jetzt abbrach, war alles verloren, folglich gab es nur eine Richtung.

Nach vorn …

»Vorwärts!«, rief er mit Donnerstimme, während er sein eigenes Pony antrieb und weiter auf das offene Tor zustürmte. »Für Erdwelt und die Freiheit!«

»Erdwelt und die Freiheit!«, nahmen Anghas Ca'Dur und die Krieger des Roten Clans die Losung auf, und schon pflanzte sie sich nach allen Seiten fort – ein Aufbäumen ungebrochenen Willens gegen die Zerstörungskraft der Donnerrohre.

Einen Augenblick später krachte die Nächste der furchtbaren Waffen. Wieder fuhr ihr Geschoss in die Reihen der Angreifer, wieder streckte sie unzählige davon nieder. Doch im Wissen, dass eine Flucht ihr Ende erst recht besiegelt hätte, hielten die Krieger diesmal weiter auf das Tor zu.

Vom Waldrand her stiegen erneut Myriaden von Pfeilen auf, und auch einige Donnerbüchsen krachten, so als wollten sie bekunden, dass auch den Angreifern die neue Technik zu Gebote stand. Die Kraft der kleinen Geschosse war freilich weitaus geringer. Zwar zwangen sie die Verteidiger erneut in Deckung und sorgten dafür, dass Winmars Faust für einige wertvolle Augenblicke nicht erneut zuschlug, aber als sie es dann doch wieder tat, war die Wirkung umso verheerender, denn die Reiter hatten sich bis auf kurze Distanz genähert, und die Donnerrohre entfesselten ein wahres Inferno. Gleich mehrere Feuerbälle hintereinander loderten auf, Erdreich wurde in die Höhe geworfen und klatschte nieder, vermischt mit den Überresten jener Elenden, die zur falschen Zeit am falschen Ort gewesen waren.

Vor allem Krieger des Purpurclans waren betroffen. Niall Ca'Bra, ihr Häuptling, ritt an der Spitze, wie die Tradition es vorsah – die Eisenkugel, die aus dem Schlund des Donnerrohrs fegte, riss ihm den Kopf von den Schultern, ehe sie mit Urgewalt in die Reihen seiner Sippe schlug und dort schrecklich wütete. Verletzte brüllten heiser um Hilfe, brennende Pferde galoppierten wie lebende Fackeln davon.

Unbändige Wut packte Bertin, als er sah, welche Verheerung Winmars Waffen anrichteten. Zugleich überkam ihn tiefe Scham. Denn es waren Zwerge, die sich dort oben auf den Wehrgängen verschanzten und hundertfachen Tod über die Angreifer hereinbrechen ließen. Und mit dem Triumphgeschrei der Verteidiger und den Schreien der Verwundeten kamen die Zweifel.

Bertin hatte Schreckliches durchlitten. Er war dabei gewesen, wie sein Bruder von Winmars Schergen grausam getötet worden war, und während seiner Zeit im Widerstand hatte er dem Tod mehr als einmal ins Auge geblickt. Er hatte Dinge gesehen und erlebt, die sich unauslöschlich in sein Gedächtnis eingebrannt hatten, doch stets hatte ihn dabei die Hoffnung aufrechterhalten, dass es eine andere, bessere Zukunft geben könnte und noch nicht alles verloren war. Aber an diesem Morgen, in diesem Augenblick, da erneut ein Geschoss mit fürchterlicher Wucht unter die heranstürmenden Menschen und Zwerge fuhr und ein stolzer Clansmann, der nur wenige Armlängen entfernt von Bertin ritt, von Trümmerstücken durchsiebt wurde, schien jede Hoffnung weit entfernt.

Wohin Bertin auch blickte, er sah nur Tod und Verderben. Allenthalben krachten Donnerrohre, heulten Kriegshörner und schrien Verwundete. Das Sterben war allgegenwärtig, und der Pulverdampf, der über dem Schlachtfeld lag, wurde so dicht, dass Bertin die Orientierung verlor und sein Pony zügelte. Gehetzt blickte er sich um.

Das Tor – wo war es?

Stand es überhaupt noch offen?

Wo waren Anghas und seine Männer? Wo seine Widerstandskämpfer? Waren sie überhaupt noch am Leben oder waren sie bereits im Feuersturm vergangen, den der Feind entfesselte? Wie, so fragte er sich panisch, hatten sie nur jemals annehmen können, gegen diese Mauern, gegen diese furchtbaren Waffen bestehen zu können? Ein schrecklicher, folgenschwerer Selbstbetrug …

Bertin betete.

Nicht zu den Ahnen, wie es unter Zwergen gebräuchlich war; nicht zu den Geistern aus den Tiefen des Berges, wie man es in früherer Zeit getan hatte, oder zu den unsterblichen Seelen der Alten Könige, deren Gesichter im Stein der Sieben Säulen verewigt waren; Bertins Gebet war an etwas gerichtet, von dem er noch nicht einmal wusste, ob es existierte … die Vorstellung von einer größeren, höheren Macht, die über Erdwelt wachte und die den Ausgleich, die Balance der Elemente zum Ziel hatte. Etwas wie dies hier konnte, durfte sie nicht zulassen …

Wieder schlug ein Geschoss in nicht allzu weiter Entfernung ein, Dreck und Erdreich regneten auf Bertin herab. Und in diesem Augenblick höchster Verzweiflung, als er kurz davorstand, der Panik nachzugeben und allen Vorsätzen zum Trotz schreiend die Flucht zu ergreifen, erhielt er ein Zeichen.

Zumindest kam es ihm wie ein Zeichen vor, als die dichte Wolkendecke, die sich über der Ebene von Tirgaslan gesammelt hatte, plötzlich aufriss und ein dünner Sonnenstrahl hindurchbrach, der Bertin ins Gesicht fiel und ihn blendete.

Die Sonne stand noch nicht hoch, war eben erst über den Rand der Berge geklettert. Aber sie ließ Bertin erkennen, wo Osten war. Jäh erinnerte er sich, dass er noch immer auf dem Rücken seines Ponys hockte, wenn auch verdreckt und gebeugt – und als wäre das Licht des neuen Tages ein Versprechen, das man ihm gegeben hatte, erfüllte es ihn mit neuem Mut.

»Für Erdwelt und die Freiheit!«, erhob er seine Stimme, und ihr heiserer, aber kräftiger Klang bestärkte ihn noch zusätzlich. Wie in Trance riss er am Zügel und gab dem Tier die Sporen, das brav gehorchte und ihn davontrug, über das rauchverhangene und von leblosen Körpern übersäte Feld, der aufgehenden Sonne entgegen, die schon im nächsten Moment wieder im Grau der Wolken verschwand.

Dafür tauchten die Umrisse des Tores auf, und durch seine vom beißenden Rauch tränenden Augen erkannte Bertin, dass die beiden Flügel noch immer offen standen.

Ein heftiges Gefecht war dort im Gang!

Den Hammer Martog zum Schlag erhoben, legte Bertin auch noch den letzten Rest Weges zurück – und fuhr wie ein Berserker in die Reihen der Verteidiger.

Der Schild eines Zwerges, der in vorderster Reihe stand, ging zu Bruch, als Martog darauf traf. Der Soldat taumelte zurück und riss zwei seiner Kameraden um, und sofort setzte Bertin in die geschlagene Bresche. Die beiden Zwergenkrieger endeten unter den stampfenden Hufen des Ponys.

Bertins nächster Gegner war ein Mensch, der ursprünglich wohl zur Stadtwache von Tirgaslan oder zur königlichen Garde gehört hatte und nun auf der Seite des Statthalters kämpfte. Der Mann war mit einer Hellebarde bewaffnet, die er nach Bertin schwang, doch die Waffe war zu lang und zu sperrig, als dass er sie im Getümmel wirkungsvoll hätte einsetzen können. Der Hieb verfehlte Bertin, dafür setzte der Zwergenkönig nach und schlug dem Mann mit dem Hammer vor die Brust. Mit zerschmettertem Brustkorb sank der Krieger nieder, doch hinter ihm tauchten zwei weitere Soldaten auf – hatten die Menschen denn noch nicht begriffen, dass sie auf der falschen Seite kämpften? Dass sie einen neuen Anführer hatten, der letztlich auch für ihre Freiheit stritt?

Für diese beiden würde die Erkenntnis sicher zu spät kommen. Entschlossen gingen sie gegen Bertin vor, der zurückweichen musste. Das Pony bäumte sich auf, gab für einen Moment den ungeschützten Bauch preis – und einer der Männer nutzte die Gelegenheit und rammte ihm seinen Spieß tief in den Leib. Das Pony brach zusammen und riss Bertin zu Boden, der aus dem Sattel fiel und dabei seinen Helm verlor. Entsprechend hart stieß er sich und war für einen Moment der Ohnmacht nahe. Als er wieder etwas erkennen konnte, sah er den anderen Soldaten über sich. Die Augen unter dem Rand des Helmes loderten in schierer Mordlust, während er mit dem Schwert ausholte, um Bertins Brust zu durchbohren.

Bertins Augen weiteten sich vor Entsetzen, er erwartete den tödlichen Stoß – aber er kam nicht.

Denn plötzlich fiel ein Schatten auf den Soldaten, und einen Herzschlag später wurde der Gegner selbst von einem Schwerthieb ereilt, der tief in seine Schulter fuhr und ihn tödlich getroffen niedersinken ließ.

Hinter ihm stand Lord Anghas, die herben Gesichtszüge blutbesudelt. »Wo hast du dich rumgetrieben, Zwergenkönig?«, rief er über das Kampfgeschrei und das Klirren der Waffen hinweg. »Du verpasst noch dein eigenes Ende!«

Er streckte Bertin eine blutige Hand entgegen, die dieser dankbar ergriff, und zog ihn auf die kurzen Beine. In diesem Moment langte das Fußheer der Rebellen am Tor an und damit endlich auch Bertins eigene Leute. Sofort setzte er sich an ihre Spitze, und in einer keilförmigen Formation drangen sie in den Kordon der Verteidiger ein. Mit ihren Schilden schoben sie sie vor sich her und brachten sie zu Fall, ehe sie mit ihren Äxten zuschlugen und erbarmungslos Ernte hielten. Die Wachsoldaten, Zwerge wie Menschen gleichermaßen, erschraken über die Wucht des Angriffs und wichen zurück – und dies führte die Wende im Kampf um das Osttor herbei.

Die Angreifer brachen durch.

Nicht nur hinter dem Tor, von wo aus sie in die Straßen der Stadt ausschwärmten, sondern auch auf den von Schanzkleidern überdachten Wehrgängen, die sie nun nacheinander einnahmen. Im Nahkampf waren die mächtigen Donnerrohre völlig nutzlos – und diejenigen, die die furchtbaren Waffen abgefeuert und damit Dutzende von Angreifern in den Tod gerissen hatten, bekamen nun den Zorn der Überlebenden zu spüren.

Bertin selbst führte einen der Trupps an, ließ Martog wütend über den Köpfen der Schützen kreisen und mit furchtbarer Wucht niederfahren. Überall auf den Wehrgängen wurden die leblosen Geschützbesatzungen von den Zinnen gestürzt, bis sich der gesamte Mauerabschnitt in der Hand der Rebellen befand – und von der obersten Plattform des Turmes aus ließ Bertin einen Brandpfeil abschießen, der steil in den morgendlichen Himmel stieg.

Es war das Signal an Daghan.

Das Zeichen, den nächsten Schritt zu wagen.

6

Nun sieh sich einer das an.«

Ferghas, der alte Hochländer, mit dem zusammen Dag schon so viel durchgestanden hatte, schnaubte geräuschvoll in seinen Bart.

»Was?«, wollte Daghan ungeduldig wissen. Sehen konnte er schließlich nichts, seit Winmars Schergen ihn geblendet hatten, und manchmal waren seine übrigen Sinne, die er seither weiter ausgebildet und entwickelt hatte, nicht von Nutzen.

»Sie haben es geschafft. Der Zwergenkönig und dieser Dickschädel von meinem Bruder haben es tatsächlich geschafft.«

»Das Signal?«, fragte Dag hoffnungsvoll.

»Aye, das verdammte Signal«, bestätigte Ferghas.

»Dann los!«, befahl Dag, während er bereits merkte, wie der Boden unter seinen Füßen zu schwanken begann, und die beiden Luftschiffe, die sich in einem Hain nordwestlich von Tirgaslan verborgen hatten, in die Höhe stiegen.

Dag hörte das Rauschen des Waldes, spürte die kühle Luft in seinem Gesicht, während es weiter hinaufging, bis über die Kronen der Bäume.

Er erinnerte sich, wie Tirgaslan aussah, jener steinerne Moloch, der sich von der Küste im Süden bis hinauf zum Palast erstreckte, der einst der Ursprung der Königsstadt gewesen war. Viele Zeitalter reichte dies zurück, bis in die Zeit der Hochelfen. Seither hatte die Stadt viel erlebt und große

Veränderungen durchlaufen, und manches Mal war um die ehrwürdigen Mauern erbittert gekämpft worden.

So wie heute.

Vielleicht würde man diesen Tag in kommenden Jahrhunderten als den Tag in Erinnerung behalten, an dem Menschen und Zwerge das Joch der Tyrannei gemeinsam abschüttelten ... oder er würde als der Tag in die Geschichte eingehen, da der Angriff auf Tirgaslan misslang und der Untergang der freien Völker besiegelt wurde. Beides war möglich, der Grat zwischen Erfolg und Misserfolg war so schmal wie eine scharf geschliffene Klinge, und niemand wusste zu sagen, was der Tag bringen würde.

Auch Dag nicht.

Dwethan der Zauberer hatte ihm gesagt, dass er eine Fähigkeit besaß, eine seltene Gabe, in der alten Sprache *reghas* genannt, die darin bestand, Dinge zu erfühlen und zu erahnen, die sich an weit entfernten Orten abspielten, sie bisweilen sogar zu sehen. Doch diese Gabe ließ sich nicht willentlich steuern. Um die Zukunft zu ergründen, gab es nur eine Möglichkeit ...

Am Bug der Gondel stehend, die jetzt in den Wind drehte und auf den Schwingen der Morgenbrise reiste, zog Dag sein Schwert.

Die Zukunft musste zur Gegenwart werden.

Und diese Gegenwart musste man leben.

Überleben ...

»Noch mehr Brandpfeile!«, meldete Ferghas, der das Steuer des kleinen Luftschiffs bediente. Das zweite Luftschiff, das ebenfalls von der Lichtung aufgestiegen war, befand sich links von ihnen. Dag konnte die Befehle hören, die der Kapitän seinem Steuermann zurief.

»Wo?«, wollte Dag wissen.

»Über der Kaserne der Garnison«, meldete der Veteran,

der kein geringerer als der Bruder von Anghas Ca'Dur war, dem Häuptling des Roten Clans. »Rauch steigt von dort auf.«

»Sie gehen vor wie vereinbart.« Dag nickte.

Der Plan, den er gemeinsam mit König Bertin, Nagaya und den Clansherren ausgearbeitet hatte, sah vor, nach dem Einfall in die Stadt zunächst die in der Nähe des Osttors gelegene Garnison anzugreifen. Zwar war nicht zu erwarten, dass die von einer trutzigen Mauer umgebene Feste kampflos übergeben würde, aber der Feind würde auch nicht mehr dazu kommen, weitere Kämpfer in die Schlacht zu schicken. Und womöglich gelang es Dag und seinen Gefährten ja, in der Zwischenzeit die Entscheidung herbeizuführen.

Unwillkürlich musste Dag an seinen Vater denken, Herzog Osbert von Ansun, der mit Leib und Seele Krieger gewesen war, ein Kämpfer durch und durch. Die meiste Zeit seines Lebens hatte Osbert seinen Sohn für einen weltfremden Spinner gehalten, hatte seine Ideen und Visionen als Hirngespinste verlacht – dass es in Wahrheit der Beginn eines neuen Zeitalters war, hätte der alte Herzog wohl niemals für möglich gehalten. Erst kurz vor seinem Tod hatte er seinen Irrtum zu ahnen begonnen – und nun, zwei Jahre später, war es womöglich Dags spinnerte Erfindung, die bewerkstelligte, was Osbert sein Leben lang vergeblich versucht hatte.

Tirgaslan zu erobern, war stets sein ehrgeizigstes Ziel gewesen – erreicht hatte er es nie. Und Dag hatte nicht vor, aus diesem Versäumnis eine Familientradition zu machen …

»Palast in Sicht!«, meldete Ferghas.

»Entfernung?«

»Vierzig Schiffslängen! Wir …« Weiter kam der Clansmann nicht, verfiel stattdessen in eine wüste Verwünschung, während gleichzeitig ein Flirren zu vernehmen war. »Pfeile!«, fügte er überflüssigerweise hinzu – Dag war bereits hinter der Bordwand der Gondel in Deckung gegangen. Fast gleichzeitig erklang ein helles Krachen, einem Sommergewitter nicht unähnlich. Donnerbüchsen, erkannte Dag, noch ehe Ferghas ihn abermals warnte. Dann war schon das Heulen der metallenen Geschosse zu hören, die in den Himmel stachen – aber die Schüsse waren zu schnell und zu hastig abgegeben worden, als dass sie die Gondel getroffen oder gar das Korbgeflecht durchschlagen hätten.

Natürlich, dachte Dag, würde die Blase getroffen werden, der mit heißer Luft gefüllte Körper, unter dem die Gondel an starken Tauen hing. Doch die kleinen Löcher, die dadurch entstanden, waren nur Nadelstiche – und in Kürze würden sie sowieso zum Sinkflug ansetzen.

»Siehst du die Kuppel?«, brüllte Dag über das Lärmen weiterer Schüsse hinweg. Vereinzelt waren jetzt auch Schreie aus der Tiefe zu hören – das Auftauchen der beiden riesenhaften Gebilde am Himmel schien die Soldaten des Statthalters in Panik zu versetzen, ob es nun Zwerge oder die von ihnen unterdrückten Menschen waren.

»Aye«, meldete Ferghas zurück, »die ist schwer zu übersehen. Noch zwanzig Schiffslängen!«

»Bereithalten!«, schrie Dag, worauf die vier anderen Clanskämpfer, die mit ihnen in der Gondel kauerten, ebenfalls die Schwerter zückten. Ferghas brüllte den Befehl zum anderen Schiff hinüber, das mit von Bertin eigens ausgewählten Zwergenkriegern besetzt war, den besten der besten.

Und das eine gefährliche Fracht an Bord trug …

»Zehn Schiffslängen!«, meldete Ferghas.

Wieder krachten Schüsse, und diesmal waren die Einschläge zu spüren. Die Gondel erzitterte, als sich mehrere Bleistücke in das Weidengeflecht bohrten, es jedoch glücklicherweise nicht durchdrangen.

Sowohl die Clansmänner als auch die Zwerge im anderen Boot erwiderten den Beschuss. Pfeile und Armbrustbolzen hagelten auf die Verteidiger nieder, die auf den Balkonen und Balustraden des alten Elfenpalastes standen, auf den die beiden Luftschiffe zuhielten. Zwar trafen sie kaum, doch diente der Beschuss vor allem dazu, die Verteidiger an weiteren Salven zu hindern. Schließlich wollten Dag und seine Leute ihr Ziel gerne lebend erreichen – die große Kuppel, die den Mittelpunkt des ehrwürdigen Palasts bildete.

Seit uralter Zeit wölbte sich diese Kuppel über dem Thronsaal und der darunterliegenden Schatzkammer von Tirgaslan. Einst von Baumeistern der Elfen errichtet, war sie im Lauf der Geschichte zweimal zerstört worden, zuletzt während der Herrschaft König Corwyns des Gerechten, der das geborstene Gestein durch Glas hatte ersetzen lassen.

Heute, dachte Dag grimmig, würde es zum dritten Mal geschehen.

Vorausgesetzt, sie hatten Glück …

Noch mehr Pfeile flogen, dann erwiderten die Verteidiger den Beschuss. Einer von Dags Gefährten brüllte auf, als eine Kugel das Korbgeflecht durchschlug und ihm in die Schulter fuhr. Einer der Kameraden kümmerte sich um die heftig blutende Wunde, die anderen warteten weiter auf ihren Einsatz, der jeden Augenblick erfolgen würde …

»Noch fünfzig Schritte«, vermeldete Ferghas, »zwanzig …«

Das Luftschiff hatte die Strömung verlassen und war gesunken. Dag merkte, wie der Wind, der durch das Korbgeflecht blies, sein Haar verwehte und seinen Umhang bauschte.

Und er spürte, wie die Kuppel näher kam – und mit ihr der Augenblick der Entscheidung.

Näher.

Noch näher …

»Jetzt!«, brüllte Ferghas.

Die Besatzungen wussten genau, was sie zu tun hatten, alles war haarklein einstudiert worden.

Als die beiden Luftschiffe die Palastkuppel erreichten, wurden die Ankertaue geworfen, und ein Ruck ging durch die Gondeln, als sie sich verfingen. Gleichzeitig verstärkte sich der Beschuss durch die Palastwachen, und der gefährlichste Teil der Mission begann.

Nur für einen kurzen Augenblick spürte Dag etwas wie Furcht in sich aufsteigen. Dann rief er sich wieder ins Gedächtnis, dass dieser Einsatz vielen anderen das Leben retten konnte, und er dachte an die beiden Frauen in seinem Leben, die in Gorta Ruun in Sicherheit waren, viele Meilen entfernt, und die Liebe, die er dabei empfand, gab ihm die Kraft und den Mut, die er brauchte.

»Die Zwerge«, meldete Ferghas mit vor Aufregung bebender Stimme, während seine Hochländer sich ein wildes Gefecht mit den Verteidigern lieferten, um sie zu beschäftigen. »Sie bereiten das verdammte Scheißzeug jetzt vor!«

Dag nickte.

Die Substanz, die der Clansmann so unflätig betitelte, war ein schwarzgraues Pulver, das sie in beträchtlicher Menge in Gorta Ruun gefunden hatten, eine Hinterlassenschaft Lord Ansgars und seiner Alchemisten. Es war dasselbe Zeug, mit dem auch die Donnerbüchsen befüllt wurden – in größerer Menge angewandt, vermochte es entsetzlichen Schaden anzurichten. Dag selbst war dabei gewesen, als diese schreckliche neue Waffe in der Schlacht von Ansun das Ende des Menschenheeres besiegelt und Winmars Triumph vollkommen gemacht hatte.

Nun wurde sie *gegen* seine Leute eingesetzt …

Endlose Augenblicke vergingen, in denen die Zwerge an

Bord des anderen Luftschiffs den Einsatz der Waffe vorbereiteten. Dann waren sie so weit, warfen die Kiste mit dem verderblichen Inhalt über Bord, aus der die bereits brennende Lunte hing.

Banges Warten.

Dann ein Knall, so infernalisch, dass Dag, obschon er sich die Ohren zugehalten hatte, ein schrilles Pfeifen hörte. Durch die geschlossenen Lider glaubte er, das Aufflackern eines grellen Feuerballs wahrzunehmen, fast gleichzeitig wurden die Gondeln wie von riesigen unsichtbaren Fäusten getroffen und durchgeschüttelt, und Gesteinsbrocken und Glassplitter fegten durch die Luft. Von einem Augenblick zum anderen lag der bittere Gestank von Rauch in der Luft, Staub brannte plötzlich in Dags Lungen und zwang ihn zum Husten – doch sobald der Staub sich lichtete, brachen die Männer an Bord beider Gondeln in Triumphgeschrei aus.

»Die Kuppel!«, rief Ferghas, und plötzlich hatte Dag die Pranke des Clansmannes auf dem Kopf, die ihm das Haar zerzauste. »Das Ding ist weg, Junge! Du hast es geschafft!«

Mehr brauchte Dag nicht zu wissen.

Dass die Zerstörungskraft des Pulvers, erst recht in der angewandten Menge, ausreichen würde, um das Glas der Kuppel zu sprengen, war nur eine Vermutung gewesen, mit Bestimmtheit gewusst hatte er es nicht. Ebenso wenig, wie er gewusst hatte, ob das Feuer der Explosion womöglich zu weit reichen und auch die Luftschiffe erfassen würde. Aber das hatte er geflissentlich für sich behalten.

»Seile!«, befahl Dag mit heiserer Stimme, und versuchte sich vorzustellen, wie die Besatzungen beider Gondeln nun über die Reling sprangen und an den Seilen in die Tiefe glitten, durch die Öffnung in der geborstenen Kuppel und in den Thronsaal, der sich unmittelbar darunter befand.

Noch immer fielen Schüsse von den umliegenden Türmen, aber es waren weniger geworden, und erneut waren sie mäßig gezielt. Einer der Zwerge, die sich an ihren Seilen hinabließen, wurde getroffen. Die anderen Zwerge verschwanden in dem weiten, von den Überresten der Kuppel umgebenen Rund und waren damit für die Donnerbüchsen nicht mehr zu erreichen.

»Komm schon, Junge!«

Ferghas drückte Dag ebenfalls ein Tau in die Hand.

»Sind alle fort?«, wollte Dag wissen.

»Nur noch wir beide – und ich gehe nicht ohne dich.«

Dag seufzte. Er hatte die Erfahrung gemacht, dass es sinnlos war, einem Hochländer – noch dazu einem Angehörigen des Clans Ca'Dur – etwas ausreden zu wollen. Gleichzeitig mit Ferghas schwang er sich über die Reling, und indem er das Seil durch seine ledernen Handschuhe gleiten ließ, glitt er in die ungewisse Tiefe.

7

Sie hatten die Straße verlassen.

Nicht, weil das steinerne Band, das sich an den Ausläufern des Scharfgebirges entlang nach Westen zog, vom Krieg so sehr in Mitleidenschaft gezogen worden wäre; sondern vor allem der Schattendrachen wegen, die bisweilen in ganzen Scharen am Himmel kreisten. Zwar hatte zumindest Vigor nichts mehr von ihnen zu befürchten, aber das konnte er seinem menschlichen Begleiter ja schlecht auf die Nase binden.

Der Mensch, der auf den Namen Alured hörte, ahnte noch immer nichts. Wusste nicht, dass sein Gefährte Suvat zwar noch so aussehen mochte wie der Junge, dem er in Tirgas Winmar das Leben gerettet hatte, es in Wirklichkeit aber längst nicht mehr war.

Vigor war nicht wenig verblüfft gewesen, sich nach dem Ableben seines eigenen Körpers, das er als schmerzhaft und wenig erbaulich in Erinnerung hatte, in einem anderen Körper wiederzufinden, der noch dazu menschlich war … Es hatte eine Weile gedauert, bis er begriffen hatte, dass dies nicht irgendein Albtraum war, der ihn quälte, sondern die Wirklichkeit. Und es hatte ihn einige Mühe gekostet, das Bewusstsein des jungen Suvat, das ebenfalls noch in diesem Körper steckte, so weit zu unterdrücken, dass er die Oberhand behielt und die uneingeschränkte Kontrolle bekam.

Dann war ihm aufgegangen, wie überaus genial der Plan war, den Urkaid Mock-Loor verfolgte – jener uralte Geist aus den Tiefen Erdwelts, dem Winmar der Steinerne verfallen war und der seinen Körper bis zur Unkenntlichkeit entstellt und dem Verfall preisgegeben hatte. Um weiter in dieser Welt zu existieren, benötigte der Dunkle König einen neuen Körper, in dem sich das Blut Sterblicher mit dem von Elfen mischte.

Den Körper eines Kindes.

Und das Beste an dem Plan war, dass der Mensch, an dessen Seite er dieses unwegsame Gelände durchwanderte, ihn geradewegs zu diesem Kind führen würde.

Vigor lachte lautlos in sich hinein, während sie eine schmale Schlucht durchquerten, deren Felswände zu beiden Seiten aufragten. Nur hoch über ihnen war ein Streifen grauen Himmels zu erkennen.

Anfangs hatte Vigor noch versucht, sich wie der Mensch zu verhalten, dessen Körper er besetzte. Aber je mehr Zeit verstrich, desto sicherer fühlte er sich, und desto mehr begriff er, dass Alured die Wahrheit niemals erfassen würde, ganz gleich, was Vigor in Suvats Körper tat. Menschen pflegten immer nur das Offensichtliche zu sehen, alles andere blieb ihnen verborgen – wären Zwerge mit derartiger Blindheit geschlagen, wäre es ihnen wohl niemals gelungen, den Tiefen des Berges solch unermessliche Schätze abzuringen.

Um zu überleben und sein Fortkommen zu sichern, hatte Vigor mehrmals die Seiten gewechselt. Von Winmars oberstem Folterknecht und Anführer von dessen berüchtigter Geheimpolizei war er zu dessen erbittertem Feind geworden, hatte mit den Menschen paktiert und schließlich sogar vorgehabt, Winmar zu töten. Doch Winmar der Steinerne existierte nicht mehr. Urkaid Mock-Loor hatte seinen Körper übernommen, so wie Vigor den Körper Suvats übernommen hatte. Geister von einem Körper in einen anderen zu übertragen, stellte für den Dunklen König kein Problem dar, im

Gegenteil – es war die Quelle seiner Macht. Mit einer Armee von Kriegern, die von neuem Leben erfüllt aus dem Schattenreich zurückkehrten, würde er Erdwelt endgültig unterwerfen, und eine Zeit des Schreckens würde für alle Sterblichen beginnen.

Für fast alle, schränkte Vigor in Gedanken ein.

Zumindest ihm war es gelungen, sich die Gunst des Herrschers zu sichern, denn kein anderer als er würde es sein, der Urkaid das Kind brachte und ihm damit ein neues Leben, eine neue Existenz in der Welt der Sterblichen ermöglichte. Und er war sicher, dass sich der Dunkle König erkenntlich zeigen würde, womöglich, indem er ihm Gorta Ruun als Lehen gab. In jedem Fall aber, indem er seinen Geist wieder in den gedrungenen, gleichwohl aber robusteren und ungleich kräftigeren Körper eines Zwergs übertrug.

Eine Verwünschung kam ihm über die Lippen, als sich unter seinen Füßen Geröll löste, und er einmal mehr nicht mit dem schlaksigen Körper Suvats zurechtkam. Zwar war der Ostmensch nicht besonders groß, aber seine langen Glieder und seine linkische Art sorgten dennoch dafür, dass Vigor die Kontrolle verlor und stürzte. Er ließ den Sack fallen, den er über der Schulter trug, und versuchte, sich mit den Händen abzustützen – es gelang ihm nur teilweise. Er schlug seitlich mit dem Kopf auf, auch deshalb, weil die Arme einfach zu dürr und schwach waren, um seinen Sturz abzufangen. Der Schmerz war so heftig, dass er Sterne vor Augen sah. Und im nächsten Moment merkte er, wie etwas weich und warm an seiner Schläfe herabrann.

»Verdammt noch eins!«, begehrte er auf, während er versuchte, sich wieder auf die Beine zu raffen.

»Warte, ich helfe dir!« Sofort war Alured bei ihm, dieser dämliche Mensch, dessen größte Schwäche sein Mitgefühl war. Vigor hatte ihm schon vor langer Zeit geweissagt, dass das einst sein Ende sein würde. Gleichwohl nahm er die Hand, die sich ihm bot. Kaum stand er jedoch wieder auf den Beinen, kehrte die alte Wut zurück, der Zorn auf diesen dürren und zerbrechlichen Körper, in den man ihn gesteckt hatte.

»Alles in Ordnung?«, erkundigte sich Alured. Die Besorgnis war seiner Stimme deutlich anzumerken.

»Ja, warum auch nicht?«, schnappte Vigor-Suvat. »Hör auf, mich immer zu umhegen! Weder bin ich ein kleines Kind noch die Familie, die du verloren hast!«

Alured stutzte. Die Verletztheit in seinen bartlosen, von der Narbe gezeichneten Zügen ließ Vigor innerlich triumphieren. Die Erinnerung an seine Familie setzte dem Menschen noch immer zu – und dabei ahnte er nicht einmal, dass der Mann, der für ihren Tod verantwortlich war, ihm in diesem Augenblick gegenüberstand. Vigor hoffte, dass er dabei sein würde, wenn Alured irgendwann die Wahrheit erfuhr. In den Gesichtern der Menschen, die er in den Kerkern von Gorta Ruun gefoltert hatte, hatte er oft blankes Entsetzen gesehen und sich genüsslich daran geweidet. Alureds Reaktion jedoch würde alles andere weit in den Schatten stellen.

»Verdammt, Junge«, knurrte der Mensch und sandte ihm einen vorwurfsvollen Blick, »warum diese Feindseligkeit? Ich habe dir das Leben gerettet, weißt du nicht mehr? Und ich habe dich nicht gebeten, mich zu begleiten.«

»Das ist wahr.« Vigor brachte es fertig, Suvats Gesicht schuldbewusst aussehen zu lassen. »Bitte verzeih mir, Bruder. Ich weiß selbst nicht, was in mich gefahren ist.«

»Aber ich weiß es.« Alured nickte. »Das Grauen des Krieges und die ständige Furcht verändern einen Menschen. Die einen werden schweigsam und verschließen sich vor der Welt, die anderen werden von einem Zorn ergriffen, der sich gegen alles und jeden richtet. Auch gegen jene, die ihnen Gutes wollen.«

Wieder grinste Vigor in sich hinein. Es war genau, wie er vermutet hatte – was den Menschen nicht gefiel, das redeten sie sich schön. Die Wahrheit erkannten sie nicht, selbst wenn sie unmittelbar vor ihren Augen war.

»Es ist der Preis, den wir dafür bezahlen«, fuhr Alured fort. »Trotzdem darfst du nicht vergessen, dass ich dein Freund bin, Suvat, dein Bruder.«

»Ich weiß«, versicherte Vigor – und hätte am liebsten laut gelacht.

Schon einen Lidschlag später jedoch verging ihm das Hochgefühl, denn ein Geräusch war plötzlich zu hören, ein Knirschen und Zischen, das so charakteristisch war, dass sowohl er als auch Alured es sofort erkannten. In einer einzigen fließenden Bewegung riss Alured einen Pfeil aus dem Köcher und legte ihn auf den Bogen, zog die Sehne bereits zurück – doch angesichts der Bedrohung, die oben am Rand der Schlucht aufgetaucht war, mutete ein schussbereiter Pfeil geradezu lächerlich an.

Es war eine Kaldrone, einer jener furchtbaren Kampfmaschinen, die Winmar mithilfe schwarzer Künste hatte bauen lassen: kugelförmige, gepanzerte Stahlkolosse, die auf pfeilerdicken Beinen gingen und mit mörderischen Waffen ausgestattet waren, in diesem Fall einer riesigen schartigen Axt sowie einer Donnerbüchse, deren trichterförmiger Lauf genau in die Schlucht zeigte. Zu beiden Seiten der Kampfmaschine tauchten Orksöldner auf, die wie die Kaldrone zur königlichen Armee zu gehören schienen. Vermutlich war es ein Spähtrupp, der die Stärke der Rebellen in Gorta Ruun auskundschaften sollte – und sie waren ihm geradewegs in die Arme gelaufen.

»Ihr dort!«, scholl es aus der Kaldrone heran. »Legt augenblicklich die Waffen nieder und ergebt euch – oder ihr werdet vernichtet!«

Die Orks lachten schadenfroh. Die Aussicht auf Tod und Vernichtung erfüllte ihre schlichten Gemüter mit Vorfreude.

Vigor stieß eine Verwünschung aus.

Diese Narren störten seine Pläne – und damit auch die des Dunklen Königs. Denn wenn er sich ihnen offenbarte, um seine Haut zu retten, gab er seine Tarnung auf und gefährdete damit die gesamte Mission …

»Was jetzt?«, raunte er Alured stattdessen zu.

Der Mensch, der seinen Bogen noch immer gespannt hielt und zum Rand der Schlucht hinaufzielte, schien zu überlegen. Einen, vielleicht sogar zwei Orks konnte er erledigen – spätestens dann würde die Donnerbüchse der Kaldrone jedoch Feuer spucken und sie ins Jenseits schicken, und das vermutlich noch nicht einmal an einem Stück. Dennoch zögerte Alured noch, zielte bald hierhin und bald dorthin.

»Ich zähle bis fünf«, scholl es von oben herab, dass es von den Wänden der Schlucht widerhallte. »Eins.«

»Alured?« Vigor sah den Menschen fragend an. »Verdammt, lass den Bogen sinken, oder wir sind tot!«

»Zwei.«

»Alured?«, drängte Vigor erneut.

»Wenn ich es sage, rennst du los«, schärfte Alured ihm ein.

»Aber ich …«

»Fünf.«

»Jetzt!«, brüllte Alured aus Leibeskräften – und die Ereignisse überstürzten sich.

Der Pfeil schnellte von der Sehne.

Vigor-Suvat rannte davon.

Und der Schuss der Kaldrone krachte.

8

Mit vielem hatte die Palastwache von Tirgaslan gerechnet – aber nicht damit, aus der Luft angegriffen zu werden.

Nur so ließ sich erklären, dass Dag und die Seinen kaum auf Gegenwehr stießen, als sie sich an den Seilen hinabließen, durch die klaffende Öffnung, die Dags Zwergenkommando in die Kuppel gesprengt hatte.

Befehle waren zu hören, die von Wänden und Decke widerhallten, dazu hektische Stiefeltritte. Natürlich waren die Wachen in Alarmbereitschaft, schließlich wurde die Stadt angegriffen. Doch das Osttor, wo die Kämpfe stattfanden, war ein gutes Stück entfernt, und so mancher, der im Palast seinen Dienst versah, hatte wohl gehofft, nichts von der Auseinandersetzug mitzubekommen. Diese Hoffnung war vergeblich gewesen, der Krieg in den Palast von Tirgaslan gekommen, in dem Winmars Statthalter Hof hielt.

Dag wusste nicht, wer der Kerl war, hatte ihn nie getroffen. Er kannte nur seinen Namen, Fredegar Helmknecht – und er hörte sein heiseres Geschrei …

»Feuert! Worauf wartet ihr Schwachköpfe? Holt die Eindringlinge herunter und bringt mir ihre Köpfe! Auf der Stelle!«

Tatsächlich überwanden einige der Wachen ihre Überraschung und brachten es fertig, ihre Donnerbüchsen zu laden und abzufeuern. Die Schüsse krachten, und Ferghas stieß eine Verwünschung aus.

»Ferghas?«, rief Dag.

»Halb so wild, Jungchen. Nur gestreift. Aber das wird mir dieser zu kurz geratene Hurensohn büßen!«

Noch zwei Schüsse krachten, dann konnte Dag hören, wie sich der Schall in seiner Umgebung veränderte – und im nächsten Moment erreichten sie den Boden des Thronsaals.

Dag war lange nicht im Palast gewesen, zuletzt, als die Soldaten von König Tandelor ihn gefangen hatten. Im Nachhinein war er dankbar dafür, denn ohne sie hätte er Tandelors Tochter Aryanwen niemals kennen- und lieben gelernt. Zwei Personen hatten ihm in seinem Leben die Augen dafür geöffnet, dass es ein freieres, erfüllteres Leben gab und eine größere Wahrheit.

Dwethan war die eine Person gewesen.

Aryanwen die andere …

Dag erinnerte sich gut genug, um zu wissen, dass der Thronsaal von Tirgaslan kreisrund war, mit einer großen Pforte, durch die einst Drachen geschritten waren, und dem Podest mit dem Alabasterthron, von dem aus schon die Könige der Elfen das Reich regiert hatten; dazwischen im Boden eine große, kreisrunde Öffnung, durch die man auf die Reichtümer der königlichen Schatzkammer blicken konnte – jedenfalls in den glorreichen alten Tagen. Schon zu König Tandelors Zeit war der Schatz so gut wie aufgebraucht gewesen, der sinnlose Krieg gegen Ansun hatte ihn verschlungen; auch der Alabasterthron und das jahrtausendealte Gestein hatten nicht mehr gestrahlt wie einst, sondern waren fleckig gewesen und von Sprüngen durchzogen, so als kündeten sie vom Niedergang, in dem sich das Reich befand. Unter Tandelors Nachfolger, dem Verräter Lavan, war sicherlich keine Besserung eingetreten, ebenso wenig wie unter dem Zwerg, der seit mehr als zwei Jahren als Stellvertreter des Dunklen Königs die Stadt regierte.

Dag brauchte den Statthalter nicht lange zu suchen – es genügte, dem Geschrei zu folgen, das Fredegar Helmknecht entfesselte.

»Worauf wartet ihr?«, hörte er ihn brüllen. »Knallt die Eindringlinge ab und nehmt ihnen ihre Köpfe! Lehrt sie, was es heißt, den königlichen Statthalter in seiner Residenz anzugreifen!«

Schüsse fielen, und links von Dag entbrannte ein Nahkampf, als seine Leute auf die Palastwachen trafen. Dag hörte Ferghas neben sich scharf Luft holen, und im nächsten Moment war auch der Hochländer in einen heftigen Schlagabtausch verwickelt. Dag tat einen Schritt in Helmknechts Richtung – und spürte eine Mauer von Feindseligkeit in seinem Weg.

Damals, als er sein Augenlicht verloren hatte, hatte er geglaubt, niemals wieder kämpfen zu können, wehrlos und verwundbar zu sein – aber das war nicht der Fall. Mochte es daran liegen, dass er seine verbliebenen Sinne weiterentwickelt hatte, oder dass er tatsächlich über eine Gabe verfügte – Dag konnte die Empfindungen, die Bewegungen und bisweilen sogar die Gedanken seines Gegners deutlich wahrnehmen. Entsprechend wusste er, dass ein Zwergenkrieger die Axt nach seinen Beinen schwang, und sprang unvermittelt hoch, um dem Hieb auszuweichen. Gleich darauf führte er sein Schwert in einer engen Bahn nach unten – das hässlich schneidende Geräusch und der erstickte Schrei des Zwergs signalisierten ihm, dass seine Empfindung ihn nicht betrogen hatte. Ein zweiter Zwergenwächter war zur Stelle, den Ferghas jedoch außer Gefecht setzte.

Während ringsum das Scharmützel weiterging und immer wieder auch Schüsse aus Donnerbüchsen krachten, liefen sie weiter zum Thron, dabei umrundeten sie die kreisrunde Öffnung zur Schatzkammer. Fredegar schrie noch immer, Befehle und wüste Verwünschungen wechselten einander ab.

Von rechts gesellten sich, wie am Klirren ihrer Rüstungen zu erkennen war, weitere Zwergenwachen hinzu.

»Die übernehme ich«, knurrte Ferghas.

Dag nickte, und während sich der Clansmann den Zwergen mit einem heiseren Kampfschrei entgegenwarf, legte er den letzten Rest Weges zum Thron zurück und bestieg das Podest – doch Fredegar war plötzlich verschwunden!

Von einem Augenblick zum anderen hatte der Statthalter von Tirgaslan zu lamentieren aufgehört. Dag, der auf seine Augenbinde verzichtet hatte, um seine übrigen Wahrnehmungen nicht zu beeinträchtigen, legte den Kopf in den Nacken und griff mit allen verbliebenen Sinnen um sich.

Er versuchte ein Geräusch, einen verräterischen Geruch zu erheischen, aber in Anbetracht des Waffengeklirrs und des Pulverdampfs, der die Luft durchsetzte, war das so gut wie unmöglich. Sein Schwert beidhändig umklammernd, trat Dag weiter vor. Er musste an Dwethan denken und an das, was ihn der Druide gelehrt hatte – seine Umgebung mit Gedanken zu ertasten und vorauszuahnen, was als Nächstes geschah.

Trotz des Kampfes, der ringsum tobte, zwang sich Dag zur Ruhe. Er richtete seinen Blick nach innen, konzentrierte sich – und gewahrte die Klinge nur einen Lidschlag, ehe sie in seine Eingeweide fuhr!

Jäh sprang Dag zurück.

Die Folge waren ein scharfer Atemzug und rasche Schritte, mit denen der Angreifer, der sein ganzes Gewicht in die feige Attacke gelegt hatte, um das Gleichgewicht rang. Es gelang ihm wohl, es zurückzugewinnen, aber Dag war jetzt gewarnt. Breitbeinig stand er da, die Klinge abwehrbereit erhoben.

»Nun?«, fragte er. »Ist das alles, was du kannst? Einen blinden Mann aus dem Hinterhalt angreifen?«

»Das … das kann nicht sein!«, krächzte der andere – es war Fredegar. Dass er dadurch seinen Standort verriet, schien dem Statthalter von Tirgaslan in seiner Erregung nicht aufzugehen. »Du verdammter Bastard müsstest tot sein!«

»Warum? Weil ich blind bin und du versucht hast, mich aus dem Hinterhalt zu meucheln, Helmknecht?«

»Wo-woher kennst du …?«

»… deinen Namen?« Dag schüttelte den Kopf. »Das war einfach. Genauso einfach, wie es war, in deinen Palast einzudringen. Aber ich will nicht unhöflich sein und mich ebenfalls vorstellen. Mein Name ist Daghan von Ansun. Ich bin der Sohn Herzog Osberts von Ansun und der künftige Gemahl von Aryanwen von Tirgaslan, der Tochter König Tandelors – und ich bin hier, um in ihrem Namen den Thron ihres Vaters zurückzufordern!«

»Wa-was?«

Helmknecht schien zu verwirrt, um diese Wendung zu begreifen. Oder vielleicht, dachte Dag, waren es auch nur zu viele Namen auf einmal gewesen.

»Ergib dich und befiehl deinen Leuten, die Waffen zu strecken«, empfahl Dag dem Zwerg, »und du wirst leben. Weigere dich, und dieser Tag wird dein letzter gewesen sein.«

Einen Augenblick lang schien der Statthalter zu keiner Erwiderung fähig – die Geräusche, die er von sich gab, hörten sich eher an, als würde jemand mit großem Zorn aber wenig Appetit auf einem zähen Fleischbrocken herumkauen. Dann brach er in lautes Gelächter aus, das allerdings weder besonders echt noch besonders überzeugend klang.

»Du wagst es?«, keifte er wutentbrannt. »Du wagst es,

mir, dem offiziellen Vertreter Winmars des Steinernen, des Herrschers über ganz Erdwelt, zu drohen?«

»Winmar ist nicht mehr«, konterte Dag ungerührt. »Ein anderer Herrscher hat jetzt in Tirgas Winmar das Sagen. Bist du auch sein Stellvertreter?«

»Heb dich hinweg, blinder Krüppel«, forderte Fredegar ihn auf – jedes einzelne seiner Worte klang, als würde er es ausspucken. »Oder du wirst es sein, der noch heute einen grausamen Tod stirbt!«

»Das war ebenfalls eine Drohung«, stellte Daghan fest.

»Und ob es das war«, versicherte der Zwerg, und an der Art, wie sich sowohl seine Stimme als auch seine Körperhaltung veränderte, konnte Dag erkennen, dass er etwas emporreckte, das von beträchtlichem Gewicht war.

Vermutlich eine Axt …

»Mir ist es gleich, wer du bist, blinder Krüppel«, tönte der Statthalter weiter. »Ich schere mich nicht darum, dass du Osberts Bastard bist. Und es ist mir auch gleichgültig, mit wem die Hure Aryanwen noch alles das Bett geteilt hat …«

Zorn wallte durch Dags Adern, aber ihm war klar, dass diese Worte nur dazu dienten, ihn zu einer unüberlegten Handlung zu verleiten. Aber diesen Gefallen würde er Fredegar nicht tun.

»Noch etwas?«, fragte Dag stattdessen nur.

»Es kümmert dich wohl nicht, wenn man dich einen Bastard und dein Weib eine Hure nennt.«

»Nicht wenn die Worte aus dem Hintern eines Zwergs kommen«, konterte Dag. »Oder sollte das ein Gesicht sein, das du da auf deinem Hals trägst?«

Das war zu viel.

Dieselbe Taktik, die bei seinem Gegner nicht verfangen hatte, brachte Fredegar Helmknecht dazu, alle Beherrschung zu verlieren. Von der Heftigkeit seiner Reaktion war Dag selbst überrascht, offenbar hatte er einen wunden Punkt getroffen. Die Axt erhoben, setzte der Statthalter von Tirgaslan vor, so als wollte er seinen Gegner der Länge nach spalten – doch Dag hatte den Angriff vorausgesehen.

In einer fließenden Bewegung drehte er sich zur Seite und damit aus der Bahn des wütenden Zwergs und führte gleichzeitig sein Schwert in einer weiten Kreisbewegung. Während Fredegar schnaubend wie ein wilder Stier an ihm vorbeipflügte, hatte Dag sich bereits ganz gedreht. Seine Schwertklinge, in Hüfthöhe geführt, holte den verbrecherischen Zwerg ein und grub sich in seinen kurzen, aber völlig ungeschützten Nacken.

Helmknechts Schrei erstarb.

Nur seine Schritte dauerten noch fort.

Dag stellte sich vor, wie der Zwerg noch immer weiterrannte, die Axt erhoben, als wüsste sein gedrungener, von Hass und Zorn getriebener Körper noch nichts von dem Ende, das ihn ereilt hatte. Dann wurden die Schritte langsamer und verebbten wie eine Welle am Strand – es folgte ein schepperndes Geräusch, als der Helmknecht vom Thronpodest kippte, auf den Boden schlug und leblos liegen blieb.

Dags Prophezeiung hatte sich bewahrheitet.

So viel zur Zukunft, dachte er bitter.

Er hob die Klinge, bereit, den eben erst zurückeroberten Alabasterthron bis zum letzten Atemzug zu verteidigen – doch es kam kein neuer Gegner. Der Kampflärm war weitgehend verstummt, die Auseinandersetzung um den Thronsaal inzwischen wohl entschieden …

»Ferghas?«

»Aye«, kam es keuchend zurück. »Der Thronsaal gehört uns – fragt sich nur, wie lange.«

»Verbarrikadiert das große Tor«, ordnete Dag an.

»Schon dabei – aber sie werden mit Rammen kommen.

Oder mit diesem elenden schwarzen Pulver, das besser nie erfunden worden wäre.«

»So weit wird es nicht kommen«, war Dag überzeugt. »Steigt auf den Nordturm und läutet die Glocke! Verbreitet die Kunde, dass der Statthalter des Dunklen Königs tot ist. Dann werden wir sehen, wer noch zu kämpfen bereit ist …«

9

Die Wunde brannte höllisch. Aber nach allem, was vorgefallen war, grenzte es an ein Wunder, dass Alured überhaupt noch am Leben war.

Die überwältigende Mehrheit der Männer, die mit einem Pfeil und Bogen gegen eine Kaldrone angetreten waren, war eines jähen Todes gestorben. Alured nicht, aber es wollte sich darüber keine rechte Freude bei ihm einstellen.

Der Pfeil, den er abgeschossen hatte, war wirkungslos am Visier der Kaldrone abgeprallt, die einer neuen Generation verbesserter Kampfmaschinen anzugehören schien; der Donnerschuss, den die Kaldrone daraufhin abgegeben hatte, war nur wenige Schritte neben Alured eingeschlagen und hatte einen Felsen zertrümmert. Weder die Wollhosen noch die ledernen Stiefel hatten hinreichend Schutz geboten, und so war einer der Splitter in Alureds rechte Wade gedrungen, wo er noch immer steckte und heftige Schmerzen verursachte. Und das schien erst der Anfang der Qualen zu sein, die seine Häscher ihm zugedacht hatten …

Hohnlachend waren sie in die Schlucht herabgestiegen und hatten ihn verschleppt. Jetzt stand er, seiner blutenden Wunde zum Trotz, an einen Baum gefesselt und musste das Gelächter der Orks über sich ergehen lassen, während ein Zwergenkrieger mit narbigem Gesicht, der zugleich der Lenker der Kaldrone und der Anführer des Trupps war, mit einer doppelschneidigen Axt vor seinem Gesicht herumwedelte.

»Wie ist dein Name?«, verlangte er zu wissen.

Alured schwieg.

»Dein Name, Mensch, oder ich werde dich Stück für Stück auseinandernehmen!«

Alured biss die Zähne zusammen. Schon einmal war er einem sadistischen Zwerg ausgeliefert gewesen, hatte hilflos auf dessen Folterbank gelegen und darauf gewartet, dass der Tod kam und ihn von seinen Qualen erlöste. Es lag eine schreckliche Ironie darin, dass ausgerechnet Vigor, der ihm all dies angetan hatte, ihm später das Leben gerettet hatte …

»Das wirst du doch sowieso«, hielt Alured entgegen. »Schon deshalb, weil du ein widerwärtiger kleiner Mistkerl bist, der Vergnügen daran empfindet, andere Kreaturen zu quälen.«

»Kühne Worte, Mensch.« Der Zwerg holte mit der Axt aus und hieb damit zu – um sie nur eine Handbreit vor Alureds Stirn zu stoppen. »Du bist recht forsch für jemanden, der so kurz davorsteht, seinen hässlichen Schädel gespalten zu bekommen.« Die Orks, deren Rüstungen mit dem Zeichen des Dunklen Königs versehen waren und die der Westsprache halbwegs mächtig zu sein schienen, lachten spöttisch.

Alured schwieg.

Sein einziger Trost war, dass Suvat die Flucht gelungen war. Vielleicht gelang es dem Jungen ja, sich nach Gorta Ruun durchzuschlagen und Dag und Aryanwen vor dem Dunklen König und seinen Schattenkreaturen zu warnen …

Der Zwerg kicherte überlegen. »Meinst du, ich merke nicht, was du vorhast, Mensch? Du willst mich provozieren, damit ich dir deine hässliche Visage zertrümmere und diese Befragung ein schnelles Ende nimmt.«

»Und? Funktioniert es, du schweinsköpfiger Bastard?«, fragte Alured mit Blick auf die breite, sich vor Wut heftig hebende und senkende Brust des Zwergs, und brachte es sogar noch fertig, dabei überlegen zu grinsen.

»Mach ihn fertig!«, brüllte einer der Orks, ein besonders hässliches Exemplar, dem ein Auge und ein Ohr fehlten. »Los, worauf wartest du?« Die anderen Unholde bekundeten ihre Zustimmung, indem sie mit den bloßen Fäusten auf ihre mit Menschenskalps verunzierten Schilde droschen. Blutdurst leuchtete in ihren gelben Augen.

Doch der Zwerg ließ sich nicht beeindrucken. »Dein Name«, verlangte er weiterhin zu erfahren. »Wer hat dich geschickt?«

»Warum sollte ich dir antworten?«, fragte Alured mit vor Schmerz verzerrter Miene dagegen. »Du wirst mich ohnehin töten und diesen Bestien da zum Fraß vorwerfen.«

»Das ja«, gab der Zwerg ohne Zögern zu. »Deine Reise nähert sich dem Ende, Mensch, das steht fest. Die Frage ist, welchen Weg du auf der letzten Etappe einschlagen willst – den schnellen und leichten, oder den langsamen und qualvollen.«

»Klingt für mich beides beschissen.«

Der Zwerg grinste in seinen Bart. »Weil du nicht weißt, wie langsam und qualvoll es werden kann. Aber ich werde deiner Vorstellungskraft ein wenig auf die Sprünge helfen. Bluthunde?«

Die Orks schienen auf diesen wenig schmeichelhaften Namen zu hören, denn sie reagierten augenblicklich. »Geht es jetzt endlich los?«, verlangte der Einäugige kreischend zu wissen und hob seinen *saparak*.

»Allerdings. Schneidet dem Rebellen die Nase ab. Aber hübsch langsam, damit er auch was davon hat.«

Die Orks fackelten nicht lange, sofort wollten sie der Aufforderung nachkommen.

»Du hältst mich für einen Rebellen?«, fragte Alured.

»Was sonst? Und versuch nicht erst, es zu leugnen. Seit ihr elenden Verräter Gorta Ruun kassiert habt, wimmelt es im Vorgebirge nur so von euch. Hinter jedem Baum und unter jedem Stein lauert ein Aufständischer.«

Es stimmte also. Alured konnte sich ein Lächeln nicht verkneifen. Dag und die Seinen hatten also tatsächlich die Zwergenfestung erobert ...

»Das freche Grinsen wird dir bald vergehen. Spätestens dann, wenn meine Orks es dir aus dem Gesicht schneiden.«

»Jetzt gleich?«, grunzte der Einäugige beflissen.

»Nein, erst später. Zuerst kommt seine Nase dran – das wird ihn lehren, sie nicht mehr in Angelegenheiten zu stecken, die ihn nichts angehen.« Der Zwerg lachte über seinen eigenen Scherz, und der Ork trat auf Alured zu, um den Befehl auszuführen. Schon hatte er nach seinem Dolch gegriffen, dessen gekrümmte Klinge rostig und blutbefleckt war, und setzte sie an Alureds Nase an.

»Deine letzte Chance«, sagte der Zwerg voraus. »Wie ist dein Name? Wer hat dich geschickt? Wie viele Aufständische seid ihr in Gorta Ruun?«

Alured lachte nur. »Selbst wenn ich es wüsste, du abgebrochener Gnom, würde ich es dir nicht sagen.«

Der Zwerg grinste ungerührt. »Ich habe gehofft, dass du das sagen würdest – und meine Orks ebenfalls.«

Er nickte ihnen zu, worauf der Einäugige Druck auf die Klinge gab. Alured fühlte den Schmerz, merkte, wie das Blut warm und klebrig über seine Oberlippe rann ...

»Halt!«, rief plötzlich jemand.

Der Ork grunzte wütend. Die Neugier trieb ihn und seine Kumpane aber dazu, das blutige Handwerk für einen Moment zu unterbrechen. Unwirsch fuhren sie und der Zwerg herum – und alle fünf waren sie überrascht, den jungen Menschen zu erblicken, der ihnen vorhin entwischt war.

»Suvat!«, rief Alured entsetzt.

»Bruder.« Von dem Felsen herab, auf den er geklettert war, nickte der Junge ihm zu.

»Was tust du hier? Du solltest doch fliehen …«

»Lass nur, Mensch«, feixte der Zwerg und hob seine Axt. »Das erspart uns die Mühe, nach der kleinen Zecke zu suchen.«

»Lasst den Mann frei«, verlangte Suvat mit fester Stimme.

»Oder was?«, fragte der Zwerg zurück.

»Oder ihr werdet es bereuen«, kündigte der schmächtige Junge an.

Der Zwerg und die Orksöldner sahen einander an.

Und brachen in schallendes Gelächter aus.

10

Die Glocken in den Türmen des Palasts von Tirgaslan trugen Namen.

Jene im Süden wurde »Sturmklang« genannt, weil sie schon seit den Tagen der Elfenkönige vor herannahenden Ungewittern warnte; im Ostturm hing »Hellwacht«, von jeher dazu bestimmt, die Stadt vor herannahenden Feinden zu warnen; im Westen wartete »Orkensang« seit den Tagen der ersten Orkkriege darauf, ihre klare Stimme gegen all jene Unholde zu erheben, die es wagten, sich der Königsstadt zu nähern.

Die Glocke im Nordturm jedoch hieß schlicht »Totenton«, denn sie wurde nur geläutet, wenn der Herrscher von Tirgaslan diese Welt verlassen hatte.

Als Dag damals in Tirgaslan weilte, hatte Aryanwen ihm davon erzählt – heute, an diesem schicksalhaften Tag, war er ihr unendlich dankbar dafür. Denn Dag ließ den Totenton läuten und wie er gehofft hatte, blieb es nicht ohne Wirkung.

Die Zwergenkrieger der Garnison, die mit Fredegar Helmknecht nach Tirgaslan gekommen waren und die Traditionen der Menschen nicht kannten, mochten nicht wissen, was der dumpfe Glockenton zu bedeuten hatte, der plötzlich weithin zu hören war. Die Einwohner von Tirgaslan hingegen wussten es, und für sie kam er einer Befreiung gleich.

Zunächst war es nur ein wildes Gerücht, das sich wie ein Lauffeuer durch die Straßen der Stadt verbreitete, doch schon bald wurde es zur Gewissheit: Fredegar Helmknecht, der gefürchtete Statthalter von Tirgaslan, weilte nicht mehr unter den Lebenden!

Zunächst waren es nur wenige, die sich aus ihren Häusern wagten, um den Tod des Tyrannen lauthals zu bejubeln, aber es wurden immer mehr. Und mit der Erleichterung über Helmknechts Ende kam auch der Wille zum Widerstand. Mit Messern und Knüppeln bewaffnet, gingen die Bürger von Tirgaslan auf Zwergensoldaten los, wo immer sie welche antrafen – und es dauerte nicht lange, bis der Funke der Rebellion auch auf die Stadtwache übergriff.

Gleich am allerersten Tag seiner Herrschaft hatte Fredegar die Anführer von Stadt-und Palastwache auf dem großen Platz versammeln und öffentlich hinrichten lassen. Ein halbes Jahr lang hatte er ihre aufgespießten Häupter über dem großen Tor des Palasts zur Schau gestellt und damit deutlich klargemacht, was jenen drohte, die ihm nicht loyal zur Seite standen. Ohnehin waren nach dem Feldzug König Lavans und seiner Niederlage in der Schlacht an der Engwacht nicht mehr allzu viele Soldaten übrig gewesen; wer jedoch das Glück gehabt hatte, nicht an Lavans verräterischer Unternehmung teilnehmen zu müssen, hatte sich auf die Seite des Statthalters gestellt, weniger aus Überzeugung, sondern um den eigenen Hals zu retten. Doch diese Loyalität, mit nichts anderem als schierer Furcht erkauft, war nicht von Bestand.

Wie es später hieß, war es ein einfacher Wächter namens Radon, der die Zeichen der Zeit als Erster erkannte und sich weigerte, seinen Bogen weiter auf die Angreifer zu richten, die die Zitadelle der Garnison von allen Seiten attackierten. Stattdessen schickte er den gefiederten Tod seinem Hauptmann, einem Zwerg, der den Mauerabschnitt befehligte. Und als wäre dies das Signal gewesen, wandten sich plötzlich auch auf den anderen Wehrgängen die Menschen gegen ihre

Besatzer, und ein wildes Scharmützel entbrannte auf den Mauern.

Der Kampf um die Zitadelle wurde entschieden, als es einigen Menschen gelang, sich Zugang zum Torhaus zu verschaffen und das Fallgitter zu öffnen, das den Angreifern bislang noch den Zutritt verwehrt hatte. Unter wildem Kampfgebrüll stürmten die Angreifer, allen voran König Bertin selbst, in den Innenhof und halfen, die verhassten Besatzer zu überwältigen.

Es war ein wildes Hauen und Stechen.

Im Krieg der Menschen gegen die Zwerge war noch deutlich zu erkennen gewesen, wer auf wessen Seite stand; an diesem Tag war es ungleich komplizierter. Menschen und Zwerge kämpften auf beiden Seiten, und inmitten von Schwertergeklirr und krachenden Donnerbüchsen war es nicht leicht, Freund von Feind zu unterscheiden. Nicht selten schlug man auf Gegner ein, die die Seiten gewechselt hatten und eigentlich Verbündete waren, und die Zahl derer, die gleich mehrmals die Seiten wechselten, war beträchtlich. Eie Losung wurde ausgegeben, die die Aufständischen auf den Lippen trugen und die in den wirren Mittagsstunden während des Kampfes um Tirgaslan zum Erkennungszeichen jener wurde, die auf der Seite Bertins und Daghans standen: »Tod dem Dunklen König!«

Längst tobte der Kampf nicht nur mehr auf den Mauern und um die Zitadelle. Auch in den Straßen Tirgaslans, wo die Menschen ihre Befreiung selbst in die Hand genommen hatten, fanden blutige Scharmützel statt. Ebenso wie im Palast, wo Dag und seine Getreuen sich im Nordturm verschanzt hatten.

Anfangs hatten die Zwerge, die außer sich waren vor Zorn über den Tod ihres Statthalters, nicht gewusst, wohin sich die Attentäter zurückgezogen hatten; der laute Glockenschlag hatte es ihnen jedoch überdeutlich klargemacht, und so versuchten sie, den Nordturm zu stürmen.

Mit mäßigem Erfolg.

Denn unterhalb der obersten Turmkammer, in der die Glocke hing und mit dumpfem Dröhnen ihren Dienst verrichtete, hatten Dag und seine Getreuen sich festgesetzt, bereit, sich bis aufs Messer zu verteidigen.

Die ersten Angreifer rannten blindlings in ihr Verderben. Dags Kämpfer spickten sie mit Kugeln und Pfeilen, sobald ihr Kopf im Aufgang erschien. Die getroffenen Zwergenkrieger kippten nach hinten und fielen die steile Wendeltreppe hinab, wobei sie ihre nachfolgenden Kameraden mitrissen.

Noch einen zweiten Versuch unternahmen sie, über die Treppe in die Turmkammer einzudringen. Als auch dieser blutig scheiterte, versuchten sie, an der Außenmauer des Turmes emporzuklettern – ein Versuch, den Dag und die Seinen unterbanden, indem sie kurzerhand die Seile durchschnitten und die Angreifer schreiend in die Tiefe stürzten.

»*Aye*, das war einfach«, freute sich Ferghas. »Und mehr haben sie nicht zu bieten?«

»Freu dich nicht zu früh«, warnte Dag – und behielt recht. Denn als Nächstes nahmen Donnerschützen, die auf den benachbarten Türmen postiert waren, den Nordturm unter Feuer. Die Fensterscheiben der nach allen Himmelsrichtungen blickenden Fenster zerbarsten, tödliches Blei fegte ins Innere der Kammer und peitschte mit hässlichem Geräusch in die Wände oder schlug heulend quer durch den Raum. Einer der Irrläufer traf einen von Ferghas' Gefolgsleuten in den Hals – der Mann verblutete in Dags Armen, der ihm immerzu Mut und Trost zusprach, während ihnen weiter Metallstücke um die Ohren flogen. Dag bekam dabei einen Streifschuss ab, auch Ferghas wurde leicht verletzt. Schließlich setzte der Beschuss jedoch aus, und es waren wieder Schritte zu hören, die sich über die Stufen näherten, begleitet vom Geklirr von Waffen.

»Sie kommen wieder«, sagte einer der Zwerge.

»Sollen sie«, knurrte Ferghas. »Mich kriegen sie nicht.«

»Bereithalten«, zischte Dag und hörte die Sehnen der Bogen, die mit leisem Knarren zurückgezogen wurden, während das Stampfen und Klirren sich die Stufen heraufwand. Als der erste Angreifer erschien, konnte Dag die Welle an Hass und Aggression, die ihnen entgegenschlug, fast körperlich spüren.

Die Pfeile schnellten von den Sehnen, gefolgt von einem hässlichen metallischen Geräusch, als sie von den Schilden der Angreifer abprallten – offenbar waren die Angreifer diesmal sehr viel besser vorbereitet.

»Verdammt«, knurrte Ferghas, und schon im nächsten Moment war zu hören, wie seine Klinge mit Wucht niederging. Ein schneidendes Geräusch ließ vermuten, dass sie eine furchtbare Wunde schlug. Doch der verwundete Krieger kippte diesmal nicht zurück, sondern wurde nach vorn gestoßen, und hinter ihm kamen – ihren schnaubenden Atemzügen nach zu urteilen – zwei weitere Zwergenkrieger aus der Öffnung.

Dag handelte.

Sein Schwert stieß vor, prallte jedoch am Schild des einen Zwergs ab und wurde nach oben abgelenkt. Gleichzeitig fühlte Dag, wie etwas auf ihn zukam. Blitzartig pendelte er zur Seite und wich der kurzen Klinge aus. Seine linke Hand griff dorthin, wo er die Schwerthand seines Gegners vermutete. Tatsächlich bekam er den Zwerg am Handgelenk zu fassen, und ehe der Kerl, dessen rundlicher Körper noch im Ausstieg steckte, sich wieder aus Dags Griff befreien konnte, hieb Dag mit dem Schwert zu.

Die Klinge schnitt durch Fleisch und Knochen, der Zwerg rutschte schreiend zurück in die Öffnung und verschwand. Angewidert ließ Dag die herrenlose Hand fallen, die er noch immer umklammerte.

Ferghas und die anderen hatten inzwischen den anderen Zwergenkrieger abgewehrt und zu seinen Kumpanen zurückgeschickt. Infolge der Enge, die im Treppenaufgang herrschte, waren die Angreifer nur mit kurzen Klingen bewaffnet – Stabwaffen wie Speere oder Glaiven wären beim Aufstieg nur hinderlich gewesen, und selbst ihre Donnerbüchsen konnten sie nicht zum Einsatz bringen, da das Laden der Waffen viel zu lange dauerte. Ein unglücklicher Zwergenkrieger, der es dennoch versuchte, endete mit gespaltenem Schädel, ohne auch nur einen Schuss abgegeben zu haben.

Dennoch gaben die Angreifer nicht auf.

Ob es der Wunsch war, den Tod ihres Anführers zu rächen oder die Furcht vor ihrem Herrscher im fernen Tirgas Winmar, vermochte Dag nicht zu sagen – immer wieder kamen sie die Stufen herauf und versuchten, in die Turmkammer einzudringen, mit einer Beharrlichkeit, die nach einer Weile selbst dem hart gesottenen Ferghas Anerkennung abnötigte.

»Verdammt, ihr Hunde!«, rief er in den Abgang, nachdem er gerade einen Gegner mit einem Stiefeltritt rücklings die Stufen hinabbefördert hatte. »Wollt ihr denn gar nicht leben?«

Die Antwort war ein Armbrustbolzen, der aus der Tiefe emporschoss – und sich geradewegs in die Schulter des Clansmannes bohrte. Die Wucht des Treffers riss Ferghas von den Beinen, und sofort setzten weitere Angreifer die Stufen herauf, um in die vermeintliche Bresche einzudringen – Dag, die Zwerge und der verbliebene Hochländer belehrten sie eines Besseren.

»Haltet Wache, aber seht euch vor Pfeilen vor«, wies Dag seine Gefährten an, während er sich Ferghas zuwandte, der auf dem steinernen Boden lag, sich vor Schmerzen windend und dabei wüste Verwünschungen ausstoßend. Wie Dag tastend feststellte, steckte der Bolzen noch immer in der Wunde.

»Worauf wartest du, Junge?«, stieß Ferghas zwischen zusammengebissenen Zähnen hervor. »Zieh das Ding raus.«

»Da sind Widerhaken«, stellte Dag fest.

»Und? Soll es deshalb drinbleiben?«

Der Hochländer hatte recht. Jeder Augenblick, in dem das Geschoss länger in seiner Schulter steckte, vergrößerte die Gefahr einer Entzündung, vom Blutverlust ganz zu schweigen … Beherzt griff Dag nach dem hölzernen Schaft, packte ihn und zog ihn heraus – nicht etwa mit einem Ruck, sondern langsam und auf demselben Weg, wie er eingetreten war, um die Wunde nicht noch zu vergrößern.

Ferghas dankte es ihm mit einer ganzen Kanonade von Beschimpfungen. »Aye, hast du den Verstand verloren? Du ruchloser, liebloser …«

»Geschafft«, unterbrach Dag ihn ungerührt und warf den blutigen Bolzen von sich. Dann nahm er das Tuch ab, das er um den Hals trug, schlang es um die Schulter des Freundes und zog es fest zu. Die Wunde blutete zwar, aber das Blut pulsierte nicht, eine Schlagader schien also nicht betroffen zu sein. Und der Knochen war offenbar ebenfalls heil geblieben …

»Das nennt man dann wohl Glück«, knurrte Ferghas in einem Anfall jenes rauen Humors, der den Bewohnern des Hochlands zu eigen war.

»Da bin ich mir nicht sicher«, meinte Gonthar, einer der Zwerge, der am Aufgang kauerte und vorsichtig hinunterspähte. »Wie es aussieht, haben sie sich zurückgezogen.«

»Und?«, stieß Ferghas hervor.

»Die haben sicher nicht vor, uns in Ruhe zu lassen«, erwiderte Bovo, ein weiterer Zwerg – und in diesem Moment roch Dag bereits den bitteren Odem des Rauchs, der durch die Windung des Treppenaufstiegs heraufzog.

»So viel zum Thema Glück«, meinte er trocken.

»Diese verdammten Hundesöhne«, ereiferte sich Ferghas. »Die wollen uns ausräuchern!«

»Sieht ganz so aus«, bestätigte Bovo beklommen und rümpfte schniefend die Knollennase.

»Sollen sie's versuchen«, knurrte Ferghas.

»Was werden wir tun?«, fragte Gonthar. »Einen Ausbruch wagen?«

»Nein.« Dag schüttelte den Kopf. »Genau das ist es, was sie erreichen wollen. Wenn wir den Turm verlassen, sind wir erledigt.«

»Die Fenster sind zerschossen«, brachte Bovo in Erinnerung. »Es wird eine Weile dauern, bis der Rauch so dicht ist, dass wir hier drin keine Luft mehr bekommen.«

»So ist es«, stimmte Dag zu, der sich im Schneidersitz auf dem Boden niedergelassen hatte, die blutige Klinge quer über den Knien. »Und so lange werden wir abwarten.«

Die anderen taten es ihm gleich.

Zuerst war es nur wenig Rauch, der aus der Tiefe emporquoll, und der Wind, der durch die offenen Fenster blies, vertrieb ihn sogleich wieder. Dann jedoch flaute der Wind ab, und der Rauch wurde dichter, sammelte sich unter der gewölbten Decke. Um den giftigen Dämpfen zu entgegen, die in Augen und Lungen brannten, kauerten Dag und die Seinen nun dicht am Boden – doch es zeichnete sich ab, dass sie so nicht mehr lange aushalten würden.

Dag bemühte sich, möglichst flach zu atmen. Längst hatte er sich ein Stück Stoff vor den Mund geschlagen, durch das er atmete, doch die Luft war inzwischen gallebitter. Dag konnte spüren, wie das Gift in seine Adern kroch und sich in seinem Körper ausbreitete, wie er allmählich kraftlos wurde … und plötzlich hörten sie die Schritte!

Stampfende Stiefel auf den Stufen.

Das Klirren von Waffen und Rüstungen.

»Jetzt kommen sie«, keuchte Ferghas. »Diese elenden Bastarde kommen, um uns den Rest zu geben …«

»Heißen wir sie willkommen«, knurrte Dag.

Rings um den Aufgang versammelt, kauerten sie am Boden, entschlossen, ihre Haut so teuer wie möglich zu verkaufen.

Die Schritte kamen näher.

Dag konnte die Anspannung seiner Leute fühlen, aber keine Furcht. Sie alle hatten gewusst, worauf sie sich einließen, dass dieses Kommando womöglich ihren Tod bedeuten konnte.

»Bereithalten«, zischte Dag, als die Schritte den Treppenabsatz erreichten. Sehnen wurden zurückgezogen, Klingen erhoben.

Die Soldaten nahmen die letzten Stufen.

Dag stellte sich vor, wie sich aus den Rauchschwaden die Umrisse schwer bewaffneter Zwergenkrieger lösten, die mit blanken Waffen über sie herfielen … und plötzlich wurde ihm klar, dass etwas nicht stimmte!

Da war keine Aggression.

Kein Hass.

Nur Sorge …

»Nicht schießen!«, befahl er seinen Leuten, worauf diese verwirrt die Bogen sinken ließen.

Im nächsten Moment erschien der Anführer der vermeintlichen Feinde im Aufgang der Treppe.

»Hier steckst du also, Daghan, Sohn des Osbert! Sage mir,

hat der Herzog von Ansun nichts Besseres zu tun, als im Glockenturm zu sitzen?«

Dag atmete auf, unsagbar erleichtert.

»Bertin Zwergenhammer«, erwiderte er. »Es tut gut, deine Stimme zu hören.«

»Und es ist schön, dich unversehrt zu finden, mein Freund«, erwiderte Bertin, trat auf ihn zu und gab ihm die Hand, um ihn auf die Beine zu ziehen. »Unser Plan ist aufgegangen, Dag! Die Stadtwache ist auf unserer Seite, die Garnison hat sich ergeben! Tirgaslan befindet sich in unserer Hand! Wir haben gesiegt!«

»Gesiegt«, wiederholte Dag nur. Während seine Leute in Triumphgeschrei ausbrachen, trat er an eines der zerbrochenen Fenster und sog die frische Luft in seine Lungen, lauschte dem Jubel, der aus den Straßen aufstieg und von der neu gewonnenen Freiheit kündete – und zum allerersten Mal, nachdem der Zauberer Dwethan von ihnen gegangen war, spürte Dag wieder tiefe Zufriedenheit.

Vielleicht, dachte er, war das Opfer des alten Fuchses ja doch zu etwas gut gewesen …

»Schickt Kunde nach Gorta Ruun«, befahl er. »Die Königinnen sollen erfahren, was geschehen ist.«

Und in dem Augenblick, da Dag an Aryanwen dachte, ging ihm erst auf, wie sehr er sie und die kleine Alannah vermisst hatte.

II

Die Zeit schien stillzustehen.
Aryanwen hielt den Atem an.

Wie gebannt blickte sie auf den kleinen Tisch, der zwischen ihr und ihrer Tochter stand, und auf den mit Wasser gefüllten Krug, der darauf stand. Die kleine Alannah wusste genau, was von ihr erwartet wurde, entsprechend strengte sie sich an. Man konnte es ihrem Gesichtchen ansehen, eine senkrechte Falte hatte sich vor Anstrengung auf der Stirn gebildet. Das Kind atmete stoßweise ein und aus, schien sich mit aller Macht zu konzentrieren – aber nichts geschah.

»Was ist los?«, fragte Aryanwen sanft. »Geht es nicht?«

Alannah versuchte es noch einmal.

Keine Reaktion.

Enttäuscht schüttelte sie ihren Haarschopf und ließ die Schultern sinken. Es war ihr anzumerken, dass sie ihrer Mutter den Gefallen gerne getan hätte, aber es schien ihr wohl nicht möglich zu sein.

»Aber in den Hügellanden hast du es doch auch gekonnt«, meinte Aryanwen sanft. »Damals, als wir von den Gnomen angegriffen und verfolgt wurden.«

»Weiß ja«, meinte das Mädchen. Alannahs Kenntnisse der Menschensprache waren in den letzten Wochen immer besser geworden, was nicht selbstverständlich war, nachdem sie ihre ersten beiden Lebensjahre in der Obhut zweier Orks verbracht hatte. Sie verstand inzwischen so ziemlich alles, und wenn ihr danach war, dann antwortete sie sogar. Nur ihre Umgangsformen ließen mitunter noch zu wünschen übrig …

»Aber jetzt geht es nicht?«, fragte Aryanwen weiter.

Wieder Kopfschütteln.

»Warum nicht?«

»Weiß nicht.« Das Mädchen zuckte mit den Schultern. »Weil eben.«

Weil eben … Die typische Antwort eines Kindes. Rührend in ihrer Naivität, aber in keiner Weise zufriedenstellend. Dabei wusste Aryanwen, dass ihre Tochter die Fähigkeit besaß … die Fähigkeit, kraft ihrer Gedanken massives Eis zu erzeugen.

Während ihrer gefahrvollen Reise durch den Norden Erdwelts* waren sie von Gnomen verfolgt worden. Nicht viel hätte gefehlt, und die blutrünstigen kleinen Unholde hätten sie erwischt – hätte nicht plötzlich eine Wand aus Eis zwischen ihnen gestanden. Es hatte Aryanwen einige Zeit und Überwindung gekostet, um zu begreifen, dass niemand anders als ihre kleine Tochter dies bewirkt hatte. Auf unerklärliche Weise war sie dazu in der Lage, dieses Eis hervorzubringen, wo und in welcher Form auch immer – einmal hatte sie es sogar dazu benutzt, eine Schlange zu töten. Doch inzwischen war Alannah davon weit entfernt. Aryanwen wäre schon zufrieden gewesen, wenn es ihrer Tochter gelungen wäre, das Wasser in dem Krug gefrieren zu lassen …

»Wollen wir es noch einmal versuchen?«, fragte sie.

Alannah nickte.

Sie schloss die Augen und strengte sich an, bis die Adern auf ihrer Stirn anschwollen – doch das Wasser in dem Krug veränderte sich nicht. Was auch immer es mit ihrer Gabe auf

* nachzulesen in KAMPF DER KÖNIGE

sich hatte, sie ließ sich offenbar nicht willentlich herbeiführen.

Reghas hatte Dag diese Gabe genannt.

Der Druide Dwethan hatte ihm erklärt, dass in den alten Tagen die magischen Gaben der Elfenzauberer so geheißen hatten. Angeblich hatte es auch damals schon Menschen gegeben, die über *reghas* verfügten, wenn auch nur sehr wenige. Außerdem hatte Dwethan behauptet, dass die Visionen, die Dag ab und an hatte, ebenfalls eine solche Fähigkeit seien – war es da so verwunderlich, dass seine Tochter ebenfalls eine besondere Begabung besaß? Zumal ihre Ahnin und Namensgeberin, die legendäre Königin Alannah, offenbar über magische Kräfte verfügt hatte …

Aryanwen wusste es nicht mit Bestimmtheit, aber in dem kleinen Büchlein mit geheimen Aufzeichnungen der Königin, das sie einst besessen hatte, ehe es auf unerklärliche Weise verschwunden war, waren verschiedene Andeutungen zu lesen gewesen. Andeutungen, mit denen Aryanwen damals nichts anzufangen wusste, die jetzt aber plötzlich Sinn ergaben. In den offiziellen Geschichtsbüchern fand sich kein Hinweis darauf – aber was, wenn Königin Alannahs magische Kräfte auf ihre Nachkommin übergegangen waren? Dag jedenfalls war felsenfest davon überzeugt gewesen …

Dag.

Aryanwen seufzte. Wie sehr sie sich wünschte, dass er hätte hier sein können. Oder dass sie umgekehrt an seiner Seite hätte kämpfen können, um den Thron zurückzugewinnen, den sie von ihrem Vater geerbt hatte. Was, so fragte sie sich, hätte der alte König Tandelor wohl dazu gesagt, dass ausgerechnet der Sohn seines Erzfeindes Osbert von Ansun zum Beschützer und Hüter der Krone geworden war?

Wehmut überkam sie, wenn sie an früher dachte. An die Zeit, da Daghan als Gefangener nach Tirgaslan gekommen war, als sie einander kennen- und lieben gelernt hatten. Damals hatten die Menschenreiche untereinander Krieg geführt, aber die Kraft der Liebe war Dag und Aryanwen groß und stark genug erschienen, um ein Ende des Blutvergießens herbeizuführen und Erdwelt eine neue, friedliche Zukunft zu bescheren.

Wie hätten sie ahnen sollen, dass in den Nebeln der Zeit ein noch viel größerer Konflikt lauern würde, bei dem es nicht nur um die Freiheit der Menschen ging, sondern um ihren Fortbestand?

Im Bemühen um die Alleinherrschaft über Erdwelt hatte Winmar, der ebenso grausame wie größenwahnsinnige König der Zwerge, dunkle Kräfte heraufbeschworen. Nun drohte das Ende von allem.

Die freien Völker sahen sich in ihrem letzten verzweifelten Kampf, und es galt, sich auf die Konfrontation vorzubereiten. Wenn Aryanwen aus Gründen der Sicherheit schon hierbleiben musste, in den schützenden Felsenwänden von Gorta Ruun, und ihrem geliebten Daghan nicht beistehen konnte, so wollte sie die Zeit hier wenigstens sinnvoll nutzen …

»Wollen wir es noch einmal versuchen?«, wandte sie sich wieder an Alannah. »Ein letztes Mal für heute?«

Das Kind nickte ein wenig widerstrebend und versuchte es dann noch einmal – ohne dass das Wasser im Krug seinen Zustand auch nur ansatzweise verändert hätte.

»Bähähähähä!«

Gelächter, das so schmutzig und lang wie ein Trolldarm war, drang aus dem Hintergrund des Gemachs. Aryanwen seufzte. Sie hatte die Anwesenheit der beiden verdrängt und sie darüber fast vergessen.

»Das ist nicht nett, Rammar«, wandte sie sich tadelnd an den dicken Ork, der sich den Wanst vor Lachen hielt. Zusammen mit Balbok, seinem ungleich größeren und dünneren Bruder, stand er an der Tür und hielt Wache. Seit Dag die beiden zu Leibwächtern der kleinen Alannah ernannt hatte, ließen sie sie nicht mehr aus den Augen.

Buchstäblich …

Der Ork unterbrach sein Gelächter. »Was soll nicht nett sein, Menschenweib?«, fragte er, wie immer wenig schmeichelhaft.

»Man lacht niemanden aus, nur weil ihm etwas misslungen ist«, wies Aryanwen ihn zurecht. »Am allerwenigsten ein kleines Mädchen.«

Rammar und sein kuhäugiger Bruder tauschten einen Blick. »Ich fürchte, du hast da was falsch verstanden, Mutterfrau. Wir lachen nicht über den kleinen *pochga*, sondern über dich.«

»Korr«, pflichtete Balbok nickend bei.

»Über mich?« Aryanwen hob die Brauen. »Wieso das?«

»Weil du dich aufführst, als wolltest du einem Gnom das Eierlegen beibringen«, erwiderte der dicke Ork, wobei das lange Gesicht seines Bruders erneut zustimmend auf und ab pendelte. »Dabei wird ein Gnom nie was anderes scheißen als braune Haufen, *korr*?«

»Korr«, stimmte Aryanwen zu, während sie den tieferen Sinn hinter Rammars rustikaler Metapher zu erfassen suchte. »Und du meinst, mit Alannah zu üben, wäre genauso sinnlos?«

»Allerdings. Und ich kann dir auch genau sagen, wieso.«

»Ich bin gespannt.«

»Weil nämlich ich und mein dämlicher Bruder« – Rammar deutete mit einer ausladenden Geste zuerst auf sich und dann noch flüchtig auf Balbok – »uns alle Mühe gegeben haben, aus der Kleinen einen Ork aus echtem Tod und Horn zu machen«, erklärte er. »Und das bedeutet, dass sie keine Lust hat, hier in dieser eisig kalten Höhle rumzuhängen und das zu tun, was andere von ihr verlangen.«

»Ich verlange es nicht von ihr«, stellte Aryanwen klar. »Ich bitte sie darum.«

»Für einen Ork kommt das auf dasselbe raus.«

»Vielleicht.« Alannah lächelte säuerlich. »Aber auch wenn ihr euch alle Mühe gegeben habt – Alannah ist nun mal kein Ork, sondern ein Mensch. Und ich bin ihre Mutter.«

»Korr«, gab Rammar zu. »Aber wir waren es, die sich die ersten beiden Jahre ihres Lebens um sie gekümmert und dafür gesorgt haben, dass die Schattendrachen sie nicht fressen.«

Dem war nicht zu widersprechen. Dass Aryanwen in ihrer Not gezwungen gewesen war, Alannah kurz nach ihrer Geburt in die Obhut der beiden Orks zu geben, hatte sie sich selbst nie verziehen. Und dass die Unholde – und vor allem Rammar – sie beständig daran erinnerten, sorgte noch zusätzlich dafür, dass sie sich als Rabenmutter fühlte.

Widerstrebend fragte sich Aryanwen, ob der Unhold vielleicht recht hatte – war sie dabei, die kleine Alannah zu überfordern? Verlangte sie zu viel von ihr? Dass ausgerechnet ein Ork sie darauf aufmerksam machte, der nun wirklich nicht das sensibelste aller Geschöpfe war, glich einer schallenden Ohrfeige – und Aryanwen gestand sich ein, dass sie diese mehr als verdient hatte.

»Tut mir leid, mein Kind«, raunte sie ihrer Tochter zu, die den Krug inzwischen lieber ausgetrunken hatte – auch ihre Tischgewohnheiten entsprachen tendenziell noch immer mehr denen eines Orks denn denen eines Menschen. Mit dem Handrücken wischte sie sich über den Mund, genau wie sie es von ihren beiden grünhäutigen Ziehvätern gelernt hatte.

»Na also«, meinte Rammar, »das lob ich mir.«

»Korr«, stimmte Balbok zu. »Wenigstens hat sie sich ihren Durst behalten.«

»Darauf wollen wir einen heben«, meinte Rammar griff nach einem der Krüge, die auf einem Tisch für sie bereitstanden, zusammen mit der Mittagsration, die man ihnen gebracht hatte. »Ist zwar kein Blutbier, sondern nur das laue Gesöff, das die Hutzelbärte brauen, aber besser als nichts. *Pochga's gul'hai**, Kleine!«

»Pochga's gul'hai!«, krähte Alannah zurück und winkte.

Grölend vor Lachen setzte Rammar zum Trinken an – als der schwere Steinkrug, den er in der Linken hielt, plötzlich barst. Mit dumpfem Knacken zerbrach das Ding, die Bruchstücke flogen nach allen Seiten – und der Inhalt des Krugs fiel Rammar auf die nur in Sandalen steckenden Füße.

Wäre das Bier noch flüssig gewesen, hätte dem Ork das sicher nichts ausgemacht – aber der dicke Eisklumpen, der auf seinem rechten großen Zeh landete, ließ ihn für einen Augenblick Sterne sehen. Sich den schmerzenden Fuß haltend, sprang er auf dem anderen Bein umher (ein wirklich bemerkenswerter Anblick) und setzte zu einem lautstarken Lamento an.

»Was bei Torgas Eingeweiden …?«

Er verstummte, als Alannah lauthals zu kichern begann und schadenfroh auf den dicken Ork zeigte. Balbok fiel wiehernd in das Gelächter ein und klopfte sich vor Vergnügen auf die dürren Schenkel, und sogar Aryanwen konnte sich ein Grinsen nicht verkneifen.

»Wie es aussieht, kann dieser Gnom doch Eier legen«, meinte die Königin, wobei sie ebenso erleichtert wie stolz auf ihre kleine Tochter blickte. »Nur bedarf es offenbar einer

* traditioneller orkischer Trinkspruch

geeigneten Motivation dazu. Gut gemacht, Alannah. Das war einer Königin würdig.«

Das Mädchen und Balbok kicherten daraufhin noch ausgelassener. »Sehr lustig, wirklich«, kommentierte Rammar. »Als die Kleine noch in unserer Obhut war, hätte es so was nicht gegeben. Und außerdem…«

Er wurde in seinem Tadel unterbrochen, als das Kind plötzlich niesen musste, gleich mehrmals hintereinander.

»Oha«, machte Balbok. »Hat sie sich erkältet?«

»Bestimmt«, war Rammar überzeugt. »Hier in dieser Zwergenfestung zieht es wie in einem *bolboug*, und es ist so kalt, dass einem der *asar* abfriert. Möchte wissen, wozu sich die Hutzelbärte die Arbeit machen, alle diese Stollen und Hallen in den Berg zu graben, wenn es nachher genauso zieht wie in der Höhle eines Orks.«

Wie um seine Worte zu unterstreichen, nieste das Kind noch einmal. Sein kleiner Körper bebte dabei.

In spontaner Besorgnis beschloss Aryanwen, nach einem Heiler zu schicken.

Sie mochte eine Rabenmutter sein.

Aber sie war eine Mutter.

12

Vigor-Suvat hörte ihr Gelächter.

Und es gefiel ihm nicht.

Von dem Felsen aus, den er erklommen hatte, blickte er auf den Zwerg und die vier Orks herab, die sich schier ausschütten wollten vor Lachen. Der Mensch hingegen, der an einen Baum gebunden war und heftig aus einer Beinwunde blutete, bot einen ziemlich jämmerlichen Anblick.

»Warum bist du nicht geflohen?«, rief er zu ihm herauf. »Nun war alles vergeblich …«

Vigor wusste nicht, was schlimmer war – dass Alured ihm so wenig zutraute oder dass sich im Hintergrund seines eigenen Bewusstseins Suvats Stimme erhob und in das Lamento mit einfiel. *Was hast du getan? Nun werden wir alle sterben …*

Vigor bemühte sich, erst gar nicht darauf zu hören. Natürlich hätte auch er lieber das Weite gesucht, aber Tatsache war nun einmal, dass er den Menschen brauchte. Denn ohne ihn würde er zwar vielleicht noch nach Gorta Ruun gelangen, ganz sicher aber nicht an das Menschenkind herankommen. Er brauchte ihn, so nötig, wie man Atemluft brauchte.

Auch dann, wenn sie zum Davonlaufen stank …

»Ihr solltet nicht über mich lachen«, stellte er mit Blick auf den Zwerg und die Orks klar. »Das ist ein Fehler.«

Um seine Worte zu unterstreichen, zückte er den Dolch, der an seinem Gürtel hing – aber die Unholde lachten daraufhin nur noch lauter.

Vigor-Suvat biss sich auf die Lippen. Der Dolch war nicht seine bevorzugte Waffe. Wie alle Zwerge war auch er der Axt zugetan. In Anbetracht der beschränkten Körperkräfte, die ihm zur Verfügung standen, wäre eine Axt jedoch ohnehin die falsche Wahl gewesen – die dünnen Ärmchen des Körpers, in dem er steckte, hätten sie vermutlich nicht einmal anzuheben vermocht. Auch an Robustheit konnte er es natürlich nicht mit den Orks aufnehmen. Sein Vorteil war Schnelligkeit – und die jahrelange Erfahrung, die er daran hatte, Kreaturen vom Leben zum Tode zu befördern …

»Komm runter, Junge«, rief der Zwerg herauf, »damit wir dir das Fell über die Ohren ziehen können. Oder müssen wir dich erst von dem Felsen holen?«

»Keine Sorge«, versicherte Vigor, »ich komme.«

Er schickte Alured einen Blick, sah das unausgesprochene Mitleid darin und beantwortete es mit einem Grinsen. Dann, plötzlich, sprang er, beschrieb einen Salto in der Luft – und landete inmitten der Unholde.

Der Ork, der ihm am nächsten stand, begriff vermutlich nie, was ihm widerfuhr – der Dolch bohrte sich mit derartiger Schnelligkeit in seine Kehle, dass sein Gelächter jäh verstummte und in ein dumpfes Gurgeln überging, als die Waffe wieder herausgerissen wurde. Wie ein nasser Sack fiel er um, geradewegs vor die Füße seines Kumpanen, der gerade angriff.

Der Kriegsschrei des Orks ging in eine Verwünschung über, als er über seinen Kameraden stürzte und wegen der Wucht, die er in seine Attacke gelegt hatte, das Gleichgewicht verlor. Blitzschnell war Vigor im Körper des Menschenjungen über ihm, und noch ehe der Unhold dazu kam, seinen massig grünen Körper wieder auf die Beine zu raffen, war der Dolch bereits niedergegangen und hatte sich in seinen Nacken gebohrt.

Der Ork brach auf beiden Armen ein. Leichtfüßig – wenigstens das war eine Eigenschaft, die sein alter Zwergenkörper nachweislich nicht gehabt hatte – sprang Vigor-Suvat auf den Rücken des Kerls und fuhr zu seinem nächsten Gegner herum. Der war bereits heran und hieb senkrecht mit dem *saparak* zu. In einem Reflex wich Vigor aus.

Der unförmige Totschläger mit der messerscharfen Klinge verfehlte ihn um Haaresbreite, und da er auf keinen Widerstand traf, fiel er durch bis zum Körper des Orks, auf dem Suvat stand. Es gab ein hässliches Geräusch, als der rostige Stahl durch Fleisch und Knochen schnitt – der Unhold am Boden, der eben noch leise geröchelt hatte, verstummte.

Wütend versuchte der Angreifer, die Klinge seines *saparak* wieder freizubekommen, was jedoch alles andere als einfach war – offenbar hatte sie sich irgendwo zwischen den Rippen seines unglücklichen Kumpanen verfangen. Wie von Sinnen riss er daran – bis Vigors Klinge niederging und seinen linken Arm knapp oberhalb des Ellbogens durchtrennte.

Der Ork sprang zurück, seine Waffe treulos im Stich lassend. Eine Fontäne stinkenden Orkbluts schoss aus dem Stumpf und besudelte Suvat. Er versetzte dem Unhold einen Tritt, sodass er zurücktaumelte und gegen einen Baum prallte, an dem er benommen niedersank – noch ehe er wieder zu sich kam, würde er verblutet sein.

Wütendes Gebrüll war daraufhin zu vernehmen, und der einäugige Ork, der die Menschensprache noch am besten zu beherrschen schien, sprang vor, seine Klinge in einem tödlichen Halbkreis führend. Vigor, der um ein Haar vergessen hätte, dass er ein gutes Stück größer war als gewohnt, duckte sich im allerletzten Augenblick – die todbringende Waffe verfehlte ihn nur um wenige Fingerbreit. Sofort ging er zum Gegenangriff über und warf sich dem Unhold entgegen, den Dolch mit beiden Händen führend – und schlitzte ihn auf.

Die knarrende, mit dem Zeichen des Dunklen Königs versehene Lederrüstung hatte dem mehrfach gehärteten Stahl nichts entgegenzusetzen. Die Klinge durchschnitt ihn wie Butter, und die darunterliegenden Schichten von Haut und Fett gleich mit. Aufgedunsenes Gedärm quoll hervor. Der Ork, der in seiner Bewegung innegehalten hatte, verdrehte sein Auge auf groteske Weise, dann brach er zusammen – übrig blieb nur der Zwerg, der zwischen Vigor und Alured stand und dessen Unterkiefer in einer Mischung aus Erstaunen und maßlosem Entsetzen weit herabgefallen war.

In seinen kleinen Augen blitzte es.

Für einen Moment erwog er offenbar, sich zum Kampf zu stellen. Dann, in einem klugen Entschluss, warf er die Axt von sich, fuhr herum und begann zu laufen.

Vigor war klar, wohin der Kerl wollte – zu der Kaldrone, die auf der anderen Seite der Lichtung stand. Wenn es ihm erst gelang, sich in den Bauch der Stahlbestie zu flüchten, war er so gut wie unbesiegbar – dazu durfte es nicht kommen.

Erstmals seit er in Suvats Körper steckte, war Vigor dankbar dafür. Denn die Beine des Jungen mochten dünn und schlaksig sein – aber sie waren auch sehr viel länger als Zwergenbeine! Mit wenigen großen Schritten hatte er den Flüchtigen eingeholt, packte ihn an seinem langen Nackenhaar und riss ihn zurück. Der Zwerg winselte vor Schmerzen, als seine Flucht ein jähes Ende fand.

Sofort war Vigor über ihm, drehte ihn auf den Rücken wie ein Stück Treibholz und hielt ihm den blutigen Dolch an die Kehle. »Ein Zucken von dir«, beschied er ihm, »und dein Kopf und dein Körper gehen getrennte Wege.«

Der Zwerg zog es daraufhin vor, sich völlig reglos zu verhalten, und Vigor-Suvat schickte ein breites Grinsen zu Alured hinüber, der dort noch immer stand, blutend und an den Baum gefesselt.

Eigentlich hätte der Mensch erleichtert sein müssen über seine Befreiung – doch alles, was Vigor in seinen blassen Zügen erkennen konnte, war Verwirrung. Das Blutbad, das der scheinbar so unbedarfte Suvat unter ihren Häschern angerichtet hatte, schien sein Fassungsvermögen zu übersteigen. Entsetzen, Bewunderung, Abscheu – von allem glaubte Vigor etwas in Alureds Gesicht zu erkennen.

Nur eines erahnte der Mensch ganz sicher nicht.

Die Wahrheit.

13

Den Palast von Tirgaslan wieder in Besitz zu nehmen, war erhebend und niederschmetternd zugleich. Einerseits erfüllte es Dag mit einer lange nicht gekannten Euphorie, wieder durch die Hallen zu wandeln, in denen schon die alten Elfenkönige residiert hatten. Die Geschichte des Palasts von Tirgaslan reichte weiter zurück und war wechselvoller als die der meisten anderen Bauwerke Erdwelts, jeder einzelne Stein schien vom Geist einer großen Vergangenheit durchdrungen; es war ein Ort von immenser Symbolkraft, dessen Rückeroberung gar nicht hoch genug bewertet werden konnte, schon deshalb, weil sie den Menschen wieder Hoffnung geschenkt und den Glauben an das Licht zurückgegeben hatte.

Andererseits war seit der Ära der Elfenkönige viel Zeit vergangen – der Palast war nur noch ein Schatten seiner Selbst, ein bloßer Nachhall seiner Vergangenheit. Schon unter der Regierung von Aryanwens Vater Tandelor hatte Tirgaslan nicht mehr die Strahlkraft einstiger Zeiten besessen, war das Gestein brüchig geworden und der Marmor grau und stumpf – zwei Jahre Fremdherrschaft und erbitterter Kampf hatten es nicht besser gemacht. Was Dag Aryanwen zurückgeben konnte, war nicht mehr die stolze Stadt ihrer Ahnen, sondern eine Ansammlung von Ruinen.

Häuser, die während des Kampfes um die Stadt in Brand geraten waren, standen noch immer in Flammen, und einige der Feuer hatten sich ausgebreitet und auf andere Gebäude übergegriffen; die große Kuppel des Palasts war zerstört, die Stadtmauern und das Osttor, um das so erbittert gekämpft worden war, waren schwer beschädigt, ebenso die Zitadelle der Garnison, in die sich die Zwerge zurückgezogen hatten.

Zwar hatte Bertin seine Steinmetze und Zimmerleute angewiesen, sich unverzüglich an die Ausbesserung der beschädigten Bollwerke und Schanzkleider zu machen, doch würde es Wochen, wenn nicht Monate dauern, bis sich Tirgaslan wieder in vorzeigbarem Zustand präsentierte. Und doch war all dies nur toter Stein, der ersetzt werden konnte – die Bilanz der Opfer war ungleich bedrückender.

Mehr als achthundert Freiheitskämpfer hatten den Kampf um die Königsstadt mit dem Leben bezahlt, vor allem der Sturm auf das Osttor hatte schwere Verluste gefordert. Menschen und Zwerge hatten Seite an Seite gekämpft und waren für dieselbe Sache gestorben. Nach Jahren des Zwists und sinnloser Kriege hatten die freien Völker Erdwelts endlich wieder zusammengefunden, doch der Preis dafür war hoch gewesen. Viele Kämpfer lagen verwundet, manche von ihnen würden die kommende Nacht nicht überleben. Dag sah es als seine persönliche Pflicht an, in den Lazaretten vorbeizusehen und die Verwundeten zu besuchen, jedem einzelnen von ihnen für seinen Mut und seinen Einsatz zu danken. Dann kehrte er wieder in den Palast zurück, wo Bertin bereits auf ihn wartete. Ein wichtiger Sieg mochte errungen worden sein – der Krieg jedoch tobte noch immer.

»Die Stadt kommt allmählich wieder zur Ruhe«, meldete der Zwergenkönig, während sie einen hohen Gang durchmaßen, der ihre Stimmen widerhallen ließ. »Die Brandwachen melden, dass die Feuer unter Kontrolle sind, und seit gestern wurden keine Kämpfe mehr gemeldet.«

Dag nickte. »Was ist mit den Besatzern?«

»Die Zahl der Gefangenen ist auf über tausend angestiegen, die meisten von ihnen sind in der Zitadelle. Die Verluste des Feindes belaufen sich auf rund fünfhundert Mann. Wie viele von ihnen das Durcheinander während und nach der Schlacht genutzt haben, um zu fliehen, wissen wir nicht, aber sie sind schlecht bewaffnet und haben keine Ausrüstung – unsere Bilanz sieht dafür umso besser aus. Insgesamt haben wir vierzig Donnerrohre erbeutet, an die zweihundert Donnerbüchsen sowie zwanzig Kaldronen.«

»Zum Glück sind sie nicht dazu gekommen, die Biester einzusetzen«, meinte Dag grimmig – er hatte oft genug und am eigenen Leib erfahren, wozu die gefürchteten Kampfmaschinen fähig waren.

»Aye, und das verdanken wir dir, Junge«, meldete Ferghas sich zu Wort, der Dag stets wie ein Schatten begleitete. Den linken Arm trug Lord Anghas' Bruder in einer Schlinge, ansonsten war er schon wieder ganz der Alte.

»Das ist wahr«, stimmte Bertin zu. »Ohne dich hätten wir die Stadt niemals so schnell eingenommen.«

»Ich war nicht dabei beim Sturm auf das Osttor«, widersprach Dag, der den Berichten jener, die an dem verlustreichen Angriff teilgenommen hatten, betroffen gelauscht hatte.

»Nein«, gab Bertin zu. »Aber ohne deine Luftschiffe wäre es uns weder gelungen, das Tor zu öffnen, noch wären wir an Fredegar herangekommen. Dieser arrogante Bastard dachte, er könnte sich feige in seinem Palast verkriechen – ein folgenschwerer Irrtum.«

»Ich denke, das weiß er inzwischen«, meinte Ferghas trocken. »Die Menschen feiern in den Straßen. Sie sind froh, dass sie den Mistkerl los sind.«

»Wir müssen Anwerber in die Stadtteile schicken«, erwiderte Dag. »Wir brauchen Freiwillige, um die Verluste auszugleichen und unser Heer zu verstärken.«

»Soldaten kosten Geld«, knurrte Ferghas.

»Darüber mach dir keine Sorgen«, stellte Bertin klar. »Die Schatzkammer unter dem Thronsaal ist reich gefüllt.«

»Unter König Tandelor waren sie so leer wie die Steppe von Arun«, erwiderte Dag. »Fredegar Helmknecht scheint ein wahrer Meister darin gewesen zu sein, die Bürger der Stadt um ihre Habe zu erleichtern.«

»Nun«, meinte Bertin grinsend, »dann dient das Gold, das er zusammengerafft hat, nun wenigstens einem guten Zweck.«

»Schön.« Dag nickte. »Wir brauchen jeden Mann, wenn wir gegen Tirgas Winmar ziehen.«

Das Geräusch von Bertins Schritten setzte aus. »Gegen Tirgas Winmar?«, wiederholte er. Jede Heiterkeit war aus seiner Stimme gewichen.

»Gewiss.« Dag blieb ebenfalls stehen. »Wir haben dem Dunklen König einen Nadelstich versetzt, nicht mehr und nicht weniger. Unser Ziel muss es sein, ihn endgültig zu besiegen.«

»Du willst sagen, dass all die tapferen Söhne und Töchter des Berges dort draußen vor den Mauern Tirgaslans für einen Nadelstich gestorben sind?« In Bertins Stimme schwang eine Verletztheit mit, die Dag nicht erwartet hatte.

»Ich will ihr Opfer nicht schmälern«, versicherte er deshalb. »Sie alle haben tapfer gekämpft und ihrem Volk große Ehre errungen, und wir werden ihrer stets in tiefer Dankbarkeit gedenken. Aber wenn du wissen willst, ob wir dem Feind damit nachhaltig zugesetzt, ob wir ihn an den Rand einer Niederlage gebracht haben, so muss ich das verneinen. Und deshalb dürfen wir weder ihm noch uns jetzt Ruhe gönnen.«

»Aye«, knurrte Ferghas.

»Aber meine Krieger sind erschöpft, vom langen Marsch

wie vom Kampf. Sie haben euch Menschen geholfen, eure Stadt zurückzuerobern, so wie ihr uns in Gorta Ruun geholfen habt. Aber nun, da sie ihre Schuldigkeit getan haben, wollen sie wieder zurück nach Hause, zu ihren Familien.«

»Das kann ich gut verstehen«, versicherte Dag. »Auch ich bin von meiner Frau und meinem Kind getrennt und weiß nicht, was sie durchmachen. Aber wir dürfen jetzt nicht nachlassen – tun wir es doch, geben wir dem Dunklen König Zeit, um seine Wunden zu lecken und eine neue Armee aufzustellen. Willst du das?«

»Natürlich nicht! Aber haben wir nicht erreicht, was wir wollten? Tirgaslan ist wieder in eurem Besitz, Aryanwen kann den Thron besteigen, den ihr Vater ihr vermacht hat ...«

»Darum geht es nicht.« Dag schüttelte den Kopf. »Im Augenblick mag es so aussehen, als hätten wir die Bedrohung durch den Dunklen König beseitigt. Die Invasion der Schatten wurde verhindert, Gorta Ruun und Tirgaslan sind wieder frei – aber wie lange? Glaubst du, der Dunkle König wird diese Schmach auf sich sitzen lassen? Er wird alles daransetzen, um uns wieder von hier zu vertreiben!«

»Und selbst wenn«, wandte Bertin ein. »Diese Mauern und Türme sind stark und werden euch schützen!«

»Eine Weile, ja«, gab Dag zu. »Aber was dann, mein Freund? Es wäre ein Irrtum zu glauben, dass die Bedrohung abgewendet wurde. Wenn wir uns in unseren Festungen verschanzen und mit dem zufriedengeben, was wir mühsam errungen haben, werden wir nicht lange bestehen. Denn der Dunkle König wird seine Horden schicken, um es uns wieder zu entreißen.«

»Soll er es versuchen«, knurrte Bertin trotzig. »Die Stollen von Gorta Ruun sind tief und sicher, und mein Volk kennt dort jeden Winkel. Viele Male hat uns der Fels der Berge vor Unheil bewahrt – warum nicht auch dieses Mal?«

»Weil dieser Feind anders ist als alle zuvor«, konterte Dag. »Ich verstehe den Wunsch deiner Leute, nach Hause zurückzukehren und den Winter bei ihren Familien zu verbringen. Aber sobald der Schnee aus den Tälern verschwunden ist, müssen wir uns erneut sammeln, um …«

»Tatsächlich«, sagte Bertin nur.

»Tatsächlich was?«

»Es gibt Krieger in meinen Reihen, die mich gewarnt haben. Runward ist einer von ihnen.«

»Dich gewarnt? Wovor?«

»Sie sagten, dass mir der Schulterschluss mit den Menschen noch leidtun, dass ich meinen Entschluss, mich mit ihnen zu verbünden, noch bereuen würde.«

»Du bereust unsere Freundschaft?«, fragte Dag ungläubig.

»Nein – aber ich sehe, dass jene recht hatten, die sagten, dass die Menschen uns stets bevormunden wollen. Dass sie uns zu ihrem Vorteil zu beeinflussen suchen.«

»Das ist nicht wahr!«

»O doch«, beharrte Bertin. »Sieh dir die Geschichtsbücher an, Daghan, dann wirst du sehen, dass es wahr ist. Wann immer Zwerge an der Seite von Menschen in den Krieg zogen, war der Blutzoll, den das Volk der Berge zu entrichten hatte, ungleich höher als der der Menschen – ihr Nutzen jedoch sehr viel geringer. Das ist der Grund dafür, warum viele von uns euch gegenüber Misstrauen hegen. Und eigentlich war es auch die Ursache für Winmars Aufstieg, denn er hat den Zwergen ihren Stolz zurückgegeben.«

»Und man hat gesehen, wohin es geführt hat«, konterte Dag. »Bitte, Bruder! Es liegt mir fern, dich oder deinesgleichen zu bevormunden, aber die Aufgabe, die vor uns liegt, ist zu groß, als dass sie von einem Volk allein bewältigt werden könnte.«

»Vielleicht.« Bertin nickte. »Aber ich bin der König der Zwerge, Daghan, von *meinem* Volk gewählt. Ihm allein bin ich Rechenschaft schuldig, zu seinem Wohl muss ich entscheiden – und ich kann meine Leute nicht sehenden Auges in einen Kampf schicken, den sie nicht gewinnen können.«

»War nicht auch der Kampf gegen Lord Ansgar und seine Alchemisten aussichtslos?«, wollte Dag wissen.

»Das war er«, gab Bertin unumwunden zu, »und wäre ich noch immer Freiheitskämpfer in Gorta Ruun und nur für eine Handvoll Krieger verantwortlich, die alle bereits mit dem Leben abgeschlossen haben, würde ich dir ohne Zögern folgen. Aber als König eines ganzen Volkes, das auch aus wehrlosen Kindern und Alten besteht, kann ich es nicht. Tirgas Winmar anzugreifen, ob jetzt gleich oder erst im Frühjahr, ist Wahnsinn!«

»Und deshalb willst du es erst gar nicht versuchen, sondern dich feige in Gorta Ruun verkriechen und darauf hoffen, dass der Sturm an dir vorüberzieht?«, fragte Dag. Die Aussicht, die eben erst geschmiedete Allianz mit den Zwergen könnte zerbrechen, setzte ihm merklich zu.

»Sei vorsichtig, Mensch!«, warnte Bertin.

Ferghas hatte den Wortwechsel größtenteils schweigend verfolgt – nun jedoch schien er nicht länger an sich halten zu können. »Was soll das werden, ihr Holzköpfe?«, polterte er dazwischen. »Wollt ihr euch entzweien, nachdem ihr euch gegenseitig die Brudertreue geschworen habt? Nachdem ihr gemeinsam einen großen Sieg errungen habt? Vielleicht sogar den größten in der Geschichte eurer Völker?«

Einen Augenblick standen die beiden nur da und schwiegen. Dabei empfand Dag tiefe Scham.

Beide hatten einander Treue geschworen, doch soeben hatten sie erkennen müssen, dass ihre noch so junge Freundschaft trotz allem, was sie verband, auch Grenzen hatte. Ge-

gensätze, die über Jahrhunderte hinweg Bestand gehabt hatten, und die erst noch überbrückt werden mussten.

»Also schön. Mit deiner Zustimmung werde ich den Kriegsrat einberufen«, eröffnete Bertin leise. »Dann werden wir besprechen, was weiter zu geschehen hat.«

14

Alured stand wie versteinert.

Hatte Suvat, der hilflose Junge, den er in Tirgas Winmar aus der Gewalt des Schattenkults befreit hatte, gerade vor seinen Augen vier Orks getötet? Und dazu noch deren kampferprobten Zwergenkommandanten überwältigt?

Das alles war innerhalb von Augenblicken geschehen, so schnell und unvermittelt, dass Alured noch immer Mühe hatte, es zu begreifen. Erst als Suvat auf ihn zutrat und seine Fesseln durchschnitt, dämmerte ihm langsam, dass es nicht nur ein unwirklicher Traum gewesen war, sondern sich tatsächlich genauso abgespielt hatte.

»Da-danke, Bruder«, stammelte er.

Eben noch hatte er Suvat dafür gescholten, dass er wider seiner Anweisung zurückgekehrt war – jetzt war er froh darüber, während ihn gleichzeitig ein schales Gefühl beschlich. Denn obwohl er frei war und die Gefahr gebannt, gingen ihm die Bilder des kämpfenden, ohne Zögern tötenden Jungen einfach nicht aus dem Kopf.

»Alles in Ordnung?«, erkundigte er sich besorgt.

»Natürlich, warum auch nicht?« Suvat nickte. »Und dein Bein?«, fragte er mit Blick auf Alureds Verwundung.

»Das wird schon wieder«, versicherte Alured und ließ sich auf einem Felsen nieder, um sich die Sache näher anzusehen. Es war zum Glück nur eine Fleischwunde, die Knochen waren heil geblieben. Aber der Splitter musste möglichst rasch entfernt werden, ehe es eine Entzündung gab und …

Alured fackelte nicht lange.

Die Zähne fest zusammengebissen, wühlte er sich in die offene, vom Blut glitschige Öffnung, packte den Gesteinssplitter und zog ihn kurzerhand heraus. Ein erstickter Schrei kam ihm dabei über die Lippen, so überwältigend war der Schmerz. Dann überwog die Erleichterung darüber, dass das verdammte Ding endlich draußen war.

Alured grunzte und wartete, bis das Blut, das aus der Wunde rann, sie so weit gesäubert hatte, dass er keinen Wundbrand mehr befürchten musste. Dann riss er schmale Streifen von seinem Umhang ab und verband die Wunde damit.

Unterdessen kümmerte sich Suvat um den Zwerg, den er an einen Wurzelstock gefesselt hatte. Ängstlich, fast ein wenig flehend sah der gedrungene Mann zu ihm auf.

»Was ... was willst du von mir?«

»Schau an«, spottete Suvat, sich nunmehr der Westsprache bedienend, die er inzwischen fast fließend beherrschte – jedenfalls sehr viel besser als Alured die Sprache des Ostens. »Eben noch warst du stolz und erhaben – jetzt hast du dir in die Hosen gepisst.« Er deutete auf die wollenen Beinkleider des Zwergs, die tatsächlich dunkle Flecken aufwiesen. »Dabei werde ich mit dir nur das tun, was du mit meinem Begleiter tun wolltest.«

»Nein! Nicht, bitte!«, rief der Zwerg. »Ich werde euch auch alles sagen. Mein Name ist ...«

»Dein Name interessiert mich nicht«, fiel Suvat ihm ins Wort. »Ich will wissen, wer dich geschickt hat.«

»Mei...mein Trupp gehörte zur Vorhut.«

»Zur Vorhut wovon?«

»Der Streitmacht, die auf dem Weg nach Westen ist.«

»Eine Streitmacht ...«

»Die Garnisonen sämtlicher Grenzforts wurden in Marsch

gesetzt«, bestätigte der Zwerg. »Sie sollen Gorta Ruun wieder aus der Hand der Rebellen befreien.«

Suvat und Alured tauschten einen Blick.

»Wusstet ihr das etwa nicht?«

»Nein«, stieß Alured hervor. Da er kein Nähzeug zur Hand hatte, band er ein Stück Holz in den Verband ein, um den Druck zu verstärken – er konnte nur hoffen, dass die Wunde sich möglichst rasch schließen würde. »Ich habe dir ja gesagt, dass wir keine Rebellen sind.«

»Und was dann?«

»Ich stelle die Fragen«, knurrte Suvat. »Wie viele seid ihr? Und wie weit ist dieses Heer entfernt, von dem du sprichst?«

»Das weiß ich nicht.«

»Willst du mich für dumm verkaufen?«

»Nein!«, versicherte der Zwerg. »Aber ich bin nur ein Unterführer und weiß nichts über solche Dinge … mein Trupp und ich sind … waren nur ein kleiner Teil des Heeres.«

»Na schön.« Suvat fackelte nicht lange. Kurzerhand trat er vor, packte den Bart des Zwergs und schnitt ihn ab.

»Nein!«, schrie der Krieger entsetzt. Selbst Alured wusste, dass der Bart eines Zwergs sehr viel mehr war als eine extravagante Haartracht. Die meisten Zwerge trugen ihren Bart ihr Leben lang, und an der Art, wie er getrimmt, geschnitten, gefärbt oder geflochten war, ließ sich die Geschichte ihres Lebens ablesen. Ein Zwerg ohne Bart war ein Krieger ohne Taten, ein Mann ohne Vergangenheit …

»Der nächste Schnitt wird nicht nur ein paar Haare durchtrennen«, versicherte Suvat mitleidlos und warf das abgetrennte Barthaar einfach weg. Sehnsüchtig blickte der Zwerg ihm hinterher. »Also? Wo steht das Heer?«

»Ich weiß es nicht«, wiederholte der Zwerg panisch. »Vermutlich irgendwo in der Nähe des Blutsees.«

»Wie viele Soldaten? Sind auch Kaldronen dabei? Schattendrachen?«

»Woher soll ich das wissen?«

Suvat entgegnete nichts darauf. Dafür bückte er sich nach der Axt des Zwergs, die herrenlos am Boden lag. Es kostete ihn einige Mühe, die schwere Waffe aufzuheben, aber schließlich brachte er sie hoch. Das Funkeln in seinen Augen hätte Alured warnen sollen.

»Was hast du vor?«, kreischte der Zwerg entsetzt. Er zerrte an seinen Fesseln, aber das nützte nichts.

»Wie viele Soldaten?«, wiederholte Suvat nur. »Kaldronen? Schattendrachen?«

»I-ich weiß es wirklich nicht!«

Suvat holte mit der Axt aus.

»Nein, Suvat!«, rief Alured und versuchte, sich wieder auf die Beine zu raffen. Schwerfällig kam er hoch. »Tu das ni...«

Das grässliche Geräusch der fallenden Axt war zu hören, wie sie durch Fleisch und Knochen schnitt.

Dann das entsetzliche Gebrüll des Zwergs.

Der Junge hatte sein linkes Bein durchtrennt, knapp unterhalb des Knies. Schreiend rotes Blut stürzte aus der Wunde, während der Mann in schrecklicher Agonie seinen Schmerz und sein Entsetzen hinausbrüllte.

»Suvat!«, rief Alured entsetzt. »Was hast du getan?«

»Was notwendig war«, beschied ihm der Junge, dessen sonnengebräunte, einst so freundliche Züge hassverzerrt und blutbesudelt waren.

Der Zwerg war freilich anderer Ansicht. »Bist du wahnsinnig?«, brüllte er, auf den verstümmelten Stumpf starrend, zu dem sein linkes Bein geworden war.

»Du verblutest«, stellte Suvat ungerührt fest. »Nur Feuer könnte die Wunde verschließen. Aber es muss rasch gehen.«

»Die Zündflamme der Kaldrone«, stieß der Zwerg unter Schmerzen hervor. »Hilf mir!«

Alured wollte los, um einen Ast an der Flamme zu entfachen, die im Bauch der Kampfmaschine glomm. Aber Suvat hielt ihn zurück. »Noch nicht«, verlangte er.

»Aber er stirbt«, widersprach Alured, was der Zwerg durch heiseres Geschrei unterstrich. »Und er wird uns noch mehr Patrouillen auf den Hals hetzen.«

»Nein«, versicherte Suvat und legte die Axt kurzerhand an das zweite Bein. »Wird er nicht.«

Das Geschrei des Zwergs verstummte tatsächlich schlagartig – aber das Schweigen schien ihm unsägliche Qualen zu bereiten. Am ganzen Körper bebend, presste er die Lippen aufeinander, und seine Züge liefen puterrot an, während ihm Tränen in die Augen stürzten.

»Wie viele Soldaten?«, wiederholte Suvat noch einmal seine Frage. »Kaldronen? Schattendrachen?«

»Er weiß es nicht!«, herrschte Alured ihn an. Das Elend des Zwergs und der Gestank des Blutes verursachten ihm Übelkeit. »Geht das nicht in deinen Schädel?«

»Wie viele?«, fragte Suvat unbeirrt und verstärkte noch den Druck hinter der Axt.

»Wenn er es doch nicht …«

»Etwa zehntausend«, fiel der Zwerg Alured mit bebender, aber deutlich vernehmbarer Stimme ins Wort. »Zweitausend Zwergenkrieger, der Rest sind Orks, Trolle und Warge. Außerdem fünfhundert Kaldronen. Und wie es heißt, sollen auch noch Schattendrachen zu uns stoßen, wenn wir Gorta Ruun erst erreicht haben.«

Suvat sagte nichts. Aber der triumphierende Blick, mit dem er Alured bedachte, sprach Bände.

»K-könnt ihr jetzt die Blutung stillen, ich bitte euch«, flüsterte der Zwerg mit ermattenden Kräften.

Alured nickte und humpelte zu der Kaldrone, die am Rand der Lichtung stand, das Visier weit geöffnet. Er war noch keine fünf Schritte gegangen, als er hinter sich einen gellenden Aufschrei vernahm, abgelöst vom hässlichen Geräusch splitternder Knochen.

Alured fuhr herum – nur um zu sehen, wie Suvat die Axt aus dem gespaltenen Haupt des Zwergs riss.

Blut war überall, nicht nur auf dem entsetzlich zugerichteten Toten, sondern auch auf dem Wurzelstock, dem umliegenden Fels, dem Gras. Und inmitten des grässlichen Bildes stand Suvat, die Mordwaffe noch in der Hand.

»Warum hast du das getan?«, rief Alured entsetzt.

»Er hätte uns nur verraten.«

»Das weißt du nicht!«

»Du trauerst um diesen Feigling?« Suvat sah ihn fassungslos an. »Ich habe ihm nur das angetan, was er dir auch antun wollte.«

»Vielleicht«, räumte Alured zornbebend ein, »aber das rechtfertigt nicht diese Bluttat! Wenn wir ebenso handeln wie die Schergen des Königs, sind wir nicht besser als sie.«

»Darum geht es dir? Du willst besser sein?« Endlich ließ Suvat die Axt sinken, die ohnehin zu groß und zu schwer für ihn war. Er wirkte geschwächt, fast entkräftet. »Ich dachte, es ginge darum zu siegen.«

»Ein Sieg, der um jeden Preis erkauft wird, ist nichts wert, Junge«, stellte Alured klar, worauf Suvat ihm einen seltsamen, undeutbaren Blick zuwarf.

»Dein Mitgefühl wird noch irgendwann dein Untergang sein, Bruder«, beschied er ihm, das letzte Wort seltsam betonend.

»Du sprichst wie Vigor.« Alured schnaubte. »Dasselbe hat auch er einst zu mir gesagt.«

Suvat nickte. »Nun, vielleicht hatte er recht damit.«

15

»Nein und nochmals nein! Ich kann so nicht arbeiten! Beim besten Willen nicht!«

Das schmächtige alte Männlein, das vor Aryanwen stand, bebte am ganzen Körper vor mühsam zurückgehaltenem Zorn. Sein schulterlanges schlohweißes Haar und der ebenso weiße Bart bebten, aus seinen Augen schienen Blitze zu schlagen.

Sein Name war Seumas. Zusammen mit den Kriegern des Hügelclans war er nach Gorta Ruun gekommen, ein ehrwürdiger Druide, der unter seinen Leuten hohes Ansehen genoss und gleichermaßen als Priester, Zeremonienmeister und Heiler fungierte. Vor allem wegen letzterer Eigenschaft hatte Aryanwen nach ihm schicken lassen, damit er nach der kleinen Alannah sah – doch das schien nicht so einfach zu sein, wie sie sich das vorgestellt hatte …

»Wie soll ich das Mädchen untersuchen, wenn diese zwei grünhäutigen Ungetüme mir dabei im Weg stehen?«, machte der Alte seinem Unmut Luft. »Ich bin ein Gelehrter meines Clans, in achter Generation, aber so etwas ist mir noch niemals untergekommen! Wer den Rat eines Druiden sucht, der verstellt ihm nicht den Weg!«

»Habt Ihr die Losung genannt?«

»Allerdings – worauf sie angedroht haben, mir meinen Bart in den … nun ja … zu stopfen!«

»Das haben die beiden getan?« Aryanwen errötete unwillkürlich.

»Und das war noch längst nicht alles«, ereiferte sich der Druide weiter. »Von den wüsten Beschimpfungen, mit denen sie mich überzogen haben, ganz zu schweigen.«

»Bitte verzeiht, ehrwürdiger Seumas«, erwiderte Aryanwen, der die Sache mehr als peinlich war. »Ich entschuldige mich und ersuche Euch in aller Form, nicht zu persönlich zu nehmen, was geschehen ist. Balbok und Rammar nehmen ihre Aufgabe als Alannahs Leibwächter nun einmal sehr ernst …«

»Druide! In der achten Generation!«, wiederholte der Alte und hielt zum Nachdruck acht dürre Finger hoch.

»Das erwähntet Ihr – und ich kann Euch nicht sagen, wie sehr ich bedaure, was geschehen ist. Bitte nehmt meine aufrichtige Entschuldigung dafür an.« Aryanwen neigte tief das Haupt vor dem Druiden, was ihn ein wenig zu beschwichtigen schien.

»Eure Tochter hat Glück, Königin. Glück, dass sie eine Mutter wie Euch hat.«

»Da gehen die Meinungen auseinander.« Aryanwen seufzte. »Und bitte nennt mich nicht Königin, denn mein Thron und meine Krone habe ich vor langer Zeit verloren. Hier in Gorta Ruun bin ich nur eine Ausgestoßene, nicht mehr und nicht weniger – und ich kann Euch nur inständig bitten, Euch um meine Tochter zu kümmern.«

»Also schön, ich will es noch einmal versuchen.« Er seufzte und nickte bereitwillig. »Und wie komme ich an diesen beiden lebenden Wachtürmen vorbei?«

»Ich werde Euch begleiten«, versprach Alannah kurzerhand, und beide verließen sie den Empfangsraum und gingen den mit hellem Marmor beschlagenen Gang hinab bis zu dem Gemach, das sie zusammen mit ihrer Tochter bewohnte.

»Halt, wer da?«, rief Balbok, der zusammen mit Rammar

vor der Tür Wache hielt, schon von Weitem – ungeachtet der Tatsache, dass er Aryanwen und den Druiden im Schein der Leuchtsteine deutlich sehen konnte. »Wie heißt die Losung?«

»Modermark«, nannte Aryanwen das Wort, das Rammar ausgegeben hatte. Anfangs hatte sie selbst die Losungsworte festgelegt, aber die Orks hatten sie sich nie merken können.

Der Blick, mit dem Balbok und Rammar die beiden Ankömmlinge musterten, blieb dennoch skeptisch – die Begegnung mit Lyrx, dem Wechselbalg, der jedwede Gestalt annehmen konnte, war ihnen offenbar lebhaft in Erinnerung geblieben.

»Ich bin es wirklich«, beteuerte Aryanwen deshalb und deutete auf den Druiden an ihrer Seite. »Und dies ist der ehrwürdige Druide Seumas, ein Heiler und Gelehrter, den ich gebeten habe, nach Alannah zu sehen.«

»*Korr*, das wissen wir«, versicherte Balbok und schob sich die lederne Helmkappe, die er trug, ein Stück ins Gesicht, damit er strenger aussah.

»Ach ja?« Aryanwen hob die Brauen. »Wenn ihr das wisst, wieso habt ihr ihn dann nicht eingelassen?«

»Weil es unsere Mission ist, auf den kleinen *pochga* da drin aufzupassen«, erwiderte Rammar, auf die geschlossene Tür in seinem Rücken deutend. »Und das tun wir.«

»Aber ich habe Seumas doch selbst gebeten, nach Alannah zu sehen«, versicherte Aryanwen. »Ihre Erkältung hat sich verschlimmert, und ich möchte nicht, dass sie Fieber bekommt – und ihr doch auch nicht, oder?«

Statt zu antworten, sahen die beiden Orks sich etwas ratlos an. »Also schön«, meinte Rammar dann und trat zur Seite, wobei er Seumas misstrauisch taxierte. »Aber ich warne dich, Quacksalber – wenn du der Kleinen auch nur ein Haar …«

»Keine Sorge«, fiel Aryanwen ihm ins Wort, noch ehe er die finstere Drohung zu Ende formulieren konnte, und schob den Druiden an den beiden vorbei in das Gemach.

Alannah saß auf einem großen Fell, das auf dem Boden ausgebreitet war, und spielte mit Bauklötzen. Ihre Augen waren schmal, ihre Nase gerötet.

»Mama!«, rief sie, als sie Aryanwen erblickte – aber anders als sonst kam sie ihrer Mutter nicht entgegen, um sie zu begrüßen, sondern blieb inmitten ihrer Spielsachen sitzen.

»Aha«, meinte Seumas nur. Er trat auf das Kind zu und musterte es. Dann beugte er sich zu Alannah hinab, und forderte sie auf, den Mund zu öffnen. »Lass mich deine Zunge sehen, Kind«, verlangte er.

Alannahs einzige Reaktion war ein verunsicherter Blick in Richtung ihrer Leibwächter.

»Worauf wartest du?«, forderte Rammar sie auf. »Zeig dem Quacksalber schon deine *tounga*.«

»Schau, so«, fügte Balbok hinzu – und reckte seine eigene Zunge vor, die unappetitlich schwarz war und wie uraltes Leder aussah. An einem anderen Tag hätte Alannah wohl darüber gelacht – heute zuckte sie nur mit den schmalen Schultern und tat, was von ihr verlangt wurde. Kaum war ihre Zunge zu sehen, griff Seumas sie mit einer kleinen Zange, die er unter seinem weiten Umhang hervorgezaubert hatte, und hielt sie fest.

»Mmmh«, machte das Kind.

Der Druide kam nicht dazu, die Oberfläche der Zunge in Augenschein zu nehmen, wie er es eigentlich vorgehabt hatte – denn im nächsten Moment hatte er die messerscharfe Klinge von Rammars *saparak* im Genick. Gleich dahinter stand Balbok, seine Orkwaffe ebenfalls zum tödlichen Streich erhoben.

»Nicht!«, rief Aryanwen entsetzt – aber die beiden machten keine Anstalten, ihre Waffen sinken zu lassen.

»Was soll das werden, Quacksalber?«, verlangte Rammar unbeirrt zu wissen.

»*Korr*, was soll das werden?«, fügte Balbok entrüstet hinzu.

»I-ich möchte ihr nicht wehtun«, versicherte Seumas, auf dessen hoher Stirn sich Schweißperlen gebildet hatten. »Ich mö-möchte nur herausfinden, was sie ha-hat.«

»Und dazu siehst du dir ihre Zunge an?« Rammar stieß eine Verwünschung aus. »*Shnorsh*, ich habe gewusst, dass du ein Quacksalber bist. Jeder kleine Ork weiß, dass man dazu die Sterne befragen muss, in der Nacht des Blutmonds.«

»Rammar, bitte!«, ermahnte ihn Aryanwen. »Seumas tut, was in seinen Kräften steht. Er ist ein großer Heiler und Gelehrter, und ich bin ihm überaus dankbar, dass er sich um Alannah kümmert. Oder willst du, dass sie ernstlich krank wird?«

Der Blick von Rammars kleinen Schweinsäuglein glitt von Aryanwen zu dem Druiden, von ihm zu Alannah und wieder zurück. »*Korr*, also schön«, erklärte er sich schließlich einverstanden. »Mach, was du musst, Druide – aber ich warne dich! Mein Bruder und ich beobachten dich. Und wenn du auch nur den kleinsten Fehler machst oder dem Kind wehtust, dann drehe ich dir dein Gesicht auf links, verstanden?«

»Oder rechts«, fügte Balbok drohend hinzu.

Beide zogen sich zögernd zurück, worauf Seumas endlich die Zunge der kleinen Alannah in Augenschein nahm. Was er sah, schien ihm nicht zu gefallen, denn er schnalzte mit der Zunge und schüttelte den Kopf. »Es ist gut, dass Ihr mich gerufen habt, Königin – das Mädchen hat bereits Fieber. Ich werde einen Kräutersud zubereiten, den es fleißig trinken soll.«

»Bah.« Rammar verzog angewidert das grüne Gesicht.

»Sie sollte lieber lauwarmes Blutbier trinken«, schlug Balbok vor. »Sogar ich weiß, dass das bei Erkältungen hilft.«

»Wem vertraut Ihr?«, wandte sich Seumas entnervt an Aryanwen. »Mir oder den beiden Unholden?«

»Die beiden Unholde«, knurrte Rammar, »haben dem Kind schon ein Dutzend Mal das Leben gerettet.«

»Und dafür bin ich euch dankbar«, versicherte Aryanwen. »Aber um eine Krankheit zu bekämpfen, bedarf es mehr als eines *saparak*. Bitte, ehrwürdiger Seumas, tut alles, damit Alannah rasch wieder gesund wird!«

»Das werde ich«, versprach der Druide.

»Und was sollen wir tun?«, fragte Balbok ein wenig ratlos.

»Was wohl? Uns die Beine in den Bauch stehen und im Rüssel bohren«, grunzte Rammar verdrießlich. »Wie es aussieht, werden wir nicht mehr gebraucht.«

»Ihr werdet noch gebraucht, schreckliche Orks«, versicherte Aryanwen lächelnd, »davon bin ich überzeugt. Und ich weiß zu schätzen, dass ihr eure Aufgabe als Alannahs Leibwächter ernst nehmt und euch so um ihr Wohlergehen sorgt.«

»Aber?«, fragte Rammar beleidigt.

»Aber heute macht ihr dieselbe Erfahrung, die auch ich schon machen musste.«

»Welche?«

»Dass Elternsein mitunter auch bedeutet, das loszulassen, was man am meisten liebt«, entgegnete Aryanwen leise, während sie zusah, wie Seumas die kleine Alannah zu ihrem Bettchen trug und sie sanft hineinlegte.

Auch Rammar und Balbok sahen ihm hinterher. Und wären die beiden keine Orks gewesen, hätte Aryanwen schwören können, dass dabei Wehmut aus ihren grimmig grünen Gesichtern sprach.

»*Korr*, Menschin, wir lassen los«, erwiderte Rammar schließlich mit einem wölfischen Blick in Richtung des Druiden. »Aber das bedeutet noch lange nicht, dass wir dem Quacksalber vertrauen.«

16

Ein altes Sprichwort in Ansun besagte, dass gute Erinnerungen wie gute Freunde waren.

Dag kamen sie eher wie erbitterte Feinde vor.

Als er jene Gemächer im Palast von Tirgaslan betrat, in denen er und Aryanwen sich zum ersten Mal begegnet waren, da sprang die Vergangenheit ihn von allen Seiten an. Zwar konnte er nichts davon sehen – weder die prächtigen Wandteppiche im Kaminzimmer, noch die Wandelhalle mit ihren Teppichen und Malereien noch den Balkon, von dem aus man an wolkenlosen Tagen bis zum Meer blicken konnte. Doch die Aura dieser Räume, die Gerüche und Geräusche und wohl auch der Nachhall dessen, was einst gewesen war, sorgten dafür, dass er von einer Melancholie befallen wurde, wie er sie lange nicht gekannt hatte. Ohnehin war Dag nie die Sorte Kerl gewesen, die sich sein Vater als Sohn gewünscht hatte, von schlichter Robustheit und mit den einfachen Dingen des Lebens zufrieden; schon als Junge war er grüblerisch veranlagt gewesen und hatte seine Umgebung fortwährend mit Fragen gelöchert; schon als Kind hatte er nur selten gelacht, und daran hatte sich bis zum heutigen Tag nichts geändert – aber die Traurigkeit, die ihn jetzt befiel, lag weit jenseits davon.

Was ihn so betroffen machte, war zum einen die Tatsache, dass er diesen Ort, der ihm so viel bedeutete, nicht mit eigenen Augen sehen konnte; außerdem vermisste er seine Familie und hätte alles darum gegeben, Aryanwen jetzt an seiner

Seite zu haben und der kleinen Alannah beim Spielen zuzusehen. Und er vermisste Dwethan, den alten Fuchs, dessen Zuspruch und Ratschlag er gut hätte gebrauchen können. Der eigentliche Grund seiner Trauer aber war, dass alles, wofür er nicht nur die letzten beiden Jahre, sondern im Grunde sein ganzes Leben lang gekämpft hatte, sich aufzulösen drohte.

Der Streit mit Bertin ging ihm nicht aus dem Kopf.

Es war das erste Mal gewesen, dass sie in einer Sache grundlegend unterschiedliche Meinungen vertraten, und die Heftigkeit, mit der sie aneinandergeraten waren, hatte ihn erschreckt. Ging es dabei tatsächlich noch um die Sache? Oder brachen sich in Wahrheit Konflikte Bahn, die sehr viel älter waren und nur nicht zutage getreten waren, weil sie in Fredegar Helmknecht einen gemeinsamen Feind gehabt hatten? Drohte das noch junge Bündnis zwischen Menschen und Zwergen bereits wieder zu scheitern?

Dag wusste, dass dies nicht geschehen durfte.

Wenn das Bündnis zerbrach, brach mit ihm auch das letzte Bollwerk, das Erdwelt noch vor dem Zugriff des Dunklen Königs bewahrte. Dann würde alles verloren sein, für Menschen wie für Zwerge, und in der Zeit der Finsternis, die dann anbrach, würde es keinen Unterschied mehr machen, welchem Volk man angehörte, denn die Schatten würden sie alle versklaven und zu ihren Dienern machen – jedenfalls ihre Seelen, während ihre Körper als leere Hüllen weiterlebten, ohne Sinn und Hoffnung.

Die Vorstellung genügte, um Dag noch verzweifelter werden zu lassen – was sollte er nur tun? Bertins Ansinnen, den Krieg zu beenden, nachgeben? Aber wie konnte er das, wenn es doch offenkundig die falsche Entscheidung war? Sollte er auf seiner Meinung beharren, auch wenn es womöglich den Bruch bedeutete?

Wie sollte er sich entscheiden?

»Alter Fuchs«, murmelte er leise, »warum seid Ihr nicht hier, jetzt, wo ich Euch am meisten brauche? Ich schaffe das nicht allein, Meister. Ich schaffe es einfach nicht …«

Tränen lösten sich aus seinen Augenwinkeln und rannen über seine Wangen, während er vor dem Kaminfeuer stand und in die Flammen starrte, ohne sie zu sehen.

»Ich vermisse ihn ebenfalls.«

Dag fuhr herum. Nagaya hatte sich ihm genähert. Normalerweise erkannte er die Präsenz der Schlangenfrau sofort, die sich von der eines Menschen oder Zwergs grundlegend unterschied. Aber in seiner Verzweiflung war er so in Gedanken versunken gewesen, dass er gar nicht bemerkt hatte, wie sie sich näherte.

»Du bist es«, sagte er nur.

»Ich«, bestätigte sie und glitt auf ihrem Schlangenkörper heran. Dag hatte sie noch nie mit eigenen Augen gesehen, aber wie sie ihm beschrieben worden war, stellte er sie sich eindrucksvoll vor, Ehrfurcht gebietend. Obwohl sie viele Menschenalter gelebt hatte, glich Nagayas Antlitz dem einer jungen Frau, gleichwohl mit den Augen eines Reptils; auch ihr Oberkörper, den sie mit einem metallenen Brustpanzer schützte, war menschlich, ehe er an den Hüften in den geschuppten, grün gemusterten Leib einer Schlange überging.

Wenn sie sprach, dann ließ sie dabei ihre Giftzähne sehen, und ihre gespaltene Zunge sorgte dafür, dass ihre Stimme fremdartig und zischelnd klang. Nagaya war die letzte der Nathaira, einer uralten Rasse, die einst in Erdwelt gelebt hatte – und auch sie wusste um die Bedrohung, die den Sterblichen erwachsen war. Zusammen mit ihren Nathiri hatte sie sich dem Widerstand angeschlossen.

»Man hat mir gesagt, dass ich dich hier finden würde«,

meinte die Schlangenfrau, während sie zu ihm neben den Kamin glitt. Dag konnte hören, wie sich ihr Schlangenkörper über den steinernen Boden ringelte. »Ich wollte dich sprechen.«

»In welcher Angelegenheit?«

»Dwethan«, erwiderte sie, »wie ich schon sagte: Ich vermisse ihn ebenfalls. Genau wie du.«

»Hast du meine Gedanken gelesen?«

»Das liegt nicht in meiner Macht – ich kann den Sterblichen lediglich meine Gedanken übermitteln und sie gelegentlich auch dazu bringen, das zu tun, was ich will. Letzteres allerdings nur, wenn sie mir tief in die Augen sehen, was bei dir nun einmal nicht möglich ist. Und auch bei dem alten Fuchs haben meine Kräfte versagt – allerdings aus einem anderen Grund.«

Dag nickte.

Tatsächlich hatte Dwethan sie alle lange Zeit über seine wahre Herkunft im Unklaren gelassen. Ein Blendzauber hatte bewirkt, dass sie in ihm nicht mehr als einen kauzigen alten Mann gesehen hatten – dabei war er in Wahrheit ein Elf gewesen und jahrhundertealt, ein Zauberer des alten Ordens …

»Er war ein Kind einer anderen Zeit«, fuhr die Nagaya zischelnd fort, »genau wie ich. Wir waren einander verbunden, auf manche Weise. Bevor ich ihm begegnete, fühlte ich mich allein, verloren …«

»Genau wie ich«, stimmte Dag zu. »Nachdem Winmars Schergen mich geblendet hatten, habe ich mich verkrochen. Ich habe ein Dasein als Einsiedler gefristet, habe mich im Selbstmitleid gesuhlt – bis er vor meiner Höhle stand. ›Ich weiß, wer du bist, Daghan von Ansun‹«, zitierte Dag den Zauberer und ahmte dabei dessen Stimme und Tonfall nach, »›und ich kenne deine Bestimmung‹.«

»Und was hast du geantwortet?«

Dag schnaubte. »Ich habe ihn für einen Verrückten gehalten. Glaubte, er hätte den Verstand verloren.«

»Aber das hatte er nicht.«

»Nein.« Dag schüttelte den Kopf. »Sondern war das klügste Wesen, das mir je begegnet ist.«

»Und dennoch zweifelst du, nicht wahr?«, fragte Nagaya. »Noch nicht einmal jetzt, da er sein Leben für euch geopfert hat, schenkst du seinen Worten Glauben.«

Dag drehte den Kopf, so als würde er sie ansehen – eine Geste, die ihm geblieben war, auch wenn sie ihren eigentlichen Sinn verloren hatte. »Wovon sprichst du?«

»Als ob ich dir das sagen müsste. Dwethan – wenn das überhaupt sein richtiger Name war, was ich sehr bezweifle – war überzeugt davon, dass du *reghas* besitzt, eine seltene Gabe. Dass du in der Lage bist, Dinge zu sehen und zu erspüren, die anderen verborgen bleiben. Aus diesem Grund hat er nach dir gesucht. Es war kein Zufall, dass er dich an jenem Tag in dieser Höhle gefunden hat, Daghan – er wollte dich finden, weil er überzeugt davon war, dass du derjenige bist, dem es beschieden ist, Erdwelt zu befreien.«

»Woher weißt du von all diesen Dingen?«

»Weil er es mir gesagt hat«, erwiderte die Schlangenfrau gelassen. »Wie ich schon sagte, es gab etwas, das uns verband. Der Zauberer hat all das vorausgesehen.«

»Und sein eigenes Ende?«, fragte Dag voller Bitterkeit. »Hat er das auch vorausgesehen?«

»Ich weiß es nicht – aber es wäre ihm zuzutrauen.«

»Warum hat er es dann nicht verhindert?«

»Und die Legion der Schatten in diese Welt eindringen lassen?«, fragte Nagaya dagegen. »Wer handelt verantwortungsvoller: Derjenige, der einer Gefahr entflieht, ganz gleich, welche Folgen es für andere haben mag? Oder derjenige, der sich dieser Gefahr stellt, ganz gleich, welche Folgen es für ihn selbst haben mag?«

»Aus deinem Mund klingt es so einfach …«

»Und das ist es«, war die Schlangenfrau überzeugt.

»Nur was, wenn man das eine nicht vom anderen unterscheiden kann?« Dag schüttelte den Kopf. »Ich weiß nicht, was ich tun soll, Nagaya. Ich wünschte, der alte Zauberer wäre hier.«

»Ich auch«, gab die Nathaira zu, »aber das ist er nun einmal nicht. Und ich glaube offen gestanden auch nicht, dass du seine Hilfe brauchst, Daghan von Ansun.«

»Warum nicht?«

»Der Zauberer hat dir vertraut«, eröffnete die Schlangenfrau. »Er war überzeugt davon, dass du in der Lage sein würdest, die Menschen anzuführen und die richtigen Entscheidungen zu treffen. Das sollte dir Zuversicht geben.«

»Aber egal, wie ich mich entscheide, ich kann dabei nur verlieren«, erwiderte Dag.

»Was sagt dir dein Herz?«

Dag überlegte einen Moment.

»Dass wir handeln müssen, ehe es zu spät ist«, antwortete er dann.

»Dann tritt für deine Überzeugung ein«, sprach Nagaya ihm Mut zu. »Nichts anderes hätte der alte Fuchs getan … nichts anderes *hat* er getan. Deshalb ist er nicht mehr hier.«

»Das ist wahr«, kam Dag nicht umhin zuzugeben. »Und wenn es bedeutet, dass das Bündnis mit den Zwergen zerbricht?«

»Dann wirst du die Konsequenzen tragen, genau wie der Zauberer es getan hat. Aber noch ist das Bündnis nicht zerbrochen, Daghan. Noch besteht Hoffnung.«

»Ach ja?« Dag rollte mit den Augen. »Fragt sich nur, worin diese Hoffnung bestehen soll.«

Nagaya erwiderte nichts, aber er hätte schwören können, dass sie sanft lächelte. »In dir, Daghan von Ansun«, beschied sie ihm. »In niemand anderem als dir.«

»Was soll das heißen?«

»Du wirst es wissen, wenn es so weit ist.«

Dag lachte freudlos auf. »Jetzt hörst du dich schon fast an wie der Zauberer.«

Erneut antwortete die Schlangenfrau nicht – und plötzlich kam Dag ein Gedanke. Nagaya und der Zauberer waren beide Wesen aus einer anderen Zeit … hatte sie nicht vorhin selbst gesagt, dass sie und er auf manche Weise verbunden waren? Waren sie während des Kampfes auf Gorta Ruun nicht sogar in der Lage gewesen, sich allein kraft ihrer Gedanken auszutauschen? War es da so abwegig, dass …?

»D-Dwethan?«, fragte Dag unsicher und kam sich unendlich töricht dabei vor. »Seid Ihr das, Meister …?«

Aber er bekam keine Antwort.

Die Schlangenfrau hatte sich bereits zurückgezogen, so lautlos, wie sie gekommen war.

17

Im Inneren der Kaldrone war es kaum auszuhalten. Die Geräusche waren ohrenbetäubend, ein infernalisches Stampfen und Rasseln, dass einem Hören und Sehen verging. Dazu der elende Gestank von Schwefel und ranzigem Öl. Und als wäre das noch nicht genug, kamen auch noch die Hitze und die drückende Enge hinzu, die in der stählernen Kugel herrschten.

Dennoch hatten sie beschlossen, die herrenlose Kaldrone zu übernehmen und ihren Weg mit ihr fortzusetzen – zum einen, weil sie so im unwegsamen Gelände rasch und kräfteschonend vorankamen; zum anderen aber auch, weil die Kampfmaschine im von feindlichen Patrouillen durchsetzten Territorium die perfekte Tarnung darstellte.

Das Lenken der Kaldrone hatte Vigor übernommen – schließlich passte Suvats zierlicher Körper noch am besten in die eigentlich für Zwerge gedachte Steuervorrichtung, die die Bewegungen des Lenkers auf die pfeilerartigen Beine und mechanischen Arme der Kaldrone übertrug. Außerdem hatte Vigor ein wenig Erfahrung darin, eine Kaldrone zu steuern, was er dem Menschen, der hinter ihm in der Enge der Kugel kauerte, natürlich nicht auf die Nase binden konnte.

Von den lästigen Begleiterscheinungen abgesehen, war das Vorankommen mit der Kaldrone jedoch leichter als gedacht: Die Kraftverstärkung funktionierte zuverlässig, und der kugelrunde Kampfkoloss bahnte sich einen Weg durch das Unterholz und über das hügelige, von Felsen übersäte Gelände. Ein Meisterwerk zwergischer Erfindergabe – auch wenn Vigor zugeben musste, dass die dunkle Kunst der Alchemisten einen nicht unwesentlichen Beitrag dazu geleistet hatte.

Seit ihrem Abmarsch von der Lichtung, wo sie die Leichen des Zwergs und der vier Orks kurzerhand mit Farnblättern bedeckt hatten, damit sie nicht sofort entdeckt wurden, hatte der Mensch Alured kaum ein Wort gesagt. Schweigend kauerte er in der Rückennische der Kaldrone und wusste nicht, wohin mit den langen Beinen. Vor allem das verwundete schien ihm zu schaffen zu machen, aber das war nicht der Grund für sein Schweigen.

Vigor war klar, dass der Mensch die Zeit damit verbrachte, über das Geschehene nachzudenken und es zu verarbeiten. Menschen, das hatte ihn die Erfahrung gelehrt, waren stets darauf bedacht, alles einzuordnen und zu verstehen – selbst dann, wenn es nichts zu verstehen gab. Dass ausgerechnet der Junge, dem er in den Tiefen von Tirgas Winmar das Leben gerettet und den er als die Sanftmut in Person eingeschätzt hatte, mit der kaltblütigen Präzision eines Kriegers gekämpft und getötet hatte, schien ihm nicht in den Schädel zu wollen. Darüber, dass er womöglich die Wahrheit erahnen könnte, machte Vigor sich allerdings keine Sorgen – die menschliche Natur stand dem entgegen. Da die Menschen dazu neigten, sich selbst als das Maß aller Dinge zu betrachten, würde Alured irgendwann zu der Einsicht gelangen, dass sein junger Begleiter wohl an den Fährnissen der Reise verzweifelt war und den Verstand verloren hatte.

Sollte er ruhig – etwas anderes irritierte Vigor ungleich mehr. Nämlich dass er, kurz bevor er den Zwerg erledigt hatte, tief in seinem Inneren eine Stimme gehört hatte. Eine Stimme, die ihn mit panischem Geschrei davon abzuhalten suchte, die Bluttat zu begehen – und die fraglos dem wahren Suvat gehört hatte, oder vielmehr seinem Bewusstsein, das noch in diesem Körper war und das Vigor mit aller Macht niederkämpfte.

Natürlich hatte er nicht auf die Stimme gehört und den Körper trotzdem das tun lassen, was er wollte – schließlich hatte er gute Gründe gehabt, den Zwerg zu töten. Die Erfahrung hatte Vigor gelehrt, dass es am besten war, sich unnötiger Zeugen stets zu entledigen. Dass es Suvat gelungen war, sich gegen Vigors Willen Gehör zu verschaffen, störte diesen jedoch – und machte ihn wütend. Vermutlich, sagte er sich, hatte der Kampf gegen die Unholde ihn geschwächt, sodass seine Kontrolle für einen Moment nachgelassen hatte. Einen Moment, den der Junge genutzt hatte.

Noch einmal, davon war Vigor überzeugt, durfte das nicht passieren. Davon einmal abgesehen, konnte er mit dem bisherigen Verlauf der Mission zufrieden sein.

Er hatte den Zwerg nicht verhört, weil er sich tatsächlich für dessen Kenntnisse das königliche Heer betreffend interessiert hatte – schließlich standen sie beide auf derselben Seite, wenn auch auf sehr unterschiedliche Weise. Es war Vigor darum gegangen, Alured über diese Dinge zu informieren und so den Druck auf ihn zu erhöhen. In der Sicherheit von Gorta Ruun hatte Vigor kaum eine Chance, an Aryanwens Kind heranzukommen. Wenn es ihm jedoch gelang, die Aufständischen aus ihrer Festung herauszulocken …

Finstere Pläne schmiedend, setzte Vigor den Weg fort, beständig ein Bein vor das andere setzend. Hin und wieder benutzte er die Axt der Kaldrone, um Bäume zu fällen, die im Weg standen, oder kleinere Hindernisse beiseitezuräumen. An den Berggipfeln, die mitunter durch die Bäume zu sehen waren, konnte er erkennen, dass sie der Festung bereits nahe waren. In all der Zeit, die er in Tirgas Winmar verbracht hatte, allein und von Rachegedanken getrieben, hatte er sich stets gewünscht, eines Tages nach Gorta Ruun zurückzukehren – so allerdings hatte er sich seine Rückkehr nicht vorgestellt.

Es hatte eine Zeit gegeben, da hatte er davon geträumt, Winmar zu entmachten und sich selbst zum König des Zwergenreiches auszurufen, und diese Vision konnte noch immer wahr werden, als ein Herrscher von des Dunklen Königs Gnaden. Aber ganz sicher hatte er nicht daran gedacht, in eine von Verrätern und Menschen besetzte Zwergenfestung zurückzukehren, noch dazu heimlich und im Körper eines anderen. All das war so erniedrigend, dass es Vigor beinahe körperlich schmerzte – und er schwor sich, dass jemand dafür bezahlen würde.

Alle würden sie bezahlen.

Die Menschen ebenso wie die Verräter unter seinesgleichen. Wenn die Herrschaft des Dunklen Königs erst vollkommen war und sein dunkles Banner über Erdwelt wehte, würden alle, die sich gegen ihn gewandt hatten, es bitter bereuen …

Vigors schöne Träume endeten, als er ins Leere trat.

Genau genommen war es nicht Suvats Bein, das plötzlich keinen Boden mehr unter sich spürte, sondern der Pfeiler der Kaldrone, aber in Anbetracht der Verbindung, die der Steuermann mit der Kampfmaschine einging, spielte das keine Rolle. Einen Moment lang empfand Vigor nichts als Verwirrung. Dann, als die Kaldrone sich plötzlich nach vorn neigte, dämmerte ihm die schreckliche Wahrheit.

»Eine Falle!«, rief in diesem Augenblick auch Alured, der hinter ihm eingezwängt war.

Dann war nur noch Bersten und Splittern zu hören, als die Kaldrone durch die Abdeckung brach. Panisch ließ Vigor den Kampfkoloss mit den Armen rudern, in der verzweifelten Hoffnung, sich noch irgendwo festhalten zu können – doch es war zu spät. Die Kugel war bereits im Sturz begriffen, drehte sich noch in der Luft – und schlug kopfüber auf dem Grund der Grube auf.

Der Aufprall war entsetzlich. Trotz des Gurtzeugs, das ihn hielt, stieß sich Suvat so heftig den Kopf, wie ein Hammer auf einen Amboss traf. Und obwohl Vigor alles daransetzte, dem betäubenden Schmerz zum Trotz bei Bewusstsein zu bleiben, gelang es ihm nicht.

Er blieb noch lange genug wach, um zu sehen, wie sich Alured neben ihm mit blutüberströmtem Gesicht aus der Kaldrone zu befreien suchte.

Dann wurde es dunkel.

18

Der Kriegsrat war zusammengetreten.
Auf historischem Boden.

Im Thronsaal des Palastes von Tirgaslan waren Herrscher gekrönt und entmachtet worden, waren aufgestiegen und gefallen. Von hier aus hatten die Könige der Hochelfen regiert und die Geschicke Erdwelts gelenkt; hier war es gewesen, wo der Dragnadh gekämpft und die Krone des Reiches sich auf dem Haupt des Kopfgeldjägers Corwyn niedergelassen hatte*; hier waren weise Entscheidungen getroffen worden, die Erdwelt Jahrhunderte des Friedens und der Blüte beschert hatten – aber auch solche, die das Reich in einen sinnlosen Krieg und an den Rand des Abgrunds geführt hatten.

Zuletzt hatte der Verräter Lavan die Elfenkrone getragen, ehe die Macht auf Fredegar Helmknecht übergegangen war. Seine Herrschaft hatte nur zwei Jahre gedauert, vor wenigen Tagen hatte sie ein böses Ende genommen.

Seither war die Krone verwaist.

Herrenlos lag sie auf dem Thron aus Alabaster, der wie sie selbst schon bessere Zeiten gesehen hatte, Symbol dafür, dass Tirgaslan in diesen Tagen keinen rechtmäßigen Herrscher hatte. Wenn überhaupt, dann kam dieses Amt Aryanwen zu, Tandelors Tochter und rechtmäßiger Erbin. Doch Aryanwen war nicht hier, und so oblag es anderen, die Entscheidungen zu treffen.

* siehe DIE RÜCKKEHR DER ORKS

Bis auf einen Tisch, eine lange Tafel, die vor dem verwaisten Thron errichtet worden war, hatte Dag die Halle komplett räumen lassen. Alles, was an Fredegar Helmknecht und die verhasste Fremdherrschaft erinnerte, war entfernt worden, einschließlich der blutroten, mit dem Zeichen des Dunklen Königs versehenen Banner, die die Säulen verunziert hatten.

Um den Tisch saßen die Anführer des Heeres versammelt: Bertin Zwergenhammer und seine engsten Berater Dado und Runward für die Zwerge; Nagaya und Lyrx für die Gruppe der Assassinen, die die Speerspitze des Heeres bildete. Auch die Häuptlinge der zwölf Hügelclans waren zugegen, bis auf Niall Ca'Bra, der im Kampf gefallen war; er wurde durch seinen Neffen Conor vertreten, einen jungen Mann, der einen Ruf als Hitzkopf genoss, sich jedoch im Kampf um das Osttor durch herausragende Tapferkeit ausgezeichnet hatte. Viele waren der Ansicht, dass er trotz seiner Jugend zum neuen Oberhaupt des Clans Ca'Bra bestimmt werden würde.

Für Tirgaslan und die Armee der Freiwilligen, die in den letzten Tagen rekrutiert worden war und sich sowohl aus Bürgern als auch aus den letzten Resten der ehemaligen Stadt- und Palastwache zusammensetzte, sprach Dermot von Camory, ein einstiger Ritter des Reiches, der der eine Augenklappe trug; der Verräterkönig Lavan hatte ihm einst das linke Auge von seinem Falken aushacken lassen, weil Dermot die Tributzahlungen an die Zwerge verweigert und es stattdessen gewagt hatte, den König an seine Pflichten seinem eigenen Volk gegenüber zu erinnern. Die letzten beiden Jahre hatte der Ritter im Kerker von Tirgaslan verbracht, was ihm deutlich anzusehen war. Seine Züge waren bleich und ausgemergelt, sein dunkles Haar von grauen Strähnen durchzogen, obwohl er erst gut dreißig Winter gesehen hatte. Aus seinem verbliebenen Auge jedoch blickte der ungebrochene Wille eines Kämpfers.

Dag sprach für Ansun. Auch wenn der Beitrag, den das Herzogtum zum Heer der Rebellen leistete, zahlenmäßig gering war, hatte seine Stimme im Rat doch Gewicht. Denn mit der Eroberung Tirgaslans hatte er einen Erfolg vorzuweisen, der sich selbst von jenen, die ihm skeptisch gegenüberstanden, nicht in Abrede stellen ließ. Bislang war Daghan von Ansun nichts weiter gewesen als ein junger Mann mit großen Visionen, eine Lichtgestalt für die einen, ein Fantast für die anderen. Nicht von ungefähr hatten ihn die Anführer der Hügelclans damals nur ausgelacht, als er zum ersten Mal versucht hatte, sie gegen Winmar zu einen. Seither hatte sich jedoch viel geändert – und das war nicht zuletzt Dag und seiner aberwitzigen Erfindung zu verdanken, die es möglich machte, wie ein Vogel durch die Luft zu reisen.

Ohne den Einsatz der Luftschiffe, das war allen Versammelten klar, hätte der Kampf um Tirgaslan niemals so rasch und noch dazu erfolgreich entschieden werden können. Diese Erkenntnis trug Dag eine herausragende Stellung im Kriegsrat ein, und er hoffte, dass er sie würde nützen können. Dag war allein im Rat, eine eigene Fraktion hatte er nicht. Nur der grimme Ferghas wachte treu an seiner Seite.

»Das alles sind gute Nachrichten«, nahm Dag auf die Berichte Bezug, die sie aus den verschiedenen Stadtteilen gehört hatten. »Die Brände sind gelöscht, das Heerlager befindet sich jetzt innerhalb schützender Mauern. Die Ausbesserungsarbeiten am Osttor und an den Schanzwerken kommen gut voran, und wie sich herausgestellt hat, sind die Kornkammern des Palasts üppig gefüllt, sodass im kommenden Winter niemand Hunger leiden muss. Fredegar war offenbar sehr fleißig darin, den Bürgern ihre Nahrung zu stehlen – nun wird es Zeit, sie wieder zurückzugeben.«

»Aye«, pflichtete Anghas Ca'Dur bei, und auch die übrigen Clansherren bekundeten ihre Zustimmung.

»So stellt sich also die Frage, was als Nächstes zu tun ist«, kam Dag auf das eigentliche Thema der Versammlung zu sprechen, die Bertin einberufen hatte. Was immer hier und heute entschieden würde, es würde wegweisend sein.

Für den Verlauf des Krieges.

Und für ganz Erdwelt …

»Ich denke, die Antwort liegt auf der Hand«, meinte Bertin, der Dag am anderen Ende der Tafel gegenübersaß. »Wir haben es doch soeben gehört«, sagte er in die Runde. »Der Sieg gehört uns. Der Feind ist geschlagen und entweder vertrieben oder in der Zitadelle gefangen. Das ist etwas, worauf wir stolz sein können und sollten. Unsere Krieger haben es verdient, nach Hause zu den Ihren zurückzukehren.«

Runward und Dado trommelten zustimmend mit der flachen Hand auf den Tisch. Auch einige der Clansherren nickten, wie Ferghas Dag zuraunte – zumindest jene, deren Heimat noch nicht von den Kaldronen überrannt und verwüstet worden war.

»Das bestreite ich nicht«, versicherte Dag. »Dennoch sollten wir uns nicht auf dem ausruhen, was wir erreicht haben, weder Menschen noch Zwerge … noch nicht. Stattdessen sollten wir den Winter über Kräfte sammeln und im Frühjahr zu einem neuen Feldzug aufbrechen.«

»Gegen wen?«, wollte Nagaya wissen. »Ansun?«

Dag nickte. »Nachdem wir Gorta Ruun und Tirgaslan befreit haben, wäre das wohl der nächste logische Schritt – allerdings auch einer, den der Feind fraglos erwarten wird. Deshalb denke ich, dass wir genau das tun sollten, was der Dunkle König nicht erwartet – nämlich nach Tirgas Winmar in die Höhle des Löwen gehen und ihn direkt angreifen!«

Aufgeregtes Gemurmel setzte an der Tafel ein. Selbst den sonst so verwegenen Clansherren schien die Idee, nach Tirgas Winmar zu marschieren, nicht zu behagen.

Mit einer Ausnahme.

»Das sollten wir in der Tat!«, rief Conor Ca'Bra und schlug mit der geballten Faust auf den Tisch. »Reiten wir zum Feuerberg und stoßen wir diesen Bastard endlich vom Thron!«

»Mein ungestümer junger Freund«, beschied Nagaya ihm zischelnd, »vielleicht weißt du es ja noch nicht, aber nach Tirgas Winmar kann man nicht reiten, denn der Landweg dorthin ist von Urwäldern und Sümpfen versperrt. Man muss über die Wellen der Ostsee reisen, und selbst wenn es gelingt, genügend Schiffe zu finden und die See zu überwinden, so stellen die Pfeiler des Todes das nächste Hindernis dar – eine Phalanx schwarzer Felsen, die den Hafen der Hauptstadt einfrieden, spitz wie Dolche und scharf wie Messer. Jedes Schiff, das ihnen zu nahe kommt, wird längsseits aufgeschlitzt und landet auf dem Grund des Meeres.«

»So ist es«, räumte Dag ein, »und dennoch glaube ich nicht, dass wir eine Alternative haben. Denn wir sollten uns nicht dazu verleiten lassen zu glauben, dass der Dunkle König tatenlos zusehen wird, wie wir eine Stadt nach der anderen seinem Herrschaftsgebiet entreißen.«

»Wohl kaum«, stimmte Anghas Ca'Dur zu und schüttelte die wilde Mähne. »Er wird ein Heer aufstellen, Kaldronen, Orks und noch Schlimmeres. Und er wird hierherkommen, um Tirgaslan zurückzuerobern und uns für das zu bestrafen, was wir getan haben.«

»Umso wichtiger ist es, dass wir von schützenden Mauern umgeben sind und uns den Bestien nicht in einer Schlacht auf freiem Feld stellen müssen«, konterte Bertin. »Kein Zwerg, der bei Verstand ist, würde jemals so etwas tun.«

»Nun, ich bin kein Zwerg«, hielt Yorus Ca'Gor vom Grünen Clan dagegen. »Sprecht also nur für Euch und die Euren.«

»Ihr wollt bestreiten, dass Ihr gegen ein Heer von Kaldronen dem Untergang geweiht wärt?«, hakte Bertin nach.

»Auch wir haben inzwischen Donnerrohre und Kaldronen, vergesst das nicht«, wandte Dag ein, das Tauziehen um die Stimmen im Rat hatte eingesetzt. »Außerdem beabsichtige ich nicht, die Entscheidung in einer Feldschlacht zu suchen. Aber wenn wir hierbleiben und darauf warten, dass der Feind vor diesen Mauern auftaucht, dann hätten wir Tirgaslan gar nicht erst zu erobern brauchen – denn seiner Unzahl haben wir nichts entgegenzusetzen.«

»Hat der Feind wirklich noch so viele Krieger unter seinen Fahnen?«, fragte Gall Ca'Dal, der Häuptling des Waldland-Clans. »Das Heer der Zwerge ist ausgedünnt, wie wir wissen, die Menschen nutzen jede Gelegenheit, von ihm abzufallen. Bleiben nur noch die Unholde – Orks, Gnomen und Trolle …«

»… und die Schatten«, brachte Dag in Erinnerung. »Dwethan der Zauberer konnte verhindern, dass die Legion der Schatten in diese Welt gelangte und die Pforte in Gorta Ruun verschließen. Aber der Dunkle König wird weiter versuchen, das Tor zur Unterwelt zu öffnen und die Armee der Dunkelheit zu entfesseln, und wenn es ihm gelingt, ist jede Kreatur Erdwelts dem Tod geweiht. Es gibt nur eine Möglichkeit: wir müssen ihm zuvorkommen und ihn angreifen, ehe die Legion der Schatten Wirklichkeit geworden ist!«

»Wie sollen wir das tun?«, fragte Lyrx, der Gestaltwandler. »Wenn wir ihn weder über Land noch über das Meer erreichen können, wie willst du den Feind dann angreifen?«

»Aus der Luft«, eröffnete Dag – und stellte sich die teils verblüfften, teils entsetzten Gesichter in der Runde vor.

»Was seht ihr mich denn so an?«, fragte er. »Ihr alle habt doch miterlebt, dass es möglich ist, oder nicht?«

»Das habe ich«, gestand Yorus Ca'Gor vom Grünen Clan zu. »Aber das bedeutet noch längst nicht, dass ich eines dieser verfluchten Dinger besteigen würde.«

»Angst, Yorus?«, fragte Ferghas grinsend.

»Schweig, Ca'Dur«, zischte der Häuptling aus dem südlichen Hügelland. »Oder willst du, dass unser Friede hier und heute endet?«

»Ruhe, alle beide«, mischte Anghas Ca'Dur sich ein und schickte sowohl Yorus als auch seinem Bruder einen strafenden Blick. »Eines sollten wir ganz sicher nicht tun, nämlich uns gegenseitig an die Kehle gehen. Sonst hat der Feind gewonnen, ohne auch nur einen einzigen Tropfen Blut vergossen zu haben. Und so einfach wollen wir es ihm nicht machen, aye?«

»Aye«, stimmte Ferghas zu, und auch Yorus nickte, wenngleich widerstrebend.

»Der Angriff auf Tirgaslan hat gezeigt, dass der Feind nicht mit einem Angriff aus der Luft rechnet«, fasste Dag seine Überlegungen zusammen. »Wenn wir alle zusammenstehen und unsere Kräfte bündeln, könnten wir den Winter nutzen, um eine Flotte von zweihundert Luftschiffen zu bauen – keine kleinen Boote wie bislang, sondern Kriegsschiffe mit großen Gondeln, stark genug, um jeweils zwanzig Mann zu tragen. Mit einer solchen Flotte könnten wir nach Südosten vorstoßen, die See an ihrer schmalsten Stelle überwinden und den Feind dort angreifen, wo er es am wenigsten erwartet – in seiner Festung im Feuerberg.«

Conor Ca'Bra war der Erste, der seine Sprache wiederfand. »Klingt gut«, anerkannte er.

»Ja, sehr gut«, stimmte Bertin mit vor Sarkasmus triefender Stimme zu, »auch die Saga vom Kampf am Schwarzkamm klingt gut, wenn sie am Lagerfeuer erzählt wird – aber ist sie deshalb auch wahr? Zweihundert Luftschiffe willst du bauen? Ich frage mich, ob das überhaupt zu schaffen ist.«

»Es ist eine Herausforderung«, räumte Dag mit fester Stimme ein, »eine Unternehmung, wie sie noch nie zuvor gewagt wurde. Aber wenn wir alle zusammenstehen, können wir es schaffen. Unter deinen Zwergen sind tüchtige Baumeister, Zimmerleute, Sattler, Schlosser und Schmiede.«

»Wohl wahr«, stimmte Runward Eisenherz zu, Bertins grimmiger Berater, der selbst Schmied war und die zwergischen Handwerkskünste kannte. »Aber was wird dann geschehen? Angenommen, wir würden es tatsächlich schaffen, die zweihundert Luftschiffe bis zum Frühjahr zu bauen …«

»… dann würden wir damit aufbrechen und nach Tirgas Winmar fliegen.«

»Und dann? Glaubst du nicht, dass der Dunkle König inzwischen gewarnt ist? Man wird uns mit Pfeilen und Eisenkugeln beharken, von Donnerrohren ganz zu schweigen. Und vergessen wir nicht, dass auch der Dunkle König über Kreaturen gebietet, die in der Lage sind zu fliegen!«

»Gegen Schattendrachen haben wir schon früher gekämpft«, sprang Ferghas Dag bei, noch ehe dieser etwas erwidern konnte. »Auch in der Luft.«

»Und? Wart ihr siegreich?«

»Säße ich sonst hier?«, fragte der Clansmann dagegen. Einige lachten, worauf die Zwerge beleidigt knurrten. Ohnehin waren die Söhne und Töchter des Berges leicht zu kränken, und erst recht in einer Situation wie dieser.

»Ich weiß, dass wir viel von euch verlangen, meine Freunde«, sagte Dag deshalb rasch, »und natürlich kann ich euch keine Garantie geben, dass unsere Unternehmung von Erfolg gekrönt sein wird – noch nicht einmal Dwethan der Zauberer konnte das, und er hatte die Gabe, in die Zukunft zu sehen. Aber was ich weiß, ist, dass wir keine Zeit vergeuden dürfen. Der Feind wird immer stärker, von Mond zu Mond nimmt seine Kraft noch zu. Wenn wir noch eine Chance haben wollen, ihn zu schlagen, so müssen wir handeln – oder sie wird für immer verwirkt sein. Ihr fragt nach den Erfolgsaussichten?« Dag zuckte mit den Schultern. »Ich weiß es nicht, meine Freunde. Aber hat man es nicht noch vor einigen Wochen für unmöglich gehalten, den Alchemisten Gorta Ruun zu entreißen? Oder Tirgaslan von der Fremdherrschaft zu befreien? Wir haben bereits so viel erreicht, meine Freunde. Vieles, das eigentlich unmöglich war …«

»Ja«, gab Bertin zu, »und deshalb sollten wir unser Schicksal nicht noch mehr herausfordern, sondern uns mit dem zufriedengeben, was wir erreicht haben. Gorta Ruun ist wieder frei, mehr wollten wir nicht – nun geht es darum, das zu behaupten, was wir zurückgewonnen haben.«

»So ist es!«, stimmte Runward zu, und Dado klopfte mit der Hand auf den Tisch. Auch einige Ratsmitglieder bekundeten ihre Zustimmung, zu Dags Verdruss.

»Aber wir haben einen Schwur geleistet«, wandte er ein. »Wir haben unser Blut vereint, haben gemeinsam aus dem Krug der Könige getrunken! Wir wollten einander im Kampf beistehen, wenn nötig bis zum Tod …«

»Und das haben wir getan«, versicherte Bertin. »Meine Leute haben tapfer gekämpft und vor dem Osttor für euch geblutet. Nun wollen sie wieder nach Hause zu ihren Familien, in ihre angestammte Heimat.«

»Genau wie wir vom Clan Ca'Gor«, stimmte Yorus zu, »und ich bin davon überzeugt, dass viele andere Clans genauso darüber denken. Ohnehin haben wir uns schon viel zu tief in den Konflikt der Westmenschen ziehen lassen. Es wird Zeit, in die Heimat zurückzukehren.«

»Welche Heimat, alter Mann?«, begehrte der junge Conor auf. »Dort, wo wir einst lebten, haben die Kaldronen gewütet. Unsere Dörfer und Burgen haben sie dem Erdboden gleichgemacht, unsere grünen Hügel umgepflügt.«

»Da ist nichts, das sich nicht neu errichten ließe.«

»Und du glaubst, der Dunkle König ließe uns dann in Ruhe?« Conor lachte bitter auf.

»Der Junge hat recht«, war auch Anghas Ca'Dur überzeugt. »Solange dieser elende Finsterling auf dem Thron sitzt, ist keiner von uns sicher.«

»Gorta Ruun bietet genügend Schutz für alle«, meinte Bertin. »Wenn Ihr den Winter als unsere Gäste verbringen wollt, seid Ihr willkommen. Für uns Zwerge ist der Kampf zu Ende.«

»Nein, verdammt, das ist er nicht!«, platzte Dag heraus. So edel Bertins Motive auch sein mochten, der Starrsinn des Zwergenkönigs ließ ihn für einen Augenblick alle Zurückhaltung vergessen. Was er schon einen Herzschlag später bitter bereute.

»Willst du König Bertin Vorschriften machen, Mensch?«, fragte Runward mit drohendem Unterton. Dag konnte hören, wie er aufstand, und auch einige Ratsmitglieder erhoben sich von ihren Sitzen.

Genau das, was er um jeden Preis hatte vermeiden wollen, war im Begriff zu geschehen.

Das Bündnis, das er mit viel Geduld und unter großen Opfern geschmiedet hatte, zerfiel.

19

Alured wusste nicht, was schlimmer war – sein ohnehin schmerzendes Bein oder sein Kopf, den er sich beim Absturz der Kaldrone so heftig gestoßen hatte, dass er blutete.

Klebrig und warm rann es an seiner Schläfe herab und über seine Augen, sodass er zunächst nichts sehen konnte. Mit fahrigen Bewegungen versuchte er, sich das Blut aus dem Gesicht zu wischen und sich ein Bild von der Lage zu machen.

Chaos herrschte im Inneren der Kaldrone, die kopfüber auf dem Grund der Schlucht aufgeschlagen war; zwar war die Kugel selbst unbeschädigt, aber alles war verkehrt herum, und stinkender Rauch quoll aus der Brennkammer, die sich jetzt oberhalb des Führerstands befand. Dazu war ein tiefes Rasseln zu hören, ein mechanisches Keuchen, so als wäre die Kaldrone eine Kreatur, die in ihren letzten Atemzügen lag. Wenn jemand noch nach einem Weg gesucht haben sollte, eine Kaldrone wirksam unschädlich zu machen – hier war er.

In den Gurten des jetzt an der Decke befindlichen Führerstands hing Suvat – wie der Kampfkoloss selbst kopfüber und völlig reglos.

»Suvat!«

Seiner Verletzung zum Trotz versuchte Alured, in der Enge der Kugel vor den Führerstand zu kommen. Sein Herzschlag raste, immer wieder musste er das Blut wegwischen, das in seinen Augen brannte.

»Suvat! Bruder …!«

Endlich konnte er den Führerstand erreichen. Da er nicht sehen konnte, ob Suvats Brustkorb sich noch bewegte, griff er kurzerhand an seinen Hals. Erleichtert nahm er den Pulsschlag zur Kenntnis. Der Junge hatte nur das Bewusstsein verloren, vermutlich infolge der Beule, die unter dem glatten schwarzen Haar an der Stirn prangte.

»Suvat, kannst du mich hören? Komm zu dir, Junge!«

Er versuchte, ihn zu rütteln, so gut das in der Enge möglich war. Aber Suvat blieb ohne Bewusstsein. Dafür wurde der Rauch, der durch das Bodengitter quoll, immer dichter und beißender. Und irgendwo war ein Ventil undicht geworden, aus dem zischend heißer Dampf entwich. Sie mussten das Wrack verlassen.

»Komm schon, Suvat! Wach endlich auf!«

In seiner Not versetzte Alured dem Jungen eine Ohrfeige, worauf sich seine Züge tatsächlich regten. Plötzlich sog der Junge scharf nach Luft und riss die Augen auf.

»Wo …?«

»Ganz ruhig«, redete Alured ihm zu, während er gleichzeitig versuchte, die Schnallen des Gurtzeugs zu lösen. »Wir sind mit der Kaldrone in eine Grube gestürzt. Jetzt müssen wir schleunigst raus hier!«

Suvats malträtiertes Gesicht blickte noch immer verständnislos drein, aber sein Geist schien die Situation bereits erfasst zu haben. Er half Alured dabei, die Riemen zu lösen, stützte sich an ihm ab, damit er nicht kopfüber aus dem Führerstand fiel. Dann gingen sie gemeinsam daran, das Frontvisier der Kaldrone zu öffnen.

Glücklicherweise lag der Koloss so, dass der Ausstieg frei war, jedoch war der Öffnungsmechanismus beim Aufprall beschädigt worden. Während der Rauch im Inneren der Kaldrone immer dichter wurde, setzten sie alles daran, das

Visier ein Stück aufzuhebeln, was ihnen schließlich unter Aufbietung letzter Kräfte auch gelang. Gierig sog Alured die frische Luft in die Lungen, die durch den entstandenen Spalt hereindrang. Indem sie brachiale Gewalt gebrauchten und zuletzt gar gegen das Visier traten, gelang es ihnen, es noch ein Stück weiter aufzubekommen und schließlich hinauszuschlüpfen.

Suvat war der Erste, Alured folgte ihm, heftig hustend und mit zusammengekniffenen Augen. Bäuchlings kroch er aus der havarierten Kaldrone, fühlte kühles, feuchtes Erdreich und roch den Gestank von entweichendem Schwefel. Helles Sonnenlicht blendete ihn selbst durch die geschlossenen Lider, das jedoch schon im nächsten Moment wieder verfinstert wurde.

»Alured, mach die Augen auf!«

Die Art, wie Suvat sprach, gefiel ihm nicht. Er versuchte zu blinzeln, musste jedoch erst wieder Blut beiseitewischen, um etwas sehen zu können. Dann erkannte er Einzelheiten … die kopfüber in der Grube liegende Kaldrone, deren Beine grotesk in die Höhe ragten … die glatten Wände der Grube … und schließlich die Gestalten, die oben um den Rand der Öffnung standen und deren Silhouetten sich gegen das helle Tageslicht abzeichneten.

Zwerge mit Donnerbüchsen.

Menschen mit Pfeil und Bogen.

Welcher Seite sie angehörten, war auf den ersten Blick nicht festzustellen, aber alle zielten sie auf die beiden Fremden. Instinktiv hob Alured die Hände.

Suvat tat es ihm gleich.

»Zum Donnerwetter«, hörte er oben jemanden fluchen. »Jetzt steuern sogar schon Menschen diese verdammten Dinger!«

»Verräter«, knurrte ein anderer. »Knallen wir sie ab.«

»Wartet!«, rief Alured und winkte. »Seid ihr Rebellen? Kämpfer aus Gorta Ruun?«

»Als ob du das nicht wüsstest.«

»Ich wusste es nicht«, versicherte Alured, der keine Gesichter, sondern nur schemenhafte Umrisse erkennen konnte. »Wir haben diese Kaldrone gekapert. Wir wollten zu euch.«

»Darauf möchte ich wetten.«

»Der Kerl lügt!«

»Daghan von Ansun ist euer Anführer, nicht wahr?«, nannte Alured den Namen des Freundes in der Hoffnung, damit ein wenig Vertrauen zu gewinnen. »Ich muss zu ihm.«

»Wozu?«

»Weil ich eine wichtige Nachricht für ihn habe. Mein Name ist Alured, einst war ich sein Freund und Gef…«

»Alured?«

Eine Frauenstimme rief seinen Namen, die Alured sofort erkannte. Obwohl sie einander mehr als zwei Jahre nicht gesehen hatten, hätte er sie unter Tausenden herausgekannt – aber war das überhaupt möglich? Oder war sein Wunsch nach einem Wiedersehen, so stark, dass er es sich einbildete?

Aus dem Augenwinkel sah er, wie sich eine der Silhouetten vom Rand der Grube löste und zu ihnen heruntersprang. Leichtfüßig landete sie im schmatzenden Matsch.

»Bist du wahnsinnig?«, donnerte einer der Zwerge von oben herab. »Komm wieder zurück, Weib, ehe sie dich …«

»Keine Sorge«, antwortete die Frau, und verschwommen sah Alured, wie jemand vor ihn trat. Erneut wischte er sich die Augen, hatte für einen Moment freie Sicht.

Was er sah, war eine zierliche Gestalt, die die lederne Rüstung der Hochländer trug … blondes Haar, das ein hübsches Gesicht umrahmte … dunkelbraune Augen, die ihn mit einer Mischung aus Überraschung und Unglauben ansahen.

Alured selbst war nicht weniger überwältigt.

»Catriona«, flüsterte er.

Noch einen Augenblick lang blieben sie voreinander stehen, konnten es einfach nicht glauben. Dem widrigen Schicksal hatte es gefallen, sie kurz nachdem sie ihre Zuneigung füreinander entdeckt hatten, auseinanderzureißen und in verschiedene Ecken des Kontinents zu schicken. Nun endlich hatte es sie wieder zusammengeführt.

»Du siehst furchtbar aus«, erwiderte sie lächelnd.

Dann fielen sie einander in die Arme und hielten sich gegenseitig fest, so als wollten sie einander niemals wieder loslassen.

20

Irgendwann war der Sturz in die bodenlose Tiefe zu Ende gewesen.

Ein grelles Licht war aufgetaucht und hatte Dwethan aufgefangen – zumindest war das sein Eindruck. Seither, und er war unmöglich in der Lage zu schätzen, wann dies gewesen war, hatte er das Gefühl zu schweben … durch einen leeren Raum, der Zeit und der Welt entrückt.

Wie lange dieser Zustand andauerte, wusste der Zauberer wiederum nicht zu sagen, aber irgendwann konkretisierte sich der Raum. Es gab einen Boden und Wände, die näher rückten und eine Röhre formten, durch die der Zauberer schwebte. Das Gefühl zu fliegen war ihm nicht unvertraut, im Lauf seines langen Lebens hatte er immer wieder Mittel und Wege gefunden, die Schwerkraft zu überwinden, sei es auf dem Rücken fliegender Kreaturen oder mit technischen Mitteln … doch dies hier fühlte sich anders an, so als wäre Dwethan selbst ein Teil des fremden, luftigen Elements.

Wie schnell er sich fortbewegte oder ob er dem Ende des Tunnels – wenn es eines gab – dabei näher kam, war für ihn nicht festzustellen. Alles schien im Fluss zu sein, seine Sinneseindrücke prasselten wie im Rausch auf ihn ein. Nach der Dunkelheit, in die er zunächst gestürzt war, war er jetzt von Licht umgeben, das ihn wärmte und eine beruhigende Wirkung auf ihn hatte, auch wenn er nicht wusste, wohin die Reise ging.

Als er sich in den Abgrund stürzte, hatte er wohl eine

Grenze überschritten – was jenseits dieser Grenze lag, war unbekannt.

Er öffnete den Mund und versuchte, etwas zu sagen, aber das Licht schien den Schall zu schlucken. Es war wie in einem jener Träume, in denen man zu schreien versuchte und es doch nicht konnte – nur dass dies hier wirklich war.

Oder …?

Als Weiser von Shakara wusste er, dass der Unterschied zwischen Traum und Wirklichkeit nur ein geringer war und bei Weitem nicht so bedeutend wie die Sterblichen glaubten. Doch in diesem Augenblick ertappte er sich dabei, dass er sich selbst an das Wirkliche, das vermeintlich Wahre zu klammern suchte. War das die Strafe dafür, dass er so lange unter den Menschen gelebt hatte? Hatte er ohne es zu wollen ihre Denkweise übernommen, so primitiv und eindimensional sie bisweilen auch sein mochte?

Seine sentimentale Schwäche für die jüngste unter den Rassen Erdwelts war Anlass gewesen zu Zwist unter den Weisen. Doch Dwethan hatte stets an seiner Überzeugung festgehalten, dass die Menschen eine einzigartige Spezies wären, jung und unbesonnen, aber groß in ihren Möglichkeiten und in der Lage, dereinst das Erbe der Elfen in Erdwelt anzutreten … und nun ertappte er sich dabei, dass er selbst in mancher Hinsicht zum Menschen geworden war.

Traum oder Wirklichkeit?

Sein oder Schein?

Dwethan wollte die Antwort. Und je mehr er sie herbeisehnte, desto deutlicher schien seine Umgebung Gestalt anzunehmen. Er konnte sehen, dass der Tunnel, in dem er sich befand, dem Inneren eines Kaleidoskops ähnelte und nicht vier, sondern sechs Kanten hatte; auch die Wände traten nun deutlicher hervor, und er konnte sehen, dass sie spiegelglatt waren und in sanftem Blau schimmerten. Geheimnisvolle

Symbole prangten darauf, deren Bedeutung er einmal gekannt hatte, vor vielen Menschenaltern. Sie waren ihm fremd und vertraut zugleich und gaben ihm ein Gefühl, das er nicht erwartet hatte.

Ein Gefühl von Rückkehr.

Von Heimat.

Und als er den Mund erneut öffnete, um das erste Wort zu sprechen, das ihm in den Sinn kam, konnte er seine Stimme tatsächlich hören.

»Daghan!«, sagte sie.

Mit einem Aufschrei schreckte Dag aus dem Schlaf.

Gehetzt versuchte er, sich in der Dunkelheit des Schlafgemachs umzublicken. Nach fast zweieinhalb Jahren ohne Augenlicht hatte er sich eigentlich daran gewöhnt, zu erwachen und dennoch nichts zu sehen – in Momenten wie diesen jedoch musst er sich erst wieder daran erinnern. Und mit der Erinnerung kam die Ernüchterung.

Dwethan war nicht hier.

Er war tot.

Verloren im Schlund der Unterwelt.

Es war nur ein Traum gewesen, wie so viele Male zuvor.

Enttäuscht und nachdenklich sank Dag auf das Kissen zurück. Alles hatte sich so wirklich angefühlt, so wahr … Er hatte geglaubt, Dwethan vor sich zu sehen, mehr noch, er hatte das Gefühl gehabt, dass der alte Zauberer nach ihm rief. Er hatte ihn schweben sehen, durch einen sechseckigen Stollen oder Tunnel, mit Wänden wie aus schimmerndem Glas, die mit eigenartigen Symbolen versehen gewesen waren. Und obwohl Dag klar gewesen war, dass es nur ein Traum war, hatte es sich wirklicher angefühlt als manches, das er tatsächlich erlebt hatte.

Wie konnte das sein?

Waren die Ereignisse der letzten Monate einfach zu viel für ihn gewesen? Lag es an der Verantwortung, die ihn bedrückte? An dem Streit, der im Bündnis ausgebrochen war und alles nur noch schwieriger machte?

Dag vermochte es nicht zu sagen. Aber für einen kurzen, winzigen Moment unmittelbar nach dem Erwachen hatte es sich so angefühlt, als ob der alte Zauberer noch immer hier wäre.

Und obwohl Dag klar war, dass dies nur eine Täuschung war, erfüllte es ihn mit neuem Mut.

21

Der Thronsaal von Gorta Ruun hatte sich verändert. Über Jahrtausende hinweg war die ehrwürdige Halle der Könige der Mittelpunkt des Zwergenreichs gewesen, hatte es zu Macht und Größe aufsteigen und wieder fallen sehen, und immer hatten die Antlitze der Alten Könige, die in den Stein der Sieben Säulen gehauen waren, dem Fortgang der Geschichte mit Geduld und Gleichmut zugesehen.

Dann war Winmar gekommen.

Im Rausch der Allmacht waren die Zwerge seinen Versprechungen gefolgt, und die uralten Reliefs im Thronsaal waren unter den blutroten Bannern mit dem Axtsymbol verschwunden, das Winmar zum Wappen des Zwergenreichs bestimmt hatte. Von einer fremden Macht geleitet, hatte er schließlich entschieden, seinen Herrschersitz weit in den Osten nach Tirgas Anar zu verlagern, das seither nach ihm benannt war. Den Thron der Äxte, von Alters her Sitz der Zwergenherrscher, hatte er mitgenommen und Gorta Ruun damit seiner Seele beraubt. Dann waren die Alchemisten gekommen und hatten den Thronsaal in ein Laboratorium verwandelt, in eine Werkstätte des Grauens, in der sie ihren frevlerischen Experimenten gefrönt hatten. Inzwischen waren auch sie fort, hinweggefegt vom Sturm des Widerstands, den wackere Rebellen entfesselt hatten. Doch ob der Glanz der alten Zeiten jemals wieder zurückkehren würde, war mehr als fraglich.

Die alten Reliefs, die nach der Entfernung von Winmars

Bannern wieder zu sehen waren, zeigten wichtige Ereignisse aus der glorreichen Vergangenheit: die Gründung von Gorta Ruun; die Krönung Adalhags des Eisernen, unter dessen Regentschaft das Zwergenreich zur Entfaltung gekommen war; den Kampf der Zwerge gegen die Orks am Falkenpass.

Ob die freien Völker Erdwelts auch eine Zukunft hatten, würde sich in diesen Tagen zeigen …

Nervös blickte Aryanwen auf die Landkarte, die auf dem großen Tisch in der Mitte der Halle ausgebreitet worden war. Die Beschriftungen konnte sie nicht lesen, da sie in Zwergenrunen gehalten waren, aber sie konnte den Nordwesten von Erdwelt erkennen, mit dem Scharfgebirge und den Schwarzen Bergen und der Modermark im Westen. Im Zentrum war der Wald von Trowna zu erkennen, südlich davon Tirgaslan. Die bunten Steine, die auf der Karte verteilt waren und sich an der Ostseite von Tirgaslan häuften, stellten die Einheiten des Rebellenheeres dar – jedenfalls, soweit es dem Stand der Kenntnisse entsprach. Da nur einmal pro Woche ein Bote eintraf, war es gut möglich, dass die tatsächlichen Gegebenheiten vor Ort sich bereits wieder verändert hatten.

Dem letzten Boten zufolge, der nach Gorta Ruun gelangt war, hatte der Angriff auf Tirgaslan unmittelbar bevorgestanden. Seither war den Frauen, Kindern und Alten, die in der Zwergenfeste zurückgeblieben waren, nichts anderes übrig geblieben, als abzuwarten und zu beten.

Quälend lange Tage waren verstrichen.

Nun gab es endlich neue Nachricht.

Königin Waldrada hatte Aryanwen in den Thronsaal rufen lassen, wo auch sie selbst ungeduldig auf das Eintreffen des Boten wartete. Immer wieder wechselten die beiden Frauen nervöse Blicke. Äußerlich unterschieden sie sich sehr voneinander – Aryanwen groß und von schlankem Wuchs, die Zwergin untersetzt und gedrungen; Aryanwens Haar war glatt und pechschwarz, Waldradas üppige Locken von kastanienbrauner Farbe; und während Aryanwens Teint so eben und makellos war wie Alabaster, spross auf den Wangen der Zwergin ein weicher Flaum, wie er für ihresgleichen typisch war. Doch all diese Unterschiede änderten nichts daran, dass die beiden Frauen einander eng verbunden waren, Schwestern im Herzen.

»Wie geht es deiner Tochter?«, erkundigte sich Waldrada. Sie fragte nicht nur, um die Zeit bis zum Eintreffen des Boten zu überbrücken. Ehrliche Besorgnis schwang in ihren Worten mit.

»Ich wünschte, es ginge ihr besser«, gestand Aryanwen ein. »Das Fieber ist noch nicht zurückgegangen, trotz des Kräutersuds, den der Druide Seumas für sie zubereitet hat.«

»Und was sagen Balbok und Rammar dazu?«

»Ich konnte sie nur mit Mühe davon abhalten, den armen Seumas in den Schacht für den Unrat zu stürzen.« Sie versuchte ein Lächeln, aber es gelang ihr nicht – die Sorge um die Menschen, die sie liebte, drückte zu schwer auf ihr Herz.

»Bitte verzeih.« Waldrada kam um den Kartentisch herum, reichte ihr die Hände. »Ich wollte dich nicht noch mehr quälen mit meinen Fragen.«

»Das hast du nicht«, versicherte Aryanwen. »Es ist nur ...«

»Ich weiß.« Sie nickte. »Ich habe auch Angst. Angst um unsere Männer, Angst um unser Volk, Angst um die Zukunft.«

Aryanwen sah der Königin der Zwerge tief in die blauen Augen – und allen Unterschieden zum Trotz war es, als würde sie in einen Spiegel sehen. »Liebe Freundin«, sagte sie leise. »Wie konnten wir nur jemals so dumm sein und einander bekämpfen?«

»Ich weiß es nicht«, gab Waldrada zu. »Ich hoffe nur, dass diese Dummheit uns nicht alles kostet.«

Aus dem Stollen, der in den Thronsaal führte, waren Schritte zu hören, die von den Säulen widerhallten. Ein Trupp Zwergenkrieger erschien – Veteranen mit langen Bärten, die in Gorta Ruun geblieben waren, um die Königinnen zu schützen. In ihrer Mitte ging ein junger Mann, der seiner Kleidung nach einem der Hügelclans angehörte. Seine Stiefel waren schmutzig, sein Umhang zerschlissen. Seine Bewegungen wirkten träge, und dunkle Ränder lagen um seine Augen, so als hätte er lange nicht geruht.

Der Anblick des Boten sorgte dafür, dass Waldrada und Aryanwen einander unwillkürlich fester bei den Händen hielten. Trotz der Anspannung, unter der sie standen, bemühten sich beide um Fassung, während der Bote vortrat und sich vor ihnen tief verneigte. »Hoheiten.«

»Nun?«, erkundigte sich Waldrada mit bewundernswerter Ruhe und Würde. »Was habt Ihr zu berichten? Hat der Angriff auf Tirgaslan stattgefunden?«

»Das hat er, Hoheit.«

»Und ist er …?«

»Wir haben gesiegt«, verkündete der Krieger mit einer Miene, die trotz seiner Erschöpfung stolz und feierlich wirkte. »Die Stadt der Könige befindet sich in unserer Hand. König Bertin und Herzog Daghan sind beide wohlauf. Ihr Plan, die feindlichen Stellungen zu umgehen, ist aufgegangen.«

Aryanwen und Waldrada tauschten einen Blick – und umarmten sich im Überschwang spontaner Erleichterung.

»Ihr müsst erschöpft sein vom langen Ritt«, wandte sich Waldrada dann an den Boten. »Lasst Euch zu essen geben und ruht Euch aus. Dann kommt hierher zurück und berichtet uns in aller Ausführlichkeit.«

»Gewiss, Hoheit.« Der Bote verbeugte sich abermals, dann machte er kehrt, und die Wachen eskortierten ihn wieder hinaus.

Aryanwen blickte ihm nach.

Natürlich war er bloß ein Bote, dennoch war sie ihm dankbar. Der Angriff auf Tirgaslan war also geglückt, die Stadt, in der Aryanwen aufgewachsen war, befand sich nach zweieinhalb Jahren feindlicher Besatzung endlich wieder im Besitz der Menschen. Dags an Wahnwitz grenzender Plan, den Königspalast aus der Luft anzugreifen und das Ungeheuer zu besiegen, indem er ihm das Haupt abschlug, hatte offenbar funktioniert.

Nach Gorta Ruun war nun also die zweite Feste gefallen, und der Dunkle König hatte seine zweite große Niederlage erlitten. Es war ein Triumph ohnegleichen, ein Hoffnungsschimmer für all jene, die unter der Zwangsherrschaft gelitten hatten – und ein Zeichen. Ein Signal dafür, dass das Böse in Erdwelt nicht unbesiegbar war und man ihm erfolgreich Widerstand leisten konnte, wenn man es nur wollte und den Mut dazu hatte.

Ein Signal, das in ganz Erdwelt vernommen würde …

»Königliche Hoheiten!«

Eine junge Frau betrat den Thronsaal – Catriona Ca'Dur, die Tochter des Roten Clans, die auf Dags persönliche Bitte in Gorta Ruun geblieben war, zum Schutz Aryanwens und Waldradas, denen sie treu ergeben war.

In ihrer Begleitung waren zwei Männer.

Der eine war blond und von eindrucksvoller Postur. Seine Kleidung sah noch sehr viel abgerissener aus als die des Boten vorhin, und sein von einer Brandnarbe entstelltes Gesicht war zerschunden und von langer Strapaze gezeichnet. Der andere Mann war kleiner und noch sehr jung; seinen Gesichtszügen nach schien er aus den Landen jenseits des Smaragdwaldes zu stammen. Auch seine Kleidung war schmutzig und zerrissen, in seinen Augen jedoch glomm ein wildes Feuer.

Aryanwen brauchte einen Moment, um zu begreifen, dass sie den älteren der beiden Männer kannte. Es war kein anderer als Alured, Daghans Freund seit frühester Jugend. In Ansun waren die beiden zusammen aufgewachsen, später war Alured Dags ergebener Gefolgsmann gewesen – bis er auf einer Mission in Dags Diensten spurlos verschwunden war …

»Alured«, sagte sie ungläubig und trat einen zögernden Schritt vor. »Bist du es wirklich?«

»Ich bin es, Königin.« In respektvollem Abstand vor den beiden Frauen blieb Alured stehen und machte trotz seines offenkundig verletzten Beins Anstalten, auf die Knie zu sinken. Sein Äußeres mochte gelitten haben, im Inneren war er offenkundig noch derselbe noble Charakter, als den Aryanwen ihn in Erinnerung hatte.

»Bemüh dich nicht!«, rief sie und trat ihm entgegen, und statt seine Ehrbezeugung entgegenzunehmen, umarmte sie ihn wie einen verloren geglaubten Bruder, der unverhofft zurückgekehrt war. »Daghans Freunde sind auch meine Freunde. Du bist uns herzlich willkommen!«

»Ich danke Euch, Herrin.« Alured deutete eine Verbeugung an und wandte sich dann nach seinem Begleiter um. »Dies ist Suvat, ein junger Mann aus Tirgas Winmar.«

»Sei auch du uns willkommen, Suvat«, begrüßte Aryanwen ihn freundlich. »Was für ein Freudentag! Soeben erfahren wir, dass der Angriff auf Tirgaslan gelungen ist und die Stadt der Könige sich wieder in unserer Hand befindet. Und nun kehrt auch noch ein verlorener Freund …«

»Ich danke Euch von Herzen, Herrin«, beteuerte Alured, in dessen Zügen nicht eine Spur von Heiterkeit oder Wiedersehensfreude zu erkennen war, »und ich verachte mich dafür, dass ich Eure gute Laune trüben muss. Aber ich fürchte, ich bringe schlechte Nachrichten.«

Aryanwen sah zuerst den Freund, dann Catriona fragend an. »Was ist passiert?«

»Ein feindliches Heer«, eröffnete Catriona, was sie von Alured erfahren hatte. »Es befindet sich auf dem Weg hierher.«

»Was?«, fragte Waldrada.

»Es ist wahr«, beteuerte Alured. »Die Vorhut hat die Wälder westlich von Gorta Ruun bereits erreicht. Es wimmelt dort nur so von Orksöldnern und Kaldronen.«

»Aber … woher nimmt Winmar all diese Krieger?«

»Die Besatzungen sämtlicher Grenzforts wurden in Marsch gesetzt«, erläuterte Catriona, »außerdem wurden neue Einheiten von Orks, Trollen und Wargreitern rekrutiert – angeblich an die zehntausend Krieger.«

»Und da sollen auch noch Schattendrachen sein«, fügte Alured hinzu. »Diese Kreaturen sorgen für Chaos und Zerstörung, wohin sie gelangen.«

»Bei den Sieben Säulen«, flüsterte Königin Waldrada beklommen. »Es ist kein Zweifel möglich? Sie kommen hierher? Nach Gorta Ruun?«

»Wir hatten angenommen, dass der Feind, wenn er sich sammelt, nach Tirgaslan ziehen würde«, fügte Aryanwen erläuternd hinzu. »Auch Dag hatte das angenommen …«

»Nur zu gerne würde ich Euch etwas anderes berichten, Herrin«, versicherte Alured. »Aber es besteht kein Zweifel: Der Feind ist auf dem Weg hierher.«

»Warum?«, fragte Waldrada kopfschüttelnd. »Das ergibt keinen Sinn! Tirgaslan ist der Mittelpunkt des Reiches, das Zentrum von Erdwelt! Warum gibt Winmar die Stadt preis und kommt stattdessen hierher?«

»Darauf gibt es nur eine Antwort«, sagte Catriona leise.

»Das Kind«, folgerte Aryanwen gepresst. »Er will unsere Tochter ...«

»Ich fürchte, so ist es«, stimmte Catriona zu. »Der Feind hat alles unternommen, um ihrer habhaft zu werden, doch bis jetzt ist es ihm nicht gelungen.«

»Und Ihr glaubt, eines kleinen Kindes wegen setzt er ein ganzes Heer in Marsch?«, fragte Alured zweifelnd.

»Alannah ist ein besonderes Kind«, erklärte Aryanwen. »Sie vereint die Blutlinien beider Herrscherhäuser in sich, zudem fließt ein elfisches Erbe in ihren Adern. Sie wäre die erste Herrscherin seit Langem, die von allen Völkern Erdwelts gleichermaßen anerkannt würde, deshalb will Winmar ihren Tod. Oder«, fügte sie leise hinzu, »vielleicht sogar noch Schlimmeres. Wie es heißt, ist Winmar nicht mehr der, der er war. Er soll sich mit einer dunklen Macht verbündet haben ...«

»Das ist wahr, Herrin«, bestätigte Alured. »Ich bin in seiner Stadt gewesen. Und ich habe mit eigenen Augen gesehen, wie er sich dort als Gottheit verehren lässt.«

»Du bist dort gewesen? In Tirgas Winmar?«

Alured nickte. »Die Menschen dort leben in ständiger Furcht vor dem Dunklen König, wie sie ihn nennen, und seinem grausamen Schattenkult, der auch vor Menschenopfern nicht zurückschreckt. Suvat hier«, – er deutete auf seinen jungen Begleiter –, »sollte im Inneren des Feuerberges sterben. Ihn konnte ich retten, aber andere hatten weniger Glück. Wir haben gesehen, was mit den armen Seelen geschieht, die dem Dunklen König geopfert werden – ihre Lebenskraft wird ihnen auf schreckliche Weise genommen, sie werden zu Zerrbildern ihrer selbst.«

»Wir wissen von diesen Dingen«, versicherte Aryanwen schaudernd. »Auch hier in Gorta Ruun wurden Zwerge ihrer

Lebenskraft beraubt. Der Zauberer Dwethan sagte, dass damit eine Armee der Finsternis erweckt werden sollte, eine Legion der Schatten, wie er sie nannte.«

»Es gibt hier einen Zauberer?«, ergriff nun erstmals Suvat das Wort. Seine Aussprache war mit einem leichten Akzent belegt, die Worte jedoch schien er mühelos zu beherrschen.

»Nicht mehr«, antwortete Aryanwen traurig. »Als sich das Tor zur Unterwelt öffnete, hat Dwethan sein Leben geopfert, um es wieder zu verschließen. Auf diese Weise konnte die Invasion der Schatten im letzten Augenblick verhindert werden, doch der Preis dafür ist hoch gewesen.«

»Und ich fürchte, er hat den Untergang nur hinausgezögert«, erwiderte Alured gepresst. »Das Heer des Feindes ist nur noch wenige Tagesmärsche entfernt. Wenn es hier eintrifft, ist sowohl Euer Schicksal als auch das Eures Kindes besiegelt.«

»Das bleibt abzuwarten«, wandte Waldrada grimmig ein. »Meine Leute kennen jeden Stollen und jeden Winkel dieser Festung – und wenn es darauf ankommt, vermögen Zwerginnen die Axt nicht weniger beherzt zu schwingen als ihre Männer.«

»Das bezweifle ich nicht, Königin«, versicherte Alured. »Aber gegen die Überzahl, die sich dort nähert, hätte auch eine gut ausgerüstete Armee keine Chance. Wie viele Kriegerinnen habt Ihr? Dreihundert? Vierhundert?«

»So ist es«, bestätigte die Zwergin grimmig. »Und jede von ihnen ist so viel wert wie fünf Orks.«

»Und wenn es zehn Orks wären – die Übermacht des Feindes ist erdrückend. Allein fünfhundert Kaldronen marschieren in seinem Tross. Selbst wenn es Euch gelänge, einige von ihnen unschädlich zu machen, die Verluste wären so hoch, dass der Rest von ihnen leichtes Spiel hätte, von den gepanzerten Zwergenkriegern mit ihren Donnerbüchsen ganz zu schweigen.«

»Wir könnten uns in den inneren Kern der Festung zurückziehen. Dorthin, wo ihre Geschosse uns nicht erreichen und wo uns tiefe Klüfte vor jedem Angriff schützen.«

»Für Schattendrachen stellen selbst die tiefsten Abgründe kein Hindernis dar«, gab Alured zu bedenken. »Irgendwann würde eines der Tore geöffnet, und Eure Leute säßen in der Falle. Und ich brauche Euch nicht zu sagen, was Trolle und Warge mit Euren Kindern und Alten anstellen würden …«

»Nein«, versicherte Waldrada betroffen, vor deren geistigem Auge sich in diesem Moment grässliche Szenen abzuspielen schienen. »Das braucht Ihr nicht.«

»Dann werde ich mit Alannah die Festung verlassen«, entschied Aryanwen. »Ich will nicht, dass unseretwegen so viele Unschuldige gefährdet werden!«

»Das kommt nicht infrage«, wehrte Waldrada ab. »Wir haben euch Schutz versprochen, und dabei bleibt es. Außerdem glaube ich nicht, dass der Feind vor den Mauern Gorta Ruuns haltmachen würde, nur weil das Kind nicht mehr hier ist.«

»Ich ebenfalls nicht«, stimmte Alured zu. »Ihr müsst fliehen, ehe diese Festung sowohl für Euch als auch für jene, die Euch anvertraut wurden, zur tödlichen Falle wird.«

»Fliehen?« Waldrada war anzusehen, wie sehr ihr der Gedanke widerstrebte. »Aber wir haben Gorta Ruun soeben erst wieder zurückerobert! So viele tapfere Kämpfer haben ihr Leben geopfert, um die Alchemisten zu vertreiben …«

»… und ihr Opfer wird vergeblich gewesen sein, wenn Ihr bleibt«, konterte Alured. »All diese Kämpfer sind nicht gestorben, um diese Stollen und Hallen zu befreien, Königin, sondern jene, die darin leben. Nicht über kalten, toten Stein herrscht Ihr, sondern über lebende Wesen, die sich Eurem Schutz und Urteil anvertraut haben.«

»Das ist wahr«, stimmte Aryanwen ohne Zögern zu. »Alured hat recht, Schwester. Wir müssen Gorta Ruun verlassen.«

»Und wohin sollen wir gehen?«

»Nach Tirgaslan«, erwiderte Aryanwen entschlossen. »Nach allem, was wir wissen, befindet sich die Königsstadt in unserer Hand. Dort werden wir sicher sein.«

»Aber der lange Weg durch die Fremde ...«, überlegte Waldrada schaudernd. Wie allen Angehörigen ihres Volkes wohnte auch ihr ein tief verwurzeltes Misstrauen gegenüber der Welt außerhalb des Berges inne – der Gedanke, dass diese Welt von feindseligen Zwergenkriegern, Orks, Trollen und Kaldronen wimmelte, machte es nicht besser. »Ganz ohne Schutz ...«

»Ihr werdet nicht ohne Schutz sein, Königin«, versicherte Catriona. »Wie Ihr wisst, habe ich lange als Waldläuferin an den Hängen des Gebirges gelebt.«

»Tatsächlich?« Alured hob die Brauen.

»Eine lange Geschichte«, versicherte sie. »Jedenfalls kenne ich das Schwarzgebirge und die westlichen Ausläufer von Trowna wie meine Westentasche, und ich weiß von verborgenen Wegen, auf denen uns die Kaldronen nicht zu folgen vermögen.«

»Und die Wargreiter? Die Schattendrachen?«

»Wir werden auf der Hut sein müssen«, räumte Catriona ein, »und wir sollten sofort einen Boten nach Tirgaslan schicken, der uns vorauseilt, sodass man uns notfalls Hilfe schicken kann. Und wenn der Feind tatsächlich angreift, seid versichert, dass ich bis zum letzten Atemzug kämpfen werde, um die Schwachen und Wehrlosen zu beschützen.«

»Ich ebenso«, versicherte Alured ohne Zögern, wofür Catriona sich mit einem Lächeln bedankte.

»Und ich auch«, versicherte Suvat grinsend.

»Außerdem kenne ich zwei schlagkräftige Orks, die es sich ebenfalls nicht nehmen lassen werden, Alannah auf ihrer Reise zu begleiten«, fügte Aryanwen hinzu.

Waldrada stand einen Moment lang unentschlossen.

Erneut schienen sich vor ihren Augen Schreckensbilder abzuspielen, blutige Vorahnungen von dem, was geschehen würde, wenn der Zug der Flüchtlinge entdeckt wurde und in einen Hinterhalt geriet. Dann hob sie den Blick, sah an den Sieben Säulen empor, die sich in ungeahnte Höhen erstreckten und über dem Thronsaal in Dunkelheit verloren, und es war ihr anzusehen, wie schwer es ihr fiel, diesen heiligen Hallen, die ihr und ihrem Volk so viel bedeuteten, den Rücken zu kehren.

Dann jedoch schien sie sich einen Ruck zu geben, und als sie sich wieder an die anderen wandten, klang ihre Stimme fest und entschlossen.

»Nun gut«, sagte sie, »so soll es sein. Lasst die Kunde verbreiten, dass Gorta Ruun geräumt wird, bis auf den letzten Greis und das letzte Kind. Lasst alle Pferde und Karren einsammeln und in die große Markthalle bringen, dazu so viel Proviant, wie wir transportieren können. Morgen um diese Zeit werden wir Gorta Ruun verlassen – hoffen wir nur, dass es die richtige Entscheidung ist.«

22

Nach einer Nacht Bedenkzeit war der Kriegsrat am darauffolgenden Tag erneut zusammengetreten. Nachdem es Dag mit Mühe gelungen war, die Wogen des Streits wieder zu glätten, hatte er die Ratsmitglieder aufgefordert, ihre Stimmen abzugeben.

Das Ergebnis war niederschmetternd.

Die Hälfte der Clansherren hatte sich auf Bertins Seite geschlagen, und war nun ebenfalls dafür, den Krieg gegen den Dunklen König für beendet zu erklären; zu ihnen gesellte sich noch Dermot von Camory, den die Vorsteher der einzelnen Stadtviertel dazu gedrängt hatten, sich einem Feldzug gegen Tirgas Winmar zu verweigern.

Auf Dags Seite standen Anghas Ca'Dur und fünf weitere Clanlords, unter ihnen auch der ungestüme Conor Ca'Bra; dazu Nagaya, sodass acht Stimmen gegen acht Stimmen standen und es unentschieden ausgegangen war. Ein eindeutiger Entschluss war nicht gefasst worden, was jedem das Gefühl gab, im Recht zu sein – die beste Voraussetzung dafür, dass das Bündnis schon sehr bald der Vergangenheit angehören würde.

Während Bertin und seine Unterführer bereits Pläne für den Abmarsch schmiedeten, zog Dag sich zurück; er brauchte Ruhe, Zeit zum Nachdenken, und er konnte sich keinen besseren Ort dafür vorstellen als die alte Bibliothek von Tirgaslan, die im rückwärtigen Teil des Palasts untergebracht war.

Zehntausende Folianten und Schriftrollen lagerten in den Regalen und Köchern, die das Wissen und die Erfahrung der vergangenen Jahrhunderte enthielten. Warum nur, fragte sich Dag frustriert, während er die turmhohen Regale abschritt und seine Finger über die staubigen Lederrücken wandern ließ, waren die Sterblichen nicht in der Lage, aus den Fehlern der Vergangenheit zu lernen? Warum suchte jede Generation zuvorderst ihren Vorteil, ehe sie nach anderen Dingen fragte?

Es war nicht das erste Mal, dass er die Bibliothek besuchte; mit Aryanwen war er oft hier gewesen, und da sie Bücher ebenso liebte wie er, waren sie auf die Jagd nach alten Geheimnissen gegangen, nach Wissen dürstend und gleichermaßen neugierig auf die Zukunft wie auf die Vergangenheit; sie hatten Abhandlungen über Astronomie und Nautik gelesen, aber auch die alte Elfensprache studiert und sich gegenseitig aus den Gedichten Noribas und den Varsurischen Epen vorgetragen. Und obwohl er im Grunde ein Gefangener gewesen war und die Zeiten unsicher waren, hatte Dag jene Tage genossen. Damals hatte er geglaubt, dass es allein an seiner Liebe zu Aryanwen läge; als er die kreisrunde Halle der Bücher jedoch nach langer Zeit wieder betrat, konnte er fühlen, dass es noch mehr gewesen sein musste. Eine besondere Aura erfüllte diese Halle und die von ihr abzweigenden, von Regalen gesäumten Gänge, von denen jeder einem anderen Thema gewidmet war. Die ruhmreiche Vergangenheit schien hier lebendig zu sein.

Ferghas schien von derlei Empfindungen völlig unberührt. »Was willst du hier, Junge?«, fragte der Clansmann, der in seinem ganzen Leben noch kein Buch gelesen hatte – alles, was nötig war, hatte er auf dem Rücken eines Pferdes gelernt. »Bist du sicher, dass du nichts Dringenderes zu tun hast? Dort oben in der Halle gehen sie sich fast an die

Gurgel, und du willst dich hier bei all den Staubfängern verkriechen?«

»Diese Staubfänger, mein ahnungsloser Freund«, erwiderte Dag und machte eine ausladende Bewegung mit den Armen, »repräsentieren so ziemlich das gesamte Wissen der Menschheit, zuzüglich all dessen, was uns von den Elfen hinterlassen wurde.«

»Aye, ich bin beeindruckt«, log der Veteran. »Aber das beantwortet noch nicht meine Frage, was du hier zu suchen hast.«

»Ich weiß es nicht«, gab Dag unumwunden zu. »Vielleicht hoffe ich ja, Antworten zu finden … Womöglich hat es in der langen Geschichte der Menschheit eine Situation wie diese schon einmal gegeben, dann wüsste ich gerne, wie sie gelöst wurde. Vielleicht kann ich ja daraus etwas lernen.«

»Wissen aus Büchern wird überschätzt«, war Ferghas überzeugt. »Ein starker Arm und ein gutes Schwert lösen Probleme schneller und nachhaltiger.«

»Das rechte Wissen zur rechten Zeit *ist* wie ein starker Arm und ein gutes Schwert«, konterte Dag und wandte sich wieder den Regalen zu. Er erinnerte sich noch genau, wo die Folianten standen, die die Annalen der Menschenkönige enthielten, von Corwyn dem Gerechten und seinem ältesten Sohn Iain bis hin zu Aryanwens Vater Tandelor.

Dag schritt die Regale ab.

Sehen konnte er die Bücher nicht, aber er spürte ihre Präsenz, roch das alte Leder und das Pergament, und das hatte einen beruhigenden Einfluss auf ihn.

Daghan!

Dag verharrte und wandte sich zu Ferghas um, der beinahe auf ihn auflief.

»Verdammt, Junge! Was …?«

»Hast du gerade meinen Namen gesagt?«

»Was?« Dem Unverständnis des Clansmannes war zu entnehmen, dass er keine Ahnung hatte, wovon Dag sprach.

»Vergiss es«, meinte Dag und wandte sich wieder den Regalen zu, ließ erneut die Finger über die ledernen Buchrücken gleiten. Wo Beschriftungen eingeprägt waren, konnte er sie sogar lesen, indem er sie mit den Fingerspitzen befühlte.

Wissenschaftliche Abhandlungen.

Chroniken.

Urkunden.

Zeugen der Vergangenheit.

Dag widerstand der Versuchung, das eine oder andere Werk herauszuziehen und zu dem großen kreisrunden Lesetisch zu tragen, der die Mitte der Bibliothek einnahm. Es wäre nur frustrierend gewesen, denn obwohl er sich eine ganze Reihe erstaunlicher Fähigkeiten angeeignet hatte – in einem Buch zu lesen, blieb unmöglich für ihn.

Erneut wünschte er, dass Aryanwen hier gewesen wäre. Sie hätte ihm vorlesen können, beherrschte sie doch sogar das Adyshan, die Sprache der Gelehrten. Ferghas darum zu bitten, wäre ungefähr so gewesen, als hätte man von Rammar dem Ork verlangt, ein Ei zu legen. Im Augenblick blieb Dag wohl nur, sich mit der bloßen Gegenwart des gesammelten Wissens zu begnügen und die Stille der Bibliothek zu genießen …

Daghan!

»Wer war das?«, fragte Dag laut.

»Wer war was?«

»Jemand ruft meinen Namen«, erklärte Dag.

»Unsinn. Ich höre nichts.«

»Wirklich nicht? Aber es war doch laut und …«

Daghan!

»Da war es wieder!«

»Aye«, erwiderte der Clansmann, aber er zog es so in die Länge, dass es eher wie eine Frage klang. Eine Frage nach Dags geistiger Gesundheit, um genau zu sein …

»Hör zu, ich bin nicht verrückt«, stellte Dag klar, obwohl er sich da selbst nicht so ganz sicher war. »Es ist nur so, dass ich immer wieder höre, wie jemand meinen Namen ruft.«

»Jemand?« Ferghas schnaubte geräuschvoll. »Wer?«

»Ich weiß es nicht, ich …«

Daghan!

Dag biss sich auf die Lippen.

»Hast du die Stimme schon wieder gehört?«

Dag nickte. »Aber sie ist nicht wirklich zu hören, sondern scheint nur in meinem Kopf zu existieren.«

»In deinem Kopf, aye … Soll ich dich lieber zu einem Heiler bringen?«

»Nein, nicht nötig«, wehrte Dag ab, »es ist alles in Ordnung. Denke ich jedenfalls …«

Er ging weiter an den Regalen entlang, zwischen denen sternförmig die Gänge zu den einzelnen Abteilungen der Bibliothek abzweigten. Doch der uralte Wissensschatz von Tirgaslan war plötzlich zweitrangig geworden …

Daghan!

Dag sog nach Luft, denn diesmal glaubte er, die Stimme in seinem Kopf erkannt zu haben – allerdings wagte er nicht, seine Vermutung laut auszusprechen …

»Schon wieder?«, fragte Ferghas hinter ihm.

Dag zögerte einen Moment.

»Nein«, versicherte er dann. »Es ist wieder alles still.«

23

Zwei Tage zuvor waren sie aufgebrochen.

Die Kunde, dass sich eine feindliche Armee auf die Zwergenfestung zubewegte, hatte sich in Windeseile in Gorta Ruun verbreitet. Angesichts der Bedrohung, die sich ihnen näherte, waren die meisten der Flüchtlinge froh, mit dem Leben davongekommen zu sein, und so zog ein schier endloser Strom von Frauen, Alten und Kindern nach Süden, die das repräsentierten, was von ihren Stämmen noch übrig war.

Sie reisten zu Fuß, auf Pferden und Maultieren, Wagen und Karren, die das Wenige trugen, das sie aus Gorta Ruun hatten mitnehmen können. Das meiste davon war Proviant, persönliche Habe war zurückgelassen worden in der vagen Hoffnung, vielleicht irgendwann wieder zurückzukehren.

Da es bei einigen Hochland-Clans Tradition war, dass die Frauen ihre Männer in die Schlacht begleiteten, waren es hier vor allem Kinder und Alte, die sich auf der Flucht befanden; auch einige Zwerginnen waren gegen Tirgaslan gezogen, vor allem auch solche, die in der Heilkunst bewandert waren. Viele Alte, Männer wie Frauen, hatten auch darauf bestanden, in Gorta Ruun zu bleiben – die einen, weil sie die Strapaze scheuten und den Jüngeren nicht zur Last fallen wollten, die anderen, weil sie die Hallen, in denen sie geboren und aufgewachsen waren und fast ihr ganzes Leben verbracht hatten, nicht wie Diebe bei Nacht und Nebel verlassen wollten.

So war es ein Zug von etwa viertausend Seelen, der an einem wolkenverhangenen Spätsommertag Gorta Ruun verließ – nicht durch das Haupttor, was entschieden zu viel Aufmerksamkeit erregt hätte, sondern durch einen der Nebeneingänge, die sich teils bis weit hinaus ins Umland erstreckten.

Da die Grenzforts nicht mehr oder nur sehr unzureichend besetzt waren, hatte Catriona vorgeschlagen, sich zunächst gen Osten zu wenden und dann an den Ausläufern der Sümpfe entlang nach Süden zu ziehen, um das unübersichtliche, von zerklüfteten Felsen und urwüchsigen Bäumen übersäte Gelände zu nutzen, das die Kriegerin so gut kannte. Als Mitglied der Nathiri, jener berüchtigten Assassinengilde, die die Schlangenfrau Nagaya um sich geschart hatte, war Catriona zwei Jahre lang in diesem Teil von Erdwelt zu Hause gewesen, und mehr als nur einmal hatte ihre Kenntnis der Gegend ihr und ihren Kameraden das Leben gerettet. Nun würde sie hoffentlich auch anderen das Leben retten – denn noch waren sie längst nicht in Sicherheit.

Vor Spähern, die sich am Boden bewegten, mochten die Felsbrocken und Bäume hinreichend Schutz bieten – aus der Luft jedoch war der Zug der Flüchtlinge sehr viel leichter zu entdecken, eine bunte Karawane, die mit beängstigender Langsamkeit dahinkroch.

Unablässig ermahnte Catriona die Unterführerinnen, dafür zu sorgen, dass das Marschtempo beibehalten wurde. Sobald die Kolonne abriss, kam es zu Verzögerungen, die sie sich nicht leisten konnten; Karren, die zu Bruch gingen, wurden ausgesondert und am Wegesrand zurückgelassen, ihre Ladung auf andere verteilt. Auf diese Weise hatten sie bislang noch niemanden zurücklassen müssen – ob das auch noch so blieb, wenn noch mehr Achsen brachen oder Zugtiere der Strapaze nicht mehr gewachsen waren, stand zu bezweifeln.

Aryanwen, die neben Catriona ritt, schien ähnlich düsteren Gedanken nachzuhängen. Ihre anmutigen Züge waren wie versteinert, Sorgenfalten zerfurchten ihre Stirn.

»Woran denkt Ihr?«, wollte Catriona wissen.

»An den Boten, den wir vorausgeschickt haben. Ich hoffe, dass er rasch nach Tirgaslan gelangt, damit Daghan und Bertin uns Hilfe schicken können.«

»Seid unbesorgt, wir werden es schaffen«, sprach Catriona ihr Mut zu.

Aryanwen musste lächeln. »Du bist eine stolze Kriegerin und eine treue Freundin – aber eine schlechte Lügnerin. Glaubst du, ich wüsste nicht, wieso du die anderen fortwährend zur Eile antreibst? Warum du immer wieder zum Himmel blickst?«

»Verzeiht, Herrin. Ich wollte nur ...«

»Du wolltest mir nur Mut zusprechen, und dafür danke ich dir«, versicherte Aryanwen. »Aber ich fürchte, das ist nicht möglich.«

»Wenn wir den Wald von Trowna erreichen, dann haben wir eine gute Chance«, meinte Catriona, und es klang ehrlich. »Im Unterholz werden die Kaldronen uns nicht folgen können, und ich kenne einige Schleichwege, auf denen wir vor Entdeckung sicher sein werden. Aber bis dahin ...«

»... ist nur der Ahnungslose frei von Sorge«, ergänzte Aryanwen mit mildem Lächeln.

»He, Königin«, ließ sich in diesem Moment Rammar vernehmen, der ganz allein auf dem breiten Bock der Kutsche thronte, die unmittelbar hinter Aryanwen fuhr und in der die kleine Alannah untergebracht war. Noch immer hatte das Mädchen Fieber und war geschwächt, weswegen es die meiste Zeit über schlief. »Wann kriegen wir eigentlich mal wieder was zu futtern? Mein Magen hängt mir bis zu den Knien!«

Aryanwen sandte Catriona einen bedeutsamen Blick. »Weißt du, was ich meine?«

»Allerdings.« Catriona nickte, dann wendete sie ihr Pferd, um nach dem Ende der Kolonne zu sehen. Aryanwen indes ließ sich ein kleines Stück zurückfallen und wandte sich dem lamentierenden Ork zu.

»Du hast Hunger?«

»Korr«, maulte Rammar, »und das nicht zu knapp. Ich hab seit heute Morgen nichts gekriegt.«

»Wie alle anderen auch«, beschied Aryanwen ihm, um Gelassenheit bemüht. »Wir mussten den Proviant rationieren, um sicherzustellen, dass jeder …«

»Was heißt jeder?«, fiel der feiste Unhold ihr maulend ins Wort. »Bin ich vielleicht jeder? Ist ja klar, dass es nicht für jedes alte Weib und jedes magere Balg reichen kann. Aber für Rammar den schrecklich Rasenden wird ja wohl noch genug da sein. Oder soll ich die Gäule fressen?«

Alles in Aryanwen empörte sich.

Wie konnte eine Kreatur nur so rücksichtslos, so unverschämt und so kaltherzig sein? Am liebsten hätte sie ihm laut ins grüne Gesicht gesagt, dass er ohnehin schon das Fünffache einer normalen Ration bekam und es im Zug Kinder gab, die bereits jetzt Mangel litten – aber sie bezweifelte, dass sie seinem tumben Geist damit auch nur einen Funken Einsicht abgenötigt hätte. So begnügte sie sich damit, seine ausufernden Leibesmassen fassungslos anzustarren.

»Was?«, fragte Rammar gereizt.

»Nichts«, versicherte sie. »Wie geht es Alannah?«

Statt zu antworten, drosch Rammar mit der Faust gegen den Aufbau der Kutsche. »He, Halbhirn!«, blaffte er. »Die Menschin will wissen, wie es ihrem Kind geht.«

Balboks langes Gesicht erschien daraufhin im Seitenfenster der Kutsche. »Es geht ihr besser«, erklärte er feierlich.

»Ist das wahr?«, fragte Aryanwen hoffnungsvoll.

»Korr«, bestätigte Balbok. »Ich habe sie angelächelt, und sie hat zurückgelächelt.«

»Dann hat sie noch Fieber«, plärrte Rammar. »Wenn man deine dämliche Visage sieht, sollte man eigentlich flennen.«

»*Douk*, ich glaube, das Fieber ist weg.«

»Was hast du getan?«, wollte Aryanwen wissen.

»Ich dachte mir, der kleine *pochga* braucht was Kühles«, erklärte der Balbok. »Also habe ich ihr in Schlamm getunkte Lappen um die Beine gewickelt. Das hat geholfen.«

»Tatsächlich?«, fragte Aryanwen, die nicht wusste, ob sie dankbar oder einfach nur verblüfft sein sollte. »Ich werde gleich nach ihr sehen.«

»*Korr*, mach das, ich halte derweil Wache«, kündigte der Hagere an – um schon im nächsten Moment aus dem offenen Fenster, und auf das mit Gepäck beladene Dach der Kutsche zu klettern. Dass sie dabei bedächtig ins Wanken geriet, schien weder ihn noch Rammar besonders zu stören.

»Da sagt der Lulatsch zur Ausnahme mal was Gescheites«, stimmte Rammar zu, während er grimmig an den Zügeln zog, um die Kutsche für einen Moment anzuhalten. »Sieh nach deinem Balg, Menschin. Und mach dir keinen Kopf – wenn sich ein Schattendrache zeigt, werden wir ihn so in kleine Stücke hacken, dass er in den Kessel für den *brumill** passt. Keiner wird sich an der Kleinen vergreifen, solange ich auf meinen Beinen stehe, darauf kannst du einen lassen.«

Aryanwen schürzte die Lippen, unschlüssig darüber, was

* berühmter orkischer Eintopf

sie empfinden sollte. Eben noch hätte sie den feisten Ork am liebsten erschlagen, und nun …

»Weißt du was, du schrecklich Rasender?«, fragte sie.

»Was?«

»Du kannst heute Abend meine Ration haben«, erklärte Aryanwen lächelnd.

Von dem Felsblock aus, auf den er gestiegen war, blickte Alured auf die nicht enden wollende Kolonne von Karren, Tieren und gebeugten Gestalten, die sich durch die zerklüftete Landschaft wand.

Wie lange, so fragte er sich, würde es dauern, bis der Feind bemerkte, dass Gorta Ruun verlassen war? Mit etwas Glück würde er zunächst noch annehmen, dass sich die Verteidiger in den inneren Kern der Festung zurückgezogen hatten. Aber früher oder später würde er herausfinden, was tatsächlich geschehen war – und dann war die Jagd eröffnet.

Schon jetzt ertappte sich Alured dabei, dass er immer wieder nervös zum Himmel blickte und erwartete, dort die Silhouetten von Schattendrachen auftauchen zu sehen. Der Angriff, dem Suvat und er nur um Haaresbreite entgangen waren, steckte ihm noch in den Knochen. Schattendrachen waren grässliche Kreaturen, halb dieser Welt und halb einer anderen angehörend und entsprechend schwer zu töten. Aber selbst, wenn es nur Wargreiter waren, die die Flüchtlinge einholten – gegen blutrünstige Orkkrieger, die auf dem Rücken von reißenden Bestien saßen, hatten die wenigen Kämpfer, die Waldrada und Aryanwen aufzubieten hatten, kaum eine Chance.

War das ihr Schicksal?, dachte Alured beklommen. Waren Catriona und er einander nur wiederbegegnet, um nun in einem aussichtslosen Kampf zu sterben?

Im nächsten Augenblick schämte er sich für seine Gedanken. Diese Frauen, Kinder und Alten brauchten ihre Hilfe, was zählte es da, wie lange sie einander nicht gesehen hatten. War Catriona ihm überhaupt noch zugetan? Sie hatten beide viel erlebt in den vergangenen zwei Jahren, hatten Gefahren gemeistert und dem Tod wiederholte Male ins Auge geblickt, und natürlich hatten sie sich darüber verändert. Beide waren sie nicht mehr die, als die sie damals auseinandergegangen waren, vor, so schien es, undenklich langer Zeit …

»Alured! Bruder!«

Alured wandte sich um. Suvat, der als Späher ein Stück vorausgeritten war, kehrte soeben wieder zurück. Anfangs hatte er sich geweigert, auf ein Pferd zu steigen, doch inzwischen kam er ganz gut damit zurecht. Am Fuß des Felsens, auf dem Alured stand, brachte er das nervös tänzelnde Tier zum Stehen.

»Nun?«, rief Alured hinab. »Hast du einen Lagerplatz ausfindig machen können?«

»Ja«, bestätigte Suvat. »Ein gutes Stück südlich von hier gibt es eine Schlucht, die von einem Fluss ausgehöhlt wurde. Inzwischen ist er jedoch nur noch ein Rinnsal, und der Grund der Schlucht ist von Bäumen bewachsen – das wäre ein idealer Lagerplatz.«

»Eine Schlucht.« Alured überlegte. »Wenn wir entdeckt werden, sitzen wir dort in der Falle.«

»Wir werden nicht entdeckt«, gab sich Suvat überzeugt. »Und wenn doch – es mündeten einst mehrere Wasserläufe in die Schlucht, sodass es verschiedene Ausgänge gibt.«

»Nun gut.« Alured nickte. »Wir werden es den Königinnen berichten. Die Entscheidung liegt bei ihnen.«

»Verstanden.« Suvat nickte eifrig und wollte sein Pferd wenden, um wieder an die Spitze der Kolonne zu preschen.

»Und – Bruder?«

»Ja?« Er wandte sich noch einmal um.

»Gute Arbeit«, lobte Alured ihn.

Der Junge aus Tirgas Winmar grinste breit. »Ich weiß«, erwiderte er nur.

24

»Hallo?«

Obwohl sich eine hohe Decke über der kreisrunden Halle der Bibliothek von Tirgaslan wölbte, hatte Dags Stimme keinen Widerhall. Die unzähligen Bücher, Schriftrollen und Folianten, die in den gewaltigen Regalen lagerten, schluckten den Schall, zurück blieb völlige Stille.

Dag versuchte es noch einmal, doch eine Antwort bekam er auch diesmal nicht.

Natürlich nicht.

Hatte er tatsächlich erwartet, dass er die Stimme erneut vernehmen würde? Dass sie ihm womöglich sogar antworten würde?

Ja, musste er sich eingestehen. Genau das hatte er sich wenn schon nicht erwartet, so doch erhofft. Es war der Grund dafür, dass er zu nächtlicher Stunde noch einmal in die Bibliothek zurückgekehrt war, mit der ihn so viel verband. Und anders als beim letzten Besuch war er diesmal allein.

Entsprechend war es völlig dunkel unter der hohen Kuppel. Dag brauchte kein Licht, um sich zurechtzufinden, und das nicht nur, weil er gelernt hatte, seine Umgebung zu erfühlen. Sondern auch, weil er den Grundriss der Bibliothek noch sehr genau in Erinnerung hatte.

Die ersten drei Gänge, die sternförmig von der Haupthalle abzweigten, waren den alten Elfenchroniken gewidmet, soweit sie die Zeit überdauert hatten; die nächsten Gänge waren den wissenschaftlichen Werken wie den geografischen Schriften Ruvians oder Royans Auslassungen über das Wesen der Zeit vorbehalten, die so kompliziert waren, dass Dag sie nicht einmal ansatzweise verstanden hatte; dann folgten die literarischen Werke der elfischen Blütezeit von Euriels großer Heldensaga, dem *Darganfaithan*, bis hin zu den Varsurischen Epen. Und danach …

Daghan!

Wie angewurzelt blieb er stehen. Hatte sein Wunschdenken ihm soeben einen Streich gespielt, oder …?

Daghan!

Nein, die Stimme war wirklich! Auch wenn er sie nicht wirklich hören konnte, war sie in seinem Kopf, und wie schon bei seinem letzten Besuch in der Bibliothek, glaubte er, die Stimme auch diesmal zu erkennen. Dieser leise Spott, der darin lag, weise und rätselhaft zugleich …

Daghan!

Irrte er sich, oder drang die Stimme aus jenem Gang dort? Kurz entschlossen wandte sich Dag nach rechts und betrat den Korridor, aus dem ihm kühle Luft entgegenströmte. Enge umfing ihn plötzlich, der Klang seiner Schritte auf dem steinernen Boden wurde dumpf. Wenn er jetzt die Arme von sich streckte, konnte er die Regale zu beiden Seiten berühren, die sich mehrere Manneslängen hoch über ihm türmten.

Daghan …

Der Klang der Stimme hatte sich verändert, war jetzt nicht mehr fordernd wie zuvor, sondern sanft und beruhigend wie dieser Ort selbst – hatte das etwas zu bedeuten? Womöglich, dass er die gewünschte Richtung eingeschlagen hatte? Versuchte die Stimme, ihn an einen bestimmten Ort zu führen?

Behutsam setzte Dag einen Fuß vor den anderen, versuchte, sich den Korridor mit den Regalen und dem hohen

Deckengewölbe, durch das in regelmäßigen Abständen helle Schäfte von Mondlicht fielen, genau vorzustellen.

Plötzlich vernahm er ein hohles Geräusch.

»Was war das?«, entfuhr es ihm. Unwillkürlich trat er einen Schritt zurück. »Der Boden«, gab er sich flüsternd selbst die Antwort. »Es hörte sich so an, als ob ...«

Tastend ließ er sich auf die Knie nieder und klopfte dann mit den Knöcheln seiner Faust die umliegenden Steinplatten ab.

Lange zu suchen brauchte er nicht.

Unter einer der Fliesen schien sich ein Hohlraum zu befinden, das Geräusch war verräterisch.

Rasch griff Dag nach seinem Dolch, suchte mit den Fingern nach der Fuge und versuchte dann, die etwa eine Elle im Quadrat messende Platte aus ihrer Versenkung zu stemmen. Es war nicht besonders schwierig – die Platte war nicht mit Mörtel befestigt und entsprechend locker. Als er sie anhob und beiseiteschob, strömte ihm ein vertrauter Geruch entgegen, der Odem von altem Papier.

»Bei allen Mächten, was ...?«

Dag griff in die Vertiefung – und bekam etwas zu fassen, das in weiches Leder geschlagen war.

Es war ein Buch.

Die Seiten waren von Hand beschrieben und hatten sich durch die Tinte gewellt, der Rücken war mit elfischen Schriftzeichen geprägt ... Und bestürzt begriff Dag, dass er dieses Buch kannte!

25

Obwohl es noch Sommer war, wurde es nach Sonnenuntergang empfindlich kalt in der Schlucht. Rammar merkte, wie die klamme Feuchte, die sich zwischen den hohen Felswänden gesammelt hatte, unter seine Rüstung kroch und ihn frösteln ließ – und das behagte ihm ganz und gar nicht.

»So ein *shnorsh*«, maulte er leise vor sich hin.

»Was denn?«, wollte Balbok wissen, der ihm im Dunkel der Kutsche gegenübersaß. Nur zwei Armlängen von ihnen entfernt lag die kleine Alannah in ihrem Bettchen und schlief tief und fest. Ihr Atem rasselte dabei, und kleine Schweißperlen standen ihr auf der Stirn. Nachdem sich ihr Fieber zunächst gebessert hatte, war es zuletzt wieder schlimmer geworden. Es war, als ob etwas in ihr wäre, das nach Ausbruch verlangte – und dieser Gedanke machte Rammar Angst, auch wenn er sich lieber eigenhändig die *tounga* herausgerissen hätte, als das offen einzugestehen.

»Da fragst du noch? Dass wir kein Feuer machen dürfen«, polterte Rammar. »Dabei frieren wir uns hier den *asar* ab – von der Kleinen ganz zu schweigen. Hör nur, wie sie schnauft. Wir sollten einen feuchten *shnorsh* auf das geben, was das Königsweib sagt, und einfach ein Feuerchen machen.«

»Aber Rammar«, entrüstete sich Balbok und sah seinen Bruder tadelnd an. »Wenn wir ein Feuer machen, werden wir doch entdeckt. Hast du die Schattendrachen vergessen?«

»*Douk*, natürlich nicht«, brummte Rammar griesgrämig. »Die sollen nur kommen, deine Schattendrachen, die hack' ich kurz und klein, damit du's nur weißt. Außerdem lagern wir doch eigens in dieser kalten Schlucht, damit man uns nicht sehen kann, oder? Da wird es doch erlaubt sein, wenigstens ein kleines Feuerchen zu machen.«

»Douk«, erwiderte Balbok.

»Und wenn schon – wer will's mir verbieten?«, maulte Rammar weiter. »Du etwa, Halbhirn? Oder das Menschenweib? Oder die kleine Königin der Hutzelbärte?« Er schnaubte verächtlich. »Wahrscheinlich sitzen die alle in ihren Zelten und haben's warm, während wir uns hier die besten Teile abfrieren.«

»*Douk*, eigentlich nicht«, widersprach Balbok. »Im Vergleich zu den anderen haben wir's hier in der Kutsche noch ganz gut.«

»Wenn schon«, beharrte der dicke Ork, der sich so in Rage geredet hatte, dass er gar nicht mehr damit aufhören konnte. »Und die Verpflegung ist auch ein schlechter Witz. Die Menschin hat mir ihre Ration überlassen – als ob ein Ork aus echtem Tod und Horn davon satt werden könnte!«

»Also ich schon«, meinte Balbok halblaut.

»Wer hat dich denn gefragt, Hirntod? Ich will endlich wieder eine anständige Mahlzeit und nicht ständig Beeren und Wurzeln und dazu dieses gesalzene Pökelzeug! Davon kriegt man bloß Durst, und es gibt hier weit und breit kein Blutbier!« In Rammars kleinen Äuglein blitzte es gierig. »Ehrlich, Langer, ich würde ohne Schuppenlesens einen Mord begehen für ein Stück Trollbraten oder …«

Er verstummte plötzlich.

Schnüffelte.

»Da haben wir's«, ächzte er verdrießlich.

»Was haben wir?«

»Ich bin offenbar kurz davor, in *saobh* zu verfallen. Ich nehme schon Dinge wahr, die es gar nicht gibt.«

»Was meinst du?« Balbok schnüffelte ebenfalls. »Etwa den Braten?«

»Du riechst das auch?« Rammars Blick war stechend geworden, seine Gesichtszüge verkrampften sich.

»Korr.«

»Soll das heißen«, knurrte Rammar, der jetzt tatsächlich kurz davor schien, in jenen Zustand an Wahnsinn grenzender Raserei zu geraten, in den Orks hin und wieder verfielen, »dass jemand hier im Lager ein Feuer angezündet hat und einen Festschmaus zubereitet?«

»Korr«, stimmte Balbok zu und wollte sich erheben, um aus der Kutsche zu steigen. »Ich werde gehen und das Feuer löschen.«

»Einen *shnorsh* wirst du«, zischte Rammar und hielt ihn zurück, während er sich selbst erhob. Die Kutsche geriet dadurch heftig ins Schwanken. »Das werde ich persönlich übernehmen, verstanden? Aber erst, nachdem ich mir den Braten einverleibt habe.«

Und noch ehe Balbok etwas erwidern konnte, war Rammar schon zur Tür gewankt, die sich am Heck der Kutsche befand, schlug den dicken Vorhang beiseite und sprang nach draußen.

»Bring mir was mit«, bat Balbok.

»Wenn noch was übrig ist«, kam es zurück.

Man konnte hören, wie Rammar sich stampfend über den Kies des ausgetrockneten Flussbetts entfernte, dabei weiter lautstark schnüffelnd.

Dann plötzlich ein dumpfer Laut – und etwas, das klang, als würde ein riesiger Mehlsack umfallen.

»Rammar?«, fragte Balbok leise.

Keine Antwort.

»Rammar? Alles in Ordnung?«

Schweigen.

»Korr…?«

Von Unruhe befallen, beschloss Balbok, nach dem Rechten zu sehen. Da er sich in der Kutsche nicht zu seiner vollen Größe aufrichten konnte, kroch er auf allen vieren zum Ausstieg, vorbei an der schlafenden Alannah. Vorsichtig steckte er den Kopf nach draußen. Seine Orkaugen brauchten nicht lange, um sich an die spärlichen Lichtverhältnisse zu gewöhnen, die trotz des Mondlichts auf dem Grund der Schlucht herrschten.

Sein Blick fiel auf den riesigen, unförmigen Haufen, der nur wenige Schritte von der Kutsche entfernt im Kies lag – und sein kantiges Kinn fiel vor Erstaunen herab, als er erkannte, dass dieser unförmige Haufen eine lederne Rüstung trug.

»Rammar?«

Als sein Bruder nicht reagierte, bekam es Balbok mit der Furcht zu tun. Rasch kletterte er aus der Kutsche, eilte die wenigen Schritte zu seinem Bruder – um zu sehen, dass dieser bewusstlos war. Seine Augenlider waren halb geschlossen, die *tounga* hing ihm seitlich aus dem Maul, und auf seiner Stirn klaffte eine hässliche grüne Beule. Der Anblick stieß eine Reihe von Einsichten in Balboks Kopf an.

Erstens: Rammar war niedergeschlagen worden!

Zweitens: Ein Feind war ins Lager eingedrungen!

Drittens: Das Kind war in Gefahr!

Den *saparak* von der Schulter zu reißen und herumzufahren, war eins – dennoch kam Balbok zu spät. Denn in diesem Moment krachte die Keule, die Augenblicke zuvor seinen Bruder niedergestreckt hatte, auch gegen seine Stirn.

Balbok war es, als hätte Narkods Hammer ihn getroffen.

Er hörte es knacken, und überall ringsum schienen kleine

Funken herabzuregnen. Er wankte, versuchte vergeblich, sich auf den dürren Beinen zu halten. Im nächsten Augenblick gaben sie nach und schickten den langen Ork zu Boden, wo er hart aufschlug und bäuchlings liegen blieb.

Verschwommen sah Balbok, wie eine schmächtige Gestalt, die ihm sogleich bekannt vorkam, in der Kutsche verschwand. Schon im nächsten Augenblick kehrte sie wieder zurück – im Arm die noch schlafende Alannah.

»*Pochga luchga*«, ächzte der Ork entsetzt.

Eine Klaue nach dem Kind ausgestreckt, versuchte er, sich seiner blutenden Kopfwunde zum Trotz wieder aufzurichten. Womöglich wäre es ihm auch gelungen, hätte ihn nicht ein zweiter Schlag ereilt, der ihm den Rest gab.

Balbok blieb noch lange genug bei Bewusstsein, um das Gesicht zu erkennen, das über ihm erschien.

Die schmalen Augen, die ihn verhöhnten.

Den Mund, der hämisch grinste.

Dann entfernte sich die Gestalt, im Arm das wehrlose Kind.

»*Pochga*«, flüsterte Balbok noch einmal.

Dann wurde es dunkel.

BUCH II

Helfa Heb Trugared
(Gnadenlose Jagd)

Zwischenspiel

1500 Jahre zuvor

Ihr verlangtet mich zu sprechen, Bruder?«

Die Pforte zu Farawyns Gemach hatte sich geöffnet, auf der Schwelle stand Syolan, der Schreiber.

Farawyn, der an seinem Arbeitstisch gesessen hatte und dabei war, einige Aufzeichnungen vorzunehmen, blickte auf. Seine dunklen Augen betrachteten den Chronisten, und es hatte den Anschein, als würde er einen Moment brauchen, um ins Hier und Jetzt der Ordensburg von Shakara zurückzukehren.

»Ja, mein Freund«, sagte er dann und bedeutete Syolan mit einer einladenden Handbewegung, sich zu nähern. »Bitte tretet ein und setzt Euch. Ich brauche Euren Rat.«

»Meinen Rat, Ihr?« Syolan, der dem Augenschein nach in Farawyns Alter war, in Wahrheit jedoch erst sehr viel kürzer in Erdwelt weilte, betrat die Kammer, deren Wände wie die gesamte Festung aus purem Eis bestanden. Dennoch erfüllte eine wohlige Wärme die Ordensburg, die jedoch nicht von außen kam, sondern aus dem Inneren jener, die sie bewohnten. Syolan nahm auf der anderen Seite des Tisches Platz. »Was könnte ich wohl wissen, das den weisen Farawyn erleuchten könnte?«

Farawyn musste lächeln. »An Bescheidenheit zum Beispiel könnte ich viel von Euch lernen.«

»Das ist mein Beruf.« Der Chronist von Shakara, der

schmächtig war an Wuchs und gewaltig im Umgang mit Worten, lächelte wieder. »Hattet Ihr erneut eine Vision?«, wollte er mit Blick auf die Aufzeichnungen auf dem Tisch wissen.

Farawyn seufzte. »Hellsicht ist eine seltsame Gabe, mein Freund. Warum kann ich nicht kraft meiner Gedanken Blitz und Donner erzeugen wie Schwester Tarana? Oder mit den Tieren sprechen, wie Bruder Nimon es vermag? Oder über Heilkräfte verfügen wie Tavalian? Oder warum kann ich nicht Eure Gabe mein Eigen nennen, Freund?«

»Niemand kann wählen, mit welcher Gabe ihn das Schicksal betraut«, entgegnete Syolan lächelnd. »Außerdem hat der Orden schon einen Chronisten.«

Farawyn nickte. »Euer Privileg ist es, Euch mit der Vergangenheit befassen zu dürfen – mein Metier ist die Zukunft. Und die Zukunft, mein Freund, ist wie fließendes Wasser, stets in Bewegung und nicht zu greifen. Was von dem, was ich in meinen Visionen sehe, wird tatsächlich eintreffen? Was ist nur ein wüster Nachtmahr und was wird sich als wirklich und wahr erweisen? Was von dem, was wahr ist, ist wirklich? Haltet Ihr es zum Beispiel für möglich, dass die Menschen einst die Anziehung des Erdbodens überwinden und einen Weg entdecken werden, durch die Lüfte zu reisen?«

»Die Menschen?« Der Chronist von Shakara hob die schmalen Brauen. »Es fällt mir einigermaßen schwer, das zu glauben.«

»Eben. Da seht Ihr es.« Farawyns strenge, von kurzem dunklem Haar umrahmte Gesichtszüge legten sich in Falten.

»Die Menschen faszinieren Euch ganz besonders, nicht wahr?«, fragte Syolan.

»In der Tat. Sie sind jung und voller Tatendrang – genau wie wir es einst waren.«

»Und voller Fehler und Bosheit.«

»Genau wie wir einst waren«, wiederholte Farawyn, »und es noch immer sind. Bedauerlicherweise schützt Alter vor Torheit nicht, ebenso wenig wie Jugend.«

»Ist es das, worüber Ihr mit mir reden wolltet?«, erkundigte sich Syolan skeptisch. Es kam ihm wohl seltsam vor, dass der weise Farawyn nach ihm schickte, um über Dinge wie diese zu philosophieren. Eine alter Leitsatz unter den Weisen von Shakara besagte, dass nur ein Narr Löcher in den Himmel grub und Wolken auf der Erde suchte – was nichts anderes besagte, als dass man über das Unabänderliche, das von Anbeginn der Zeit Gegebene, nicht diskutieren sollte.

»Ihr kennt mich zu gut, Bruder«, gestand Farawyn mit einem schwachen Lächeln. »In der Tat geht es mir um etwas anderes. Etwas, das ich bislang keinem anderen Mitglied unseres Ordens offenbart hab.«

»Noch nicht einmal Vater Semias?«, fragt Syolan überrascht, fast furchtsam.

»Nicht einmal ihm«, gestand Farawyn leise. »Ich möchte Vater Semias nicht damit behelligen, ehe ich mir nicht selbst eine abschließende Meinung gebildet habe. Und dazu, Bruder, bedarf ich Eurer Hilfe.«

»Wenn ich Euch mit meinem bescheidenen Wissen helfen kann«, erwiderte Syolan mit ehrerbietigem Kopfnicken, »so will ich es gerne tun.«

»Ich danke Euch.« Farawyn nickte und überlegte einen Moment. »Ihr wisst, dass ich viel unterwegs gewesen bin in letzter Zeit?«

»Ich hörte davon. Es hieß, Ihr seid südlich des Gebirges gewesen, in den Städten der Menschen.«

»Das ist wahr«, bestätigte Farawyn. »Und ich hatte einen guten Grund dafür.«

»Eine Vision?«

»In der Tat. Und wieder einmal ging es darum, die Wahrheit herauszufinden.«

»Die Wahrheit? Worüber?«

»Über einen Menschen«, erklärte Farawyn. »Er nennt sich selbst Granock. Er ist ein Dieb. Ein Taugenichts. Ein Herumtreiber.«

Diesmal hob Syolan beide Brauen. »Warum interessiert Ihr Euch dann so sehr für ihn?«

»Weil«, erwiderte Farawyn und senkte dabei seine Stimme, als fürchtete er, seine Worte könnten nach draußen dringen, »dieser junge Mensch Granock eine Fähigkeit hat, Bruder.«

Eine Augenblick lang war es still in der Kammer.

»Eine Fähigkeit«, wiederholte Syolan dann. »Ihr sprecht von ... von *reghas*.«

»Genau das«, stimmte Farawyn zu.

»Unmöglich!«, wandte der Chronist mit bebender Stimme ein, die seinen inneren Aufruhr erahnen ließ. »Menschen können keine Gabe entwickeln! Nur Elfen sind dazu in der Lage, Söhne und Töchter Sigwyns!«

»Das dachten wir«, gestand Farawyn leise. »Aber was, wenn es falsch ist? Dieser Mensch, Granock ... er verfügt über eine wahrhaft erstaunliche Fähigkeit, die ich nur als Gabe bezeichnen kann. Er ist in der Lage, kraft seines Willens die Zeit zu verändern, sie einfach anzuhalten.«

»Ist das wahr?«

»Ich habe es gesehen«, versicherte Farawyn. »Noch ist seine Fähigkeit nicht sehr ausgeprägt. Er ist wie ein Kind, das eine Flamme entdeckt hat und nun mit dem Feuer spielt, ohne seinen Nutzen oder seine Gefahren zu erkennen. Aber ich frage mich, was daraus werden könnte, wenn er Anleitung bekommt. Eine Ausbildung, die ihn dazu erzieht, seine

Gabe bestmöglich und zum Wohle aller einzusetzen – und so am Ende vielleicht ein Weiser zu werden. Ein Weiser von Shakara.«

»Bruder, ich …« Syolan senkte den Blick, schien seine Worte sorgfältig abzuwägen. »Ich bin nicht sicher, ob ich Euch richtig verstanden habe«, meinte er dann.

»Doch, mein Freund. Ich glaube schon, dass Ihr mich verstanden habt. Eure Höflichkeit verbietet Euch nur, es offen auszusprechen, denn es hört sich so an, als hätte ich den Verstand verloren. Deshalb will ich es für Euch sagen: Ich erwäge, mir einen Menschen als Schüler zu wählen und ihn zu uns in die Ordensburg von Shakara zu holen.«

»Das … ist Verrat.«

»Woran?«

»An allem, was uns etwas bedeutet«, stammelte Syolan. »Und es ist unmöglich.«

»Ist es nicht.«

»Aber es ist noch niemals vorgekommen.«

»Was nicht bedeutet, dass es unmöglich ist.«

»Viele … alle im Rat werden anderer Ansicht sein«, war Syolan überzeugt.

»O ja«, pflichtete Farawyn bei. »Um das vorauszusehen, muss man nicht über die Gabe der Hellsicht verfügen. Bruder Palgyr wird über mich herfallen und die Gelegenheit nutzen, meine Position im Rat zu schwächen. Und dennoch will ich es gerne versuchen.«

»Warum?«, wollte Syolan wissen.

»Weil ich gesehen habe, was aus diesem Jungen Granock werden kann«, erwiderte Farawyn leise. »Und auch, was geschehen kann, wenn er nicht zu uns stößt und ich ihn nicht im Umgang mit der Gabe unterweise.«

»Was geschähe dann?«

Farawyns Antwort war ein warnender Blick, der den

Chronisten erneut zu Boden blicken ließ. »Natürlich, bitte verzeiht mir, Bruder. Ich vergaß, dass Ihr zur Verschwiegenheit verpflichtet seid.«

»Es wurde mir untersagt, zu viel über die Traumbilder zu erzählen, die mich ereilen«, stimmte Farawyn zu, »und ich stehe bei Vater Semias im Wort. Doch um die Zukunft zu beurteilen, muss ich die Vergangenheit kennen, Bruder. Deshalb habe ich Euch zu mir gebeten.«

»Was wollt Ihr von mir wissen? Ob schon je zuvor ein Mensch in Shakara gewesen ist? Die Antwort kennt Ihr bereits.«

»Nein«, versicherte Farawyn. »Ich will von Euch wissen, ob Ihr für möglich haltet, dass die Menschen das sind, was ich in ihnen sehe … Dass sie eines Tages über sich hinauswachsen und dieses Land, diesen Kontinent, diese ganze Welt von uns erben können.«

Eine Weile lang sagte Syolan nichts.

Dann erhob sich der Chronist von Shakara und ging nachdenklich in der Kammer auf und ab, eh er leise erwiderte: »Ihr habt mir ein Geheimnis offenbart, Bruder Farawyn – nun will auch ich Euch ein Geheimnis offenbaren, denn unter Brüdern sei alles gleich … Bei all dem Wissen, das ich erworben und bei all den Dingen, die ich gelesen und dank meiner Gabe nie vergessen habe, glaube ich nicht mehr, dass es nur eine Welt gibt – noch dass wir das vom Schicksal auserwählte Volk sind, sie zu besitzen.«

»Schau an«, sagte Farawyn nur. »Und ich war der Meinung, *meine* Ansichten wären revolutionär …«

»Auch ich habe diese Dinge nie laut ausgesprochen, Bruder«, gestand der Gelehrte, »und es fällt mir nicht leicht, es zu tun. Doch etwas sagt mir, dass hier und jetzt der rechte Augenblick dafür ist.«

»Und ich danke Euch für Eure Offenheit«, versicherte Farawyn, der sich wissbegierig vorgebeugt hatte und auf seinen Tisch stützte. »Lasst mich weiter an Euren Gedanken teilhaben, ich bitte Euch.«

»Die Aufzeichnungen unseres Volkes reichen weit zurück, doch nicht über die Tage Mirons hinaus«, erwiderte Syolan. »Unsere Zeitrechnung beginnt mit der Ankunft unserer Ahnen in Erdwelt, doch sind die Drachen, mit denen wir uns schon wenig später einen langen und blutigen Krieg lieferten, schon vor uns hier gewesen, ebenso wie die Nathairai und die Trolle – also ist es vernünftig anzunehmen, dass auch wir selbst schon vorher existierten, wenn auch an einem anderen Ort.«

»Da stimme ich dir zu.« Farawyn nickte.

»Wir alle wissen, wohin wir gehen, wenn die Aufgabe unseres Lebens erfüllt ist und uns der unwiderstehliche Drang überkommt, die Welt der Sterblichen zu verlassen – nach den Fernen Gestaden, der Insel jenseits der Nebel. Doch woher sind wir einst gekommen, Bruder? Woher stammen wir? Diese Frage beschäftigt mich von Anbeginn, und obwohl ich wohl als Einziger behaupten kann, alle maßgeblichen Geschichtswerke unseres Volkes gelesen zu haben, von den Alten Chroniken bis hin zu Nevians ›Geschichte des Großen Krieges‹, wäre es eine Lüge zu sagen, dass ich eine Antwort erhalten hätte.«

»Ich mag mich irren, Bruder«, wandte Farawyn ein, »aber wird nicht in den Gesängen Lindragels berichtet, wie die Elfen einst nach Erdwelt gelangten? Und heißt es nicht, die Fernen Gestade wären sowohl unsere Bestimmung als auch unser Ursprung?«

»So heißt es, und wer bin ich, an den ältesten Worten unseres Volkes zu zweifeln?«, erwiderte Syolan. »Doch auch die Fernen Gestade müssen irgendwann von unserem Volk besiedelt worden sein – und nach allem, was ich nach langen Jahren fortwährender Studien herausgefunden zu haben glaube, sind die Gestade weder der Anfang noch das Ende, sondern lediglich eine Zwischenstation auf dem Weg, den unser Volk geht.«

»Ihr wollt damit sagen …«

»… dass es mehr Welten gibt als diese, Bruder, und mehr Wirklichkeiten«, eröffnete Syolan. »Aus einer dieser Welten sind unsere Vorfahren einst gekommen und haben diese Welt in Besitz genommen – und wer vermag zu sagen, ob sie nicht eines Tages in die nächste Welt, in die nächste Wirklichkeit aufbrechen werden?« Er blickte zum Deckengewölbe hinauf. Das Eis glitzerte geheimnisvoll im Licht der Sterne, die am nächtlichen Firmament erstrahlten. »Wer kann sagen, wo diese nächste Welt sein wird, Bruder?«

»Niemand«, erwiderte Farawyn leise, betroffen von der Tiefe der Gedanken, die der Chronist ihm offenbarte. Er hatte ihn nur zu sich gebeten, weil er einen Rat wollte – Syolan jedoch öffnete ihm die Augen.

»Und mit den Menschen ist es ebenso, Bruder«, war der Schreiber überzeugt. »Auch sie sind aus der Dämmerung der Zeit gekommen, und vielleicht verhält es sich so, wie du sagst. Vielleicht liegt es tatsächlich an ihnen, diese Welt dereinst zu besitzen, während unser Volk bereits in eine andere aufgebrochen ist. Die sterbliche Welt ist geprägt von Werden und Vergehen, und bei allen Lektionen, die uns die Geschichte lehrt, erkennen wir, dass sie ein ständiger Kreislauf ist. Deshalb ist es wichtig, sein Andenken an die Vergangenheit, sein Wissen und die Kunst stets zu bewahren – denn wie könnten wir sonst aus unseren Fehlern lernen? Ohne all das sind wir wie Blätter im Wind.«

»Fal fabilai dai gynt«, wiederholte Farawyn nachdenklich.

»Also glaubt Ihr, dass die Menschen uns eines Tages tatsächlich ebenbürtig werden können?«

Syolan zögerte und lächelte dann. »In der Tat«, erwiderte er, »das glaube ich.«

I

In den frühen Morgenstunden war ein völlig erschöpfter Zwergenkurier im Palast von Tirgaslan eingetroffen. Die Nachricht, die er dem eilig einberufenen Kriegsrat brachte, ließ Dag, Bertin und den Anführern der Hügelclans das Blut in den Adern gefrieren: Ein Zug von mehreren Tausend Flüchtlingen näherte sich der Stadt!

Unter der Führung der Königinnen Waldrada und Aryanwen hatten die Alten, Frauen und Kinder, die in Gorta Ruun zurückgeblieben waren, die Sicherheit der Zwergenfeste verlassen und sich auf den Weg nach Tirgaslan gemacht. Auf verborgenen Pfaden bewegten sie sich an den Ausläufern des Schwarzgebirges entlang und folgten dem Grenzfluss gen Süden, was für all die Schwachen und Gebrechlichen, die dem Zug der Flüchtlinge angehörten, eine unglaubliche Anstrengung bedeuten musste. Und was noch schlimmer war: Sie waren so gut wie schutzlos!

Zwar begleiteten einige beherzte Zwerginnen die Kolonne, die mit Axt und Klinge umzugehen wussten, und Bertin hatte in weiser Voraussicht auch einige Krieger zurückgelassen – doch beides würde nicht ausreichen, wenn eine Horde marodierender Orks über die Flüchtlinge herfiel. Von Schattendrachen oder Kaldronen ganz zu schweigen …

Was Waldrada und Aryanwen dazu bewogen hatte, diesen verzweifelten Schritt zu tun, wusste Dag nicht, aber er war sicher, dass es einen triftigen Grund dafür gab – und er bezweifelte, dass es gute Nachrichten waren, die die Königinnen aus dem Norden brachten.

Noch in derselben Stunde, da der Bote sie über den Flüchtlingszug in Kenntnis setzte, rüsteten die Anführer des Widerstands eine Streitmacht aus, die ihm entgegeneilen sollte – zweihundert Clansreiter unter der Führung von Daghan und Ferghas, dazu eine Abteilung Zwergenkrieger auf Ponys sowie zwanzig Kaldronen. Für den Fall, dass die Kolonne angegriffen würde, sollten sie ihr Schutz und Deckung geben und den Feind aufhalten, bis sich die Flüchtlinge in Sicherheit gebracht hätten.

Auch Nagaya beteiligte sich an der Mission und schickte einige ihrer Assassinen unter der Führung des Wechselbalgs Lyrx. Wäre es nach Bertin selbst gegangen, hätte er seine Zwergenkrieger selbst befehligt; seine Unterführer überzeugten ihn jedoch, dass er als neu gewählter Herrscher unbedingt in Tirgaslan zu verbleiben hätte, und so betraute er seinen Freund und Berater Dado mit der verantwortungsvollen Aufgabe. Alle, Menschen wie Zwerge, fürchteten um das Leben ihrer Anverwandten, und so war jede Meinungsverschiedenheit, die zuvor unter den Verbündeten geherrscht haben mochte, einstweilen vergessen, die Unterschiede vorerst nicht mehr von Bedeutung.

»Waldrada ist meine Königin«, hatte Bertin Daghan zum Abschied gesagt, »und sie ist mir mehr wert als mein Reich und alle Schätze des Berges zusammen.«

»Ich weiß«, hatte Dag geantwortet. »Deshalb werde ich sie unversehrt zu dir bringen, Bruder. Das schwöre ich.«

Vier Tage lag dies zurück.

Tage, in denen die Krieger aus Tirgaslan im Eiltempo gen Nordwesten marschiert waren – die Assassinen, die die Lande des Schwarzgebirges wie ihre Westentasche kannten, voraus, dann die Reiter der Clans und schließlich die Zwerge auf ihren Ponys, gefolgt von den Kaldronen, deren Stampfen den Wald erbeben ließ. Bislang hatte der Anblick der Kampfkolosse unter den Freiheitskämpfern stets für Furcht und Panik gesorgt – nun gab er ihnen Mut, denn im Ernstfall würden sie es sein, die sich zwischen die Flüchtlinge und etwaige Angreifer stellen und mit ihren stählernen Leibern die Unschuldigen schützen würden.

Es war ein Gewaltmarsch. Die Rastzeiten wurden auf das Nötigste beschränkt, Nachtlager jeweils nur für einige Stunden aufgeschlagen, um Pferden wie Reitern etwas Schlaf zu verschaffen. Niemand wusste, in welcher Gefahr die Flüchtlinge womöglich schwebten, also kam es auf jede Stunde an.

Unterwegs überschlugen sich Dags Gedanken.

Was war in Gorta Ruun vorgefallen? Warum hatten die Frauen es vorgezogen, die Sicherheit der Bergfeste gegen die Gefahren der Wildnis einzutauschen? Was war das für eine Bedrohung, von der der Bote gesprochen hatte? Existierte sie tatsächlich, oder war es womöglich eine List des Feindes, und Dag und die Seinen liefen geradewegs in eine Falle?

Beides das war möglich – und doch spielte es keine Rolle. Denn selbst wenn Dag gewusst hätte, dass am Ende des Weges eine Falle lauerte, hätte er nichts unversucht gelassen, um seine Frau, seine Tochter und all die anderen zu retten. Mit jedem Augenblick, der verstrich, wuchs die Furcht, dass sie zu spät kommen könnten – und mit der Furcht kamen die Bilder …

Bilder von Schattendrachen, die aus dem grauen Himmel stürzten und über wehrlose Menschen herfielen.

Von Unschuldigen, die unter stampfenden Kaldronen endeten.

Von Wargen, die hilflose Alte zerfleischten.

Von Orks, die Frauen schändeten.

Von weinenden Kindern.

Und vom alten Fluss Glanduin, der sich blutrot färbte …

War das die Fähigkeit, von der Dewthan gesprochen hatte? Die Gabe der Prophetie? Oder waren es nur Ängste, die aus der Tiefe von Dags Seele emporstiegen und vor seinem geistigen Auge schreckliche Gestalt annahmen?

Die Ungewissheit brachte Dag dazu, sein Pferd immer noch mehr zur Eile anzutreiben, dem Zug der Flüchtlinge entgegen.

2

»Aua!«

Der Schrei, der Vigor-Suvat entfuhr, war so laut, dass er sich furchtsam in der Senke umblickte, die er für sich und das Kind als Nachtlager ausgewählt hatte.

Eine Felswand, über die ein Bach herabplätscherte, schützte den Lagerplatz nach Westen, ein abgestorbener Baum sowie einige Gesteinsbrocken bildeten natürliche Barrieren nach den anderen Seiten hin, sodass er es sogar gewagt hatte, ein Feuer zu entzünden.

Die Entführung des Kindes war in jeder Hinsicht gelungen. Die Vorbereitung war ein Kinderspiel gewesen, die beiden Orks beinahe zu leicht zu übertölpeln. Nachdem er zwei Tage und Nächte fast ohne Unterbrechung durchgeritten war und dabei so ziemlich alles zur Anwendung gebracht hatte, was er als ehemaliger Kommandant von Winmars berüchtigter Geheimpolizei über das Vermeiden und Verwischen von Spuren wusste, hatte Vigor inzwischen das Waldland erreicht, wo er noch ungleich schwerer aufzufinden war. Somit hätte er eigentlich zufrieden sein können und sich auf die Belohnung freuen, die ihm in Tirgas Winmar zuteilwerden würde – wäre da nicht das Kind gewesen.

Denn wie sich gezeigt hatte, war die Beute sehr viel weniger hilflos, als er es sich erhofft hatte.

»Verdammt noch mal, das hat wehgetan!«, fuhr er das Mädchen an und schüttelte die Hand, um seinen Daumen zu kühlen, in den das Kind soeben mit derartiger Kraft gebissen hatte, dass es heftig blutete. Die einzige Antwort war ein erneutes Kichern.

»Du verdammtes, elendes Gör!«, fuhr Vigor das Mädchen an, das ihm mit dem wirren blonden Haar und den stechend blauen Augen eher wie ein kleiner Unhold vorkam als wie ein Menschenkind. Was auch daran liegen mochte, dass sich Alannah beharrlich weigerte, mit ihm in der Menschensprache zu reden, und sich stattdessen lieber des Orkischen bediente, das sie ihrer beiden grünhäutigen Ziehväter wegen fließend beherrschte.

*»Murruchg«**, knurrte die Kleine, während sie ihn so finster ansah, als wollte sie ihn jeden Augenblick anspringen und ihm die Nase abbeißen. *»Goultor! Brunirk! Pochga!«***

Das wenige Orkisch, das Vigor beherrschte, reichte nicht aus, um alle Wörter zu verstehen – und vielleicht, dachte er, war es auch besser so. Das Kind gebärdete sich wie ein wild gewordener Rumpelzwerg, dabei war sein Gesicht feuerrot, und der Schweiß stand ihm auf der Stirn.

»Du undankbares Balg!«, giftete Vigor zurück. »Du hast Fieber, verstehst du mich? Fie-ber! Ich versuche nur, dir deine Medizin zu geben!« Er griff nach den Kräutern, die er im Wald gesammelt hatte und die er ihr in den Mund hatte schieben wollen. Als sie ihn gebissen hatte, hatte er sie vor Schreck fallen lassen. »Also mach jetzt gefälligst den Mund auf, damit ich dir das Zeug in den Schlund stopfen kann. Sonst wird es mit dem Fieber immer nur noch schlimmer!«

»Shnorshor!«, rief Alannah als Antwort – und dafür reichten sogar Vigors begrenzte Sprachkenntnisse aus.

»Hast du gerade ›Scheißer‹ zu mir gesagt?«, erkundigte er sich mit zu Schlitzen verengten Augen.

»Korr«, kam es trotzig zurück.

* orkisch »Made«

** »Feigling! Gnom! Furz!«

Das Kind verstand ihn also.

»Na schön, du Balg«, knurrte er. »Du hast keine Ahnung wer ich bin, oder? Hältst dich für etwas ganz Besonderes, was? Die Tochter der Königin von Tirgaslan und des Herzogs von Ansun! Die Erbin des Reiches! Ist es das, was sie dir erzählt haben?«

In Alannahs Augen glänzte es fiebrig, was er als Bejahung deutete.

»Dann will ich dir was sagen, du elendes Gör: Nichts davon wird jemals wahr werden! Du wirst niemals Königin von Erdwelt werden, und deine Eltern werden schon sehr bald tot sein, hast du mich verstanden? Deiner Mutter werden die Warge bei lebendigem Leib die Gedärme rausreißen«, prophezeite er, während er seine blutende Rechte zur Klaue formte, »und deinen Vater wird man vierteilen und seine Überreste in alle vier Himmelsrichtungen des Reiches verschicken, allen anderen Aufrührern zur Warnung. Und was deine beiden Ziehväter betrifft, diese dämlichen Unholde, so werde ich sie mir vielleicht ausstopfen und neben meinen Thron stellen – denn du musst wissen, dass auch ich ein König bin, du elendes kleines Monstrum. Wenn all das hier vorbei ist, werden alle tot sein, die du liebst und denen du vertraut hast – während ich der neue Herr von Gorta Ruun sein werde! Also stelle dich besser gut mit …«

Suvat-Vigor unterbrach seinen Redefluss, als eine Ladung Spucke geflogen kam und ihn mitten ins Gesicht traf. Dazu sah ihn das Kind mit derartigem Trotz und unbeugsamem Stolz an, dass er nicht länger an sich halten konnte.

»Na warte!«, rief er heiser, während er bereits ausholte, »dafür wirst du bezahlen, du mieses kleines …«

»Nein«, sagte plötzlich eine Stimme in seinem Kopf – und es war nur zu klar, wem diese Stimme gehörte.

»Aber mein Gebieter«, widersprach Vigor, »ich …«

»Nein«, wiederholte Urkaid Mock-Loor, jenes uralte Böse, das seit Urzeiten in Erdwelts Tiefen gelauert hatte und mit dem Zwergenkönig Winmar zu jener grässlichen, an Körper und Geist entstellten Kreatur verschmolzen war, die man den »Dunklen König« nannte ...

»Dieses Kind hat keinen Respekt vor mir!«, beschwerte sich Vigor dennoch.

»Wie sollte es auch?«, kam es erbarmungslos zurück, *»du bist nur ein geringer Diener – dieses Kind hingegen wird schon in Kürze meinen dunklen Geist beherbergen. Also behandle es gut, Vigor. Deine Aufgabe besteht darin, das Mädchen unbeschadet zu mir nach Tirgas Winmar zu bringen, nicht mehr und nicht weniger. Nimmt es auf der Reise Schaden oder muss es deinetwegen auch nur den geringsten Mangel leiden, werde ich dafür sorgen, dass deinem neuen Körper dasselbe Schicksal widerfährt wie dem alten – mit dem Unterschied, dass dein Geist diesmal darin verbleibt. Hast du mich verstanden?«*

Vigor-Suvat schluckte hart.

Er verspürte kein Verlangen danach, ein zweites Mal mitzuerleben, wie ihm das Herz bei lebendigem Leib aus der Brust gerissen wurde. Die Erfahrung einmal zu machen, hatte ihm voll und ganz genügt.

»Das würde ich niemals tun, mein König«, versicherte er und schaffte es irgendwie, trotz seiner Wut und seiner Frustration ein strahlendes Lächeln in Suvats ausgemergelte Züge zu zaubern. »Nicht wahr, du kleiner Schatz?«, wandte er sich süßlich an die kleine Alannah. »Wir verstehen uns doch aufs Beste, du und ich. Oder etwa nicht?«

Als Antwort holte das Kind mit dem Fuß aus und trat ihm gegen das Schienbein.

Und es kicherte, als er vor Schmerz auf einem Bein hüpfend in wüste Verwünschungen verfiel.

3

Es war ein seltsamer Anblick.

Balbok lag bäuchlings auf dem Boden, das grüne Gesicht so dicht über dem welken Laub, als wollte er es fressen. Sein Bruder Rammar stand über ihm, so weit vorgebeugt, wie es seine ungeheure Leibesmasse eben zuließ, ohne dass er vornüberkippte, und gab Geräusche von sich wie ein Trüffelschwein.

»Und?«, fragte Alured erwartungsvoll.

»Schnauze, Mensch!«, fuhr Rammar ihn an und winkte ab. »Wie sollen wir was riechen, wenn wir die ganze Zeit dein Gelaber im Ohr haben?«

»Riecht ihr denn etwas?«, fragte Alured dennoch weiter – die Logik des dicken Ork leuchtete ihm nicht ganz ein.

Rammar schnüffelte noch einmal geräuschvoll. »Riechen wir was?«, fragte er dann seinen Bruder.

»Korr«, meldete Balbok und wollte sich wieder aufrichten, was aber nicht möglich war, da sein Bruder breitbeinig über ihm stand. Einen Augenblick lang sah es so aus, als wollte der Fette auf dem Rücken seines dürren Bruders reiten, dann schafften sie es irgendwie, sich voneinander zu trennen. »Sie sind hier vorbeigekommen«, erstattete Balbok schließlich Bericht. »Dein Freund und der kleine *pochga*.«

»Er ist nicht mein Freund«, stellte Alured voller Bitterkeit klar. »Nicht mehr.«

»Die Einsicht kommt ein wenig spät, *korr*?«, knurrte Rammar und fletschte die Zähne.

Alured nickte – und fragte sich zum ungezählten Mal, wie es nur so weit hatte kommen können. Natürlich, Suvat hatte sich sehr verändert, seit er ihn an jenem schicksalhaften Tag aus den Kerkern von Tirgas Winmar befreit hatte. Aber wie hätte Alured ahnen sollen, dass er in Wahrheit nicht sein Freund war, sondern auf der Seite des Feindes stand?

Wie lange, fragte er sich, war das schon so gewesen? Schon in Tirgas Winmar? War Suvat von Beginn an nichts anderes gewesen als ein feindlicher Spion, der sich sein Vertrauen erschlichen hatte, um dann im geeigneten Augenblick zuzuschlagen? Mit Unbehagen erinnerte er sich, dass ausgerechnet der ruchlose Vigor, der Alureds Familie auf dem Gewissen hatte, ihm geraten hatte, Suvat zurückzulassen – sollte der elende Giftzwerg etwas geahnt haben?

Alured hatte geschworen, Vigor zu töten, doch der Dunkle König war ihm zuvorgekommen. Wie hätte Alured da ahnen sollen, dass im Verborgenen noch ein zweiter Feind lauerte? Vigor hatte immerhin nie ein Hehl aus seiner Abneigung gemacht, Suvat hingegen hatte ihn arglistig getäuscht – und nun hatte er Prinzessin Alannah in seiner Gewalt.

Alured quälte sich deshalb mit Vorwürfen.

Er gab sich die Schuld an dem, was geschehen war, und hatte sich freiwillig erboten, den Entführer der kleinen Alannah zu verfolgen. Königin Aryanwen, die halb krank war vor Sorge um ihr Kind, hatte ihn zunächst begleiten wollen, aber er hatte ihr klargemacht, dass ihr Platz bei ihrem Volk war und dass seine Aussicht auf Erfolg besser war, wenn er auf niemanden Rücksicht zu nehmen brauchte. Die beiden Orks hingegen hatten darauf bestanden, ihn zu begleiten, denn ihnen war klar, dass sie etwas gutzumachen hatten. Wie genau es hatte passieren können, dass sie so überrumpelt worden waren, darüber schwiegen sie sich weiter aus, aber beide waren wild entschlossen, Suvat zu finden und die Prinzessin zu retten …

»Da ist etwas, das ich einfach nicht verstehe, Mensch«, maulte Rammar, während er zurück zu den Pferden watschelte, die Alured an den Zügeln hielt.

Ein Ork auf dem Rücken eines Pferdes war ohnehin schon ein äußerst seltener Anblick – wenn überhaupt, dann ritten Unholde höchstens auf Wargen; Versuche, eine Kavallerie nach menschlichem Vorbild aufzubauen, hatten meist damit geendet, dass die Pferde ihre Reiter abgeworfen und die Orks sie vor Wut aufgefressen hatten; Rammar jedoch auf dem Rücken eines gedrungenen Zwergenponys zu sehen, war überaus bemerkenswert. Zunächst hatte sich der dicke Ork geweigert zu reiten, aber Alured hatte ihm klargemacht, dass sie, wenn überhaupt, nur so eine Chance haben würden, Alannahs Entführer einzuholen. Und auch wenn er es niemals zugegeben hätte – für das kleine Menschenkind hätte der feiste Unhold so ziemlich alles getan.

Balbok, der wie Alured einen ausdauernden Hochland-Schecken ritt, sprang leichtfüßig in den Sattel; bei Rammar dauerte es etwas länger. Dann folgten sie weiter dem Pfad, der sich zwischen den Bäumen hindurchschlängelte und den offenbar auch Suvat genommen hatte – jedenfalls, wenn man Balboks feiner, unentwegt schnüffelnder Nase glaubte. Zwar hatte der Entführer alles darangesetzt, seine Spuren zu verwischen, doch sein Geruch hing, wie Rammar es ausdrückte, noch immer zwischen den Bäumen wie der Gestank eines verrottenden Trolls.

»Was verstehst du nicht, Ork?«, knurrte Alured.

»Mir will nicht in den Schädel, dass du die ganze Zeit über nicht gemerkt haben willst, was dein Freund …«

»Er ist nicht mein Freund!«

»… der *shnorshor* im Schilde führte«, drückte Rammar es

anders aus. »Irgendwas muss doch mit ihm nicht gestimmt haben! Niemand raubt einfach so ein kleines Kind! Jedenfalls kein Mensch«, fügte er etwas leiser hinzu.

»Das ist wahr«, musste Alured zugeben. »Suvat hatte sich verändert. Der Junge, den ich einst kannte, wäre zu so etwas nicht in der Lage gewesen, aber er ist ein anderer geworden, und ich war zu töricht, um das zu erkennen. Ich habe einen schweren Fehler gemacht.«

»Einen?« Der dicke Ork rülpste.

»Ich war geblendet«, bekannte Alured, während er die Wolke unbeschreiblichen Gestanks durchritt, die Rammar hinterließ. »Ich habe in Suvat nur den hilflosen Jungen gesehen, den ich in ihm sehen wollte, und die Augen vor der Wahrheit verschlossen.«

»*Korr*. Bis es zu spät war. Einem Ork wäre das nicht passiert.«

»Ach nein?«, fragte Alured.

»*Douk* – schließlich sind wir immer misstrauisch und vertrauen niemandem.«

»Noch nicht mal uns selbst«, fügte Balbok, der an der Spitze ritt, mit belehrend erhobener Kralle hinzu.

»Ihr wollt damit sagen, dass Orks nicht auch manchmal das sehen, was sie sehen wollen?«

»*Korr*, Milchgesicht, genau das wollen wir damit sagen«, schnarrte Rammar.

»Und was ist mit deiner Klaue?«, wollte Alured wissen, auf Rammars linken Arm deutend.

»Was soll damit sein?«

»Wann hast du das letzte Mal daran gedacht, dass du sie nicht mehr hast?«

Der feiste Ork hielt sein Pony an. Der verwunderte Ausdruck, mit der er auf seine linke Klauenhand starrte, ließ vermuten, dass Alureds Frage nur zu berechtigt war. Nachdem er seine eigene Hand eingebüßt hatte, hatte Rammar sie zunächst durch die Klinge eines *saparak* ersetzen lassen, was sich im Kampf zwar als praktisch, im Umgang mit einem Menschenkind aber als ziemlich hinderlich erwiesen hatte. Also hatte er sie durch eine hölzerne Klaue ersetzt, die Balbok ihm geschnitzt hatte, und sie mit einem ledernen Handschuh überzogen. Wer es nicht wusste, der konnte leicht übersehen, dass der dicke Ork nur noch eine Klaue besaß. Und auch er selbst schien es die meiste Zeit über zu vergessen …

»Wenn wir etwas jeden Tag sehen, dann neigen wir dazu, uns daran zu gewöhnen«, folgerte Alured. »Wir sehen das, was wir sehen wollen und nicht mehr unbedingt das, was wirklich ist – so ist es mir jedenfalls bei Suvat ergangen. Aber ihr habt recht, es hätte nicht passieren dürfen.«

»*Douk*, Mensch, allerdings nicht«, bestätigte Rammar und hielt die künstliche Klaue hoch, während er mit der anderen die Zügel schnalzen und das Pony wieder antraben ließ. »Einen wesentlichen Unterschied gibt es nämlich – die Sache mit meiner Hand muss einzig und allein ich selbst ausbaden. Aber für deinen Irrtum, was das junge Milchgesicht betrifft, muss womöglich das kleine Mädchen bezahlen! Und Aryanwen. Und vielleicht wir alle.«

4

Die Nathiri waren die Ersten, die auf den Zug der Flüchtlinge trafen.

Dag hatte Lyrx und seine Leute als Späher vorausgeschickt, und inmitten der zerklüfteten, von Felsbrocken und verkrüppelten Bäumen übersäten Flusslandschaft, jenseits derer sich schroff und dunkel die nebligen Hänge des Schwarzgebirges erhoben, begegneten sie der Vorhut der Flüchtlinge, die niemand anders als Catriona befehligte, die Tochter Anghas Ca'Durs und Nichte von Dags treuem Begleiter Ferghas.

Obschon beide einander lange nicht gesehen hatten und sie ein besonderes Verhältnis verband – anders als ihr gestrenger und bisweilen starrsinniger Vater hatte Ferghas Catrionas Geschick im Umgang mit Pferden und Waffen von frühester Jugend an erkannt und gefördert – fiel die Begrüßung knapp aus. Dag wollte keine Zeit verlieren und möglichst rasch zu den beiden Königinnen gebracht werden, die an der Spitze des Hauptzuges ritten, bei ihren Untertanen. Den Clanskriegern befahl er, auszuschwärmen und die Flanken des Zuges zu sichern, die Kaldronen bezogen entlang der Uferbank Stellung, von wo aus ihre Lenker nicht nur den Fluss, sondern auch den Himmel im Auge behalten konnten.

Der Weg zu Aryanwen kam Dag wie eine Ewigkeit vor.

Einerseits verspürte er Erleichterung darüber, dass sich keines der Bilder, die er vor Augen gesehen hatte, bewahrheitet hatte – andererseits musste er ständig an etwas denken, das Dwethan ihm immer wieder eingebläut hatte, nämlich dass die Zukunft wie fließendes Wasser sei, stets in Bewegung und nicht zu greifen … Vielleicht sollte das, was er gesehen hatte, ja erst noch geschehen?

Ein Gefühl drängender Unruhe ergriff von Dag Besitz, das sich erst wieder legte, als er Aryanwens Gegenwart fühlte, voller Liebe und Wärme … und doch war da noch etwas anderes. Etwas Dunkles, ein Schatten …

»Daghan!«

Er hörte, wie sie ihr Pferd antrieb, und zügelte sein eigenes, lauschte dem Hufschlag. Im nächsten Moment war sie bei ihm, fühlte er ihren warmen weichen Körper, ihre Wange an der seinen. Es gab keinen Kuss, keine Liebesbeteuerung, nur gegenseitige Nähe – doch wo unendliche Erleichterung hätte sein sollen, fühlte Dag bei Aryanwen nur schreckliche Leere.

»Ihr seid am Leben, *athana*«, flüsterte Dag, als sie sich wieder voneinander lösten, »dafür danke ich dem Schicksal. Aber ich fühle, dass etwas nicht in Ordnung ist …«

»Du hast es gemerkt?« Aryanwen schluchzte leise. »Natürlich hast du es gemerkt. Sie ist deine Tochter …«

»Alannah!«, rief Dag entsetzt. Alles in ihm verkrampfte sich. »Wo ist sie?«

»Nicht hier«, erwiderte Aryanwen leise. »Sie … wurde entführt.«

»Entführt?« Dags Stimme überschlug sich. »Aber das … das…«, stammelte er fassungslos, während sein Verstand vergeblich Tritt zu fassen suchte. »Von wem?«, ächzte er schließlich.

»Sein Name … ist Suvat«, erklärte Aryanwen. Ihre Stimme war matt und tonlos. »Ein junger Mann aus Tirgas Winmar … er war Alureds Begleiter, also haben wir ihm vertraut … ein Fehler, wie sich herausgestellt hat.«

»Alured?« Dag sog scharf nach Luft. Den Namen des Freundes aus Kindheitstagen zu hören, versetzte ihm einen zusätzlichen Stich. »Er … ist noch am Leben?«

»Ja«, erwiderte Aryanwen gepresst.

»Wie ist es geschehen?«, verlangte Dag zu wissen, bemüht, die Dinge zu ordnen. Dabei konnte er nicht verhindern, dass sich in seinem Kopf erneut Bilder einstellten – Bilder von ihrer Tochter in der Gewalt eines Fremden. Bilder, die ihn fast um den Verstand brachten.

»In der Nacht … wir waren bereits einige Tage unterwegs und lagerten in einer Schlucht … Alannah war in ihrer Kutsche, Balbok und Rammar bewachten sie …«

»Jemand hat die beiden überwältigt«, erklärte eine andere Stimme, die unverkennbar Catriona gehörte, der Tochter des Roten Clans. Doch zu seinem eigenen Bedauern empfand Dag keine Wiedersehensfreude. »Rammar hat später behauptet, es wären ein Dutzend Gegner gewesen«, fuhr die Tochter des Roten Clans fort, »aber die Spuren, die ich im Gras gefunden habe, sagten etwas anderes. Es war nur ein einzelner Täter – nämlich Suvat. Er hat die Orks überlistet und niedergeschlagen und die kleine Alannah mitgenommen.«

»Wohin?«, fragte Dag nur.

»Das wissen wir nicht, aber Alured und die Orks sind ihm auf den Fersen.«

»Ich wollte mit ihnen kommen«, fügte Aryanwen bitter hinzu, »aber sie haben mir klargemacht, dass es so besser wäre. Wieder einmal habe ich das Schicksal unserer Tochter in die Hände anderer gelegt. Bitte verzeih …«

»Du hast richtig gehandelt«, tröstete Dag sie. »Alured war stets wie ein Bruder für mich, mein ältester und treuster Freund. Wenn wir ihm nicht vertrauen können, so können wir niemandem mehr vertrauen – doch ich werde sofort meine besten Männer nehmen und ihnen nachreiten. Wir werden nichts unversucht lassen, um Alannah …«

»Ich fürchte, dazu bleibt vorerst keine Zeit«, sagte eine Frauenstimme, die tiefer war als Aryanwens und wie immer ein wenig heiser klang.

»Königin Waldrada.« Trotz der Anspannung, unter der er stand, verneigte sich Dag im Sattel. »Ich danke dem Schicksal, dass Du wohlauf bist.«

»Danke«, sagte die Königin nur, die als Kriegerin im Widerstand gegen die Alchemisten gekämpft hatte und keine Freundin großer Worte war. »Doch unser Ziel muss es sein, rasch nach Tirgaslan zu gelangen.«

»Warum?«, wollte Dag wissen. »Was …?«

»Ein feindliches Heer«, erwiderte Waldrada, die ihr Pony an seine Seite gelenkt hatte. »Zehntausend Krieger – Zwerge, Orks und Kaldronen.«

»Bei allen Mächten!«, entfuhr es Dag. »Und dieses Heer …«

»Ist auf dem Weg nach Gorta Ruun, um die Zwergenfeste zurückzuerobern«, erwiderte Catriona gepresst.

»Aber das … das ergibt keinen Sinn«, erwiderte Dag. »Der Dunkle König muss geahnt haben, dass wir uns als Nächstes nach Tirgaslan wenden würden. Warum hat er sein Heer dann nicht nach Süden geschickt, um die Verteidiger zu entlasten und die Eroberung zu verhindern?«

»Das wissen wir nicht«, erwiderte Aryanwen, »aber es besteht kein Zweifel. Alured hatte die Vorhut des Heeres bereits gesichtet, als er zu uns stieß. Er ist in Tirgas Winmar gewesen. Er hat gesehen, was dort vor sich geht, und uns berichtet.«

»Ich verstehe«, stieß Dag tonlos hervor – nun wusste er, was der Bote gemeint hatte, als er von einer Bedrohung sprach. Sosehr es ihm auch missfiel – Alannah würde warten müssen.

»Wir werden umgehend nach Tirgaslan zurückkehren und uns beraten«, kündigte er an, seine ohnmächtige Wut und seine Angst um das Mädchen nur mühsam beherrschend.

»Um was zu tun?«, fragte Aryanwen leise.

»All das ist kein Zufall«, war Dag überzeugt. »Das feindliche Heer, das gegen Gorta Ruun marschiert, eure Flucht, die Entführung unseres Kindes …«

»Du meinst, das war geplant?«, fragte Ferghas.

»Es würde erklären, warum sich der Feind nicht gegen Tirgaslan gewandt hat«, überlegte Catriona laut, »und auch, warum wir die ganze Zeit über nicht angegriffen wurden. Ich habe alles darangesetzt, Pfade auszuwählen, die nicht auf den ersten Blick ersichtlich sind – aber hätte der Feind es gewollt, hätte er uns ausfindig machen und vernichten können.«

»Du meinst …?«, begann Aryanwen leise.

»Wir sind ihm gleichgültig«, fasste Waldrada die niederschlagende Erkenntnis in Worte.

»Es ging ihm von Anfang an nur um Alannah«, fügte Dag heiser hinzu. »Dwethan sagte immer, dass der Dunkle König danach trachtet, unser Kind in seinen Besitz zu bekommen.«

»Aye«, brummte Ferghas düster. »Und nun hat er, was er wollte.«

5

Als sie sich Smerada näherten, war das Kind vor Fieber und Erschöpfung endlich eingeschlafen – nachdem es den ganzen Tag über so geschrien und gezetert hatte, dass Vigor mehrmals kurz davor gewesen war, die Nerven zu verlieren.

Dass er sich beherrscht hatte, lag einzig und allein an dem Gedanken daran, was sein dunkler Auftraggeber mit ihm anstellen würde, wenn das Kind auch nur den geringsten Schaden nahm. Dieses Risiko wollte Vigor keinesfalls eingehen, schließlich war er ein Meister darin, auch unter widrigen Bedingungen nicht nur zu überleben, sondern prächtig zu gedeihen.

Er hatte sich dem Emporkömmling Winmar angedient und war zum Anführer von dessen Geheimpolizei aufgestiegen; hatte gefoltert und getötet, wann immer es seinen Interessen gedient hatte. Später dann, als Winmar sich Vigors Rivalen Ansgar und den Alchemisten zugewandt hatte, hatte Vigor die Seiten gewechselt und sich mit dem Menschen Lavan verbündet – nur um nach dessen Niederlage und einer kurzen Phase der Verwirrung erneut in die Dienste des Dunklen Königs zu treten, der in mancher Hinsicht Winmar war und in anderer auch nicht. Und mit jedem Mal, da Vigor die Seiten gewechselt und sich einem neuen Herrn angedient hatte, waren seine Erfolgsaussichten größer geworden.

Die Belohnung, die er erhalten würde, wenn er das Kind nach Tirgas Winmar gebracht hatte, hielt Vigor davon ab, etwas Unüberlegtes zu tun und dem Balg das Maul zu stopfen – auch wenn die Kleine einen Denkzettel verdient hatte. Sie war ein verzogenes Gör, eine Prinzessin mit den Manieren eines Orks, und Vigor hatte es satt, sich den ganzen Tag ihre Tiraden anzuhören, von den Tritten und Fausthieben, die sie ihm bei jeder sich bietenden Gelegenheit versetzte, ganz zu schweigen. Dass sie Fieber hatte und offensichtlich krank war, interessierte Vigor nicht. Zweimal hatte sie zudem versucht auszubüchsen, was zwar völlig aussichtslos gewesen war, Vigor aber dennoch einigen Schweiß und vor allem Zeit gekostet hatte.

Zeit, die er nicht hatte.

Er ging davon aus, dass ihm Verfolger auf den Fersen waren – der gute Alured beispielsweise, sowohl edelmütig als auch dämlich genug, sich zumindest einen Teil der Schuld an Alannahs Entführung zu geben. Und natürlich die beiden Unholde, der Dicke und der Doofe, wie Vigor sie für sich benannt hatte. Zwar glaubte er nicht, dass die beiden dem Menschen eine besonders große Hilfe sein würden, doch je eher er eine Schiffspassage fand, desto besser.

Die Dunkelheit brach bereits herein, als Vigor-Suvat und das schlafende Kind das Westtor der Hafenstadt erreichten, die sich in einem Halbrund an die zur See hinabfallenden Hänge schmiegte. Die Wächter waren soeben dabei, das Tor zu verschließen und die Fackeln anzustecken, die in eisernen Halterungen steckten und den Vorplatz beleuchteten.

»Halter ein!«, rief Vigor laut und legte die letzte Distanz im Galopp zurück.

»Wer bist du und was willst du?« Zwei der Wächter hatten bereits ihre Hellebarden gesenkt und reckten sie ihm abwehrend entgegen.

»Nur ein einfacher Händler«, versicherte Vigor, während er sein Pferd zügelte. »Aber ich muss in die Stadt.«

»Wozu?«, fragte der Wächter kritisch, ein grobschlächtiger Kerl, der seine Zähne bis auf wenige Ausnahmen allesamt schon eingebüßt hatte.

»Geschäfte«, erwiderte Vigor ausweichend. »Ich muss dringend nach Tirgas Winmar.«

Die Nase unter dem Helm des Wächters kräuselte sich. »Du bist von dort, oder?«, fragte er. »Ich seh's an deinen Augen.«

»In der Tat«, bestätigte Vigor und grinste, obwohl er dem Kerl am liebsten ins Gesicht getreten hätte.

»Was hast du da?«, wollte der Mann wissen, auf das Bündel in Vigor-Suvats Armen deutend.

»Ein Kind«, lautete die Antwort.

»Lass sehen!«

Vigor-Suvat ließ den Arm hinab, soweit er es wagen konnte, ohne das Kind zu wecken. »Zufrieden?«, fragte er.

»Das Balg sieht dir gar nicht ähnlich«, bemerkte der Wächter.

»Tatsächlich?«

»Wenn ich's dir sage. Das Kind hat keine Schlitzaugen, du aber schon.«

»Donnerwetter.« Vigor ließ Suvat ausspucken. »Und ich habe sie noch gefragt, von wem das Balg ist. ›Von dir‹, hat sie gesagt, ›Ich liebe dich doch!‹«

Der Torwächter und seine Kumpane fanden das so komisch, dass sie in brüllendes Gelächter verfielen. Oder vielleicht, dachte Vigor, war es auch einfach nur der erste Witz seit Langem, den sie verstanden hatten. In jedem Fall gingen sie wohl davon aus, dass von jemandem, der so dämlich war, sich das Kind eines anderen andrehen zu lassen, keine Gefahr ausging …

»Du kannst passieren«, meinte der Anführer und gab dem Pferd einen Klaps. »Und vergiss dein Balg nicht, höhö!«

Darüber lachten sie nur noch mehr, und Vigor passierte das Tor, ehe es verriegelt wurde und das Gitter sich ratternd senkte. Er hatte es geschafft.

Alles, was er nun noch zu tun brauchte, war, ein Schiff zu finden, das ihn und die Kleine über die See brachte. Und bei den zahllosen Seglern, die Tag für Tag von Smerada aus in See stachen, war es eigentlich keine Frage, ob …

In diesem Augenblick zerriss ein entsetzlicher Schrei die Stille der hereinbrechenden Nacht.

Vigor nahm an, dass es eine Frau gewesen war, die geschrien hatte, aber er war sich nicht sicher. Seine Tätigkeit als Winmars oberster Folterknecht hatte ihn gelehrt, dass Menschen zu höchst absonderlichen Lauten fähig waren, wenn der Schmerz nur groß genug war …

Der Laut wiederholte sich, noch furchtbarer diesmal – ehe er jäh abbrach und verstummte.

Wieder kehrte Schweigen ein, doch etwas war anders als zuvor. Vigor sah die Straße, die vor ihm lag und sanft zum Hafen hin abfiel, plötzlich mit anderen Augen.

Erst jetzt fiel ihm auf, dass sie menschenleer war; nicht ein einziger der Läden, die in den mehrstöckigen Häusern zu beiden Seiten der Straße untergebracht waren, hatte geöffnet. Sogar die Tavernen waren verschlossen, kein Laut drang auf die Straße. Und als wäre es nicht genug, Türen und Fenster zu schließen, waren die meisten mit Holzbrettern zugenagelt oder mit Wagen oder Kisten verbarrikadiert worden.

Aus welchem Grund?

Vigor wurde unbehaglich. Dies war nicht das Smerada, das er im Lauf seiner Reisen mehrfach besucht hatte; das Smerada der Vergangenheit war die Perle der Ostsee gewesen, eine reiche Handelsstadt, deren schimmernde Kuppeln und Türme Zeichen florierender Geschäfte gewesen waren, und die Stadtväter hatten es verstanden, diese Geschäfte auch in Kriegszeiten am Laufen zu halten. Nun allerdings schien die Wirklichkeit Smerada eingeholt zu haben. Etwas hatte sich seit seinem letzten Besuch verändert, und nicht zum Guten. Furcht herrschte in den nächtlichen Gassen, genau wie in Tirgas Winmar …

Die schlafende Alannah noch immer quer über dem Sattel, ließ Vigor sein Pferd wieder antraben und folgte dem Verlauf der Hauptstraße, die hinunter zum Hafen führte. Wieder waren Schreie zu verhören, die von Schmerz und Todesangst zeugten. Wer immer sie hervorrief, das musste Vigor neidlos anerkennen, verstand sein Handwerk. Allerdings verspürte er kein Verlangen danach, diesen Leuten zu begegnen.

Seine wachsende Furcht sorgte dafür, dass sich auf Suvats Stirn Schweiß bildete. Gehetzt schaute er sich um – wurde er beobachtet? Das Licht des Tages war inzwischen verloschen, und da die Laternen der Stadt nicht entzündet worden waren, war der Mond die einzige Lichtquelle. Sein kaltes Licht übergoss die Häuser und Gassen, ließ Nischen und Winkel in völliger Dunkelheit versinken. In ihre Richtung spähte Vigor besonders misstrauisch, als er vorüberritt, die eine Hand am Zügel, die andere am Griff der Klinge, darüber das schlafende Kind.

Das Geklapper der Pferdehufe auf dem Straßenpflaster hallte von den Hausfassaden wider, laut wie Donnerschläge. Vigor war einigermaßen erleichtert, als er endlich den Hafen und damit den eigentlichen Stadtkern erreichte, wo die Häuser noch größer und prunkvoller waren und Palästen glichen – doch auch hier war keine Menschenseele zu sehen, die Eingänge und Fenster waren ebenfalls verriegelt. Was, bei allen Hämmern …?

»He du!«

Vigor zügelte sein Pferd, sah sich um.

»Hier, Fremder!«

Vigor brauchte einen Moment, um die Gestalt zu entdecken, die im offenen Eingang eines Ladens stand. Sie war untersetzt, trug den samtenen Mantel eines Kaufmanns und gestikulierte heftig mit den Armen.

»Seid Ihr verrückt, Euch um diese Zeit noch auf der Straße herumzutreiben?«, fragte der Fremde. »Haben die Wächter Euch nicht gewarnt?«

»Nein«, erwiderte Vigor säuerlich, »das müssen die wohl vergessen haben.«

»Dann kommt, ehe es zu spät ist«, forderte der andere ihn auf, während er das kahle Haupt flüchtig herausstreckte und sich vorsichtig umblickte. »Kommt doch!«

Vigors Zögern währte nur kurz. Dann stieg er aus dem Sattel, lud sich das schlafende Kind wie ein Stück Holz über die Schulter und führte das Pferd am Zügel zum Eingang des Geschäfts.

»Rasch«, zischte der Kaufmann noch einmal, dessen feistes Gesicht kreidebleich war und der einen säuberlich gestutzten Schnauzbart trug, über den ein Zwerg nur spöttisch gelacht hätte. Vigor tat ihm den Gefallen und beeilte sich, das Pferd draußen anzubinden. Mit dem schlafenden Kind auf den Armen trat er ein, dann schloss sich auch schon die Tür hinter ihm. Einen Moment blieb es dunkel, dann entzündete der Kaufmann eine Laterne, deren Schein zumindest die unmittelbare Umgebung beleuchtete. Vigor sah, dass er sich in einer Art Kontor befand – es gab einen großen Schreibtisch und Regale mit ledernen Köchern darin, die wohl Schriftstücke enthielten.

»Danke«, meinte er und zauberte ein joviales Lächeln in Suvats jugendliches Gesicht.

»Ihr müsst Euch vorsehen, Fremder, sonst werdet Ihr in

dieser Stadt nicht lange überleben. Braktas ist mein Name«, stellte sich der Kaufmann vor und reckte seinem Gast die schwammige Rechte entgegen, »ich bin Schreiber von Beruf.«

»Ein Schreiber? Und da könnt Ihr Euch ein solch geräumiges Kontor leisten?« Vigor musterte den Kaufmann in seinem grünen Samt von Kopf bis Fuß.

»Nun, der Handel mit Briefen ist mein Metier.« Braktas grinste. »Wenn Ihr fremd seid in dieser Stadt und ein Empfehlungsschreiben braucht, einen Passierschein oder eine Urkunde, so bin ich Euer Mann.«

»Ihr seid ein Fälscher«, folgerte Vigor, nun doch mit einem Anflug von Bewunderung.

Braktas schnalzte mitleidig mit der Zunge. »Das«, meinte er, »ist kein besonders schmeichelhaftes Wort für meine Tätigkeit.«

»Aber zutreffend«, meinte Vigor. »Und es erklärt, warum Ihr mich derart bereitwillig hereingebeten habt.«

»Ich muss zugeben, die Geschäfte laufen nicht besonders gut in diesen Tagen«, gestand der Feiste händeringend. »Besucher kommen nur sehr selten in die Stadt, und ein jeder muss natürlich sehen, wo er bleibt …«

»Verstehe«, meinte Vigor, während er sich nach einem Fleck umblickte, wo er das Kind ablegen konnte.

»Hier drüben«, bot der Fälscher ihm an, auf einen Platz hinter dem Schreibtisch deutend. »Auch Ihr mögt Euch hier niederlegen, wenn Ihr erschöpft seid. Morgen früh sehen wir dann weiter – vielleicht benötigt Ihr ja doch meine Dienste und wisst es nur noch nicht.«

»Was ich brauche«, eröffnete Vigor rundheraus, nachdem er die kleine Alannah unsanft auf den Boden gelegt hatte, »ist eine Schiffspassage nach Tirgas Winmar.«

»Oh«, sagte der feiste und schlug in schlecht gespielter

Überraschung die Hand vor den Mund. »Da habt Ihr ein Problem.«

»Warum?«

»Weil man die Erlaubnis der Hafenkommandantur benötigt, um sich nach Tirgas Winmar einzuschiffen. Auf diese Weise will man verhindern, dass sich feindliche Spione an Bord schleichen, die dem Herrscher in Tirgas Winmar Übles wollen … Aber wie es der Zufall will, kenne ich jemanden, der Euch solch eine Erlaubnis verschaffen könnte.«

Vigor seufzte. »Und wie lange wird das dauern?« Nach dem Preis erkundigte er sich erst gar nicht. Er hatte ohnehin nicht vor, den Kerl zu bezahlen.

Jedenfalls nicht mit Geld …

»Nicht lange«, versicherte der andere beflissen. »Schon morgen früh kann das Schriftstück zu Eurer Verfügung stehen.«

»Dann macht Euch an die Arbeit«, verlangte Vigor. »Ich muss die Stadt möglichst rasch verlassen.«

»Gewiss, werter Fremder«, erwiderte Braktas und beugte das kahle Haupt – als von draußen erneut ein Schrei zu vernehmen war, der schaurig durch die Nacht hallte.

»Und wieder eine arme Seele«, kommentierte der Fälscher trocken.

»Was geht in dieser Stadt vor sich?«, wollte Vigor wissen. »Warum sind alle Fenster und Türen verschlossen?«

»Der Schattenkult«, erklärte Braktas nur, und im Schein der Laterne glaubte Vigor zu erkennen, dass das ohnehin schon blasse Gesicht noch um einiges fahler wurde. »Vor zwei Monden ist er über das Meer gekommen … Seine Anhänger durchstreifen des Nachts die Gassen auf der Suche nach Dienern für den Dunklen König – aber nicht einer von denen, die sie über das Meer nach Tirgas Winmar geschickt haben, ist jemals wieder zurückgekehrt.«

Vigor-Suvat nickte.

Der Schattenkult hatte inzwischen also auch in Smerada Fuß gefasst. Wie eine Seuche griff er um sich, und mit ihm auch die Furcht vor dem dunklen Herrscher …

Vigor gab sich keinen Illusionen hin.

Wenn der Dunkle König obsiegte und die Herrschaft über ganz Erdwelt innehielt, würde es überall so sein, sogar in Gorta Ruun. Furcht würde allerorten herrschen, und die wenigen Sterblichen, die es dann noch gab, würden um ihr Leben bangen.

Einen kurzen, unmerklichen Augenblick lang verspürte Vigor leises Grauen. Dann tröstete er sich damit, dass er nicht auf der Seite jener sein würde, die sich fürchteten.

Sondern bei jenen, die Furcht und Schrecken verbreiteten.

6

Eskortiert von Clansreitern, Zwergenkämpfern und Kaldronen gelangten die Flüchtlinge sicher nach Tirgaslan – entsprechend groß war dort die Erleichterung, all die Kinder, Frauen und Eltern wohlbehalten wiederzusehen und in die Arme schließen zu dürfen. Ausgelassene Wiedersehensfreude jedoch gab es nicht – der Schock über die jüngsten Nachrichten, die sich wie ein Lauffeuer in der Stadt verbreiteten, vom alten Kern Carashena bis hinunter zum Hafen und in die vom Krieg gezeichneten Elendsviertel der Oststadt, saß zu tief.

Dass Gorta Ruun aufgegeben worden war und zum zweiten Mal innerhalb kürzester Zeit in die Hand des Feindes fallen würde, war die erste niederschmetternde Nachricht; die zweite war die Kunde von der Streitmacht, die nach Gorta Ruun zog und die sich, wenn sie die Zwergenfestung erst in Besitz genommen hatte, sicher nach Süden wenden würde, Tirgaslan entgegen, und das womöglich noch vor dem Winter.

Das Blutbad vor dem Osttor stand vielen noch deutlich vor Augen, niemand verspürte ein Verlangen danach, schon wieder zu kämpfen. Die Krieger des Dunklen Königs, ob es sich um Zwergensoldaten, Kaldronen, Orks, Trolle oder Schatten handelte, einte ihr Hass auf alles, was frei war und lebte. Wenn sie nach Tirgaslan kamen, würden sie Blut sehen wollen.

Eine tiefe Niedergeschlagenheit griff um sich, als hätte zusammen mit der kleinen Alannah auch die Hoffnung die freien Völker Erdwelts verlassen.

Auch Aryanwen empfand so.

Wie hatte sie sich stets gewünscht, in die Stadt ihrer Ahnen zurückzukehren und in den Palast, in dem sie groß geworden war. Wie hatte sie sich danach gesehnt, den Thron ihres Vaters zu besteigen und sein Vermächtnis fortzuführen – doch nun, da es so weit hätte sein können, erwiesen sich andere Dinge als sehr viel wichtiger.

Die Sorge um ihre Tochter ließ Aryanwen nicht los, verfolgte sie bei Tag und Nacht. Dags erster Impuls war es gewesen, einen Trupp von Kämpfern zusammenzustellen, der Alured und die Orks bei ihrer Suche unterstützen sollte, aber Catriona hatte ihm klargemacht, dass das Zeitverschwendung gewesen wäre – nicht einmal sie war in der Lage, im weiten Grasland von Scaria Spuren auszumachen, die mehrere Tage alt waren. Also hatte Dag sich besonnen und war nun stattdessen dabei, ein Luftschiff auszurüsten, das gen Nordosten fliegen sollte – aus der Perspektive eines Vogels würden sich die Freunde hoffentlich leichter ausfindig machen lassen.

Ferghas, Catriona und Lyrx hatten sich freiwillig bereit erklärt, sofort aufzubrechen, wenn das neue Luftschiff einsatzbereit wäre, und diesmal würde Dag es sich nicht nehmen lassen, selbst dabei zu sein.

Nur wenige Tage blieben ihnen folglich noch, ehe sie sich wieder trennen mussten …

»Warum gerade dorthin?«, fragte Aryanwen, als sie erkannte, wohin Dag sie brachte. Den Weg zur Bibliothek kannte er inzwischen auswendig.

»Weil ich möchte, dass du dich an etwas erinnerst«, erwiderte er, während er die große Pforte aufstieß und unter die Kuppel der Haupthalle trat. Der strenge Geruch von altem Papier, von Pergament und Leder umgab sie, der Odem vergangener Zeiten.

»Woran soll ich mich erinnern?«, fragte sie traurig. »An das, was ich verloren habe?«

Es brach ihm fast das Herz, sie so sprechen zu hören. Bislang hatte Aryanwen alles schweigend erduldet, war ein Bollwerk der Tapferkeit gewesen. Schon kurz nachdem sie es geboren hatte, war sie gezwungen gewesen, ihr Kind in die Obhut zweier Orks zu geben, um sein Leben zu retten; und in all den Monden, da sie vergeblich nach der kleinen Alannah gesucht hatten, hatte sie die Hoffnung niemals aufgegeben, dass das Kind noch am Leben wäre und sie es eines Tages wieder in ihre Arme schließen würde – und sie hatte schließlich recht behalten. Dass sich die kleine Alannah von ihren Eltern entfremdet hatte, dass sie in mancher Hinsicht mehr Orkling war als Kleinkind, darüber hatte Aryanwen hinweggesehen; mit dem Schwert in der Hand hatte sie um das Leben ihres Kindes gekämpft, es gegen Nordmänner und wilde Gnomen verteidigt*, und selbst in Augenblicken ärgster Bedrängnis hatte sie nie den Mut verloren und stets getan, was notwendig gewesen war.

Doch der neuerliche Verlust ihres Kindes, die Entführung durch den Verräter Suvat hatte ihren Willen und ihre Zuversicht gebrochen. Bei allem, was sie zusammen durchgemacht hatten, hatte Dag sie nie so kraftlos, nie so apathisch erlebt wie in diesen Tagen. Eine stille Verzweiflung schien von ihr Besitz ergriffen zu haben, sodass er längst nicht mehr nur um Alannah fürchtete, sondern auch um ihre Mutter. Und das wollte er ändern …

»Weißt du noch?«, fragte er. Er griff nach einer der Laternen, von denen er wusste, dass sie neben der Tür bereitstanden, entzündete sie und reichte sie an Aryanwen weiter. »Die vielen glücklichen Stunden, die wir hier verbracht ha-

* siehe KAMPF DER KÖNIGE

ben? Umgeben von all diesen Wälzern und diesem strengen Geruch?«

»Natürlich weiß ich das noch.« Sie nahm die Laterne entgegen. »Wie jung und naiv wir damals waren ... wussten nichts von den Dingen, die die Zukunft bereithalten würde, nichts vom Krieg und von den Verlusten ...«

»Das weiß niemand«, räumte Dag ein. »Es ist das Privileg der Jugend, unwissend und naiv zu sein – und dennoch entdeckten wir damals unsere Zuneigung füreinander und dass wir füreinander bestimmt sind.«

Sie erwiderte nichts, aber er glaubte zu hören, dass sie leise schluchzte. Sie schien ihn nicht damit belasten zu wollen, aber ihre Trauer und Verzweiflung waren so überwältigend, dass er sie beinahe körperlich spüren konnte.

»Hier an diesem Ort«, fuhr er fort, »hast du mir ein Geschenk gemacht ...«

»Wirklich? Daran erinnere ich mich gar nicht.«

»... nämlich Hoffnung«, fuhr Dag unbeirrt fort. »Ich war ein Gefangener in dieser Stadt, glaubte alles zu verlieren – doch als ich dich sah, änderte sich alles. Du hast mich als Einzige nicht wie einen Feind behandelt, sondern mich freundlich aufgenommen. Damit hast du mir die Hoffnung zurückgegeben, nicht nur für mein eigenes Leben, sondern auch für unsere Welt. Und dieses Geschenk möchte ich dir heute zurückgeben.«

»Das ist lieb von dir«, anerkannte sie leise. »Aber ohne Alannah gibt es keine Hoffnung mehr, weder für mich noch für Erdwelt.«

»Komm mit mir«, forderte er sie auf.

Aryanwen seufzte hörbar. Sie sah wohl keinen Sinn in all dem, tat ihm aber den Gefallen, und so führte er sie in den Gang, in den die rätselhafte Stimme ihn gerufen hatte. Des Laternenscheins bedurfte er nicht, er fand auch so die

Stelle wieder, wo die lose Steinplatte in den Boden eingelassen war.

»Hier«, sagte er nur und ließ sich auf die Knie nieder.

»Was meinst du?«

Statt zu antworten, zückte Dag seinen Dolch und hob damit wie zuvor die Steinplatte an. Nun bückte sich auch Aryanwen, ihrer samtenen Robe zum Trotz, und half ihm dabei, die Platte beiseitezuschieben. Kaum war die Öffnung breit genug, griff Dag hinein. Das Buch war noch da, und es fühlte sich wohltuend vertraut an.

Dag lächelte in Aryanwens Richtung.

Dann reichte er ihr kurzerhand das Buch.

»Erkennst du es wieder?«

Ein Augenblick völliger Stille trat ein, der sich quälend in die Länge zog.

»Das … ist nicht möglich«, flüsterte sie schließlich und stellte die Laterne ab, nahm das Büchlein entgegen. »Ich glaubte es für immer verloren!«

»Ich weiß«, entgegnete er nur.

»Wo ist es gewesen?«

»Hier«, erwiderte er. »In diesem Versteck.«

»Und wie ist es …? Ich meine, hast du …?«

»Nein«, versicherte er.

»Wie konntest du es dann finden?«

»Gar nicht«, gestand Dag. »Das Buch hat mich gefunden. Ich verspürte den unwiderstehlichen Drang, hierher in die Bibliothek zu kommen – und da war es.«

»Oh Dag, ich danke dir«, schluchzte sie. »Dieses Buch bedeutet mir wirklich viel. Das Tagebuch Königin Alannahs, ihre geheimen Gedanken und Aufzeichnungen.«

»Ich weiß.« Dag nickte.

Schon einmal hatte sich Aryanwen im Besitz dieses geheimnisvollen, in Elfenschrift und -sprache verfassten Büchleins befunden, das aus der Feder Königin Alannahs stammte, der letzten Elfin, die über Erdwelt geherrscht und mit ihrem Gemahl, dem Menschen Corwyn, eine Dynastie begründet hatte, der auch Aryanwen entstammte – und mit ihr auch die kleine Alannah, die den Namen ihrer berühmten Ahnin trug.

Darin berichtete die Königin von den ebenso abenteuerlichen wie wundersamen Ereignissen, die sie erlebt hatte. Viele Dinge, die in den Geschichtsbüchern kaum oder nur am Rande erwähnt wurden, fanden darin ausführliche Behandlung, wie zum Beispiel Corwyns karges Leben als Ork- und Kopfgeldjäger, ehe er König wurde, und der Kampf um Tirgas Anar*. Und es war auch noch von anderen Dingen die Rede, die in keinem Geschichtswerk Erwähnung fanden, von fernen Zeiten und Orten wie dem Ordenstempel von Shakara oder wundersamen Begebenheiten wie der Kraft der Elfenkristalle. All diese Dinge hatte Dag damals nicht im Ansatz verstanden. Inzwischen hatte er vieles davon selbst gesehen und erlebt.

Die geheimen Niederschriften ihrer Ahnin waren Aryanwens wertvollster Besitz gewesen, ein schier unerschöpflicher Quell des Wissens, das sie mit Dag geteilt hatte. Da sich Alannah in ihrem Buch nicht des Adyshan bediente, sondern ihre Aufzeichnungen noch in der alten Hochsprache verfasst hatte, die Aryanwen ungleich besser beherrschte als Dag, hatte sie ihm einige Passagen daraus vorgelesen – unter anderem auch jene, in der von einer Insel die Rede war, die der Zeit entrückt hinter einem Wall aus Nebel lag und auf der zwei gewisse Orks als Könige regierten. Und auch das letzte Kapitel, in dem Alannah prophezeite, dass die Helden der alten Zeit einst zurückkehren würden …

* nachzulesen in DER SCHWUR DER ORKS

»Wie ist das möglich?«, fragte Aryanwen fassungslos. »Ich habe dieses Buch gehütet wie meinen Augapfel – und doch war es eines Tages plötzlich verschwunden, so plötzlich und unvermittelt, wie es aufgetaucht war. Und du hast es hier in diesem Gang gefunden? Unter diesem Stein?«

Dag nickte. »Weißt du noch, als du mir einmal sagtest, das Buch hätte einen eigenen Willen? Dass es gefunden werden wollte so wie es später verloren gehen wollte?«

»Das war im Scherz dahingesagt.«

»Dennoch könnte es wahr sein«, erwiderte Dag, »denn es war kein Zufall, der mich zu diesem Versteck geführt hat, sondern eine Stimme. Etwas – oder vielmehr jemand – hat mich gerufen.«

»Jemand?«

»Dwethan«, eröffnete Dag rundheraus. Wenn es jemanden gab, dem er die Wahrheit sagen konnte, dann war es Aryanwen.

»Bist … du sicher?«

»Allerdings. Ich hatte seine Stimme ganz deutlich in meinem Kopf. Genau hier.« Er deutete auf seine Stirn.

»Aber – Dwethan ist tot!«

»Das dachte ich auch«, gab Dag zu.

»Du meinst, er … er könnte noch am Leben sein?«

»Ich weiß es nicht – vielleicht ist es dem alten Fuchs auch einfach nur gelungen, seine Stimme irgendwie mit diesem Buch zu verbinden, damit es wieder gefunden wird.«

»Du meinst, er hat es versteckt? Dann müsste er hier gewesen sein«, überlegte Aryanwen laut. »Und warum auch nicht? Damals, als ich aus Tirgaslan floh, war es Dwethan, der mich am Ende des Tunnels erwartete …«

»Er wollte, dass wir das Buch wiederfinden«, war Dag überzeugt, »und da der alte Knabe nie etwas aus bloßer Laune getan hat, muss es dafür einen guten Grund geben.«

»Und welchen?«

Dag lächelte schwach. »Das herauszufinden, wird deine Aufgabe sein, während ich fort bin. Das kann niemand außer dir, *athana*.«

»Aber – dieses Buch ist fünfhundert Jahre alt«, wandte Aryanwen ein, »es enthält nichts als Erinnerungen an eine längst vergangene Zeit. Was versprichst du dir davon?«

»Dwethan schien sich etwas davon zu versprechen«, meinte Dag und streckte die Hand nach dem Buch aus, ließ die Seiten durch seine Finger gleiten. »Irgendetwas muss es mit diesem Buch auf sich haben, sonst hätte er es nicht an diesem Ort verborgen und dafür gesorgt, dass wir es wieder …!«

Es geschah so unvermittelt, dass Dag einen lauten Schrei ausstieß – denn plötzlich sah er elfische Schriftzeichen vor seinen Augen, geradeso, als besäße er noch immer sein Augenlicht! Im ersten Moment glaubte er an eine Sinnestäuschung, aber als die Zeichen begannen, sich zu verändern und Buchstaben zu bilden, die aus der Sprache der Westmenschen stammten, wurde ihm klar, dass dies keine Sinnestäuschung war – es war Magie.

Alte Elfenmagie.

Er begann zu lesen, und plötzlich war es ihm, als könnte er die Stimme einer jungen Frau in seinem Kopf hören, klar wie ein Wintermorgen und sanft wie eine Sommerbrise, die ihm die Zeilen vortrug …

Meine geliebten Kinder,

wenn euch diese Worte erreichen, so bedeutet es, dass meine Zeit längst vergangen ist. Ich weiß nicht, was geschehen ist, denn die Zukunft ist dunkel. Doch wenn sich bewahrheitet, was der große Farawyn einst geweissagt hat und woran ich fest glaube, so seid ihr diejenigen, zu denen das Volk voller Hoffnung aufblickt.

Es ist euch gelungen, die freien Völker zu einen und zurück an jenen Ort zu führen, an dem das Königtum der Menschen einst seinen Anfang nahm. Dies ist ein Erfolg, doch es ist längst nicht der Sieg. Denn die wahren Prüfungen, meine Kinder, stehen euch erst noch bevor, und wenn sich die Dinge so entwickelt haben, wie es einst geweissagt wurde, so ist niemand mehr da, um euch zu helfen und euch den Weg zu weisen.

Wisset, dass ich die Menschen lange beobachtet habe, denn ich habe unter ihnen gelebt, und kenne ihre Stärken und Schwächen. Von allen Eigenschaften, die euch auszeichnen, ist die Leidenschaft vielleicht diejenige, die am meisten Bewunderung verdient, eure Fähigkeit, euch bedingungslos für etwas einzusetzen. Auch mein Volk ist einst so gewesen, aber es hat sein Feuer verloren und hat diese Welt verlassen, um sich auf die Suche danach zu begeben – die Menschen jedoch tragen es tief in ihrem Inneren.

Deshalb weiß ich, dass ihr niemals aufgeben werdet. Ihr werdet alles unternehmen, um eure Lieben, euer Volk und eure Welt vor dem Zugriff des Bösen zu bewahren. Ihr werdet bereit sein, alles dafür zu geben, doch selbst das wird vielleicht nicht genug sein. Denn die Schliche des Mock-Loor, des uralten Bösen, das unserer Welt innewohnt, sind unvorhersehbar, und seine Schergen schlagen dann zu, wenn ihr es am wenigsten erwartet. Wenn ihr in Bedrängnis geratet; wenn ihr am Ende eurer Hoffnung seid und die Finsternis zu obsiegen droht, so richtet euren Blick nach Süden.

Auf den Seiten dieses Buches, das ich einst verfasste, werdet ihr Wissen finden – Wissen, das es euch erlauben wird, einen neuen Weg zu gehen. Ich will offen mit euch sein, meine Kinder – es ist ein verbotener Weg, den ihr beschreiten müsst und der vielen zum Verhängnis wurde.

Aber wenn geschehen ist, was ich befürchte, so stellt er die letzte Hoffnung dar.

Meine Nachkommen, ich sage nicht, dass die Aufgaben, die vor euch liegen, leicht sein werden. Ihr werdet schwierige Entscheidungen treffen müssen, und eure Reise wird durch die Abgründe dieser Welt führen und durch die Dunkelheit in euren Herzen. Aber am Ende ist Hoffnung.

Ist Licht.

Gezeichnet
Thynia, Blume des Eises

7

»Wacht auf, Fremder.«

Als Vigor merkte, wie jemand Suvats Schulter berührte, war er sofort hellwach. Seine Hand, die ohnehin am Dolche gelegen hatte, schloss sich um den Griff der Waffe und riss sie aus der Scheide – und im nächsten Moment presste er sie auch schon an die wulstige Kehle des Mannes, der sich über ihn gebeugt und ihn geweckt hatte. »Was willst du?«, fuhr er ihn an.

»Warum so unfreundlich?«, fragte der feiste Kahlkopf und zwinkerte fragend mit den schwarzen Augen. »Ich will Euch nichts Böses, Fremder. Ganz im Gegenteil.«

Vigor erinnerte sich.

Der Mann hieß Braktas und war ein Fälscher ... Er hatte Vigor bei sich aufgenommen, weil er sich davon einen Vorteil versprochen hatte ...

Missmutig nahm Vigor den Dolch von Braktas' Kehle. Dann brachte er Suvats Körper dazu, sich aufzurichten. Dieser elende schwächliche Leib trug Schuld daran, dass er überhaupt eingeschlafen war. Dabei hätte er wach bleiben müssen, um seine Gefangene zu bewachen ...

Das Kind!

Erschrocken sah Vigor, dass die Kleine nicht mehr dort war, wo er sie in der Nacht abgelegt hatte. Alarmiert sprang er auf – und entdeckte das Mädchen nur wenige Schritte entfernt auf dem Boden, wo es mit einem kleinen, aus Stoffresten genähten Ball spielte, den Braktas ihr wohl gegeben hatte. Ihr Haar war wirr, ihr Gesicht rot, Schweißperlen standen ihr auf der Stirn.

»Ihr … habt Euch um sie gekümmert«, stellte Vigor fest.

»Natürlich, warum nicht? Sie ist aufgewacht und hatte Hunger. Da habe ich ihr ein Stück Brot gegeben.«

»Und sie hat es gegessen? Ohne zu schreien?«

»Natürlich«, wiederholte der Fälscher, als sei es das Selbstverständlichste der Welt. »Vermutlich ist sie auch viel zu erschöpft, um zu schreien, – sie hat hohes Fieber.«

»Ich weiß.«

»Und? Habt Ihr eine Medizin dagegen?«

»Ich habe versucht, ihr heilende Kräuter zu geben«, erklärte Vigor, der plötzlich das Gefühl hatte, sich rechtfertigen zu müssen. »Aber sie will sie nicht schlucken.«

»Und das wundert Euch?« Braktas schüttelte den Kopf und lachte leise in sich hinein, was Vigor ärgerte. Der Fälscher zog eine kleine Flasche hervor, die er auf den Tresen stellte.

»Was soll das sein?«, fragte Vigor gereizt.

»Saft von Kampfer und einigen weiteren Kräutern. Schmeckt gallebitter, aber sollte das Fieber senken.«

»Was denn? Seid Ihr jetzt auch noch ein Heiler?«

»Nicht direkt«, räumte Braktas ein und errötete dabei ein wenig. »Aber hin und wieder stelle ich auch Urkunden für Menschen aus, die gerne der Heilkunst mächtig wären. Dabei habe ich mir bescheidene Kenntnisse erworben.«

»Nicht zu fassen.« Vigor wollte in alter Gewohnheit die Augen verdrehen, nur um festzustellen, dass sich menschliche Augen offenbar sehr viel weniger leicht verdrehen ließen als die von Zwergen. »Was wollt Ihr dafür?«

»Wenn Ihr erlaubt, werter Fremder«, meinte der Fälscher ölig, »werde ich es zusammen mit dem Passierschein auf die Rechnung setzen.«

»Er ist schon fertig?«

Statt zu antworten, grinste Braktas nur und griff abermals hinter den Tresen – diesmal hielt er ein Schriftstück hoch, das augenscheinlich das Siegel der Hafenkommandantur von Smerada trug. Vigor-Suvat trat auf den Verlaufstisch zu und wollte nach dem Schriftstück greifen. Braktas jedoch ließ es wieder hinter dem Tresen verschwinden.

»Auf ein Wort«, verlangte er nur und winkte Vigor ganz nah zu sich heran. »Dieses Kind«, fuhr er dann mit zum Flüstern gesenkter Stimme fort, »ist es Eures?«

»Was schert es Euch?«

»An sich könnte es mir ja egal sein«, räumte der Fälscher ein, »aber wie es der Zufall will, hat es heute Morgen mit mir gesprochen.«

»Das Kind … hat mit Euch gesprochen?« Vigor glaubte, nicht recht zu hören. »In welcher Sprache?«

»Nun – in der der Menschen«, erwiderte Braktas grinsend. »Oder hätte es vielleicht Orkisch reden sollen?«

»So was gibt es«, bemerkte Vigor trocken.

»Wie auch immer«, fuhr der Fälscher fort, »das Kind sagte mir, dass es entführt worden sei – von Euch, werter Fremder.«

»Was?«

»Und wenn ich Euch, Eure Erscheinung und Eure überstürzte Anreise in Betracht ziehe, so komme ich zu dem Schluss, dass daran durchaus etwas Wahres sein könnte.«

»Tut Ihr das?«

»In der Tat.« Braktas lächelte. »Nun ist es allerdings so, dass ich Euch keinesfalls Steine in den Weg legen möchte, edler Fremder. Was Euch betrifft, so habe ich Euch nie gesehen, und von einem Kind weiß ich nichts – sofern Ihr bereit seid, das Honorar für meine Dienste zu, sagen wir, verzehnfachen.«

Vigor hielt dem Blick des anderen stand.

»Einverstanden«, sagte er nur, während er Suvat abermals nach dem Dolch greifen ließ, sehr zu dessen Verdruss. Wieder einmal regte sich tief im Inneren seines Bewusstseins Widerstand, aber Vigor achtete gar nicht darauf.

Ein schneller Stoß seitlich in den Hals würde dafür sorgen, dass der Feiste keinen Laut von sich gab und an seinem eigenen Blut erstickte …

Braktas grinste siegesgewiss und reichte seine fleischige Pranke über den Tisch, damit Vigor sie ergriff und den Handel besiegelte – als dieser bereits den Dolch herausriss.

Es ging blitzschnell.

So schnell, dass Vigor sich später nicht mehr an alle Einzelheiten erinnerte oder an die genaue Reihenfolge der Geschehnisse … Es begann mit einem gellenden Schrei, den Alannah ausstieß, als sie den blitzenden Stahl erblickte. Dann war der Dolch auch über dem Tisch, beschrieb einen weiten Bogen auf dem Weg zu Braktas' Hals.

Der Fälscher, der aus dem Augenwinkel etwas blitzen sah, erstarrte vor Schreck, die Kinnlade fiel ihm entsetzt herab, aber er war nicht zur Gegenwehr fähig. Ein dumpfer Laut entrang sich seiner Kehle, und im nächsten Augenblick hätte der Stahl seinen dicken Hals durchbohrt und die Schlagader durchstoßen … wäre Vigor nicht in diesem Moment von etwas getroffen worden.

Es war ein harter Schlag, der Suvat in den Rücken traf und ihn wanken ließ, und einmal mehr verwünschte Vigor diesen schwachen, dürren Körper. Wütend blickte er an sich herab – um mit einem Aufschrei des Entsetzens das Blut zu sehen, das unterhalb seines Brustkorbs das Hemd färbte. Noch mehr jedoch entsetzte ihn das spitze Ding, das aus der Wunde ragte.

Es war Eis!

Eine Lanze aus purem Eis, die Suvats Körper mit furchtbarer Wucht durchstoßen hatte.

Vigor verspürte keinen Schmerz – ob es an der Kälte des Eises lag oder daran, dass sein Geist sich den Empfindungen des Körpers einfach verweigerte, vermochte er nicht zu sagen. Aber voller Entsetzen dämmerte ihm, dass er etwas Wichtiges übersehen hatte …

Schwerfällig drehte er sich nach dem Kind um, das hinter ihm auf dem Boden kauerte. Dabei brach die Spitze der Eislanze ab und blieb in ihm stecken. Zu seiner Überraschung sah er Trotz in Alannahs Gesicht. Eine Zornesfalte hatte sich auf ihrer Stirn gebildet.

»Böser Mann«, knurrte sie.

Vigor wollte etwas erwidern, wollte ihr sagen, was für ein verwöhntes, unverschämtes Balg sie war. Und natürlich wollte er ihr eine Lektion erteilen, damit so etwas nicht wieder vorkam – doch Suvats Körper ließ ihn im Stich. Er tat noch einen Schritt nach vorn, dann verlor er das Gleichgewicht und schlug auf den Boden, landete in der Blutlache, die sich dort bereits gebildet hatte.

Suvats Blut.

Sein Blut …

»Du … undankbares Gör«, stieß Vigor hervor, während er noch immer zu begreifen versuchte, was geschehen war. Dieses Eis – woher war es plötzlich gekommen? Sollte dieses Kind tatsächlich in der Lage sein …?

Nein, das war unmöglich!

Andererseits, läge er dann am Boden?

»Vigor«, hörte er plötzlich die Stimme seines dunklen Auftraggebers. War sie tatsächlich da oder nur etwas, das seine sterbenden Sinne ihm vorgaukelten?

»Ge-Gebieter«, stieß er hervor.

»Vigor«, wiederholte die Stimme in einer seltsamen Mischung aus Hohn und Bedauern. *»Was hast du nur getan?«*

»Ihr ... Ihr habt mir nicht gesagt, dass ...«

»Ich wusste es nicht. Nicht mit völliger Sicherheit.«

»Aber Ihr ... habt es vermutet ...«

»Elfenblut fließt in ihren Adern«, erwiderte der Dunkle König, als würde das alles erklären. *»Das ist der Grund dafür, dass ich diesen Körper will und keinen anderen.«*

»Ich f-fürchte, ich kann Eure Begeisterung nicht teilen«, stieß Vigor hervor. Nun begann er doch Schmerz zu fühlen – und er war mörderisch.

»Sei unbesorgt, alles verläuft nach Plan.«

»Sei-seid Ihr sicher?« Vigor konnte Suvats Kopf nicht länger heben. Mit dumpfem Poltern fiel er zu Boden, mitten hinein in das klebrige Blut.

»Gewiss. Aber ich fürchte, nach allem, was wir nun wissen, werden wir unsere Taktik ändern müssen.«

»Was meint Ihr?«

»Sei unbesorgt, mein Diener«, verlangte die Stimme noch einmal, dann verstummte sie.

»Gebieter?«, fragte Vigor halblaut. »Gebieter ...?«

Eine Antwort bekam er nicht mehr, dafür fiel ein dunkler Schatten auf ihn. Er blickte auf und sah die massige Gestalt von Braktas dem Fälscher über sich stehen. Den Mann, dem er noch vor wenigen Augenblicken die Klinge seines Dolches bis zum Heft hatte in den Hals rammen wollen. Jetzt sah er die Klinge in der fleischigen Hand des Fälschers – und das gefiel ihm ganz und gar nicht.

»Du wolltest mich töten«, stieß Braktas atemlos hervor.

»Nicht doch«, ächzte Vigor. »Das sieht ... nur so aus ...«

Der Fälscher fasste den Dolch fester, seine Mundwinkel fielen vor Abscheu herab. Dann holte er aus, und Vigor wartete darauf, dass die Klinge niedergehen und seinem Dasein auf dieser Welt ein Ende setzen würde.

Sie ging tatsächlich nieder – aber es war nicht Braktas, der zustieß.

Denn einen Lidschlag, ehe die Spitze des Dolches Suvats Brust berührte, verlor Vigor das Bewusstsein. Als er die Augen einen Lidschlag später wieder öffnete, blickte er auf Suvats Körper herab, der hilflos vor ihm am Boden lag – und senkte ihm die Klinge ins Herz.

Da erst wurde ihm klar, was geschehen war.

Vigor-Suvat war tot.

Vigor-Braktas lebte.

Mit der Hilfe seines Gebieters hatte Vigors Geist abermals seinen Körper gewechselt. Und nun begriff er auch, was der Dunkle König gemeint hatte, als er von einer geänderten Taktik sprach …

Den schweren Oberkörper des Fälschers aufrichtend, setzte Vigor ein freundliches Lächeln auf, ehe er sich zu Alannah umwandte, die noch immer auf dem Boden kauerte und ihn furchtsam und mit fiebrigem Blick ansah.

»Alles ist gut, mein Kind«, sagte er dann und streckte dem Kind seine jetzt kräftige Hand entgegen. »Du brauchst keine Angst mehr zu haben. Der böse Mann ist tot.«

8

Unter der hohen Kuppel des Thronsaals von Tirgaslan war es still geworden.

Schweigend hatten die um die Tafel versammelten Ratsmitglieder Aryanwens Worten gelauscht. Der Erste, der seine Sprache wiederfand, war Bertin Zwergenhammer.

»Und es besteht kein Zweifel?«, erkundigte er sich.

»An der Echtheit des Buches?« Dag legte die Hand auf das in Leder geschlagene Tagebuch, das vor ihnen auf dem Tisch lag. »Nein, meine Freunde. Ich gebe euch mein Wort darauf.«

»Und ich das meine«, fügte Aryanwen hinzu. »Dies ist das Buch, das ich in jungen Jahren fand, bis es mir auf rätselhafte Weise abhandenkam – nun fand es zu mir zurück.«

»Ihr müsst zugeben«, sagte Yorus Ca'Gor vom Grünen Clan, »dass das alles geradezu unglaublich klingt.«

»Durchaus«, gab Aryanwen ohne Zögern zu. »Dennoch habt Ihr keinen Grund, an meinen Worten zu zweifeln, hohe Herren. Dieses Buch hier ist der Beweis dafür.«

»Viele Seiten, in Elfenschrift beschrieben«, meinte Runward Eisenherz. »Wären es die Runen unserer Sprache, könnten wir Eure Worte überprüfen. Aber so bleiben Zweifel …«

»Warum, Runward?«, fragte Ferghas spitz, der als einsamer Wächter hinter Dag und Aryanwen stand. »Ist es der Königin anzulasten, dass Ihr die Elfensprache nicht beherrscht?«

»Keiner von uns beherrscht sie«, räumte Dado gelassen ein, »dennoch bin ich bereit, das alles zu glauben.«

»Ich ebenso«, stimmte König Bertin seinem Freund und Berater zu.

»Bertin!«, wandte Runward aufgebracht ein, um sich sofort zu verbessern. »Mein König, ich …«

»Wenn wir einander nicht mehr vertrauen, Runward, so ist unser Kampf bereits verloren«, fiel Bertin ihm ins Wort. »Daghan und ich mögen unterschiedlicher Ansicht gewesen sein. Aber das bedeutet nicht, dass wir einander nicht mehr vertrauen würden.«

»Ich danke dir, Bruder«, erwiderte Dag und neigte das Haupt in Bertins Richtung.

»Nun gut«, knurrte Anghas Ca'Dur, der nicht eben für seine Geduld bekannt war. »Wir sind uns also darüber einig, dass dieses Buch dort tatsächlich einst von Königin Alannah verfasst wurde – aber was haben wir von dieser Einsicht?«

»Das Buch enthält Antworten«, erwiderte Dag.

»Wie schön«, versetzte Yorus Ca'Gor mit leisem Spott. »Und wie lautet die Frage?«

»Die Frage, Lord Yorus, ist, wie wir diesen Krieg überleben können«, eröffnete Dag rundheraus. »Und ich denke, diese Frage ist für uns alle von Interesse.«

»Große Worte«, anerkannte der Anführer des Grünen Clans. »Aber wie gedenkt Ihr sie einzulösen? Wie kann ein Buch dabei helfen, einen Krieg zu überstehen oder ihn gar zu gewinnen?«

»Aryanwen«, erklärte Dag, »beherrscht das Athysan, die Sprache der alten Zeit, sehr viel besser als ich oder irgendjemand sonst, den ich kenne. Sie hat die letzten beiden Tage damit zugebracht, Königin Alannahs Aufzeichnungen bis in jede Einzelheit zu studieren.«

»Wenn das so ist«, knurrte Runward, »könnt Ihr sicher

einige Dinge erklären. Ihr behauptet beispielsweise, dass dieses Buch von Königin Alannah verfasst wurde. Der Brief jedoch, den Ihr uns vorgetragen habt und der durch Elfenmagie darin enthalten sein soll, wurde von einer gewissen Thynia verfasst – wie passt das zusammen?«

»So hieß Alannah, lange bevor sie Königin wurde«, erklärte Aryanwen. »In der alten Sprache bedeutet dies ›Blume des Eises‹. Womöglich deshalb, weil sie dieselbe Fähigkeit besaß, die auch unsere Tochter hat.«

»Und dieser Farawyn, von dem die Rede ist?«, wollte einer der Clansherren wissen.

»Farawyn der Seher war einer der großen Elfenkönige in der Zeit nach dem Zweiten Krieg«, erläuterte Aryanwen. »Er war nicht nur König, sondern auch ein Zauberer und verfügte über die Gabe der Prophetie.«

»Genau wie Dwethan«, fügte Dag in einem Anflug von Bitterkeit hinzu, »doch beide konnte ihre Gabe nicht retten. Wie es heißt, wurde Farawyn hinterrücks ermordet.«

»Alte Geschichten«, meinte Yorus Ca'Gor. »Doch welchen Nutzen haben sie für uns?«

»Die Königin sagt es in ihrem Brief«, erwiderte Dag. »Sie schreibt, dass wir uns in der Stunde der Verzweiflung nach Süden wenden sollen. Also hat Aryanwen die Aufzeichnungen daraufhin untersucht – und ein Kapitel gefunden, das sich mit den Geheimnissen von Arun befasst.«

»Arun?« Anghas Ca'Dur hob die buschigen Brauen. »Wo soll das sein?«

»Früher«, erklärte Aryanwen, »wurde das Südreich so genannt – vor der Gründung der Kolonien und der Küstenstädte, als der große Wall, der *Cethad Mavur* noch existierte und das gesamte Land von unwegsamen Wäldern bedeckt war.«

»Dicht ist der Dschungel dort noch immer – und sehr gefährlich«, wandte Yorus Ca'Gur ein und schenkte Lyrx, der zusammen mit Nagaya an der Längsseite der Tafel saß, einen despektierlichen Blick. »Gestaltwandelnde Dryaden und anderes Gesindel treibt sich dort herum, das nur darauf wartet, arglose Wanderer in seine Fänge zu bekommen.«

»In der Tat«, stimmte Dag ohne Zögern zu, »und weil das so ist, hat sich dort möglicherweise etwas erhalten, das uns beim Kampf gegen den Dunklen König von Nutzen sein kann.«

»Ach ja?«, fragte Runward Eisenherz unbeeindruckt. »Und was soll das sein, wenn es erlaubt ist zu fragen?«

»Eine Waffe«, gab Aryanwen zur Antwort – und hatte schlagartig aller Aufmerksamkeit.

»Was für eine Waffe?«, verlangte Anghas Ca'Dur zu wissen.

»Eine Waffe aus alter Zeit – viel mehr wissen wir nicht darüber«, erklärte Aryanwen weiter. »Nur dass sie über schreckliche Zerstörungskraft verfügen soll, mehr noch als Winmars Faust oder die Donnerrohre.«

»Zerstörerischer noch als Winmars Faust?« Anghas schüttelte ungläubig das mächtige Haupt. »Selbst wenn es eine solche Waffe gäbe, bezweifle ich, dass sie für unsere Hände bestimmt ist.«

»Für wen sollte sie sonst bestimmt sein, Vater?«, fragte Catriona dagegen. »Für den Dunklen König und seine Schattenkrieger? Wenn wir von dieser Waffe wissen, hat auch er womöglich schon davon erfahren – was, wenn er sie vor uns in seinen Besitz bringt?«, fragte sie in die Runde. »Er wird nicht zögern, sie gegen uns einzusetzen!«

»Davon ist auszugehen«, stimmte Dag zu. »Dennoch ist auch mir nicht wohl bei dem Gedanken, eine Waffe zu besitzen, die jahrtausendealt ist und über die wir so gut wie nichts wissen. Königin Alannah warnt in ihren Aufzeichnungen davor, dass diese Waffe ein Werkzeug des Bösen ist und dass sie denjenigen, der sie benutzt, verderben kann …«

»Da hört ihr es!«, rief Anghas aus.

»… dennoch glaube ich nicht, dass wir keine Wahl haben«, fuhr Daghan fort. »Wir wissen vom Heer des Feindes. Inzwischen dürfte es Gorta Ruun bereits erreicht haben, und es wird nicht lange dauern, bis die Unterführer neue Befehle bekommen und sich gen Süden wenden werden, nach Tirgaslan. Wie lange werden die Mauern dieser Stadt dem Ansturm der dunklen Horden standhalten? Tage? Stunden? Irgendwo, meine Freunde, wird eine Bresche entstehen – und was dann geschehen wird, brauche ich euch nicht zu sagen. Selbst wenn es uns gelänge, den Angriff mit vereinter Kraft zurückzuschlagen – der Dunkle König wird weiter versuchen, die Legion der Schatten zu entfesseln. Unschuldige Menschen, deren Lebenskraft er rauben und dazu benutzen kann, die Geister der Unterwelt zurückkehren zu lassen, findet er in Tirgas Winmar zuhauf, die Priester des Schattenkults sind ihm dabei zu Diensten. Und vergessen wir nicht, dass er auch unsere Tochter hat«, fügte Dag gepresst hinzu, worauf Aryanwen seine Hand ergriff und drückte.

»Dwethan hat uns stets gewarnt, dass der Dunkle König Alannah in seine Gewalt bringen will. Gelingt es uns nicht, sie zu befreien, wird er auch sie verderben und gegen uns einsetzen. Ihr seht also, meine Freunde, dass wir gar keine andere Wahl haben als zu handeln – andernfalls wird alles, was wir mühsam aufgebaut, jeder Meter Boden, den wir verlustreich zurückerobert haben, schon bald wieder verloren gehen – und diesmal endgültig.«

Abermals herrschte betretenes Schweigen, und wieder war es König Bertin, der als Erster das Wort ergriff.

»Ich fürchte, Daghan hat recht«, sagte er leise.

»Aber mein König«, wandte Runward ein, »wir waren uns doch einig, dass wir ...«

»Nach Gorta Ruun zurückkehren?« Königin Waldrada lachte freudlos auf. »Das ist jetzt nicht mehr möglich. Unsere Heimat ist verloren, das Heer des Feindes auf dem Weg hierher. Alles, was wir tun können, ist zu kämpfen ...«

»... und zurückzuschlagen«, fügte Aryanwen hinzu.

»Gibt es einen Plan?«, fragte Bertin.

»Ja«, bestätigte Dag, »wobei ich nicht sagen kann, ob Mut oder Verzweiflung ihn geboren hat. Wenn wir davon ausgehen – und Aryanwen und ich sind fest davon überzeugt – dass Königin Alannahs Buch nicht aus Zufall zu uns gefunden hat, so sollten wir tun, was die Königin uns darin rät, und unseren Blick nach Süden richten. Eine Expedition sollte mit einem Luftschiff aufbrechen und jenen Ort im Dschungel von Arun suchen, wo die geheimnisvolle Waffe verborgen ist.«

»Was ist das für ein Ort?«

»Ein finsterer, böser Ort, an dem sich einst die Diener des Dunkelelfen Margok verbargen«, entgegnete Dag ohne Zögern. »Wie es heißt, hausten dort einst Drachen, ehe die Diener des Bösen die Feste für sich entdeckten. Ihr Name ist Nurmorod.«

»Nurmorod«, echote es entlang der Tafel. Auch wenn sie den Namen noch nie zuvor gehört hatten, schien er den Ratsmitgliedern Unruhe zu bereiten.

»Und diese Waffe?«, fragte Anghas Ca'Dur.

»Wir wissen nicht viel darüber – nur dass sie wohl aus der Zeit des Zweiten Krieges stammt, als Menschen und Orks gegen Elfen und Zauberer kämpften«, erklärte Aryanwen. »Königin Alannah drückt sich in dieser Hinsicht sehr vage aus, so als wäre es ihr verboten, über diese Dinge zu sprechen.«

»Und dennoch wollt ihr auf ihren Bericht vertrauen?«

»Ich muss es«, entgegnete Dag. »Die Expedition sollte so rasch wie möglich aufbrechen, wir haben keine Zeit zu verlieren.«

»Nun gut«, erklärte sich Yorus Ca'Gor einverstanden, »du scheinst sehr überzeugt zu sein, Herzogsohn. Der Grüne Clan ist bereit, deinem Vorschlag zu folgen – wenn du die Expedition selbst befehligst.«

»Ich ebenso«, stimmte Conor Ca'Bra vom Purpurclan zu, und auch die anderen Clansherren bekundeten ihre Zustimmung.

»Ich danke Euch für das Vertrauen, das Ihr mir entgegenbringt, hohe Herren«, erwiderte Dag, »aber nicht ich werde die Expedition anführen, sondern Nagaya.« Er deutete auf die Nathaira, die er zuvor ins Vertrauen gezogen hatte.

»Warum?«, fragte Yorus spitz, der nie ein Hehl aus seiner Abneigung gegen die Andersartigkeit der Schlangenfrau gemacht hatte. »Bist du von deinem Plan doch nicht so überzeugt, wie du uns glauben machen willst?«

»Wie ich schon sagte – es geht nicht darum, wie überzeugt ich von diesem Plan bin, sondern dass wir gar keine andere Wahl haben«, stellte Dag klar. »Aber wie ihr alle wisst, wurde unsere Tochter von einem ruchlosen Verräter entführt, und so ersuche ich Euch alle um Verständnis dafür, dass ich mich nicht auf die Suche nach jenem alten Artefakt begeben, sondern unser Kind suchen werde, zumal es für Erdwelts Zukunft nicht von geringerer Bedeutung ist.«

»Irgendwann durchaus«, räumte Lord Anghas ein. »Aber wenn es uns nicht gelingt, den Feind zurückzuschlagen, so besteht für eure Tochter keine Hoffnung, jemals den Thron zu besteigen, ist es nicht so?«

»Allerdings«, stimmte Yorus in seltener Einhelligkeit bei.

»Nagaya ist der Aufgabe gewachsen«, versicherte Dag,

dem ganz und gar nicht gefiel, wie sich die Beratungen entwickelten. Fast war er froh, nicht die ängstlichen Blicke sehen zu müssen, die Aryanwen ihm fraglos zuwarf. »Die Nathaira ist weiser als jedes andere Wesen, das ich kenne, und sie weiß um die Gefahren des Dschungels.«

»Das ist wahr«, wandte Nagaya selbst ein, »aber ich bin lange nicht dort gewesen, viele Menschenalter ... Und obwohl ich um so vieles älter bin als du, verfüge ich nicht über deine Fähigkeiten, Daghan.«

»Sie hat recht«, pflichtete Bertin ihr ohne Zögern bei. »Wenn dieser Expedition Erfolg beschieden sein soll, so solltest du gehen, Bruder, und niemand sonst.« Nicht nur die übrigen Zwerge stimmten zu, sondern auch die Clansherren.

»Nein!«, widersprach Aryanwen an Dags Stelle. »Das könnt Ihr nicht von ihm verlangen! Alannah ist unsere Tochter, unser eigen Fleisch und Blut ...«

»Bitte zwingt mich nicht, mich zwischen meinem Kind und meiner Pflicht zu entscheiden«, fügte Dag hinzu. »Habe ich nicht schon meinen Teil geleistet?«

»Das hast du«, räumte Anghas ohne Zögern ein, »und weit mehr als das, ein Platz in den Herzen unseres Volkes ist dir bereits jetzt gewiss, Herzog von Ansun. Dennoch darfst du jetzt, da wir deiner Dienste noch dringender bedürfen, nicht zurückstehen.«

»Ich kann nicht!«, rief Dag laut und fast verzweifelt. »Ich kann mein Kind nicht einfach seinem Schicksal überlassen!«

»Das musst du nicht«, versicherte Nagaya ruhig. »Das Luftschiff, das du ausgerüstet hast, wird dem Entführer folgen und das Leben deines Kindes retten. Ich selbst werde an Bord sein, wenn du es wünschst.«

»Ich ebenso«, fügte Catriona hinzu.

»Und ich auch«, erklärte Dado.

»Wir alle stehen mit unserem Leben dafür ein, dass eurem Kind nichts zustößt und es wohlbehalten zu euch zurückkommt«, erklärte die Schlangenfrau, und die Gedanken, die sie ihm gleichzeitig schickte, machten Dag klar, dass sie jedes Wort genauso meinte.

Er biss sich auf die Lippen.

Noch immer hielt er Aryanwens Hand, aber ihr Griff war schwächer geworden, so als hätte sie ihren Widerstand bereits aufgegeben.

Es stimmte ja, Dags Kenntnisse, seine besonderen Fähigkeiten und seine Ausbildung durch den Druiden Dwethan räumten ihm bei dieser Mission wohl tatsächlich die besten Chancen ein. Wenn die Allianz Fortbestand haben sollte, so würde er dieses eine Opfer noch bringen müssen, und unwillkürlich musste er an Königin Alannahs Worte denken: *Ihr werdet schwierige Entscheidungen treffen müssen*, hatte sie geschrieben, *und eure Reise wird durch die Abgründe dieser Welt führen und durch die Dunkelheit in euren Herzen …*

Zumindest in dieser Hinsicht, dachte Dag, hatten sich ihre Voraussagen bereits bewahrheitet. So oft schon hatten Aryanwen und er ihre eigenen Wünsche hintangestellt – wann würde es jemals genug sein? Wann würden sie jemals Zeit bekommen, sich um ihr Kind zu kümmern, um ihre Familie?

Die Antwort kannten sie beide: Erst dann, wenn der Krieg zu Ende war und wieder Frieden in Erdwelt herrschte …

»Es zerreißt mir das Herz, aber … einverstanden«, erklärte er leise.

»Ich allerdings«, verkündete Aryanwen entschieden, »werde mich auf die Suche nach unserem Kind begeben und mich Nagayas Mannschaft anschließen.«

»Nein, Schwester«, widersprach Waldrada entschieden. »Du bist die Königin von Tirgaslan – weder darfst du dem

Feind in die Hände fallen, noch darfst du deinem Volk das Gefühl geben, es in diesen schweren Zeiten zu verlassen.«

»Aber das tue ich doch gar nicht«, versicherte Aryanwen hilflos, »ich …« Sie unterbrach sich, als ihr klar wurde, dass die Königin der Zwerge nur zu recht hatte. Wenn sie Tirgaslan verließ, würde das ein verheerendes Signal an ihre Untertanen senden, womöglich den Bruch der Allianz besiegeln.

Genau wie Dag hatte auch sie keine Wahl.

Die Entscheidung war längst gefallen.

»Dann ist es beschlossen«, fasste Bertin zusammen. »Ein Luftschiff unter Dags Führung wird die Grenze zum Südreich überqueren und im Dschungel nach jener Waffe suchen, von der das Buch berichtet; ein zweites Schiff unter dem Kommando Nagayas wird gen Smerada fliegen und versuchen, den Entführer des Kindes aufzuhalten.«

»Aye, König«, stimmte Anghas Ca'Dur zu, »und wir werden hier in Tirgaslan bleiben und die Stellung halten, ganz gleich was über diese Stadt hereinbrechen wird.«

»Meine Zwergenkrieger stehen bereit«, versicherte Bertin. »Gorta Ruun mag uns der Feind genommen haben – Tirgaslan wird er niemals bekommen.«

»Niemals«, stimmten die anderen Ratsmitglieder trotzig zu – und doch wusste jeder Einzelne von ihnen, dass sie dem Angriff von zehntausend Kriegern nicht lange standhalten würden, wenn sie Kaldronen und Donnerrohre mitführten und Schattendrachen, die aus der Luft angriffen. Die Ratsmitglieder mochten ihre Furcht und Unsicherheit geschickt hinter grimmigen Mienen verbergen – Dag jedoch konnten sie nicht täuschen.

»Für Tirgaslan und die Freiheit!«, gab Bertin die Losung aus, in die alle lautstark einfielen, als könnten sie so die Furcht in ihren Herzen vertreiben.

Dag und Aryanwen schwiegen und zogen es stattdessen vor, sich weiter an den Händen zu halten.

Es gab kein Zurück mehr.

Der letzte Kampf hatte begonnen.

9

Den Wald hatten sie hinter sich gelassen.

Das weite Land, das sich nach Osten hin vor ihnen erstreckte, war einst goldgelb gewesen vom Getreide, das um diese Jahreszeit üppig auf den Feldern stand. Der Krieg jedoch hatte Erdwelts einstige Kornkammer in einen Acker des Todes verwandelt. Inzwischen waren einige Bauern zwar wieder auf ihre zerstörten Gehöfte zurückgekehrt und sorgten mit ihrer Hände Arbeit dafür, dass zumindest einige Äcker wieder Früchte trugen. Aber es waren nur wenige, und der Wiederaufbau war mühsam, zumal in Anbetracht der Gefahren, die überall lauerten.

»Das gefällt mir nicht«, schnauzte Rammar, während sie hintereinander über einen von Unkraut und Gestrüpp überwucherten Acker ritten. »Hier gibt es weit und breit keinen Baum, um sich zu verstecken.«

»Und wenn schon«, plärrte Balbok, der wiederum an der Spitze ritt, über die Schulter. »Einen Baum, hinter dem du dich verstecken könntest, gibt es sowieso nicht.«

»Willst du jetzt witzig sein, Faulhirn?«

»Ich mein ja bloß«, gab Balbok schon etwas leiser zurück.

»Du hast nichts zu meinen, dass das klar ist«, schärfte Rammar ihm ein. »Wo kämen wir denn hin, wenn jetzt schon jeder hergelaufene *umbal* eine Meinung hätte? Halt gefälligst die Schnauze und such weiter nach Spuren, verstanden?«

»Korr«, versicherte Balbok und heftete den Blick wieder

pflichtschuldig auf den Boden – auch wenn es so gut wie unmöglich war, darin Spuren auszumachen.

Suvat hatte alle nur erdenklichen Tricks benutzt, um seine Fährte zu verwischen. Wann immer es ihm möglich gewesen war, hatte er sich in Wasserläufen fortbewegt; er hatte die Hufe seines Pferdes mit Lederlappen umwickelt und Äste dazu benutzt, das Laub so zu verteilen, dass es wie unberührt aussah. Woher der Junge all diese Kniffe kannte, konnte Alured nur vermuten. Entweder, Suvat hatte ihm etwas vorgespielt und war von Beginn an ein Agent des Dunklen Königs gewesen. Oder aber, die Veränderungen, die mit ihm vorgegangen waren, waren sehr viel mehr gewesen als eine bloße Reaktion auf die durchlebten Schrecken.

Anfangs war Alured nicht sehr begeistert darüber gewesen, dass die Orks ihn begleiteten – Rammars pausenloses Lamentieren und seine fortwährenden Beleidigungen stellten seine Geduld auf eine harte Probe. Aber inzwischen war er froh darüber, denn wäre es nicht um Balboks guten Riecher gewesen, hätte er Suvats Spur im Wald von Trowna längst verloren. Hier in der Weite von Scaria hingegen schienen auch der Geruchssinn und die messerscharfen Augen des hageren Orks an ihre Grenzen zu stoßen.

»Was ist?«, fragte Rammar ungeduldig, als Balbok sein Pferd einmal mehr zügelte und aus dem Sattel stieg. Der große Ork bückte sich und schnupperte, bog hier und dort das Unkraut auseinander.

»Nichts«, erwiderte er nur.

»Was soll das heißen?«

»Dass ich keine Spur mehr finden kann«, erklärte Balbok in stoischer Ruhe. »Sie ist weg.«

»Oder bist du nur zu dämlich, sie zu sehen?«, fragte Rammar giftig. »*Umbal*, wenn wir deinetwegen die Fährte des Milchgesichts verlieren, dann …«

»Ich denke, ich weiß, wohin er geritten ist«, schaltete sich Alured in den Wortwechsel ein.

»Ach ja?«

»Von Trowna aus hatte er mehrere Möglichkeiten«, führte Alured seine Überlegungen aus, auch wenn er nicht sicher war, ob der dicke Ork ihm folgen konnte. »Er hätte sich nach Norden Richtung Ansun wenden können oder den Landweg nach Tirgas Winmar nehmen, aber dann hätte er den Wald nicht so weit südlich verlassen. Ich denke, dass er nach Smerada will, um mit dem Schiff nach Tirgas Winmar überzusetzen.«

Rammar saß auf seinem Pony, die Hauer gefletscht und stieren Blickes. »So unnütz du bist, Mensch, diesmal hast du wohl recht«, erklärte er schließlich. »Also auf nach Smerada. Und weißt du, was ich mit dem Milchgesicht machen werde, wenn ich es in meine Klauen bekomme? Ich werde ihm den Kopf abreißen und ihm das Ding in seine hässliche Visage werfen.«

»Korr«, stimmte Balbok grimmig zu.

»Ich kann euren Zorn verstehen«, versicherte Alured. »Dennoch bitte ich euch, Suvat mir zu überlassen.«

»Warum?«

»Wenn er ein feindlicher Spion ist, dann könnt ihr mit ihm machen, was ihr wollt. Aber wenn nicht, dann…«

»Was sollte er denn sonst sein?«

»Nun«, eröffnete Alured, worüber er in den letzten Tagen fast pausenlos nachgedacht hatte, »womöglich ist Suvat nicht er selbst gewesen, als er das Mädchen entführte. Vielleicht hat er unter dem Einfluss einer anderen, fremden Macht gestanden, das würde alles erklären.«

»Korr«, stimmte Rammar gehässig zu. »Und es würde dir auch die Schuld an der ganzen Sache nehmen, nicht wahr?«

»So habe ich es nicht gemeint.«

»*Douk*, Mensch. Natürlich nicht.« Das Grinsen, das Rammars ohnehin schon breites Gesicht noch mehr dehnte, ärgerte Alured – was nichts daran änderte, dass der Ork womöglich die Wahrheit sprach. Wünschte sich Alured insgeheim, dass Suvat nicht er selbst gewesen war, als er Alannah entführte? Aber wer oder was auch immer dafür verantwortlich gewesen sein mochte, Alured hatte sich geschworen, ihn zur Rechenschaft zu ziehen. So wie er bei seinem Leben geschworen hatte, Alannah zu ihren Eltern zurückzu…

»Uchl-bhuurz!«

Balboks Warnruf schreckte Alured aus seinen Gedanken. Er kannte inzwischen genug Orkisch, um zumindest dieses eine Wort auf Anhieb zu verstehen.

Ungeheuer!

Er fuhr im Sattel herum – und sah sie kommen.

Schattendrachen!

Fünf von ihnen!

Und sie hielten genau auf die Reiter zu …

»Shnorsh!«, zischte Rammar und trieb sein Pony zur Eile an, das die Furcht seines Reiters zu spüren schien und wieselflink zu laufen begann. Auch Balbok galoppierte auf seinem Ross davon. Alureds Schecke wieherte und bäumte sich auf, während die Schattendrachen heranjagten – schreckliche Schemen, deren Gestalten jetzt immer deutlicher Kontur gewannen. Alured sah albtraumhafte Flügel, zähnestarrende Schlünde, mörderische Fänge und stachelbewehrte Schwänze, die peitschengleich umherschlugen.

Endlich hatte er den Schecken wieder unter Kontrolle und gab ihm die Sporen. Das Tier schoss davon, den beiden Orks hinterher, die jetzt in rasendem Galopp über den aufgelassenen Acker stürmten, Balbok tief über den Hals seines Tieres gebeugt, um möglichst wenig Angriffsfläche zu bieten, Rammar hin und her wankend wie ein Betrunkener auf einem angestochenen Keiler.

Alured holte rasch auf, doch auch die Schattendrachen kamen näher. Ein flüchtiger Blick über die Schulter zeigte ihm, wie dicht sie bereits heran waren. Und mit Entsetzen sah er den Reiter, der im Nacken des vordersten Tieres saß – eine unheimliche schwarze Gestalt, die eine Lanze führte wie ein Ritter im Turnier.

Ein Schattenkrieger!

Ein Schrei erklang, so markerschütternd und durchdringend, dass Alured vor Furcht und Entsetzen am liebsten vergangen wäre. Ob es der Reiter gewesen war, der den Schrei ausgestoßen hatte, oder die Kreatur, auf deren Rücken er saß, war nicht zu unterscheiden, und es spielte auch keine Rolle. Beide entstammten der Schattenwelt und hätten im Grunde nicht hier sein dürfen. Sie verstießen gegen alle Gesetze der Natur.

»Sie kommen!«, rief Alured, als plötzlich ein Schatten auf ihn fiel – es war der Schattendrache, der ganz außen geflogen war und jetzt nach innen schwenkte. Mit gespreizten Krallen, den Mörderschlund weit aufgerissen, wollte er sich auf Alured stürzen – doch der war vorbereitet.

Blitzschnell stieß die Hand mit der Klinge empor, just in dem Moment, als der geflügelte Todesbote sich auf ihn werfen wollte. Der Stahl durchdrang die ungeschützte Unterseite des Schattendrachen und schlitzte sie auf. Alured war überrascht, was seine Klinge angerichtet hatte. Dann verstand er. Anders als noch zu Beginn ihrer verwerflichen Existenz waren die Schattendrachen nicht mehr nur dunkle Schemen; je länger sie in Erdwelt weilten, desto mehr wurden sie ein Teil der wirklichen Welt und desto größer war die Zerstörung, die sie anzurichten vermochten – aber desto verwundbarer waren sie auch.

Schwarzes Blut und Innereien brachen aus dem Inneren der Kreatur hervor und verfehlten Alured nur um Haaresbreite, der auf seinem Pferd davonstürmte. Zweimal schlug der Schattendrache noch mit den Flügeln, dann schlug er zu Boden und überschlug sich mehrmals, ehe er reglos liegen blieb und zerfiel. Einen wilden Haken schlagend, wich Alured der Attacke eines weiteren Schattendrachen aus, während er sah, wie Balbok eine der Kreaturen vom Himmel holte.

In den Steigbügeln stehend, hatte der Ork nach seinem Bogen gegriffen, und einen Pfeil aufgelegt – das Geschoss schnellte von der Sehne, traf den Schattendrachen im Flug und durchbohrte seinen Hals. Der Schrei, den die Kreatur ausstoßen wollte, blieb ihr in der Kehle stecken. Ein zweiter Pfeil, den Balbok hinterherschickte und der die Brust der Bestie durchbohrte, besiegelte ihr Schicksal. Noch in der Luft zerplatzte sie, zerfiel innerhalb von Augenblicken zu Brocken fauligen, verwesenden Fleisches, als die Natur die verletzte Ordnung wiederherstellte.

Ein weiterer Schattendrache war hinter Rammar her, der lauthals schrie und auf seinem Pony Haken schlug wie ein Feldhase auf der Flucht vor einem Falken. An Gegenwehr war nicht zu denken, denn der dicke Ork konnte seinen *saparak* nicht zücken, weil er sich mit der verbliebenen Klauenhand am Zügel festhalten musste, um nicht aus dem Sattel zu fallen. So konnte er nur mit der künstlichen Klaue fuchteln und das Untier dabei mit wüsten Beschimpfungen überschütten, was allerdings keine Wirkung zeigte.

Alured wollte seinen Schecken antreiben und Rammar zu Hilfe kommen, doch in diesem Moment wurde er selbst wieder angegriffen – von dem Schattenreiter!

Dass Alured plötzlich eine Bewegung wahrnahm, rettete ihm das Leben. Denn was er aus dem Augenwinkel sah, war die Lanzenspitze, die auf ihn zuflog, und nur der Tatsache, dass er sich im Sattel zur Seite fallen ließ, war es zu verdanken, dass die mörderische Waffe ihn nicht durchbohrte. So verfehlte sie ihn um Haaresbreite und glitt über ihn hinweg – doch Alured hatte sich mit derartigem Schwung zur Seite geneigt, dass er das Gleichgewicht verlor und sich nicht länger im Sattel halten konnte.

Mit einem dumpfen Aufschrei fiel er vom Pferd und überschlug sich mehrmals, das Schwert, das er in seiner Rechten gehalten hatte, verlor er dabei. Er hörte seine Knochen knacken, schluckte Erde und holte sich unzählige Blessuren. Einen Augenblick lang blieb er benommen liegen, dann wurde ihm klar, dass dies sein sicheres Ende sein würde, und er raffte sich wieder auf die Beine – nur um zu sehen, wie der Schattenreiter in der Luft wendete und wieder angriff.

Es war ein grässlicher Anblick: Das Untier mit dem peitschenden Schwanz, den ausgebreiteten Schwingen und dem weit aufgerissenen Maul; auf seinem Rücken der Reiter in der schwarzen Rüstung, auf seinem Haupt ein Helm, wie man ihn vor Unzeiten getragen haben mochte. Das Visier war geschlossen, hinter den Sehschlitzen schienen glühende Kohlen zu leuchten. Dampf wölkte aus den Nüstern des Untiers, als sein Reiter es wieder antrieb, die Lanze eingelegt, um seinen Gegner zu durchbohren …

Einen Augenblick war Alured wie erstarrt vor Entsetzen. Dann erinnerte er sich an sein Schwert, das er verloren hatte, und das nur wenige Schritte von ihm entfernt auf dem Boden lag – dann rannte er auch schon los.

Es war Irrsinn: Um an die Waffe zu gelangen, musste Alured dem Schattenreiter geradewegs entgegenstürmen, und damit auch der tödlichen Lanzenspitze … Mit atemberaubender Geschwindigkeit flog sie heran, und Alured glaubte, höhnisches Lachen zu hören, das unter dem geschlossenen

Visier hervordrang. Staub und Erdreich wurden aufgeworfen, sodass Alured die Augen schirmen musste, aber unbeirrt rannte er weiter – und erreichte im nächsten Moment die Klinge.

Um sie vom Boden aufzulesen und sich dem Gegner zum Kampf zu stellen, reichte die Zeit nicht mehr – in einem halsbrecherischen Hechtsprung katapultierte sich Alured nach vorn, der Lanze entgegen, die nur noch wenige Armlängen von ihm entfernt war – aber auch seiner eigenen Waffe. Noch im Fallen bekam er den Griff zu fassen, rollte sich ab und stand sofort wieder auf den Beinen.

Keinen Augenblick zu früh.

Dicht über dem Boden schoss der Schattendrache heran. Der Reiter beugte sich im Sattel vor, um die Lanze mit Wucht in Alureds Brustkorb zu rammen – doch der schlug die todbringende, mit Widerhaken versehene Spitze ab und duckte sich. Ein eiskalter Hauch streifte ihn, als der fleischgewordene Geist an ihm vorüberfegte, mit aller Macht kämpfte er die Furcht nieder, die ihn übermannen wollte.

Der Schattenreiter warf die nutzlos gewordene Lanze von sich (worauf sie vor Alureds Augen zerfiel, als hätte sie nur aus Staub bestanden) und zog stattdessen ein grotesk geformtes Schwert, dessen Klinge der einer Säge glich. Die monströse Waffe schwingend, griff er erneut an.

Alureds Hände schwitzten; sein Herzschlag dröhnte in seinem Kopf und etwas schnürte ihm die Kehle zu, während der furchtbare Gegner heranfegte. Im nächsten Moment trafen Alureds Stahl und die Schattenklinge aufeinander. Der Klang war entsetzlich, ein gequälter Schrei wie von lebenden Kreaturen, und die Wucht, die hinter dem Angriff lag, war so heftig, dass Alured niederging. Erneut landete er am Boden und wollte sich wieder aufraffen, doch der Schattendrache war unmittelbar über ihm.

Alured zuckte zusammen, als der stachelbewehrte Schweif des Untiers über ihn hinwegwischte und ihn nur knapp verfehlte – und dann war für einen Moment der Flügel des Schattendrachen über ihm.

Alured handelte ohne nachzudenken.

Die Klinge beidhändig führend, sprang er hoch und beschrieb einen weiten Kreis – und stutzte dem Untier die ledrige Schwinge. Blut schoss aus dem Stumpf, der auf und ab schlug und den Verlust des Flügels auszugleichen versuchte. Doch der Schattendrache war bereits zu sehr Teil der stofflichen Welt geworden, als dass er der Schwerkraft hätte widerstehen können. Mit einem hässlichen Kreischen landete er auf dem Boden und überschlug sich, wobei er seinen Reiter abwarf und sich den anderen Flügel brach. Der Schattenkrieger flog aus dem Sattel und landete im zerstampften Erdreich. Seine mörderische Waffe hatte er noch in der Hand, aber noch ehe er wieder hochkam, war Alured bei ihm.

Einmal, zweimal trafen die Klingen noch aufeinander, wobei es Alured erneut vorkam, als ob der Stahl seines Schwertes um Hilfe schrie. Dann gab sich der Schattenkrieger eine Blöße – und Alured hieb mit aller Kraft zu.

Seine Klinge schnitt knapp unterhalb des Helmes in den Hals des Kriegers und durchtrennte ihn. Das behelmte Haupt flog davon und rollte Alured geradewegs vor die Füße. Von Grauen geschüttelt, stieß er mit dem Fuß das Visier auf – um in eine konturlose, schwarze Fratze zu blicken, die weder Mund noch Nase hatte. Die Glut in den winzig kleinen Augen erlosch noch im selben Augenblick, und einen Lidschlag später begannen Helm und Haupt bereits zu zerfallen, genau wie der kopflose Torso.

Schwer atmend fuhr Alured herum, um sich nach dem nächsten Schattendrachen umzusehen – der war daran, sich auf Balbok zu stürzen! Eine ganze Weile lang hatte der Ork sein Pferd hin und her getrieben und den flatternden Gegner auf diese Weise genarrt. Nun jedoch war die Geduld des Schattendrachen zu Ende, und er wollte Blut sehen – sein Problem jedoch war, dass der Ork das ebenfalls wollte.

Unerwartet ließ Balbok sein Pferd zur Seite ausbrechen. Der Schattendrache kreischte markerschütternd und schoss ihm zornig hinterher – als Balbok etwas tat, womit die Kreatur nicht gerechnet hatte. Todesmutig sprang der Unhold in die Höhe, stand für einen kurzen Moment mit beiden Beinen auf dem Sattel, um sich dann zu dem Schattendrachen hinüberzukatapultieren, der auf gleicher Höhe flog. Noch ehe die Bestie sich's versah, war der große Ork bereits in ihrem Nacken, schwang seinen *saparak* – und schaffte es, die Kreatur im Flug zu enthaupten.

Der Kopf des Drachen fiel wie ein Stein herab, der Rest glitt noch ein Stück weiter durch die Luft, dabei wie von Sinnen mit den Flügeln schlagend, während Balbok bereits wieder absprang. Mit einer Geschmeidigkeit, die einem Unhold kaum zuzutrauen war, landete er auf beiden Beinen – während sich der Drache noch im Flug zersetzte.

Zeit zu triumphieren blieb Balbok jedoch nicht ...

»Hilf mir! Verdammt, so hilf mir doch, du dämliches, viel zu lang geratenes Elend!«

Das Geschrei, das Rammar entfesselte, während er noch immer auf seinem Pony umherschoss, auf der Flucht vor dem letzten verbliebenen Drachen, war nicht zu überhören. Es war erstaunlich, welche Kräfte das arme Reittier im Angesicht nackter Todesangst entwickelt hatte, aber es war absehbar, dass es nicht mehr lange durchhalten und unter dem Gewicht des Orks schlicht zusammenbrechen würde. Und spätestens dann würde es um Rammar geschehen sein.

Sowohl Balbok als auch Alured eilten zu ihren Pferden,

um Rammar zu Hilfe zu kommen – doch es war bereits zu spät.

Mit markerschütterndem Kreischen stieß der Schattendrache herab, die Vorderkrallen ausgestreckt und die Flügel zurückgebogen wie ein Raubvogel – und diesmal konnte Rammar ihm nicht mehr ausweichen. Die Klauen der Bestie packten ihn und zogen ihn aus dem Sattel.

Der dicke Ork schrie aus Leibeskräften, während er in die Höhe gerissen wurde. Hilflos zappelte er und schlug um sich, doch gegen den Griff der Kreatur vermochte er nichts auszurichten. Der Schattendrache schlug mit den Schwingen, stieg senkrecht empor …

Aber nicht lange.

Es war, als hielte ein unsichtbares Band die Bestie am Boden fest. Ihre Flügelschläge wurden immer schneller und hektischer, doch sie stieg immer langsamer, bis sie schließlich auf der Stelle verharrte. Einen Augenblick lang konnte es sich noch wild flatternd halten – dann musste das Ungeheuer einsehen, dass es sich am falschen Gegner vergriffen hatte.

Es ließ Rammar los, der wie ein Stein zur Erde plumpste und jammernd liegen blieb, während der Schattendrache wie ein schwarzer Blitz in den Himmel schoss und verschwand.

Balbok schickte ihm noch einen Pfeil hinterher, der jedoch sein Ziel nicht fand. Der Schattendrache entkam.

»Alles in Ordnung?«, erkundigte sich Alured, als er und Balbok endlich bei Rammar anlangten.

Der feiste Ork lag noch immer rücklings auf dem Boden und erinnerte an einen riesigen Käfer, der Mühe hatte, auf die Beine zu kommen. Indem er sich zur Seite wälzte, dabei wüste Verwünschungen ausstoßend, gelang es ihm schließlich.

»Alles in Ordnung!«, maulte er, ungeachtet der Tatsache,

dass er dem Tod nur mit knapper Not entronnen war. »Was ich allerdings nicht euch beiden *umbal'hai* zu verdanken habe! Hätte ich nicht gekämpft wie Gulz der Schlächter persönlich, hätte das *uchl-bhuurz* mich verschleppt und aufgefressen!«

»Gekämpft?«, fragte Balbok ein wenig verunsichert und schob seinen Lederhelm zurück, um sich an der Stirn zu kratzen. »Aber du warst doch nur einfach zu schw…«

»Schnauze!«, schnitt Rammar ihm das Wort ab. »Du bist doch nur neidisch auf meine eindrucksvolle Erscheinung!«

»Äh …«

»Du solltest dich lieber fragen, warum du das Vieh verfehlt hast«, rüffelte Rammar seinen Bruder. »Nun ist es entkommen und wird womöglich Hilfe holen.«

»Durchaus möglich«, räumte Alured ein, dem der Gedanke, dass die Bestie entflohen war, ebenfalls nicht gefiel.

»Und?«, fragte Balbok grinsend und zuckte unbeeindruckt mit den schmalen Schultern. »Wir sind mit ihnen fertig geworden, oder nicht?«

»Das nächste Mal haben wir vielleicht weniger Glück«, gab Alured zu bedenken. »Diese Kreaturen lassen sich leichter töten als früher, aber dafür werden es immer mehr – und in den Grüften der Unterwelt lauern noch Tausende von ihnen. Dieser Schattenkrieger war nur der Anfang. Wenn es dem Dunklen König gelingt, die Pforte zu öffnen, werden es unzählige sein.«

»Autsch«, meinte Balbok.

»Wir müssen zusehen, dass wir Smerada erreichen und Suvat finden. Die Zeit wird knapp.«

10

Drei Tage nach der Unterredung im Kriegsrat von Tirgaslan waren sie aufgebrochen.

Lange Vorbereitungen waren nicht nötig gewesen, Dag kannte die Bau- und Funktionsweise der von ihm erfundenen Luftschiffe inzwischen gut genug, um binnen kurzer Zeit eines bauen zu können – vorausgesetzt, die geeigneten Mittel und Materialen standen dafür zur Verfügung. Die Erfahrung hatte gezeigt, dass es einen Unterschied machte, ob ein Luftschiff nur eine kurze Distanz bewältigen sollte und es mehr auf Geschwindigkeit und Manövrierfähigkeit ankam; oder ob es für eine längere Reise ausgelegt sein und deshalb vor allem Platz und Sicherheit bieten sollte. Entsprechend variierten die Größen und Formen der Luftblasen, die aus leichtem Seidenstoff genäht wurden, ebenso wie die der Gondeln, die darunterhingen.

Während das Luftschiff, das Nagaya befehligte und das die Verfolgung des Entführers aufnehmen sollte, von schlanker Form war und sich einfach steuern ließ, war das Exemplar, das Dag und seine Begleiter bis tief ins Südreich tragen sollte, sehr viel größer und von ausladender Form – entsprechend träge ließ es sich in den Wind drehen und bot ein leichtes Ziel für Angriffe. Dafür verfügte es über genügend Platz für Vorräte und Ausrüstung sowie über eine Mannschaft, die aus Vertretern aller Gruppen bestand, die im Kriegsrat vertreten waren.

Der getreue Ferghas war auch diesmal nicht von Dags

Seite gewichen und der erste gewesen, der sich freiwillig gemeldet hatte; als offizieller Vertreter der Hügelclans nahm außer ihm auch Conor Ca'Bra an der Expedition teil – Dag vermutete, dass sich der junge Anführer des Purpurclans davon Ehre und Ruhm erhoffte. Auch Lyrx war dabei – nicht nur, weil seine erstaunlichen Fähigkeiten ihnen unterwegs von großem Nutzen sein konnten, sondern auch, weil seine Mutter eine Dryade gewesen und er im Dschungel aufgewachsen war. Zum Vertreter des Zwergenvolks war der finstere Runward Eisenherz ernannt worden – ob er sich freiwillig erboten hatte oder ob Bertin ihn kurzerhand dazu bestimmt hatte, ließ sich im Nachhinein nicht mehr feststellen.

Der Abschied war allen schwergefallen.

Jedem Teilnehmer des Kommandos war klar, dass es womöglich eine Reise ohne Wiederkehr werden würde, und der Gedanke, dass dann vermutlich auch der Rest der Welt nicht mehr lange existieren würde, hatte nichts Tröstliches. Je drohender sich der Sturm ringsum zusammenzog, desto mehr hegte der Mensch das Bedürfnis, sich vor der Welt zu verstecken. Es hatte eine Zeit gegeben, da hatte Dag genau das getan. Dwethan jedoch hatte ihn gelehrt, seinen Platz und seine Verantwortung in der Welt zu übernehmen.

Zum Abschied hatte Dag Aryanwen innig geküsst, und es kam ihm vor, als könnte er die Berührung ihrer Lippen noch immer auf seinen fühlen. Er hatte ihr in die Augen gesehen und sie beruhigt, hatte ihr versichert, dass alles gut werden, dass sie ihr Kind bald wieder in den Armen halten und den Angriff des Bösen abwehren würden – und sich dabei gleichzeitig einen Lügner gescholten. Er konnte nur hoffen, dass sie die Zweifel und Ängste, die in ihm wühlten, nicht bemerkt hatte – oder vielleicht, dachte er wehmütig, während er achtern in der Gondel stand und so tat, als würde er zurückblicken, hatte sie ihn auch durchschaut und nur deshalb nichts gesagt, weil sie ihn nicht hatte verletzen wollen.

Es war ihr zuzutrauen.

Von all den guten Eigenschaften, die Aryanwen in sich vereinte, schätzte Dag ihre Klugheit am meisten. In Momenten wie diesen allerdings hätte er sich gewünscht, dass sie sich leichter täuschen ließ …

»Was?«, fragte Dag, als er spürte, wie Ferghas eine Hand auf seinen Arm legte. Wie meist flogen sie nachts, um sich den Blicken unerwünschter Beobachter zu entziehen, und der Clansmann stand am Steuer und folgte der sanften Strömung, die an der Küste entlang gen Südosten blies, Arun entgegen.

»Ich sagte, du solltest nicht zurückblicken«, wiederholte der Clansmann.

»Tu ich nicht«, versicherte Dag und setzte ein schiefes Grinsen auf. »Wie auch?«

»Aye, du weißt, was ich meine«, knurrte der alte Haudegen. Er betätigte das Ruder, um den Kurs ein wenig zu justieren. Die Taue knackten leise. »Du hilfst denen, die du zurückgelassen hast, nicht, in dem du dich um sie sorgst.«

»Ich weiß«, versicherte Dag, »trotzdem ist es nicht leicht. Ich habe immer noch das Gefühl, dass ich nicht hier sein sollte, dass mein Platz eigentlich auf dem Schiff wäre, das nach unserer Tochter sucht. Aber ich weiß auch, dass ich eine Pflicht zu erfüllen habe.«

»So wie wir alle«, stimmte Runward zu, der an der Esse stand und das Feuer mit Nahrung fütterte. »Auch wenn diese Expedition ausgemachter Wahnsinn ist.«

»Warum hast du das nicht gleich gesagt?«, wollte Lyrx wissen.

»Ich habe es gesagt«, versicherte der Zwerg.

»Was denn, habt ihr etwa Angst?«, fragte Conor. Der zukünftige Anführer des Hauses Ca'Bra, der mit Pfeil und Bogen bewaffnet im Bug hockte und Wache hielt, lachte spöttisch auf.

»Natürlich hat er Angst«, versicherte Ferghas an Runwards Stelle. »Genau wie der Rest von uns – und wenn du klug bist, Ca'Bra, dann teilst du dieses Gefühl mit uns, denn Angst kann dir das Leben retten.«

»Ich fürchte den Tod nicht, Ca'Gor«, versicherte Conor trotzig – die Rivalität zwischen seinem Stamm und dem Roten Clan von Tarnag hatte eine lange und traditionsreiche Geschichte. Und offenbar waren beide gewillt, sie weiter fortzusetzen.

»Aye«, machte Ferghas und nickte, »ich fürchte ihn ebenfalls nicht. Und dennoch ist da ein Unterschied zwischen uns beiden.«

»Welcher?«

»Ich stelle mich meiner Furcht und besiege sie«, erklärte Ferghas trocken. »Du hingegen, mein ungestümer Freund, bist zu dumm, um die Gefahr zu erkennen.«

»Wiederhole das, Ca'Gor, und ich werfe dich über Bord!«, begehrte Conor auf.

»Aye«, meinte Ferghas gelassen, »versuch's nur …«

»Seid ihr beide jetzt fertig?«, fragte Lyrx. »Ist es nicht schlimm genug, dass wir uns auf eine Reise ins Ungewisse begeben? Müsst ihr euch auch noch unentwegt streiten?«

»Wer streitet denn?«, fragte Conor dagegen.

»Aye, niemand«, pflichtete Ferghas einmütig bei.

Der Gestaltwandler stieß eine Verwünschung aus.

»Land in Sicht«, meldete Conor, der den Ausguck innehatte. »Da unten ist Licht. Ich sehe Fackeln.«

»Das müssen die Küsteninseln sein«, vermutete Dag. »Das Südreich unterhält dort mehrere Handelsstützpunkte. Lass uns noch etwas höher gehen und in die Wolken eintauchen«, sagte er in Runwards Richtung, »dann werden sie uns für ein Wetterleuchten halten.«

»Warum hast du Angst, entdeckt zu werden?«, fragte Lyrx. »Die Südländer sind nicht unsere Feinde.«

»Das ist wahr«, räumte Dag ein. »Aber ihnen ist auch nicht zu trauen.«

»Aye«, knurrte Ferghas. »Gewinn ist alles, was für diese Kerle zählt – für ein gutes Geschäft würden sie Mutter und Vater verkaufen.«

»So heißt es«, stimmte Dag zu. »Auf jeden Fall hat das Südreich es bislang gut verstanden, sich aus dem Krieg herauszuhalten.«

»Warum ist das so?«, wollte Lyrx wissen.

»Warum wohl? Weil sie dabei nichts zu gewinnen, aber viel zu verlieren hätten«, ätzte Ferghas. »Warum sollten sie es sich mit einer Seite verderben, wenn sie mit beiden Geschäfte machen können?«

»Streng genommen ist das Südreich gar kein eigenständiges Reich«, fügte Dag erklärend hinzu, »sondern ein loser Zusammenschluss von Handelsstädten, die sich entlang der Küste aneinanderreihen. Die Magistrate dieser Städte haben irgendwann entdeckt, dass sie gemeinsam erfolgreicher verhandeln können – und das Südreich war geboren. Die Menschen dort sind berühmt für ihren Wohlstand, ihre Schönheit und ihren guten Geschmack, der Reichtum ihrer Städte ist legendär. Angeblich gibt es nichts, das man dort nicht kaufen kann.«

»Ja«, knurrte Ferghas verächtlich, »elende Krämerseelen sind das, die mit jedem Geschäfte machen, der sie mit barer Münze bezahlt. Statt in diesem Krieg Partei zu ergreifen und für die Sache der Freiheit zu kämpfen, haben sie sich neutral verhalten.«

»Nun«, meinte Lyrx, »es gibt Leute, die ein solches Vorgehen als klug bezeichnen würden.«

»Unsinn«, knurrte der Clansmann. »Sie haben sich von Winmar kaufen lassen, sind seinem Gold und seinen Versprechungen erlegen – doch wenn die Legion der Schatten erst marschiert, wird sie auch vor dem Südreich nicht haltmachen, denn Geister scheren sich nicht um Gold.«

»Deshalb müssen wir nach Nurmorod«, stimmte Dag zu.

»Eine alte Drachenfestung.« Runward spuckte hörbar aus. »Jeder Zwerg weiß, dass man um Drachen besser einen weiten Bogen macht.«

»Du fürchtest dich vor Drachen, Zwerg? Im Ernst?« Conor blies verächtlich durch die Nase. »Die Viecher sind ausgestorben, schon vor langer Zeit – wenn es sie überhaupt je gegeben hat.«

»Es hat sie gegeben«, versicherte Dag, »die Schattendrachen sind der Beweis dafür. Und auch die alten Chroniken der Elfen berichten von ihnen. Einst, so heißt es, war ganz Erdwelt ein einziger Kontinent, von Drachen beherrscht; aber dann brach Streit unter ihnen aus, und in den gewaltigen Schlachten, in denen sie aufeinandertrafen, entfesselten sie Feuerstürme und brachten die Erde zum Beben. Daraufhin zerbrach der Kontinent und teilte sich in das Nordland und das Land Arun.«

»Ich kenne diese Geschichte«, versicherte Lyrx. »Mein Vater erzählte sie mir, als ich noch jung war.«

»Wir Zwerge kennen die Geschichte auch«, stimmte Runward zu. »Aber bei uns heißt es auch, dass am Ende aller Zeiten, wenn der letzte Kampf zwischen den Mächten des Lichts und der Finsternis geführt wird, die Kontinente sich erneut bewegen werden. Da wird Erde in ihren Grundfesten erzittern, heißt es, und Berge sich in die Lüfte erheben.«

»Ach ja?«, Conor kicherte. »Ein nettes Märchen.«

»Das ist kein Märchen, Mensch«, erwiderte Runward unheilvoll. »Es ist die Wahrheit.«

»Wirklich?« Der junge Clansmann setzte ein breites Grinsen auf. »Ich pisse mir gleich in die Hosen vor Angst.«

»Aye«, bemerkte Ferghas trocken. »Wie ich schon sagte – zu dumm, um sich zu fürchten.«

II

In dem Augenblick, da die Wände des Korridors klar hervortraten und er die Symbole darauf in aller Deutlichkeit erkennen konnte, endete der Schwebezustand, in dem Dwethan der Zauberer sich befunden hatte.

Das Licht um ihn verblasste, und in dem Augenblick, da seine Füße den Boden berührten, kam ihm vollends zu Bewusstsein, dass dies kein Traum war, keine Vision, wie er sie früher oft gehabt hatte, sondern die Wirklichkeit, so unfassbar sie auch sein mochte.

Der Zauberer hatte den Sturz in den Schlund der Unterwelt überdauert, die Konfrontation mit den Geistern der Vergangenheit überlebt – auch wenn er nicht wusste, wie er darüber empfinden sollte. Nach dem langen Leben, das er unter den Sterblichen verbracht hatte, war er willens und bereit gewesen, sich zu opfern und dem letzten großen Rätsel zu stellen – doch nun musste er erkennen, dass das Schicksal sein Opfer ganz offenbar zurückgewiesen hatte.

Statt erleichtert zu sein, empfand sein ruheloser, stets nach Wissen dürstender Geist vor allem Bestürzung. Denn die Erkenntnis, dass er aller Wahrscheinlichkeit zum Trotz noch am Leben war, warf neue Fragen auf.

Fragen nach dem Warum.

Dem Wann.

Und dem Wohin.

Die Antwort auf die letzte Frage schien am einfachsten zu beantworten – er brauchte nur dem seltsamen, sechskantigen Korridor zu folgen, zu dem der von Licht erfüllte Tunnel geworden war.

Die Wände bestanden, wie Dwethan feststellte, aus Kristall. Die Symbole, die darin eingelassen waren und deren filigrane Linien silbrig leuchteten, waren jahrtausendealt. Es waren Symbole der alten Elfenschrift, wie sie in den Tagen Mirons im Gebrauch gewesen war, als Elfen erstmals nach Erdwelt gelangten, in jene barbarische, von Drachen bevölkerte Welt, um ihr das Licht der Zivilisation zu bringen.

In Dwethans Tagen waren längst nicht mehr alle dieser Symbole bekannt gewesen. Gleichwohl wusste er, dass jenes dort »Leben« bedeutete und dieses »Zeit« … und jenes wiederum, das in seinen zahlreichen Windungen an das Gehäuse einer Schnecke erinnerte, beschrieb den bekannten Kosmos, die Ganzheit allen Seins.

Dwethan konnte fühlen, wie sich der Schlag seines Herzens beschleunigte. Wie war er nur von jenem dunklen Schlund, in den er sich gestürzt hatte, hierhergelangt? Von dem tiefsten Stollen der Zwergenfeste Gorta Ruun an diesen von Licht und Ruhe durchdrungenen Ort?

War dieser Gang von Elfen erbaut worden? War er selbst, und er fürchtete sich fast, diesen Gedanken zu Ende zu verfolgen, durch die Zeit gereist? Es hatte Weise gegeben, Zauberer, die in der Lage gewesen waren, das Wesen der Zeit zu beeinflussen, der Mensch Granock – oder Lhurian, wie er später genannt wurde – war einer von ihnen gewesen. Aber das Wesen der Zeit beinhaltete mehr Rätsel, als alle Weisen zusammen jemals zu lösen vermochten.

Seinen *flashfyn*, den Stab mit dem Elfenkristall, hatte Dwethan nicht mehr. Irgendwo in der Tiefe, während seines langen Falls in den scheinbar bodenlosen Abgrund, hatte er ihn verloren, dabei hätte er ihn jetzt gut gebrauchen können.

Weniger der Kräfte wegen, die ihm innewohnten, sondern einfach, um sich darauf zu stützen.

Der Kampf gegen die Dunkelheit hatte Dwethans Kräfte aufgezehrt, es war kaum noch etwas davon übrig, von der Last eines langen Lebens ganz zu schweigen. Ohnehin kam er nur langsam voran, immer wieder musste er stehen bleiben und sich an den Wänden abstützen. Und wenn er es tat, schien etwas von dem silbrigen Schein, der von den alten Schriftzeichen ausging, auf ihn überzugreifen. Anfangs wich er noch erschrocken zurück, aber dann begriff er, dass das Leuchten ihm nicht schaden wollte, im Gegenteil – es war reine Energie, die auf ihn überging und ihn mit neuer Kraft erfüllte. Und als hätten die Beschränkungen von fester Form und Materie an diesem Ort keine Gültigkeit, veränderte sich die Kleidung, die er trug.

Wenig mehr als angesengte, zerschlissene Fetzen waren nicht von seinem Gewand und seinem Umhang geblieben – nun verwandelten sie sich in eine helle Robe, jener nicht unähnlich, die er einst als Weiser von Shakara getragen hatte. Überhaupt erinnerte ihn manches an die Ordensburg im ewigen Eis der Weißen Wüste, in der er einen großen Teil seines langen Lebens verbracht hatte, darunter die glücklichsten Jahre ebenso wie die schwersten.

Kam ihm dieser Ort deshalb so vertraut vor?

War er schon einmal hier gewesen?

Dwethan erforschte sein Innerstes, aber er vermochte es nicht zu sagen. Sicher war nur, dass es am Ende des Korridors Antworten gab, in jenem Licht, das …

Er blieb stehen.

Irrte er sich – oder hatte er dort soeben Gestalten gesehen? Silhouetten im Gegenlicht?

Ein Schauer überkam ihn.

Und vorsichtig ging er weiter.

12

Als sie zwei Tage später nach Smerada gelangten, verspürte Alured einen Anflug von Erleichterung.

Allerdings nicht lange.

Zwar war es ihm und den Orks gelungen, die Stadt an der Ostsee ohne weitere Zwischenfälle zu erreichen – die größten Herausforderungen jedoch lagen nun erst vor ihnen. Es musste ihnen gelingen, in die Stadt hineinzukommen und Suvat zu finden, ehe er sich nach Tirgas Winmar einschiffen konnte. Oder vielleicht, dachte Alured bitter, kamen sie auch schon zu spät und der Entführer hatte die Stadt längst in Richtung seiner alten Heimat verlassen.

»Schöne Stadt«, kommentierte Rammar die im Licht der späten Nachmittagssonne blitzenden Türme und Kuppeln – aber es klang nicht bewundernd, sondern fast hämisch. »Und du bist sicher, dass sich das verräterische Milchgesicht hier verkrochen hat?«

»So gut wie«, gab Alured zurück. »Wenn er das Kind zum Dunklen König bringen will, geht das am schnellsten von hier aus. So wie ich es sehe, gibt es zwei Möglichkeiten. Entweder, wir haben Glück und erwischen Suvat noch in Smerada – oder wir müssen ihm über das Wasser folgen.«

»Ich hasse Schiffe«, knurrte Rammar. »Schon immer.«

»Gibt es eigentlich etwas, das du nicht hasst?«, fragte Alured müde.

Rammar überlegte einen Moment. »Mich«, eröffnete er dann. »Mich hasse ich nicht.«

»Wenigstens etwas.« Alured schnitt eine Grimasse. »Um eine Überfahrt zu bekommen, werden wir einen Passierschein brauchen, notfalls auch einen gefälschten ... und einen guten Grund, weshalb wir in die Stadt wollen«, fügte er mit Blick auf die Wachen hinzu, die sich vor dem Stadttor tummelten. Die Handelsstraße nach Westen, die sonst vor Reitern und Wagen überquoll, lag heute fast verlassen da, nur ein paar Bauern verließen die Stadt, die mit ihren Karren auf dem Markt Waren feilgeboten hatten. Smerada, die Perle der Ostsee, hatte sich verändert, das war auf den ersten Blick zu erkennen.

»Was du nicht sagst – und woher sollen wir den so einfach nehmen?«

»Ich weiß was«, behauptete Balbok von seinem hohen Sitz herab.

»So?« Rammar verzog geringschätzig das Gesicht. »Das kann nicht viel sein.«

»Soll ich's sagen oder nicht?«

»Von mir aus.«

»Wir sind Orks, oder nicht?«, fragte Balbok. »Und auch in der Armee des Dunklen Königs kämpfen Orks. Wir könnten also behaupten, dass Alured unser Gefangener ist und wir ihn zum König bringen müssen.«

Alured seufzte – dieser Trick war ihm nicht neu, er hatte ihn schon angewandt. Mit durchwachsenem Ergebnis ...

»Weißt du«, meinte Rammar, »für ein Gnomenhirn wie dich ist das ein erstaunlich guter Plan.«

»Danke sehr.« Balboks lange grüne Miene hellte sich auf.

»Orks bedanken sich nicht«, blaffte Rammar. »Unsere Sprache kennt nicht mal ein Wort dafür, wie du dich hoffentlich erinnerst!«

»'tschuldigung.«

»Und wie oft soll ich dir noch sagen, dass sie sich auch nicht …«

»Also gut«, erklärte sich Alured einverstanden. »Die Vorstellung, euer Gefangener zu sein, behagt mir zwar nicht besonders, aber es scheint mir die beste Möglichkeit, an den Wachen vorbeizukommen, ohne ihr Misstrauen zu erregen.«

Kurz entschlossen zog Alured sein Schwert und gab es mit dem Griff voraus an Balbok weiter. Dann brachte er die Hände in den Rücken und legte die Gelenke zusammen, was Rammar mit einem schadenfrohen Kichern quittierte.

»Ehrlich, Mensch, du hast Mumm in den Knochen«, anerkannte er, während er sein Pony hinter Alured lenkte. »Oder bist du einfach nur dämlich? Wer sagt dir, dass wir dich nicht einfach in den Kessel mit dem *bru-mill* kippen, wenn wir dich erst gefesselt haben?«

»Es gibt *bru-mill*?«, fragte Balbok hoffnungsvoll.

»Heute nicht«, wehrte Alured zuversichtlich ab. »Denn auf eines kann ich mich verlassen.«

»Nämlich?«, fragte Rammar, der schon dabei war, Alureds Handgelenke zu fesseln.

»Ginge es nur um mich allein, würde ich euch beiden nicht über den Weg trauen. Aber ihr wollt Alannah unbedingt finden, und dafür wärt ihr bereit, so ziemlich alles zu tun, denn ihr mögt das kleine Mädchen wirklich sehr.«

»Na ja«, meinte Balbok und kratzte sich am Hinterkopf, wodurch ihm der Helm nach vorn ins Gesicht rutschte, »wir haben sie ja auch aufgezogen und sind so was wie ihre On…«

»Schmarren!«, fiel Rammar ihm ins Wort und zog die Fesseln energisch zu. »Wir können es nur auf den Tod nicht ausstehen, wenn man uns vershnorsht – und genau das hat dieser elende *umbal* von einem Milchgesicht getan. Ganz abgesehen davon, dass er mir eins übergebraten hat – dafür wird er bezahlen.«

»Wie du meinst.« Alured nickte.

»Und ob ich das meine, Mensch. Und jetzt halt dein Maul, ehe ich auf den Gedanken komme, dir auch noch einen Knebel zu verpassen!«

Sie verließen den Schutz der Bäume und ritten die Straße hinab auf das Tor zu. Die Posten, die die Farben der Stadtwache von Smerada trugen, senkten die Hellebarden, als sie sie kommen sahen.

»Verdammt«, knurrte Alured, als er den Hauptmann des Trupps erblickte – ein hagerer Mann mit braunem Haar und Augen, die tief in seinem Gesicht vergraben waren.

»Was ist?«, fragte Rammar.

»Der Hauptmann – ich bin ihm schon mal begegnet. Bei meinem letzten Besuch in Smerada.«

»Wie lange ist das her?«

»Ein paar Monde.«

»Dann wird er sich an dich erinnern«, folgerte der Ork. »Und das heißt, dass wir uns unseren großartigen Plan an den Helm stecken können.«

»Ich fürchte, so ist es«, raunte Alured ihm zu, während sie weiter auf die Wachen zutrabten. »Und wenn wir jetzt noch umkehren, schöpfen sie ebenfalls Verdacht.«

»Dann bleibt uns nur eins – wir müssen dafür sorgen, dass er dich nicht erkennt.«

»Gute Idee.« Alured schnaubte spöttisch – nur noch ein Steinwurf trennte sie vom Tor und den Wachen. »Und wie willst du das anstellen?«

Das Zögern des dicken Orks währte nur einen Augenblick.

»Was?«, brüllte er dann lauthals und starrte Alured plötzlich mit einer Feindseligkeit an, die diesen erschreckte. »Was hast du gesagt?«

»Ich?«, erwiderte Alured völlig verdattert. »Äh …«

»Na warte, Milchgesicht«, polterte Rammar weiter, »dafür wirst du bezahlen!«

Und noch ehe Alured auch nur begriff, wie ihm geschah, schoss die geballte Faust des Unholds mit urtümlicher Wucht zu ihm empor und krachte in sein Gesicht.

Er bekam noch mit, wie seine Nase brach und das Blut daraus hervorspritzte.

Dann kippte er aus dem Sattel.

13

Zwei Nächte lang waren sie dem Verlauf der Küste gefolgt.

Die Strömung, die sie zu den Inseln getragen hatte, leistete ihnen auch noch darüber hinaus gute Dienste, bis sie den Kurs änderten und dem Südwind folgten, vorbei an glänzenden Städten, an denen der Krieg spurlos vorübergegangen zu sein schien.

Es war, als blickte man auf eine andere Welt: Während der Norden Erdwelts in weiten Teilen verwüstet war, Siedlungen noch immer in Trümmern lagen und Elend in den Städten herrschte, schienen die Handelsmetropolen des Südens davon unberührt. Tausende von Lichtern beleuchteten die schlanken Türme und geschwungenen Kuppeln bei Nacht und ließen sie golden glänzen, und hin und wieder, wenn der Wind günstig stand, trug er die Klänge von fröhlicher Musik herauf, die Dag und seinen Gefährten so vorkam, als dringe sie aus einer anderen, glücklicheren Zeit zu ihnen.

»Diese Narren«, ereiferte sich Conor Ca'Bra, der an der Esse stand und sie im Schweiße seines Angesichts befeuerte. »Singen und tanzen, während die Welt am Abgrund steht.«

»Narren oder Weise?«, fragte Lyrx, der an der Reling kauerte und auf einem Stück Dörrfleisch herumbiss. »Wenn du dir aussuchen könntest, wie du die Tage bis zum Untergang verbringst – was würdest du lieber tun? Tanzen oder kämpfen?«

»Kämpfen«, erwiderte Conor Ca'Bra als Erster.

»Aye, weil du zu jung bist, um zu wissen, dass Tanzen Freude macht«, erwiderte ausgerechnet der grimme Ferghas. »Deine Generation kennt nichts anderes als Krieg und Kampf – zuerst gegen Orks, dann gegen deinesgleichen, danach gegen Zwerge und nun gegen die Schatten. Wann hättet ihr Grünschnäbel je Zeit gehabt, mit einem Mädchen zu tanzen? Geschweige denn, euch zu verlieben …«

»Verzeih, mein Freund«, konnte sich Dag eine Bemerkung nicht verkneifen. »Aber das sagst du? Anghas Ca'Durs unverheirateter Bruder? Der erbitterte Krieger, der sein Schwert und seine Pferde mehr liebt alles andere?«

»Nun … das war nicht immer so«, erklärte Ferghas zu aller Überraschung.

»Herrje«, knurrte Runward.

»Lass hören«, verlangte Lyrx wissbegierig. »Es gab eine Frau in deinem Leben?«

»Vor langer Zeit«, bestätigte der Clansmann, und der Unterton in seiner Stimme verriet Daghan, dass es kein heiterer Schwank aus Ferghas' Jugend werden würde, den sie zu hören bekamen. Sondern etwas, das dem altgedienten Recken seit Jahrzehnten auf der Seele lastete. »Ich war noch sehr jung damals, und sie war es auch. Wir liebten einander, wollten heiraten und eine Familie gründen. Die Aussicht, dafür die Zustimmung des Clans zu bekommen, standen gut, denn ihre Familie war arm und meine reich, also wäre es eine ideale Verbindung gewesen.«

»Wäre?«, hakte Lyrx nach.

»Am Tag bevor wir meinen Vater, den Häuptling des Clans, um Erlaubnis bitten wollten, erfuhren wir, dass sie bereits versprochen war – einem anderen, wie ihr euch denken könnt.«

»Und?«

»Nichts und«, wehrte Ferghas ab. »Noch an jenem Abend gab ich sie frei.«

»Aber – sagtest du nicht, ihr hättet euch geliebt?«, wandte der Gestaltwandler ein.

»Aye.«

»Warum hast du dann nicht um sie gekämpft?«, wollte Conor wissen. »Hat man beim Clan Ca'Dur nicht dieses Recht?«

»Doch«, versicherte Ferghas. »Aber ich habe freiwillig darauf verzichtet.«

»Warum?«

»Ich hatte meine Gründe, glaub' mir«, versicherte der alte Hochländer, und die Art, wie er es sagte, verriet den Schmerz, den er noch immer dabei zu empfinden schien.

»Kann ich mir denken«, meinte Conor und lachte dämlich – dass Ferghas nicht darauf reagierte, zeigte Dag nur noch mehr, wie schwer der Freund noch immer an der Sache trug. Und das mochte auch die Erklärung dafür sein, warum der sonst so wortkarge Clansmann nun plötzlich sein Schweigen brach und davon erzählte. Rechnete er womöglich nicht damit, von dieser Reise zurückzukehren? Wollte er sein Gewissen erleichtern?

»Hast du sie jemals wiedergesehen?«, wollte er wissen.

»Noch manches Mal – aber schon sehr lange nicht mehr«, erwiderte Ferghas. »Sie starb sehr jung, als sie ihren beiden Kindern das Leben schenkte – es waren Zwillinge.«

»Das tut mir leid«, versicherte Dag.

Eine Pause entstand, in der das Knarren der Taue zu hören war und das leise Rauschen des Windes, dazu die Musik, die von unten empordrang. Ferghas schien diesen Moment zu nutzen, um die Schatten der Vergangenheit wieder von sich abzuschütteln. »Und deshalb, ihr Grünschnäbel«, knurrte er, »solltet ihr singen und tanzen, wann immer sich die Gelegenheit dazu bietet, habt ihr verstanden?«

»Natürlich«, versicherte Lyrx.

»Du auch, Ca'Bra?«

Conor schien einen Moment zu erwägen, sich einmal mehr über den Älteren lustig zu machen, ließ es aus irgendeinem Grund aber bleiben. »Aye«, erwiderte er stattdessen nur.

»Und wieder was von den Menschen gelernt. Großartig«, versetzte Runward Eisenherz mit vor Sarkasmus triefender Stimme. »Wenn das so weitergeht, werde ich noch …«

»Steuermann?«, fiel Dag ihm ins Wort.

»Ja doch, was ist?«, fragte der Zwerg, der den Ruderdienst innehatte.

»Sind wir noch auf Kurs?«, wollte Dag wissen.

Runward gab eine halblaute Verwünschung von sich, griff jedoch zum Sternenmesser und überprüfte anhand der fixen Punkte am Firmament, das sich weit und glitzernd über ihnen ausbreitete, ihre Position.

»Nein«, erklärte er schließlich verblüfft. »Du hast recht. Wir sind vom Kurs abgekommen.«

»Der Wind hat leicht gedreht«, bestätigte Dag. »Wir müssen höher steigen, wenn wir nicht aufs Meer abgetrieben werden wollen.«

»Verstanden«, bestätigte Conor und betätigte den Brenner. Gelbe Flammen stiegen aus der Esse auf und erleuchteten flackernd die Luftblase, sodass das Schiff einige Augenblicke lang vom Erdboden aus zu sehen sein würde – allerdings bezweifelte Dag, dass die Bewohner der Küstenstädte von ihnen Notiz nehmen würden. Dazu kreisten sie viel zu sehr um sich selbst, reich und vollgefressen, wie sie waren. Und vielleicht, dachte Dag bitter, war das ja auch der Grund dafür, warum der Dunkle König sie gar nicht erst angegriffen, sondern einfach nur ihrem Schicksal überlassen hatte.

Vielleicht war das ja seine Art, mit diesem speziellen Gegner zu kämpfen – mit ihm Geschäfte abzuschließen und ihn an seiner eigenen Gier und seiner Sucht nach Reichtum und Vergnügungen ersticken zu lassen …

Der Gedanke ließ ihn schaudern.

Und einmal mehr fragte er sich, was sie hier überhaupt taten und ob ihre Mission von Erfolg gekrönt sein konnte, wenn der Feind so gerissen war.

14

Das Erwachen bereitete keine Freude.

Das Erste, was Alured wahrnahm, war stechender Schmerz in seinem Gesicht. Er wollte Luft holen, aber es gelang ihm nicht, denn seine Nase war verstopft und sein Gesicht mit etwas bedeckt, das angetrocknet war und auf der Haut spannte.

Blut!

»Verdammt, Mensch, komm endlich zu dir!«, hörte er jemanden maulen, und obwohl ihm so elend war, dass er am liebsten sofort wieder ohnmächtig geworden wäre, kam ihm die schnarrende, irgendwie grunzende Stimme bekannt vor.

Wie auch der Gestank, der sie begleitete …

»Rammar«, stieß er hervor.

»*Korr*, du hast mich erkannt!«, plärrte es. »Jetzt wach endlich auf! Es gibt hier was zu klären!«

»Was zu klären …?« Blinzelnd schlug Alured die Augen auf. Er lag auf dem Boden, über ihm war eine von hölzernen Balken getragene Decke. Und zwei grüne Gesichter, das eine dünn und schmal, das andere kugelrund und feist. Aus dem einen blickte ein Paar erstaunt geweiteter Kuhaugen, aus dem anderen winzige Schweinsäuglein, die noch dazu zu Schlitzen verengt waren.

»*Achgosh-douk*«, grüßte Balbok und grinste. »Gut geschlafen?«

»Was interessiert dich das?«, stauchte Rammar ihn zusammen. »Ist doch shnorshegal, ob das Milchgesicht gut geschlafen hat oder nicht. Hauptsache, es ist jetzt zur Abwechslung mal wach.«

Alured blinzelte abermals. Allmählich kehrten auch seine restlichen Sinne zurück – und mit ihnen auch die Erinnerung.

»Wie lange war ich …?«, stöhnte er, während er sich aufzurichten versuchte. Balbok bückte sich und lieh ihm eine helfende Klaue.

»Was weiß ich?« Rammar zuckte mit den breiten Schultern. »Eine Weile eben.«

Den Oberkörper halb aufgerichtet, befühlte Alured sein Gesicht. Ohnehin war es von einer Narbe entstellt gewesen, die Vigor ihm auf der Folterbank beigebracht hatte – nun jedoch schien nichts mehr an Ort und Stelle zu sein. Wange und Stirn waren geschwollen, überall war Blut. Seine Nase fühlte sich wie ein unförmiger Klumpen an. Wenn er sie berührte, hatte er das Gefühl, laut schreien zu müssen. Zweifellos war sie gebrochen …

»Musste das sein?«, fragte er Rammar näselnd.

»Das war doch keine Absicht«, versicherte der Feiste. »Ihr Menschen haltet nichts aus, das ist euer Problem.«

»Hat dein Trick wenigstens funktioniert?«

»Du meinst, ob wir in die Stadt gekommen sind, ohne dass du erkannt wurdest?«, fragte Balbok. »*Korr*, das schon. Die Wachen haben Tränen gelacht, als du blutend aus dem Sattel gekippt bist, und keine Fragen mehr gestellt. Allerdings …«

»Was?«, wollte Dag wissen, während er sich im Sitzen umblickte. Dem spärlichen Licht nach zu urteilen, das durch die schmutzigen Fenster einfiel, war es noch immer Nacht. Soweit er es beurteilen konnte, waren sie in einem Kontor – es gab Regale an den Wänden, die mit Büchern und Schriftstücken vollgestopft waren, und einen großen Schreibtisch. »Wo sind wir hier überhaupt?«

»Jedenfalls nicht im Kerker, das ist die gute Nachricht«, meinte Balbok grinsend.

»Und die schlechte?«

»*Douk*, so kann man das nicht sagen«, druckste Rammar herum, der sich seltsam betreten anhörte. »Es ist nur …«

Alured seufzte – so kam er nicht weiter. Dem Schmerz zum Trotz richtete er sich vollends auf und kam auf die Beine. Alles drehte sich, er hatte Probleme, sich aufrecht zu halten. Von dem hämmernden Schmerz in seinem Schädel ganz zu schweigen. »Was ist los?«, fragte er entsprechend energisch.

Rammar und Balbok antworteten nicht.

Beide zeigten nur zur gegenüberliegenden Wand.

Alured fuhr herum – und glaubte, im spärlichen Zwielicht etwas auf dem Boden liegen zu sehen.

Oder vielmehr *jemanden*.

Mit ein paar raschen Schritten war er bei der reglosen Gestalt, beugte sich über sie – und prallte erschrocken zurück, als er sah, wer es war …

»Suvat!«

»Wir waren das nicht, er lag schon so da, als wir kamen«, versicherte Balbok und versuchte es mit einem aufmunternden Grinsen. »Noch eine gute Nachricht.«

»Wie …? Woher …?«, wollte Alured fragen, aber dann wurde ihm klar, dass es etwas gab, das ihn noch ungleich mehr interessierte: »Wo ist das Kind?«

»Nicht hier«, eröffnete Rammar. »Das ist die schlechte Nachricht, wenn du so willst.«

Alured ließ sich auf die Knie nieder und untersuchte den reglosen Körper, der in einem halb getrockneten Blutsee lag. Suvat war tot, vermutlich schon seit einigen Stunden. Jemand hatte ihm übel mitgespielt, eine grässliche Wunde klaffte in seinem Rücken. Und in seinem Herzen steckte ein Dolch.

Sein Dolch, um genau zu sein.

»Was ist nur passiert?«, sagte Alured mehr zu sich selbst als zu den beiden Orks.

»Vermutlich hat es Streit gegeben«, nahm Rammar achselzuckend an. »So was endet manchmal tödlich.«

»Wo sind wir hier?«

»Im Laden eines stadtbekannten Fälschers namens Braktas, der sich als Schreiber ausgibt«, erklärte Rammar. »Als ob da ein Unterschied wäre«, fügte er giftig hinzu. Orks waren im Lauf ihrer ebenso langen wie gewalttätigen Geschichte niemals auf den Gedanken gekommen, eine Schrift zu entwickeln oder die anderer Völker zu übernehmen, entsprechend suspekt war ihnen sowohl das geschriebene Wort als auch jeder, der einem damit zusammenhängenden Beruf nachging.

»Und warum sind wir hier?«

»Weil du gesagt hast, dass wir ein Passierschwein brauchen«, erklärte Balbok an seines Bruders Stelle. »Und Rammar meinte, wir würden hier eins bekommen.« Er schnüffelte. »Obwohl es hier gar nicht nach Schweinen riecht.«

»Kein Schwein! Einen Schein, du Halbhirn!«, verbesserte Rammar ungehalten. »Wir haben jemanden, und er hat uns zu diesem Laden geschickt. Leider hatte der *umbal*, der unseren kleinen *pochga* entführt hat, wohl dieselbe Idee. Beim Streit um den Preis sind sie sich dann in die Haare geraten – und da liegt er nun.«

»Ich weiß nicht recht.« Alured hatte Suvat die Augen geschlossen. Er wollte ihm zum Abschied übers Haar fahren, ließ es jedoch bleiben. Ostmenschen mochten es nicht, am Kopf berührt zu werden, weil sie dort den Sitz der Seele wähnten, und Alured wollte das respektieren. Obwohl Suvat schlimme Dinge getan und Dags Tochter entführt hatte, empfand Alured ihm gegenüber keinen Groll. Nur Bedauern … und ein schlechtes Gewissen. »Tut mir leid«, flüsterte er.

»Was weißt du nicht?«, hakte Rammar nach.

Alured richtete sich wieder auf. »Wenn es dieser Fälscher war, der Suvat getötet hat, Braktas … warum ist er verschwunden und der Leichnam ist noch hier? Sollte es nicht andersherum sein?«

»Was weiß ich? Macht ihr Milchgesichter das nicht immer so, wenn ihr jemanden um die Ecke gebracht habt? Ihr rennt schreiend auf und davon?«

»Wenn es so war, wie du vermutest, hätte der Täter sicher versucht, Suvats Leichnam zu beseitigen«, war Alured überzeugt. In Smerada gab es eine weitverzweigte Kanalisation, die nur zu geeignet dazu war, um etwas – oder jemanden – darin verschwinden zu lassen. Auch er selbst hatte schon darin Zuflucht gesucht, damals, zusammen mit Catriona*. »Und was ist das für eine Wunde? Sieht aus, als ob ihn etwas von hinten durchbohrt hätte? Und vor allem«, stellte Alured die alles entscheidende Frage, »wo ist das Kind?«

»Hier ist die Kleine jedenfalls nicht«, bekannte Balbok mit langem Gesicht. »Wir haben schon alles abgesucht.«

»Der Fälscher muss den kleinen Menschling mitgenommen haben«, mutmaßte Rammar, der wild entschlossen schien, bei seiner Mord-Theorie zu bleiben. »Fragt sich nur, wohin.«

»Vielleicht sollte Suvat das Kind an ihn übergeben«, überlegte Alured weiter. »Und das hier«, – er deutete auf den übel zugerichteten Leichnam – »war seine Belohnung.«

* siehe DIE KÖNIGE

»Geschähe ihm recht«, meinte Rammar gehässig.

»Wenn Braktas tatsächlich für den Feind arbeitet, dann will er mit dem Kind nach Tirgas Winmar«, folgerte Alured. »Für uns hat sich also nichts geändert, wir brauchen nach wie vor ein Schiff.«

»Ist ja auch kein Problem«, meinte Rammar. »Wir gehen einfach runter in den Hafen und kapern eins.«

»Korr«, stimmte Balbok entschlossen zu.

»Du blöder Affe! Das war doch nicht ernst gemeint! Die Soldaten werden uns zu *bru-mill* verarbeiten, wenn wir das versuchen. Außerdem, was sollen wir mit einem Schiff ohne Besatzung anfangen?«

»Hm«, machte Balbok und schien tatsächlich nachzudenken, jedenfalls legte sich seine grüne Stirn in Falten.

»Warum nur bin ich mit einem Bruder wie dir geschlagen?«, jammerte Rammar. »Warum kannst du nicht ein bisschen mehr wie ich sein? Weniger lang und weniger dämlich!«

»Ruhe ihr beiden«, ermahnte Alured sie – sein Schädel brummte auch schon ohne Rammars Lamento. »Was wir brauchen, ist eine Beschreibung von diesem Braktas. Ich werde rausgehen und eine Taverne aufsuchen, um …«

»Das wirst du schön bleiben lassen«, fiel Rammar ihm ins Wort und stellte sich mit trotzig verschränkten Armen zwischen Alured und die Tür.

»Wieso?«

»Da draußen stimmt was nicht«, erklärte Balbok. *»Dhruurza«*, fügte er mit zum Flüstern gesenkter Stimme hinzu.

»Zauberei?«, fragte Alured und sah Rammar an. »Was meint er damit?«

»Ich fürchte, zur Ausnahme hat der Lulatsch recht«, gab der dicke Ork mit gequältem Gesichtsausdruck zu. »Nach Einbruch der Dunkelheit ist niemand mehr auf den Straßen.

Die Leute verschließen die Häuser und pissen sich vor Angst in die Hosen. Es sind Zwerge in der Stadt, die in der Nacht ihr Unwesen treiben …«

»Zwerge?«, hakte Alured nach. »Etwa eine Sekte? Der Schattenkult?«

»*Korr*, so nennen sie es«, stimmte Rammar zu. »Schon davon gehört?«

»Ich fürchte ja.« Alured nickte. »In Tirgas Winmar gibt es diesen Kult ebenfalls. Die Leute dort leben in ständiger Angst vor den Sektierern, die dem Dunklen König dienen und ihm Menschenopfer bringen.«

»Nur gut, dass wir Orks sind«, meinte Rammar.

»Wenn das hier die Werkstatt eines Fälschers ist, werden wir hier vielleicht einen Passierschein oder irgendeinen anderen Wisch finden, der uns weiterhilft«, meinte Alured mit Blick auf die reich bestückten Regale. »Aber wir brauchen dringend noch weitere Informationen über diesen Braktas.«

»Dann solltest du fragen«, knurrte Rammar.

»Das wollte ich ja gerade«, schnaubte Alured verärgert. »Aber du hast mir ja verboten …«

»Ich habe nur gesagt, dass du nicht rausgehen sollst. Vom Fragen habe ich nichts gesagt«, stellte der dicke Ork klar.

»Verstehe«, erwiderte Alured mit resignierendem Seufzen, »und wen sollte ich deiner Ansicht nach …?«

»Wie wär's mit dem hier?«, fragte Balbok, bückte sich kurzerhand hinter den Schreibtisch – und zog etwas dahinter hervor, das sich bei näherem Hinsehen als Zwerg entpuppte, allerdings geknebelt und zu einem handlichen Bündel verschnürt. Seiner dunklen Robe nach war er ein Anhänger des Schattenkults, und sein mitgenommenes Äußeres verriet, dass die Orks ihn nicht sehr zuvorkommend behandelt hatten.

»W-wer ist das?«, fragte Alured verblüfft.

»Ich hab dir doch gesagt, dass wir jemanden gefragt haben«, erklärte Rammar achselzuckend. »Das ist er.«

15

Die widrigen Winde hatten zugenommen.
Sobald Dag und seine Kameraden die Strömung verließen, die sie innerhalb weniger Tage weit nach Süden getragen hatte, schlug das Wetter um.

Nicht nur, dass es keine Strömung mehr gab, der sie folgen konnten, und ungünstige Winde immer wieder dafür sorgten, dass das Luftschiff vom Kurs abkam; es begann auch zu regnen, sodass das Fliegen ganz und gar unmöglich wurde: Zum einen war es schwierig, die Esse, die die Schwebeblase mit heißer Luft versorgte, mit durchnässtem Holz am Brennen zu halten, zum anderen war der mit Wasser vollgesogene Seidenstoff zu schwer, als dass er sich noch mit heißer Luft hätte füllen lassen.

Zwei ganze Tage lang hielt der Regen die Gefährten am Boden – Tage, in denen Dag von Selbstzweifeln gequält wurde und sich mehr als einmal fragte, was er da eigentlich tat. Hätte er nicht oben im Norden sein und nach seiner Tochter suchen sollen, statt sich hier in der Fremde herumzutreiben und einer verlorenen Hoffnung nachzujagen? Wie hatte er sich dazu nur überreden lassen können?

Während Ferghas und Conor sich in endlosen Waffenübungen ergingen, Runward düster vor sich hin sinnierte und Lyrx im nahen Wald auf die Jagd ging, vertrieb sich Dag die Zeit damit, in Königin Alannahs Tagebuch zu lesen, das Aryanwen passagenweise für ihn übersetzt hatte.

Um wieder ein wenig Zuversicht zu gewinnen, studierte

er den Abschnitt über die Festung Nurmorod, bis er ihn fast auswendig konnte, ein Mantra gegen seine wachsenden Zweifel. In jungen Jahren schien die Königin jenen Ort selbst besucht zu haben, und auch wenn sie in ihren Beschreibungen vage blieb, so glaubte Dag doch zu verstehen, dass die alte Drachenfeste einst ein Hort des Bösen gewesen und dies der Grund dafür war, dass dort noch immer zerstörerische Kräfte wirksam waren. Dass diese einst zur letzten Hoffnung für die freien Völker Erdwelts werden könnten, war eine jener seltsamen Ironien, die die Geschichte bisweilen bereit hielt.

Als sich der Regen schließlich wieder legte, bedurfte es eines weiteren Tages, die durchnässte Hülle wieder zu trocknen. Da sie den besiedelten Küstenstreifen inzwischen hinter sich gelassen hatte, war das Reisen bei Nacht keine Notwendigkeit mehr – im Gegenteil, angesichts der hohen Bäume, die sich aus der immer dichter bewaldeten Landschaft erhoben, und der spitzen Felszacken, die hin und wieder aufragten, gefährlichen Reißzähnen gleich, war es sicherer, am Tag zu reisen. Am Morgen des vierten Tages brachen Dag und seine Kameraden deshalb wieder auf. Auf wechselnden Luftschichten, die Dag immer wieder aufs Neue suchen und finden musste, reisten sie nach Osten, immer tiefer hinein in den Dschungel von Arun, der sich unter ihnen als endlos weite grüne Fläche erstreckte, durchbrochen nur von den schwarzen Zacken schroffer Berge.

Mit dem Dschungel änderte sich abermals das Wetter.

Obwohl es nicht mehr regnete, war die Luft von Feuchte durchsetzt und schwülwarm. Wann immer sich die Hülle des Luftschiffs zu sehr vollgesogen hatte und es an Höhe verlor, mussten die Gefährten irgendwo nach einer Landestelle suchen und sie trocknen. Je weiter sie nach Osten gelangten, desto häufiger war dies vonnöten – und desto weniger Lichtungen gab es. Die Gefahr, dass die Hülle bei einem der Landungsmanöver Schaden nehmen und reißen würde, war immens, die Reiseabschnitte wurden dennoch immer kürzer.

Und schließlich kam der Dunst.

Wie eine riesige graue Decke lag er über dem Grün des Dschungels, und als das Luftschiff darin eintauchte, kam es den Gefährten vor, als würde ein Sack über sie gestülpt. Von einem Augenblick zum anderen waren sie rings von grauem Nebel umhüllt, der ihnen jede Orientierung nahm. Anfangs hofften sie noch, dass sich der Dunst wieder heben und ihnen zumindest teilweise wieder freie Sicht gewähren würde, doch diese Hoffnung erwies sich als vergeblich.

Der Dunst blieb bestehen – und mit ihm das Gefühl, darin verloren zu sein …

»Beim großen Hammer«, knurrte Runward, der vorn im Ausguck kauerte, jedoch nicht das Geringste erkennen konnte. »Eine Felswand könnte direkt vor uns auftauchen, und wir würden es noch nicht einmal merken.«

»Vor Felswänden sollten wir in dieser Höhe sicher sein«, erwiderte Dag. Genau wie Runwards Stimme hörte sich auch seine seltsam dumpf an.

»Aye, aber wie sollen wir unseren Weg finden, wenn wir am Tag keine Sonne und in der Nacht keine Sterne sehen?«, fragte Ferghas. »Die Sache gefällt mir nicht.«

»Mir ebenfalls nicht«, pflichtete Lyrx bei, der zusammen mit dem Clansmann die Esse mit Brennmaterial fütterte. Durch die Feuchte, die sich am Schwebekörper niederschlug, musste mehr heiße Luft hineingeblasen werden, so das der Vorrat an Brennholz rasch abnahm. »Außerdem brauchen wir bald wieder Holz oder irgendetwas anderes, das brennt.«

Dag nickte – an dieses Problem hatte er schon gedacht. Oben in den Eislanden hatten sie kurzerhand Fischtran als

Brennstoff verwendet, und auch mit dem Dung von Tieren hatte er bereits experimentiert. Sehr viel schwieriger würde es sein, inmitten dieses allgegenwärtigen Nebels die Festung Nurmorod zu finden, die inmitten des undurchdringlichen Dschungels lag, seit Jahrhunderten unberührt und von Schlinggewächsen überwuchert …

»Bei Einbruch der Dunkelheit werden wir landen«, kündigte er an. »Zwei von uns werden an Bord bleiben, um das Schiff zu bewachen, die anderen gehen Brennholz sammeln.«

»Landen? Wie denn?«, fragte Runward aufgebracht. »Wir können ja die Hand nicht vor Augen sehen, wie sollen wir in dieser grünen Hölle noch eine Lichtung finden, die groß genug für uns ist? Von all den Kreaturen, die dort unten lauern, ganz zu schweigen.«

»Der nächtliche Dschungel ist kein Ort, um sich lange dort aufzuhalten«, stimmte Lyrx zu. »Selbst die Dryaden kehren dann in ihre Baumhäuser zurück, denn die Jäger der Nacht kennen kein Erbarmen.«

»Die Jäger der Nacht?« Conor Ca'Bra schnalzte mit der Zunge. »Klingt vielversprechend.«

»Wirst du das auch noch sagen, wenn dir ein Panther von der Größe eines Wargs den Kopf von den Schultern reißt?«, fragte Lyrx unbeeindruckt dagegen. Oder ein Krokodil dir die Beine abbeißt, während Sumpfegel dir das Hirn aussaugen? Oder …«

»Aye, Junge«, fiel Ferghas ihm ins Wort. »Es reicht.«

»Was denn? Lass ihn ruhig weiterreden«, forderte Conor ihn auf. »Ich fürchte keine wilden Tiere.«

»Vielleicht nicht«, räumte Lyrx ein, »aber in den Tiefen des Dschungels von Arun gibt es Kreaturen, die noch weitaus grässlicher und gefährlicher sind als Panther oder Krokodile.«

»Was für Kreaturen?«

»Ich weiß es nicht, mein Freund, denn ich habe sie nie gesehen«, gab der Formwandler zu. »Aber selbst die Dryaden fürchten sie und nennen sie nur die ›Schrecken‹.«

»Verdammt, warum hast du das nicht schon früher gesagt?«, polterte Runward vom Bug her.

»Hätte es denn etwas geändert?«

»Seid unbesorgt, wir werden nicht landen«, erläuterte Dag den Plan, den er bereits zuvor gefasst hatte. »Wir werden Anker werfen und an einem der Bäume festmachen. Drei Mann werden dann an Seilen hinunterklettern und Holz holen, während die anderen an Bord bleiben und die Esse am Brennen halten. Auf diese Weise können wir bei Gefahr sofort die Flucht ergreifen.«

»Ja«, schränkte Lyrx düster ein. »Wenn die Schrecken uns entkommen lassen.«

Schweigen trat daraufhin ein, und ein namenloses Grauen breitete sich auf dem Schiff aus, das die Gefährten erfasste und nicht wieder losließ.

16

Kannst du auch nicht schlafen?«
Aryanwen, die auf dem Boden kauerte, blickte auf. Waldrada stand auf der Schwelle, in einem samtenen Mantel, dessen Kapuze sie über das kastanienbraune Haar geschlagen hatte, und sah sie fragend an.

»Schwester«, sagte Aryanwen und erhob sich, erfreut über die Gesellschaft. »Komm doch herein.«

Waldrada nickte, schlug die Kapuze zurück und betrat das geräumige Gemach. Es war dasselbe, das auch Aryanwens Vater Tandelor einst bewohnt hatte, das Gemach des Königs. Zwar war Aryanwen der Ansicht gewesen, dass König Bertin und seine Gemahlin es beziehen sollten – schließlich war sie selbst noch immer nicht offiziell gekrönt. Doch die Zwerge hatten abgelehnt und sich mit einem geringeren Quartier begnügt, als Zeichen des Respekts und der Anerkennung von Aryanwens Anspruch auf den Thron von Tirgaslan.

Es war Nacht, und im Palast war Ruhe eingekehrt.

Die Ruhe vor dem Sturm, wie es Aryanwen erschien.

»Ich fürchte nein«, kam sie auf Waldradas anfängliche Frage zurück. »Ich wünsche, ich könnte ein wenig Ruhe finden, aber ich kann es einfach nicht. Ich muss immerzu an Alannah denken – und an Dag.«

»Das kann ich gut verstehen«, versicherte die Zwergin und deutete mit dem runden Kinn nach dem Boden. »Und das hilft dir, auf andere Gedanken zu kommen?«

»Zumindest hatte ich das gehofft.« Aryanwen blickte auf das Muster, das sie aus buntem Sand auf den steinernen Boden gestreut hatte – und das ihr gründlich missraten war. Der Kreis war nicht rund, das Muster nicht ebenmäßig. »In jungen Jahren habe ich viele dieser Bilder gelegt. Es half mir dabei, zu mir selbst zu finden. Eine meiner Lehrerinnen pflegte stets zu sagen, dass solch ein Kreisbild das Innere eines Menschen widerspiegelt, seine wahre Natur, seine Seele … wenn ich mir das hier so ansehe«, fügte sie mit Blick auf das misslungene Werk hinzu, »dann hoffe ich inständig, sie hatte unrecht.«

»Bei uns gibt es etwas Ähnliches«, wusste Waldrada zu berichten, »nur dass wir Mosaike aus Edelsteinen legen. Aber auch bei uns heißt es, dass ein vollkommenes Mosaik eine vollkommene Seele spiegelt.«

»Großartig.« Aryanwen schnitt eine Grimasse. »Und wie würdest du das hier deuten?«

»Ich sehe Unsicherheit«, erwiderte die Zwergin, auf die ungleichmäßige Kreisform deutend. »Und ich sehe Hast«, fuhr sie mit Blick auf den verschiedenfarbigen Sand hinzu, der an einigen Stellen völlig verwischt war. »Und was das Muster angeht, so kann ich keine Regelmäßigkeit erkennen … so als würdest du dich fragen, ob es ein solches Muster, eine solche Ordnung überhaupt gibt, als würdest du am Sinn von alldem zweifeln.«

»Bravo.« Aryanwen nickte und rang sich ein wehmütiges Lächeln ab. »Ich fürchte, wenn ich ehrlich zu mir wäre, müsste ich mir eingestehen, dass du mit all diesen Dingen recht hast. Mit einer Ausnahme: Ich bezweifle nicht, dass es eine höhere Ordnung gibt. All meine Hoffnungen gründen darauf – aber ich weiß einfach nicht mehr, wie diese Ordnung, wie dieses Muster aussehen soll. Alles ist so … kompliziert geworden.«

»In der Tat«, stimmte Waldrada zu. Sie bückte sich und hob einige der mit buntem Sand gefüllten Fläschchen auf, die dort verstreut lagen. »Darf ich es versuchen?«

»Natürlich.«

Die Zwergin nickte und entkorkte eine mit blauem Sand gefüllte Flasche, deren Inhalt sie in kreisenden Bewegungen auf den Boden schüttete. Es folgte ein Fläschchen mit türkisfarbenem und eines mit dunkelgrünem Inhalt.

»Du machst das gut«, anerkannte Aryanwen.

»Findest du?« Waldrada war nicht überzeugt.

»Meine Lehrerin pflegte immer zu sagen, dass das Muster bereits vorhanden sei. Man müsse es nur finden.«

»Tatsächlich?« Die Zwergin plusterte die mit zartem Flaum besetzten, rosigen Wangen auf. »Das macht es doch gleich viel einfacher.«

Aryanwen musste lächeln. Dann hob sie ebenfalls ein paar Fläschchen vom Boden auf, entkorkte sie und kam Waldrada zu Hilfe. »Weißt du, was mich am meisten frustriert?«

»Was, Schwester?«

»Dass ich hier zur Untätigkeit verurteilt bin, während andere dort sind, wo ich eigentlich sein sollte, und meine Arbeit tun, ihr Leben für mich riskieren. Als Alured und die Orks aufgebrochen sind, um Alannah zu suchen, warum bin ich da nicht mit ihnen gegangen? Ist das nicht, was eine Mutter normalerweise tun würde?«

»Vielleicht – aber du bist keine gewöhnliche Mutter, das darfst du nicht vergessen. Vor allen Dingen bist du die zukünftige Königin von Tirgaslan und damit so etwas wie ein Symbol für dein Volk. Wärst du an jenem Tag gegangen, was für ein Signal hättest du deinen Untertanen damit gegeben?«

»Aber ich hätte Dag begleiten können, als er nach Arun aufbrach«, wandte Aryanwen ein.

»Nein, Schwester. Dein Platz ist hier in Tirgaslan bei deinen Leuten, und das weißt du auch. Wie sollen sie für etwas kämpfen und etwas verteidigen, das die Königin selbst offenbar nicht für wert erachtet, verteidigt zu werden?«

Aryanwen nickte – Waldrada hatte natürlich recht. Und trotzdem waren die Einsamkeit, die Furcht und die stumme Wut, die Aryanwen in diesem Moment empfand, so überwältigend, dass sie nicht anders konnte, als die Phiolen, die sie in den Händen hielt, mit aller Kraft auf den Boden zu schmettern. Das Glas zersprang mit hellem Klirren, der Sand hinterließ Markierungen, die wie farbige Sterne aussahen.

»Das ist eine gute Idee«, meinte Waldrada und schmetterte ihre Fläschchen ebenfalls auf den Boden. Die beiden Frauen sahen einander an – und im nächsten Moment waren sie schon dabei, die verbliebenen Flaschen aufzusammeln und ebenfalls auf den Boden zu werfen. Es klirrte und staubte, und darüber mussten beide grinsen. Es war keine echte Heiterkeit, und doch verschaffte sie Aryanwen ein wenig Ablenkung von den Sorgen und Ängsten, die sie plagten.

Allerdings nicht lange.

Schritte waren von draußen zu vernehmen. Die beiden Wachen, die am Eingang postiert waren – Krieger des Clans Ca'Dur, die Lord Anghas selbst ausgewählt hatte –, gingen in Verteidigungsstellung – um sie sogleich wieder aufzuheben, als sie gewahrten, wer die hohen Damen besuchte.

Es war König Bertin.

»Mein Gemahl«, sagte Waldrada, die soeben die letzte Phiole hatte werfen wollen, und ließ es bleiben.

Bertin verbeugte sich tief – obwohl die freien Zwerge ihn zu ihrem König gewählt hatten, war er tief in seinem Inneren noch immer der bescheidene Sohn eines schlichten Steinmetzes und würde es wohl auch immer bleiben. Als er sich wieder aufrichtete, konnte Aryanwen den Ausdruck in seinen dunklen Augen sehen.

»Was gibt es?«, fragte sie tonlos, ahnend, dass es keine guten Nachrichten waren, die der Freund brachte.

»Neuigkeiten«, antwortete Bertin prompt. Seine Stimme verriet gleichermaßen Anspannung wie Sorge. »Soeben ist einer unserer Späher zurückgekehrt.«

»Und?«, fragte Waldrada.

»Die Vorhut des Feindes wurde gesichtet«, eröffnete der Zwergenkönig mit unbewegter Miene. »Das Schattenheer marschiert auf Tirgaslan zu.«

Aryanwen merkte, wie sich etwas in ihr verkrampfte. »Unsere Vermutungen waren also richtig«, flüsterte sie.

»Es sieht so aus.«

Aryanwen straffte sich, kämpfte die Unruhe nieder, die sie plötzlich erfüllte. »Dann sollten wir keinen Augenblick verlieren und die Verteidigung der Stadt organisieren, meine Freunde.« Sie streckte die Hand nach Waldrada aus, die diese sogleich ergriff. »Von Schwester zu Schwester«, erneuerte sie den Treueschwur, den sie einander nach der Befreiung von Gorta Ruun geleistet hatten.

»Von Schwester zu Schwester«, erwiderte Waldrada.

»Wir werden bis zum letzten Atemzug kämpfen, wenn es sein muss«, verkündete Aryanwen entschieden, »und Dag die Zeit verschaffen, die er braucht.«

»Das werden wir«, pflichtete Bertin bei. »Das Warten hat ein Ende. Der Hammer Martog wird wieder gebraucht.«

Sie tauschten entschlossene Blicke – doch jedem von ihnen war klar, dass der bevorstehende Kampf womöglich ihr letzter sein würde. Denn gegen eine geballte Heeresmacht von zehntausend Kriegern, die noch dazu von Schattendrachen, von Donnerrohren und Kaldronen unterstützt wurden, würden sie nicht lange aushalten können.

Ihr Untergang war so gut wie besiegelt …

Frustriert schmetterte Waldrada auch noch die letzte Phiole auf den Boden. Aryanwen konnte es ihr gut nachfühlen. Nach all den Anstrengungen, nach all den Verlusten …

»Seht«, sagte Waldrada plötzlich.

Sie deutete auf den Boden, auf das misslungene Sandbild, das plötzlich bedeutungslos geworden war – und Aryanwen holte scharf Luft, als sie sah, was die Freundin meinte.

Der Sand, den die beiden Frauen einer spontanen Laune folgend auf den Boden geworfen hatten, jene bunten, von Schwerkraft und Zufall geformten Sterne …

Sie ergaben ein Muster.

17

Der Nebel hatte sich auch am darauffolgenden Tag nicht gelichtet, sondern war nur immer noch dichter und undurchdringlicher geworden – und mit ihm auch das Grauen, das drückende Gefühl von Bedrohung, das sich in den Herzen Dags und seiner Gefährten festgesetzt hatte und aus Ratlosigkeit allmählich Hoffnungslosigkeit werden ließ.

Was sollten sie nur tun?

Sie waren in diesem Nebel gefangen, wussten nicht mehr, in welche Richtung sie flogen. Und auch der Boden bot keine Zuflucht, denn dort unten, im dunklen Dschungel, lauerten todbringende Kreaturen. Wie konnten sie hoffen, den Weg zu finden? Wie die alte Festung, geschweige denn das Artefakt, das sich dort verbarg? Und wie jemals wieder zurückkehren?

Der Gedanke an zu Hause, an Aryanwen und die kleine Alannah, die sich womöglich bereits in der Gewalt des Dunklen Königs befand, steigerte Dags Panik noch. Niemals hätte er einwilligen dürfen, an dieser Expedition teilzunehmen, hätte bei den Menschen bleiben sollen, die er liebte, statt sich auf ein Abenteuer zu begeben, das von Beginn an nicht die geringste Aussicht auf Erfolg gehabt hatte …

»Kehren wir um«, verlangte Runward, als könne er Dags Gedanken lesen. »Wenn wir weiterfliegen, werden wir nur den Tod finden, weiter nichts.«

»Bist du ein Feigling, Zwerg?«, fragte Ferghas.

»Gewiss nicht, Mensch – aber ich verspüre auch kein Verlangen danach, mein Leben sinnlos wegzuwerfen. Wenn König Bertin jetzt hier wäre, würde er …«

»Er würde die Reise fortsetzen«, sagte Dag mit tonloser Stimme und entgegen seinem eigenen Drang, das Schiff zu wenden und nach Tirgaslan zurückzukehren. »Denn er würde sich sagen, dass den freien Völkern Erdwelts nur diese eine Möglichkeit, nur diese letzte Hoffnung bleibt, und er würde mit aller Macht daran festhalten.«

»Vielleicht«, gab Runward zu. »Aber womöglich habt ihr euch alle geirrt und es gibt auch noch eine andere Möglichkeit, um den Feind zurückzuschlagen.«

»Welche denn?«, spottete Ferghas, der am Ruder saß. »Willst du Blitze furzen, Zwerg? Oder hast du vielleicht vor, dein kleines Donnerrohr aus der Hose zu holen? Das wird ihn nicht beeindrucken, glaub mir.«

»Ich will hier nicht sterben«, stellte Runward klar. »Nicht für etwas, das so aussichtslos ist wie das hier. Geht das nicht in deinen Schädel, Mensch?«

»Ich ebenfalls nicht«, gab Lyrx kleinlaut zu. »Was ist mit dir, Conor Ca'Bra?«

Der junge Clansmann blieb eine Antwort zunächst schuldig. Aber es war auffallend, wie still er in den letzten Stunden geworden war, so als hätten der Nebel und das Grauen, das mit ihm einherging, auch seinem Ungestüm arg zugesetzt. »Vielleicht«, sagte er leise und ungewohnt nachdenklich, »war diese Expedition ein Fehler.«

»Was meinst du mit vielleicht?«, knurrte Runward, den die Furcht und das leise Grauen zunehmend angriffslustig machten. »Ich sage, kehren wir um. Jetzt gleich, ehe es zu spät ist!«

»Und ich sage, setz dich wieder hin und halte weiter Ausschau«, sagte Ferghas energisch und jedes einzelne Wort betonend.

»Es gibt nichts zu sehen«, erwiderte der Zwerg trotzig, »nur endloses Grau, wohin man auch blickt.«

»Hast du das auch damals in Gorta Ruun gesagt?«, fragte Ferghas dagegen. »Wie es heißt, wolltest du fliehen und Bertin Zwergenhammer feige im Stich lassen …«

»Ich sah keine Möglichkeit mehr, den Kampf zu gewinnen, also traf ich meine Entscheidung«, stellte Runward klar. »Bertin hat das verstanden, andernfalls würde er mich nicht zu seinen Vertrauten zählen, und ich wäre auch nicht hier.«

»Nun«, meinte Lyrx vorlaut. »Vielleicht bist du ja hier, weil er dir nicht mehr vertraut.«

»Was willst du damit andeuten, Wechselbalg? Dass man uns nur zum Sterben hierhergeschickt hat? Das wäre ein Grund mehr, umzukehren – oder willst du hier etwa draufgehen? Abstürzen und dir sämtliche Knochen brechen? Oder bei lebendigem Leib von irgendwelchen grauenvollen Kreaturen gefressen werden?«

»Nein«, gab der Gestaltwandler zu.

»Ich auch nicht«, pflichtete Conor bei. »Ich bin der gewählte Anführer des Hauses Ca'Bra, zu Höherem geboren als dazu, in einem feuchten grünen Loch zu verrecken.«

»Das kann ich gut verstehen«, versicherte Ferghas. »Auch ich habe nicht vor, hier draufzugehen, das kannst du mir glauben. Aber wir sollten darauf vertrauen, dass Dag uns den Weg zeigen wird, denn er hat die Aufzeichnungen Königin Alannahs studiert und weiß, worauf es ankommt. Du kennst doch den Weg, Junge, oder nicht?«

Dag merkte, wie sich aller Augen auf ihn richteten – und fühlte die ganze Last der Verantwortung. Wie oft war er schon in Situationen wie diesen gewesen, in denen er über das Schicksal, über Tod oder Leben anderer zu entscheiden hatte – und wie satt er es hatte! Er wollte etwas erwidern, irgendeine halbherzige Versicherung, aber seine Kehle war wie ausgedörrt, er brachte kein Wort hervor.

»Was sagst du?«, rief Runward vom anderen Ende der Schiffsgondel. »Ich höre dich nicht, Herzog von Ansun! Kennst du den Weg nach Nurmorod oder nicht? Kannst du ihn finden bei diesem verdammten Nebel? Ja oder nein?«

Nein.

Das wäre die ehrliche Antwort gewesen, und am liebsten hätte Dag sie laut ausgesprochen, damit dieser Wahnsinn ein Ende hatte und sie wieder nach Hause zurückkehren konnten. Andererseits würden sie schon sehr bald kein Zuhause mehr haben, wenn es ihnen nicht gelang, jene Waffe zu finden und gegen den Feind einzusetzen. Keine Familien mehr, zu denen sie zurückkehren konnten, keine geliebten Menschen. Nichts mehr, für das es sich zu kämpfen lohnte …

»Junge«, knurrte Ferghas unmittelbar neben ihm. »Sag jetzt etwas, sonst haben wir hier an Bord eine Meuterei. Und ich sehe nicht, wie wir das Luftschiff zu zweit steuern sollen…«

»Was habt ihr da zu tuscheln, hä?«, fragte Conor aufgebracht, und Dag konnte hören, wie der Ca'Bra die Klinge zückte.

»Was soll das, Mann?«, fuhr Ferghas ihn an. »Bist du jetzt verrückt geworden? Steck das Schwert wieder weg!«

»Bei Olifars Bart!«, rief Runward aus. Die Gondel erbebte, als der Zwerg seinen Platz im Bug verließ und näher kam. »Er hat keine Ahnung! Der Herzogsohn weiß selbst nicht, wohin die Reise gehen soll!«

»Ich …«, begann Dag – aber was sollte er sagen? Seine Leute belügen, nur damit sie Ruhe gaben? Hätte er auch nur die leiseste Ahnung gehabt, wo in diesem undurchdringlichen Grau sie nach der Drachenfeste suchen mussten, hätte er es ohne Zögern getan, aber so? »Ich kann nicht …«

»Bei allen Hämmern!«, brüllte Runward, und auch Conor Ca'Bra stieß eine wüste Verwünschung aus. »Ich wusste es! Der Mensch hat uns belogen, von Anfang an! Er kennt den Weg genauso wenig wie wir! Wir werden alle zugrunde gehen in diesem verdammten Dschungel!«

»Zurück!«, verlangte Ferghas mit fester Stimme.

»Wir kehren um«, verlangte der Zwerg. »Jetzt sofort!«

»Zurück«, wiederholte Ferghas.

»Gib den Befehl zum Wenden, und alles ist gut«, versicherte Runward. »Ich will nicht gegen dich kämpfen, Clansmann.«

»Das musst du nicht, wenn du dich wieder auf deinen Posten begibst und das Maul hältst«, erwiderte Ferghas, wobei er jedes Wort einer Beschwörungsformel gleich betonte. »Oder willst du, dass alle dich für einen Feigling halten?«

»Ich bin kein Feigling«, versicherte der Zwerg, nur mühsam beherrschten Zorn in der Stimme. »Ich will nur zurück zu den Meinen, das ist alles. Wenn die Stunde des letzten Kampfes gekommen ist, werde ich Seite an Seite mit ihnen kämpfen und sterben – aber nicht hier in diesem feuchten Loch am Ende der Welt! Spürst du nicht auch das Grauen, das in der Luft liegt, Mensch? Es wird uns alle vernichten!«

»Er hat recht«, stimmte Conor zu.

»So ist es«, pflichtete auch Lyrx bei.

Dag spürte, wie die Stimmung kippte. Er hatte das Vertrauen seiner Männer verloren. Wenn nicht etwas wie ein Wunder geschah, würden sie einander entweder in wenigen Augenblicken gegenseitig an die Gurgel gehen oder das Luftschiff wenden und unverrichteter Dinge die Rückreise antreten. In beiden Fällen würde alle Hoffnung dahin sein.

In seiner Not richtete Dag seine Gedanken an Königin Alannah, deren Aufzeichnungen ihn bis hierhergeführt hatten, suchte den Rat von Aryanwens Ahnin …

Und plötzlich *sah* er es.

18

Orks mochten kein Wasser.

Sie schätzten es nicht, weder beim Trinken, wo sie einem Fass altgelagerten Blutbiers stets den Vorzug gaben, noch, um sich damit zu waschen oder gar darin zu baden; und auch die Tatsache, dass Wasser vielen Völkern und Kulturen Erdwelts als heilig galt, als Ursprung der Schöpfung und Quell des Lebens, konnte Kreaturen, die davon überzeugt waren, von einem dunklen Geist namens Kurul in die Welt gespuckt worden zu sein, nicht wirklich beeindrucken.

Entsprechend entlockte die Aussicht, mehrere Tage auf einem Segelschiff zubringen zu müssen, weder Rammar noch Balbok besondere Begeisterung. Wie sie Alured berichtet hatten, waren die Orks zwar schon öfter zur See gereist, und soweit er es mitbekommen hatte, waren sie zumindest eine Zeit lang sogar mit Freibeutern gefahren, denen sie im Zuge ihrer bisweilen haarsträubenden Abenteuer begegnet waren. Aber eigentlich hatte sich vor allem Rammar geschworen, nie mehr in seinem Leben ein Schiff zu betreten – dass er es doch tat, bewies in Alureds Augen nur, wie sehr Dags und Aryanwens kleine Tochter den beiden Unholden ans Herz gewachsen war, auch wenn sie das natürlich niemals zugegeben hätten. Vielleicht plagte sie ja auch ihr Gewissen, nachdem das Kind aus ihrer Obhut gestohlen worden war und sie es nicht hatten verhindern können – vorausgesetzt, Orks hatten überhaupt so etwas wie ein Gewissen.

Das Schiff, auf dem sie reisten, war ein smeradischer Handelssegler, der Waren nach Tirgas Winmar bringen sollte – ein stolzes Schiff mit zwei Masten und breitem Rumpf, das ob seiner vollen Beladung tief im Wasser lag. Mit einem gefälschten Passierschein, den sie aus Braktas' Schreibkontor entwendet hatten, sowie einigen Silberstücken, die sie dem Ersten Maat gegeben hatten, damit er keine Fragen stellte, war es Alured und seinen Begleitern gelungen, eine Passage zu bekommen – und sie waren nicht die Einzigen. In dem niedrigen Zwischendeck, das zwischen Oberdeck und Laderaum eingezogen und gerade hoch genug war, dass Balbok aufrecht darin sitzen konnte, kauerten noch mehr Passagiere, die eine Überfahrt nach Tirgas Winmar gebucht hatten – Kaufleute zumeist, aber auch Anhänger des Schattenkults, wie Alured an ihren dunklen Roben und charakteristischen Kappen erkannte.

Der Sektierer, den Balbok und Rammar gefangen genommen hatten, hatte ihnen berichtet, dass es längst nicht nur mehr Zwerge waren, die sich dem Kult anschlossen. Auch viele Menschen fanden sich inzwischen unter ihren Anhängern, die im Dunklen König nicht mehr nur ihren Herrscher, sondern eine Gottheit sahen, von der sie glaubten, dass sie gekommen sei, um die Welt zu vernichten. Retten, so hieß es, könne sich nur, wer sich dem Schattenkult anschließe – dass diese Rettung darin bestand, dass sie ihre Lebensenergie an einen Schatten übertrugen, der mit ihrer Hilfe die Unterwelt verlassen und in die sterbliche Welt zurückkehren würde, verriet ihnen niemand.

In Tirgas Winmar hatte Alured gesehen, wozu die Sektierer fähig waren, die ganze Stadt zitterte vor ihnen. Nun schien die Seuche des Kults auch auf Smerada übergegriffen zu haben, und es war nur noch eine Frage der Zeit, bis auch Städte in Ansun oder den Hügellanden davon erfasst würden. Am liebsten hätte Alured die Anhänger des Dunklen Königs einfach über Bord geworfen, aber daran war im Augenblick nicht zu denken.

Im Gegenteil musste er froh sein, nicht selbst über Bord geworfen zu werden, denn er reiste auf diesem Schiff nicht als regulärer Passagier, sondern als Gefangener. Und das bedeutete, dass er nicht allzu viele Rechte hatte …

»Hier, du Made«, tönte Rammar und warf ihm ein Stück Brot vor die Füße. »Das ist für dich!«

Mit gefesselten Händen hob Alured den Brotbrocken von den dreckigen Planken des Oberdecks auf. Er schimmelte bereits. »Ist das dein Ernst?«, fragte er.

»Mehr gibt es nicht«, behauptete der dicke Ork, was wohl bedeutete, dass er alles andere selbst gefressen hatte. Alured konnte sich des Eindrucks nicht erwehren, dass Rammar die Rolle als sein Bewacher gründlich genoss. »Du weißt hoffentlich noch, dass das alles nur Tarnung ist?«, raunte er ihm zu.

»*Korr*«, räumte der dicke Ork grinsend ein, »aber warum sollte ich nicht auch ein bisschen Spaß haben, wenn ich schon übers Wasser fahren muss?«

Seit zwei Tagen waren sie jetzt auf See.

Die Insel Olfar und die Engwacht, an der damals die Seeschlacht zwischen Winmars Flotte und den aufständischen Menschen unter König Lavan stattgefunden hatte, hatten sie bereits passiert. Wenn das Wetter klar war, konnte man in der Nacht fern im Osten ein unheimliches rotes Glühen am Horizont erkennen – der Feuerberg, an dessen Fuß Tirgas Winmar lag.

Balbok, der unter Deck gegangen war, um sich nach Alannah umzusehen, kehrte soeben zurück, sich heftig den Schädel reibend. Offenbar hatte er sich an der niedrigen Decke mehrfach gestoßen.

»Und?«, fragte Rammar mitleidlos.

»*Douk*, keine Spur von ihr«, erstattete Balbok Bericht.

»Dann ist es das falsche Schiff«, knurrte Rammar halblaut. »Andernfalls hätten wir sie längst finden müssen. So ein kleiner Menschling fällt auf so einem Kahn doch auf wie ein bunter Gnom!«

»Das ist wahr«, stimmte Alured zu, der seiner Rolle gemäß unterhalb der Reling kauerte und an der Seite des Brotes knabberte, die noch nicht von Schimmel durchsetzt war.

Im Hafen von Smerada waren sie auf einen Mann getroffen, der den Fälscher Braktas mit einem kleinen Kind gesehen haben wollte – nur einen Tag, bevor Alured und die Orks in See gestochen waren. Es hätte also durchaus sein können, dass Suvats Mörder mit demselben Schiff reiste. Doch je mehr Zeit verstrich, ohne dass sie etwas von Alannah oder ihrem Entführer sahen, desto unwahrscheinlicher wurde dies …

»Dämlich nur, dass wir nicht genau wissen, wie der *umbal* aussieht«, murrte Rammar.

»Laut unserem Zeugen hat er eine Glatze, ist mittelgroß und untersetzt«, fasste Alured zusammen.

»Na und? Das bin ich auch«, blaffte Rammar. »Die Beschreibung ist nichts wert. Als ob es nicht schon schwer genug wäre, euch Milchgesichter auseinanderzuhalten. Für uns Orks seht ihr sowieso alle gleich aus.«

»Wir dürfen die Hoffnung nicht aufgeben«, beharrte Alured. »Behaltet die anderen Reisenden im Auge und meldet, wenn sich einer von ihnen verdächtig benimmt.«

»In unseren Augen, Mensch, benehmen sich alle Menschen verdächtig.«

Alured verkniff sich ein Grinsen, raffte sich auf die Beine und beförderte den ungenießbaren Rest des Brotes über Bord. Zwei Möwen schossen heran, die sich flatternd und kreischend um den Brocken stritten. Alured sah ihnen nach, bis sein Blick an der Rauchsäule haften blieb, die am östlichen Horizont aufstieg. Der Feuerberg schien unruhig geworden zu sein – Alured nahm an, dass auch das mit dem Wirken des Dunklen Königs zusammenhing.

»Wisst ihr«, sagte er leise, »ich hätte nicht gedacht, dass ich jemals hierher zurückkehren würde.«

»Wir auch nicht«, stimmte Balbok zu, der sich ebenfalls über die Reling gebeugt hatte und gen Osten stierte. »Eigentlich wollten wir ja nicht mal nach Erdwelt zurück.«

»Wir hatten ja auch keinen Grund dazu«, bekräftigte Rammar, der seinen klobigen Schädel zwischen sie drängte. »Ich bin schließlich König gewesen, auf meiner eigenen Insel!«

»Wir«, verbesserte Balbok.

»Was?«

»*Wir* sind Könige gewesen.«

»Ja doch.«

»Weißt du noch, wie es früher war, Rammar?«, fragte Balbok versonnen. »Wir hatten unseren eigenen Palast. Und wir konnten den ganzen Tag über Blutbier saufen und *brumill* fressen …«

»Natürlich weiß ich das noch, ich bin ja nicht bescheuert! Und ich weiß auch noch, dass du damit nicht mehr zufrieden gewesen bist, du elender *umbal*. Du wolltest unbedingt losziehen und Abenteuer erleben! Das alles ist nur deine Schuld.«

Balbok erwiderte nichts darauf. Stattdessen gab er nur ein tiefes Seufzen von sich (dem eine Wolke üblen Mundgeruchs folgte). »Ob wir jemals auf unsere Insel zurückkehren werden?«, fragte er leise.

»Darauf würde ich nicht wetten«, gab Rammar mit Blick auf den Rauch am fernen Horizont zurück.

19

Halt!«, rief Daghan laut.

»Was ist?«, wollte Runward ungeduldig wissen. »Hast du es dir anders überlegt?«

»Nein«, versicherte Dag, der fieberhaft nach passenden Worten suchte. »Aber ich kenne jetzt den Weg!«

»Natürlich«, knurrte der Zwerg.

»Das ist mein Ernst«, bekräftigte Daghan. »Ich kann ihn deutlich sehen … hier drin.« Er deutete auf seinen Kopf.

»Hast du jetzt den Verstand verloren, Mensch?«

»Ich weiß, wie seltsam sich das anhören muss«, räumte Dag ein, »dennoch ist es die Wahrheit.« Er hob das Tagebuch von Königin Alannah hoch. »Ihr wisst noch, wie ich dieses Buch gefunden habe.«

»Du hast gesagt, es hätte dich gerufen«, erwiderte Lyrx. »In der Bibliothek von Tirgaslan.«

»So war es«, bekräftigte Dag. »Es war in einem geheimen Versteck im Fußboden verborgen, in einem dunklen Nebengang, den ich noch nicht einmal betreten hätte, wenn ich nicht plötzlich diese Stimme in meinem Kopf gehört hätte – die Stimme von Königin Alannah!«

»Beim großen Hammer, Mensch, was willst du uns erzählen?«, polterte Runward. »Dass du die Stimme einer Monarchin in deinem Kopf hörst, die vor fünf Jahrhunderten dahingeschieden ist?«

»Ich bin nicht der Einzige«, versicherte Dag. »Auch Aryanwen hatte schon ähnliche Visionen, ebenso wie der

Ork Balbok. Und dieses Buch ist der Beweis dafür, dass ich mir das alles nicht nur eingebildet habe«, brachte er in Erinnerung.

»Und?«, fragte Conor ungeduldig. »Was soll das Gerede? Wir verschwenden doch nur unsere Zeit, lasst uns zurückkehren nach Tirgaslan und kämpfen!«

»Ich höre diese Stimme auch jetzt«, erklärte Dag rundheraus.

»Was?« Es war Ferghas, der fragte.

»Sie hat soeben zu mir gesprochen«, beharrte Dag. »Sie hat mir den Weg gezeigt, genau wie in Tirgaslan. Versteht ihr, was ich euch zu sagen versuche? Wir sind nicht länger ohne Orientierung in diesem verdammten Nebel! Ich kenne jetzt den Weg, habe ihn vor mir gesehen.«

»Den Weg. Gesehen«, echote Runward.

»Ich weiß, es hört sich verrückt an«, gab Dag offen zu. »Aber ihr müsst mir vertrauen, nur noch dieses eine Mal.«

»Müssen wir das?«, fragte der Zwerg dagegen. »Ich denke nicht.«

»Aber Königin Alannah will, dass wir nach Nurmorod gelangen und die Waffe finden«, wandte Dag ein. »Sie hat mir den Weg gezeigt!«

»Und wenn nicht?«, gab Conor zu bedenken. »Wenn der Zwerg recht hat und du dir das alles nur einbildest? Wenn du den Verstand verloren hast?«

»Vorsicht, Ca'Bra«, knurrte Ferghas.

»Ich behaupte nicht, dass es ein Spaziergang wird, das habe ich von Anfang an nicht getan«, gab Dag zur Antwort. »Aber ich sehe den Weg jetzt deutlich vor mir.«

»Ausgerechnet du, ein mit Blindheit geschlagener Mann«, konterte Runward wütend. »Es reicht mir jetzt mit deinen Geschichten, Mensch! Lasst uns umkehren, damit wir rasch ...«

»Kurskorrektur!«, rief Daghan in diesem Moment. »Steuer hart backbord!«

»Was?«, fragte Ferghas irritiert.

»Backbord«, brüllte Dag, während er sich selbst hinabbeugte, nach dem Ruder griff und es mit aller Kraft herumriss. Ferghas, der eigentlich den Ruderdienst innehatte, fragte nicht länger, sondern half ihm kurzerhand.

Das Schiff reagierte.

Die Taue und das Geflecht der Gondel knarrten, als es sich plötzlich neigte und vom bisherigen Kurs abwich – die Gefährten hatten Mühe, auf den Beinen zu bleiben.

»Verdammt«, brüllte Runward, »was soll …?«

Die Antwort kam aus dem Nebel – schneller und näher, als es ihnen recht sein konnte.

Es war schwarzes Gestein, eine massive Felsnadel die unvermittelt aus dem dichten Grau auftauchte und gegen die sie frontal geprallt wären, hätte Dag nicht den Kurs geändert. Die leichte Konstruktion der Gondel wäre am schroffen Gestein zerschellt, der Luftsack davon aufgeschlitzt worden, und ihrer aller Schicksal wäre besiegelt gewesen.

»Das … war knapp«, ächzte Ferghas.

»Wir müssen uns vorsehen«, stieß Dag hervor. »Es gibt hier noch mehr von diesen Gipfeln, ein ganzes Labyrinth davon.«

»Woher weißt du das?«, fragte Conor verblüfft. »Und woher wusstest du, dass wir ausweichen müssen? Du kannst ja noch nicht mal etwas sehen!«

»Keiner von uns kann etwas in diesem verdammten Nebel sehen«, erklärte Lyrx atemlos.

»Ich sagte es euch schon«, erwiderte Dag und deutete auf seinen Kopf. »Der Weg ist hier drin.«

»Ist das wahr?« Zum allerersten Mal hatte Dag das Gefühl, dass Conor Ca'Bra von etwas wirklich beeindruckt war.

Dag nickte nur.

Er konnte den Widerwillen spüren, der ihm vor allem von Runwards Seite noch immer entgegenschlug. Aber er erkannte auch, wie das Ausmaß an Feindseligkeit und Angriffslust merklich nachließ. Was Worte nicht hatten bewerkstelligen können, hatte dieser Berggipfel in einem einzigen Augenblick bewirkt. Und Dag bezweifelte auch hier, dass tatsächlich reiner Zufall am Werk gewesen war …

»Wir sind nicht mehr allein«, verkündete er feierlich. »Königin Alannah wird uns führen.«

Und diesmal widersprach niemand mehr.

20

Die Verhältnisse hatten sich umgekehrt.

Noch vor Kurzem waren es Bertin und seine Streiter gewesen, die vor den Mauern Tirgaslans gelegen und die Festung belagert hatten. Nun waren sie in der Rolle der Verteidiger, standen oben auf den Wehrgängen des einst so hart umkämpften Osttors und blickten voller Sorge auf den nahen Wald.

Die Armee, die sich dort formierte, war eine Armee der Finsternis. Was Bertin davon zu sehen bekam, war einschüchternd genug: Schattendrachen, die immer wieder über den Bäumen aufstiegen und hoch über Tirgaslan ihre Bahnen zogen, als wollten sie die Kampfkraft der Verteidiger ausspionieren; Kaldronen, die in sicherer Entfernung vorüberstampften, außer Reichweite der Donnerrohre, aber doch nahe genug, um Furcht und Schrecken zu verbreiten; hölzerne Bollwerke, die entlang des Waldrands aufgefahren wurden und mit eisernen Stacheln und Widerhaken versehen waren.

Noch schlimmer jedoch waren die Geräusche, die aus dem Wald drangen und auch bei Nacht nicht verstummten – die unentwegten Trommelschläge und Schreie, dazu das Gebrüll von Wargen und Trollen und der wüste Gesang der Orksöldner, die es kaum erwarten konnten, ihre Klingen im Blut Unschuldiger zu baden. Und schließlich das Knacken und Bersten der Bäume, die im Wald geschlagen wurden, um Schanzwerke und Belagerungsmaschinen daraus zu bauen.

Wohin man auch blickte, verschwanden Wipfel im dichten Grün des Waldes, um schon kurz darauf in Form einer weiteren stachelbewehrten Palisadenwand wieder aufzutauchen. Die Kriegsmaschinerie des Feindes war angelaufen. Wer auch immer sie befehligte, schien genau zu wissen, was er tat – und hatte ein Furcht einflößendes Heer zur Verfügung.

Zwergenkrieger mit Donnerrohren.

Orksöldner auf ihren Wargen.

Ausgehungerte Trolle.

Kaldronen.

Dazu noch die Schattendrachen – und immer wieder gab es Gerüchte, dass sich unter den feindlichen Kriegern auch solche befänden, die nicht aus dieser Wirklichkeit stammten, sondern der Unterwelt entstiegen wären, Schattenkrieger, denen ihr dunkler Herrscher durch frevlerische Magie zu einem neuen Leben verholfen hatte.

Zehntausend, dachte Bertin immer wieder.

Wenn sie auf breiter Front angriffen oder mehrere Tore gleichzeitig attackierten, würden die Kräfte der Verteidiger sehr bald aufgebraucht sein. Eine Weile lang würden sie sich halten können, aber sobald der Wall der Verteidiger auch nur an einer Stelle durchbrochen würde, würden sie der Gewalt der Angreifer nichts mehr entgegenzusetzen haben. Dann würde ein Tor nach dem anderen fallen, und ein entsetzliches Blutbad würde die Folge sein.

Natürlich hätten Bertin und seine Verteidiger sich in die Zitadelle zurückziehen können, in den Königspalast, der einst den Kern der Stadt gebildet hatte; doch dann wäre die Bevölkerung, wären all die Flüchtlinge aus Gorta Ruun, die innerhalb der Stadtmauern Zuflucht gesucht hatten, ohne Schutz gewesen und damit so gut wie tot. Es ging um alles oder nichts. Entweder, Bertin schaffte es, die ganze Stadt vor dem Zugriff des schrecklichen Feindes zu bewahren, oder eben nichts davon.

Er wandte den Blick nach innerhalb der Mauern, wo sich seine Leute zur Verteidigung rüsteten. Die Gesichter vieler Zwergenkämpfer waren bartlos, weil sie noch viel zu jung dazu waren, und auch unter den Menschen, die in endlosen Kolonnen über die Wehrgänge eilten, um die Mauerposten und Turmbesatzungen im Süden zu verstärken, sah Bertin viele, die eigentlich zu klein und zu schwächlich waren, um eine Rüstung zu tragen oder ein Schwert zu führen.

Das Schicksal hatte sie alle zu Kämpfern gemacht – gegen einen Gegner, der nicht verhandeln wollte und weder Gnade noch Mitleid kannte.

Die Frage war nicht, ob Tirgaslan fallen würde, sondern nur, wie lange es dauern würde. Die einzige Hoffnung, die ihnen verblieben war, trug den Namen eines Menschen.

Daghan.

21

Die Erkenntnis, dass sie nicht im Nebel verloren waren, dass es eine höhere Macht gab, die sie leitete und ihnen den Weg wies, hatte Dag und seinen Gefährten neuen Mut gegeben.

Wie eine Fieberkrise bisweilen der Schlüssel zur Heilung war, hatte die Meuterei, die um ein Haar stattgefunden hätte, nicht zum Zerwürfnis geführt, sondern die Gefährten noch enger zusammenrücken lassen als zuvor. Dinge, über die sonst nie jemand sprach, waren ans Licht gekommen, jeder kannte nun die Schwächen und Ängste des jeweils anderen. In der Rückschau bezweifelte Dag, dass die Verzweiflung, die selbst die Unerschrockensten unter ihnen befallen hatte, natürlichen Ursprungs gewesen war – vermutlich lag es an jenem dunklen Land, das sie überflogen und das einst dem Reich des Bösen angehört hatte. Allein der lichten, alle Dunkelheit vertreibenden Präsenz der letzten Elfenkönigin war es zu verdanken, dass ihre Mission nicht in jenen dunklen Stunden gescheitert war, in denen sie alle in den Abgrund geblickt hatten.

Die Nacht hatten sie in luftiger Höhe verbracht, das Ankertau um einen der hohen Felsgipfel geschlungen, die immer wieder aus dem Nebel auftauchten, jedoch keine Bedrohung mehr darstellten. Und als gegen Mittag des darauffolgenden Tages Dag Anweisung gab, das Luftschiff sinken zu lassen, da hatten seine Leute und er zum ersten Mal das Gefühl, dass ihrer Mission Erfolg beschieden sein könnte.

»Tiefer, aber ganz langsam!«, ordnete Dag an, der sich die Bilder vor Augen rief, die er in seiner Vision gesehen hatte: Bilder von Bergen, die es zu umfliegen, von Felsnadeln, die es zu meiden und von einer Schlucht, die es zu suchen galt.

Der Brenner wurde nicht mehr betätigt, dem Feuer in der Esse die Nahrung entzogen, bis schließlich nur noch die Glut übrig war – und die reichte bei Weitem nicht aus, um den Inhalt des Schwebekörpers zu erhitzen. Rasch kühlte die Luft im Inneren sich ab, und die Gondel sank in die Tiefe. Dabei lichteten sich die grauen Schleier zumindest zeitweise und gewährten den Gefährten zum allerersten Mal einen kurzen Blick auf den Dschungel.

Der Anblick war überwältigend.

Mattes Grün so weit das Auge reichte, durchbrochen von Gipfeln, die wie spitze Dolche aus der Landschaft ragten, groß und bedrohlich. Inmitten des grünen Teppichs jedoch klaffte eine Öffnung, einer schwärenden Wunde gleich, die von einer gewaltigen Klinge geschlagen worden war – eine gewaltige Schlucht, die quer durch den Dschungel verlief. Oberhalb davon gab es eine Art Plateau, auf dem keine Bäume wuchsen. Offenbar waren sie vor undenklich langer Zeit gerodet worden, Leben schien dort nicht mehr zu gedeihen.

Dag wusste, dass sie das Ziel ihrer Reise erreicht hatten. Die Beschreibungen, die seine Gefährten ihm lieferten, stimmten genau mit dem überein, was er in seiner Vision gesehen hatte.

Dies war Nurmorod.

Die alte Drachenfestung.

Der einstige Schlupfwinkel Margoks.

Dag wies Ferghas an, die Schlucht anzusteuern, in deren von Wurzeln und Schlinggewächsen überwucherten Felswänden man hin und wieder dunkle Öffnungen ausmachen konnte – die alten Tore der Festung, durch die die Drachen in den alten Tagen ein- und ausgeflogen waren. Später dann, so wusste Dag aus Alannahs Berichten, hatte es einen Seilzug gegeben, der in den Berg unter dem Plateau führte. Er existierte freilich längst nicht mehr – die Gefährten mussten einen anderen Weg in die Festung finden, was mit einem fliegenden Gefährt nicht allzu schwierig war.

Dag überließ es Ferghas, die Gondel vorsichtig in die Schlucht zu lenken und das größte Tor anzusteuern. Vorsichtig gingen sie längsseits und vertäuten die Gondel vor der großen Öffnung, vor der Luftwurzeln und giftiger Efeu wie ein Vorhang herabhingen. Jenseits davon herrschte völlige Schwärze, die Dags Gefährten als dunkle Leere beschrieben – seine Empfindungen jedoch verrieten ihm, dass das Dunkel jenseits der Öffnung alles andere als leer war.

Das Böse lauerte dort.

Selbst noch nach all den Jahrhunderten …

Lyrx wurde dazu bestimmt, als Wache an Bord des Luftschiffs zu bleiben und die Esse am Brennen zu halten. Der Rest verließ die Gondel über eine Planke, die vom Schiff zum Tor gelegt wurde. Dag merkte, wie sich das Holz unter seinen Füßen bog, hörte das Heulen des Windes aus der abgründigen, nebelverhangenen Tiefe – niemand vermochte zu sagen, wie weit diese Kluft in die Fundamente Erdwelts hinabreichte.

Kaum hatten die Gefährten die Kluft überwunden, verschlang sie der Festungseingang wie ein gefräßiger Schlund. Alles – der Fels, der Efeu, selbst das faulige Laub auf dem Boden, das der Wind in den Höhleneingang geweht hatte – schien von Verderbtheit durchdrungen. Und der grauenvolle Gestank, der ihnen aus der Dunkelheit entgegendrang, verstärkte diesen Eindruck noch.

»Aye«, knurrte Ferghas, der geräuschvoll seine Klinge

zückte. »Dies scheint mir kein guter Ort zum Sterben zu sein. Besser, wir bleiben am Leben.«

»Zumindest da, Mensch«, brummte Runward in seinen Bart, »sind wir zur Ausnahme mal einer Meinung.«

»Je eher wir finden, wonach wir suchen, desto eher können wir wieder von hier weg«, erklärte Dag pragmatisch. Er wartete, bis Ferghas und Conor ihre Fackeln entzündet und der Zwerg seine Grubenlaterne angesteckt hatte.

Dann brachen sie auf, hinein in die Dunkelheit, die das Licht der Flammen zu schlucken schien.

Und keiner von ihnen bemerkte die grässlichen Kreaturen, die in der Tiefe des Stollens lauerten.

22

Crodegang war wie im Rausch.

Wann immer sich der Oberpriester des Schattenkults dem dunklen Kern des Feuerberges näherte, jener gewaltigen, aus erkalteter Schlacke bestehenden und von unzähligen Streben getragenen Kugel, die der Dunkle König sein Domizil nannte, wurde er von einem Hochgefühl erfasst. Es war nicht nur die Allmacht, die den Zwerg in diesem Moment mit rauschhafter Begeisterung erfüllte, sondern auch das Wissen, Teil von etwas zu sein, das die Welt verändern würde. Er, Crodegang, war vom Schicksal dazu ausersehen worden, das Werkzeug des Dunklen Königs zu sein, des ersten Herrschers, der über Erdwelt gebot und kein Wesen aus Fleisch und Blut war, sondern eine Gottheit.

Mächtig.

Unsterblich.

Furcht einflößend.

Regeln, die für andere Herrscher Erdwelts gegolten hatten, galten für den Dunklen König nicht. Es gab keine Grenzen, an denen sein Einfluss endete, kein Gesetz, das seine Macht beschränkte. Noch regte sich Widerstand in einigen Ecken des Reiches, aber er würde schon gebrochen und die Macht des Dunklen Königs endlich allumfassend sein. Dann war Crodegang, sein ergebener Diener und Anführer seiner Priesterschaft, am Ziel seiner Träume.

Über die schmale Brücke betrat er den dunklen Kern. Posten gab es hier keine, die Festung selbst hielt Wache – mit

Wänden, die ihre Form und Position verändern, Böden, die sich plötzlich öffnen und Eindringlinge verschlingen, und Decken, die auf sie herabstürzen konnten. Nichts, noch nicht einmal feste Materie konnte dem Willen des Dunklen Königs widerstehen. Er allein hatte dieses Bauwerk geformt, als steingewordenes Denkmal seiner Macht, und ebenso war er in der Lage, es jederzeit zu verändern und wieder zu verformen. Entsprechend war der Weg durch die Gänge des Kerns eine Demonstration der unbegrenzten Macht, die vom dunklen Herrscher ausging. Und die Angst, die Crodegang dabei empfand, war wie ein Lebenselixier für ihn.

Als er den Thronsaal betrat, wagte er kaum zu atmen.

Eingeschüchtert sah er an dem Treppenturm empor, der aus der erkalteten Schlacke gewachsen war, hinauf und zu dem Thron, der oben an der Spitze stand und aus Dutzenden, Hunderten von Äxten geschmiedet war. Einst hatte dieser Thron in Gorta Ruun gestanden und die Größe des Zwergenvolks symbolisiert – nun gehörte auch er dem Dunklen König, dessen unscheinbare, zerbrechlich wirkende Gestalt darauf saß. Auch dieser Zustand würde nicht mehr von langer Dauer sein.

Denn bald, sehr bald schon würde der Bezwinger von Erdwelt eine neue Gestalt annehmen …

»Gebieter«, hauchte Crodegang und warf sich zu Boden.

»Mein Diener«, kam die Antwort, tief und Respekt gebietend und doch nur in Crodegangs Kopf existierend. *»Berichte!«*

Vorsichtig blinzelnd sah Crodegang auf, blickte in die schwarz verbrannten Züge mit den lodernden Augen und den goldenen Zähnen – eine letzte Reminiszenz an den Zwergenkönig Winmar, dessen sich der Dunkle König bedient hatte und dessen zerfallender Körper das unverdiente Privileg hatte, den Geist des Herrschers beherbergen zu dürfen.

Noch …

»Es gibt gute Neuigkeiten, mein Gebieter«, berichtete Crodegang. »In Tirgaslan steht alles bereit. Euer Heer ist vor den Toren der Stadt aufmarschiert, bereit, jene zu bestrafen, die Eure Herrschaft missachten und Euren Statthalter ruchlos ermordet haben. Die verlorene Ordnung kann endlich wiederhergestellt werden, mein Gebieter – alles, was dazu nötig ist, ist Euer Befehl.«

Der Dunkle König, der bislang auf dem Thron geruht hatte, erhob sich. Crodegang erschauderte zugleich vor Furcht und Wohlgefühl, als der Blick der toten, glühenden Augen ihn traf.

»Dann, mein Diener, gebe ich hiermit diesen Befehl. Die Vernichtung der letzten freien Kreaturen Erdwelts soll endlich beginnen. Wenn sie vollendet ist, wird alles in dieser Welt meiner Kontrolle unterworfen sein, und es wird niemanden mehr geben, der sich meiner Macht widersetzt.«

»So sei es, mein Gebieter«, entgegnete Crodegang und blieb auf dem Boden liegen, um seiner Gottheit zu huldigen.

BUCH III

Ura Barwydor
(Die letzte Schlacht)

Zwischenspiel

Vor 1100 Jahren

Die Krone war schwer geworden.

Auch wenn es nur ein Silberreif war, der die verlorene Elfenkrone symbolisierte – sein Gewicht schien ihn zu erdrücken, selbst dann, wenn er ihn gar nicht trug. Die Verantwortung war es, die ihm zu schaffen machte. Das Wissen nicht nur um all jene Dinge, die geschehen waren – sondern auch um jene, die noch geschehen würden.

Jahre, Jahrzehnte, Jahrhunderte hatte er in Tirgas Dun regiert, hatte auf dem Thron des Reiches ausgeharrt und dem Reich eine Ära des Friedens und des Wohlstands beschieden, wie es vor ihm nur wenige Herrscher getan hatten; dennoch – oder gerade aus diesem Grund? – war er müde geworden, träge und satt. Wo er früher mit klarem Verstand entschieden und mit der Erfahrung eines langen Lebens gehandelt hatte, war er nun nachdenklich und zögerlich geworden, ein Zauderer wie einst sein Vorgänger Elidor … War dies eine Folge des Alters? Die logische Konsequenz aus seinen Erfahrungen? Oder war etwas anderes dafür verantwortlich?

Etwas, dessen Wurzeln in der Vergangenheit lagen?

Zu Beginn war ihm der Gedanke noch abwegig erschienen. Doch je mehr Zeit verging und je schwerer es ihm fiel, sein Amt mit der Entschlossenheit auszufüllen, derer es bedurfte, desto größer wurden seine Zweifel.

War die Ursache seiner Schwäche in jenen Tagen zu suchen, da er die Krone noch nicht getragen und das Reich der Elfen gegen die Macht der Finsternis um das Überleben gekämpft hatte?

Farawyn brauchte Gewissheit, deshalb hatte er nach *ihm* gerufen. Freilich ohne zu wissen, ob der andere seinem Ruf folgen würde oder es auch nur konnte. Viel Zeit war vergangen, jedenfalls für menschliche Maßstäbe. Jahrhunderte, die für Elfen lediglich eine lange Wartezeit, für Menschen jedoch ein nahezu unüberbrückbares Hindernis darstellten. Aber Farawyn war überzeugt, dass sein einstiger Schüler einen Weg gefunden hatte, dieses Hindernis zu überwinden – schließlich war es von jeher sein Talent, seine besondere Gabe gewesen, den Ablauf der Zeit zu beeinflussen.

Und in dem Augenblick, da Farawyn den Kronreif abnahm und ihn vor sich auf den steinernen Tisch seines Gemachs legte, um einen weiteren Tag voller Mühen und quälender Entscheidungen zu beschließen, da spürte er sie. Die Präsenz, die er in all den Jahrhunderten nicht mehr verspürt und die er so schmerzlich vermisst hatte.

Er war hier.

Wie lange schon, vermochte Farawyn nicht zu sagen, vermutlich hatte er in seinem Gemach auf ihn gewartet. Aber schon die Tatsache, dass er seine Anwesenheit erst jetzt bemerkte, war ein weiterer Hinweis darauf, dass die Kräfte des Elfenkönigs nachgelassen hatten.

»Danke, dass du meinem Ruf gefolgt bist«, sagte er leise, die spontane Freude niederkämpfend, die weder seinem Amt noch seinem elfischen Erbe angemessen war – verlor er nun auch die Kontrolle über seine Empfindungen? »Nun zeige dich endlich, alter Freund.«

Einen Augenblick blieb alles still.

Dann trat eine dunkle Gestalt zwischen den mit Folianten und Schriftrollen gefüllten Regalen hervor, mit deren Schatten sie vollständig verschmolzen war. Jetzt erfasste sie der flackernde Lichtschein des Kaminfeuers und riss sie aus der Dunkelheit, eine schlanke Erscheinung in einem abgetragenen Gewand, dessen Kapuze das Gesicht fast zur Gänze verhüllte. Nur ein energisches, graubärtiges Kinn war zu sehen.

»Ich grüße Euch, Meister«, flüsterte die Gestalt.

»Junge«, sagte Farawyn nur und kam hinter dem Tisch hervor, um den Gast zu begrüßen. Die Freude über das Wiedersehen durchströmte ihn nun zügellos.

»Ihr nennt mich einen Jungen?« Der Besucher lachte freudlos auf, griff nach seiner Kapuze und schlug sie zurück – mit Händen, die von Runzeln und Falten gezeichnet waren. »Ich fürchte, die Bezeichnung ist nicht mehr ganz zutreffend.« In der Tat war das Gesicht, das Farawyn entgegenblickte, das eines alten Mannes.

Als sie sich voneinander trennten, war Farawyn der Ältere von beiden gewesen, und natürlich war er das noch immer – dem Anschein nach jedoch war der Besucher gut zehn Winter älter als er, mit langem grauem Haar, das seine kantigen Züge umrahmte und im Nacken zusammengebunden war, und einem grauen Bart, der seine kantigen Gesichtszüge noch betonte. Womöglich hätte Farawyn seinen einstigen Schüler nicht einmal erkannt, wäre da nicht noch immer jenes ungestüme Feuer gewesen, das schon damals in den eisblauen Augen gebrannt hatte und das dort noch immer loderte.

»Lhurian«, flüsterte er.

»Granock«, verbesserte der andere. »Meinen Zaubernamen habe ich vor langer Zeit abgelegt, wie Ihr wisst.«

»Ich weiß«, versicherte Farawyn – und konnte nicht anders, als auf seinen ehemaligen Schüler zuzugehen und ihn herzlich zu umarmen, genauso, wie er es bei ihrem Abschied getan hatte, vor undenklich langer Zeit. »Mein guter Junge«, hauchte er, dem Augenschein zum Trotz.

»Meister«, erwiderte Granock, und für einen kurzen Augenblick war es wieder so, als ob sie Lehrer und Schüler wären und der Orden der Weisen von Shakara noch existierte; Erinnerungen entstiegen den Nebeln der Vergangenheit, an Orte und Zeiten, die längst entschwunden waren. Und mit ihnen kehrten auch die Gesichter derer zurück, die sie auf ihrem Weg begleitet hatten …

Semias.

Cethegar.

Alured.

Alannah …

Farawyn wollte sich nicht anmaßen, sich auch nur vorstellen zu können, welchen Schmerz Granock bei diesen Erinnerungen selbst nach all den Jahrhunderten noch immer verspüren musste; bewusst hatte er damals auf den *ángowor*, den Zauber des Vergessens, verzichtet, um ihn, seinen einstigen Lehrer, zu beobachten. Es war der Pakt, den sie geschlossen hatten, vor langer, langer Zeit …

»Du bist tatsächlich gekommen«, sagte Farawyn und betrachtete seinen ehemaligen Schüler mit väterlichem Stolz.

»Wie könnte ich nicht kommen, wenn mich mein alter Meister ruft?« Ein Lächeln schlich sich in Granocks faltige Gesichtszüge. »Verwundert es Euch denn gar nicht, dass ich noch immer auf Erdwelt weile?«

»Eigentlich nicht.« Farawyn schüttelte den Kopf. »Deine Fähigkeiten die Zeit betreffend waren schon immer sehr ausgeprägt – mir war klar, dass du einen Weg finden würdest, dich ihrer Wirkung zumindest teilweise zu entziehen. Und außerdem …«

»… war ich schon immer ein sturer Mistkerl«, ergänzte

Granock mit einem verwegenen Grinsen, das sein jüngeres Ich noch deutlich erahnen ließ.

Farawyn lächelte ebenfalls. »So hätte ich es wohl nicht ausgedrückt. Aber es trifft zu.«

Sie nickten einander zu, sahen sich in die Augen. Es war dasselbe stumme Einvernehmen wie damals – zwischen Lehrer und Schüler; zwischen Eingeweihten, die dasselbe Wissen teilten, zwischen Kriegern, die im selben Kampf gefochten, die Verluste und Niederlagen geteilt und schließlich gemeinsam den Sieg errungen hatten*. Nach all den Jahren, die sie einander nicht gesehen hatten, hätte es manches zu sagen gegeben und viel zu erzählen, aber beiden war klar, dass dies nicht der rechte Augenblick war für gesellige Geschwätzigkeit. Es gab einen Grund, warum sie sich hier und jetzt begegneten …

»Warum habt Ihr nach mir gerufen, Meister?«, wollte Granock wissen. Fragen zu stellen, war von jeher sein Metier gewesen, und er schien auch im Alter nicht davon abgelassen zu haben.

»Nenn mich nicht so«, ermahnte Farawyn ihn. »Dein Meister bin ich schon lange nicht mehr.«

»Ihr werdet immer mein Lehrer sein, ganz gleich, was geschieht«, versicherte Granock.

»Ganz gleich?« Farawyn hob eine Braue und sah seinen ehemaligen Schüler forschend an. »Auch wenn ich von dir verlange, das Versprechen einzulösen, das du mir einst gegeben hast?«

»Dazu besteht kein Anlass«, versicherte Granock kopfschüttelnd. »In all den Jahren habe ich Euch im Auge behalten, so wie wir es vereinbart hatten. Ich habe Eure Handlungen beobachtet und Euren Erklärungen als König gelauscht –

* siehe DIE ZAUBERER – DAS DUNKLE FEUER

aber ich habe nicht den geringsten Hinweis darauf gefunden, dass Ihr nicht lauteren Herzens oder zum Wohl des Reiches und seiner Bürger gehandelt hättet.«

»Nicht den geringsten Hinweis«, echote Farawyn und lachte auf. »Weißt du noch, damals«, fragte er dann, »im Zweiten Krieg? Wir haben Bündnisse geschlossen, einige davon zuträglich, andere weniger; um die Bedrohung abzuwenden, die über die Welt hereingebrochen war, sind wir Kompromisse eingegangen und haben Halbwahrheiten in Kauf genommen.«

»Weil wir keine andere Wahl hatten«, stimmte Granock zu.

»Wir haben Waffen zum Einsatz gebracht, die wir nicht hätten einsetzen dürfen«, fuhr Farawyn unbeirrt fort, »haben die Elfenkristalle zur Zerstörung benutzt – und mir war immer klar, dass der Tag kommen würde, an dem ich mich für all dies würde verantworten müssen.«

»So sagtet Ihr«, pflichtete Granock bei. »Ihr hattet Angst, dass die Macht der Kristalle Euren Verstand korrumpieren und Euch zu einem Werkzeug des Bösen machen könnte – deshalb habt Ihr mich beauftragt, über Euch zu wachen ...«

»... um meine Herrschaft gewaltsam zu beenden, falls ich auch nur die leisesten Anzeichen zeigen sollte, zu einem Diener des Bösen zu werden«, brachte Farawyn den Satz zu Ende.

»Aber das ist nicht geschehen«, beharrte Granock. »Ihr steht noch immer als der vor mir, der Ihr einst wart, Meister – als der letzte Held der alten Zeit, als der Retter von Erdwelt, als Farawyn der Weise, der König von ...«

»Genug«, Farawyn winkte ab.

»Aber es ist die Wahrheit! Eure Untertanen lieben Euch, Menschen und Elfen gleichermaßen. Es gibt keinen Grund, Euch zu sorgen.«

»So?« Farawyn blitzte ihn zornig an. »Und warum merke ich dann, wie meine Entschlossenheit schwindet? Wie meine Entscheidungskraft beständig nachlässt? Wie immer mehr und schrecklichere Sorgen die königliche Stirn bedrängen und das Tragen der Krone zu einer Qual machen?«

»Das weiß ich nicht«, gestand Granock. »Vielleicht braucht Ihr etwas Ruhe …«

»In der Tat«, bestätigte Farawyn – und fühlte sich in diesem Augenblick tatsächlich wie ein Greis, gebeugt von der Verantwortung und der Last der Jahre. »Es ist der Kristall, Granock … Ich hatte nicht erwartet, dass sich seine Macht auf diese Weise äußern würde, aber er lässt mich zweifeln, an allem, was ich je getan habe … an allem, was ich noch tun werde.«

»Ihr habt in die Zukunft gesehen.«

Farawyn nickte. Er wollte seinen einstigen Schüler nicht mit Einzelheiten belasten, aber er konnte es ihm auch nicht ganz ersparen. »Es werden andere Zeiten kommen … das Zeitalter der Elfen wird zu Ende gehen und das der Menschen wird anbrechen … und auch die Dunkelheit wird wieder zurückkehren.«

Granock schüttelte so heftig den Kopf, dass sein grauer Schopf hin und her flog. »Meister, nein, Ihr müsst Euch irren! Margok ist besiegt und mit ihm auch …«

»Er wird zurückkehren«, beharrte Farawyn, »und es wird neuer Helden bedürfen, seine wieder erstarkende Macht zu bekämpfen. Du wirst dabei eine Rolle spielen … und auch meine Rolle auf der Bühne dieser Welt ist noch nicht zu Ende gespielt … doch die Regentschaft Farawyns des Weisen, mein junger Freund, wird in dieser Nacht enden.«

Granock sah ihn erschrocken an und schien sich in diesem Moment wieder genauso zu fühlen wie der junge Mensch, der vor undenklich langer Zeit als Erster seiner Art das Tor der Ordensburg von Shakara durchschritten hatte, naiv und unwissend. »Ich fürchte, ich verstehe nicht …«

»Was gibt es da nicht zu verstehen?« Farawyn zuckte mit den Schultern. »Ich erwarte von dir, dass du dein Versprechen einlöst. Dass du den Schwur erfüllst, den du geleistet hast.«

»Ihr … Ihr erwartet von mir, dass ich … ich Euch …«

»Ich erwarte von dir«, stellte Farawyn klar, wobei er seinem ehemaligen Schüler abermals tief in die Augen blickte, »dass du Deine Gabe, die Zeit stillstehen zu lassen, dazu benutzt, mich aus dem Palast zu bringen. Von diesem Tage an wird es keinen König namens Farawyn mehr geben. Man wird den Kronreif und mein Blut finden und sich mein Verschwinden nicht erklären können, und die Geschichte wird daraus ihre Folgerungen ziehen.«

»Man … man wird denken, Ihr wärt ermordet worden …«

»… und daraus die moralische Verpflichtung ableiten, das Reich so weiterzuregieren, wie ich es begonnen habe, in Frieden und Wohlstand«, stimmte Farawyn zu, während er nach dem reich verzierten Elfendolch griff, der an seinem Gürtel hing, und sich damit eine Schnittwunde an seinem Unterarm zufügte. Das Blut, das daraus hervortrat, besudelte Boden und Tisch. »Die Wahrheit«, schloss er, »wirst du dein Leben lang in deinem Herzen verwahren.«

»W-wenn Ihr es wünscht.« Granock nickte krampfhaft. »Aber … was werdet Ihr tun?«, fragte er. »Ich meine, wenn Ihr nicht mehr König seid, was …?«

»Ich werde mich zurückziehen«, erwiderte Farawyn, »und beobachten, die Geschicke des Menschengeschlechts verfolgen, das mir ans Herz gewachsen ist. Doch ich werde dies im Verborgenen tun, unerkannt, bis mich die Welt vergessen hat. Und sollte ich jemals zurückkehren, so werde ich dies an einem anderen Ort und unter einem anderen Namen tun – denn die Regentschaft Farawyns des Weisen endet noch heute Nacht.«

I

Es war, als folgte man dem Pfad der Geschichte. Als wandelte man auf den Spuren jener, die vor langer Zeit die Geschicke Erdwelts bestimmt und den Kampf zwischen Licht und Finsternis bestritten hatten.

Durch den Eingangstunnel waren Dag und seine Gefährten in eine große Höhle gelangt, in der Trümmer aus längst vergangenen Zeiten unter dickem Staub und Myriaden von Spinnweben lagen. Das Licht, das die Fackeln und Runwards Grubenlampe verbreiteten, reichte nicht aus, das Felsengewölbe ganz zu erhellen. Die Dunkelheit, die jenseits des Fackelscheins herrschte, kam den Gefährten vor wie ein lauerndes Raubtier, das nur darauf wartete, sich auf die Eindringlinge zu stürzen …

»Seht euch das an«, meinte Conor Ca'Bra. Seine Stimme hallte unter der hohen Decke, seine Fackel fauchte, als er sie schwenkte. »Was, bei allen Herren der Pferde, ist hier nur vor sich gegangen? Was für ein Ort ist dies einst gewesen?«

»Ein Hort des Bösen«, antwortete Dag. »Königin Alannah geht in ihrem Buch nicht genau auf die Hintergründe ein, aber Nurmorod scheint im Zweiten Krieg eine wichtige Rolle gespielt zu haben. Hier bereiteten die Anhänger des Dunkelelfen ihren Krieg gegen das Reich vor*.«

»Das ist das Werk von Zwergen«, war Runward überzeugt,

* nachzulesen in DIE ZAUBERER – DIE ERSTE SCHLACHT

der eines der Trümmerstücke näher in Augenschein nahm. »Könnte eine Seilwinde oder so was gewesen sein. Das Holz ist verrottet, aber die Mechanik ist noch zu sehen. Allerdings habe ich noch nie gehört, dass mein Volk so weit nach Süden vorgedrungen ist.«

»Aye«, pflichtete Ferghas bei, dem der Ort ganz und gar nicht zu behagen schien, »ich denke, es gibt viel, das wir nicht wissen – und vielleicht sollte das auch so bleiben.«

»Keine Sorge«, beschwichtigte Dag – von den beunruhigenden Empfindungen, die von allen Seiten auf ihn einstürzten, seit sie die Höhle betreten hatten, sagte er erst gar nichts. »Wir holen uns, was wir brauchen, und dann verschwinden wir auf dem schnellsten Weg wieder.«

»Guter Plan«, pflichtete Runward bei – und ließ das Metallstück fallen, das er betrachtet hatte. Der metallische Klang hallte dutzendfach wider.

»Muss das sein?«, fuhr Conor ihn an.

»Angst?«, fragte der Zwerg spitz.

»Aye«, antwortete Ferghas an Conors Stelle. »Der Junge ist doch nicht so dämlich, wie er aussieht.«

»Witzig.« Conor spuckte geräuschvoll aus. »Dort drüben gibt es einen Tunnel, der tiefer in den Berg zu führen scheint …«

»Dann los«, meinte Dag, und sie betraten den Stollen. Der Schall um sie herum veränderte sich, die Luft wurde noch feuchter und wärmer, als sie es ohnehin schon war. Die Schritte der Gefährten knirschten auf dem nackten Stein, während sie immer tiefer in den Berg eindrangen.

»Überall Spinnweben«, stellte Runward fest. »Aber der Stein darunter ist völlig glatt, fast wie Glas! Wie haben die das nur angestellt? Ich kenne kein einziges Werkzeug, das auch nur annähernd in der Lage wäre, so etwas zu …«

»Kein Werkzeug«, fiel Dag ihm ins Wort. »Hast du vergessen, dass Nurmorod einst eine Drachenfestung war? Drachenfeuer hat diese Gänge in den Stein geschmolzen.«

»Verstehe«, knurrte der Zwerg. Begeistert klang es nicht.

Je weiter sie in die Dunkelheit vordrangen, in die seit Jahrhunderten kein Mensch vorgestoßen war, desto wärmer und dicker wurde die Luft, die seltsam säuerlich roch. Es dauerte nicht lange, bis die Gefährten Gänge passierten, die den Haupttunnel kreuzten und in andere Bereiche der Festung führten. Nurmorod schien aus einem ganzen Netz von Stollen und Höhlen zu bestehen, einer Zwergenfestung nicht unähnlich. Allerdings waren die Drachen keine Baumeister gewesen, keine Künstler, die den Anspruch hatten, dem Inneren des Berges Form und Schönheit abzugewinnen; die Gänge und Höhlen waren vor allem geräumig und zweckmäßig. Das hatte wohl auch der Dunkelelf einst erkannt und für seine Zwecke genutzt.

Plötzlich blieben Dags Gefährten stehen.

»Es gibt ein Problem«, erklärte Ferghas. »Der Hauptstollen verzweigt sich.«

Dag senkte das Haupt, blickte tief in sich hinein. Angesichts der vielen Bilder, die im Zuge seiner Vision auf ihn eingestürmt waren, hatte er Schwierigkeiten, sich an jede Einzelheit zu entsinnen. Es war alles da, irgendwo in seinem Inneren, er musste es nur wiederfinden …

»Sind da Zeichen über den Stollenmündungen?«, fragte er.

Conor trat vor. Er zückte sein Schwert und schien es dazu zu benutzen, die Spinnweben zu entfernen. »Aye«, bestätigte er.

»Und sieht eines davon aus wie ein umgekehrter Baum, mit den Ästen nach unten?«

»Bei allen Sieben Säulen, tatsächlich«, brummte Runward nur.

Nach kurzem Marsch gelangten die Gefährten an eine Treppe, deren hohe, für die Beine monströser Kreaturen geschaffenen Stufen steil in die dunkle Tiefe führten.

»Das gefällt mir nicht«, murmelte Runward.

»Das musst gerade du sagen«, stichelte Conor. »Ihr Zwerge liebt es doch, in tiefste Tiefen hinabzusteigen und euch in dunklen Höhlen zu verkriechen.«

»Nicht in Höhlen wie diesen«, entgegnete Runward düster. »Irgendetwas stimmt hier nicht.«

»Was genau meinst du?«, wollte Dag wissen.

»Kann ich nicht sagen. Aber diese Stollen sind nicht wie andere, in denen ich gewesen bin – und ich bin in vielen Stollen gewesen. Wir müssen vorsichtig sein.«

»Darauf wäre ich nie gekommen«, meinte Conor leichthin.

Mit der Fackel in den Händen ging er voraus, Dag und die anderen folgten ihm. Infolge der Höhe der Stufen und wegen der schwülen Hitze, die immer noch zuzunehmen schien, war der Abstieg beschwerlich. Entsprechend erleichtert waren alle, als sie einen Seitengang passierten und Dag der Ansicht war, dass sie diesem folgen müssten.

Durch eine Reihe weiterer, sich immer weiter verzweigender Stollen ging es weiter – bis Dags Gefährten plötzlich stehen blieben und ihn zurückhielten.

»Was?«, fragte er.

»Ein Hindernis«, meinte Ferghas.

»Davon weiß ich nichts.«

»Aber es ist da«, beharrte der Clansmann. »Der Boden des Stollens fällt plötzlich ab.«

»Wie tief?«

»Drei Ellen.«

»Machst du Witze?« Dag trat vor und sprang kurzerhand hinab. »Das ist doch kein Hindernis!«

»Trotzdem frage ich mich, was das hier einmal gewesen ist. Wenn ich es nicht besser wüsste, würde ich sagen, dass es hier mal Wasser gab.«

»Wasser?« Conor prustete durch die Nase, während er sprang. »Unwahrscheinlich, wenn man bedenkt, wie ungern Zwerge baden.«

»Du unverschämtes Langbein!«, ereiferte sich Runward, der sich über die Kante hinunterließ. »Sieh dich vor, sonst stopfe ich dir dein großes Maul!«

»Aye, und vielleicht helfe ich dir sogar dabei«, meinte Ferghas, der ebenfalls herunterkletterte, »aber erst, wenn wir hier wieder raus sind.«

Er zog sein Schwert und übernahm die Führung. Schon nach einigen Schritten blieb er stehen.

»Verdammt«, knurrte er, »was soll das denn sein? Habt ihr so was schon mal gesehen?«

»Sieht wie Fischgräten aus«, meinte Conor ratlos. »Die liegen hier überall auf dem Boden verstreut, Hunderte davon.«

»Also ist hier tatsächlich Wasser gewesen«, folgerte Dag.

»Aye«, stimmte Ferghas zu und besah sich eines der Überbleibsel genauer, »und was immer das für Biester waren, sie hatten keine Augen, dafür aber verdammt scharfe Beißer.«

»Vielleicht war es eine Art Falle«, mutmaßte Runward. »Auch in Gorta Ruun gibt es Fallen, die den inneren Kern der Festung vor Angriffen schützen sollen.«

»Du meinst, wer das Wasser durchqueren wollte, wurde kurzerhand aufgefressen?«, fragte Conor.

»Etwas in der Art.«

»Was seid ihr doch für hinterlistige kleine Kerle!«

»Vielen Dank auch.«

Sie setzten ihren Weg fort. In Ermangelung seiner Sehkraft legte Dag seine ganze Konzentration auf seine übrigen Sinne – und blieb plötzlich stehen.

»Hört ihr das auch?«, flüsterte er.

»Was?«

»Da war etwas, ich bin mir ganz sicher …«

Auch die Gefährten lauschten, konnten jedoch nichts vernehmen. Und auch Dag war nicht mehr in der Lage, etwas anderes zu hören als das Pochen seines eigenen Herzschlags. Vorsichtig gingen sie weiter …

»Hinter uns!«, rief Dag plötzlich.

Die Gefährten fuhren herum. Fackeln fauchten, Schwerter fuhren aus den Scheiden – doch im Dunkel des Stollens war nichts zu erkennen.

»Da ist wirklich nichts«, versicherte Ferghas.

»Aber ich habe etwas gehört«, beharrte Dag. »Fast wie Schritte, nur leiser und rascher …«

»Ratten«, vermutete Runward. »Diese Biester lieben dunkle Höhlen beinahe ebenso sehr wie meinesgleichen.«

Dag war nicht überzeugt, aber er widersprach auch nicht. Er beschloss, alarmiert zu bleiben und das Schwert in der Hand zu behalten, für alle Fälle – doch das Geräusch wiederholte sich nicht. Unbehelligt erreichten die Gefährten das Ende des trockengelegten Beckens und verließen es wieder.

In dem Stollen, dem sie nun folgten, gab es Leitungen, die unterhalb der Decke verliefen, Rohre aus Metall, teils so verrostet, dass sie heruntergebrochen waren.

»Wozu mag das gut gewesen sein?«, fragte Conor.

»Wasserleitungen«, nahm Runward an. »Vielleicht wurde hier unten Stahl hergestellt oder …«

»Da vorn ist eine Tür«, stellte Ferghas fest. »Oder vielmehr das, was noch von ihr übrig ist.«

»Dann sind wir richtig«, meinte Dag. »Wir sind fast da.«

»Wenigstens etwas«, knurrte Runward halblaut.

Sie folgten dem Stollen und passierten die Pforte, von der nur noch klägliche Überreste in den Angeln hingen. In der Höhle, die sich dahinter anschloss und von länglicher Form war, gab es zu beiden Seiten des Weges steinerne Becken, die sich aneinander reihten und die Dag auch in seiner Vision gesehen hatte.

»Was soll das denn sein?«, fragte Conor ratlos. »Noch mehr Fische?«

Runward trat an eines der Becken, die nur rund eine Elle tief waren, und schaute hinein. »Da sind Ablagerungen am Rand, Schwefel und Salz … vermutlich hat es hier früher mineralische Quellen gegeben.«

»Das erklärt auch die Hitze«, stimmte Dag zu und wischte sich den Schweiß von der Stirn.

»Ihr meint Quellen mit warmem Wasser? So wie bei mir zu Hause im Hochland?«, fragte Conor. »Und zu was sind diese Becken dann gut gewesen? Etwa doch für Bäder?«

»Nein.« Dag schüttelte den Kopf. »In ihnen wurde das hergestellt, dessentwegen wir gekommen sind.«

»Du meinst die Waffe?«, fragte Ferghas verblüfft.

»Und wo soll sie sein?«, wollte Runward ungeduldig wissen. »Wenn du sehen könntest, würdest du hier nämlich nichts weiter erblicken außer altem Gestein und Gerümpel!«

Statt zu antworten, trat Dag nun ebenfalls an eines der Becken, beugte sich darüber und griff hinein. Wie er vermutet hatte, war der Boden von Sedimenten übersät, Sand und weitere Ablagerungen, in denen er zu graben begann – bis er endlich etwas zwischen die Finger bekam, das sich wie ein Glassplitter anfühlte, lang und scharfkantig …

Triumphierend hob er es hoch und hielt es ins Licht der Fackel. »Das hier«, eröffnete er seinen verblüfften Gefährten, »ist die Waffe.«

»Wir haben den ganzen weiten Weg hinter uns gebracht wegen ein paar roter Glassplitter?«, fragte Runward ungläubig.

»Kein Glas, sondern Kristall«, verbesserte Dag, »das Gegenstück zu den Elfenkristallen. Während jene von Licht erfüllt sind und im Dienst der Schöpfung stehen, wohnt diesen Blutkristallen schreckliche Zerstörungskraft inne. Sie sind instabil, weswegen sie unter dem Einfluss von Feuer zu einer furchtbaren Waffe werden.«

»Woher weißt du das alles?«

»Ich habe es gesehen«, antwortete Dag.

»Natürlich, was sollte die dumme Frage?«, knurrte der Zwerg in seinen schwarzen Bart.

»Das hier ist aber kein Kristall«, wandte Ferghas unbeeindruckt ein, »sondern nur ein kleiner Splitter davon.«

»Das ist wahr – aber es gibt hier noch weitere Becken«, gab Dag zur Antwort, »und viele Splitter ergeben einen Kristall. Seht euch um und sammelt so viele davon wie möglich«, forderte er die anderen auf, während er den ledernen Beutel losmachte, den er am Gürtel trug, und den Splitter hineingab. »Je mehr wir davon finden, desto besser.«

Die Gefährten fragten nicht lange, sondern schwärmten aus, um auch die anderen Becken nach Kristallsplittern zu durchsuchen. Keinem von ihnen war besonders wohl dabei, sie alle sehnten sich nach dem Augenblick, da sie die Kavernen wieder verlassen würden. Grässliche Dinge mussten hier einst geschehen sein, die diesen Ort für immer verdorben hatten ... Dag hatte keine Ahnung, wie diese Blutkristalle entstanden, wie sie zu jener schrecklichen Waffe geworden waren, und eigentlich wollte er es auch gar nicht wissen – die Tatsache, dass Königin Alannah sich darüber in Schweigen hüllte, sagte alles.

Wie sich zeigte, lagen in den sandigen Sedimenten tatsächlich noch sehr viel mehr Splitter – einige nur so groß wie ein Daumennagel, andere fast eine Handspanne lang. Die Gefährten benutzten ihre Dolche, um in den Ablagerungen zu wühlen, und sobald sie etwas fanden, füllten sie ihre Beutel damit. Schweigend gingen sie ihrer Arbeit nach, sodass bedrückende Stille in der Höhle herrschte, und sie alle verspürten Erleichterung, als jeder seinen Beutel gefüllt hatte.

»Wir sollten gehen«, schlug Ferghas vor.

»Aye«, stimmte Conor zu. »Dieser Ort beginnt, mir meine gute Laune zu verderben.«

»Bei uns Zwergen gibt es ein altes Sprichwort«, wusste Runward zu berichten. »Wer zu lange mit den Geistern der Vergangenheit lebt, der wird am Ende selbst zum Geist.«

»Wir haben genug«, pflichtete auch Dag bei. »Lasst uns aufbrechen, bevor …«

Er stutzte.

»Was ist los?«, wollte Ferghas wissen.

Dag stand unbewegt, lauschte in die drückende Stille. Obwohl er nichts hören konnte, hatte er das Gefühl, dass da etwas war … »Etwas stimmt nicht«, stellte er fest. »Ich … ich fühle etwas.«

»Ach ja?« Runward schnaubte.

»Ich weiß, dass das keinen Sinn ergibt«, gestand Dag ein, der selbst am meisten bestürzt war über das, was er empfand, »aber es fühlt sich genauso an wie damals in Gorta Ruun … Die Schattenwelt, sie ist ganz nah …«

»Verdammt«, knurrte Runward. »Ich hab's doch gesagt. Vermutlich sind wir schon zu lange geblieben.«

»Wir gehen«, verkündete Ferghas entschieden. Beherzt packte der Clansmann Dag am Arm und wollte ihn mitziehen, aber Dag riss sich los und blieb stehen.

»Noch nicht«, wehrte er ab.

»Worauf sollen wir denn noch warten? Wir haben, was wir wollten. Nun lass uns gehen!«

»Nein«, widersprach Dag flüsternd, der noch immer zu verstehen suchte, was die rätselhafte Empfindung zu bedeuten haben mochte – und im nächsten Moment begriff er.

Die Erkenntnis traf ihn wie ein Hammerschlag.

»Es gibt hier ebenfalls eine Pforte zum Schattenreich«, erklärte er tonlos. »Und sie ist dabei, sich zu öffnen …«

Lyrx hielt nichts von diesem Ort.

Die Tatsache, dass seine Mutter ein Baumgeist gewesen war und er diese Wälder einst sein Zuhause genannt hatte, änderte nichts daran, dass er leises Grauen verspürte, wann immer er seinen Blick über den Dschungel und die von Schlingpflanzen bewachsenen Felswände wandern ließ.

Allein in der Gondel des Luftschiffs kauernd, hielt er Wache und sorgte dafür, dass das Feuer in der Esse nicht ausging, es weiterhin die Blase erhitzte und dafür sorgte, dass sie in der Luft blieb. Dabei erfüllte ihn jedoch ein Gefühl von wachsendem Unbehagen, und er ertappte sich dabei, dass er die Rückkehr seiner Gefährten herbeisehnte.

Forschend blickte er in den Eingang, in dem sie verschwunden waren, doch die Schwärze darin war so vollkommen, dass sein Blick sie nicht zu durchdringen vermochte. Und je länger er hineinsah, desto mehr hatte er das Gefühl, dass etwas aus der Dunkelheit zurückstarrte …

Trotz der feuchten Hitze, die im Dschungel herrschte, fröstelte er. Und je mehr Zeit verstrich, ohne dass Daghan und die anderen zurückkehrten, desto seltsamer wurden die Gedanken, die ihm durch den Kopf gingen.

Was, wenn ihnen etwas zugestoßen war?

Wenn sie überhaupt nicht zurückkehrten?

Sollte er sich aufmachen, um sie zu suchen? Womöglich

waren sie in Bedrängnis und brauchten seine Hilfe. Andererseits, konnte er allein überhaupt etwas ausrichten?

Wie lange sollte er warten, bis er die Leinen löste und mit dem Luftschiff die Flucht ergriff? War er allein überhaupt in der Lage, das Ding zu steuern? Oder war seine Reise von vornherein zum Scheitern verurteilt?

Lyrx war nicht stolz auf diese Gedanken, aber er konnte sie auch nicht verhindern. Aus dem Hintergrund seines Bewusstseins stiegen sie empor und gingen ihm durch den Kopf, ohne das er etwas dagegen tun konnte. Erst ein Geräusch, das ganz in seiner Nähe erklang, riss ihn aus seinen Gedanken.

Blitzschnell griff er nach dem Bogen. In einer fließenden Bewegung legte er einen Pfeil auf die Sehne und zog sie zurück.

»Ist da jemand?«, fragte er in die Dunkelheit des Höhleneingangs, der seine Stimme geradewegs zu schlucken schien. »Daghan? Seid ihr das?«

Er erhielt keine Antwort, aber das Geräusch wiederholte sich, ein Trippeln wie von winzig kleinen Füßen. Dann glaubte er zu sehen, wie sich in der Schwärze etwas bewegte.

»Dag …?«, fragte er noch einmal.

Aber es war nicht Daghan, der aus der Dunkelheit auftauchte, und auch kein anderer der Gefährten. Ein heiserer Schrei entfuhr Lyrx, als er erkannte, was dort tatsächlich im Höhleneingang lauerte.

Der Pfeil schoss von der Sehne und fand sein Ziel.

Doch schon im nächsten Moment musste der Wechselbalg erkennen, dass nicht nur eine, sondern Hunderte dieser Kreaturen in der ewigen Nacht der Festung lauerten.

2

Der Angriff begann.

Beinahe unbehelligt von den Pfeilen, die die Verteidiger Tirgaslans von den Mauern geschickt hatten, war der Aufmarsch des Feindes vonstattengegangen – ein Heer von zehntausend Kriegern, deren bloßer Anblick selbst die erfahrenen unter Bertins Leuten in Furcht versetzte.

Die vorderste Angriffslinie bildeten die Orks – Söldner, die in solcher Hast in den westlichen Gebirgen rekrutiert worden waren, dass ihre Rüstungen noch nicht einmal das Zeichen des Dunklen Königs trugen. Die meisten der Unholde, die mit Äxten, Speeren und ihren gefürchteten *saparak'hai* bewaffnet waren, kämpften zu Fuß und führten behelfsmäßige, aus gekerbten Birkenstämmen bestehende Sturmleitern mit; ihre Unterführer ritten auf Wargen – riesigen, graufelligen Bestien, die die mörderischen Zähne fletschten und von deren Lefzen in Erwartung des frischen Blutes der Geifer troff. Auch einige Trolle waren unter ihnen – tumbe, drei Manneslängen große Muskelberge, die man in den Bergen gefangen und in Eisen gelegt hatte, damit sie im Auftrag ihres neuen Herrschers gegen die Mauern von Tirgaslan anrannten.

Hinter ihnen folgten, mit einigem Abstand, die Zwergenkrieger. Anders als die Orks, die bis auf ihre Rüstungen und Schilde fast ungeschützt kämpften, verschanzten sie sich hinter hölzernen Palisaden, die auf Rädern montiert waren, sodass sie quer über das Schlachtfeld geschoben werden konnten. Zwischen den einzelnen Abteilungen des Zwergenheeres, die sich schier endlos aneinanderzureihen schienen, hatten Kaldronen Aufstellung genommen; ihre Aufgabe würde es wohl sein, die Tore anzugreifen und sie mit ihren ungeheuren Äxten einzuschlagen – wenn sie dazu kamen. Denn Bertin und die Seinen würden sie gebührend empfangen.

Augenblicke atemloser Anspannung traten ein.

Sowohl auf den Wehrgängen als auch draußen auf dem Feld war es ruhig geworden. Die Trommeln waren verstummt, ebenso wie die Kriegshörner, alle schienen nur darauf zu warten, dass das Signal zum Angriff erfolgte.

Plötzlich erhob sich jenseits der Baumreihen, vor denen die Zwerge Aufstellung bezogen hatten, ein fürchterliches Kreischen, ein unmenschliches Geschrei, das bleierne Furcht in die Herzen der Verteidiger goss – und im nächsten Augenblick stiegen schwarze, geflügelte Kreaturen in den morgengrauen Himmel, mit ledrigen Schwingen wie von Fledermäusen, stachelbewehrten Schwänzen und langen Hälsen, die in grässlichen Häuptern endeten.

»Schattendrachen!«

Wie ein Fluch geisterte das Wort durch die Reihen der Zwerge und Menschen, unter Bertins Kommando, die am Osttor standen und sich hinter die Zinnen duckten. Furcht griff um sich wie eine Seuche.

»Bleibt ruhig«, rief Bertin ihnen zu. »Was auch immer geschieht, wir halten stand, habt ihr verstanden?«

»Aye«, kam es verhalten zurück, hier und dort wurde genickt. Die letzten Augenblicke vor dem Kampf, das wusste Bertin aus eigener Erfahrung, waren die schwersten.

Die Schattendrachen stiegen über die Bäume auf. Es waren zu viele, um sie zu zählen – ein ganzes Rudel aus schwarzen, sich ringelnden Leibern, die wild mit ihren Flügeln schlugen und weiter entsetzliche Laute von sich gaben, während sie sich den Mauern näherten. Schon hatten sie die Reihen der Zwerge überflogen, waren jetzt über den Orks …

… als Bertin etwas entdeckte!

Die Schattendrachen waren nicht allein! In ihren Nacken saßen Reiter – schwarze Krieger, nicht weniger grässlich anzusehen als die Bestien selbst und mit Lanzen bewaffnet, an deren Spitzen dunkle Banner wehten – die Streiter des Bösen.

Bertin musste an sich halten, um nicht ebenfalls in nackte Furcht zu verfallen. Die Gerüchte waren also wahr gewesen. Im Heer des Feindes kämpften tatsächlich auch Schattenkrieger, Geister aus dem Jenseits, die ins Leben zurückgekehrt waren – welche Hoffnung konnten die Verteidiger noch haben, gegen diesen Ansturm zu bestehen?

»Ruhig!«, rief er dennoch aus. »Nicht den Mut verlieren!«

»Aber sie kommen!«, schrie ein junger Kämpfer, der kurz davor schien, in Panik auszubrechen.

»Ja, endlich!« Bertin erhob sich aus seiner Deckung, um allen zu zeigen, dass er, Bertin Zwergenhammer, Sohn des Drogo und König der freien Zwerge, den Feind nicht fürchtete. Den Hammer Martog in den Händen, bestieg er die Zinnen. »Kommt nur!«, rief er den Schattendrachen und ihren unheimlichen Reitern entgegen. »Kommt nur, ihr Kreaturen des Bösen! Wir erwarten euch!«

Zu sehen, wie ihr Anführer dem unheimlichen Feind furchtlos die Stirn bot, beruhigte die Männer ein wenig. Gefasst erwarteten sie die Attacke der fliegenden Bestien.

»Schützen!«, befahl Bertin mit lauter Stimme, und sowohl Bogenschützen als auch Kämpfer mit Donnerbüchsen visierten die Schattenkrieger an.

Bertin wartete noch, die Augen zu Schlitzen verengt und den Hammer Martog erhoben. Die Zeit schien stillzustehen, während er den Schattenreitern entgegenstarrte, aus deren Helmen glühende Augenpaare blickten.

Dann ließ er den Hammer herabfallen.

Donnerbüchsen krachten, Pfeile schnellten von den Sehnen – und die Schattendrachen gerieten in einen Hagel Verderben bringender Geschosse.

Die schlanken Körper der Kreaturen wurden mit Pfeilen gespickt, und einmal mehr zeigte sich, dass sie bereits zu lange im Diesseits weilten, als dass sie sich ihrer Wirkung hätten entziehen können. Einige Schattendrachen fielen wie Steine vom Himmel, ihre Reiter mit in den Tod reißend, was den Verteidigern lauten Jubel entlockte – die meisten der Bestien jedoch flogen weiter auf die Mauern zu.

Eine zweite Salve brachte wieder einige Ungeheuer zum Absturz, und auch einige Schattenkrieger verloren ihr frevlerisches, eben erst wieder zurückgewonnenes Leben. Dann jedoch waren die fliegenden Reiter heran.

Und Bertin handelte.

Noch immer auf den Zinnen stehend, hatte er die Aufmerksamkeit der Reiter bewusst auf sich gezogen. Als der erste Schattenkrieger nun auf ihn zuflog, die schwarze Lanze eingelegt, um ihn damit zu durchbohren, benutzte Bertin Martog, um die Waffe abzuwehren und beiseitezuschmettern. Als der Schattendrache zuschnappen und ihm mit den mörderischen Fängen den Kopf von den Schultern reißen wollte, wirbelte Bertin auf seinem schmalen Stand herum und schlug abermals zu – der Hieb des Hammers traf den Unterkiefer der Bestie mit voller Wucht und zerschmetterte ihn.

Der Schattendrache kreischte und schlug mit den Flügeln, um wieder aufzusteigen, bot dabei aber seine Unterseite dar. Ein Armbrustschütze, der unweit von Bertin in seiner Deckung kauerte, ließ den Bolzen von der Sehne schnellen. Das Geschoss traf dort, wo sich bei einer gewöhnlichen Kreatur das Herz befunden hätte, und drang tief hinein. Abermals kreischte die schreckliche Kreatur und schlug mit den Flügeln, warf sich in der Luft herum. Der Schütze entließ einen zweiten Bolzen, doch dieser ging fehl – und noch ehe er dazu kam, seine Armbrust abermals nachzuladen, hatte die Lanze des Schattenreiters ihn durchbohrt.

»Verdammt!«, rief Bertin wütend und ließ wieder den Hammer kreisen. Der Hieb ging ins Leere, und Bertin verlor das Gleichgewicht und musste von der Zinne springen. Dabei stürzte er und kam zu Fall. Noch ehe er sich wieder auf die Beine raffen konnte, sah er, wie es über ihm finster wurde und der Schattendrache sich auf ihn stürzen wollte – doch mit flirrendem Geräusch zuckte ein halbes Dutzend Pfeile heran und spickte den ungeschützten Bauch der Kreatur. Bertin sprang auf die Beine, sandte den Bogenschützen, die noch halbe Kinder waren, einen dankbaren Blick.

Zu Tode getroffen, heulte der Schattendrache grässlich auf. Von seinem unheimlichen Reiter gelenkt, hielt er sich noch lange genug in der Luft, um einem Zwergenkrieger, der auf der Plattform stand, mit einem Hieb seiner mörderischen Klaue die Kehle zu zerfetzen. Dann fuhr er herum und griff Bertin ein weiteres Mal an. Das trotz des zerschmetterten Kiefers noch immer mörderische Haupt flog heran. Bertin duckte sich, die messerscharfen Zähne verfehlten ihn nur um Haaresbreite. Dann holte der Zwergenkönig zum Gegenschlag aus und griff den Reiter der Bestie an, womit dieser nicht gerechnet hatte.

Der Hammer Martog fuhr nieder und traf den Schattenkrieger mit derartiger Wucht, dass dieser hintenüber aus dem Sattel kippte. Einen Lidschlag später verließ auch sein Reittier das Leben. Mit einem schrillen Aufschrei sackte es an der lotrecht abfallenden Mauer in die Tiefe.

Bertin nickte grimmig.

Der Kampf um Tirgaslan war in vollem Gang …

3

Aye, Junge – bist du sicher, dass das eine gute Idee ist?« Dag blieb stehen und wandte sich zu Ferghas um.

»Wir haben keine andere Wahl«, gab er flüsternd zur Antwort. »Wir müssen wissen, was hier vor sich geht. Wenn es tatsächlich ein weiteres Tor zur Unterwelt gibt, müssen wir es zerstören – oder alles, was wir gegen den Dunklen König unternehmen, wird völlig sinnlos sein. Wenn die Legion der Schatten erst über Erdwelts Angesicht marschiert, wird alles andere vergeblich sein, das hat Dwethan immer wieder gesagt.«

»Und du glaubst, dass wir das können?«

Dag schürzte die Lippen. »Ich weiß es nicht«, gestand er offen. »Aber wir müssen es wenigstens versuchen.«

Sie gingen weiter, folgten dem Stollen, der sich hinab in die schwarze Tiefe wand. Dag folgte dem Gefühl, das er verspürte, und das dem sehr ähnlich war, das er damals in Gorta Ruun empfunden hatte, als sich im Stollen Zor das Tor zum Schattenreich öffnete, eine innere Kälte, die sich mit nichts anderem vergleichen ließ. Dwethan war stets der Ansicht gewesen, dass sich Dag mehr auf seine Intuition verlassen sollte – dies war wohl der richtige Zeitpunkt dafür.

»Was ist denn das?«, zischte Ferghas, als etwas unter seinen Stiefeln mit hellem Knacken zerbrach.

»Da liegt etwas auf dem Boden«, meinte Conor. »Hört sich an wie …« Seine Fackel fauchte, als er sie senkte.

»Verdammt«, brummte Runward.

»Was?«, wollte Dag wissen.

»Da sind überall Knochen«, erklärte Ferghas mit belegter Stimme. »Skelette, die wild durcheinanderliegen, der reinste Friedhof.«

»Ja, nur dass sie nicht friedlich entschlummert sind«, stellte Runward düster fest. »So wie die liegen, würde ich eher sagen, sie sind elend krepiert.«

»Wie lange sie wohl schon hier sind?«, überlegte Conor.

»Noch nicht sehr lange«, mutmaßte Ferghas. »Hier liegen noch Waffen, einfache Speere und Äxte. Offenbar waren es Wildmenschen aus dem Dschungel.«

»Aber wenn sie noch nicht lange tot sind«, spann Runward den Gedanken weiter, »wieso sind dann nur ihre Skelette übrig? So als ob etwas das Fleisch direkt von den Knochen gefressen hätte.«

»Aye.« Ferghas seufzte. »Stellt sich also die Frage, wer oder was …«

»Dort vorn ist Licht!«, warnte Conor plötzlich.

»Fackeln aus!«, befahl Dag.

Ein Zischen, und der Stollen und der grausige Fund fielen in Dunkelheit – die allerdings nicht vollkommen war.

Tatsächlich fiel vom Ende des Tunnels orangerot flackerndes Licht in den Felsengang.

»Feuer«, vermutete Ferghas.

»Oder der Widerschein glühender Lava«, gab Dag zu bedenken. »Immerhin war dies einst eine Drachenfestung. Und es würde auch die Hitze und die heißen Quellen erklären.«

Die Gefährten widersprachen nicht. Vorsichtig, in geduckter Haltung und die Waffen gezückt, huschten sie zum Ende des Stollens. Der Lichtschein verstärkte sich, die Hitze nahm zu, und schließlich zeigte sich, dass Dags Vermutung richtig gewesen war: Der Stollen mündete in eine große

Höhle, durch deren Zentrum eine Ader aus orangerot glühender Lava floss. Darüber wölbte sich in der vor Hitze flimmernden Luft eine steinerne Brücke – auf der die Gefährten dunkle, bedrohlich aussehende Gestalten gewahrten.

Dag brauchte sie nicht zu sehen. Er wusste auch so, was sie waren, konnte es deutlich fühlen: Schattenkrieger!

»Runter«, zischte Ferghas und zerrte Dag in den Schutz eines Felsens. Auch Runward und Conor suchten Deckung.

»Das war knapp«, meinte der junge Häuptling von Ca'Bra. »Wenn die uns gesehen hätten, wäre es vorbei gewesen.«

»Wie viele zählt ihr?«, wollte Dag wissen – seiner Schätzung nach musste es eine ganze Reihe von Schattenkriegern sein, so schneidend und tödlich war die Kälte, die er der immensen Hitze zum Trotz verspürte.

»Vierzig«, gab Ferghas zur Antwort.

»Also existiert ein zweites Tor«, folgerte Dag, »und es hat sich bereits geöffnet. Aber vielleicht können wir die Invasion noch verhindern. Wir folgen den Schattenkriegern!«

»Aye.« Ferghas spuckte aus. »Sagte ich schon, dass das keine gute Idee ist?«

Dag sandte ein verwegenes Grinsen in seine Richtung. Sie warteten, bis die schwarzen, mit Äxten und Speeren bewaffneten Gestalten die Brücke überquert hatten, dann lösten sie sich aus ihren Verstecken, huschten den Pfad hinab, der sich an der Felswand entlang bis zum Grund der Höhle schlängelte, wo die glühend heiße Lava floss. Die Hitze und die aufsteigenden Dämpfe raubten den Gefährten fast den Atem, aber sie überquerten die Brücke und folgten den Schattenkriegern noch tiefer in die dunklen Eingeweide der Drachenfestung.

Die Höhle, auf die sie als Nächstes stießen, war noch größer als die vorangegangene, mit weiten, zerklüfteten Wänden und einer hohen Decke, von der riesige Tropfsteine hingen. Der Lavafluss, dem sie folgten, mündete hier in einen senkrecht abfallenden Schacht, auf dessen Grund noch mehr flüssiges Gestein zu brodeln schien. Der Schacht selbst jedoch war – Dag spürte es, noch bevor seine Gefährten es ihm sagten – eine offene Verbindung zur Unterwelt.

Genau wie damals in Gorta Ruun schlugen widernatürlich grüne Flammen aus dem Schlund, und dunkler Rauch wölkte hinauf zur hohen Decke, wo er sich zwischen den Tropfsteinen drohenden Wolken gleich ballte. Soeben entstieg ein neuer Trupp von Schattenkriegern der Verbindung – schwarze, missgestaltete Schemen, bis an die Zähne bewaffnet und vom Durst nach Rache und Zerstörung erfüllt. Dennoch reichte die Macht des Dunklen Königs nicht aus, um neues Leben zu erschaffen. Für jeden Schatten, der die Unterwelt verließ, musste eine sterbliche Seele geopfert werden – diesem eisernen Prinzip musste der dunkle Herrscher sich unterwerfen. Und so drängten sich im rückwärtigen Teil der Höhle jene Elenden, die dazu ausersehen waren, als Nächstes ihrer Lebensenergie beraubt und zu willenlosen Hüllen zu werden …

»Das müssen wenigstens einhundert Gefangene sein«, berichtete Conor atemlos. »Wildmenschen … vermutlich wurden sie im Dschungel eingefangen und hierhergebracht, wo das Verderben auf sie wartet.«

Wie um seine Worte zu bestätigen, war ein lang gezogener, gellender Schrei zu hören, als ein weiterer Gefangener in den Schlund gestürzt wurde.

»Ich nehme an, die Skelette, die wir gefunden haben, stammten von einem Suchtrupp«, vermutete Dag.

»Aye, du meinst, es waren Schattenkrieger, die sie so zugerichtet haben?«

»Vielleicht … aber was ich sicher weiß, ist, dass wir dem

hier ein Ende machen müssen. Tun wir es nicht, werden diese Gefangenen alle in den Schlund gestoßen – und für jeden einzelnen wird ein Schattenkrieger zurückkehren. Von all jenen, die noch draußen im Dschungel sind, ganz zu schweigen.«

»Und wie willst du das verhindern?«

»Indem wir das Tor zerstören – hiermit«, erklärte Dag und griff nach dem mit Kristallsplittern gefüllten Lederbeutel an seinem Gürtel.

»Aber wir wissen doch gar nicht, wie das Zeug wirkt«, wandte Runward ein.

»Es wird das Tor zerstören«, gab sich Dag überzeugt, »und mit ihm auch alle, die ihm entstiegen sind.«

»Bist du sicher?«, fragte Ferghas.

»Nein«, gab Dag zu, »aber für Zweifel ist nicht der richtige Augenblick. Ihr schleicht euch an die Gefangenen heran und befreit sie, während ich dafür sorge, dass dieser Beutel und sein Inhalt im Schlund landen.«

»Aber – du kannst doch noch nicht einmal sehen«, wandte Conor ein.

»Sei unbesorgt, mein Freund. Ich habe diesen Schlund durchaus vor Augen – wenn auch anders als ihr.«

»Trotzdem, er hat recht«, beharrte Ferghas. »Ich werde bei dir bleiben. Runward und Conor befreien inzwischen die Gefangenen.«

»Aye«, bestätigte der junge Clansmann.

»Also schön.« Dag nickte.

»Dann los.«

Runward und Conor gingen zuerst, Dag hörte sie davonhuschen. Das Flackern der grünen Flammen, die aus dem Schlund züngelten, warf unstete Schatten auf die Höhlenwände, was helfen würde, die Gefährten den Blicken der Schattenkrieger zu entziehen. Ferghas, der alles genau beobachtete und für Dag kommentierte, wartete ab, bis die Gefährten den rückwärtigen Teil der Höhle erreicht hatten.

»Sie sind da«, meldete er. »Jetzt sind wir an der Reihe.«

Er fasste Dag an der Schulter, und beide sprangen auf und rannten los. Sich im Schutz einiger Felsbrocken haltend, folgten sie dem Lavafluss, an dessen Ende sich der Schlund befand. Soeben – Dag konnte es deutlich fühlen – entstieg ein neuer Krieger der Dunkelheit den grünen Flammen, abstoßend in seiner Hässlichkeit und niederträchtig in seiner Bosheit.

Hinter einem Felsen verharrten sie.

Dag löste den Beutel mit den Blutkristallsplittern von seinem Gürtel und wog ihn in der Hand. Ob die Zerstörungskraft ausreichen würde? Ob es im Schlund heiß genug sein würde, sie zu entfesseln? Ob sie das Tor tatsächlich zerstören würde?

All das konnte Dag nur hoffen.

»Von hier aus sind es noch fünfzig Schritte«, knurrte Ferghas. »Sobald Runward und das Großmaul von Ca'Bra losschlagen, laufen wir. Halte dich dicht hinter mir, verstanden? Ich werde uns einen Weg durch diese Schattenkreaturen bahnen.«

»Verstanden«, bestätigte Dag. »Ferghas?«

»Was noch?«

»Ich … danke dir. Für alles.«

»Warum sagst du das?«

Dag zuckte mit den Schultern. »Nur so.«

»Sollte ich noch etwas wissen?«, hakte der Clansmann nach. »Gibt es etwas, das du weißt und wir nicht?«

Dag lächelte schwach. »Nein.«

»Dann hör auf, dich zu verabschieden«, brummte Ferghas. »Wir werden das alles überleben und hinterher, wenn alles vorbei ist, einen Krug Met auf unsere Gesundheit trinken.«

»Natürlich«, entgegnete Dag nur.

Was hätte er auch sagen sollen?

Dass er es besser wusste?

»Bereit, diesen Säcken einzuheizen?«, fragte Ferghas mit verwegenem Grinsen.

»Bereit«, bestätigte Dag.

In diesem Moment erhob sich auf der anderen Seite der Höhle aufgeregtes Geschrei.

4

Die Attacke der Schattendrachen war vorbei.

In einer ersten, schrecklichen Angriffswelle waren sie über die Mauern und Wehrtürme von Tirgaslan hinweggefegt, und obwohl Opfer zu beklagen waren, hatten die Verteidiger dem Ansturm aus der Luft tapfer standgehalten und sogar einige der unheimlichen Angreifer vom Himmel geholt. Ob die Schattenreiter überrascht waren über den erbitterten Widerstand oder ob es von Beginn an ihr Plan gewesen war, nur diese eine Attacke vorzutragen, ließ sich nur vermuten – jedenfalls hatten sie sich zurückgezogen, kreisten nun hoch oben über der Stadt, und überließen es den Orks und Trollen, den nächsten Angriff zu führen.

»Haltet Euch bereit!«, rief Anghas Ca'Dur, der den Abschnitt südlich des Osttors befehligte, mit Donnerstimme. Es behagte dem Lord von Tarnag nicht besonders, auf einer Mauer kämpfen zu müssen und dem Feind nicht entgegenreiten zu können, wie es bei den Clans von Alters her Brauch war. Aber dieser Krieg war anders als alle, in dem der Clan Ca'Dur oder irgendein anderer der zwölf Hügelstämme je gekämpft hatte. Es ging nicht mehr darum, Boden oder Pferde zu gewinnen oder die Ehre der Ahnen zu verteidigen, sondern um das bloße Überleben.

Der Anblick war fürchterlich.

Die Unholde kannten weder Marschordnung noch Disziplin. Sobald das Signal erklang, stürmten sie los – und der

Boden vor den Mauern der Stadt erzitterte unter den Tritten ihrer groben Füße.

Die Warge stürmten voran. Von Blutsdurst getrieben, setzten sie vor allen anderen über das freie Feld und trugen ihre Reiter in die Schlacht, die lange, mit Menschenhaar verzierte Lanzen schwangen. Ihnen folgte das Fußheer – fürchterlich aussehende, bis an die Zähne bewaffnete Orks, entstellte Kreaturen aus den hintersten Winkeln des Schwarzgebirges, die ihre Haut und Schilde mit grässlichen Symbolen bemalt hatten. Rohe Körperkraft sprach aus jeder ihrer Bewegungen, der schier unstillbare Durst nach Blut stand in ihren hassverzerrten Fratzen zu lesen. Und zwischen ihnen stampften die Trolle, tumbe Riesen mit Fäusten wie Felsen, die man nun von den Ketten ließ – prompt stürzten sie den Mauern Tirgaslans entgegen, in unsinniger Raserei, angesteckt vom Blutdurst und der Zerstörungswut ihrer Herren.

Lord Anghas hätte es nicht für möglich gehalten, aber trotz all der blutigen Kämpfe, die er in seinem Leben ausgetragen, trotz aller Scharmützel, die er weitgehend unversehrt überstanden hatte – der Anblick der heranstürmenden Horde erfüllte selbst ihn mit Furcht.

Das Stampfen des Feindes ließ die Wehrgänge erzittern, das tausendfache Gebrüll die Luft erbeben. Anghas merkte, wie ein junger Clanskrieger, der eben erst dem Knabenalter entwachsen war, von den Zinnen zurückweichen wollte, aber er hielt ihn an der Schulter fest und schob ihn wieder zurück. »Wir alle haben Angst, Sohn«, raunte er ihm zu, »aber wir dürfen ihr nicht nachgeben, nicht jetzt!«

Der junge Clansmann blieb, der Lache ungeachtet, die sich zu seinen Füßen auf den Planken des Wehrgangs bildete. Anghas nickte ihm aufmunternd zu, wartete noch einen Moment ab, in dem die Orks den Mauern beängstigend nahe kamen – dann stieß er sein Schwert hoch in die Luft.

Die Donnerrohre feuerten fast gleichzeitig.

Längst hatten die Besatzungen der Geschütze ihre Waffen geladen, den Feind anvisiert und nur noch auf den Feuerbefehl gewartet – als er endlich kam, krachten die Rohre mit infernalischem Lärm und schickten den Unholden einen Sturm der Zerstörung entgegen.

Anghas Ca'Dur bezweifelte, dass die Orks gewusst hatten, worauf sie sich einließen, als die Schergen des Dunklen Königs sie rekrutierten. Vermutlich hatten sie bis zu diesem Zeitpunkt noch nicht einmal etwas von den neuen Waffen gehört, die auf den Schlachtfeldern des Ostens zum Einsatz kamen, und so rannten sie ahnungslos in ihr Verderben.

Es war, als würden die Unholde gegen eine Wand laufen. Einige wurden direkt von den Geschossen getroffen und bei lebendigem Leib zerfetzt, andere von Splittern und Trümmerstücken ereilt. Wo auch immer Winmars Faust einschlug, warf sie Kaskaden von Erdreich auf, in die sich oft genug auch Körperteile von Unholden mischten, und die aufsteigenden Feuerbälle rissen die Angreifer dutzendweise ins Verderben.

Auch die Trolle, so groß und robust sie sein mochten, hatten der Vernichtungskraft der Donnerrohre nichts entgegenzusetzen – einer, der sich mit voller Wucht gegen die Mauer hatte werfen wollen, wurde in die Brust getroffen und war sofort tot. Ein anderer büßte seinen Arm ein, als ein Geschoss ihn streifte. Heulend stampfte er davon, trat dabei blindlings auf Orks, die das Pech hatten, in seinem Weg zu sein.

Eine Schlachtordnung hatte es vorher schon nicht gegeben, nun jedoch löste sich der Angriff in Chaos auf, und als sich der Rauch lichtete, gab er den Blick auf ein Bild des

Grauens frei. Warge, deren Fell Feuer gefangen hatte, irrlichterten über das Schlachtfeld, das von verstümmelten grünen Körpern übersät war; allenthalben wanden sich Verwundete, ein Troll, dem ein Bein abgerissen worden war, versuchte vergeblich, sich wieder aufzurichten. Die Genugtuung, die Lord Anghas eben noch verspürt hatte, wich einem Gefühl von Ekel, das er über sich selbst empfand – was für Zeiten waren es, die die Menschen zwangen, solche Waffen einzusetzen?

Aber natürlich gab es auch viele Orks, die sich lediglich im weichen Erdreich in Deckung geworfen und den Beschuss unbeschadet überstanden hatten – sie sprangen nun auf und setzten unter heiserem Gebrüll den Angriff fort, nunmehr bis aufs Blut gereizt.

Die Donnerrohre feuerten abermals, da der Feind nun jedoch dezimiert war und nicht mehr in ganzen Haufen anstürmte, war die Zahl der Opfer weit geringer. Zwar richteten die Einschläge noch immer grässliche Verheerungen an, doch viele Unholde kamen auch durch – und in der Raserei, in die viele von ihnen verfallen waren, schien es sie auch nicht mehr zu scheren, wenn sie eine Klaue oder einen Arm verloren. Anghas sah viele, die ein Körperteil eingebüßt hatten und dennoch weiterstürmten. Diese Kreaturen, dachte er bitter, würden erst damit aufhören, nach dem Blut Unschuldiger zu dürsten, wenn sie wirklich tot waren …

Noch einmal stieß er seine Klinge in die Luft, und diesmal krachten nicht nur die großen Donnerrohre, sondern auch die sehr viel kleineren Büchsen, und die Bogenschützen entließen ihre Pfeile von den Sehnen. Noch ein Troll fand ein grausiges Ende, und der gezielte Beschuss ließ den Ansturm der Unholde noch einmal ins Stocken geraten. Viele von ihnen fielen, von Pfeilen und Kugeln durchbohrt – aber im nächsten Moment hatten die ersten die Mauer erreicht und legten ihre behelfsmäßigen, nur aus gekerbten Stämmen bestehenden Leitern an.

»Haltet sie auf, Männer!«, rief Anghas seinen Leuten zu. »Um jeden Preis, hört ihr? Lasst keinen dieser schwarzblütigen Mistkerle in die Stadt, verstanden?«

Die ersten Leitern, die an die Mauer gelegt wurden, brachte man mithilfe langer Stangen kurzerhand zum Umfallen – die Unholde darauf heulten, als es in die Tiefe ging, weniger aus Furcht als aus ohnmächtiger Wut. Dann jedoch wurden es zu viele Leitern, als dass man alle hätte abwehren können, und der erste hässliche Orkschädel tauchte über den Zinnen auf.

»Aye«, rief Anghas ihm entgegen. »Willkommen in Tirgaslan!« – und hieb ihm mit einem glatten Streich das Haupt von den Schultern. Der Torso verschwand in der Tiefe und riss die nachfolgenden Orks gleich mit – doch nur wenige Schritte entfernt war es bereits einem Rudel Angreifern gelungen, die Zinnen zu erklimmen.

Ein Armbrustbolzen, der auf kurze Distanz abgeschossen wurde, traf den Anführer in den Hals. Noch einen Lidschlag lang stand der Unhold auf der Zinne und würgte an seinem Blut, dann kippte er hinüber ins Leere. Gleich neben ihm hatten es zwei seiner Leute dafür geschafft, sich auf den Zinnen festzusetzen. Dort saßen sie wie Zecken und hieben mit ihren *saparak'hai* um sich, und die größtenteils jungen und unerfahrenen Verteidiger wagten es nicht, sich ihnen entgegenzustellen.

Mit wildem Kampfschrei stürzte sich Lord Anghas auf die beiden; der eine verlor zuerst seine Hand und darauf auch sein Gleichgewicht – er kippte auf den Wehrgang, wo die Verteidiger über ihn herfielen und ihn durchbohrten, ehe sie seinen leblosen Körper zurück über die Zinnen warfen.

Der andere Ork war geschickter als sein Kumpan; mit

der Axt beschrieb er einen weiten Kreis, der einen Krieger des Stammes Ca'Dur das Leben kostete. Auf diese Weise verschaffte sich der Unhold Platz, sodass hinter ihm zwei weitere Angreifer auf den Wehrgang klettern konnten. Der Damm drohte zu brechen, und der Ork schien das zu wissen. Ein breites Grinsen lag in seinem hässlichen Gesicht, die gelben Augen taxierten Lord Anghas geringschätzig.

»Du hast keine Ahnung, wen du vor dir hast, oder?«, fuhr der Clansmann ihn an. Vermutlich verstand der Ork ihn nicht einmal – dafür trug er einen plötzlichen Ausfall vor.

Lord Anghas riss seinen Schwertarm empor und blockte den wüsten Hieb, der seinem Kopf gegolten hatte. Einen Augenblick rangen der Ork und der Clanshäuptling miteinander, dann stieß Anghas seinen Gegner mit dem Fuß zurück und setzte sofort nach. Das Schwert beidhändig führend, durchdrang er die Deckung des Orks und schlitzte ihn der Länge nach auf. Der zu Tode getroffene Unhold taumelte seinen Artgenossen entgegen, die ihrerseits in ein wildes Scharmützel verwickelt waren, und lenkte sie für einen Augenblick ab – im nächsten Moment wurden beide von kaltem Stahl durchbohrt.

»Hinaus mit ihnen!«, befahl Lord Anghas und legte selbst mit Hand an, um die toten Unholde über die Mauer zu befördern. Im Fallen rissen sie weitere Orks von den Leitern. Der Angriff dauerte an, aber der Ansturm hatte merklich nachgelassen. »Aye«, rief Lord Anghas seinen Leuten zu und ballte triumphierend die Faust. »Habt ihr das gesehen? Kein Unhold wird seinen verdammten Fuß in diese Stadt setzen, oder ich will nicht länger …«

»Herr! Vorsicht!«, rief einer seiner Leute – es war der Junge, dem er gerade noch Mut gemacht hatte.

Im nächsten Augenblick fühlte Anghas Ca'Dur bereits gleißenden Schmerz, der sich wie ein glühendes Eisen in sein linkes Schulterblatt bohrte. Fast gleichzeitig hörte er den grässlichen Schrei und fühlte die alles vernichtende Kälte …

Dem Schmerz zum Trotz, der ihn fast zerreißen wollte, schwang er das Schwert so über dem Kopf, dass es die Lanzenspitze durchtrennte, die tief in seinem Rücken steckte. Schwer atmend fuhr er herum, und nun sah er ihn – den Schattenreiter, der über den Zinnen schwebte, auf seinem grausigen Reittier sitzend, das mit den ledrigen Schwingen schlug. Wie ein Pfeil war der Reiter herabgestochen und hatte Lord Anghas hinterrücks durchbohrt.

Die Wut, die der Clansherr über diesen hinterhältigen Angriff verspürte, überwog den Schmerz. Seine Mundwinkel fielen nach unten, wilder Zorn sprühte aus seinen Augen, als er sein Schwert mit beiden Händen packte und tat, womit weder der Krieger der Finsternis noch sein Reittier gerechnet hatte – er ging zum Angriff über!

Der Hieb, den Lord Anghas führte, war so kräftig, dass er den Hals des Schattendrachen mit einem Streich durchtrennte. Das zähnestarrende Haupt fiel auf den Wehrgang, wo es noch einmal seinen furchtbaren Schrei ausstieß, ehe es zerfiel. Der übrige Körper schlug weiter mit den Schwingen, doch schon verloren seine Flügelschläge an Kraft. Der Schattenreiter kreischte wütend auf. Anghas nahm sein Schwert hoch, hielt es an der blutigen Klinge wie einen Speer und warf es.

Das Kreischen des Schattenreiters wurde schrill, als die Klinge ihn durchbohrte. Einen Augenblick hielt sich die schwarze Gestalt noch im Sattel, dann verlosch die Glut in ihren Augen und sie und ihr Reittier verschwanden in der Tiefe. Anghas stürzte zur Mauer und spähte hinab, sah sie mit grimmiger Genugtuung unten im Morast liegen, wo Tier und Reiter zu dampfendem Nichts zerfielen.

Der Clansherr lachte heiser auf, und mit dem Lachen kehrte der Schmerz zurück. Er entsann sich der Lanzenspitze, die noch immer in seinem Rücken steckte, und versuchte, sie herauszuziehen, aber es gelang ihm nicht mehr.

Entkräftet sank er an den Zinnen herab, zwei seiner Leute fingen ihn auf. Er hörte noch, wie sie nach einem Heiler riefen, während ihm die Sinne bereits schwanden. Er musste an Catriona denken, empfand Bedauern darüber, dass er es ihr nie gesagt hatte – nun, war es zu spät dafür.

Das Letzte, was der Anführer des Roten Clans mitbekam, waren die heiseren Trompetensignale, die von jenseits der Zinnen zu hören waren, und das Stampfen und Rasseln von Kaldronen – die nächste Angriffswelle rollte heran.

5

Als Runward und Conor losschlugen und die Fesseln der Gefangenen durchtrennten, brach unter diesen Tumult aus.

Einige der Wildmenschen, die einfache, aus Tierfellen gefertigte Kleidung trugen und deren Haar bei Männern wie Frauen lang und wirr war, ergriffen augenblicklich die Flucht. Andere zogen es vor, sich mit bloßen Fäusten auf die Schattenkrieger zu stürzen, die am Rand des Pfuhls standen und die bedauernswerten Opfer in den Abgrund gestoßen hatten. Aussichten auf Erfolg hatten sie nicht, dennoch gelang es ihnen, einen der völlig überraschten Schatten selbst in die Tiefe zu befördern, ehe sie unter den Klingen der Geisterkrieger ein blutiges Ende fanden.

»Los jetzt!«, zischte Ferghas Dag zu, und in all dem Chaos lösten sie sich aus ihrem Versteck und rannten von der anderen Seite her auf den Pfuhl zu, aus dem nach wie vor grüne Flammen schlugen, ein deutliches Zeichen dafür, dass die Verbindung zur Schattenwelt noch bestand.

Dag konnte die Flammen förmlich vor sich sehen, ebenso, wie er die Schattenkrieger wahrnehmen konnte; die Aura von Tod und Unheil, die sie umgab, sorgte dafür, dass Dag sie deutlicher gewahrte als jeden anderen Gegner, seit er das Augenlicht verloren hatte. Den Beutel mit den Kristallsplittern in den Händen folgte er Ferghas – doch der Widerstand, auf den sie trafen, war härter als gedacht.

Sehr viel schneller als irdische Kreaturen überwanden die

Schattenkrieger ihre Überraschung und gingen zum Gegenangriff über. Breitbeinig, das Schwert erhoben, stellte sich Ferghas zwischen Dag und die Angreifer.

»Beeil dich!«, rief er heiser. »Lange kann ich sie nicht aufhalten!«

Im nächsten Moment waren die Krieger auch schon heran, drangen mit ihren schwarzen Waffen auf den Clansmann ein, der sich erbittert zur Wehr setzte und einen der Schattenkrieger durchbohrte. Ob es Fleisch und Knochen waren, durch die seine Klinge schnitt, war unmöglich zu sagen, aber die grässlichen Laute, die der Schatten von sich gab, ließen vermuten, dass er den Stahl des Hochländers zu spüren bekam.

Dag rannte weiter in Richtung des Pfuhls, den Beutel mit dem tödlichen Inhalt in den Händen – als etwas sein Bein traf.

Er schrie auf und stürzte, schlug der Länge nach hin. Der Lederbeutel entwand sich seinem Griff und fiel zu Boden. Instinktiv griff Dag nach seinem rechten Bein, fühlte den Fremdkörper, der darin steckte …

Ein Pfeil!

Allerdings kein gewöhnlicher Pfeil, sondern einer, den es eigentlich nicht geben durfte, der von diesen frevlerischen, dem Schattenreich entflohenen Kreaturen stammte. Den Schmerz, der von dem Geschoss ausging, spürte Dag kaum. Wohl aber die tödliche Kälte, die ihm seine Lebensenergie raubte …

»Los doch!«, schrie Ferghas, der nicht mitbekommen zu haben schien, dass Dag getroffen war, und in arger Bedrängnis war. »Mach endlich, Junge!«

Dag konnte sie sehen, die dunklen Auren, die herandrängten und den Freund jeden Augenblick zu überwältigen drohten! Den Schmerzen zum Trotz richtete er sich auf, tastete nach dem Beutel – nur um festzustellen, dass die Naht beim Aufprall geplatzt war und die Kristallsplitter über den Boden verstreut lagen. Hastig sammelte er sie wieder auf, doch der Beutel war nicht mehr zu gebrauchen. Werfen konnte er die Splitter auch nicht mehr, von seinem verletzten Bein ganz zu schweigen …

Dag traf eine Entscheidung.

»Sag Aryanwen und Alannah, dass ich sie liebe!«, rief er Ferghas zu, während er sich auf die Beine raffte, die Kristallsplitter an sich pressend.

»Was …? Nein!«, brüllte der Veteran, als er begriff, was Dag vorhatte.

»Bringt die Mission zu Ende!«, schärfte Dag ihm ein, während er bereits loshumpelte, dem grünen Feuer entgegen.

»Neeein!«, hörte er Ferghas hinter sich brüllen, und die Schattenkrieger verfielen in grässliches Kreischen, geradeso, als wüssten sie, was Dag vorhatte.

Er spürte, wie sein Körper kälter und schwächer wurde, hoffte nur, dass seine Kraft noch ausreichen würde, um den Pfuhl zu erreichen. Ein Schatten flog heran, doch Dag warf sich zu Boden und wich ihm aus, nur um sich schon im nächsten Moment wieder auf die Beine zu raffen und dem Abgrund entgegenzustraucheln …

Er sah das grüne Feuer, so deutlich, als hätte er das Augenlicht nie verloren. Mit letzter Kraft hielt er darauf zu – und erreichte die Kante des Pfuhls.

Mit einem heiseren Schrei stürzte er sich hinein, einem lebenden Geschoss gleich. Die grünen Flammen verschlangen ihn, tief unter sich sah er den leuchtenden Strom des flüssigen Gesteins – ehe er selbst das Gefühl hatte zu verglühen.

Die Hitze spürte er nicht, das Licht hüllte ihn ein, fast so, als wollte es ihn beschützen.

Es war, als könne er wieder sehen.
So deutlich wie nie zuvor.
Dann war es vorbei.

6

Hätte man Vigor gesagt, dass er dem dürren, schmächtigen Körper von Suvat Ramil auch nur eine Träne nachweinen würde, er hätte es nicht geglaubt. Doch wie er feststellen musste, konnte es – zumindest für einen Menschen – durchaus von Vorteil sein, einen leichten Körperbau zu besitzen, auch wenn er bisweilen etwas zerbrechlich sein mochte.

Denn die zusätzlichen Pfunde, die Braktas der Fälscher auf den Rippen trug, machten Vigor zu schaffen. Zwar sorgte seine beeindruckende Gestalt dafür, dass man ihm respektvoll Platz machte, wenn er sich näherte, was Vigor einerseits gut gefiel; andererseits hinderte sie ihn daran, sich schnell zu bewegen, was mitunter überlebensnotwendig sein konnte. Nicht nur, dass Braktas' Körper jedes Aufentern auf Deck mit einer Symphonie aus Pfeiflauten und Keuchgeräuschen kommentierte; er war auch sehr viel schwerfälliger als der gazellenhafte Suvat – wie er sich in einem Kampf oder bei einer Messerstecherei verhalten würde, darüber mochte Vigor gar nicht nachdenken. Seine Hoffnung war, dass es dazu erst gar nicht kommen würde.

Seit vier Tagen waren sie auf See.

Im Morgengrauen des ersten Tages hatten sie Smerada verlassen, und über den Fälscher Braktas ließ sich immerhin sagen, dass er sein Handwerk verstanden hatte. Der Passierschein war von den Kontrolleuren im Hafen widerspruchslos anerkannt worden, sie hatten noch nicht einmal genauer hingesehen. Seither hielt sich Braktas an Bord des Handelsseglers auf, zusammen mit anderen Halsabschneidern, denen es gelungen war, eine Überfahrt nach Tirgas Winmar zu ergattern. Auch Angehörige des Schattenkults waren unter ihnen, die mit Argusaugen um sich spähten, sodass Vigor es mied, auf Deck zu verweilen. Wenn er überhaupt nach oben ging, dann nur, weil er festgestellt hatte, dass Braktas' zwar robuster, andererseits aber auch recht empfindsamer Körper zur Seekrankheit neigte.

Er blieb stets nur, bis sich das mulmige Gefühl in seinem Magen gelegt hatte; dann ging er wieder unter Deck, wo er einen winzigen Verschlag im vorderen Laderaum bewohnte, der die Bezeichnung Kajüte kaum verdiente. Das Handelsschiff, mit dem er fuhr, war ein alter Seelenverkäufer, auf den er unter normalen Bedingungen keinen Fuß gesetzt hätte; aber so wie die Dinge lagen, konnte er es sich nicht leisten, wählerisch zu sein. Die hölzerne Seemannskiste, die die einzige Einrichtung der Kajüte darstellte, diente ihm einerseits als Schlafstatt, andererseits beherbergte sie den wertvollen Schatz, den er von Smerada nach Tirgas Winmar bringen sollte …

»So, Prinzessin«, knurrte er, während er sich ächzend neben der Kiste niederließ, das Schloss öffnete und den Deckel anhob. »Geht es dir immer noch nicht besser?«

Das Mädchen, das auf dem Grund der uralten und löchrigen Kiste hockte, sah verstört zu ihm auf. Und obwohl er nichts von Menschenkindern verstand, blieb ihm nicht verborgen, dass es ziemlich elend aussah. Das Haar hing schweißnass von seinem Kopf, das kleine Gesicht war feuerrot, die Augen blutunterlaufen. Ganz offenbar war das Fieber wieder schlimmer geworden, was Vigor ganz und gar nicht behagte.

Der Saft, den Braktas ihm gegeben hatte, hatte das Fieber

in den vergangenen Tagen in Schach gehalten. Inzwischen war er jedoch aufgebraucht, und Vigor hatte keine Ahnung, was er sonst tun konnte, um dem Kind zu helfen. Wenn es darum ging, einem Menschen auf der Folterbank seine innersten Geheimnisse zu entlocken, war er stets erfinderisch gewesen – hier jedoch versagten seine Kenntnisse, und das war mehr als bedauerlich. Nicht des Kindes wegen, sondern weil Vigor es um jeden Preis unversehrt zu seinem dunklen Herrscher bringen musste.

»Sind wir … bald zu Hause?«, flüsterte die Kleine. Seit sie dachte, dass er ein anderer sei, sprach sie mit ihm – allerdings war es erschreckend, wie schwach und brüchig ihre Stimme geworden war.

»Gewiss.« Er rang sich ein ermunterndes Lächeln ab. »Bald.«

»Und dann … darf ich wieder zu meiner Mama?«

»Aber sicher.« Er lächelte abermals, froh darüber, dass ein Kind ihres Alters nicht in der Lage war, den beißenden Sarkasmus in seinen Worten zu erkennen.

»Und auch zu meinen Onkeln?«

»Natürlich.« Übelkeit stieg in ihm auf. Es widerstrebte ihm, dass das Balg zwei stinkende, grünhäutige Unholde als seine Onkel bezeichnete. So weit war es mit der Welt gekommen – statt Menschen zu töten und Kinder zu fressen, betätigten sich Orks jetzt schon als deren Ziehväter. Ein weiteres Indiz dafür, dass die Ordnung, die einst in Erdwelt geherrscht hatte, auf den Kopf gestellt war. Es bedurfte einer neuen Ordnung, eines neuen Prinzips, und Urkaid Mock-Loor, wie sich die uralte Macht aus dem Inneren der Welt nannte, repräsentierte dieses neue Prinzip …

»Darf ich raus?«, fragte Alannah jetzt und schickte sich an, in der Kiste aufzustehen. Sie war so schwach, dass sie Mühe hatte, auf die Beine zu kommen.

»Nein«, entgegnete er barsch, um gleich darauf ein weniger schroffes »Lieber nicht«, hinterherzuschicken.

»Warum nicht?«

»Hast du vergessen, was ich dir erzählt habe? Von den bösen Menschen, die uns verfolgen?«

Das Mädchen nickte. Auch wenn Vigor nichts übrighatte für Kinder und für kleine Menschen im Besonderen, musste er doch anerkennen, dass Alannahs Miene und Augen von einer Verständigkeit zeugten, die weit jenseits ihres Alters lag.

»Diese Leute wollen verhindern, dass du deine Mutter wiedersiehst«, fügte er hinzu. »Wenn sie dich finden, werden sie dich über Bord werfen und an die Fische verfüttern.«

»Nein, bitte nicht!« Sie schlug die Hand vor den Mund.

»Keine Sorge.« Er lächelte gönnerhaft. »Ich werde auf dich achtgeben, verstehst du? Du brauchst dir keine Sorgen zu machen, kleine Prinzessin, ich passe auf dich auf. Aber dazu ist es nötig, dass du hier unter Deck bleibst, in diesem Versteck, denn nur hier bist du sicher. Verstehst du das?«

Sie nickte wieder, und er hatte tatsächlich das Gefühl, dass sie verstand.

»Mein Kopf tut weh«, klagte sie, während sie sich seufzend wieder niederließ.

»Ich weiß. Das macht das Fieber.«

»Kannst du was dagegen tun?«

»Leider nicht.« Er schüttelte den Kopf. »Von der Medizin ist nichts mehr übrig.«

»Vielleicht Wickel um die Waden? Meine Onkel haben das immer gemacht ...«

»Was du nicht sagst.« Vigor verzog Braktas' feistes Gesicht zu einem breiten, aber freudlosen Grinsen. Wenn er von jemandem gewiss keine Ratschläge wollte, dann von zwei dämlichen Unholden. »Und was soll das bringen?«

»Gegen das Fieber«, erklärte sie.

»Unfug«, knurrte er. »Das Fieber ist nicht in deinen Beinen, Prinzessin, sondern in deinem Kopf.«

Sie nickte, sichtlich um Verständnis bemüht – und begann doch im nächsten Moment zu wimmern. Die Schmerzen, das Fieber, die Angst, all das schien zu viel für sie zu sein. Glänzende Tränen rannen über ihre feuerroten Wangen.

»Hör auf«, ermahnte Vigor sie, während er nervös durch die Ritzen der Kabinentür nach draußen spähte. »Sie dürfen dich nicht hören!«

Das schien dem Kind einzuleuchten. Das Wimmern verstummte, nur noch ein Schluchzen war ab und an zu hören, während die Tränen ungehemmt weiterflossen. Für einen Moment verspürte Vigor die Versuchung, in die Kiste zu greifen und dem Mädchen tröstend über das schweißnasse Haar zu streichen, aber er rief sich sofort wieder zur Ordnung.

Was sollte das werden? Wurde er auf seine alten Tage rührselig? Vermutlich, sagte er sich, war es der letzte Rest von Braktas' schwachem Geist, den er in seinem Inneren spürte und der ihn dazu drängte, Dinge zu tun, die seinem Wesen völlig fremd waren.

»Hör auf«, ermahnte er das Kind noch einmal, doch der Fluss der Tränen ließ sich nicht mehr aufhalten. Alannah weinte jetzt ungehemmt, ein kleines Häufchen Elend inmitten einer feindseligen, viel zu großen Welt.

Noch einen Augenblick blieb Vigor bei ihr, dann verspürte er dringend das Bedürfnis nach frischer Luft. Ohne noch ein Wort des Trostes zu verlieren, klappte er den Deckel der Kiste wieder zu und schloss sie sorgfältig ab. Alannahs Schluchzen war kaum mehr zu hören, und als er auch noch die Kajütentür hinter sich schloss, verstummte es ganz.

Vigor schob den Riegel vor und hängte das Schloss davor.

Dann begab er sich wieder hinauf auf Deck, wuchtete fluchend Braktas' Massen die Stufen hinauf.

Das Handelsschiff, das er ausgewählt hatte, war ein großer Zweimaster, über dessen Vor- und Achterdeck sich je ein großes Dreieckssegel im Wind der Ostsee blähte. Auf dem breiten Vordeck, über dem ein großer Bugsteven aufragte, tummelten sich einige Passagiere zwischen verzurrten Fässern und Kisten. Vigor mied ihre Blicke, wissend, dass er damit nur unnötig Aufmerksamkeit auf sich gezogen hätte. Stattdessen wandte er sich ab und ging nach Achtern, wo der Steuermann stand und den Segler durch die vergleichsweise ruhige Dünung lenkte. Über die Reling gebeugt, spähte Vigor gen Osten, wo er das Ziel ihrer Überfahrt wusste. Erleichtert nahm er zur Kenntnis, dass unterhalb der Rauchsäule, die schon seit Tagen am Horizont zu sehen gewesen waren, nun auch Erhebungen zu erkennen waren.

Das Ostgebirge.

Der Feuerberg.

Tirgas Winmar.

Das Ziel der Reise schien zum Greifen nah, und Vigor beglückwünschte sich innerlich für die Abgeklärtheit und Schläue, mit der er seine Ziele verfolgt und seinen Hals einmal mehr gerettet hatte. Die See war ruhig, der Wind stand günstig, sodass sie die Küste womöglich noch vor Einbruch der Dunkelheit erreichen würden. So lange würde das Kind auf jeden Fall noch durchhalten – was danach geschah, brauchte ihn nicht mehr zu kümmern.

Euphorie erfüllte ihn, wie er sie lange nicht mehr empfunden hatte, zuletzt in den Tagen, da er als Handlanger Winmars des Steinernen von Erfolg zu Erfolg geeilt und in der Hierarchie des Zwergenreichs immer weiter aufgestiegen war – allerdings war diese Euphorie nicht von langer Dauer.

Sie endete in dem Augenblick, als hinter einem Stapel auf Deck verzurrter Fässer zwei merkwürdige Gestalten hervortraten – die eine so gedrungen, dass ihre Höhe und Breite sich die Waage hielten, die andere groß und dürr, und beide so grün wie giftiger Schimmel. Dazu stieg Vigor der beißende Gestank von Unholden in die Nase.

Rammar und Balbok!

Die beiden Orks ... sie waren ihm gefolgt!

Einen Augenblick lang hätte Vigor am liebsten laut aufgeschrien. Aber dann wurde ihm klar, dass er eindeutig im Vorteil war, denn er erkannte die beiden zwar, aber sie würden ganz sicher nicht in der Lage sein, ihn in seiner neuen Gestalt auszumachen. Tatsächlich schien der Blick ihrer eitrig gelben Augen geradewegs durch ihn hindurchzugehen, sie nahmen ihn noch nicht einmal wahr.

Umso besser, dachte Vigor, während er sich wieder der weiten grünen See zuwandte. Sollten sie doch nach dem Balg suchen, wenn es ihnen Spaß machte – in wenigen Stunden würde die Überfahrt zu Ende sein. Im Hafen konnte er sie dann verhaften lassen und in aller Ruhe dabei zusehen, wie die Wachen des Dunklen Königs sie in Stücke hack...

»Herr Braktas?«

Die Stimme in seinem Rücken störte nicht nur seinen schwelgerischen Gedankengang. Sie machte ihm auch jäh bewusst, dass er sich zu früh gefreut hatte. Denn natürlich erkannte er den Besitzer der Stimme sofort.

»Braktas von Smerada?«, insistierte der Kerl. »In gewissen Kreisen auch als Braktas der Fälscher bekannt?«

Vigor tat so, als würde er erst jetzt aufmerksam. Er zuckte merklich und wandte sich dann langsam seinem Hintermann zu. Wie erwartet blickte er in die vertrauten Züge Alureds, doch etwas darin hatte sich verändert. Das Narbengesicht des Menschen war bärtig und ausgezehrt, und in den

Augen leuchtete eine Entschlossenheit, die Vigor zur Vorsicht riet …

»Sie wünschen, mein Herr?«, fragte er, bemüht, sich überrascht zu geben.

»Seid Ihr Braktas von Smerada?«, erkundigte sich der Mensch noch einmal, begriffsstutzig wie eh und je.

»Nein«, erklärte Vigor kopfschüttelnd. »Ich fürchte, Ihr verwechselt mich mit jemandem, junger Herr.«

»Wirklich?« Die Selbstverständlichkeit, mit der plötzlich ein Dolch in seinen Händen blitzte, machte den Menschen noch verhasster, als er es ohnehin schon war. »Warum habe ich Euch dann während der gesamten Überfahrt noch nicht auf Deck gesehen? Und warum hat der Anblick dieser beiden Orks Euch gerade so erschreckt?«

»Ich habe nichts übrig für Unholde«, erklärte Vigor und brauchte dabei noch nicht einmal zu lügen – die wenigen Male, in denen er sich ihrer Hilfe bedient hatte, hatten stets mit einem Fiasko geendet. »Wollt Ihr mir das übel nehmen?«

Alured warf einen Blick in Richtung der Orks und winkte sie heran. Vigor war klar, dass er handeln musste – wenn die beiden erst hier waren, würde es zu spät sein.

»Das kommt ganz darauf an«, erwiderte Alured.

»Worauf?«

Die Augen des Menschen verengten sich. »Was wisst Ihr über einen jungen Mann namens Suvat Ramil, der Euch in Smerada besuchte? Und was über ein kleines Mädchen, das auf den Namen Alannah hört?«

»Was ich …?«

»Ihr habt noch genau fünf Atemzüge, um Euch zu erklären«, stellte Alured klar. »Dann werden meine beiden grünhäutigen Begleiter Euch bei lebendigem Leib in Eure Bestandteile zerlegen, habt Ihr verstanden?«

Das war Vigors Stichwort.

Noch ein unschuldiges Lächeln lang gab er den Ahnungslosen – dann, in einem Ausbruch von Schnelligkeit, den er dem schwerfälligen Körper des Fälschers gar nicht zugetraut hätte, schlug er die Waffenhand des Menschen beiseite, stieß ihn zurück und ergriff die Flucht.

Alured stieß eine Verwünschung aus, als er das Gleichgewicht verlor und gegen einige Kisten prallte. Die Orks reagierten mit wüstem Gebrüll.

»*Trurkor!*«, schrie Rammar ihm hinterher – und man brauchte nur seine hässliche, hassverzerrte Visage zu sehen, um zu wissen, dass dies ein Schimpfwort war.

7

Es war eine gewaltige Explosion.

Als die Blutkristalle, vor Jahrhunderten gezüchtet, unter dem Einfluss der immensen Hitze ihre Zerstörungskraft entfalteten, taten sie dies mit derartiger Wucht, dass die Erde bebte und Raum und Zeit ins Wanken gerieten. Die Lava, die sich tief unten im Pfuhl sammelte, wurde emporgeworfen. In einer orangerot leuchtenden Kaskade, die all jene erfasste, die nah am Abgrund standen, brach sie aus dem Schlund hervor. Die grünen Flammen des Schattentores erloschen jäh, und als die Kaskade wieder in sich zusammenbrach, riss sie all jene mit, die dem Schlund entstiegen waren.

Es war, als würden die Schattenkrieger von einem Sog erfasst. Ihre schwarzen, silhouettenhaften Körper begannen sich plötzlich aufzulösen, zersetzten sich vor den Augen Ferghas' und der verbliebenen Gefährten und wurden in den Schlund gerissen, in dem sich ein alles verzehrender Mahlstrom drehte und alles an sich zog, was nicht dieser Welt und Wirklichkeit entstammte.

Die Schattenkrieger heulten vor Wut und Furcht, schienen nicht zurückzuwollen in das dunkle Element, dem sie entstiegen waren, doch der Mahlstrom kannte keine Gnade – einer nach dem anderen wurde davon hinweggerissen. Ferghas' Schwert fand nur noch leere Luft.

Ein Sturm tobte durch die Höhle, so heftig, dass der alte Clansmann sich festhalten musste, um nicht ebenfalls erfasst und hinfortgerissen zu werden. Heißer Wind zerrte an seinem Umhang und seiner Kleidung, während er sich an einem Felsen festhielt und den tobenden Elementen trotzte, dabei lauthals schreiend, als könnte er sich so gegen das Grauen wehren.

Ein keilförmiger Wirbel bildete sich über dem Schlund, in dem Bruchteile von Augenblicken lang grotesk verzerrte Gestalten und bizarre Fratzen zu sehen waren – dann brach er in sich zusammen und verschwand in der Tiefe, und mit ihm auch alles, was an die Schattenkrieger erinnerte.

Im nächsten Moment war es vorbei.

Die Höhle fiel in Dunkelheit zurück, nur noch das Rinnsal flüssigen Gesteins, das sich nach wie vor in den Abgrund ergoss, sorgte für spärlichen Lichtschein.

Schwer atmend stand Ferghas dort, wo eben auch noch Dutzende von Schattenkriegern gewesen waren und von allen Seiten auf ihn eingedrungen waren. Verwirrt sah er sich um, das Schwert noch in der Hand.

Daghan hatte recht behalten.

Das Tor war vernichtet, und die Schattenkrieger mit ihm.

Die Wildmenschen hatten schreiend die Flucht ergriffen, nicht einer war geblieben. Nur Runward und Conor waren noch übrig, verstört und erleichtert zugleich.

»Wo ... ist Dag?«, rief Conor herüber.

Ferghas schüttelte nur den Kopf.

Mit einem entsetzten Ausruf eilte Runward zum Rand des Schlunds und blickte hinab, so als erwarte er, in der Tiefe den Freund zu erblicken, der sich geopfert hatte.

»Es war seine Entscheidung«, brachte Ferghas hervor, um Beherrschung bemüht. »Er hat uns alle damit gerettet.«

»Und jetzt?«, fragte Runward und sah ihn fragend an.

»Werden wir tun, was er gesagt hat, und von hier verschwinden«, erwiderte der alte Clansmann und wandte sich zum Gehen.

»Und dann?«, rief der Zwerg ihm hinterher.

Ferghas antwortete nicht. Wie auch? Auf diese Frage wusste er ja selbst keine Antwort …

Runward und Conor tauschten ratlos betroffene Blicke, dann schickten auch sie sich an, die Höhle zu verlassen. Über den schmalen Felsenpfad, der am Rand des Gewölbes entlangführte, traten sie den Rückweg an.

Nicht ahnend, dass zahllose Beine ihnen folgten.

8

»Elender Verräter!«, stieß Rammar zwischen zusammengebissenen Zähnen hervor. »Wenn ich den erwische, reiße ich ihm die Gedärme raus und erwürge ihn damit!«

»Korr«, stimmte Balbok mit gedämpfter Stimme zu, während sie vorsichtig weiterschlichen, ihre Waffen schlagbereit erhoben. »Aber vielleicht solltest du das nicht sagen.«

»Wieso nicht?«, raunzte Rammar. »Auf dem Schiff kann er uns ja schlecht entkommen. Früher oder später kriegen wir ihn.«

»*Korr* – aber wenn du jetzt schon verrätst, was du mit ihm vorhast, ist doch die Überraschung verdorben«, erklärte sein hagerer Bruder mit entwaffnender Logik.

Alured verzog das Gesicht zu einem freudlosen Grinsen. Nur zu gerne hätte er Rammars Zuversicht geteilt, was das Auffinden von Braktas betraf – aber da waren ein paar Dinge, die ihn zur Vorsicht mahnten.

Da war zum einen die Tatsache, dass es fast vier Tage gedauert hatte, bis sie den Fälscher überhaupt zu Gesicht bekommen hatten – bislang hatte er es also gut verstanden, sich verborgen zu halten. Zum anderen war die Zeit ein Problem, denn wenn der Segler weiter so gut Fahrt machte, würden sie Tirgas Winmar noch vor Sonnenuntergang erreichen. Und wenn der Frachter erst im Hafen festgemacht hatte und die Ladung gelöscht wurde, würde es zu spät sein, um Braktas zu stellen.

Und noch etwas war es, das Alured verunsichert hatte: der

Blick, mit dem Braktas ihn bedacht hatte, als er ihm gegenüberstand. Auch wenn Alured wusste, dass es Unsinn war, etwas an diesem Blick war ihm bekannt vorgekommen, so als hätte er schon einmal in diese Augen gesehen, die voller Arglist, Trug und Falschheit waren … Alured konnte es sich nicht erklären, aber ein Gefühl sagte ihm, dass er diesen Mann kannte, auch wenn er völlig sicher war, ihn noch nie zuvor in seinem Leben gesehen zu haben.

Den Orks hatte er nichts davon gesagt, Rammar hätte ihn ohnehin nur verspottet. Aber irgendetwas, das konnte Alured deutlich fühlen, stimmte nicht. Was führte dieser Mann, der so unscheinbar aussah und doch ein Betrüger, ein Mörder und Entführer war, im Schilde? Welchen Plan verfolgte er? Und wieso hatte Alured das Gefühl, ihn zu kennen?

»Still jetzt«, zischte ausgerechnet Rammar, als sie den Niedergang erreichten, der vom Zwischendeck in den vorderen führte. Nachdem Braktas ihnen entkommen und unter Deck geflüchtet war, hatten sie das gesamte Schiff von achtern her durchkämmt – und da sie ihn bislang noch nicht gefunden hatten, sprach alles dafür, dass er sich vorn am Bug verkrochen hatte. Dort gab es mehrere hölzerne Verschläge, die der Kapitän des Schiffes an zahlungskräftige Passagiere als Kajüten vermietete.

In einer von ihnen musste Braktas stecken …

Alureds Herzschlag beschleunigte sich, während sie den Gang hinab auf die Kabinen zuschlichen, vorbei am dicken Stamm des Vormastbaumes, dessen Wurzeln weit hinab in die Eingeweide des Schiffes reichten. Das wenige Licht, das es unter Deck gab, fiel durch ein eisernes Deckengitter; man konnte hören, wie die Wellen von außen gegen den Bug des Schiffes schlugen, und es roch nach Salz und Pech.

Der Gedanke, dass sie der kleinen Alannah womöglich ganz nahe waren, machte Alured Hoffnung, versetzte ihn aber auch in Unruhe. Er hatte Königin Aryanwen geschworen, dass er ihr Kind finden und wohlbehalten zu ihr zurückbringen würde. Aber was, wenn es dafür bereits zu spät war? Was, wenn Braktas in Panik geraten war und dem Kind etwas angetan hatte?

Er verdrängte den Gedanken rasch wieder, konzentrierte sich auf das Hier und Jetzt. Ihre Schritte knarrten leise auf den Planken, als sie die erste Tür erreichten.

»Bereit?«, fragte Alured seine Begleiter.

»Korr«, knurrte Rammar und nickte seinem Bruder zu.

Schon holte Balbok mit dem *saparak* aus, als Alured etwas auffiel. »Warte«, zischte er und hob die Hand.

»Was ist?«

»Diese Türen sind alle von außen verschlossen«, stellte Alured fest, auf die Vorhängeschlösser deutend, mit denen die Riegel versehen waren. »Nur diese dort nicht …«

Einen Augenblick lang wirkten die Orks ratlos. Dann begriffen sie offenbar, worauf er hinauswollte, und ihre Mienen hellten sich auf, als hätte man ihnen einen randvollen Kessel *bru-mill* versprochen.

Kurzerhand trat Balbok auf die betreffende Tür zu, an der das Außenschloss fehlte, und versuchte, sie zu öffnen – vergeblich. Offenbar war sie von innen verbarrikadiert worden, was Rammar auf den Plan rief. Mit einem dumpfen Schrei und seiner ganzen Körpermasse warf sich der dicke Ork dagegen, worauf das morsche Holz sogleich kapitulierte.

Die Tür zerbrach und fiel aus den Angeln, und Rammar stieß sich die Schienbeine an der Seemannskiste, die man von innen gegen die Tür geschoben hatte, um sie zu verstärken. An dem fluchenden und zeternden Ork vorbei schlüpfte Alured ins Innere der nur zwei Schritte im Quadrat messenden Kabine. Seinen Dolch hatte er gezückt und zum Stoß erhoben – die lange Klinge eines Schwertes wäre in der drückenden Enge nur von Nachteil gewesen.

Doch der Verschlag war leer.

Zwar zeugten eine auf dem Boden liegende Decke und mehrere Tonkrüge davon, dass sich jemand häuslich eingerichtet hatte, jedoch war der Vogel ausgeflogen.

»*Pochga*«, meinte Balbok und schnüffelte geräuschvoll.

»Verdammt, musste das sein?«, fuhr Rammar ihn an. »Hier unter Deck ist die Luft schon mies genug!«

»Das meine ich nicht«, wehrte der Hagere ab, der den Kopf in die Kabine gereckt hatte. »Ich sage nur, dass es hier nach dem kleinen *pochga* riecht.«

»Du meinst, das Kind ist hier gewesen?«, fragte Alured.

»*Korr*, ganz sicher.«

Einer jähen Hoffnung folgend, stieß Alured die Seemannskiste auf – doch sie war leer. Nur eine schmutzige Decke lag am Boden. Und ein kleiner Gegenstand, nach dem Alured griff, um ihn sich näher anzusehen. Es war eine kleine Figur, die mit mäßig geschickter Hand aus einem Knochenstück geschnitzt worden war. »Was mag das sein?«, fragte er.

»Borsh der Stinkfisch«, erklärte Rammar spöttisch.

»Das ist Lombok der Niedwarg«, erklärte Balbok leicht beleidigt. »Habe ihn für den kleinen Menschling gemacht«, fügte er nicht ohne Stolz hinzu.

»Also ist Alannah tatsächlich hier gewesen«, knurrte Alured. »Aber wohin …?«

Er verstummte, als er sah, dass im hinteren Bereich des Verschlags einige Wandbretter lose waren und sich ohne Mühe aufbiegen ließen – die Öffnung, die dabei entstand, war groß genug, um selbst einen beleibten Menschen durchschlüpfen zu lassen. Mit einer Verwünschung auf den Lippen kletterte Alured hindurch und fand sich in der benachbarten Kajüte wieder, die ein Oberlicht zum Deck besaß. Die

Seemannskiste stand unmittelbar darunter und war offenbar als Kletterhilfe benutzt worden; das Gitter hatte man herausgenommen, helles Tageslicht drang von oben herein, dazu das Knarren von Tauen und das Rauschen der Gischt, die sich am Bug des Seglers brach – und ein Geräusch, das an Bord eines Schiffes nur äußerst selten anzutreffen war.

Die Schreie eines Kindes!

»Verdammter Mist«, platzte Alured heraus, »er ist oben auf Deck!« Schon war er dabei, durch die Deckenöffnung hinauszuklettern, den Dolch nahm er kurzerhand zwischen die Zähne. Balbok und Rammar folgten ihm auf dem Fuße – der Gedanke, zurückzugehen und die Leiter zum Vordeck zu benutzen, kam dem feisten Ork in der Aufregung nicht, was sich als fatal erwies. Denn während Alured und Balbok bereits oben auf Deck waren und sich nach dem flüchtigen Entführer umblickten, war Rammar noch dabei, sich durch die Öffnung zu zwängen. Zwar gelang es ihm, sich trotz seines Gewichts nach oben zu ziehen, jedoch erwies sich seine Körperfülle als zu umfangreich, und so steckte er mit der Leibesmitte fest, während er wild mit den Armen gestikulierte und sich aus seiner misslichen Lage zu befreien suchte.

»Verdammt!«, fuhr er die Seeleute an, die auf Deck ihren Dienst versahen und ihn mit großen Augen anstarrten. »Guckt nicht so dämlich, ihr milchgesichtigen Halbaffen! Helft mir lieber, bevor ich Euer Schiff kurz und klein schlage …!«

Alured und Balbok hatten keine Zeit, sich um ihren Gefährten zu kümmern. Sie folgten den Schreien, die vom Vordeck drangen, huschten zwischen einigen Stapeln verzurrter Fässer und Kisten hindurch – nur um im nächsten Moment wie angewurzelt stehen zu bleiben.

Denn nur wenige Schritte vor ihnen, unterhalb des hohen Vorstevens, stand der Entführer.

Braktas der Fälscher.

Und er war nicht allein.

In seinen Armen hielt er die kleine Alannah. Ihr Gesichtchen war feuerrot, und sie war abgemagert und sah furchtbar aus, aber immerhin war sie am Leben. Sie weinte und schrie wie von Sinnen – bis zu dem Augenblick, in dem sie Balbok erblickte.

Jäh verebbten ihre Schreie, und obwohl sie schwach und müde wirkte und ihre Augen fiebrig glänzten, brachte sie ein Lächeln zustande.

»Onkel«, hauchte sie.

»Kleiner *pochga*«, flüsterte Balbok hingerissen.

»Rührend, wirklich«, kommentierte Braktas gehässig.

»Euer Spiel ist aus, Mann!«, herrschte Alured den Fälscher an. »Übergebt uns das Mädchen augenblicklich, oder …«

»Oder was?«, fragte Braktas, über dessen wohlgenährte Züge ein Grinsen huschte. »Ihr solltet lieber keine allzu großen Töne spucken, mein Freund – oder das Kind geht über Bord!« Um seinen Worten Nachdruck zu verleihen, trat er an die Back, hinter der die schäumende Gischt emporspritzte.

Alannah schrie wieder.

»Nein!«, rief Alured und hob beschwörend die Arme, während sein Verstand fieberhaft an einer Lösung arbeitete.

Was sollte, was konnte er tun? Für einen Augenblick erwog er, den Dolch zu werfen, aber die Gefahr, Alannah dabei zu verletzen, war zu groß. Alured sah ein, dass es besser war, sich zu beherrschen – er bezweifelte nur, dass der Ork neben ihm diese Ansicht teilen würde.

Balboks Miene hatte sich verfinstert. Der dürre Unhold hatte die Zähne gefletscht wie ein Raubtier, seine Kuhaugen waren blutunterlaufen. Ganz offenbar war er kurz davor, in *saobh* zu verfallen …

»Mensch«, fuhr Braktas Alured an, »nimm das Grüngesicht an die Leine, oder es wird ziemlich hässlich werden, das kann ich dir versprechen!«

»Balbok«, raunte Alured seinem Gefährten daraufhin zu, »nimm dich zusammen. Denk an Alannah …«

»*Korr*, das tue ich«, versicherte der Ork. »Das Milchgesicht hat den kleinen *pochga* entführt und ihm wehgetan. Dafür wird es bezahlen.«

»Was willst du?«, fragte Alured Braktas, um Zeit zu gewinnen.

»Was ich will?«, fragte der verständnislos.

»Mit dem Kind«, wurde Alured deutlicher.

»Ich? Gar nichts.« Der Fälscher schüttelte den Kopf. »Mein Auftrag lautet, es nach Tirgas Winmar zu bringen, und das werde ich tun.«

»Von wem hast du diesen Auftrag erhalten?«

»Kannst du dir das nicht denken?«

Alured schüttelte den Kopf. Er verstand nicht. Wenn Braktas in den Diensten des Dunklen Königs stand, was hatte dann Suvat mit der Sache zu tun gehabt …?

»Armer, törichter Mensch«, meinte Braktas in schlecht geheucheltem Bedauern. »Du fragst dich sicher, warum alles so gekommen ist. Warum hat sich dein junger Freund, dem du doch das Leben gerettet hast, gegen dich gewandt? Warum hat er dieses Kind entführt? Und warum musste er sterben, genau wie Vigor, dein geliebter Feind?«

»Wo-woher weißt du das alles?«, fragte Alured verblüfft. Balbok neben ihm war in wildes Knurren verfallen, zu klarer Artikulation war er nicht mehr fähig. Nicht mehr lange, und die dünnen Fäden, die seinen Verstand jetzt noch vor dem Sturz in die Abgründe des Blutrauschs bewahrten, würden reißen. Was dann geschah, würde nicht mehr zu kontrollieren sein – und Alured bezweifelte, dass es für die kleine Alannah gut ausgehen würde. Das Versprechen, das er gegeben hatte, brannte in seinem Herzen. Er durfte Aryanwen und Daghan nicht enttäuschen, musste ihre Tochter retten …

»Unwichtig«, wehrte Braktas ab. »Dein bisschen Verstand reicht doch nicht aus, um zu erfassen, was der Dunkle König vermag. Vigor hat dich gewarnt, nicht wahr? Er hat dir gesagt, dass dein Mitgefühl irgendwann deinen Untergang besiegeln würde.« Ein breites Grinsen dehnte das feiste Gesicht. »Jetzt ist es so weit, Mensch.«

»Hast du Vigor gekannt?«

»Gewissermaßen«, gab Braktas zu. »So wie ich Suvat Ramil kannte – und wie ich dich kenne, Mensch. Und deshalb weiß ich, dass du mir diesen Ork vom Leib halten wirst. Denn du willst nicht, dass diesem Kind etwas zustößt, nicht wahr? Du stehst im Wort, hast bei deinem Leben geschworen, es zu seinen Eltern zurückzubringen …«

»Woher weißt du das alles?«, verlangte Alured noch einmal zu wissen, der sich auf all das keinen Reim machen konnte. »Ich habe mit niemandem darüber gesprochen!«

»Das war auch nicht notwendig«, versicherte der Mann aus Smerada – und wieder war da dieses Funkeln in seinen Augen, das Alured so bekannt vorkam. Hätte er es nicht besser gewusst, hätte er geglaubt, dass …

In diesem Moment überstürzten sich die Ereignisse.

Rammar, der noch immer in seiner misslichen Lage gefangen war, lamentierte lauthals – und Balbok, der in den letzten Augenblicken immer mehr Mühe gehabt hatten, seinen *saobh* zu beherrschen, verlor die Kontrolle.

Es war, als würde eine gewaltige Axt in seinem Kopf jede Vernunft zertrümmern – ohne noch ein weiteres Wort zu verlieren, stampfte der hagere Ork auf den Entführer zu, der die kleine Alannah wie einen Schild vor sich hielt.

»Keinen Schritt weiter, Unhold!«, rief er.

»Balbok!«, schrie auch Alured.

Vergeblich.

Den *saparak* beidhändig umklammernd, den Kopf gesenkt wie ein wilder Stier, sprang der Ork auf Braktas zu – und hätte ihn wohl im nächsten Moment erreicht, wäre nicht etwas geschehen, womit weder er noch Alured gerechnet hatte.

Keiner von ihnen hatte die grässlichen Kreaturen gesehen, die lautlos und auf dunklen Schwingen herangeglitten waren, von einer dunklen Macht gelenkt. Als die dunklen Schatten auf sie fielen und Furcht wie kalter Stahl durch ihre Herzen schnitt, war es bereits zu spät.

Braktas war der Erste, der von den Klauen eines Schattendrachens gepackt und in die Luft getragen wurde, mitsamt des Kindes, das er noch immer umklammerte.

Balbok, noch mitten im Angriff, war der Nächste. Die Klauen der Kreatur griffen ihn an den Schultern und rissen ihn in die Höhe, den *saparak* verlor er dabei.

Alured kam noch dazu, herumzufahren und nach oben zu blicken – nur um einen dunklen Schemen zu sehen, der heranwischte und ihn im nächsten Moment ebenfalls ergriff. Pfeifend entwich Luft aus seinen Lungen, als es steil nach oben ging. Übelkeit befiel ihn, und nur am Rande bekam er mit, wie ein vierter Schattendrache herabstürzte, den noch immer lauthals lamentierenden Rammar packte und ihn aus der Öffnung zerrte, in der er feststeckte. Begleitet von einer Kaskade von Trümmern und Holzsplittern wurde der dicke Ork hoch in die Luft getragen, den anderen hinterher.

Benommen entsann sich Alured der Klinge in seiner Hand. Kraftlos stach er auf die Klaue ein, die ihn an der Schulter festhielt – worauf sie ihn losließ. Alured stürzte senkrecht in die Tiefe und überschlug sich dabei, der Dolch entwand sich seinem Griff. Schon rechnete er damit, in die kalten Fluten der Ostsee zu tauchen und darin zu versinken – als der Schattendrache ihn wieder auffing.

In vollem Flug pflückte die Kreatur ihn aus der Luft, diesmal an den Beinen, sodass er kopfüber in schwindelerregender Höhe hing. Blut rauschte in seinem Kopf, die Welt versank hinter einem Schleier aus Schmerz, Verzweiflung und Furcht … und er verlor das Bewusstsein.

9

Ferghas stieß eine Verwünschung aus.

»Was, beim verlausten Barte Olifars, ist das?«, wollte Runward wissen.

»Erinnert ihr euch noch an diese Kreaturen, von denen der Gestaltwandler sprach?«, fragte Conor Ca'Bra atemlos. »Die namenlosen Schrecken? Ich schätze, wir haben sie gefunden …«

Durch eine Unzahl von Gängen und Stollen waren sie wieder zurück in die Eingangshalle gelangt – nur um zu sehen, dass der Ausgang versperrt war!

Ein dickes Gespinst war davor gewoben, und überall auf dem Boden und den Höhlenwänden wimmelten Kreaturen, die fast mannsgroß waren, fellbesetzte Leiber hatten und sich auf acht dürren Beinen fortbewegten …

»Spinnen«, stöhnte Ferghas. »Warum mussten es ausgerechnet Spinnen sein?«

»Wisst ihr noch, die Geräusche, die Dag gehört hat?«, fragte Runward und hob seine Axt. »Ich wette, das sind diese Biester gewesen.«

»Womöglich haben sie uns schon die ganze Zeit über beobachtet«, mutmaßte Conor. »Und jetzt betrachten sie uns als ihre Beute.«

»Das werden wir sehen«, knurrte Ferghas trotzig. Er warf die Fackel weg und nahm das Schwert mit beiden Händen. »Bereit?«, fragte er nur.

»Bereit«, kam es einstimmig zurück.

Dann rannten sie los, setzten zu einem Sturmlauf in die Freiheit an, die jenseits des Höhleneingangs und des Gespinstes fingerdicker Spinnweben winkte. Daher also, dachte Ferghas, rührten all die Spinnennetze, die sie gefunden hatten. Und diese Biester waren es wohl auch, die den Suchtrupp der Wildmenschen getötet und ihnen das Fleisch von den Knochen gefressen hatten …

Mit einem heiseren Kampfschrei, der seiner Wut und seinem Ekel Ausdruck verlieh, erreichte der Clansmann die erste Kreatur. Aus einer Vielzahl von Augen starrte sie ihm entgegen, ihre scherenförmigen Mandibeln öffneten sich, um zuzubeißen – doch Ferghas kam ihr zuvor.

Schnell und tödlich schnitt sein Schwert heran und durchtrennte die Hälfte ihrer Beine. Die Riesenspinne brach zusammen und rollte über den Boden davon, wo Runwards Axt ihr den Rest gab. Gelbe, stinkende Flüssigkeit spritzte, als der Zwerg seine Waffe wieder herausriss.

Eine zweite Spinne wurde von Conors Klinge durchbohrt, die er in eines der vielen Augen rammte. Mit einem schrillen Pfeifen ging die Kreatur nieder, der Clansmann sprang kurzerhand über sie hinweg. Weiter aus Leibeskräften brüllend, wollte sich Ferghas auf das nächste Untier stürzen, doch plötzlich zogen sich die Spinnen zurück.

Als würden sie von einem übergeordneten Willen gelenkt, wichen sie den Gefährten aus. Statt sich ihnen einzeln zu stellen, bildeten sie jetzt einen dichten Kordon vor dem Höhlenausgang, während einige von ihnen das Gespinst verstärkten, dass die Eindringlinge am Entkommen hindern sollte.

»Wartet nur!«, schrie Runward. Er schwenkte die Grubenlaterne über dem Kopf und warf sie den Spinnen entgegen. Die Lampe überschlug sich in der Luft und traf dann auf dem harten Steinboden auf, wo sie zersprang. In einer grellen Stichflamme trat brennendes Öl aus, das einige der Tiere erfasste und in Flammen aufgehen ließ.

Panik brach unter den Spinnen aus. Sie wichen abermals zurück, und erneut griffen die Gefährten sie mit blanken Klingen an. Es war ein fürchterliches Hauen und Stechen. Für jede der Kreaturen, die Ferghas und seine Kameraden töteten, schienen sich ihnen fünf neue in den Weg zu stellen, einige davon so groß, dass sie ihnen direkt in die Augen sehen konnten – und verdammt schnell waren alle von ihnen. Blitzschnell schoss einer der Spinnenkörper vor, und hätte Ferghas' lederne Rüstung nicht seine Schulterpartie geschützt, hätte sie ihre Giftzähne tief hineingegraben – so gelang es ihm, den Angriff abzuwehren und das Untier mit einem beherzten Schwerthieb niederzustrecken.

Auch Runward und Conor gaben ihr Bestes. Der Zwerg ließ seine Axt unablässig kreisen und hackte alles kurz und klein, das sich ihm in den Weg stellte, während der Ca'Bra auf den Rücken der Bestien sprang und sie tötete, indem er ihnen die Klinge ins Genick stieß. So kämpften sie sich vorwärts, Stück für Stück durch den Pulk der sich aneinanderdrängenden Spinnenleiber – als plötzlich ein besonders großes Exemplar vor Runward auftauchte, das den Zwerg weit überragte.

Einen Augenblick stand er wie versteinert vor Entsetzen – als die Kreatur sich bereits herabbeugte, um ihm den Kopf von den Schultern zu beißen. Runward jedoch sprang vor, flüchtete sich unter die Bestie und rammte die Axt senkrecht nach oben.

Ein wahrer Sturzbach aus Innereien und gelbem Lebenssaft platschte auf den Zwerg herab, dann begrub ihn das Untier unter sich. Ferghas half ihm dabei, den Kadaver von sich abzuschütteln, und sich wieder auf die Beine zu raffen, und gemeinsam hieben sie weiter um sich, bis sie den von Spinnweben verschlossenen Ausgang erreichten.

Während Runward sich sofort daranmachte, die seildicken Spinnenfäden zu durchtrennen, stellten sich Ferghas und Conor den Kreaturen, die von allen Seiten und sogar von oben herandrängten.

»Beeil dich, Zwerg!«, rief Ferghas aus.

»Leicht gesagt!«, gab Runward fluchend zurück. »Das Zeug ist zäh wie Leder und klebt wie Scheiße vom Höhlenwurm!«

»Hilf ihm«, zischte Conor Ferghas zu. »Ich lenke die Biester so lange ab!«

»Nein«, widersprach Ferghas. »Ich werde das übernehmen!«

»Machst du Witze, alter Mann?« Der Ca'Bra warf ihm ein verwegenes Grinsen zu. »Die Viecher werden dich fressen, noch bevor du es mitkriegst. Also seht zu, dass ihr verschwindet – ich komme nach!«

Noch ehe Ferghas widersprechen konnte, war der junge Clansmann schon wieder auf eine der Bestien gesprungen und ließ sein Schwert niederfahren. Noch während die Kreatur unter ihm zusammenbrach, setzte er leichtfüßig auf die nächste und machte auch ihr ein Ende, während Ferghas und Runward wie besessen auf das zähe Gespinst einschlugen, mit dem die Spinnen den Ausgang verschlossen hatten – bis es sich endlich teilte und mattes Tageslicht in die Höhle fiel.

Noch ein paar beherzte Axthiebe, und der Weg nach draußen war frei. Runward war der Erste, der sich hinauszwängte, dicht gefolgt von Ferghas – doch wenn die beiden geglaubt hatten, dass sie den Spinnen nun entkommen wären, hatten sie sich gründlich geirrt.

Denn auch auf der Gondel des Luftschiffs tummelten sich zwei der Biester – und waren dabei, Lyrx einzuspinnen, der bereits bis zur Hüfte in einem Kokon aus grauem Spinnengeflecht steckte!

»Das darf doch nicht wahr sein!«

Mit einem Ausruf des Entsetzens überquerte Ferghas die Planke und sprang an Bord. Die erste Spinne sah das Unheil, das über sie hereinbrach, gar nicht kommen – das Schwert des Clansmannes zerteilte sie und verteilte ihre Innereien quer über die Gondel. Die andere Bestie war sehr viel gerissener. Mit einem feindseligen Zischen ließ sie von ihrer Beute ab und kletterte an den Tauen hinauf zur Luftblase – von wo sie sich im nächsten Moment abseilte und auf Ferghas fallen ließ.

Mit einem erstickten Schrei ging der Veteran zu Boden, begraben von einem Knäuel aus Beinen, Fell und giftigen Mandibeln, die bisswütig nach ihm schnappten. Am Boden liegend, versuchte Ferghas, seine Schwerthand zu bewegen, aber es gelang ihm nicht – dafür sah er plötzlich das geifernde Maul über sich und die vielen Augen, die feindselig auf ihn herabstarrten.

Vergeblich versuchte der Clansmann, sich zu befreien, sein Schicksal war besiegelt. Die Mandibeln kamen näher, stinkender Geifer troff in Ferghas' Gesicht – als etwas aufblitzte und senkrecht niederging.

Es war Runwards Axt.

Mit urtümlicher Wucht drang sie in den Hinterkopf des Untiers ein und spaltete ihr den Schädel – dort, wo eben noch ein Dutzend schwarzer Augen auf Ferghas gestarrt hatte, lugte jetzt das Blatt der Zwergenaxt hervor.

Um ganz sicherzugehen, schlug Runward noch ein zweites und ein drittes Mal zu. Dann half er Ferghas dabei, sich von dem Kadaver zu befreien, und gemeinsam hievten sie die toten Spinnentiere über Bord.

»Los doch, verschwinden wir«, schlug der Zwerg daraufhin vor, und Ferghas hatte nichts einzuwenden.

»Conor!«, schrie er in den offenen Eingang der Höhle. »Komm schon, Junge …!«

Aus der Höhle kam keine Antwort, sodass Ferghas schon über die Bordwand der Gondel klettern und zurückeilen wollte, um dem jungen Clansmann zu Hilfe zu kommen – als plötzlich grässliche Laute aus der Höhlen drangen. Entsetzt erblickte Ferghas die schemenhafte Gestalt, die durch das Gespinst im Eingang zu erkennen war.

Kein Zweifel, es war Conor.

Beim Versuch, sich zurückzuziehen, hatte er der junge Clansmann sich wohl im Gespinst verfangen und konnte sich nicht mehr wehren – nun kamen von allen Seiten vielbeinige, dunkle Schatten auf ihn zu.

Conor Ca'Bra schrie entsetzlich, und Ferghas wollte von Bord, um ihm zu helfen – doch Runward hielt ihn zurück.

»Lass mich los!«, verlangte Ferghas energisch. »Er ist unser Gefährte! Er braucht Hilfe!«

»Es ist zu spät«, beharrte der Zwerg, dessen kräftige Hände Ferghas' Arm wie ein Schraubstock umklammerten. »Du kannst ihm nicht mehr helfen!«

»Aber ich …« Ein weiterer Schrei erklang. Ferghas sah hinüber, beobachtete entsetzt, wie die Spinnenkreaturen etwas aus dem Clanskrieger zerrten, das seine Gedärme sein mochten … »Verdammt!«, rief er aus und drosch mit der Faust auf die Reling.

Runward ließ ihn los und löste die Leinen des Luftschiffs, während Ferghas nach Lyrx' Bogen griff, der am Boden der Gondel lag. Kurzerhand nahm er ihn auf, legte einen Pfeil auf die Sehne, zielte und schoss.

Conors Schreie verstummten.

Ferghas sah den leblosen Körper des jungen Häuptlings im Spinnengeflecht zurückbleiben, während das Luftschiff rasch an Höhe gewann. Unter den Schlinggewächsen, die die Felswand überwucherten, krochen noch mehr der Spinnenwesen hervor. Von Rachegefühlen getrieben legte Ferghas noch weitere Pfeile auf und schickte sie den grässlichen Kreaturen entgegen. Schrille Schreie ausstoßend und mit ihren dürren Beinen zappelnd stürzten sie in die Kluft.

Schweigend blickte Ferghas ihnen hinterher, bis das Luftschiff so hoch gestiegen war, dass es in die Wolken eindrang – und schon kurz darauf erinnerte nichts mehr an die tiefe Schlucht, die Festung Nurmorod und die grässlichen Dinge, die dort geschehen waren.

10

Die nächste Angriffswelle rollte.

Mit brachialer Gewalt brandete sie gegen die Mauern Tirgaslans, und es war ungewiss, ob das alte Gestein ihr standhalten würde. Denn es war ein Sturm aus Dampf und Stahl, der gegen die Bollwerke der Königsstadt anbrandete.

Zum wiederholten Mal rannten die feindlichen Kaldronen gegen das Osttor an im Versuch, es zu durchbrechen. Die ersten beiden Versuche hatten Bertin Zwergenhammer und seine Kämpfer abgewehrt, in dem sie erneut die Zerstörungsgewalt der Donnerrohre entfesselt hatten. Den Einschlägen der mächtigen Waffen hatten selbst die gepanzerten Kolosse nichts entgegenzusetzen gehabt, ihre rußgeschwärzten Überreste, die an riesige Eierschalen erinnerten, lagen noch immer auf dem Schlachtfeld verstreut.

Doch der Angriff dauerte an.

Mit derselben unnachgiebigen, lebensverachtenden Haltung, mit der der dunkle Feind schon die Orks und Trolle in Scharen hatte anrennen lassen, schickte er nun die Kaldronen in die Schlacht, auf dass sie den nachrückenden Zwergenkriegern die Tore öffneten – und allmählich zeigte dieses Vorgehen Wirkung. Denn sowohl das Pulver als auch die Geschosse, mit denen die Donnerrohre gefüttert wurden, gingen allmählich zur Neige.

Mit infernalischem Rasseln stampfte eine neue Reihe von Kaldronen heran. Schüsse von Donnerbüchsen krachten, aber die Kugeln prallten wirkungslos an den stählernen Hüllen ab. Einige der Kaldronen erwiderten das Feuer – zwei Soldaten der Stadtwache, die auf der unteren Turmplattform standen, wurden von der Ladung getroffen und waren sofort tot. Den Feuerschutz nutzend, rückten die übrigen Kaldronen weiter vor. Eine von ihnen wurde von einem Donnerrohr getroffen und zerbarst in einem grellen Feuerball, der nichts als schwelende Trümmer hinterließ. Die übrigen Kampfkolosse jedoch erreichten kurz darauf das Tor und begannen, mit ihren riesigen Äxten darauf einzuschlagen – lange, das stand außer Frage, würden auch die massivsten Eichenbohlen diesem Ansturm nicht trotzen.

Die Bogenschützen auf den angrenzenden Mauerabschnitten ließen einen Regen von Pfeilen auf die Angreifer niedergehen, doch nicht einer von ihnen fand seinen Weg durch die winzigen Löcher der Visiere, die die einzig verwundbare Stelle der Kaldronen darstellten. Bertin und den Seinen blieb nichts anderes übrig, als zu jenen Mitteln zu greifen, die schon vor Jahrhunderten angewandt worden waren, um räuberische Trolle von den Toren Gorta Ruuns fernzuhalten …

Auf den Befehl des Zwergenkönigs hin wurden die Kessel mit dem siedenden Pech herangetragen und an die Zinnen gebracht – und schon wenige Augenblicke später ergoss sich die schwarze, zähflüssige Masse in die Tiefe.

Auch wenn Bertin weder etwas für Kaldronen übrighatte noch für diejenigen, die sie steuerten – zu sehen, wie sich das heiße Pech über die Kampfmaschinen ergoss, und die gellenden Schreie der Männer zu hören, die in ihrem Inneren bei lebendigem Leibe gekocht wurden, war grässlich. Bertin beschloss, dem schaurigen Vorgang ein rasches Ende zu bereiten, und übernahm es selbst, den Brandpfeil abzuschießen. Mit einem lauten Fauchen ging das Pech in Flammen auf, die Kaldronen, die soeben noch auf das Osttor eingeschlagen hatten, verwandelten sich in ausgebrannte Schatten ihrer selbst.

Der beißende Geruch des Pechs zog am Torhaus empor, gepaart mit dem Gestank von verbranntem Fleisch. Einige der jüngeren Krieger wandten sich ab und übergaben sich, doch an eine Pause war nicht zu denken. Denn den Kaldronen folgten die Zwergenkrieger, die entlang des Waldrands aufmarschiert waren.

Hinter beweglichen Palisaden rückten sie heran. Einem direkten Treffer durch ein Donnerrohr vermochten zwar auch sie nicht standzuhalten, gegen Pfeile und Kugeln jedoch bot die bewegliche Brustwehr zuverlässigen Schutz, und so gelangten die Zwergenkrieger näher an die Mauer heran, als Bertin lieb sein konnte – und sie führten eine böse Überraschung mit. Denn hinter den Palisaden verbargen sich nicht nur Kämpfer, die mit Axt und Schild bewaffnet waren, sondern auch solche, die auf ihrem Rücken Donnerrohre trugen. Diese waren zwar sehr viel kleiner als ihre fest montierten Gegenstücke, doch wie sich zeigte, vermochten auch sie verheerende Schäden anzurichten. Fortwährend gingen an den Brustwehren angebrachte Klappen auf, durch die die Zwerge feuerten – die Geschosse waren faustgroße Kugeln aus Metall, die mit Pulver gefüllt waren.

Wo sie aufs Mauerwerk trafen, drangen sie zwar nicht durch, hinterließen jedoch beträchtliche Krater; wo sie dagegen in die Zinnen oder die darüber gebauten hölzernen Hurden schlugen, entfalteten sie ihre ganze Zerstörungskraft.

Hilflos musste Bertin mit ansehen, wie überall auf den Wehrgängen Kugeln einschlugen und grelle Feuerbälle aufloderten. Zwerge und Menschen, von den Explosionen erfasst, wurden wie Spielzeuge durch die Luft geschleudert, Gesteinsbrocken und Holzsplitter fegten nach allen Seiten und richteten weitere Schäden an. Und während die Donnerschützen und die verbliebenen Kaldronen weiterfeuerten, rückten in ihrem Schutz die gepanzerten Zwergenkrieger an die Mauer heran und legten Sturmleitern an.

»Bogenschützen!«, befahl Bertin mit heiserer Stimme und schwang einmal mehr den Hammer Martog, um das Zeichen zu geben – aber die Anzahl der Pfeile, die auf die Angreifer niedergingen, hatte sich bereits reduziert. Nur einige wurden getroffen, die meisten fanden Schutz hinter Palisaden und Schilden oder duckten sich hinter die leblosen Leiber gefallener Orks und Trolle. Sobald der Beschuss jedoch aussetzte, rückten sie weiter vor und kletterten an den Mauern empor, entschlossen, sie zu erstürmen.

Die ersten Leitern wurden umgekippt wie zuvor bei den Orks, aber dann gelang es den ersten Angreifern, die Zinnen zu erklimmen. »Haltet Stand!«, rief Bertin seinen Leuten zu, während er selbst den Hammer hob und den Eindringlingen entgegenstürmte. »Lasst sie nicht herein!«

Der erste wuchtige Hieb traf gleich zwei Gegner auf einmal und schickte sie wieder auf ihre Seite der Mauer. Doch sofort setzten weitere Zwergenkrieger nach, und ein furchtbares Scharmützel entbrannte auf der Mauer, Zwerg gegen Zwerg. Selten war es in der Geschichte des Zwergenvolks vorgekommen, dass die Söhne des Berges gegeneinander kämpften, und Bertin war gewiss nicht stolz darauf, dieses ungeschriebene Gesetz zu brechen – doch mit den Zwergen von Tirgas Winmar Frieden zu halten, hätte bedeutet, sich der Herrschaft des Dunklen Königs zu unterwerfen, Unfreiheit und Unterdrückung zu erdulden, und das konnte er nicht. In Gorta Ruun hatte er erlebt, was Fremdherrschaft und Willkür bedeuteten, und er hatte sich geschworen, dass er dies niemals wieder zulassen wollte …

»Für die Freiheit!«, brüllte er und schwang den Hammer. Martog fiel herab und zerschmetterte den Helm eines Kriegers, der sich soeben über die Mauer hatte schwingen wollen.

Erneut wurde heißes Pech von den Zinnen gegossen. Der am Boden noch immer schwelende Brand flammte wieder auf und verzehrte die Angreifer im Dutzend. Kaldronen und Donnerrohre eröffneten wieder das Feuer und einige Verteidiger, die soeben dabei gewesen waren, einen weiteren Kessel Pech auf die Angreifer zu gießen, wurden getroffen. Die zähe Flüssigkeit breitete sich auf dem Wehrgang aus und tränkte das hölzerne Schanzwerk – das im nächsten Moment in Flammen aufging.

Nicht nur die Angreifer, auch die Verteidiger wichen zurück. Von innerhalb der Mauern wurde Wasser herangetragen, um den Brand zu löschen, während oben auf dem Wehrgang der erbitterte Kampf weitertobte. Einige Kämpfer hatten Feuer gefangen und endeten als lebende Fackeln, die schreiend in die Tiefe stürzten, ohne dass zu erkennen war, welcher von beiden Seiten sie angehört hatten. Doch der Zustrom von neuen Kämpfern hörte nicht auf. Immer mehr von ihnen stürmten über die Wiese heran, die sich längst in einen Acker des Todes verwandelt hatte, in ein Meer von Schlamm und Blut. Immer wieder gaben die Donnerrohre Feuer, und Kaskaden von Trümmern und Dreck wurden aufgeworfen, die schreckliche Krater rissen – doch mit der Beharrlichkeit, die dem Volk des Berges zu eigen war, rückten die Angreifer beständig nach.

Bertin sah, wie einer seiner Leute, der bereits im Widerstand an seiner Seite gefochten hatte, im Getümmel von einem Axtstreich getroffen wurde und blutüberströmt niederging. Er wollte ihm zu Hilfe kommen, aber es war nicht möglich, denn gleich zwei Angreifer auf einmal stellten sich ihm in den Weg. Den einen fegte Martog ohne Federlesens vom Wehrgang, mit dem anderen, der mit einem mörderisch aussehenden Rabenschnabel bewaffnet war, kreuzte Bertin die Waffen. Stahl traf auf Stahl. Über die gekreuzten Totschläger hinweg starrten die beiden Widersacher sich an, jeder entschlossen, dem anderen das Leben zu nehmen. Eine Weile rangen sie, dann stieß der andere Bertin zurück. Der König der freien Zwerge taumelte, stieß an den Leichnam eines Kameraden und kam selbst zu Fall. Rücklings schlug er zu Boden, und schon war der andere über ihm, um ihm mit dem gebogenen Schnabel ein hässliches Loch in den Helm zu hacken. Dass er es nicht sofort tat, lag an dem Kampf, der rings auf den Zinnen des Osttors wogte. Bertins Gegner wurde zur Seite abgedrängt, kehrte jedoch sofort zurück, um sein Mordwerk zu vollenden – aber inzwischen war Bertin nicht mehr wehrlos.

Den Hammer Martog wie einen Rammbock einsetzend, rammte er ihn gegen die Knie des anderen. Der Zwerg jaulte, als die Gelenke brachen, und ging nieder. Dabei löste sich der Helm von seinem Kopf und rollte davon. Einen Herzschlag lang blickte Bertin in die um Gnade flehenden Augen seines Gegners – ehe Martog herabfiel und seinem Leben ein Ende setzte.

Unbändige Wut erfasste den Zwergenkönig daraufhin.

Wut auf den Krieg, Wut auf die Angreifer, Wut auf den Dunklen König, der im fernen Tirgas Winmar saß und diesen blutigen Konflikt lenkte. Mit einem heiseren Schrei schwang er den Hammer und trieb damit eine Schneise in die Reihen der Gegner, von denen sich zuletzt immer mehr auf dem Turm festgesetzt hatten.

»Wir werden nicht weichen!«, rief er dazu. »Wir sind Söhne des Berges und werden nicht weichen, kapiert ihr das, ihr Dreckfresser? Sagt das Eurem verräterischen König!«

Wie um seinen Worten Nachdruck zu verleihen, ließ er

den Hammer abermals niedergehen, brach damit Schädel und Knochen. Vom Zornesausbruch ihres Anführers mitgerissen, rückten Bertins Leute zu ihm auf und drangen nun ebenfalls mit brachialer Gewalt gegen die Eindringlinge vor, was nicht ohne Wirkung blieb. Die Angreifer in der vordersten Reihe fielen, was wiederum die nachdrängenden Krieger behinderte, und Bertin ließ Martog auch über ihren Köpfen tanzen. So schrecklich wüteten er und seine Kameraden, dass die Angreifer wichen und den Rückweg über die Leitern antraten. Die wenigsten erreichten wohlbehalten den Grund – viele stürzten auf kippenden Leitern in den Tod, andere fielen in die Flammen, wieder andere wurden auf der Flucht von Pfeilen ereilt. Im Schutz der Palisaden, die sie unten auf dem Feld zurückgelassen hatte, zogen sie sich zurück, manche von ihnen schleppend und auf allen vieren.

Bertin, dessen Gesichtszüge von Zorn und Kampfeslust gerötet und blutbesudelt waren, stieß den Hammer Martog in die Luft und verfiel in heiseres Triumphgeschrei, in das seine Leute mit einfielen.

Die Angriffswelle war zurückgeschlagen.

Aber ihnen allen war klar, dass der Feind sich sammeln und zurückkehren würde – und auf Dauer hatten sie ihm nichts entgegenzusetzen.

11

Es war vorbei.

Sie hatten die Kristallsplitter erbeutet, hatten das Tor zur Schattenwelt zerstört und waren aus Nurmorod entkommen – aber zu welchem Preis!

Ferghas vermochte nicht zu sagen, wie viel Zeit vergangen war, seit sie aus der Drachenfestung geflohen waren. Im Heck der Gondel am Ruder stehend, steuerte er das Luftschiff, während Runward und der aus dem Spinnenkokon befreite Lyrx die Esse befeuerten, sodass das Gefährt höher und höher stieg – nur so konnten sie hoffen, ohne Dags Hilfe trotz des dichten Nebels den Felsnadeln zu entgehen.

Stumm starrte der alte Clansmann vor sich hin.

Die dramatischen Bilder ihrer Flucht aus Nurmorod liefen wieder und wieder vor seinem geistigen Auge ab. Er sah, wie Daghan sich in den Schlund stürzte, genau wie der alte Dwethan es vor ihm getan hatte, und er musste wieder und wieder miterleben, wie die Spinnenkreaturen den armen Conor Ca'Bra bei lebendigem Leibe zerfleischten. Noch immer hatte Ferghas die entsetzlichen Schreie des jungen Häuptlings im Ohr, und wieder und wieder fragte er sich, ob er es nicht hätte verhindern können. Warum nur, so fragte er sich, hatte er auf die beiden Grünschnäbel gehört? Wenn schon, dann hätte er sich opfern, hätte er sein Leben für seine Freunde geben sollen … so ergab es einfach keinen Sinn.

Auch Runward und Lyrx hatten kaum ein Wort gesprochen. Stumm vor Grauen und Trauer um die gefallenen Freunde suchten sie zu verarbeiten, was geschehen war, während sie das Feuer im Brenner fütterten.

Erst nach einer endlos scheinenden Weile brach Lyrx das Schweigen. »Ich verstehe das alles nicht«, meinte er kopfschüttelnd. »Warum hat Dag sein Leben gegeben?«

»Weil er überzeugt war von dem, was er tat«, gab Runward zurück. »Und er ist für seine Überzeugung gestorben.«

»Was verstehst du denn davon?«, fuhr der Gestaltwandler den Zwerg an. »Als ob du schon ein einziges Mal in deinem Leben von irgendetwas so überzeugt gewesen wärst, dass du dich selbst dafür geopfert hättest!«

»Dass es noch niemals der Fall war, bedeutet nicht, dass ich nicht bereit wäre, es zu tun«, brummte der Schmied in seinen schwarzen Bart.

»Die Erkenntnis kommt reichlich spät.«

»Was willst du damit sagen?«, fragte Runward. »Wäre es dir lieber, ich wäre an Daghans Stelle in den Schlund gesprungen?«

»In der Tat, Dummkopf. Du oder ich, das macht keinen Unterschied«, konterte Lyrx. »Nur Daghan hätte es nicht sein dürfen! Er war der Tapferste und Beste von uns, er kannte die Geheimnisse der Elfenkönigin! Nun ist alles verloren!«

»Nicht alles«, wandte Ferghas ein. »Wir haben die Waffe, vergesst das nicht.«

»Und? Was haben wir davon?«

»Bevor Dag … bevor er sich geopfert hat, trug er mir auf, die Mission zu Ende zu führen.«

»Ja, klar.« Runward lachte freudlos auf.

»Es ist mein Ernst«, stellte Ferghas klar. »Es war sein letzter Wunsch, und ich habe vor, ihn zu erfüllen.«

»Wie willst du das anstellen?« Der Zwerg schüttelte unwillig den Kopf. »Ohne Dag und seine Visionen haben wir nicht die geringste Chance!«

»Du glaubst also doch daran?« Lyrx sah ihn fragend an.

»Das muss ich wohl nach allem, was geschehen ist. Aber deshalb fange ich nicht an, größenwahnsinnig zu werden.«

»Das habe ich auch nicht vor«, versicherte Ferghas. »Ich werde nur tun, was getan werden muss.«

»Ich bin dabei«, erklärte Lyrx grimmig.

»Großartig«, meinte Runward mit vor Sarkasmus triefender Stimme, »das hat mir noch gefehlt: zwei einsame Recken gegen den Rest der Welt! Seid ihr jetzt alle beide übergeschnappt? Oder einfach nur lebensmüde geworden? Wie soll das denn aussehen? Wir kommen ja nicht mal aus diesem verdammtem Nebel raus! Wir können froh sein, wenn wir zurück nach Hause finden!«

»Der Nebel war ein Problem, als wir unser Ziel nicht kannten«, wandte Ferghas ein. »Nun können wir einem Luftstrom folgen, in welche Richtung auch immer, und sobald sich der Nebel lichtet, können wir anhand der Sterne unsere Position bestimmen und nach Norden fliegen, wo sich der Feuerberg befindet.«

»Und dann?«

»Du weißt, was dann geschehen muss«, erwiderte der Clansmann grimmig.

»Und du glaubst, dass wir das schaffen?«

»Ich weiß es nicht – aber lieber scheitere ich und gehe dabei drauf, als es gar nicht erst zu versuchen.«

»Schöne Worte«, meinte der Zwerg.

»Aber er hat recht«, pflichtete Lyrx Ferghas bei. »Oder willst du zurückkehren nach Tirgaslan und Königin Aryanwen berichten, dass Daghan tot ist? Dass er sich für uns geopfert hat und wir noch nicht einmal versucht haben, seinen letzten Befehl an uns auszuführen?«

Runward sah den Gestaltwandler an, ohne dass zu erkennen war, was hinter den tätowierten Gesichtszügen des Zwergs vor sich ging. Dann schlug er den Blick zu Boden.

»Verdammt«, sagte er nur.

»Also ist es beschlossen«, bestätigte Ferghas grimmig. »Wir steuern Tirgas Winmar an und bringen Waffen an ihr Ziel – das sind wir Daghan und Con… diesem großmäuligen Mistkerl von Ca'Bra einfach schuldig.«

12

Der nächste Angriff ließ nicht lange auf sich warten. Es war Nachmittag geworden, und dunkle Wolken hatten sich am Himmel über Tirgaslan zusammengezogen. Gerade, als sie begannen, sich in heftigem Regen zu entladen, erfolgte die nächste Attacke des Feindes, und das sicher nicht von ungefähr – denn im Regen war Feuer keine wirkungsvolle Waffe, und die Donnerrohre waren wertlos, wenn das Pulver feucht wurde …

»Feuer!«, befahl Bertin dennoch, als die Schlachtreihe von Zwergen und Kaldronen, unter die sich hier und dort auch ein Trupp Orksöldner gemischt hatte, unter lauten Trommelschlägen heranrückte. Dass sich das Gelände vor den Stadtmauern durch den Regen in einen wahren Sumpf verwandelte, schien sie nicht zu stören – unbeirrt rückten sie vor, obschon sie ihre rollenden Palisaden infolge des aufgeweichten Bodens zurücklassen mussten. Aber was scherte es den Dunklen König, ob er bei einem Angriff einhundert oder eintausend Leute verlor – alles, was ihn interessierte, war der Sieg.

Die Donnerrohre krachten und brachten dutzendfachen Tod, aber auch die Kaldronen gaben Feuer. Mehrere der Hurden, die zum Schutz der Verteidiger über den Wehrgängen errichtet waren, zerbarsten in grellen Explosionen, und es war nur dem strömenden Regen zu verdanken, dass nicht sofort wieder Feuer ausbrach. Verwundete schrien und wurden in aller Eile weggeschleppt, die Stellungen dort, wo es noch möglich war, neu besetzt – dann kamen die Leitern.

Als die Sturmtrupps der Zwergenkrieger sich den Mauern näherten, hagelten in Ermangelung von ausreichend Bogenschützen diesmal Steine und Trümmer herab, die die Bewohner von Tirgaslan auf sie schleuderten. Die Verluste, die die Verteidiger hatten hinnehmen müssen, waren auf einigen Mauerabschnitten derart hoch, dass nun Frauen und Kinder heranmussten, die den Angreifern alles entgegenwarfen, dessen sie habhaft werden konnten. Auch Pech und heißes Wasser gingen wieder auf die Zwerge nieder, die sich anschickten, ihre Sturmleitern aufzurichten und daran emporzuklettern, und es bedurfte vieler Versuche, bis es ihnen gelang.

Unzählige Leitern wurden von den Verteidigern umgestoßen, die Soldaten des Dunklen Königs stürzten in die Tiefe, wurden von Gesteinsbrocken erschlagen oder in ihren Rüstungen verbrüht. Doch schließlich gab die schiere Überzahl den Ausschlag, und die Zwergenkrieger erklommen die Mauerkrone, während gleichzeitig unten am Tor eine Kolonne von Kaldronen anrückte, die den ehrwürdigen, mit Eisen und Tierhäuten beschlagenen Bohlen zu Leibe rückten.

Die Hiebe ihrer Äxte hörten sich an wie ein Hammerwerk. Sie bildeten die Untermalung für den erbitterten Kampf, der auf den vom Regen nassen Wehrgängen tobte. Mehr als einmal rutschte Bertin aus, bis er erkannte, dass der Boden nicht nur vom Regen glitschig war. Die Pfützen schimmerten rot.

Der Hammer seines Vaters leistete ihm einmal mehr treue Dienste, und er führte ihn schnell und mit Geschick, obwohl seine Kräfte allmählich erlahmten. Auch bei den anderen Verteidigern, zumal den wenig geübten, ließen die Kräfte nach, während die Krieger, die über die Zinnen setzten, frisch und ausgeruht waren.

Ein großer, muskelstarrender Ork, dessen Helmzier ein grinsender Totenschädel war, sprang mit wildem Gebrüll auf den Wehrgang des Torhauses. Ein alter Zwerg, der mit den Flüchtlingen aus Gorta Ruun gekommen war, trat ihm mutig entgegen – worauf der Unhold ihn mit dem *saparak* durchbohrte. Die Waffe war mit derart barbarischer Wucht geführt, dass sie im Rücken des Alten wieder austrat, und der Ork, maßlos in seiner Raserei, hob den Speer hoch und schüttelte ihn, sodass der Tote einen bizarren Tanz vollführte, der die Verteidiger mit blankem Schrecken erfüllte. Bertin wollte eingreifen, um den Frevel zu beenden und den Tod des Alten zu rächen, aber zwei weitere Angreifer, die soeben das Tor erklommen, erforderten seine Aufmerksamkeit.

Eine Zwergin und ein Offizier der Stadtwache waren die Nächsten, die sich dem Unhold entgegenstellten, und auch sie vermochten ihn nicht aufzuhalten. Der Offizier, der mit dem Ork die Klingen kreuzte, sank mit durchbohrtem Herzen nieder. Die Zwergin, die die Axt ihres gefallenen Gemahls mit bewundernswertem Mut und Geschick führte, schaffte es immerhin, dem Unhold eine tiefe Schnittwunde am Bein beizubringen, die sein dunkles Blut schwallweise hervortreten ließ – doch mit einer einzigen unwirschen Bewegung fegte das Monstrum die Frau zur Seite, sodass sie hoch durch die Luft flog, gegen die Ummauerung prallte und bewusstlos daran niedersank. Die nächsten Gegner, denen der Ork sich zuwandte, waren bartlose Jungzwerge, noch halbe Kinder, und er lachte bei der Vorstellung, sie in Stücke zu hauen.

»He du!«, schrie Bertin, um seine Aufmerksamkeit auf sich zu lenken, aber der Unhold hörte ihn nicht inmitten des allgegenwärtigen Gebrülls und des Geklirrs der Waffen, vom prasselnden Regen und dem Hämmern der Kaldronen gegen das Tor ganz zu schweigen.

Mit dem Ende des Hammerstiels hieb Bertin seinem Gegner in den Bauch. Der Zwergenkrieger verdrehte die Augen, sank nieder und übergab sich. Der andere Angreifer warf sich nach vorn, um mit der Axt zuzuschlagen, dabei lief er genau in den Hammer. Seine Nase und sein Kiefer brachen, sein Gesicht verwandelte sich in einen blutigen Schwamm – und mit einem harten Fußtritt beförderte Bertin ihn rücklings vom Wehrgang und hinab in die Tiefe.

Nun war er frei und wandte sich dem Ork zu, der die beiden Jungen in eine Ecke getrieben hatte, wo sie sich furchtsam aneinanderklammerten. Gerade holte der Unhold zum Todesstoß aus. Seine Klinge ging nieder – aber sie traf nicht auf weiches Fleisch, sondern auf Martogs harten Stahl.

»Genug gemordet, Unhold«, knurrte Bertin Zwergenhammer. »Zeit für dich, abzutreten!«

Der Ork brüllte wütend und holte erneut aus. Bertin hieb ihm den Hammer vor die Brust, was ihn zurücktaumeln ließ, aber der Zwergenkönig kam nicht dazu, einen zweiten Schlag anzubringen. Denn schon schoss der *saparak* des Unholds wieder vor, und es war Bertin, der ausweichen musste und ins Taumeln geriet. Erneut rutschte er aus und schlug hin. Er blickte auf, sah den Ork, der sich im strömenden Regen über ihm aufbaute, um ihm mit einem einzigen Hieb den Schädel zu spalten – und warf sich blitzschnell zur Seite.

Die Klinge des Orks fiel herab und verfehlte Bertin um Haaresbreite. Er rollte sich über den nassen, blutigen Boden, bis er gegen den Leichnam eines gefallenen Stadtsoldaten stieß, und zückte kurzerhand dessen Dolch, der noch in der Scheide am Gürtel steckte. Ehe Bertin wieder hochkam, war der Ork bereits wieder über ihm. Die Pranke des Unholds schoss herab, packte ihn im Genick und riss ihn hoch.

Martog entwand sich seinem Griff und blieb am Boden, aber den Dolch hatte Bertin noch. Am ausgestreckten Arm des Unholds hängend, der ihn offenbar nicht nur besiegen, sondern demütigen wollte, blickte er dem Ork ins hässliche Gesicht – und rammte ihm kurzerhand den Dolch bis zum Heft in den Unterarm.

Der Ork brüllte und ließ Bertin fallen. Wütend betrachtete der tumbe Krieger seinen durchbohrten Arm ohne auch nur auf den Gedanken zu kommen, die Klinge herauszuziehen – Zeit, die Bertin nutzen wollte, um wieder an Martog zu kommen. Doch der Ork war schneller.

Bertin hatte den Hammer gerade gepackt, als der Unhold ihn an den Beinen packte und erneut in die Luft riss. Diesmal hing Bertin kopfüber, und der Ork in seiner Raserei machte Anstalten, den Zwergenkönig kurzerhand von den Zinnen zu schleudern – als Martog ihn eines Besseren belehrte.

In seiner misslichen Lage hängend, gelang es Bertin, sich zur Seite zu drehen und einen wuchtigen Hieb anzubringen, der den Ork an der Schläfe traf, knapp unterhalb des grässlichen Helmes. Die Augen des Unholds weiteten sich, sein Kopf pendelte hin und her, seinen Gegner schien er für einen Moment zu vergessen. Dass er ihn unwillentlich losgelassen hatte, merkte er erst, als Bertin vor ihm stand und den Hammer mit vernichtender Wucht gegen das Schienbein des Unholds schwang. Der Knochen gab mit hässlichem Knacken nach, der Bruch trat offen hervor. Mit einem heiseren Schrei brach der Ork auf dem verletzten Bein ein. Irgendwie schaffte er es, seinen Oberkörper aufrecht zu halten und den *saparak* zu heben – dazu, erneut zuzuschlagen, kam er jedoch nicht mehr.

Bertins nächster Hieb drosch ihm die blutige Waffe aus der Hand. Dann packte der Zwergenkönig den Hammer am äußersten Ende, vollführte eine Drehung um seine Achse – und landete Martog abermals am Kopf des Orks.

Der Hammer mit der grausigen Helmzier flog davon, der kantige Schädel knickte in widernatürlichem Winkel ab – und der Unhold fiel leblos zurück.

Schwer atmend richtete sich Bertin auf. Noch ein, zwei Mal ließ er Martog kreisen, dann lag auch der letzte Angreifer tot oder verwundet, und ein Augenblick der Ruhe trat ein.

Bertin sah sich um, ließ seinen Blick über die Kampfgefährten schweifen, die Seite an Seite mit ihm gefochten hatten. Die meisten der Getreuen waren tot, im Kampf gefallen. Die Gesichter, die ihn umgaben, waren die von Fremden, und doch fühlte er sich ihnen tief verbunden – einem jungen Mann, in dessen Zügen blankes Entsetzen stand; einer Zwergin mit Blutspritzern im Gesicht und Tränen in den Augen; einem Sergeanten der Stadtwache, der heftig aus einer Schulterwunde blutete; einem alten Zwergenveteranen, dessen Haar und Bart völlig durchnässt an ihm herabhingen.

Sie alle sahen ihn ratlos an – wohin war der Feind verschwunden? Hatten sie es abermals geschafft, ihn zurückzuschlagen? Hatte er etwa die Flucht ergriffen? Oder weshalb sonst kamen plötzlich keine Angreifer mehr über die Leitern?

In diesem Moment vernahmen sie das heisere Gebrüll, das vom Tor heraufdrang, und die heisere, panische Stimme.

»Sie sind durchgebrochen!«, schrie sie aus Leibeskräften. »Bei allen Königen, sie sind durchgebrochen …«

13

Das Erwachen war eine Qual.

Nicht nur, weil Alureds Kopf und jedes einzelne seiner Glieder schmerzte – sondern auch, weil ihm jäh wieder bewusst wurde, was geschehen war. Und mit der Erinnerung kam die hässliche Erkenntnis, dass sie verloren hatten.

»Ah«, sagte jemand neben ihm. »Hat sich der schwache Geist endlich entschlossen, in seinen Körper zurückzukehren?«

Alured kannte die Stimme, so wie er ihren herablassenden Tonfall kannte, in dem stets ein Hauch von Grausamkeit mitschwang – aber beides passte nicht zusammen.

»Ich habe es dir gesagt, Mensch: Dein Mitgefühl wird irgendwann dein Untergang sein.«

»Vi-Vigor.«

Alureds Stimme war nur ein schwaches Flüstern. Ihm war speiübel, sein ganzer Körper schmerzte. Dennoch zwang er sich dazu, die Augen zu öffnen. Die Züge, in die er blickte, waren jedoch nicht die des verhassten Zwergs. Es war die feiste Visage des Fälschers Braktas.

»Enttäuscht?«, fragte der Mann aus Smerada, der Alureds Gedanken zu erraten schien.

Alured antwortete ihm nicht. So elend, wie ihm zumute war, verspürte er kein Verlangen danach, die Spielchen des anderen mitzumachen. Zumal er erst jetzt erkannte, in welcher prekären Lage er sich befand.

Er nahm an, dass er sich irgendwo im Inneren des Feuerberges befand, in einem hohen Gewölbe aus schwarzem Fels, der einst flüssig gewesen und dann jäh erstarrt zu sein schien. Alured kam es vor, als hätte dabei ein dunkler Wille gewirkt, denn aus dem dunklen, im spärlichen Fackelschein unheilvoll glänzenden Gestein schienen ihn grässliche Fratzen anzustarren – oder spielten seine Sinne ihm nur einen Streich? Furcht bedrückte ihn, die noch ungleich schlimmer war als in Gegenwart der Schattendrachen, ein Gefühl von Bedrohung, wie er es noch nie zuvor verspürt hatte.

Instinktiv dachte er an Flucht, aber er war noch nicht einmal in der Lage, sich zu bewegen – denn jener schwarze Fels hielt ihn gefangen. Wie eine Schlingpflanze schien er an ihm emporgewuchert und dann erstarrt zu sein, hielt seine Arme und Beine in steinernen Fesseln.

Und Alured war nicht allein.

Neben ihm waren Balbok und Rammar, wie er von massivem Gestein umrankt, das jede Bewegung unmöglich machte. Ihr Keuchen verriet, dass sie wohl vergeblich versucht hatten, sich gegen ihre Fesseln zu wehren. Alured empfand kaum Freude darüber, dass seine Gefährten noch am Leben waren – keiner von ihnen würde diesen Tag überleben. Nur auf eines kam es noch an …

»Wo ist Alannah?«, wollte er wissen.

Braktas grinste. »Geduld, mein Freund, das wirst du bald erfahren. Du wirst Zeuge eines Ereignisses werden, das die Geschichte von Erdwelt verändern wird.«

»Wenn ihr dem Balg auch nur ein Haar krümmt, werde ich euch alle töten«, prophezeite Rammar – was angesichts seiner misslichen Lage allerdings nicht sehr überzeugend wirkte und Braktas auch nur ein müdes Lächeln entlockte.

»Hast du noch nicht genug Kraft verschwendet, Unhold? Dann nur zu, versuch weiter, das Gestein zu sprengen – es wird dir nicht gelingen. Denn nicht nur der Fels hat deine Fesseln geformt, sondern auch ein unnachgiebiger Wille.«

»Der Dunkle König«, knurrte Alured.

»Dies ist seine Festung«, bestätigte Braktas, »eines großen Herrschers würdig.«

»Für mich ist es ein ziemlich dunkles Loch.«

»Weil du nicht in der Lage bist, das wahre Wesen der Dinge zu erkennen, Mensch. Das ist schon immer so gewesen, wenn ich mich recht entsinne.«

»Was soll das Gerede?«, schnaubte Alured. »Gib dich endlich zu erkennen!«

»Nur zu gerne«, erklärte der Fälscher und trat nah an ihn heran. »Ich war es, der dir diese Narbe beigebracht hatte«, raunte er ihm zu, auf Alureds Gesicht deutend. »Ich war es, der deine Familie hinrichten ließ – deinen Großvater, deine Eltern und deine beiden Schwestern.«

»Du behauptest also wirklich, Vigor zu sein«, wisperte Alured, von Hass und Abscheu geschüttelt. »Doch er ist tot.«

»Sein Körper, ja. Sein Geist jedoch lebt.«

»Was schwafelst du da, Milchgesicht?«, wetterte Rammar. »Verschone uns mit deinem dämlichen Geschwätz!«

»Dass du das verstehst, erwarte ich nicht, Fettsack«, beschied Braktas ihm achselzuckend. »Aber von dir, Mensch, erhoffe ich mir ein wenig mehr.«

Alured starrte in die feisten Züge des Fälschers, so lange, bis sein Gesicht sich vor seinen Augen aufzulösen schien und nur noch die Augen übrig blieben: die Bosheit, die ihn daraus anstarrte, und die dunkle Seele, die sich dahinter verbarg. Und schaudernd wurde ihm klar, dass dieser Blick ihn schon einmal getroffen hatte, damals, auf der Folterbank …

»Es ist wahr«, flüsterte er. »Aber wie …?«

»Der Dunkle König vermag manches«, antwortete der

Zwerg, dessen Geist im Körper tatsächlich eines anderen weiterzuleben schien. Die Vorstellung war ebenso grauenvoll wie unerklärlich, aber nun ergab so vieles Sinn …

»Suvat«, erkannte Alured schaudernd. »Deshalb war er plötzlich so verändert …«

»Von dem Augenblick an, da du Vigors Leiche fandst, war mein Geist im Körper des Jungen. Zugegeben, ich habe eine Weile gebraucht, um mich darin zurechtzufinden, aber meine Mission war eindeutig …«

»Das Kind zu finden und zu entführen«, hauchte Alured, dem nun alles klar wurde. »Und ich Narr habe dich noch zu ihm geführt …«

»Tröste dich«, beschied Vigor-Braktas ihm mit einem Seitenblick in Richtung der beiden Orks, »es waren auch andere Narren beteiligt. In Smerada allerdings wurde die Lage ein wenig unübersichtlich. Dass ich meinen Körper abermals wechsle, war nicht vorgesehen – im Nachhinein würde ich jedoch behaupten, dass es von Vorteil gewesen ist. Denn so habt ihr mich erst gefunden, als es schon zu spät war.«

»Mörder«, knurrte Alured. »Du elender Verräter! Was hast du mit dem Kind gemacht?«

»Es meinem König übergeben, was sonst?«

»Deinem König.« Alured lachte freudlos auf. »Weiß er, dass du einst gegen ihn gekämpft hast? Dass du ihn sogar töten und an seine Stelle treten wolltest?«

»Natürlich«, erklärte Vigor-Braktas zu seiner Enttäuschung. »Wie ich feststellen musste, ist es unmöglich, etwas vor Urkaid Mock-Loor zu verbergen.«

»Wer soll das sein?«

»Das, mein unwissender Freund, ist der Name jener dunklen Macht, die sich seit Anbeginn der Geschichte in den Tiefen Erdwelts verbarg. Sich ihr zu widersetzen, ist undenkbar, selbst für einen einfältigen Menschen wie dich –

ebenso gut könnte man versuchen, einem Sturm Einhalt zu gebieten oder der Nacht die Dunkelheit auszureden.«

»Dann hast du also abermals die Seiten gewechselt«, stellte Alured fest.

»So ist es.«

»Und ich war so dumm, dir zu glauben.«

»In der Tat.«

»Warte«, knurrte Alured und spuckte aus. »Noch ist es nicht vorbei. Ich habe dir geschworen, dass ich dich töten würde, wenn alles vorbei ist.«

»Nun, da musst du dich beeilen. Denn es ist vorbei – jedenfalls für dich«, war Vigor überzeugt, und Alured konnte ihm noch nicht einmal widersprechen, zumal in diesem Moment dumpfer Gesang zu hören war. Noch mehr Fackelschein drang in das Gewölbe, und eine bizarre Prozession tauchte auf, ein Aufmarsch von Priestern des Schattenkults.

In ihre dunklen Roben gehüllt, trugen sie einen monotonen Gesang vor, angeführt von keinem anderen als ihrem Hohepriester Crodegang.

Alured erinnerte sich nur zu gut an ihn.

Die Bevölkerung von Tirgas Winmar zitterte vor dem Zwerg mit den stechenden Augen, dessen Kappe ein schwarzer Federbusch zierte. Crodegang war auch dabei gewesen, als auf dem Marktplatz von Tirgas Winmar das Los darüber entschied, wer dem Dunklen König fortan dienen musste – keiner von denen, die ins Innere des Feuerberges verschleppt wurden, hatte ihn jemals wieder verlassen.

Damals war das Los auf Suvat gefallen – doch obwohl Alured alles darangesetzt hatte, den Jungen zu retten, war es ihm am Ende nicht gelungen …

Die Sektierer versammelten sich in einem Halbkreis vor den Gefangenen, und Crodegang sagte etwas in der alten, hässlichen Sprache der Dunkelzwerge – worauf sich der Boden der Höhle veränderte. Von einem Augenblick zum anderen schien sich das Gestein zu verflüssigen.

»*Dhruurza! Dhruurza!*«, riefen die Orks voller Abscheu und wanden sich einmal mehr in ihren Fesseln – ebenso vergeblich wie zuvor.

Der Boden wölbte sich und türmte sich auf, sodass etwas emporwuchs, das zunächst wie ein riesiger Pilz, dann wie eine Blume aussah, bestehend aus schwarzer Schlacke. Während die Orks weiterschrien und die Sektierer ihre Gesänge anstimmten, öffnete sich die Blüte des bizarren Gewächses. Schwarzen Tentakeln gleich bogen sich die Blätter zurück – und Alured traute seinen Augen nicht, als er sah, was sich im Inneren des schaurigen Gebildes befand.

Es war Alannah.

In schwarze Tücher gehüllt kauerte das Mädchen inmitten der sich ringelnden Tentakel und sah einfach nur elend aus. Es weinte, Tränen rannen ihm ungehemmt über das Gesicht, das vom Fieber gezeichnet war. Alannah zitterte am ganzen Körper.

»Alannah!«, rief Alured, während Rammar und Balbok in wüste Verwünschungen verfielen und erneut an ihren steinernen Fesseln zerrten. »Lasst das Kind sofort frei, hört ihr? Es hat euch nichts getan …!«

Doch Crodegang und seine Leute beachteten sie nicht einmal. Ohne den Gefangenen auch nur die geringste Aufmerksamkeit zu schenken, beendeten sie ihren Gesang – und als der letzte Ton verstummte, erstarrte das Gestein, und die Tentakel wurden zu gefährlich aussehenden Stacheln, die Alannah nun umgaben. In diesem Moment dämmerte Alured auch, was das Gebilde darstellen sollte.

Es war ein Opfertisch.

Ein Altar …

»Lasst sie gehen!«, rief er in seiner Verzweiflung und begann nun ebenfalls, an seinen Fesseln zu zerren. Das war freilich ebenso sinnlos wie bei den Orks, aber die verängstigten, flehenden Blicke, die Alannah ihm schickte, brachten ihn fast um den Verstand. »Lasst Alannah frei und nehmt mich an ihrer Stelle!«

Vigor-Braktas neben ihm lachte nur.

»Als ob du auch nur die Hälfte von dem wärst, was sie ist, Mensch«, beschied er ihm.

Einer der Sektierer schlug einen Gong, dessen Ton schaurig von den Höhlenwänden widerhallte. Crodegang und seine Anhänger sanken daraufhin auf die Knie und beugen die Häupter bis zum Boden, und Vigor tat es ihnen gleich. Ob in diesem Körper oder einem anderen – der verbrecherische Zwerg hatte von jeher ein feines Gespür dafür gehabt, wann er sich zu unterwerfen hatte. Es hatte ihm Macht und Ansehen eingetragen und sein Überleben gesichert, bis zum heutigen Tag …

»Dunkler Herrscher, es ist alles vorbereitet!«, rief Crodegang in kriecherischer Unterwürfigkeit. »Beehrt Eure niederen Diener mit Eurer Anwesenheit!«

»Ich bin hier«, kam die Antwort – doch Alured hatte nicht das Gefühl, die Worte tatsächlich zu hören. Vielmehr schienen sie nur in seinem Kopf zu sein – wie auch in dem von jedem anderen, der sich in dem Gewölbe aufhielt, einschließlich der beiden Orks.

»Zauberei!«, rief Rammar mit vor Entsetzen verzerrter Miene. »Elende Zauberei …«

Etwas nötigte Alured dazu, den Blick nach oben zu richten – und erst jetzt gewahrte er den Turm, der in der Höhle aufragte und offenbar ebenso entstanden zu sein schien wie der Opfertisch und die Fesseln der Gefangenen. Eine Treppe war aus dem Fels gewachsen und wand sich hinauf zu einem Thron, der das Gebilde krönte – es war der Thron der Äxte, der Herrschersitz der Zwerge von Alters her, den der größenwahnsinnige Winmar aus Gorta Ruun hatte entfernen und hierher bringen lassen.

Von dort herab stieg eine Erscheinung, wie sie grässlicher nicht sein konnte.

Der Postur nach war sie einst ein Zwerg gewesen, doch sehr viel mehr als schwarz verkohlte Knochen und Fetzen einer Rüstung waren von ihm nicht übrig geblieben. Nur die goldenen Zähne ließen vermuten, dass dieser lebende Leichnam einst kein anderer gewesen war als Winmar der Steinerne, der selbst ernannte König von Erdwelt.

Das glühende Augenpaar, das aus seinen grässlich entstellten Zügen starrte, ließ jedoch vermuten, dass es längst nicht mehr Winmar war, der die Schritte dieses zerfallenden Körpers lenkte, sondern Urkaid Mock-Loor, das uralte Böse aus Erdwelts Tiefen.

Auch Alannah blickte an der Treppe empor – und schrie vor Entsetzen, als sie den Dunklen König sah.

14

Es war hell.

Und ihm war kalt.

Er fror am ganzen Körper.

Was war geschehen?

Eben noch hatte er das Gefühl gehabt, von tödlicher Glut umgeben zu sein, von gleißend hellem Feuer. Er hatte das Tosen der Lava gehört, die in die Tiefe stürzte, und das wütende Heulen der Schattenkrieger, die danach trachteten, aus ihrem finsteren Reich in die Welt der Sterblichen zu gelangen.

Niemals hätte er geglaubt, dass es ein Danach geben würde. Er hatte mit dem Leben abgeschlossen, sich damit getröstet, dass er zahllose Unschuldige rettete, indem er sich selbst opferte, unter ihnen die Menschen, die er liebte … aber nun war er hier.

Seltsamerweise empfand er keine Furcht, nur Verwirrung. Es irritierte ihn zu frieren, auf hartem Boden zu liegen und von hellem Licht umgeben zu sein, so grell, dass es selbst durch die geschlossenen Lider schmerzte. Er blinzelte, zwang sich dazu, die Augen zu öffnen …

Und endlich sah er, wo er war.

Dass er sich in einer Kammer befand, deren Wände und Decke aus einem schimmernden, halb durchsichtigen Material bestanden; dass er auf einem aus demselben Material bestehenden Lager ruhte und keine Kleider am Leibe trug, weshalb er so erbärmlich zitterte – all das hätte er noch verwunden. Was ihn dazu brachte, einen lauten Schrei auszustoßen, der sich in der Enge der Kammer seltsam dumpf und unwirklich anhörte, war die Tatsache, dass er all das nicht erfühlen musste oder mit den Händen ertasten …

Er konnte es sehen!

Dag schoss hoch, den Schmerz in seinem rechten Bein nahm er nur am Rande wahr. Gehetzt sah er sich um, seine Blicke flogen vom Boden hinauf zur durchscheinenden Decke und wieder zurück. Er betrachtete seine Hände, seine Beine, seinen Körper. Alles war noch da, war heil und unversehrt – und er konnte es wieder sehen! Sein Herzschlag raste, Augenblicke lang war er von einem unbeschreiblichen Glücksgefühl erfüllt. Dann dämmerte ihm, dass es all das eigentlich nicht geben konnte, nicht geben durfte … Womöglich, sagte er sich, war er bereits tot, und dies war das Jenseits?

Aber warum fror er dann? Warum verspürte er Hunger? Und weshalb bemerkte er einen schmerzhaften Stich in seinem rechten Bein, als er sich von seinem Lager erhob?

Er blickte an sich herab, sah die frisch verheilte Narbe, genau dort, wo der Pfeil des Schattenkriegers ihn getroffen hatte. Es war wirklich geschehen – und auch dies hier, sagte er sich, war wirklich, auch wenn er es nicht begreifen konnte.

Vorsichtig trat er an die Wand und berührte sie.

Sie war völlig glatt. Kleine Blitze mäanderten dort über die Fläche, wo er sie angefasst hatte.

Wo, in aller Welt, war er?

Unvermittelt begann sich die Wand vor ihm zu teilen, löste sich auf wie gestrickte Wolle, die wieder aufgetrennt wurde.

Dag zögerte einen Moment, dann trat er hinaus.

Ein Gang oder Korridor befand sich dahinter, der die Form eines Hexagons hatte. Boden, Decke und Wände waren völlig glatt und schienen ebenfalls aus jenem schimmernden, durchscheinenden Material zu bestehen, das er schon kannte. Fremdartige Symbole waren darin eingelassen, von denen ein mattblaues Leuchten ausging. Mit Bestürzung erkannte Dag, dass er eigentlich auch diesen Korridor bereits kannte, denn er war schon einmal hier gewesen.

In einem Traum …

Wie war das möglich? War dieser Traum mehr gewesen? Womöglich eine Vision der Zukunft? *Seiner* Zukunft?

Vorsichtig einen Fuß vor den anderen setzend, ging Dag-han den Korridor hinab. Um seine Nacktheit scherte er sich nicht, davon abgesehen, dass er noch immer erbärmlich fror. So, sagte er, musste es einst im Eistempel von Shakara gewesen sein, als dieser noch die Ordensburg der Zauberer gewesen war, vor langer Zeit … Er blieb stehen und berührte abermals die Wände. Wieder schien die Energie seines Körpers überzuspringen und sorgte für knisternde Blitze.

Und abermals öffnete sich ein Durchgang.

»Hallo?«, fragte Dag vorsichtig hinein.

Er erhielt keine Antwort, die dahinterliegende Kammer war leer. Dag beschloss, weiter dem Hauptkorridor zu folgen, der ihm wie das Innere eines Kaleidoskops vorkam. Er konnte sehen, wie sich seine nackte Gestalt in den Wänden spiegelte, und wie sein Spiegelbild erneut gespiegelt wurde, dutzendfach, hundertfach. Zu seiner eigenen Überraschung empfand Dag keine Furcht, nur unendliches Erstaunen – das noch wuchs, als er die einsame Gestalt gewahrte, die am Ende des Korridors auf ihn wartete!

Sein Herzschlag begann zu hämmern.

Sein Atem ging stoßweise.

Würde er nun endlich erfahren, was geschehen war und wo er sich befand? Wer war diese einsame, reglose Gestalt, die dort am Ende des Korridors auf ihn zu warten schien?

Je näher er ihr kam, desto mehr Einzelheiten konnte er erkennen – ein weißes Gewand, dessen Kapuze hochgeschlagen war, einen silbern glitzernden Stab, auf den die Gestalt sich stützte. Sie sah fremd aus, so als entstammte sie einer anderen, weit überlegenen Welt – und doch war sie ihm zugleich auch vertraut, sodass er keine Furcht verspürte.

»Hallo?«, fragte er zaghaft.

Die Gestalt antwortete nicht, aber sie blieb weiter stehen und erwartete ihn. Dann, als ihn nur noch ein Steinwurf von ihr trennte, schlug sie die Kapuze zurück und gab sich zu erkennen.

Dag blieb wie angewurzelt stehen.

»Wie«, flüsterte er fassungslos, »ist das möglich …?«

15

Der Damm war gebrochen.

Wie eine Sturmflut ergossen sich die Schergen des Dunklen Königs über Tirgaslan, und nach dem zähen Widerstand, auf den sie getroffen waren und der viele Angreifer das Leben gekostet hatte, brannte in ihren Augen der Durst nach Blut und Vergeltung. Nicht nur durch die Tore, auch über die Mauern kamen sie, an Gegenwehr war nicht mehr zu denken.

Wo die Verteidiger auf Türmen und Mauerabschnitten noch Widerstand leisteten, wurden sie gnadenlos niedergemetzelt. Durch die grauen Regenschleier sah Bertin viele seiner Kämpfer sterben, über den Turmkronen ragten schon bald die herrenlosen Häupter jener auf, die sie bis vor Kurzem noch erbittert verteidigt hatten. Die Ordnung brach zusammen – und Bertin blieb nichts, als zum Rückzug blasen zu lassen.

Die Signale der Hörner und Kriegstrompeten hallten schaurig durch den Regen, während im Hintergrund der Orkensang läutete und allen verkündete, dass Unholde in die Stadt eingefallen waren – doch all diese Geräusche verblassten angesichts des furchtbaren Gebrülls, das die Orks und Trolle entfesselten, die wie eine Naturgewalt über die Stadt hereinbrachen. Keulen und *saparak'hai* schwingend, drangen sie in die Straßen und Gassen der Stadt ein, trieben die Bürger vor sich her, die schreiend vor ihnen die Flucht ergriffen. Wen sie in ihre Klauen bekamen, der fand ein grausames Ende, wer rechtzeitig ein Haus, einen Keller oder auch nur ein Loch fand, in dem er sich verkriechen konnte, der kam mit dem Leben davon.

Vorläufig …

Auch Bertin floh, zusammen mit einem Pulk von Zwergen und Menschen, die an den um das Osttor gelegenen Mauerabschnitten gekämpft hatten, unter ihnen auch Frauen und halbwüchsige Knaben.

»Lauft weiter!«, schärfte er ihnen ein. »Rennt um Euer Leben! Bringt Euch im Palast in Sicherheit!«

Er erklomm einen hohen Haufen Steine, die alles waren, was von einem Mauerturm übrig geblieben war, um sich einen Überblick über die panisch fliehende Menge zu verschaffen – und erschrak, als er den Troll erblickte, der durch den strömenden Regen die Straße herabkam. Ob er sich losgerissen hatte oder man ihn absichtlich von den Ketten gelassen hatte, war schwer zu sagen – jedenfalls würde er die Flüchtlinge mit wenigen Schritten eingeholt haben und sich dann mit mörderischen Fäusten auf sie stürzen!

Einzelne Bogenschützen blieben stehen und schickten ihm Pfeile entgegen, aber die meisten gingen fehl, und jene, die trafen, schienen den Zorn des Trolls nur noch mehr anzustacheln. »Lauft weiter!«, rief Bertin ihnen zu. »Bleibt nicht stehen, hört ihr …?«

Auf dem Trümmerhaufen stehend, wartete er ab, den Hammer Martog in der Hand. Der Troll stampfte heran, den Blick seiner kleinen Augen fix auf seine Opfer gerichtet. Den Zwerg auf dem Trümmerhaufen beachtete er gar nicht – genau darauf hatte Bertin gehofft.

Er wartete, bis der Troll auf seiner Höhe war, dann sprang er, setzte mit einem kühnen Hechtsprung durch die Luft – und landete geradewegs auf dem breiten Buckel der Bestie.

Aus Bertins Plan, einfach mit dem Hammer auszuholen

und ihm den Schädel einzuschlagen, wurde nichts, denn der Troll bemerkte den Angreifer in seinem Nacken und griff nach ihm. Bertin duckte sich und entging der Pranke, aber da sich der Troll jetzt wie von Sinnen gebärdete, konnte er sich stehend nicht mehr auf ihm halten. Der Zwergenkönig machte aus der Not eine Tugend, packte den Hammer Martog an beiden Enden, legte ihn von hinten um den Hals des Trolls und drückte mit aller Kraft zu.

Das Gebrüll des Trolls ging in ein Keuchen über, als er nach Luft rang. Er drehte sich im Kreis, vollführte einen bizarren Tanz im Bemühen, den Angreifer von sich abzuschütteln, aber es gelang ihm nicht. Mit vor Anstrengung zusammengebissenen Zähnen und zum Zerreißen gespannten Muskeln hing Bertin in seinem Nacken und presste das Leben aus ihm heraus. Schließlich verfiel der Troll, der bereits zu wanken begann, in seiner Not auf den Gedanken, sich rücklings gegen eine Hauswand zu werfen und den Zwerg so zu zerquetschen – Bertin erkannte die Absicht und ließ sich rechtzeitig fallen.

Er landete auf dem Boden, genau zwischen den pfeilerartigen Beinen des Unholds, den Hammer noch in der Hand. Der Troll, endlich vom Würgegriff befreit, rang heiser nach Luft. Er war so geschwächt, dass er auf den Beinen einbrach und vornübersank. Kaum war er jedoch auf Bertins Höhe, machte dieser ihn mit Martog bekannt.

Der Schädel des Trolls platzte wie eine überreife Frucht. Leblos fiel sein Körper zur Seite, und Bertin eilte den anderen hinterdrein die Straße hinab Richtung Palast.

Überall aus den angrenzenden Gassen drangen das Gebrüll der Orks und die Schreie unschuldiger Menschen. Bertin quälte sich mit Vorwürfen, weil es ihm nicht gelungen war, den Ansturm des Feindes abzuwehren. Jetzt würden noch mehr Unschuldige eines gewaltsamen Todes sterben …

Der prasselnde Regen in seinem Gesicht wusch die Tränen weg. Bertin entledigte sich seines Umhangs, der mit Nässe vollgesogen und nur noch hinderlich war, und es gelang ihm, zu den anderen Flüchtlingen aufzuschließen. Ein Ork, der hinter ihm auftauchte, wurde von Bogenschützen niedergestreckt, aber was war ein Unhold, verglichen mit den Tausenden, die die Stadt erstürmten?

Der Palast kam in Sichtweite. Durch die Regenschleier war er zunächst nur als großer grauer Schemen auszumachen, dann aber wurden das Tor und der Ostturm erkennbar.

»Lauft! Lauft!«, rief Bertin seinen Leuten weiter zu, während er sie die Straße hinabtrieb, denn eine weitere Orkhorde war hinter ihnen aufgetaucht, und darüber war in der Luft etwas zu erkennen, das aussah wie …

Der Zwergenkönig stieß eine Verwünschung aus, als sich die Konturen zweier Schattendrachen aus dem Regen schälten. Im Sturzflug stießen sie aus dem dunkelgrauen Himmel herab und tauchten in die Häuserschlucht ein, jagten auf die Flüchtlinge zu, die mörderischen Lanzen gesenkt …

Ein gehetzter Blick zum Palast – das Tor war noch ein gutes Stück entfernt, sie würden es nicht rechtzeitig schaffen!

»Bogenschützen!«, schrie er gegen den prasselnden Regen an, und tatsächlich hörten ihn einige Krieger. Während der Rest der Flüchtlinge weiter auf das Tor zurannte, blieben sie zurück und schickten den Schattenreitern gefiederte Grüße – doch die Krieger der Finsternis, den Gesetzen der Natur auf frevlerische Weise trotzend, drehten sich samt ihrer Reittiere um die Längssachse und entgingen so den Geschossen. Im nächsten Augenblick waren sie heran.

Einer der Bogenschützen wurde von einer schwarzen Lanze durchbohrt und von dem Schattenreiter davongerissen. Der andere Reiter stellte sich zum Kampf. Einer der Bogenschützen fand ein grässliches Ende, als der Schattendrache zuschnappte und ihm den Kopf und einen Teil der Schulterpartie abbiss. Die verbliebenen Schützen schossen ihre Pfeile ab, und Bertin schwang den Hammer nach der Bestie. Zwar traf er nur halbherzig, doch der Schlag zeigte Wirkung – der Schattenreiter ließ das Tier wieder höher steigen und war im nächsten Moment verschwunden. Zeit für Triumph blieb allerdings nicht, denn durch den dichten Regenvorhang platzten jetzt die Orks, die unter wildem Geschrei die Straße herabkamen, ihre Äxte und Speere schwenkend.

»Weg hier! Los!«

Bertin und die verbliebenen Bogenschützen ergriffen die Flucht, rannten den Flüchtenden hinterdrein, die inzwischen das Tor erreicht hatten. Schutz suchend drängten sie hinein, und die Palastwachen auf den Mauern deckten die Orks mit einem Hagel von Pfeilen ein, der ihren Ansturm ins Stocken brachte. Kaum hatten die Unholde die Überraschung jedoch verwunden, stürmten sie weiter, ihre Schilde über die Köpfe haltend. Bertin und eine Handvoll Krieger, Zwerge und Menschen, die noch willens und in der Lage waren, sich zur Wehr zu setzen, stellten sich ihnen in den Weg.

Dem ersten Unhold, der angriff, zerschmetterte Bertin die Beine, ein zweiter büßte seine Zähne ein, als er mit Martog Bekanntschaft schloss. Der nächste Gegner war besser vorbereitet. Er wehrte Bertins Hieb mit dem Schild ab und versuchte, den Zwergenkönig seinerseits mit dem *saparak* zu durchbohren, doch Bertin blockte den Angriff mit dem Hammerschaft, stoppte die Klinge unmittelbar vor seiner Brust. Der Ork keuchte wütend, riss den *saparak* zurück und holte aus, um erneut anzugreifen, da holte ihn der Hammer schon von den Beinen. Und indem Bertin das Werkzeug seines Vaters in einer flüssigen Bewegung weiterschwang und eine steile Kurve beschrieb, ließ er es auf den am Boden liegenden Unhold niedergehen und zermalmte seinen Brustkorb.

Schon waren die nächsten Gegner zur Stelle, und Bertin ließ den Hammer kreisen, um sie auf Distanz zu halten. Zusammen mit den letzten Streitern, die ihm noch verblieben waren, hielt er die Unholde in Schach und hinderte sie daran, sich auf die Flüchtlinge zu stürzen, die durch das offene Tor in den Innenhof des Palasts drängten.

Erst, als sie in Sicherheit waren, gab Bertin den Widerstand auf. »Verschwinden wir!«, rief er seinen Kampfgefährten zu, und sie zogen sich ebenfalls zum Tor zurück, schlüpften nacheinander durch die sich bereits wieder schließende Pforte.

Die Orks kochten vor Wut.

Einige schossen Pfeile ab, die Bertin mit dem Hammer aus der Luft fischte, um den Rückzug seiner Leute zu decken. Erst als alle in Sicherheit waren, trat auch er die Flucht an und huschte durch den verbliebenen Spalt.

Den Stich nahm er nicht einmal wahr. Kaum war das Tor hinter ihm ins Schloss gefallen, half er, den schweren Riegel vorzulegen. Mit metallischem Klang rastete der Balken ein, und das keinen Augenblick zu früh – denn schon schlugen und traten die Unholde von außen wütend gegen die Pforte, und er war froh, dass sie ganz mit Eisen beschlagen war.

Den blutigen Hammer noch in der Hand, wandte er sich zu seinen Leuten um, wollte ihnen mit Worten Mut machen – als er die entsetzten Blicke bemerkte, mit denen sie ihn bedachten.

»Herr«, sagte ein junger Clansmann, auf seine Hüfte deutend, »ihr seid getroffen …«

Ungläubig schaute der Zwergenkönig an sich herab – und sah den Orkpfeil, der knapp unterhalb der Rippen steckte.

Und in diesem Moment fühlte er den Schmerz.

16

Alannah schrie noch immer.

Es war unmöglich zu sagen, was das Kind mehr entsetzte: War es der grässliche Anblick des Dunklen Königs, der das Mädchen in Angst versetzte und seine kindliche Seele verfinsterte? War es die furchtbare Präsenz des Bösen? Oder das Fieber, das Alannah noch immer in seinen Klauen hielt?

Zu sehen, wie sie auf dem Opfertisch kauerte, hilflos und nicht in der Lage, sich zu wehren, während sich der dunkle Herrscher unaufhaltsam näherte, siegesgewiss und das goldene Gebiss zu einem bizarren Grinsen gefletscht, brachte Alured fast um den Verstand. Wie von Sinnen zerrte er an den steinernen Fesseln, die seine Arme und Beine umwucherten, während er lauthals sinnlose Worte schrie, Drohungen aussprach, von der er wusste, dass sie jeder Grundlage entbehrten. Dennoch konnte er nicht anders, ebenso wie die beiden Unholde, die mit ihm gefangen waren.

Balbok und Rammar waren nicht mehr Herr ihrer selbst.

Die beiden waren in wildesten *saobh* verfallen. Von ihren Augen war nur noch das Gelbe zu sehen, dick geäderte Muskeln waren unter ihrer grünen Haut hervorgetreten, die mit hilfloser Gewalt gegen die Fesseln ankämpften – doch das von dunkler Magie durchdrungene Gestein gab nicht nach, wuchs im Gegenteil noch weiter an ihnen empor und drohte sie ganz einzuhüllen und zu ersticken. Als Alannah das wiederum sah, schrie sie nur noch lauter. Agonie und Verzweiflung erfüllten den Thronsaal des dunklen Herrschers – woran dieser sich genussvoll zu laben schien.

»Nur weiter so, mein Kind«, erklang seine Stimme in aller Bewusstheit. *»Schrei, so laut du kannst. Verschwende deine Kraft, damit ich leichtes Spiel mit dir habe.«*

»Lasst sie in Ruhe!«, brüllte Alured.

Urkaid Mock-Loor blieb stehen und wandte ihm sein grausiges Antlitz zu, so als würde er ihn erst jetzt bemerken.

»Wer bist du?«, wollte er wissen.

»Er ist der Mensch aus Ansun, Gebieter«, berichtete Vigor-Braktas, der noch immer am Boden kauerte, ohne auch nur aufzusehen. »Der, von dem ich Euch berichtet habe.«

»Und dies sind die Unholde. Die Kreaturen, die es wagten, sich meinen Plänen in den Weg zu stellen.«

»Ja, Gebieter.«

In den Zügen des Dunklen Königs fand etwas wie ein Lächeln statt, während er die Orks betrachtete. Zwar sprach noch immer unbändiger Hass aus ihren Mienen, und aus ihren infolge des *saobh* pupillenlosen Augen schienen tödliche Blitze zu schlagen – doch sie waren nicht mehr in der Lage, sich zu bewegen. Das Gestein hatte sie so weit umwuchert, dass nur wenig mehr als ihre Köpfe zu sehen war.

»Ich werde sie hierbehalten«, entschied er kurzerhand. *»Sie und den Menschen, als Mahnung für alle, die glauben, sich mir widersetzen zu können – und zu meiner Erbauung. Es wird mir eine Freude sein, dabei zuzusehen, wie sie langsam zugrunde gehen und das Fleisch von ihren Knochen fault.«*

»Das Kind«, stellte Alured die einzige Frage, die ihn noch interessierte, seine Furcht und sein Entsetzen niederkämpfend. »Was geschieht mit dem Kind?«

»Armer Mensch, kannst du dir das nicht denken? Hast du es noch immer nicht begriffen? Was glaubst du wohl, warum ich dieses Kind unbedingt in meinen Besitz bringen wollte? Warum ich meine Drachen aussandte, danach zu suchen? Warum ich diesem Verräter da«, – er deutete auf Vigor –, *»eine zweite Chance*

gegeben habe, obschon er sich gegen mich gewandt hat? Nur aus einem einzigen Grund, Mensch, nämlich dieses Kindes wegen. In seinen Adern fließt das Blut derer, die Erdwelt einst beherrschten und denen die Bürde der Zeit nichts anzuhaben vermochte …«

»Die Elfen«, flüsterte Alured. »Das Kind trägt das Erbe Königin Alannahs in sich …«

»Was geschieht, wenn sich mein Geist mit einem sterblichen Körper verbindet, das siehst du vor dir, Mensch. Allein mein dunkler Wille ist es, der diese morschen Knochen und dieses verbrannte Fleisch zusammenhält – dieses Kind jedoch wird meinem Geist eine neue Heimat geben.«

»Das … könnt Ihr nicht tun! Sie ist nur ein unschuldiges Kind …«

»Und genau aus diesem Grund so wertvoll für mich«, bestätigte der dunkle Herrscher. *»Kein Argwohn. Kein Misstrauen. Kein Widerstand.«*

»Da irrt Ihr Euch!«, entgegnete Alured trotzig, obschon er am ganzen Körper bebte vor Todesangst. »Glaubt Ihr, das Kind wäre nicht in der Lage, Euch zu durchschauen? Dass es Eure Absichten nicht erkennt?«

»Vielleicht«, räumte der dunkle Herrscher ein, *»aber es hat mir nichts entgegenzusetzen. Wenn nicht einmal du meiner Macht widerstehen konntest, großer Krieger aus Ansun«*, fügte er spöttisch hinzu, *»was vermag ein kleines Mädchen dann auszurichten?«*

Die grässliche Fratze starrte Alured an, und er wusste darauf nichts zu erwidern. »Sie ist noch ein Kind«, brachte er nur hilflos hervor.

»Nicht mehr lange«, erwiderte der Finstere. *»Dank meiner dunklen Kraft wird sie wachsen und reifen, sehr viel rascher, als ein gewöhnlicher Mensch es vermag, und schon bald wird sich die Kunde verbreiten, dass ein neuer Herrscher auf dem Thron sitzt – eine Dunkle Königin, so wie schon einmal.«*

»Wie schon einmal?«

»Oh – wusstest du das etwa nicht? Es gab in der Geschichte Erdwelts bereits eine dunkle Herrscherin – und zufällig trug sie denselben Namen …«

»Ihr lügt«, knurrte Alured in trotziger Überzeugung. »Königin Alannah war eine Herrscherin des Lichts. Die Zeit ihrer Regierung war eine Ära des Friedens.«

»Das glaubst du. Aber es gab auch eine Zeit, da sie als eine Dienerin der Dunkelheit über die Fernen Gestade herrschte.«

»Lügner!«

»Welchen Grund sollte ich haben, dich zu belügen, Mensch?«, fragte das uralte Böse mit erschütternder Logik. *»Ich weile schon sehr viel länger als du auf dieser Welt und werde noch hier sein, wenn alles andere längst vergessen ist. Alannah – oder Thynia, wie sie sich einst nannte – war eine mächtige Zauberin, aber wie die meisten ihrer Zeit war sie nicht in der Lage zu erkennen, dass jene Magie, die sich dunkler Elemente bedient, ungleich stärker ist – das wurde ihr zum Verhängnis.«*

»Ich weiß nicht, was Ihr da redet«, erwiderte Alured mit vor Abscheu herabgezogenen Mundwinkeln. »Ich weiß nur, dass ich Euch niemals glauben werde.«

»Denke, was du willst, Mensch, es spielt keine Rolle mehr. Die Zeit ist gekommen, um die Zukunft zu beginnen«, beschied ihm der Finstere und schritt auf den Altar zu, wo Alannahs Nachkommin weinend kauerte.

Alured zog an den Fesseln, aber sobald er sich bewegte, schlossen sie sich noch enger, und schließlich wuchs das Gestein auch an ihm empor, umhüllte seinen Brustkorb und drohte ihn zu zerquetschen. Alured blieb die Luft weg, ein hasserfülltes Keuchen war alles, was er noch zustande brachte.

Hilflos musste er mit ansehen, wie das Monstrum an den Opfertisch trat, begleitet vom dumpfen Gesang der Sektierer. Langsam hob er die Hände, worauf die Ärmel seines Gewandes zurückfielen und nichts als verrottete Knochen offenbarten.

Alannah verstummte.

Mit vor Entsetzen weit aufgerissenen Augen sah das Mädchen an der Schreckgestalt empor, die vor ihr aufwuchs. Von Grauen gefangen, war sie nicht mehr in der Lage, sich zu bewegen.

»Nun, mein Kind«, kündigte Urkaid Mock-Loor an, *»werde ich mir nehmen, was mein ist.«*

Und im nächsten Moment zuckte ein Blitz, der gleißend hell und doch schwarz wie die Nacht war und alles Licht umher zu verschlingen schien, aus den knochigen Fingerspitzen. Er erfasste den Opfertisch und das Mädchen, das darauf saß, und hüllte sie ein.

17

»Hallo, Junge.«

Dag konnte es nicht fassen.

Dwethan stand vor ihm, sein Mentor und Freund, den er in der Hölle von Gorta Ruun verloren glaubte – und begrüßte ihn mit einer schlichten Selbstverständlichkeit, als wäre nichts von alldem geschehen und als wären sie einander gestern erst zum letzten Mal begegnet.

»Mein Meister«, entfuhr es Dag atemlos. Er war versucht, von Ehrfurcht überwältigt auf die Knie zu sinken, aber der Alte ahnte es wohl voraus und wusste es zu verhindern. Kurzerhand trat er vor und stützte ihn.

»Nicht doch«, meinte er, und wie in alten Tagen huschte ein Lächeln über seine Züge, die Dag nun zum ersten Mal aus der Nähe und in seiner wahren Gestalt erblickte. Schwarzgraues Haar und ein ebensolcher Kinnbart umrahmten ein schmales, würdevolles Gesicht. Dwethans Augen waren dunkel, Weisheit und eiserne Entschlusskraft spiegelten sich darin. Und seine spitz geformten Ohren verrieten das elfische Erbe seiner Ahnen. »Ordensbrüder erniedrigen sich nicht voreinander«, stellte Dwethan klar, während er seinen Umhang abnahm und ihn Dag um die nackten Schultern legte. Jetzt fror Dag nicht mehr – die Verwirrung jedoch blieb.

»O-Ordensbrüder?«, fragte er.

»Gewiss, mein Junge. Du hast es mir gleichgetan und dich für die Sterblichen geopfert – eine selbstlose Tat, die eines

Weisen würdig ist und größte Anerkennung verdient. Aus diesem Grund bist du hier.«

»Hier?« Dag sah sich um. »Wo ist ›hier‹ überhaupt? Was mache ich hier? Und was habt Ihr hier zu suchen? Und warum kann ich plötzlich sehen? Ist das ein Traum? Oder ist dies das Jenseits? Sind wir hier, weil wir beide gestorben sind?«

Dwethan lächelte. »Weder das eine noch das andere. Aber ich kann verstehen, dass du viele Fragen hast. Sei unbesorgt, du wirst Antworten bekommen.«

»Am verwirrendsten ist, dass mir das alles vertraut vorkommt«, versicherte Dag, »obwohl ich mir ganz sicher bin, hier noch nie zuvor gewesen zu sein. Das ist doch verrückt!«

»Ja – und nein«, erwiderte Dwethan. Die Sicherheit, die der alte Zauberer ausstrahlte, hatte etwas Beruhigendes, genau wie früher. »Wenn es dir vertraut erscheint, dann weil du es schon gesehen hast – in Bildern, die dich überkommen haben, Bildern von der Zukunft. Ich habe dir gesagt, dass du diese Gabe besitzt, nicht wahr?«

»Das habt Ihr«, räumte Dag ein, »aber ...«

»... aber du hattest noch immer Zweifel.« Der Alte nickte. »Dabei war es so offensichtlich in all den Jahren ... Deine Erfindungen, deine fixe Idee, durch die Lüfte zu reisen – woher, glaubst du, ist das alles gekommen? Oder meinst du, es wäre dir möglich gewesen, mit blinden Augen zu sehen, wenn du nicht jene spezielle Gabe hättest? Sie ist auch der Grund dafür, dass du jetzt sehen kannst – der Kristall sorgt dafür, dass sie tausendfach verstärkt wird, sodass sie deine Augen zu ersetzen vermag.«

»Welcher Kristall?«

»Der im Boden«, erwiderte Dewthan, nach unten deutend, »in den Wänden und in der Decke, in jedem einzelnen

Raum und in jedem Korridor. Streng genommen sind wir selbst ein Teil davon, mein Junge, denn wir befinden uns im Inneren eines Elfenkristalls. Eines gewaltig großen, muss man dazusagen.«

»Wie kann das sein?« Dag erinnerte sich an das, was sein Mentor ihm über Elfenkristalle beigebracht hatte. »Ich dachte, der *Annun* wäre der größte unter den Elfenkristallen gewesen, und dass er vor langer Zeit zerstört wurde.«

»Das ist wahr«, räumte Dwethan ein. »Doch ist es gelungen, jenen Ort zu finden, von dem der Urkristall einst stammte, und dort neue Kristalle wachsen zu lassen, die den Glanz von *calada* in sich tragen, die urtümliche Kraft der Schöpfung. All das hier« – er machte eine ausgreifende Handbewegung – »ist von dieser Kraft erfüllt, Junge. Sie durchdringt die Wände, die uns umgeben, und den Boden, auf dem wir stehen. Selbst die Luft, die wir in diesen Gängen atmen.«

Dag nickte, glaubte zumindest im Ansatz zu begreifen. »Deshalb also haben sich plötzlich die Wände bewegt und eine Tür geöffnet ...«

»Alles hier bewegt sich, ist im Fluss und ständiger Veränderung unterworfen«, bestätigte Dwethan. »Es ist eine eigene Welt mit ihren eigenen Gesetzen.«

»Woher wisst Ihr das alles?«

»Ich muss gestehen, dass ich anfangs nicht weniger verwirrt war als du. Im sicheren Glauben, dass meine letzte Stunde gekommen sei, habe ich mich in jenen Schlund im Stollen Zor gestürzt – den Grund des Schachts jedoch habe ich nie erreicht. Stattdessen bin ich hierhergelangt.«

»Genau wie ich«, stimmte Dag zu.

»Um zu verstehen, wie es dazu kam, musst du zunächst einige Dinge erfahren«, erwiderte Dwethan, »und ich muss dir auch enthüllen, wer ich einst gewesen bin.«

»Wer Ihr einst gewesen seid? Das heißt, Ihr habt mich abermals getäuscht?«

»Es heißt, dass ich die Wahrheit verborgen habe, um dich und die Deinen zu schützen«, verbesserte der Zauberer. »Nun jedoch ist der Zeitpunkt gekommen, da ich sie dir offenbaren muss. Dwethan ist der Name, den ich dir genannt habe, und er ist so gut wie jeder andere, den ich in meinem langen Leben getragen habe – aber jener Name, unter dem man mich kennt, unter dem ich einst dem Orden von Shakara vorstand; unter dem ich einst in Tirgas Dun regierte und unter dem ich die Geschicke des Reiches lenkte, war ein anderer: Farawyn.«

»Was?« Ungläubig blickte Dag auf seinen Mentor und Freund.

Natürlich kannte er Farawyn, den Seher und Elfenkönig, der eine der größten und legendärsten Gestalten in der Geschichte Erdwelts war, aus den Geschichtsbüchern. Allerdings hatte er angenommen, dass Farawyn seit rund eintausend Jahren tot sei. Die Vorstellung, dass ausgerechnet sein Lehrer, dieser schlaue alte Fuchs ... »I-ist das ein Scherz?«, fragte er vorsichtig. »Eine Prüfung, der Ihr mich unterziehen wollt?«

»Nein.«

»Ihr seid ... seid wirklich Farawyn? Farawyn der Weise?« Dag flüsterte, es wollte ihm kaum über die Lippen. Der Freund war ihm plötzlich fremd geworden.

»Ein schmeichelhafter Zuname, in der Tat«, schmunzelte der Zauberer. »Ich möchte hinzufügen, dass ich ihn mir nicht selbst ausgedacht habe.«

»Aber Farawyn starb durch die Hand eines Attentäters«, wandte Dag ein. »Er wurde ermordet!«

»So steht es in den Aufzeichnungen.« Der Alte nickte. »Nur wenige wussten, was in jener Nacht wirklich geschehen war – eigentlich nur zwei, nämlich ich selbst und Granock, der einst mein *asguran* war, genau wie du. Doch seine Zeit auf Erden endete, und so bin ich der Letzte, der das Geheimnis kennt.«

»Welches Geheimnis?«

»Von Farawyns Schwäche«, eröffnete der Zauberer, und er schien nicht stolz darauf zu sein. »Nachdem ich viele Hundert Jahre geherrscht hatte, merkte ich, wie ich müde wurde von meinem Amt und wie die Last der Verantwortung mich zunehmend niederdrückte. Ich musste fürchten, dass dies eine Folge des Krieges wäre und der Dinge, die ich tun musste, um die Gefahr durch den Dunkelelfen abzuwenden – und ich wollte nicht das Schicksal derer teilen, die auf dem Thron verbleiben und nicht von der Macht lassen können, die man ihnen verliehen hat, obwohl sie längst nicht mehr zum Wohl, sondern zum Schaden ihrer Untertanen handeln. Also legte ich mein Amt nieder und verschwand eines Nachts – zuvor jedoch machte ich alle glauben, ich wäre von freier Mörderhand ereilt worden.«

»Warum?« Dag schüttelte verständnislos den Kopf. »Wieso habt Ihr nicht einfach einen neuen König ernannt?«

»Weil ich wollte, dass mein Nachfolger sich meinem Erbe verpflichtet fühlt«, erklärte der Alte schlicht. »Ich wollte, dass er meine Arbeit fortsetzt und das Reich in Frieden und Gerechtigkeit regiert. Ich selbst zog mich zurück, um zu beobachten. Als mein Volk Erdwelt verließ, wollte ich zunächst zu ihm zurückkehren und mich zu erkennen geben – doch ich hatte eine Vision. Eine Vision von der Zukunft.«

Dag schluckte. »Was habt Ihr gesehen?«

»Vieles. Manches, was niemals eingetroffen ist – aber auch manches, das genauso geschah, wie ich es gesehen habe. Ich sah die Rückkehr der Könige nach Tirgaslan und die Regierung Corwyns und Alannahs und ihrer Nachkommen bis hin zu König Tandelor; aber ich sah auch Zwist und Streit, die Spaltung des Reiches, das Auftauchen der Kaldronen und vieles mehr. Ich sah Winmars Sieg und den Aufstieg einer dunklen Macht im Osten, musste ansehen, wie Erdwelt sich in ein Schlachtfeld verwandelte. Vor allem aber sah ich Euer Kind, Daghan, und die Hoffnung, die mit ihm verbunden ist – Hoffnung auf eine bessere, friedlichere Welt und eine Rückkehr der alten Werte, die das Reich einst prägten und Tirgaslan zur Heimat all jener machten, die Schutz und Zuflucht suchten.

Also bin ich geblieben, habe mich verborgen gehalten und gewartet, all die Jahrhunderte. Bis ich spürte, dass die Zeit gekommen war, um mein Versteck zu verlassen. Ich versuchte, den Menschen vom bevorstehenden Untergang zu erzählen, von dem Unheil, das über sie hereinzubrechen drohte, aber sie wollten nichts davon hören …«

»Der Prediger.« Dag nickte in Erinnerung an ihre allererste Begegnung*.

»… und so kam es, dass ich mich auf die Suche nach dir begab, Daghan von Ansun, denn mir war offenbar geworden, dass du über *reghas* verfügst, genau wie einst Granock, der ein Mensch war wie du und den ich in den Wegen der Magie unterwies, allen Regeln zum Trotz. Stelle dir meine Verwunderung vor, als ich keinen vor Selbstbewusstsein strotzenden jungen Mann fand, sondern einen Einsiedler, der sich in einer Höhle verkrochen hatte …«

»Natürlich«, murmelte Dag – nun endlich begann er die Zusammenhänge zu verstehen. »Aber das erklärt noch nicht, wie wir hierhergekommen sind! Wo sind wir und was ist das hier? Während wir hier beide stehen und die Zeit mit Reden verschwenden, befindet sich das Kind, von dem Ihr sprecht,

* siehe DIE HERRSCHAFT DER ORKS

womöglich bereits in der Gewalt des Dunklen Königs – und Tirgaslan, über das Ihr einst herrschtet, liegt vielleicht schon in Schutt und Asche! Es ist viel geschehen, seit Ihr gegangen seid …«

»Ich weiß«, versicherte Dwethan-Farawyn – mit wissendem Blick. »Die Schlacht um die Königsstadt ist in vollem Gang, und die Kämpfer des Lichts drohen sie zu verlieren.«

»Und – unser Kind?«

Der Zauberer schüttelte den Kopf. »Ich weiß es nicht. Ich kann nicht alles sehen, wie du weißt.«

»Ich muss zurück, so rasch wie nur irgend möglich«, erklärte Dag kategorisch. »Alannah braucht meine Hilfe und meine Leute ebenso. Sie verlassen sich auf mich!«

»Du glaubst, es gäbe einen Weg zurück?«

»Wenn es einen Weg hierher gab, so muss es auch einen geben, der wieder zurückführt«, behauptete Dag mit trotziger Logik. »Ich bitte Euch, helft mir, Meister … Majestät!«

»Ich bin längst kein König mehr, mein Junge«, wehrte Farawyn ab. »Aber dir wurde bereits geholfen. Oder glaubst du, dass uns der pure Zufall hierhergeführt hat? Begreifst du nicht, dass alles zusammenhängt?«

»Doch«, versicherte Dag, der diesen Gedanken tatsächlich schon gehabt hatte, »aber ich verstehe nicht, wie.«

»Dann will ich es dir erklären«, sagte plötzlich jemand hinter ihm.

Dag fuhr herum.

Vor ihm stand noch ein Elf, der dieselbe silbrig schimmernde Kleidung trug wie Farawyn. Augenscheinlich war er jünger als dieser, obwohl Dag wusste, dass dies bei einem Elfen täuschen konnte. Sein Gesicht war rund und gütig, gleichwohl mit hohen Wangenknochen. Sein glattes dunkles Haar war kurz geschnitten, sodass seine Ohren gut zu sehen waren. Seltsam war die Art, wie der Fremde Dag betrachtete, denn es lag etwas Vertrautes, fast Freundschaftliches darin.

»Du hattest recht, Bruder«, sagte er zu Farawyn. »Er erinnert tatsächlich an Granock, wie er früher war.«

»Nicht wahr?« Farawyn nickte. »Daghan – dies ist Syolan, ein Gelehrter und Chronist meines Volkes. Er wird dir alles erklären, was du wissen musst.«

Dag verbeugte sich tief, die bloße Präsenz des Elfen hatte etwas Ehrfurcht gebietendes.

»Nun denn, Daghan von Erdwelt«, sagte Soylan. »Bist du bereit, die Wahrheit zu erfahren? So folge mir …«

18

Günstige Winde hatten sie gen Norden geführt.

Noch in den Nebeln von Arun waren sie auf eine Strömung gestoßen, die das Luftschiff erfasst hatte und der sie gefolgt waren – als Dunst und Wolken sich endlich lichteten, hatten Ferghas und seine verbliebenen Gefährten Lyrx und Runward erkannt, dass sie bereits die ganze Zeit über in nördlicher Richtung geflogen waren: Unter ihnen breitete sich die weite Steppe von Arun aus, am Horizont das blaugrüne Band der See – und jenseits davon reckte sich einem dürren Knochenfinger gleich eine dünne Rauchsäule in die Höhe.

Der Feuerberg.

Sie hielten darauf zu, bei Tag und bei Nacht, landeten nur, wenn es sich nicht vermeiden ließ, um Wasser und Brennholz an Bord zu nehmen – und endlich lag der Berg vor ihnen, zu seinen Füßen die Stadt, deren hohe, eng stehende Gebäude an dem kahlen Fels emporzuwachsen schienen, und deren Hafen zur See hin von den Pfeilern des Todes geschützt wurde – schroffen Klippen, die riesigen Speerspitzen gleich aus dem Wasser ragten. Für ein feindliches Schiff, dessen Besatzung die Untiefen vor der Küste nicht kannte, stellten die Pfeiler ein schier unüberwindliches Hindernis dar – einem Schiff, das durch die Lüfte flog, vermochten sie hingegen nichts anzuhaben. Dafür gab es andere Gefahren …

»Schattendrachen!«, rief Lyrx aus. »Gleich zwei von ihnen!«

Ferghas, der einmal mehr am Ruder stand, stieß eine Verwünschung aus und blickte in die Richtung, die der Gestaltwandler ihm bedeutete. Tatsächlich – aus den dunklen Wolken, die den Himmel im Westen überzogen, lösten sich zwei der grässlichen geflügelten Kreaturen …

»Noch kommen sie nicht in unsere Richtung«, bemerkte Lyrx hoffnungsvoll. »Vielleicht sehen sie uns nicht.«

»Machst du Witze?«, knurrte Runward, der die Esse befeuerte. »Die müssten mit Blindheit geschlagen sein, wenn sie uns nicht sehen würden.«

»Oder es sind Späher, die aus Tirgaslan kommen«, fügte der Gestaltwandler hinzu. »Vielleicht greifen sie uns nicht an.«

»Dann werden wir das übernehmen«, verkündete Ferghas entschieden und zurrte das Ruder fest, sodass das Luftschiff seinen Kurs beibehielt. »Wir müssen die Biester vom Himmel holen.«

»Bist du verrückt geworden?«, fragte Runward.

»Die Schattendrachen sind die Augen und Ohren des Dunklen Königs«, erklärte Ferghas. »Wenn er von uns erfährt, wird er uns eine Hundertschaft dieser Bestien auf den Hals hetzen – wollt ihr lieber gegen sie kämpfen?«

Der Zwerg widersprach nicht – aber auch der Gedanke, gegen zwei Schattendrachen zu kämpfen, schien ihm nicht besonders zu gefallen. »Diese Biester werden uns in der Luft zerreißen«, prophezeite er.

»Abwarten«, erklärte Ferghas und nahm den herrenlosen Bogen Conor Ca'Bras in die Hand. »Noch sind wir nicht tot.«

»Das wird schon.« Runward schnitt eine Grimasse. »Da bin ich optimistisch.«

»Da kommen sie!«, rief Lyrx, doch der Warnung hätte es nicht bedurft – denn in diesem Moment war das schreckliche

Kreischen zu vernehmen, das die Schoßtiere des Dunklen Königs auszustoßen pflegten und das selbst die mutigsten Herzen mit Todesangst erfüllte.

»Haltet sie auf!«, wies Ferghas seine Gefährten an. »Beschäftigt sie irgendwie!«

»Schon dabei«, versicherte der Wechselbalg und schickte den Kreaturen einen Pfeil entgegen, der zwar sein Ziel fand und einen der Flügel durchlöcherte, jedoch keine Wirkung zeigte.

»Beschäftigt sie irgendwie«, wiederholte Runward fassungslos, der nach seiner Axt gegriffen hatte. »Wie denn? Indem wir uns ihnen zum Fraß vorwerfen?«

»Aye, zum Beispiel«, knurrte Ferghas. Rasch hatte er Stoffstreifen von seinem Umhang abgerissen und war nun dabei, sie mit dem Lampenöl zu tränken, das sie mitführten, um auch bei starkem Wind Feuer in der Esse zu bekommen.

»Was, bei allen Berggeistern, treibst du da?«, wollte Runward entnervt wissen.

»Wart's ab«, meinte Ferghas nur – dann war der erste Schattendrache bereits heran. Runward stieß eine Verwünschung aus, als das Haupt der Bestie plötzlich vor der Gondel auftauchte. Das Maul mit den mörderischen Fängen öffnete sich, und nur den Tauen, die sich zwischen der Gondel und dem Flugkörper spannten, war es zu verdanken, dass das Untier nicht zuschnappte und Runward aus der Gondel fraß. Lyrx gab einen weiteren Pfeil ab, der den Drachen ins linke Auge traf. Einen gellenden Schrei ausstoßend, der in den Ohren der Gefährten schmerzte, ließ die Schattenkreatur von der Gondel ab und ging auf Abstand, dabei wie von Sinnen mit den Flügeln schlagend.

Rasch legte Lyrx den nächsten Pfeil auf die Sehne, während Ferghas die mit Öl getränkten Lappen um die Spitzen von Pfeilen wickelte, die er aus Conor Ca'Bras Köcher zog.

Dabei griff er in den Beutel an seinem Gürtel und zog kleine Kristallsplitter hervor, die er zwischen die Schichten packte, was mit vor Aufregung zitternden Händen nicht einfach war. Ferghas vermied es, nach den Schattendrachen zu sehen, obwohl er wusste, dass sie ganz in der Nähe waren. Er hörte ihre Schreie und das Rauschen ihrer Schwingen …

»Sie greifen beide an!«

Runwards Warnruf war noch nicht verhallt, da stand Ferghas bereits und hielt den ersten Brandpfeil ins Feuer der Esse. Die Lappen entzündeten sich sofort, und Ferghas legte den brennenden Pfeil auf, zog die Sehne zurück und zielte.

Fauchend flog das Geschoss davon – doch es verfehlte sein Ziel und flog vorbei, einen Bogen aus schwarzem Rauch hinter sich herziehend – nur um im nächsten Moment von einer Explosion aus roten Flammen zerfetzt zu werden.

Ferghas' Mund verzog sich in grimmiger Genugtuung – sein Plan funktionierte also. Nun brauchte er nur noch zu tre…

Eine Erschütterung durchlief die Gondel, als etwas von unten dagegenstieß – der andere, halb blinde Schattendrache hatte das Luftschiff gerammt!

Die Gefährten verloren das Gleichgewicht und purzelten durcheinander. Noch schlimmer jedoch war, dass Glut aus der Esse und auf den Boden der Gondel fiel und im Flechtwerk verschwand, wo es vom Wind heftig angefacht wurde.

»So eine Scheiße!«, rief Runward und riss seinen Umhang herab, um die Flammen zu ersticken, die hier und dort bereits aus dem Korbgeflecht züngelten, während sich Lyrx und Ferghas dem zweiten Schattendrachen gegenübersahen, der erneut angriff.

Der Gestaltwandler schoss einen Pfeil ab, der den schwarzen Körper der Bestie traf, jedoch nicht tief eindrang. Das

Untier reckte den Kopf vor und riss das Maul auf, schien die Seile der Gondel zerfetzen zu wollen – als Ferghas den nächsten Brandpfeil von der Sehne ließ.

Das Geschoss verschwand geradewegs im offenen Schlund der Bestie, deren Haupt jäh zurückfuhr. Würgend und schluckend und sich um ihre Längsachse windend schoss sie durch die Luft – und wurde Augenblicke später von einem roten Feuerball zerfetzt.

»Verdammt, wo ist das andere Vieh?«, fragte Ferghas und blickte sich um – der einäugige Schattendrache war nirgendwo mehr zu sehen. Ferghas trat an den Rand der Gondel und beugte sich weit hinaus, um unter sie zu blicken. »Wenn ich nur wüsste, wohin es sich verkrochen ...«

Die Antwort war ein offener Rachen, der aus der Tiefe heranschoss. Messerscharfe Zähne schnappten zu und verfehlten den Clansmann nur knapp. Ferghas konnte den nach Verwesung stinkenden Atem der Bestie riechen, während sie an ihm vorbeischoss. Sofort änderte das Untier seine Flugrichtung wieder und warf sich in der Luft herum, um abermals anzugreifen. Dabei kam es Ferghas vor, als würde ihn das unverletzte Auge voller Mordlust anstarren.

Allerdings nicht lange.

Ein Pfeil flog heran und bohrte sich auch noch in das andere Auge der Bestie. Schwarze Gallerte spritzte. Lyrx, der den Meisterschuss abgegeben hatte, stieß einen Triumphschrei aus.

Der Schattendrache schrie vor Wut und Schmerzen, während er mit weit ausgebreiteten Flügeln flatterte – ein leichtes Ziel für Ferghas. Den letzten der Brandpfeile, die er gemacht hatte, auf der Sehne, zielte er und schoss. Der geblendete Drache sah das Unheil noch nicht einmal kommen. Schon kurz darauf ereilte ihn dasselbe Ende wie seinen Artgenossen.

»Aye«, knurrte Ferghas, der den Bogen wegwarf und wieder ans Steuer ging. Lyrx eilte Runward zu Hilfe, gemeinsam versuchten sie, das Feuer und die Glut zu ersticken – doch der Wind, der unablässig durch das Korbgeflecht der Gondel pfiff, machte dies so gut wie unmöglich. Sie versuchten es mit dem Wasser aus ihren Trinkflaschen, aber es war zu wenig. Rauch stieg auf, an immer zahlreicheren Stellen züngelten kleine Feuer aus dem Boden der Gondel. Schon in Kürze würde sie ganz in Flammen stehen …

Ferghas richtete den Blick nach vorn – sie waren nicht mehr weit vom Gipfel des Feuerbergs entfernt. Der Krater, aus dessen dunkler Tiefe die Rauchsäule emporstieg, war bereits zu erkennen.

Das Ziel ihrer Reise.

»Planänderung«, knurrte er. »Ihr zwei springt ab, ich bleibe an Bord und steuere das Luftschiff in den Krater.«

»So war es nicht vereinbart«, widersprach Lyrx. »Wir wollten landen, zu Fuß zum Krater hinaufsteigen, die Kristalle hineinwerfen und wieder verschwinden.«

»Das ist nicht mehr möglich«, wandte Ferghas ein. »Gleich wird das Schiff lichterloh brennen, an Flucht ist also nicht mehr zu denken. Es muss jetzt schnell gehen!«

Lyrx widersprach nicht, aber ihm war anzusehen, dass ihm der Plan nicht behagte. Auch Runward schien alles andere als überzeugt. »Bist du so wild darauf, dich zu opfern, alter Mann?«, fragte er.

»Ich hätte es schon in Nurmorod tun sollen«, erwiderte Ferghas ungerührt, während er weiter in Richtung Krater steuerte. »Sagt meiner Nichte Catriona, dass ich sie von Herzen liebe. Wollt ihr das für mich tun?«

»Deiner Nichte?« Runward schnitt eine Grimasse. »Willst du nicht wenigstens jetzt die Wahrheit sagen?«

»Was? Wie …?«

»Diese Geschichte, die du uns erzählt hast … Die Frau, die du liebtest, war deinem Bruder versprochen, nicht wahr?«, fragte der Zwerg. »Deshalb hast du sie freigegeben. Das Problem war nur, dass sie von dir schwanger war … Catriona Ca'Dur ist deine Tochter.«

»Das ist nicht mehr wichtig«, beharrte Ferghas. Das Luftschiff hatte den Kraterrand fast erreicht. Zerklüfteter schwarzer Fels raste nur eine Manneslänge unter der Gondel vorbei. »Springt ab und seht zu, dass ihr euch in Sicherheit bringt. Falls ihr es hier rausschafft, sagt Catriona, dass ich sie liebe.«

»Aye«, meinte Runward und trat ans Steuer. »Weißt du was, alter Mann? Sag es ihr selber!«

Damit zuckte seine Faust vor – und traf den Veteranen so punktgenau am Kinn, dass dieser bewusstlos zusammenbrach. Ungerührt löste Runward den Beutel mit den Kristallsplittern von Ferghas' Gürtel und band ihn an seinen eigenen. Dann übernahm er das Steuer.

»Was ist denn in dich gefahren?«, fragte Lyrx verblüfft.

»Auf mich wartet niemand«, erklärte der Zwerg kurzerhand. »Auf den Alten schon.«

»Aber … hattest du nicht immer betont, dass du dich niemals opfern würdest?«

»Nur wenn es sich lohnt, Wechselbalg«, erwiderte Runward Eisenherz grimmig. »Nur wenn es sich lohnt. Und jetzt gib mir deinen Beutel und verschwinde!«

Lyrx machte den Beutel mit den Splittern los und gab ihn dem Zwerg, der die Gondel, aus deren Bug nun helle Flammen schlugen, auf dem felsigen Untergrund aufsetzen ließ. Rasch setzte Lyrx hinaus, dann half er Runward dabei, den eben wieder erwachenden Ferghas hinauszuwuchten – und schon einen Herzschlag später setzte das Luftschiff seine letzte Reise fort, der Mündung des Kraters entgegen.

Lyrx wollte etwas sagen, dem Zwerg etwas hinterher rufen, aber ihm fiel nichts ein, deshalb hob er nur die Hand zu einem letzten Gruß – und Runward winkte zurück, eine einsame Gestalt auf der Gondel, die inzwischen lichterloh brannte.

Und im nächsten Moment tauchte das Luftschiff in die schwarze Rauchsäule ein, die aus der Tiefe des Feuerbergs empor stieg – und verschwand.

19

Aryanwen war den Tränen nah, dennoch hütete sie sich, ihre Trauer zu zeigen – denn Waldrada, ihre Freundin und Schwester im Geiste, brauchte sie jetzt mehr denn je.

Die Zwergenkönigin war an dem Lager niedergesunken, auf das man ihren Gemahl gebettet hatte. Bertin Zwergenhammer sah elend aus. Seine Gesichtszüge waren bleich, sein Blick gebrochen, alle Kraft schien aus seinen Gliedern gewichen. Zwar hatte man ihn sofort in seine Gemächer gebracht und nach Heilern gerufen, die den Orkpfeil auch sofort entfernt hatten; doch die Spitze war vergiftet gewesen, und niemand konnte verhindern, dass das Gift sich immer weiter in seinem Körper ausbreitete. Wohin es kam, verfärbte es die Adern schwarz und ließ sie hervortreten. Ein netzartiges Geflecht schien den Körper des Zwergenkönigs zu überziehen – das Netz des nahen Todes.

Der Hammer Martog, das Symbol des Widerstands, lehnte neben seinem Lager. Das viele Blut, das an dem wuchtigen, einst zu friedlichen Zwecken geschmiedeten Werkzeug haftete, ließ nur im Ansatz erahnen, welches Massaker dort draußen am Osttor stattgefunden haben musste.

»Geliebter«, flüsterte Waldrada, die Bertins Hände in den ihren hielt.

»Meine Königin«, erwiderte er und brachte ein Lächeln zustande. »Wie schön du bist.«

»Für dich«, erwiderte sie, und Tränen rannen über ihre flaumbehaarten Wangen.

»Wir … haben viel … zusammen erlebt«, flüsterte Bertin.

»Das haben wir«, bestätigte Waldrada und rang sich ein Lächeln ab.

»Nie hatte ein König … eine treuere Gefährtin … Seite an Seite haben wir in Gorta Ruun gekämpft …«

»So ist es«, stimmte Waldrada zu, »und der Kampf ist noch nicht vorbei.«

»Ich bin des … Kämpfens müde«, erklärte Bertin flüsternd.

»Aber du darfst jetzt nicht aufgeben, nicht jetzt«, beschwor sie ihn, seine kraftlosen Hände küssend. »Du musst dich dagegen wehren, hörst du?«

Von außerhalb des Gemachs war Kampflärm zu hören. Orks und Zwergenkrieger rannten gemeinsam gegen das Tor zum Innenhof an. Zwar leisteten Palastwache und Flüchtlinge gemeinsam erbitterten Widerstand, aber es war nur eine Frage der Zeit, wann sie den Kampf verlieren würden. Der Kontakt zur umgebenden Stadt war abgerissen. Was dort vor sich ging, wusste niemand genau, aber die zahllosen Rauchsäulen, die durch den strömenden Regen in den Himmel stiegen, sprachen eine deutliche Sprache …

»Es gibt Kämpfe, die man … gewinnen kann«, gab Bertin zurück, »und andere, die von Beginn an verloren sind …« Er verstummte und zuckte zusammen, als eine Welle von Schmerz durch seinen Körper lief. Das Netz der verfärbten Adern hatte sich weiter ausgebreitet, wuchs jetzt an seinem Hals empor und begann sein Gesicht zu überziehen.

»Geliebter, nein!«, rief Waldrada aus.

»Meine Königin … es tut mir leid, dass ich dich verlassen muss … habe versagt … konnte weder dich noch unser Volk beschützen …«

»Du hast nicht versagt, Geliebter«, versicherte sie schluchzend. »Du hast Gorta Ruun befreit und unserem Volk neue Hoffnung gegeben. Niemand außer dir hätte das geschafft!«

»Aryanwen ... ist sie hier?«

»Ja, Geliebter.« Waldrada wandte sich nach Aryanwen um, die zusammen mit den engsten Vertrauten in respektvollem Abstand wartete, und winkte sie heran.

»Ihr habt mich gerufen?«, fragte Aryanwen leise.

»Aryanwen, Schwester«, sprach Bertin sie an, ohne dass er sie dabei ansehen konnte. »Bitte ... sag Daghan, dass er recht hatte und ich unrecht ...«

»Inwiefern?«

»Es kann keinen Frieden geben ... mit einem Feind, der ... der unsere Vernichtung will«, brachte der Zwergenkönig mühsam hervor. »Bitte ... sag ihm das.«

»Das werde ich«, versprach Aryanwen, auch wenn sie daran zweifelte, dass sie Daghan wiedersehen würde.

Bertin stieß einen Schrei aus, bäumte sich vor Schmerzen auf – das Gift schien den Rest seines Körpers zu befallen. »Waldrada ...?«

»Ja, Geliebter?«

»Ich werde heimgehen ins Reich der Ahnen, nicht wahr? ... werde Vater und Bruder wiedersehen ... mit den Alten Königen an einer Tafel speisen ...«

»Das wirst du«, bestätigte die Königin, die einst selbst eine hart gesottene Kämpferin gewesen war. Nun flossen ihre Tränen ungehemmt, und auch Aryanwen konnte die ihren nicht länger zurückhalten.

In einem letzten Aufbäumen von Willen richtete sich Bertin auf seinem Lager auf und griff nach dem Hammer Martog. Er war nicht mehr kräftig genug, um ihn hochzuheben, also zog er ihn heran. Es gab ein kratzendes Geräusch auf dem steinernen Boden, wo der Hammer eine Spur von dunklem Orkblut hinterließ. Dann reichte Bertin den Schaft an Waldrada weiter.

»Hier«, hauchte er. »Nimm Martog und … führe … unser Volk.«

»Das werde ich«, versicherte sie mit tränenerstickter Stimme. »Bedaure … zu einer anderen Zeit …« Wieder schien ihn heftiger Schmerz zu peinigen. Auch in seinem Gesicht hatten sich die Adern inzwischen dunkel verfärbt, und zuletzt begannen auch seine Augen ihre Farbe zu verändern, wurden grau und stumpf und schließlich schwarz.

»Ich liebe …«, waren die letzten Worte, die Bertin Zwergenhammer in dieser Welt sprach.

Dann fiel sein Kopf zur Seite, und der Mann, der den Widerstand in Gorta Ruun angeführt, der sein Volk von der Schreckensherrschaft der Alchemisten befreit und ein Bündnis mit den Menschen eingegangen war, der dem Volk der Zwerge in höchster Not den Weg gewiesen hatte, war tot.

Schweigen breitete sich in dem Gemach aus.

Die Bediensteten und Vertrauten senkten die Häupter. Aryanwen verneigte sich tief, dann trat sie zurück, damit Waldrada ungestört Abschied nehmen konnte.

Die Zwergenkönigin, die nun allein über ihr Volk herrschte, verharrte noch einen Augenblick am Totenbett ihres Gemahls, nahm leise flüsternd von ihm Abschied, küsste nach alter Tradition Stirn, Mund und Bart.

Dann erhob sie sich, nahm den Hammer Martog auf und wandte sich zu Aryanwen und den anderen um.

»Wir haben eine Schlacht zu schlagen«, erklärte sie.

20

Die Zeremonie nahm ihren Lauf.

Nicht länger war der Gesang der Sektierer monoton und dumpf, sondern laut und schrill. Crodegang und seine Anhänger kreischten Worte der verbotenen Sprache, während sie um den Opfertisch kauerten, die Arme beschwörend erhoben, und ihr dunkler Gebieter seine ganze verdorbene Macht dazu einzusetzen schien, seinen Geist in den Körper eines kleinen unschuldigen Kindes zu übertragen.

»Nein! Nein!«, hörte Alured sich selbst rufen, aber seine Schreie verblassten angesichts des schrillens Gesangs der Sektierer und des kalten Zischens der Entladungen dunkler Energie, die aus den Fingerspitzen Urkaid Mock-Loors zuckten und Alannah umgaben. Nur noch hin und wieder hatte Alured den Eindruck, die kleine, zerbrechlich wirkende Gestalt des Mädchens inmitten der teerigen Schwärze zu erblicken, der Kraft des Bösen schutzlos ausgeliefert. Welchen Ängsten, welcher Panik sie dabei ausgeliefert war, vermochte er sich noch nicht einmal vorzustellen.

Die Zeit schien stillzustehen.

Alured wusste nicht, wie lange er dem grausigen Schauspiel beiwohnte und darauf wartete, dass der uralte, von Bosheit zerfressene Geist Urkaid Mock-Loors in den Körper des Kindes wechseln und ihm kraft seiner dunklen Magie eine erwachsene Gestalt verleihen würde … bis ihm plötzlich klar wurde, dass es bereits zu lange dauerte!

Die grauenvolle Wolke aus schwarzer Energie, die der

Dunkle König entfesselt hatte, stand noch immer über dem Opferstein, und der kreischende Gesang der Sektierer dauerte an – doch die Zeremonie schien nicht fortzuschreiten.

Irrte er sich, oder – Alured wagte den Gedanken kaum zu vollenden – ging die Prozedur nicht so vonstatten, wie Mock-Loor es sich in den Windungen seines schwarzen Verstandes ausgemalt hatte? Etwas schien ihn daran zu hindern, seinen Geist in den Körper des Kindes zu übertragen, sonst hätte er es vermutlich längst getan … und Alured merkte, wie die nagende Furcht in ihm ein wenig nachließ und er eine vage Hoffnung verspürte …

Noch eben wäre er dafür wohl sofort bestraft worden. Doch Erdwelts dunkler Herrscher schien andere Sorgen zu haben als die Gedanken eines Menschen, den er bereits besiegt glaubte. Die rote Glut in seinen Augen hatte zugenommen, ihr Blick war auf den Opferstein gerichtet, auf die von dunklen Blitzen umtoste Wolke, in deren Zentrum sich Alannah befand … die jetzt – täuschte er sich? – deutlicher zu sehen war!

Die Schwärze, die das Kind umgab, schien nicht mehr ganz so total, so verzehrend zu sein wie zuvor. Immer öfter schien die leichenblasse Gestalt Alannahs durch, leuchtete wie ein Stern in finsterer Nacht – und als Urkaid Mock-Loor einen wütenden Schrei ausstieß, der wie ein Hammerschlag durch ihrer aller Bewusstsein drang, wurde Alured klar, dass er recht hatte.

Das Ritual funktionierte nicht!

Irgendetwas schien den Dunklen König davon abzuhalten, seinen dunklen Plan in die Tat umzusetzen … Lag es an Alannah selbst? War das Kind stärker, als er es vermutet hatte? Oder war womöglich das heftige Fieber der Grund, dafür, dass der Finstere sich ihres Körpers nicht bemächtigen konnte? Bewirkte es etwas, mit dem Urkaid Mock-Loor trotz all seinem Wissen und der Erfahrung durchlebter Jahrtausende nicht gerechnet hatte?

Ein zweiter wütender Schrei des Finsteren durchdrang den Äther und ließ selbst seine Anhänger unruhig werden. Ihr Gesang wurde leiser und brach schließlich ganz ab, und kein anderer als Crodegang selbst war es, der verunsichert das Haupt hob. »Gebieter!«, rief er, die Not seines Meisters wohl bemerkend. »Wie können Eure ergebenen Diener Euch hilfreich zur Seite stehen?«

Einen Augenblick sah es so aus, als würde der Dunkle König keine Notiz von ihm nehmen – unbewegt stand er da, die Knochenarme ausgebreitet, und schien damit zu tun zu haben, die Eruption zerstörerischer Kraft am Leben zu halten, die den Opfertisch umgab. Doch dann, plötzlich, zuckte eine schwarze Entladung aus der Blase, die den Hohepriester mit voller Wucht traf und seinen Brustkorb durchbohrte.

»Unwürdiger«, tönte es dazu, *»du wagst, meine Kraft anzuzweifeln? Mir deine nichtswürdige Hilfe anzubieten? Glaubst du denn, Urkaid Mock-Loor wäre auf die Unterstützung von Euresgleichen angewiesen?«*

Crodegang schrie entsetzlich, als die schwarze Energie ihn bei lebendigem Leibe fraß. Die Entladung verlosch so plötzlich, wie sie erschienen war – zurück blieb ein Haufen schwelenden Fleisches und verkohlter Knochen und eine Schädelfratze, aus deren ausgebrannten Augenhöhlen dunkler Rauch kräuselte.

Als die Sektierer sahen, was ihrem Anführer widerfahren war, verfielen sie in entsetztes Geschrei und pressten sich noch dichter auf den nackten Fels, um ihre Ergebenheit zu demonstrieren.

»Ihr Maden! Zweifelt Ihr an mir? Glaubt Ihr, ich hätte nicht

die Kraft, mich dieses winzigen Körpers zu bemächtigen? Schon in wenigen Augenblicken wird aller Widerstand gebrochen sein, und dann …«

Plötzlich gab es eine Erschütterung.

Ein schwerer Stoß durchlief den Thronsaal und das gesamte Gewölbe, schien den Berg selbst in seinen Grundfesten zu erschüttern.

»Nein!«, rief Mock-Loor, als könnte er den Elementen Einhalt gebieten.

Aber ein zweiter und ein dritter Stoß folgten – und Alured konnte sehen, wie sich im Gestein der Höhle Risse bildeten, die der veränderliche Fels zwar sogleich wieder schloss – doch schon folgte der nächste Stoß!

Ein Beben aus dem Inneren der Erde, dachte Alured entsetzt, so als ob sich der Kontinent selbst gegen die Macht des Bösen auflehnte. Wie war das möglich?

Die nächste Erschütterung war so stark, dass sie den Dunklen König ins Taumeln brachte. Auf seinen kurzen Knochenbeinen wankte er hin und her, suchte sowohl die Kontrolle über sich selbst als auch über die dunkle Energie zurückzugewinnen, die nun flackerte wie eine Kerze im Wind. Der Schein der Fackeln nahm plötzlich wieder zu, und so konnte man erkennen, wie der Fels an Boden und Wänden aufbrach und Risse darüber mäanderten, die sich so rasch verzweigten, dass nichts und niemand ihnen mehr Einhalt gebieten konnte.

Urkaid Mock-Loor schrie abermals – diesmal aus Wut und Frustration. *»Das ist nicht möglich!«*, brüllte er so laut und durchdringend, dass Alured glaubte, sein Kopf müsste zerspringen.

In diesem Augenblick kollabierte die Wolke aus verderblicher Energie, die der Finstere erzeugt hatte, und zerstob in blitzartigen Entladungen, die die um den Opferstein kauernden Sektierer trafen und ihnen dasselbe grausame Schicksal angedeihen ließen wie zuvor ihrem Anführer.

Alured war zu beschäftigt, um darüber Genugtuung zu empfinden – gebannt sah er zu, wie das Netz aus Rissen und Sprüngen, das mit jedem weiteren Stoß aus den Tiefen der Welt noch zunahm, auf die Gefangenen zukam. Nur noch wenige Erschütterungen, und dann …

Ein Rumoren war zu vernehmen, das aus den Tiefen Erdwelts zu kommen schien. Was auch immer dort vor sich ging – die Kräfte, die dabei entfesselt wurden, schienen so gewaltig und zerstörerisch zu sein, dass selbst der Dunkle König ihnen nichts entgegenzusetzen hatte, zumal er geschwächt war von dem Ritual und der misslungenen Übertragung.

Alured sah ihn wanken, brannte auf den Augenblick, da seine Fesseln zerspringen und er Alannah endlich zu Hilfe kommen konnte, die auf dem Opfertisch lag, die Arme von sich gestreckt und vor Fieber und Schwäche kaum noch bei Bewusstsein.

Doch Urkaid Mock-Loor hatte dasselbe Ziel!

Wenn er sich des Kindes schon nicht bemächtigen konnte, so schien er es doch wenigstens vernichten zu wollen. Die Knochenhände zu tödlichen Klauen gespreizt, stürzte der Dunkle König auf den Opferstein zu, die Augen leuchtend und die goldenen Zähne gefletscht. Jeden Augenblick würde er das Kind erreicht haben, und dann …

Verzweifelt riss Alured an seinen steinernen Fesseln, die diesmal tatsächlich nachgaben – aber nicht so schnell, als dass er noch eine Chance gehabt hätte, Alannah zu Hilfe zu kommen! Auch Balbok und Rammar hatten begriffen, was die Stunde schlug und waren ebenfalls dabei, sich zu befreien. Balbok hatte seinen hageren Körper bereits bis zur Hüfte freigelegt, aber seine Beine steckten noch immer im Gestein, sodass auch er es nicht rechtzeitig schaffen würde.

»Douk!«, brüllte er. »Kleiner *pochga* …!«

Jetzt war Mock-Loor heran.

Seine gedrungene Gestalt streckte sich, und die tödlichen Klauenfinger tauchten über Alannah auf und stachen herab, tödlichen Klingen gleich – doch sie erreichten ihr Opfer nie.

Denn plötzlich, wie durch ein Wunder, wölbte sich ein Schild aus Eis über dem zarten Körper des Kindes, an dem die Knochenfinger des Finsteren zerbrachen wie morsches Holz. Auch das Eis des Schildes zerbarst, doch es hatte seinen Zweck erfüllt und Alannah vor dem Zugriff des Bösen bewahrt.

Urkaid Mock-Loor schrie abermals und taumelte zurück, die Hände nur mehr nutzlose Stümpfe – als ihn etwas erfasste und mit Urgewalt durch ihn hindurchfuhr.

Eine Lanze aus purem Eis!

Alured traute seinen Augen nicht. Ungläubig starrte er auf den gepfählten Herrscher, der selbst nicht begreifen zu können schien, was vor sich ging. Mit den Stümpfen rudernd suchte er sich von dem tödlichen Geschoss zu befreien, das ihn durchbohrt hatte, aber es gab ihn nicht mehr frei. Und erst ganz allmählich schien ihm die Erkenntnis zu dämmern, dass es niemand anders als das so kleine, unschuldige Kind gewesen war, das ihm diese Verwundung beigebracht hatte!

»Pochga!«

Indem Rammar die schlechte, von giftigen Dämpfen durchsetzte Luft in seine Lungen sog und sich aufblähte wie ein Ballon, gelang es ihm, seine brüchig gewordenen steinernen Fesseln zu sprengen. Wie eine Naturgewalt brach er daraus hervor, in einer Kaskade aus Trümmern und Gesteinsbrocken.

Auch Alured schaffte es endlich, sich zu befreien. Atemlos stürzte er auf den Opfertisch zu, den Rammar bereits erreicht hatte. Mit den groben Pranken griff der Ork nach Alannah, zog sie an sich heran und beugte sich schützend über sie – während mit Urkaid Mock-Loor beängstigende Veränderung vor sich ging.

Denn in dem Moment, da der Dunkle König die Kontrolle über seinen zerstörten Körper endgültig verlor, stieß er einen lautlosen Schrei aus – und aus seinem Inneren brach etwas hervor, das wie das genaue Gegenteil eines lodernden Flammenballs aussah, rabenschwarz war und alles Licht an sich ziehend wie zuvor die Wolke aus dunkler Energie.

»Ihr einfältigen Narren!«, ließ er sich vernehmen. *»Glaubt Ihr wirklich, Ihr könntet mich besiegen?«*

Noch einen Augenblick lang schwebte die Kugel aus Dunkelfeuer in der Luft, dann schlug sie senkrecht in den Boden und verschwand darin, einen hässlichen Krater hinterlassend – gleichzeitig wurde das Beben noch stärker.

»*Korr*, das wäre erledigt«, meinte Balbok, der sich inzwischen ebenfalls befreit hatte und die letzten Reste von zerbrochenem Gestein noch von sich abschüttelte. »Und wohin jetzt?«

»Frag nicht so dämlich!«, beschied ihm Rammar – die kleine Alannah lag halb bewusstlos in seinen dicken Armen. »Raus hier, aber sofort!«

Damit rannte der dicke Ork auch schon los, hinaus aus dem Thronsaal, von dessen Decke inzwischen schwarze Gesteinsbrocken regneten. Stalaktiten, die unter dem Gewölbe gehangen hatten, lösten sich und wurden zu todbringenden Geschossen – und der einsame Turm, auf dem der Thron der Äxte stand, wankte bereits hin und her. Es war nur noch eine Frage von Augenblicken, bis er einstürzen und alles unter sich begraben würde.

Auch Balbok ergriff die Flucht, und Alured wollte hinterher – als plötzlich jemand vor ihm auftauchte, die Züge hassverzerrt und blutend von einem Trümmerstück, das ihn am Kopf getroffen hatte.

Braktas.

Nein, Vigor.

»Wohin so eilig?«, fragte er und stieß Alured so hart, dass er ins Taumeln geriet und stürzte. »Wir haben noch eine Rechnung offen, du und ich …«

21

Das Tor zum Innenhof war gefallen.

Waldrada und Aryanwen hatten noch versucht, den Widerstand zu organisieren und den Durchbruch so zu verhindern, aber es war zu spät gewesen. Als Kaldronen anrückten und sich gegen das Tor warfen, brach es aus den Angeln.

Orksöldner und Zwerge stürmten daraufhin den Innenhof, wobei die Söhne des Berges den Unholden in Sachen Grausamkeit und Blutdurst kaum nachstanden. Schon in Winmars Tagen, erst recht aber in den Diensten des Dunklen Königs waren die Zwergenkrieger barbarisch und roh geworden, ein Leben zählte nichts mehr in ihren Augen. Und so fielen sie wie besessen mit blanker Axt und krachenden Donnerbüchsen über die verbliebenen Verteidiger her.

Wer sich zum Kampf stellte, der hatte keine Chance, und auch von denen, die die Flucht ergriffen, fanden die meisten ein blutiges Ende. Nur wenigen gelang es, sich in den Palast selbst zu flüchten, dessen Pforten nun das einzig verbliebene Bollwerk markierten, eine dünne Trennlinie zwischen den Verteidigern und dem blutrünstigen Feind. Der Thronsaal von Tirgaslan war zur letzten Zuflucht geworden, und es entbehrte in Aryanwens Augen nicht einer gewissen Ironie, dass dort, wo alles begonnen hatte, nun wohl auch alles enden würde.

Immer wieder rannten die Angreifer gegen das Tor zum Thronsaal an, das von innen verriegelt und verbarrikadiert worden war, jedoch unter jedem einzelnen Stoß erbebte.

Infolge der zerstörten Kuppel drang der Regen auch in den Thronsaal. Das Segeltuch, mit dem die Öffnung überspannt worden war, war im Unwetter gerissen und bot nicht länger Schutz, sodass es in dem ehrwürdigen Rund in Strömen regnete. Und darüber, am immer dunkler werdenden Himmel, kreisten unheimliche Schemen, deren bloßer Anblick für Furcht und Schrecken sorgte – die Schattendrachen.

Aasfressern gleich zogen sie dort oben ihre Bahnen und schienen nur darauf zu warten, dass ihre Diener auf dem Erdboden endlich ihr blutiges Handwerk verrichteten.

Die Königinnen erwarteten sie.

Zusammen mit den letzten Wachen, die noch verblieben waren, und mit ihren Dienern und Vertrauten hatten Aryanwen und Waldrada sich um den Thron geschart, frierend und bis auf die Haut durchnässt und doch zum Äußersten entschlossen. Hier, wo die Herrschaft des Lichts einst ihren Ausgang genommen hatte, wollten sie ausharren und sich bis zum letzten Atemzug gegen den Feind behaupten, bewaffnet mit allem, dessen sie hatten habhaft werden können: Bogen, Klingen und Äxte.

Aryanwen hielt ein Schwert beidhändig umklammert, Waldrada den Hammer Martog, während sie Seite an Seite mit den Ihren standen und auf die Pforte starrten, die unter dem Ansturm des Feindes erbebte.

Wieder krachte es laut, als etwas mit Urgewalt dagegenschlug, doch noch hielten Riegel und Angeln der Beanspruchung stand.

»Ruhig«, mahnte Waldrada. »Bewahrt Ruhe. Und schießt erst, wenn ihr einen Feind seht …«

Aryanwen packte das Schwert in ihren Händen fester. Ihre Handflächen schwitzten, ihr Pulsschlag raste, Furcht und Verzweiflung stiegen wie eine verdorbene Speise in ihr empor. Dennoch galten ihre Gedanken in diesen Augenblicken nicht ihr selbst, sondern den Menschen, die sie liebte, Dag und Alannah. Beide würde sie in dieser Welt nicht wiedersehen, und dieser Gedanke zerriss ihr fast das Herz in der Brust. Aber da war auch Hoffnung, der Glaube daran, dass die beiden mehr Glück hatten als sie und überlebten. An diesen Gedanken klammerte sie sich, er war alles, das ihr noch geblieben war.

Wieder krachte es.

Jeden Augenblick würde die Pforte nachgeben …

»Schwester?«, fragte Aryanwen mit bebender Stimme.

»Ja?« Waldrada sah zu ihr auf. Ihr kastanienbraunes Haar hing in nassen Strähnen.

»Ich möchte ihnen nicht lebend in die Hände fallen«, sagte Aryanwen leise.

Die beiden Frauen sahen einander tief in die Augen. »Ich auch nicht«, bestätigte Waldrada dann. »Wir werden tun, was dazu nötig ist.«

Aryanwen nickte, kämpfte mit den Tränen. »So soll es sein«, flüsterte sie.

22

Alured wich zurück, wobei seine steifen, von den Fesseln noch schmerzenden Beine ihm fast den Dienst versagten. Nur mit Mühe gelang es ihm, sich aufrecht zu halten.

»Weißt du«, beschied Vigor ihm, »allmählich habe ich genug von dir, Mensch.« Jede Häme, jede Spur von Überlegenheit war aus seinem Gesicht gewichen, über dessen linke Schläfe sich eine rote Blutspur zog.

»Was du nicht sagst«, konterte Alured. »Der Plan deines Meisters ist misslungen.«

»Der Dunkle König wird obsiegen«, gab der andere sich überzeugt. »Du kannst ihn nicht aufhalten, Mensch, und auch niemand sonst – aber es wird Zeit, dass dir jemand das Handwerk legt. Du hast für meinen Geschmack schon viel zu lange gelebt.«

»Das ließe sich auch von dir behaupten«, stieß Alured hervor – und bückte sich kurzerhand nach dem nächstbesten Gesteinsbrocken. Er war faustgroß und hatte eine scharfe Kante – eine Klinge freilich war das nicht. Vigor seinerseits zückte seinen Dolch. Er hielt ihn mit der Klinge nach unten, was eine gewisse Überheblichkeit verriet. Offenbar rechnete er nicht mit einem langen Kampf.

Vielleicht, dachte Alured, war das seine Chance …

»Also schön«, meinte der betrügerische Zwerg, der im Körper eines nicht weniger betrügerischen Menschen lebte, »lass es uns zu Ende bringen, alter Freund.«

»Ich bin nicht dein Freund«, stellte Alured klar, »und ich

bin es auch nie gewesen – und so wie die Dinge stehen, wird daraus wohl auch nichts mehr werden.«

Lauernd umkreisten sie einander, hatten nur Augen für den jeweils anderen, taxierten jede seiner Bewegungen, während die Welt um sie herum in Chaos und Zerstörung versank. Immer noch größere Gesteinsbrocken brachen aus der Decke und schlugen zu Boden, wo sie unter lautem Getöse zerbarsten. Staub stieg auf und durchdrang die schlechte Luft, die im Inneren des Berges herrschte. Was zu dem Beben geführt hatte, entzog sich Alureds Kenntnis, und es war ihm auch gleichgültig. Sein ganzes Interesse galt dem verhassten Feind …

»Du hast meine Familie getötet«, brachte er in Erinnerung, »und mir dies hier angetan«, – er deutete auf die Narbe, die quer über sein Gesicht verlief. »Dafür wirst du jetzt bezahlen – und diesmal, Vigor, werde ich dafür sorgen, dass dein Geist mit deinem Körper stirbt!«

»Wir werden sehen«, entgegnete der andere gelassen, der ganz auf seinen dunklen Gebieter zu vertrauen schien. Für einen Moment war bei ihm wieder die alte Überheblichkeit zu spüren – und Alured handelte.

Kurzerhand holte er aus, schleuderte den Stein mit aller Kraft – und hätte Braktas mit voller Wucht an der Stirn getroffen, hätte Vigors blitzschnelle Reaktion ihn nicht im letzten Moment zurückpendeln lassen. Ganz ausweichen konnte er dem Geschoss dennoch nicht – es traf ihn an der Schläfe, genau dort, wo er bereits das Trümmerstück abbekommen hatte, was ihn zwar nicht zu Boden schickte, die Wunde jedoch noch heftiger bluten ließ und ihn ablenkte.

Alured nutzte die Gelegenheit, um sich nach einer Waffe umzusehen. Er fand sie bei einem der toten Sektierer, der einen Dolch bei sich getragen hatte – keine Klinge für den Kampf, sondern gebogen wie eine Sichel. *Ein Opfermesser*, schoss es ihm durch den Kopf. Er schauderte beim Gedanken an die vielen Unschuldigen, die unter dieser Klinge ihr Leben gelassen haben mochten. Es war Zeit, dass sie für ihre Frevel büßte und endlich einen Schuldigen tötete …

Er hatte die Klinge gerade aufgenommen, als er aus dem Augenwinkel eine Bewegung wahrnahm. Noch auf dem Boden kniend, fuhr er herum und riss die Messerhand empor – gerade rechtzeitig, um den mörderischen Hieb abzufangen, den Vigor ihm hatte beibringen wollen.

Die Attacke war fast senkrecht geführt worden und hatte seinem Nacken gegolten. Mit hässlichem Klang traf Metall auf Metall. Alured biss die Zähne zusammen. Mit roher Kraft wollte Vigor-Braktas den Stahl in seine Halsbeuge treiben, legte sein ganzes Gewicht in den Angriff. Immer näher kam die mörderische Klinge heran, näher und näher … als in unmittelbarer Nähe ein Stalaktit aus schwarzer Schlacke aufschlug.

Die Splitter trafen die beiden Kämpfenden und schlugen kleine, aber heftig blutende Wunden, sodass Vigor und Alured jäh voneinander abließen. Keuchend raffte sich Alured auf die Beine und wankte davon, hinein in die Nebel aus Staub und Dämpfen, die den Thronsaal inzwischen einhüllten.

Wo war er? Wohin hatte Vigor sich verkrochen? Hatte er einmal mehr die Gelegenheit genutzt, um zu fliehen und sein elendes Leben zu retten? Allein der Gedanke brachte Alured an den Rand der Raserei, während er suchend durch das krachende und berstende Inferno irrte, hin und her wankend und stets in der Gefahr, von herabfallenden Gesteinsbrocken erschlagen zu werden.

»Vigor!«, brüllte er aus Leibeskräften. »Du verkommener Bastard, wo bist du …?«

Die Antwort kam unerwartet.

Hätte Vigor-Braktas seinen Angriff nicht durch einen hasserfüllten Schrei begleitet, wäre Alured vermutlich davon niedergestreckt worden – so kam er noch dazu, im letzten Moment die freie Hand emporzureißen.

Er fing Braktas' Arm am Ellbogen ab, während er seinerseits versuchte, mit der Sichelklinge einen Stoß anzubringen – vergeblich. Braktas stand ein Stück höher als er, mit einem Tritt stieß er Alured zurück. Alured taumelte und stieß gegen einen Geröllhaufen, stand jedoch schon im nächsten Moment wieder auf den Beinen. Durch den flirrenden Staub konnte er sehen, wie Braktas nach oben flüchtete – und folgte ihm. Über steinerne, von Rissen durchzogene Stufen, die sich abenteuerlich in die Höhe wanden, ging es empor, und auf einmal wurde Alured klar, wo sie sich befanden: auf der Treppe, die zum Thron des Dunklen Königs führte …

Ein neuerlicher Erdstoß erschütterte das Gewölbe, und für einen Augenblick schien es, als wollte die Festung selbst zerspringen, so unheimlich, so durchdringend waren die Geräusche brechenden und berstenden Gesteins, die die Halle erfüllten. Dennoch stieg Alured immer weiter hinauf, zuerst noch aufrecht, dann auf allen vieren, um auf den schmalen, schwankenden Stufen nicht auszugleiten und in die Tiefe zu stürzen. Sein Hass und das Wissen, dass die Treppe irgendwann zu Ende war und Vigor nicht anders konnte, als dort auf ihn zu warten, trieben ihn weiter und weiter hinauf.

Je weiter es emporging, desto mehr lichtete sich der Staub – und endlich konnte er seinen Gegner wieder sehen!

»Vigor!«, brüllte er aus Leibeskräften.

Wider Erwarten tat der andere ihm den Gefallen, stehen zu bleiben – und auf den Stufen des Thronturmes, der unter den schweren Erschütterungen wankte wie ein waidwundes Tier, kreuzten sie die Klingen. Funken stoben, als Vigors kurze Klinge auf Alureds Sichel traf. Natürlich war der Zwerg, der keiner mehr war, deutlich im Vorteil, nicht nur seiner Waffe wegen, sondern auch wegen seines erhöhten Standes, der es ihm leicht machte, Alured mit wuchtigen Schlägen einzudecken, während dieser unablässig auf seine Deckung achten musste und kaum dazu kam, einen Gegenangriff vorzutragen. Wenn, dann reichte es allenfalls dazu, einen schnellen Hieb nach den Beinen seines Gegners anzubringen, aber so blitzartig diese Attacken erfolgen mussten, so ungezielt waren sie auch. Wäre es nur Braktas der Fälscher gewesen, gegen den Alured kämpfte, so hätte er ihn vermutlich längst besiegt – dem kampferfahrenen Vigor war so leicht nicht beizukommen.

»Wer hätte das gedacht?«, schrie der Verräter über das Donnern und Krachen hinweg. »Wer hätte geglaubt, dass es so endet? Gab es nicht eine Zeit, da wir uns prächtig verstanden? Da wir zusammenarbeiteten?«

»Nur, weil die Not es gebot«, versicherte Alured. »Ich habe dir immer gesagt, dass ich dich töte, wenn alles vorbei ist!« Wieder schwang er die Sichel, diesmal ganz tief – seinem Gewicht zum Trotz sprang Braktas leichtfüßig hoch und entging der Klinge.

»Das hast du«, gab Vigor zu. »Trotzdem war da Erschütterung in deinem Gesicht zu lesen, als du meinen Leichnam fandest, damals auf dem Boot …«

Ein erneuter Hieb, den Alured kurz vor seinem Kopf abfing. Über den gekreuzten Stahl hinweg starrten die beiden Kontrahenten einander an.

»Das bildest du dir nur ein Zwerg«, beschied Alured ihm zähneknirschend.

Das nächste Beben, das die Höhle durchlief, war so heftig, dass der Thronturm wankte. Nicht nur Alured, auch sein Gegner musste mit den Armen rudern, um nicht das Gleichgewicht zu verlieren und von der schmalen Treppe zu stürzen – als das Beben wieder nachließ, fuhr Braktas herum und flüchtete weiter die Stufen hinauf.

Alured stieß eine Verwünschung aus und folgte ihm weiter, schwer atmend und hustend vom eingeatmeten Staub und der Strapaze. Endlich kam der Thron in Sicht – das aus den Kriegsäxten vergangener Zwergenherrscher geschmiedete Gebilde, das Generationen lang in der großen Halle von Gorta Ruun gestanden hatte, ehe Winmar es in einem Akt maßloser Überschätzung seiner eigenen Person und Wichtigkeit hatte entfernen und in seine neue Hauptstadt transportieren lassen. Hier stand der Thron der Äxte nun, wankend wie nie zuvor in seiner so langen Geschichte, ein Mahnmal von Stolz und Überheblichkeit.

Vor dem Thron war Vigor stehen geblieben, breitbeinig, die Klinge in den Händen, so als wollte er den nutzlos gewordenen Herrschersitz bis zum letzten Atemzug verteidigen.

»Dieser Thron«, schrie er Alured entgegen, »ist mein Leben! Ihm habe ich stets gedient!«

»Nein«, widersprach Alured. »Du hast dir nur selbst gedient, Vigor! Gier und Rachsucht haben dich angetrieben, dein widerwärtiger Drang, anderen Kreaturen Schmerz und Leid zuzufügen! Zur Treue bist du nicht fähig, ebenso wenig wie zu Nähe oder Freundschaft!«

»Wer hätte mein Freund sein sollen?«, fragte der andere spöttisch dagegen. »Du etwa?«

Er lachte nur – worauf Alured die Zähne zusammenbiss, seine letzten Kräfte bündelte und zum Angriff überging. Die Sichel zum tödlichen Streich erhoben, stürmte er die restlichen Treppen hinauf, einen Kampfschrei auf den Lippen – und erneut trafen ihre Waffen aufeinander, diesmal in rascher Folge. Ein heftiger Schlagabtausch folgte, während der

Turm unter ihren Füßen immer heftiger schwankte. Immer wieder mussten die beiden Todfeinde ihre Arme zu Hilfe nehmen, um ihren Stand auszubalancieren. Es war nur noch eine Frage der Zeit, wann der Turm den Kampf gegen die entfesselten Elemente verlieren und einstürzen würde, aber noch hielt er sich aufrecht, so als weigerte er sich, sich in das Unausweichliche zu fügen …

»Nun bezahlst du!«, kündigte Vigor hämisch an. »Für deine Dummheit und Naivität!«

Seine Klinge fuhr herab, und Alured brachte den linken Arm empor, um die Hand, die den Angriff führte, abzuwehren, während er gleichzeitig zum ungezählten Mal nach Braktas' Beinen hieb, freilich nicht mehr rasch und blitzartig wie zuvor, sondern vergleichsweise langsam und vorhersehbar. Vigor reagierte entsprechend; er wich dem Angriff nicht mehr aus, sondern schaffte es, Alureds Klinge festzusetzen, indem er mit dem Stiefel darauf trat.

»Verdammt!«

Alured fluchte, als seine Waffe plötzlich feststeckte – wissend, dass er einen verhängnisvollen Fehler begangen hatte. Vergeblich suchte er sie wieder freizubekommen, während er sich mit der anderen Hand die gegnerische Klinge notdürftig vom Leibe hielt. Doch seine Kräfte waren erschöpft – und Vigor wusste es.

Braktas' feiste Züge grinsten, doch statt sein ganzes Gewicht auf seinen Waffenarm zu legen und die Klinge in Alureds Schulter zu treiben, riss er sie plötzlich zurück und holte beidhändig aus, um sie seinem Gegner ins Herz zu stoßen. Entsetzt sah Alured auf, wissend, dass er den Kampf verloren hatte – als er in den Augen seines Gegners ein Zögern wahrnahm. Über den Grund dachte Alured nicht nach, er wollte nur überleben. Er riss am Griff der Sichel, und zu seiner eigenen Verblüffung gelang es ihm, sie unter dem Fuß seines Gegners hervorzuziehen. Plötzlich hielt er sie wieder in Händen, und einen Lidschlag, ehe Vigor-Braktas' Klinge niederging, schlug er selbst zu.

Die rasiermesserscharfe Sichel fuhr quer über den Wanst des Fälschers, durchschnitt seine samtene Kleidung und schlitzte ihm den Bauch auf.

Blut spritzte und besudelte Alureds Gesicht. Der tödliche Stoß, den sein Gegner hatte anbringen wollen, erfolgte nicht mehr. Nur noch einen Augenblick lang hielt sich Vigor-Braktas aufrecht, einen Ausdruck maßlosen Erstaunens in den totenbleichen Zügen. Als ein neuerlicher Stoß das Gewölbe erschütterte, taumelte er zurück, und als seine Beine gegen das Hindernis des Zwergenthrons stießen, brachen sie ein, sodass sich Vigor in den letzten Augenblicken seines verräterischen Daseins auf dem hohen Sitz der Zwergenkönige wiederfand, wenn auch anders, als er es sich erträumt hatte.

Der Blick, mit dem er Alured bedachte, war unmöglich zu deuten. Wut und Überraschung, Hass und Vergebung, Entsetzen und Erleichterung, von allem schien etwas dabei zu sein. Und obwohl es der Körper eines Menschen war, der zu Tode verwundet auf dem Herrschersitz kauerte, hatte Alured das Gefühl, nur den Zwerg zu sehen.

Als die nächste Erschütterung den Feuerberg durchlief, gab der Turm endlich nach. Die Spitze brach zuerst in die Tiefe, und mit ihr der Thron der Äxte. Im einen Augenblick war Vigor noch da, umgeben von jener undurchschaubaren und rätselhaften Aura, die den Zwerg stets begleitet hatte – einen Moment später war er verschwunden, und inmitten all des Berstens und Splitterns glaubte Alured, einen schrillen Todesschrei aus der Tiefe zu hören.

Er machte ihm klar, dass er selbst noch am Leben war – wenn auch vermutlich nicht mehr lange. Auf dem Absatz machte er kehrt, rannte Hals über Kopf die Stufen hinab, während sich die Treppe hinter ihm auflöste.

Unter lautem Getöse stürzten die Trümmer in die Tiefe, mehrmals rissen sie Alured um ein Haar mit hinab. In seiner Hast nahm er drei oder vier Stufen im Sprung. Die blutige Sichel hatte er weggeworfen, hielt die Arme stattdessen ausgebreitet wie ein Seiltänzer, um das Gleichgewicht zu bewahren und sich am Absturz zu hindern. Längst war es nicht nur mehr der Boden, der wankte – auch die Wände und die Decke des Gewölbes waren in Bewegung, so als wäre das gesamte Innere des Berges in Auflösung begriffen.

Alured rannte weiter, so schnell er konnte – doch gegen die Macht der Zerstörung kam er nicht an. Die Stufen zerfielen, während er noch auf ihnen stand. Auf einer Schuttlawine glitt er dahin wie von einer Welle getragen. Er verlor das Gleichgewicht und stürzte, überschlug sich mehrmals und fand sich in einer Kaskade von Gesteinsbrocken wieder, die ihn zu verschütten drohten. Hustend und spuckend raffte er sich wieder auf die Beine, hatte Schwierigkeiten, sich in Staub und Chaos zu orientieren. Die Fackeln, von denen noch einige brannten, wiesen ihm den Weg aus dem Thronsaal. Über den schwankenden Boden torkelnd trat er die Flucht an, während rings um ihn Trümmer aufschlugen und zerbarsten und die Risse im Boden sich verbreiterten.

Unmittelbar vor ihm tat sich eine Kluft auf, über die er kurzerhand sprang – schon im nächsten Moment wurde sie zu einem unüberwindlichen Hindernis. Heißer Dampf stieg aus der Tiefe empor, begleitet von einem dunklen Grollen – offenbar war der Feuerberg nach Jahrzehnten der Ruhe wieder zum Leben erwacht!

Alured lief, so schnell der schwankende Boden es zuließ, setzte über Trümmer und Spalten hinweg und erreichte das Tor, das aus dem Thronsaal führte. In geduckter Haltung, die Arme schützend über den Kopf gebreitet, hastete er durch die dunkle Röhre, durch die auch die beiden Orks mit Alannah verschwunden waren. Der Tunnel schien sich zu verdrehen und zu verzerren. Schon überzog auch hier ein Netz von Sprüngen die Wände, und Bruchstücke prasselten herab. Mit zusammengebissenen Zähnen rannte Alured weiter und passierte den Ausgang, gelangte auf eine Brücke, die aus dem schwarzen Gestein gewachsen zu sein schien und nicht weniger in Auflösung begriffen war als die Festung selbst.

Alured sah sich nicht um, während er weiterlief – hätte er es doch getan, hätte er gesehen, dass der Kern des Feuerberges eine gewaltige, aus erstarrter Schlacke bestehende Kugel war, die der Wille des Dunklen Herrschers geformt hatte. Durch steinerne Säulen mit den Wänden einer gigantischen Höhle verwachsen, schwebte die Kugel über einem bodenlosen Abgrund, aus dessen Tiefe greller Feuerschein heraufdrang.

Die Gewalt, die ihnen angetan wurde, hatten einige der Säulen bereits bersten lassen; nur noch die stärksten hatten dem Beben bislang standgehalten, aber es war nur eine Frage der Zeit, wann auch sie nachgeben und die Kugel in den Abgrund stürzen würde. Und mit ihr auch die Brücke …

Für Alured zählten nur die nächsten Schritte, der Boden unmittelbar vor seinen Füßen. Er rannte, so schnell ihn seine Beine trugen, doch das Ende der Brücke, schien nicht näher kommen zu wollen.

Panik erfasste Alured, aber er gab nicht auf, während die Brücke unter seinen Füßen bereits zerfiel. Mit dem Gefühl, über den Rücken einer ungezähmten Bestie zu wandeln, die sich wie wild gebärdete und aufbäumte, um ihren Reiter von sich abzuschütteln, überwand er die letzte Distanz und wähnte sich fast am Ziel – als unmittelbar vor ihm der Weg zerbrach.

Mit einem hässlichen Knacken barst das Gestein der Brücke und fiel senkrecht in die Tiefe. Instinktiv sprang Alured ab und warf sich nach vorn, bekam die Abbruchkante zu fassen. Ein Ruck durchlief seine Arme, und er hatte das Gefühl, als würden sie ihm aus der Schulter gerissen, aber der Sturz in die Tiefe, in der der Rest der Brücke mit lautem Getöse verschwand, blieb ihm erspart.

Vorerst …

Alured spürte die Hitze, die aus dem Abgrund aufstieg, roch die mit giftigen Dämpfen durchsetzte Luft. Die Muskeln zum Zerreißen angespannt, versuchte er, sich an der Abbruchkante hinaufzuziehen, Stück für Stück. Wenn er es schaffte, sich so weit emporzuarbeiten, dass er den Oberkörper über die Kante bringen konnte, dann …

Ein neuer Erdstoß – und die brüchige Kante gab nach. Der Gesteinsbrocken, an dem Alureds Rechte sich festgekrallt hatte, löste sich, und plötzlich war seine Linke alles, was ihn noch vor dem Sturz in den Tod bewahrte. Und auch sie rutschte ab, immer weiter, bis Alureds Leben buchstäblich an seinen Fingerspitzen hing.

Und dann verloren auch sie den Halt.

Die Erkenntnis vor Augen, dass da nichts mehr war, das ihn hielt, sackte Alured in die Tiefe – als seine Linke, die den Halt verloren hatte, plötzlich gepackt wurde.

Wieder durchlief ihn ein Ruck bis in die Zehenspitzen, und er fand sich über der gähnenden Leere baumelnd, festgehalten von zwei grünen Klauen. Und noch ehe er recht begriff, was geschehen war, erschien über der Abbruchkante die ebenso lange wie grinsende Visage eines Orks.

»*Korr*«, meinte er, »wo hast du dich so lange herumgetrieben, Mensch?«

23

Es war, als wäre ein dunkler Schatten auf Tirgaslan gefallen. Die Hauptstraße, die die Lebensader der Stadt war und sich vom Hafen im Süden bis hinauf zum Königspalast erstreckte, war schwarz von Feinden, die in die Stadt eindrangen: Zwerge und Kaldronen, die in geordneten Einheiten marschierten, aber auch Horden von Orks und Wargreitern, die plündernd und brandschatzend über die angrenzenden Stadtviertel herfielen. Und über allem kreuzten die Schattenreiter, die vom Rücken ihrer geflügelten Tiere aus beobachteten und die treibende Kraft hinter dem Angriff zu sein schienen, das Gehirn der Armee, das die Glieder steuerte.

Nachdem die Stadt ihnen bereits gehörte, war ihr nächstes Ziel der Palast von Tirgaslan. Immer mehr Angreifer drängten in das letzte Bauwerk, das noch nicht gefallen war. Es war ihre schiere Anzahl, der Ansturm der Masse, dem die Pforte des Thronsaals schließlich nicht länger standhielt.

Mit lautem Bersten brachen die Türflügel aus den Angeln, und wie Eiter aus einem aufplatzenden Geschwür drang der Feind in den Thronsaal ein – Unholde, deren Anblick Aryanwen mit Abscheu erfüllte, rasend in ihrer Mordlust, die hassverzerrten Fratzen besudelt mit dem Blut derer, die ihnen bereits zum Opfer gefallen waren; aber auch Zwergenkrieger, die bis zum Hals gepanzert waren und mit ihren schweren Äxten bewaffnet. Tödliche Gegner die einen wie die anderen …

»Für König Bertin und die Freiheit!«, gab Waldrada die Losung aus, während die Feinde bereits heranstürmten, ihrerseits aus lautem Halse brüllend.

Pfeile schnellten von den Sehnen. Einige Orks wurden aus nächster Nähe getroffen und von den Beinen gerissen. Ihre nachfolgenden Kumpane trampelten kurzerhand über sie hinweg.

Dass die Verteidiger die lange Tafel, an der noch vor Kurzem der Kriegsrat von Tirgaslan getagt hatte, umgestürzt hatten und als Schanzwerk benutzten, machte auf die Angreifer nur wenig Eindruck – die Orks sprangen kurzerhand darüber hinweg, die Zwerge rückten dem alten Eichenholz mit ihren Äxten zu Leibe und hieben es in Stücke.

Die ersten Unholde, die das Hindernis übersprangen und sich johlend auf die Verteidiger warfen, bezahlten ihre Kühnheit mit dem Leben – die meisten wurden von den Speeren der Wachen aufgespießt, einem weiteren stieß Aryanwen ihre Klinge tief ins Herz. Aber schon waren die nächsten Orks zur Stelle, und ein erbitterter Kampf entbrannte.

Nur wenige von denen, die im letzten Aufgebot der Königinnen kämpften, waren echte Krieger – Hofbedienstete waren darunter, Heiler und Diener, Zofen und Mägde. Der Mut der Verzweiflung gab ihnen die Kraft, das Schwert zu heben und sich gegen jene zur Wehr zu setzen, die ihnen nach dem Leben trachteten – aber nicht lange.

Fast wirkungslos glitten die Klingen der Verteidiger von den Schilden der Orks und den Panzern der Zwergenkrieger ab – wann immer jene jedoch einen Streich anbrachten, ging ein Verteidiger blutüberströmt zu Boden. Hilflos sah Aryanwen, wie ihre Getreuen fielen. Das Schwert mit beiden Händen führend, kam sie ihnen zu Hilfe, rammte ihre Klinge in den Oberschenkel eines Orks, der daraufhin zu

Fall kam und von den anderen erschlagen wurde – aber als ein Zwergenkrieger vor ihr auftauchte, der ihr zwar nur bis zur Hüfte reichte, sie jedoch mit einer furchtbaren Folge mörderischer Axthiebe eindeckte, musste auch sie weichen. Nur mit Mühe gelang es ihr, die wütenden Hiebe abzuwehren, während sie sich in Richtung des Thronpodests zurückzog, wo sich Waldrada mit einigen Getreuen tapfer behauptete. Es gelang Aryanwen, sich zu ihnen zu flüchten, und als der Zwerg nachsetzen wollte, bekam er Martogs Macht zu spüren.

Beherzt stieß Waldrada ihm die Waffe ihres Gemahls vor die Brust, und das mit derartiger Kraft, dass der Zwerg rücklings vom Thronpodest fiel und so unglücklich aufschlug, dass er sich das Genick brach. Zum Aufatmen blieb jedoch keine Zeit, denn neue Angreifer drangen nach, und das Thronpodest, über das schon die Könige der alten Zeit gewandelt waren, begann sich blutrot zu verfärben.

Sich erbittert zur Wehr setzend, blieb den beiden Königinnen doch nichts anderes übrig, als weiter zurückzuweichen, sich hinter den Thron aus Alabaster zu flüchten, der einst das Symbol der Einheit Erdwelts gewesen war – der *saparak*, der niederging und das ehrwürdige Stück spaltete, machte überdeutlich, was dieses Symbol noch wert war. Aryanwen und Waldrada duckten sich hinter die Überreste, wissend, dass sie verloren hatten und es keinen Ausweg mehr gab – und beide erinnerten sich an das Versprechen, das sie einander gegeben hatten.

Der Kampflärm, das Klirren der Waffen und die Schreie der Verwundeten schienen plötzlich in den Hintergrund zu treten, und Aryanwen hatte das Gefühl, dass nur noch Waldrada und sie existierten, auf einer Insel im Nirgendwo … Beide legten ihre Waffen beiseite und griffen nach den Dolchen an ihren Gürteln, zückten die messerscharfen Klingen, während sie einander tief in die Augen blickten.

»Von Schwester zu Schwester«, flüsterte Waldrada.

»Von Schwester zu Schwester«, bestätigte Aryanwen – und sie berührten einander zur letzten innigen Umarmung …

24

Syolan war, wie Dag erfuhr, einst der Chronist von Shakara gewesen – derjenige, der die Geschicke des Zauberordens aufgezeichnet und der Nachwelt weitergegeben hatte. Jedenfalls, soweit es ihm gestattet worden war. Denn schon aus Königin Alannahs Aufzeichnungen hatte Dag erfahren, dass manches Geheimnis aus den dunkelsten Tagen des Zweiten Krieges der Nachwelt nicht überliefert worden war …

»Ihr wusstet also, dass das Böse nach Erdwelt zurückkehren würde?«, fragte er Syolan, während sie einen weiteren Kristallkorridor durchschritten, dessen Wände mit Zeichen der alten Elfenschrift versehen waren.

»Nein«, erwiderte der Chronist. »Wir glaubten es endgültig besiegt – doch wir hätten es besser wissen müssen. Denn das Böse ruht nicht, und stets sucht es Macht über die Sterblichen zu gewinnen.«

»Warum haben die Elfen Erdwelt damals verlassen?«

»Weil wir nur noch wenige waren«, gab Syolan zur Antwort und bedachte ihn mit einem Seitenblick. »Einst waren Mirons Kinder zahlreich wie die Sterne – doch am Ende waren es nur noch zweitausend von uns. Der Kampf gegen die Finsternis hat mein Volk einen hohen Preis gekostet.«

»Das wusste ich nicht.«

»Vieles aus jenen Tagen ist nicht bekannt«, räumte Syolan ein. »In der Absicht, niemals wieder zurückzukehren, haben wir Erdwelt den Rücken gekehrt. Doch als unser Bruder Farawyn sich in jenen Schlund in den Tiefen der Zwergenfeste stürzte, war die Erschütterung in Raum und Zeit so stark, dass wir selbst in unserem entfernten Kosmos darauf aufmerksam wurden. Wir erkannten, dass das Böse, das wir besiegt glaubten, zurückgekehrt und dabei ist, die Tore zwischen den Welten zu öffnen. Also griffen wir ein, um unseren Bruder Farawyn zu retten, – und auf sein Ersuchen hin haben wir es noch ein zweites Mal getan.«

»Und dafür bin ich Euch dankbar«, versicherte Dag. »Ich verstehe nur nicht, *wie* Ihr uns gerettet habt. Warum fand ich mich plötzlich an diesem Ort wieder? Und wo genau sind wir hier überhaupt?«

Syolan blieb stehen und sah ihn prüfend an.

»Kennst du die Stunde, da die Dämmerung hereinbricht?«, fragte er dann. »Es ist nicht mehr dunkle Nacht, aber auch noch nicht heller Tag?«

»Natürlich«, versicherte Dag.

»Ganz ähnlich verhält es sich mit den Welten und der Wirklichkeit«, erklärte Syolan und ging weiter.

»Mit welchen Welten?«, wollte Granock wissen und eilte hinter ihm drein.

»Er ist neugierig«, meinte der Gelehrte schmunzelnd. »Genau wie Dag.«

»Ich weiß«, seufzte Farawyn, der ihnen folgte.

»Über das Wesen der Welten kann ich dir nicht viel sagen, Daghan«, erwiderte Syolan dann, »weil dein Wissen nicht dazu ausreichen würde, es in seiner ganzen Komplexität zu erfassen – selbst ich, der ich von mir behaupten darf, alle Bücher gelesen und sämtliche Werke studiert zu haben, die elfische Gelehrte je hervorgebracht haben, kann den Kosmos nicht in seiner Gänze begreifen. Aber du sollst wissen, dass Erdwelt, die Wirklichkeit, in der du und die anderen

Sterblichen leben und die schon wiederholt zum Schauplatz des Kampfes zwischen Licht und Finsternis wurde, nicht die einzige existierende Welt ist. Viele gibt es derer, in unterschiedlichen Wirklichkeiten.«

»Es gibt mehrere Welten. Was bedeutet das?«

»Eine für die Sterblichen, eine für die Geister des Schattenreichs, eine für die Söhne und Töchter Sigwyns – und noch viele andere mehr.«

»Dann war es das, wonach die Elfen gesucht haben, als sie Erdwelt verließen?«

»Wir haben Erdwelt damals verlassen, um eine neue Heimat zu suchen, nachdem die Fernen Gestade verloren und der Palast von Crysalion zerstört war. Wir wollten unseren Ursprung finden, jenen Ort, von dem aus Miron unsere Ahnen einst an die Fernen Gestade und von dort nach Erdwelt führte. Die Suche war lang, und sie führte uns an wundersame, entlegene und bisweilen auch dunkle Orte, ehe wir schließlich unseren Ursprung entdeckten – und mit ihm auch das Geheimnis der Elfenkristalle, mit denen unser Volk untrennbar verbunden ist. Das, worauf du stehst, worin wir uns befinden, ist ein solcher Kristall, wenngleich in einer besonderen Form. Es ist ein *crysalyth* – ein Kristallschiff.«

»Ihr meint ein … ein Luftschiff?«, fragte Dag.

»Gewissermaßen«, bestätigte Syolan lächelnd, »nur dass es aus Kristall besteht und dazu gebaut ist, zwischen den Welten zu verkehren und die Pforten zwischen den Wirklichkeiten zu durchreisen. Auch der Palast von Crysalion ist einst solch ein Schiff gewesen, ehe es auf Mirons Geheiß an den Fernen Gestaden anlandete. Das Wissen darüber allerdings ging im Lauf der Jahrtausende verloren und musste erst wiedergefunden werden.«

»Aber«, wandte Dag ein, »wenn dies hier ein Luftschiff

ist, das zwischen den Welten verkehren kann, dann kann es doch auch nach Erdwelt zurückkehren!«

»Nein«, gab der Gelehrte zurück, mit einer Endgültigkeit, die Dag einen Schlag versetzte.

»A-aber …«, widersprach er, »Ihr sagtet doch vorhin selbst, dass der Dunkle König einen Weg gefunden hat, die Tore zwischen den Welten zu öffnen! Er ist dabei, eine Legion von Schatten nach Erdwelt zu entlassen!«

»Farawyn hat es uns berichtet.« Syolan nickte. »Wusstest du, dass schon vor langer Zeit, noch vor den Tagen des Ersten Krieges, der abtrünnige Zauberer Qoray kurz davorstand, das Geheimnis der Welten zu entschlüsseln?«

»Nein«, gab Dag zu.

»Mithilfe verbotenen Wissens gelang es ihm, Tore zu öffnen, durch die seine Armeen reisen und verschiedene Orte Erdwelts im Bruchteil eines Augenblicks erreichen konnten – das Geheimnis in seiner Ganzheit erfasste er jedoch glücklicherweise nicht. Urkaid Mock-Loor hingegen, das uralte Böse, das ihr als den Dunklen König kennt, steht kurz davor, auch diese letzte Grenze zu überwinden.«

»Dann lasst mich zurück in meine Welt, damit ich ihn bekämpfen kann!«, verlangte Dag.

Syolan wandte den Blick und sah Farawyn fragend an. »Ist es das, was dir so an den Menschen gefällt? Ihr Wille zum Widerstand? Ihre Unbeugsamkeit?«

»Das«, stimmte Farawyn zu, »aber auch ihre Leidenschaft. Ihre Fähigkeit zur Liebe und zum Guten.«

»Auch wir Elfen sind einst so gewesen«, räumte der Gelehrte ein, »ehe uns eine seltsame Schwermut befiel. Als wir Erdwelt verließen, sind wir Zauderer gewesen, gebeugt von der Last durchlebter Jahrhunderte. Doch zusammen mit unseren Wurzeln haben wir auch unsere Identität wiedergefunden, unsere Inspiration und unsere Berufung.«

»Wenn das so ist«, hakte Dag ein, »dann helft uns! Steht uns bei in unserem Kampf gegen die Dunkelheit!«

Wieder sah Syolan zu Farawyn hinüber. »Dein Schüler lernt schnell.«

»Er ist längst kein Schüler mehr.«

»Daghan von Erdwelt«, wandte Syolan sich daraufhin Dag zu, legte ihm beide Hände auf die Schultern und blickte ihm tief in die Augen, »wir können nicht in deine Welt zurückkehren – weil wir bereits dort sind.«

»Was?« Verwirrt sah Dag zuerst den Gelehrten, dann Farawyn an. »Was soll …?«

Statt einer Antwort berührte Syolan lediglich die Wand des Korridors, die sich knisternd öffnete.

Zu Dags Verblüffung standen sie auf einer Art Balkon, der eine riesige Halle überblickte, deren hohe, aus Kristall geformte Säulen und schmale Fenster an den Thronsaal von Tirgaslan erinnerten. Jenseits der Fenster war grauer, wolkenverhangener Himmel zu erkennen. In der Halle selbst jedoch standen, in strenger Disziplin aufgereiht, Hunderte von Elfenkriegern in blitzenden Rüstungen, mit Helmen aus schimmerndem Metall und fremdartig aussehenden Waffen, die wie Schwerter mit zwei entgegengesetzten Klingen anmuteten. Wozu sie in der Lage waren, konnte Dag nur vermuten – noch mehr faszinierten ihn die Reittiere, auf denen die Krieger saßen, großen Vögeln mit weißem Gefieder und gefährlich aussehenden Schnäbeln, die Falken ähnelten.

»Ist das ein Traumbild?«, begann Dag langsam, »oder die Wirklichkeit?«

»Unsere Truppen«, sagte Syolan nur, »stehen bereit, um euch in dieser letzten Schlacht beizustehen, Daghan von Erdwelt.«

25

Mit fliegenden Schritten, brennende Fackeln in den Händen, rannten Alured und Balbok durch den Stollen, der immer wieder von schweren Erschütterungen durchlaufen wurde.

Alured konnte selbst kaum fassen, dass er noch am Leben war. Dass ausgerechnet der einfältige Balbok ihn gerettet hatte, war schwer zu begreifen.

»Wo ist Rammar?«, rief Alured, während sie durch den Stollen jagten, Haken schlagend, um den von der Decke stürzenden Trümmern auszuweichen.

»Schon voraus«, japste Balbok, der den Kopf tief zwischen die Schultern gezogen hatte. »Du kennst ihn ja.«

»Korr«, stimmte Alured atemlos zu. »Und Alannah?«

»Ist bei ihm«, versicherte der hagere Unhold.

Alured beschloss, es dabei zu belassen – das Mädchen war nicht ihre einzige Sorge. Die enorme Kugel aus Fels und Schlacke, die den Kern des Feuerberges und den Thronsaal des Dunklen Königs gebildet hatte, war in die Tiefe gestürzt. Das Brausen und Donnern, das den Stollen erfüllte, rührte von den Gesteinsmassen, die in der Lava versanken und nun ihrerseits schmolzen, was den Pegel der flüssigen Glut sprunghaft ansteigen ließ. Nicht mehr lange, und alles hier würde mit kochend heißer Lava überflutet werden …

Mit bewundernswertem Geschick fand Balbok sich im Gewirr der Stollen und Gänge zurecht, bog bald hierhin und bald dorthin ab, folgte dem Spürsinn seiner Nase.

»Du kannst Alannah selbst auf die Entfernung riechen?«, fragte Alured staunend.

»*Douk*, sie nicht«, kam es lachend zurück, »aber Rammar.«

Sie erreichten einen Schacht, in dem in den Fels gehauene Treppen nach oben und nach unten führten. Mit ausgreifenden Schritten setzte Balbok hinauf, sodass Alured ihm kaum noch zu folgen vermochte, bis ihnen aus dem Halbdunkel einer Stollenmündung eine vertraute Gestalt entgegentrat, mehr groß als breit und einen mürrischen Ausdruck im grünen Gesicht. Um ihn herum lagen im Halbdunkel die leblosen Körper mehrerer Anhänger des Schattenkults, mit denen es offenbar einen Zusammenstoß gegeben hatte.

»Da bist du ja endlich«, polterte Rammar drauflos. Alannah, die die Augen geschlossen hatte, trug er auf seinen Armen. »Wo hast du gesteckt, Halbhirn? Ich hatte jede Menge Ärger am Hacken«, fügte er mit Blick auf die toten Sektierer hinzu.

»Er hat … mir das Leben gerettet«, stieß Alured schwer atmend hervor.

»Das hätte er sich sparen können«, grunzte Rammar. »Was ist mit Braktas?«

Alured schüttelte nur den Kopf, zu einer ausführlicheren Antwort war er nicht mehr in der Lage. Stattdessen legte er eine Hand auf Alannahs Stirn. Das Mädchen war bewusstlos, aber die Atmung war kräftig und regelmäßig, und seine Temperatur schien gesunken zu sein. Fast so, als hätte das Fieber nur den einen Zweck gehabt, das Böse fernzuhalten, das sich des Kindes hatte bemächtigen wollen …

»Wir müssen hier raus«, erklärte er. »Der Feuerberg ist wieder zum Leben erwacht. Er wird ausbrechen und das alles hier mit Feuer ertränken.«

»Was du nicht sagst, Mensch«, fuhr Rammar ihn an und

rollte mit den gelben Augen. »Ohne dich und meinen dämlichen Bruder wären das Balg und ich schon längst in Sicherheit!«

»Wir müssen nach oben«, stellte Alured fest, den Vorwurf einfach überhörend. »Je höher wir hinaufsteigen, desto weniger kann uns die Lava anhaben.«

»Auch das noch«, maulte Rammar.

»Soll ich das Kind nehmen?«

»Du?« Der dicke Ork musterte Alured, als hätte der den abwegigsten aller Gedanken geäußert – dann wandte er sich um und begann auch schon, die steinernen Stufen hinaufzuwatscheln. Alured folgte ihm, Balbok bildete die Nachhut.

Rammar keuchte wie ein zu Tode verwundeter Troll – die Geschwindigkeit, die er vorlegte, war dennoch beeindruckend. Die Aussicht, bei lebendigem Leibe gekocht zu werden, schien seine Kräfte merklich zu beflügeln, und so gelangten sie rasch immer weiter empor, während das Beben andauerte und das Brausen in der Tiefe immer weiter anschwoll. Vermutlich hatte Lava inzwischen schon die unteren Stollen erreicht und geflutet. In den schmalen Gängen würde der Druck merklich ansteigen, und schon bald …

»Shnorsh!«, hörte Alured plötzlich Balbok hinter sich rufen. Er verharrte und blickte hinab – nur um zu sehen, dass die flüssige Glut bereits den Schacht erreicht hatte! Blubbernd und brodelnd stieg sie empor, die Luft begann vor Hitze zu flimmern.

»Weiter! Weiter!«, rief Alured, was Rammar mit etwas quittierte, das wohl eine wüste orkische Verwünschung war.

Immerhin war das obere Ende des Schachts bereits zu sehen. Nur noch wenige Stufen … Plötzlich merkte Alured, wie etwas neben ihm durch die Luft zischte.

Ein Pfeil!

Instinktiv zuckten er und die Ork in den Schutz der Felswand und pressten sich dagegen, während Rammar Alannahs dünne, reglose Gestalt mit Körpermasse schirmte.

Weitere Pfeile flogen. Die meisten verschwanden wirkungslos in der Tiefe, andere jedoch kamen Alured und seinen Gefährten bedenklich nahe – und jetzt waren die feindlichen Bogenschützen auch zu sehen. Zwergenwachen, die das Ende der Treppe besetzt hielten und sie gezielt unter Beschuss nahmen.

»Elende Shnorsher«, ereiferte sich Rammar, mit einem Blick in die brodelnde Tiefe. »Wenn sie uns länger hier festhalten, werden uns die Füße kochen.«

Damit hatte der dicke Ork leider nur zu recht. Nicht nur die blubbernde Lava war gefährlich, die immer weiter emporstieg, sondern auch die heiße, von Gasen geschwängerte Luft, die dem flüssigen Gestein vorauseilte …

»Wir müssen etwas unternehmen«, erklärte Alured.

»Ach ja. Und was, Mensch?«

»Wir kämpfen.«

»Ist das dein Ernst?« Rammar schnaubte verächtlich. »Fünf leere Hände gegen einen Trupp bis an die Zähne bewaffneter Hutzelbärte? Die werden uns abgeschlachtet haben, noch ehe wir die oberste Stufe erreichen.«

»Die Wette gilt«, knurrte Balbok, in dessen Augen bereits wieder der Glanz von *saobh* zu leuchten begann. Die Klauen hatte der hagere Ork zu Fäusten geballt, seine wenigen Zähne fletschte er wie ein Warg.

»Was denn? Willst du jetzt den Helden spielen, Faulhirn?«

»Hast du einen besseren Vorschlag?«, fragte Balbok dagegen, während ein weiteres Rudel Pfeile sie nur knapp verfehlte.

Rammar starrte seinen Bruder an.

Einen Augenblick lang sah es so aus, als würde er ihn eigenhändig in die Tiefe stoßen wollen. Dann wandte er sich überraschend zu Alured um und drückte ihm die bewusstlose Alannah in den Arm.

»Hier, Mensch«, brummte er.

»Was …?«

»Egal was passiert, du bringst das Balg hier raus, verstanden?«

»Aber …«

»Verstanden, du tauber *umbal*?«, brüllte Rammar.

»Verstanden«, bestätigte Alured nur.

Im nächsten Moment fuhren die beiden Orks herum und setzten die verbliebenen Stufen der Treppe hinauf, wildes Flackern in den Augen und einen fürchterlichen orkischen Kriegsschrei auf den Lippen, mit dem sie sich den feindlichen Zwergenkriegern entgegenstürzten …

26

Als das Licht über dem Thronsaal von Tirgaslan aufflammte, war es, als würde eine zweite Sonne auftauchen, die die Wolken und das Unwetter schlagartig vertrieb.

Tatsächlich setzte der Regen plötzlich aus, und durch das zerstörte Dach der Kuppel fiel grelles Licht, das alles und jeden einhüllte und die Zeit, so jedenfalls schien es, stillstehen ließ. Die Kampfgeräusche verstummten jäh, ebenso wie das Gebrüll der Unholde.

Aryanwen, die den Druck von Waldradas Klinge bereits an ihrem Herzen gespürt hatte und ihrerseits dabei gewesen war, den Dolch in die Brust ihrer Schwester zu stoßen, hielt inne. Verblüfft richtete sie den Blick nach oben – nur um zu sehen, dass dort tatsächlich keine Wolken mehr waren. Die Dunkelheit war gewichen, und auch die Schattenreiter waren nicht mehr da. Hoch über dem Palast von Tirgaslan schwebte nun etwas Rätselhaftes, gar Unglaubliches. Etwas, das nicht dort sein konnte, und doch schien es wirklich zu sein. Es war strahlend hell und von gewaltiger Größe.

Aryanwen sah ein Funkeln wie von reinem Sternenglanz, das aus dem Inneren des fremden Gebildes zu kommen schien und durch rätselhafte kristallene Strukturen schimmerte. Sie hielt den Atem an, ihr Verstand war nicht in der Lage zu begreifen, was dort vor sich ging. Weder konnte sie sich die Herkunft dieses fremden, riesenhaften Gebildes erklären noch seinen Zweck – aber sie hatte keine Angst.

Etwas sagte ihr, dass keine Bedrohung von ihm ausging.

Auch dann nicht, als sich darin sechseckige Pforten öffneten, aus denen geflügelte Kreaturen stürzten, riesigen Falken ähnelnd und weiß wie Schnee.

Nirgendwo in Erdwelt hatte Aryanwen jemals solche Kreaturen gesehen oder auch nur von ihnen gehört. Mit weit ausgebreiteten Schwingen stießen sie herab und schwärmten aus, Dutzende, Hunderte von ihnen – und einige hielten genau auf das offene Rund des Thronsaals zu.

Mit atemberaubender Schnelle flogen sie heran, und Aryanwen erkannte, dass im Nacken der Tiere Reiter saßen, die das exakte Gegenstück der Schattenreiter waren: Groß gewachsene Gestalten in silbern schimmernden Rüstungen und mit funkelnden, nach hinten zugespitzten Helmen, die ihnen selbst das Aussehen von Vögeln gaben. Ihre Bewaffnung bestand aus schlichten Stäben, die sie mitführten, doch sobald die Himmelsreiter das weite Rund des Thronsaals erreichten, zeigte sich, welche furchtbare Zerstörungskraft ihnen innewohnte.

Gezackte Blitze stachen aus den Stäben und zuckten herab – und wer von den Orks und Zwergenkriegern davon ereilt wurde, sank tödlich verwundet nieder.

Die anderen Unholde schrien wütend auf. Jäh erwachten sie aus der Starre, in die sie vor Erstaunen verfallen waren, und indem sie ihre Speere nach den Reitern und ihren majestätischen Flugtieren schleuderten, versuchten sie Gegenwehr zu leisten – vergeblich.

Erneut zuckten zischende Blitze herab, die dem Feind keine Chance ließen, und selbst die Panzer der Zwergenkrieger vermochten ihnen nicht zu widerstehen. Die Blitze durchschlugen selbst den härtesten Stahl und durchbohrten ihre Opfer mit tödlicher Zerstörungskraft.

Als die Diener des Bösen begriffen, dass keine Gegenwehr möglich war und sie so hilflos ausgeliefert waren wie zuvor die Verteidiger, brach Panik aus. Einige rannten in kopfloser Raserei umher, bis auch sie vom Blitz getroffen wurden, andere ergriffen die Flucht. Wer von den Verteidigern des Palasts überlebt hatte, der flüchtete sich zum Thronpodest, wo Aryanwen und Waldrada noch immer kauerten, und drängte sich angstvoll um die beiden Königinnen. Doch zur Furcht bestand kein Grund, denn keiner der Blitze, die die Himmelsreiter abfeuerten, traf einen Unschuldigen – die Angreifer hingegen, die Tod und Zerstörung nach Tirgaslan getragen hatten, wurden einer nach dem anderen vom gleißenden Verderben ereilt.

Atemlos wohnten Aryanwen und die Ihren dem ungleichen Kampf bei, der den Dienern des Bösen keine Chance ließ. Sie alle waren zu ergriffen, zu entsetzt, zu überwältigt, um zu verstehen, was das Eintreffen der Himmelsreiter für sie alle bedeutete. Erst als der Sturm der Vernichtung, der über ihre Feinde hereingebrochen war, sich legte und die Waffen der Fremden verstummten, dämmerte ihnen, dass der Kampf, dass *ihr* Kampf zu Ende war.

Die meisten der Reiter drehten ab und flogen in verschiedenen Himmelsrichtungen davon; andere blieben und setzten zur Landung an. Mit kraftvollem Schlag ihrer weiten, gefiederten Schwingen setzte eines der majestätischen Tiere vor dem Thronpodest auf. Sein Reiter, dessen Helm und Rüstung aus der Nähe noch prachtvoller wirkten als aus der Ferne, glitt geschmeidig aus dem Sattel, so leichtfüßig, als hätte seine Rüstung das Gewicht einer Feder. Aryanwen und Waldrada erhoben sich und traten vor ihre Schützlinge.

»Edler Fremder«, sprach Aryanwen den Himmelsreiter mit bebender Stimme an, »weder weiß ich, wer ihr seid, noch woher ihr kommt. Aber wir verdanken euch unser Leben.«

Der Reiter blieb stehen, griff an das Visier seines Helmes und öffnete es. Das Gesicht, das darunter zum Vorschein kam, war makellos und von unnahbarer, jugendlicher Schönheit, und obwohl sie dergleichen noch nie gesehen hatte, wusste Aryanwen sofort, dass dies ein Elf sein musste, einer der Söhne Mirons, die Erdwelt vor vielen Hundert Jahren verlassen hatten.

Und er war nicht allein.

Noch zwei weitere Vögel landeten, und hinter jedem der beiden in blitzende Rüstungen gekleideten Reiter saß noch eine weitere Gestalt, die von einem weiten Umhang umweht wurde. Auch sie stiegen ab und kamen auf die Königinnen zu – und Aryanwen brach in Tränen aus, als sie die beiden erkannte.

Der eine war Dwethan.

Der andere war Dag.

27

Im Laufschritt, so schnell seine gepeinigten Knochen ihn noch trugen, rannte Ferghas die zerklüfteten Hänge des Feuerberges hinab. Lyrx folgte ihm dichtauf.

Als der Clansmann wieder zu sich gekommen war und begriffen hatte, was Runward getan hatte, war es bereits zu spät gewesen: In einem Akt der Selbstaufgabe, den Ferghas ihm niemals zugetraut hätte, hatte der Zwerg das Luftschiff in den Krater gesteuert und die Splitter der Blutkristalle dorthin gebracht, wo sie am meisten Zerstörung bewirken konnten – ins Innere des Feuerberges.

Eine Weile lang war nichts geschehen, und Ferghas und Lyrx hatten schon befürchtet, dass die Opfer, die furchtbaren Verluste, die sie hatten hinnehmen müssen, vergeblich gewesen waren. Doch dann hatte ein erster schwerer Stoß den Berg erschüttert, und ihnen beiden war klar gewesen, dass dies kein Zufall sein konnte. Dags Plan schien aufzugehen. Die Waffe, die sie unter so großen Mühen aus dem Dschungel Aruns geborgen hatten, zeigte Wirkung …

Weitere Erdstöße folgten, und ein dumpfes Rumoren gesellte sich hinzu, das aus den Tiefen des Berges zu kommen schien und sich immer noch weiter verstärkte, einem Unwetter gleich, das sich langsam aufbaute, um schließlich mit vernichtender Wut über die Welt hinwegzufegen.

»Es funktioniert«, stieß Ferghas mit grimmiger Genugtuung hervor. »Es funktioniert tatsächlich! Verdammt schade, dass Daghan das nicht mehr …«

Er verstummte und blieb jäh stehen, als sich in das Donnern aus der Tiefe noch ein anderes Geräusch mischte – das Klirren von Waffen und das Geschrei von Kämpfenden.

»Hörst du das?«, fragte der Veteran verwirrt und ließ seinen Blick über den menschenleeren, von schwarzem Geröll und nur wenigen dürren Sträuchern besetzten Hang schweifen. »Wo kommt das her?«

»Von dort«, antwortete Lyrx und deutete in einen Spalt, der zwischen zwei Felsen klaffte.

»Bist du sicher?« Ferghas ging hin und lauschte hinein – tatsächlich, der Kampflärm kam von dort. Ob der Spalt durch eine Laune der Natur entstanden oder eine Lüftungsöffnung war, ließ sich nicht feststellen. Aber er war breit genug, um hindurchzuschlüpfen.

Kurz entschlossen zog Ferghas sein Schwert.

»Was hast du vor?«, wollte Lyrx wissen.

»Klingt, als wäre jemand in Schwierigkeiten«, erklärte der Clansmann.

»Jemand?«, fragte der Gestaltwandler.

»Was, wenn es Runward ist?«, fragte Ferghas.

»Runward ist tot.«

»Das weißt du nicht mit Bestimmtheit.«

Lyrx seufzte. »Ich kann verstehen, dass du nicht glücklich darüber bist, wie die Sache gelaufen ist. Aber es war Runwards Entscheidung, und er … He, was machst du da?«

Ferghas hörte schon nicht mehr zu. Er musste nachsehen, brauchte Gewissheit. Kurzerhand betrat er den Gang, der sich jenseits des Spalts noch verbreiterte. Hitze schlug ihm entgegen, der Kampflärm wurde schlagartig noch lauter – und vom anderen Ende des Stollens drang Feuerschein.

Entschlossen ging Ferghas weiter, im Schlepp einen

Wechselbalg, der leise vor sich hin fluchte – und schon nach wenigen Schritten erhielten sie Gesellschaft.

»Halt!«, rief jemand ihnen entgegen. »Wer ist da …?«

Die Zwerge am oberen Ende der Treppe schienen solchen Mut noch nie gesehen zu haben – oder vielleicht auch nur solche Dummheit. Mit gespannten Bogen standen sie da und zielten auf die beiden Orks, die ihnen über die Stufen entgegenstürmten – aber sie schossen nicht.

Woran das lag, konnte Alured, der mit Alannah auf dem unteren Treppenabsatz zurückgeblieben war, nur vermuten. War es Verblüffung, die den feindlichen Kommandanten zögern ließ? Oder vielleicht auch nur die schiere Überheblichkeit?

Im nächsten Augenblick spielte es keine Rolle mehr, denn Balbok und Rammar erreichten das Ende der Treppe. Unter urtümlichem Gebrüll brachen sie in die Reihe der Bogenschützen ein, Tumult brach unter den Zwergenkriegern aus. Die meisten ließen ihre Bogen sinken und wichen zurück; diejenigen, die nun eigenmächtig auf die beiden Orks schossen, zielten schlecht und bereuten es schon gleich darauf bitter.

Wie ein Wirbelsturm fuhren die Unholde unter sie und wüteten mit bloßen Fäusten. Einen der schmächtigen Zwergenkrieger, der dumm genug gewesen war, in vorderster Reihe zu stehen, packte Rammar am Fuß und benutzte ihn als Keule, mit der er eine Bresche in die Reihe der übrigen Krieger schlug, während sein Bruder einen anderen Krieger förmlich in der Luft zerriss. Als Alured, der mit Alannah in einigem Abstand folgte, die Stollenmündung erreichte, hatten sich die Orks bereits mit herrenlosen Kriegsäxten bewaffnet und droschen damit auf die Zwergenkrieger ein, die zurückweichen wollten, es aber nicht konnten – denn gleichzeitig wurden sie auch noch von der anderen Seite des Stollens attackiert.

Der Kampf war ebenso kurz wie heftig. In der drückenden Enge und bei all dem Geschrei und Waffengeklirr war nicht zu erkennen, wer es war, der den Schergen des Dunklen Königs von der anderen Seite zusetzte, aber Alured nahm an, dass dies der Grund dafür war, dass der Schießbefehl des Kommandanten ausgeblieben war. Erst als die letzten Zwergenkrieger verwundet zu Boden sanken und der Kampflärm sich legte, erkannte Alured, wer die Verbündeten waren, die ihnen so unverhofft zu Hilfe gekommen waren …

»Bei den Herren der Pferde«, drang es mit unverkennbarem Hochländer-Akzent aus dem Halbdunkel des Stollens. »Freund, bist du das wirklich?«

»Ferghas.« Alured traute seinen Augen nicht – aber es war tatsächlich Ferghas Ca'Dur, der vor ihnen stand, Klinge und Kleidung blutbesudelt und ein schiefes Grinsen im Gesicht. Bei ihm war ein kahlköpfiger junger Mann, dessen Züge seltsam ausdruckslos waren und dessen Augen ihre Farbe beständig zu verändern schienen – dies musste Lyrx sein, der Gestaltwandler, von dem Catriona ihm berichtet hatte. »Was, in aller Welt, tust du hier«, fragte Alured fassungslos, »noch dazu genau im rechten Augenblick?«

»Dasselbe könnte ich dich fragen, Grünschnabel«, erwiderte Ferghas grinsend. Dann fiel sein Blick auf das Kind in Alureds Armen. »Ihr habt die Prinzessin gefunden!«

»Ja, aber es geht ihr nicht gut«, stimmte Alured zu. »Sie ist erschöpft und hat Schreckliches durchgemacht. Der Dunkle Herrscher wollte sich ihres Körpers bemächtigen …«

»Danken wir dem Schicksal, dass es ihm nicht gelungen ist«, flüsterte der sonst so raue Clansmann und segnete das Kind, indem er ihm die noch vor Kampfeswut bebende Rechte auf die Stirn legte.

»*Korr*, könntet ihr mit dem sentimentalen Gedöns aufhören?«, raunzte Rammar. Sein Bruder und er hatten sich Waffen und Rüstzeug von den Gefallenen geholt, auf seinem klobigen Schädel ruhte jetzt ein nicht weniger klobiger Zwergenhelm. »Wir müssen raus hier, und zwar schnell!«

»Er hat recht«, stimmte Alured zu, während abermals ein dumpfes Beben den Stollen erzittern ließ. »In Kürze wird alles von Lava überflutet sein. Der Feuerberg wird ausbrechen, irgendetwas hat seinen Zorn geweckt.«

»Irgend*jemand* trifft es wohl besser«, knurrte Ferghas.

»Ihr?«, fragte Alured mit großen Augen. »Aber wie …?«

»Eine neue Waffe«, erklärte der Clansmann nur. »Es war Daghans Plan.«

»Daghan! Ist er …?«

Die Art und Weise, wie der alte Veteran den Kopf schüttelte, machte Alured klar, dass der Freund nicht mehr unter ihnen weilte. Für Trauer war keine Zeit, doch umso wichtiger war es, dass er das Versprechen erfüllte, das er Aryanwen – und damit auch Dag – gegeben hatte …

»Das Kind muss leben«, erklärte er.

»Dann folgt uns, wir kennen den Weg hinaus«, versprach Lyrx, und ohne noch ein weiteres Wort zu verlieren, huschten sie davon, zurück zum Ausgang, während hinter ihnen bereits das orangerote Leuchten der flüssigen Glut in den Stollen drang.

28

Der Anblick war gleichermaßen verstörend wie erhebend. Der Thronsaal von Tirgaslan, die ehrwürdige Halle der alten Elfenkönige, glich einem Schlachtfeld.

Überall auf dem Boden, den Treppen und um die kreisrunde Öffnung zur Schatzkammer lagen die leblosen Körper von Orks und Zwergenkriegern. Nur die wenigsten waren durch Schwertstreiche, Pfeile oder Donnerkugeln gefallen – die meisten waren von jenen gleißenden Blitzen ereilt worden, die die Elfenkrieger aus ihren wundersamen Waffen verschickten.

Auch jetzt noch waren die Himmelsreiter im Einsatz – der dunkelnde Himmel über Tirgaslan wimmelte von Schattendrachen und ihren schwarzen Herren, die sich mit den Elfen auf ihren Schneefalken einen erbitterten Kampf lieferten. Doch der geballten Macht des Lichts, die aus den Waffen der Elfenkrieger schoss, hatten sie nichts entgegenzusetzen. Einer nach dem anderen wurde getroffen und stürzte vom Himmel, und noch ehe die leblosen Körper den Boden berührten, lösten sie sich in schwarze Wolken auf, als hätten sie nie existiert.

In den Straßen tobte der Kampf ebenfalls – marodierende Orks, die von der Ankunft der Elfen noch nichts mitbekommen hatten, und dem Blutrausch verfallene Trolle zogen plündernd und mordend durch die Stadt und verbreiteten unter den Überlebenden Angst und Schrecken – doch die Elfenkrieger, die in zahllosen Trupps durch die Straßen patrouillierten, kamen den Unschuldigen zu Hilfe und sorgten dafür, dass die Unholde bitter bestraft wurden. Die Blitzwerfer der Elfen hielten furchtbare Ernte unter ihnen, bis die ersten die Flucht ergriffen und Hals über Kopf über jene Mauern und durch jene Tore flohen, die sie noch vor wenigen Stunden unter Einsatz ihres Lebens erstürmt hatten. Und über allem schwebte, leuchtend hell und unwirklich wie eine Erscheinung, das Kristallschiff der Elfen. Wie ein großer Stern stand es über der Stadt, mit riesigen kristallenen Strahlen, die ein helles Zentrum in Form eines riesigen Kristalls umgaben.

Weder konnte Dag behaupten, dass er alles verstanden hatte, was Syolan ihm erzählt hatte, noch begriff er, wie etwas, das so riesig war wie dieses Schiff, sich scheinbar mühelos dort oben am Himmel behaupten konnte, wenn es schon beträchtlicher Anstrengungen bedurfte, um ein Luftschiff zum Fliegen zu bringen. Er war einfach nur glücklich über die Rückkehr nach Tirgaslan; über die Hilfe, die die Himmelsreiter im Kampf um Erdwelt gebracht hatten; und schließlich auch darüber, dass er die Frau, die er liebte, wohlbehalten in seine Arme schließen und sie sogar sehen konnte, denn die Nähe des Elfenkristalls verstärkte seine Sinne auch weiterhin und sorgte dafür, dass er jede Einzelheit seiner Umgebung ganz deutlich wahrnahm.

»Wie sollen wir Euch nur jemals danken, Syolan?«, wandte er sich an den Elfen, der mit einer Gruppe elfischer Heiler in den Palast gekommen war, um zu helfen. »Ohne Eure Hilfe wäre Tirgaslan von den dunklen Horden überrannt worden – und Aryanwen und Königin Waldrada wären nicht mehr am Leben.«

»Das steht außer Frage«, räumte der Elf ein, »dennoch ist es an uns, euch unseren Dank auszusprechen. Denn der Kampf, der hier und heute ausgetragen wurde, war kein

Kampf, der Menschen und Zwerge allein betraf. Stellvertretend für andere Welten habt ihr die blutige Schlacht geschlagen – deshalb sind wir es, die zu danken haben. Und wir verneigen uns vor denen, die sich geopfert haben, um diesen entscheidenden Sieg zu erringen«, fügte er mit Blick auf Waldrada hinzu und verneigte sich.

Die Königin der Zwerge nahm die Ehrbezeugung würdevoll entgegen und bewahrte Haltung – wie es in ihrem Inneren aussah, war eine andere Frage. Auch Dag war tief erschüttert über die Nachricht, dass König Bertin, sein Waffenbruder und Freund, gefallen war. Auch viele andere, die er gekannt hatte, hatten den Kampf um Tirgaslan mit dem Leben bezahlt, allen voran Anghas Ca'Dur, der alte Haudegen und Chef des Roten Clans, dessen Herz von einer Schattenlanze durchbohrt worden war.

Dag war des Krieges müde – und doch wusste er, dass dies noch nicht das Ende sein konnte. Der Angriff auf Tirgaslan mochte im letzten Augenblick abgewehrt worden sein, das Heer des Feindes zerschlagen – doch im fernen Tirgas Winmar herrschte der finstere Schurke nach wie vor, und nach allem, was geschehen war, konnten sie es sich nicht leisten, ihn in seinem Schlupfwinkel unbehelligt zu lassen.

Ganz abgesehen davon, dass Alannah noch nicht gefunden war.

Dags geheime Hoffnung war es gewesen, auch seine Tochter unversehrt in Tirgaslan anzutreffen, doch diese Hoffnung hatte sich zerschlagen. Von Alannah fehlte noch immer jede Spur, und es gab keine Nachricht von Alured und den beiden Orks, die den Entführer verfolgt hatten. Und auch von Nagaya, Catriona und Dado hatte man nichts mehr gehört …

»Wir müssen bald aufbrechen«, drängte Dag. »Wir dürfen dem Dunklen König keine Zeit geben, sich von dieser Niederlage zu erholen.«

»Das werden wir nicht«, versicherte Farawyn. »Aber wir dürfen auch nichts überstürzen. Zuerst muss der Sieg in Tirgaslan fest in unseren Händen sein. Erst dann können wir uns Tirgas Winmar zuwenden.«

»Das verstehe ich«, versicherte Dag, an Syolan gewandt. »Dann bitte ich Euch, gebt mir ein Geschwader Eurer Himmelsreiter, damit ich nach Tirgas Winmar reisen und nach unserer Tochter suchen kann!«

»Ich begleite dich«, versicherte Aryanwen. »Das letzte Mal habe ich mich davon abbringen lassen. Ich bin hiergeblieben, wie man es von mir verlangte, und habe die Verpflichtung gegenüber meinem Volk über meine Pflicht als Mutter gestellt. Doch die Schlacht um Tirgaslan ist geschlagen. Ich komme mit nach Tirgas Winmar.«

»Die Stadt ist dem Untergang geweiht, meine Kinder«, beschied Syolan ihnen mit ruhiger Stimme. »Während wir sprechen, erhebt auch der Feuerberg seine Stimme, und die alten, zerstörerischen Kräfte, die tief in seinem Inneren wohnen, erwachen erneut zum Leben.«

»Der Feuerberg?« Dag sah den Elfen fragend an. »Dann war unsere Mission erfolgreich? Ferghas hat es geschafft?«

»Es hat den Anschein.«

»Und – unsere Tochter?«, fragte Aryanwen zaghaft.

»Davon haben unsere Späher nichts berichtet«, gestand Syolan leise. »Womöglich müssen wir damit rechnen, dass …«

»Nein«, schnitt Dag ihm energisch das Wort ab. »Gebt mir die Himmelsreiter, damit ich …«

Er verstummte, als der Boden unter ihren Füßen bebte.

Die Wände des Thronsaals erzitterten.

»Was war das?«, fragte Aryanwen.

»Erdwelt zürnt uns«, flüsterte Waldrada.

Ein Augenblick der Stille trat ein, in der alle gebannt auf das nächste Beben warteten. Als es kam, war es stärker als erwartet, und nicht nur Dag, sondern auch seine Gefährten wurden von den Beinen gerissen und stürzten. Tief unter den Mauern und Fundamenten von Tirgaslan schien sich etwas zu regen und mit Urgewalt nach Ausbruch zu verlangen …

Auf allen vieren kauernd, konnte Dag das Beben spüren, und vor seinem geistigen Auge sah er, wie etwas aus der Tiefe emporkam. Wie es sich einen Weg durch die Katakomben von Tirgaslan und die jahrtausendealten Kellergewölbe bahnte – und schließlich inmitten der Schatzkammer hervorbrach!

In einer gewaltigen Kaskade von Gemmen und Gold schoss es empor und stach durch die kreisrunde Öffnung in den Thronsaal – eine schwarze Kugel, die alles Licht ringsum zu verzehren und aus nichts als böser Macht zu bestehen schien.

»Was, bei allen Welten, ist das?«, murmelte Dag.

»Der Dunkle König!«, rief Farawyn erschrocken aus. »Er ist hier!«

29

Einmal mehr rannten sie: Ferghas und Lyrx an der Spitze, dann Alured, der das Kind schützend an sich presste, zuletzt die beiden Orks.

Das Rumoren aus dem Berg hatte zugenommen. Enorme Hitze strömte durch den Stollen und zeugte davon, dass der endgültige Ausbruch kurz bevorstand. Wenn der Feuerberg erst seine ganze zerstörerische Kraft entfesselte und loderndes Verderben spie, war Tirgas Winmar dem Untergang geweiht. Statt das ewige Zentrum von Erdwelt zu werden, wie der Zwergenkönig Winmar es sich in seinem Größenwahn ausgemalt hatte, fand die Stadt unter Asche und feuriger Lava ihr Grab. Was auch immer die Waffe gewesen war, die Dag gegen den Dunklen König eingesetzt hatte, sie zeigte denkbar schreckliche Wirkung und würde auch Unschuldige das Leben kosten. Alured war klar, dass sich Dag diese Entscheidung nicht leicht gemacht hatte – aber ganz sicher hatte er nicht damit gerechnet, dass sich auch seine eigene Tochter unter den Opfern befinden könnte …

»Dort vorn ist es!«, kündigte Ferghas atemlos an und deutete auf eine schmale Öffnung im Fels, vor der zwei tote Zwergenkrieger lagen, beide mit durchschnittenen Kehlen. »Die wollten uns nicht hereinlassen«, erklärte er mit freudlosem Grinsen.

Dann waren sie auch schon dabei, sich durch den Schacht nach draußen zu zwängen. Lyrx ging voraus, weil er in seiner filigranen Gestalt der Schnellste war, es folgte Alured mit dem

Kind. Er war erschöpft und dem Zusammenbruch nahe. Seine Lungen brannten von der Strapaze und den heißen Dämpfen, die er eingeatmet hatte. Das Blut rauschte in seinem Kopf, und jeder einzelne Muskel in seinem Körper schmerzte. Dennoch zwang er sich dazu, sich Schritt für Schritt vorwärtszukämpfen. Alannah auf dem linken Arm, während er mit der rechten Hand ihren Kopf schützte, tat Alured etwas, das er selten zuvor in seinem Leben getan hatte – er richtete das Wort an die Mächte des Schicksals und murmelte leise Gebete. Nicht um seinetwillen, sondern damit das Kind diesem schrecklichen Inferno entkam. Nicht nur, weil Alannah es verdient hatte zu überleben – sondern auch, weil sie Erdwelts Zukunft war, die Hoffnung auf Frieden. Über Jahrtausende hinweg hatten Elfen, Menschen, Zwerge und Orks einander gehasst und bis aufs Messer bekämpft. Das Kind Aryanwens und Daghans jedoch, das einen so bedeutsamen Namen trug und in dessen Adern das Blut von Königen und Zauberern floss, hatte bereits jetzt bewiesen, dass es die Kraft hatte, all jene Konflikte zu heilen und die Völker Erdwelts zu einen.

Es war fast wie ein Bild von der Zukunft, das Alured vor Augen stand, während er sich mit dem Kind durch die Öffnung zwängte – gleichzeitig merkte er, wie seine Furcht ihn verließ. Die Aussicht, dass sie all dies überleben konnten und eine friedliche, erstrebenswerte Zukunft auf sie wartete, erfüllte ihn mit neuer Kraft – und als er den Blick senkte, um nach Alannah zu sehen, da stellte er fest, dass sie erwacht war und ihn mit großen Augen ansah. Augen, aus denen das Fieber gewichen war; die voller Frieden waren; aus denen die Weisheit eines langen Lebens sprach.

»Alannah …?«

»Halte durch, getreuer Alured«, sagte das Mädchen ruhig zu ihm. »Halte durch und lebe. Lebe mit mir für eine neue Welt!«

»Wa-was?«, hörte Alured sich selbst murmeln. Er wusste selbst nicht, was geschah, verlor für einen Moment jedes Gefühl für die Wirklichkeit. Als er Alannah wieder ansah, hatte sie die Augen geschlossen, ihr kleiner Kopf lehnte wie zuvor an seiner Schulter.

War es nur Einbildung gewesen? Verlangten die Strapaze und die mit giftigen Dämpfen durchsetzte Luft jetzt Tribut? Verwirrt kämpfte Alured sich weiter vorwärts – und konnte plötzlich den freien Himmel sehen.

Ein gezackter Ausschnitt roten Abendhimmels, der sich über dem Feuerberg spannte und von einem Frieden zeugte, den es unten auf Erdwelt nicht gab – dennoch hatte der Anblick etwas Beruhigendes, und die kühle Abendluft, die in den Stollen strömte und von der Alured geglaubt hatte, dass er sie niemals wieder atmen würde, tat ein Übriges, seine Schritte zu beschleunigen. Als er die Öffnung endlich erreichte, reckten sich Lyrx' filigrane Hände ihm entgegen und halfen ihm dabei, hinauszuklettern – und einen Herzschlag später stand er erstmals nach einer gefühlten Ewigkeit wieder unter freiem Himmel. Alannah auf dem Arm, über deren Kopf er zärtlich strich, sog er die Luft in seine Lungen – doch sie war nicht so frisch und klar, wie er gehofft hatte. Denn der Gestank von Brand und Tod drang vom Tal herauf.

Alured umrundete die Felsen und blickte an der Südseite des Berges hinab, wo die Pfeiler des Todes aus den Wogen der Ostsee ragten und Tirgas Winmar sich an die steil ansteigenden Hänge schmiegte.

Der Anblick war schrecklich.

Lava war aus dem Inneren des Berges gedrungen. Nicht nur durch das Haupttor, das auf den großen Patz von Tirgas Winmar mündete, auch durch verborgene Nebenpforten quollen die orangerot glühenden Massen und wälzten sich durch die Stadt, eine Spur der Zerstörung hinterlassend. Die bloße Hitze sorgte dafür, dass Häuser in Flammen aufgingen; von unzähligen Brandherden stieg dunkler Rauch auf, und je mehr der Himmel sich verdunkelte und das letzte Licht des Tages verblasste, desto deutlicher waren die gelbrot leuchtenden Adern der Vernichtung zu sehen, die alles zerstörten, worauf sie trafen.

Die Bevölkerung Tirgaslans war auf der Flucht.

Wie viele Opfer es bereits gegeben hatte, war nicht abzuschätzen, aber Alured konnte Tausende von Flüchtlingen sehen, die als winzige schwarze Punkte durch die Straßen hasteten, die wenige Habe tragend, die sie aus ihren Häusern hatten retten können. In Strömen, die noch breiter und reißender waren als jene, die sich aus dem Feuerberg ergossen, suchten sie aus der dem Untergang geweihten Stadt zu entkommen, ob auf dem Landweg oder über das Meer. Die ersten Schiffe hatten den Hafen bereits verlassen und setzten die Segel – Frachter, die hoffnungslos überladen waren und bedenklich tief im Wasser lagen.

So also, dachte Alured bitter, endete der Traum Winmars des Steinernen von einem Großreich der Zwerge – die Stadt, die er in maßlosem Geltungsdrang nach sich selbst benannt hatte, ging in Rauch und Flammen auf. Und dabei war der Vulkan selbst noch nicht einmal ausgebrochen …

Alureds Blick wanderte an den Hängen des Feuerberges empor zum flachen Gipfel, wo er den Krater wusste. Wenn die Kräfte im Inneren der Erde weitertobten, würde auch er bald Tod und Vernichtung speien und die Stadt unter Massen glühenden Gesteins begraben. Und anders als bei ihrer letzten Zerstörung rund fünfhundert Jahre zuvor würde es keinen Grund mehr geben, keinen Boden, auf dem sie sich wieder aufbauen ließ. Nur noch erstarrtes, schwarzes Gestein, das an den Berghängen hinab bis in Meerestiefen reichte …

Wütendes Geschrei riss Alured aus seinen Gedanken.

Er fuhr herum, sah fassungslos, wie Lyrx und Ferghas damit beschäftigt waren, den lauthals zeternden Rammar durch die Öffnung nach draußen zu bugsieren, während Balbok vermutlich von drinnen nach Kräften mithalf. Sein fetter Bruder hatte wohl mal wieder auf Vortritt bestanden – mit durchwachsenem Ergebnis…

»Verdammt noch mal!«, herrschte Rammar Alured an, der verdutzt auf das bizarre Schauspiel starrte. »Komm gefälligst her und hilf mir! Worauf wartest du …?«

Alured wusste nicht, ob er in Gelächter ausbrechen oder tatsächlich Hand anlegen sollte – als seine Gefährten einen Durchbruch erzielten, und das im wörtlichen Sinn. Wie ein Korken, der aus einem Flaschenhals schoss, platzte Rammar aus der Öffnung, von kleinen Gesteinsbrocken begleitet. Kaum war er draußen, verfiel er in laute Beschwerden und rieb sich das offenbar heftig schmerzende Hinterteil. Hinter ihm kam als letzter Balbok aus der Öffnung, ein zufriedenes Grinsen in seinem langen Gesicht und eine brennende Fackel in der Klaue.

»*Shnorsh!*«, maulte Rammar. »Was fällt dir ein, mir deine dämliche Funzel unter den *asar* zu halten, Blödhirn?«

»Es hat geklappt, oder nicht?«, fragte Balbok nur.

»Schon, aber wenn ich dich noch mal erwische, wie du …«

Er verstummte, denn in diesem Moment war mächtiger Donner zu vernehmen, der jedes Sommergewitter wie ein Flüstern erscheinen ließ. Gleichzeitig erzitterte der Berg, und diesmal so heftig, dass sich Felsbrocken lösten und an den kahlen Hängen herabpolterten.

»Was war das nun wieder?«, quäkte Rammar in die Stille.

»Das«, erwiderte Alured, »war der Vulkan.«

30

Nicht länger brauchten sie nach Tirgas Winmar zu gehen, um die Konfrontation mit dem schrecklichen Feind zu suchen – denn dieser Feind war zu ihnen gekommen.

Die schwarze Kugel, die aus der Tiefe hervorgebrochen war, schwebte in der Mitte des Thronsaals und veränderte ihre Form, zog sich in die Länge. An einigen Stellen schien sie transparent zu werden, und wo dies geschah, glaubte Dag, eine schemenhafte Gestalt zu erkennen – oder war das nur ein Trugbild, das seine gepeinigten Sinne ihm vermittelten?

Die Präsenz des Bösen, die wie ein Ungewitter über Dag und Aryanwen hereinbrach, überwog die der Schattendrachen noch um ein Vielfaches, und Dag wunderte sich selbst darüber, dass er nicht den Verstand verlor. Vermutlich lag es an dem riesigen Elfenkristall, der über Tirgaslan schwebte und einen Gegenpol zur vernichtenden Kraft des dunklen Herrschers bildete, vielleicht hatten auch Farawyn und Syolan daran ihren Anteil; lange jedoch würden auch sie dem Ansturm der Dunkelheit nicht standhalten können.

»Urkaid Mock-Loor!«, brüllte Farawyn gegen die grässlichen Laute, die aus dem Inneren der schwarzen Kugel zu dringen schienen. Dunkle Blitze zuckten aus ihrem Inneren, einige zum Boden, andere zum Kristallschiff hinauf, wo sie einschlugen und beträchtlichen Schaden anzurichten schienen.

Die Elfenkrieger, die im Thronsaal verteilt waren, brachten ihre Blitzwerfer zum Einsatz. Von allen Seiten feuerten sie auf die Ballung dunkler Energie, doch die Schwärze schien das Licht zu schlucken und sich seine Kraft einzuverleiben, denn sie dehnte sich dadurch nur noch mehr aus und gewann an Dichte – und immer wieder zuckten gezielte Dunkelblitze hervor und töteten Elfenkrieger, verzehrten sie bei lebendigem Leibe.

»Ihr Maden«, hörte Dag die Stimme des Dunklen Königs in seinem Kopf. Auch Aryanwen schien den Finsteren zu hören. Ihre Gesichtszüge waren von Entsetzen gezeichnet, und sie presste sich die Hände auf die Ohren, was gegen diese Art von Stimme allerdings nichts nützte. Denn Urkaid Mock-Loor war in ihrem Inneren. In ihren Köpfen und in ihrem Verstand.

Und er wollte auch in ihre Herzen …

»Ihr wagt es, euch mir zu widersetzen?« Erneut stach ein gezackter dunkler Blitz aus der schwarzen Ballung und erfasste gleich zwei Elfenkrieger auf einmal, die er erbarmungslos tötete. *»Ihr Würmer! Ihr hättet nie nach Erdwelt zurückkehren, nie unter dem Stein hervorkommen sollen, unter dem ihr euch verkrochen hattet! Nun werdet ihr alle untergehen, zusammen mit den Sterblichen, die ihr schützen wolltet …«*

Wieder starben zwei, und grässliches, hämisches Gelächter hallte in Dags Bewusstsein wider. Er sah sich nach Farawyn und Syolan um. Die beiden Zauberer schienen alle Kraft aufbieten zu müssen, um nicht im Sturm des Wahnsinns zu vergehen. An Gegenwehr war noch nicht einmal zu denken …

»Ist das alles?«, tönte der Dunkle König. *»Ist das alles, was ihr mir entgegenzusetzen habt? Glaubt ihr, das wird mich aufhalten? Ihr mögt meine Armee vernichtet haben, aber ich werde eine neue aufstellen, eine Armee von Schatten – und sie wird euch überrennen, ihr törichten Würmer!«*

»Wo ist meine Tochter?«, schrie Aryanwen gegen das Heulen und Tosen an. »Wo ist Alannah?«

Für einen winzigen Augenblick schien sich etwas zu verändern. Irrte sich Dag, oder war da für einen Moment ein Flackern in der schwarzen Präsenz gewesen? Eine Spur von Unsicherheit? Im nächsten Augenblick war es wieder verschwunden.

»Wer bist du?«, wollte der Finstere wissen.

»Ich bin Daghan, Herzog von Ansun!«, antwortete Dag an Aryanwens Stelle und trat vor, »und dies ist Aryanwen, die Tochter König Tandelors und rechtmäßige Erbin des Throns von Tirgaslan! Alannah ist unsere Tochter!«

»Natürlich, ich erinnere mich …« Urkaid Mock-Loors Stimme triefte vor Häme. *»Die rechtmäßige Königin und ihr blinder Krüppel …«*

»Wo ist Alannah?«, rief Aryanwen. Ihre Furcht schien sie besiegt zu haben, Dag konnte nur noch Wut bei ihr fühlen. »Was hast du mit ihr gemacht, du Scheusal?«

»Sie ist tot«, erscholl es mit furchtbarer Endgültigkeit.

»Nein!«, schrie Aryanwen entsetzt.

»Das glaube ich nicht, Mock-Loor«, widersprach Farawyn. »Das Mädchen ist für dich zu wertvoll, um es zu töten!«

»Das war es«, räumte der Dunkle König ein, *»denn ihr Körper war dazu ausersehen, meinen Geist zu beherbergen, ihr elfisches Erbe machte es möglich – doch nun, da so viele eures edlen Volkes hier sind, bin ich nicht länger auf sie angewiesen … so viele schöne, junge, starke Körper, wie gemacht dafür, meinen dunklen Geist aufzunehmen. Für eure Tochter habe ich keine Verwendung mehr!«*

»Du lügst!«, widersprach Dag – aber es war nur ein verzweifelter Wunsch.

»Glaubst du?« Der Finstere lachte. *»Warum denkst du, Daghan von Ansun, bin ich hierhergekommen?«*

Dag sandte Syolan einen entsetzten Blick.

Er hatte die Elfen als Retter, als Befreier willkommen geheißen – ohne zu ahnen, dass ihre Rückkehr nach Erdwelt Alannahs Schicksal besiegelte!

Was für eine schreckliche, furchtbare Ironie!

Hatte der Dunkle König all das womöglich geplant? In seinem Entsetzen erschien Dag selbst das nicht unmöglich …

»Nein!«, schrie Aryanwen verzweifelt. All ihre Wut, ihre Trauer und die Angst um ihr Kind brachen nun aus ihr hervor. Tränen schossen ihr in die Augen, und obwohl Daghan sie hielt und stützte, brach sie in die Knie.

»So ist es gut«, fuhr Urkaid Mock-Loor fort. *»Ihr sollt vor mir knien. Ihr alle sollt vor mir knien!«*

Ein Energiestoß ging von der schwarzen Ballung aus, die Dag wie ein Fausthieb traf und ihn zu Boden schmetterte. Auch die verbliebenen Elfenkrieger gingen nieder, nur Farawyn und Syolan gelang es, sich aufrecht zu halten – doch wie lange noch? Wieder zuckten dunkle Blitze zum Kristallschiff hinauf und schlugen in die Konstruktion ein. Ein Bersten und Klirren erfüllte die Luft, Splitter regneten durch die offene Kuppel in den Thronsaal.

»Kniet!«, scholl es in seinem Kopf, dass Dag den Eindruck hatte, er müsse zerspringen. *»Kniet vor eurem König!«*

Dag war überzeugt, dass dies das Ende wäre. Aryanwen und er lagen am Boden und wanden sich vor Verzweiflung, während das Böse, das auf sie einstürzte, ihren Verstand aufzehrte, und noch nicht einmal die Elfen schienen ihnen mehr beistehen zu können. Farawyn stand nur da, schwer atmend, und starrte die schwarze Kugel an, die nur wenige Schritte von ihm entfernt über der Öffnung zur Schatzkammer schwebte und sich nun immer weiter ausdehnte, so als wollte sie den ganzen Thronsaal, den gesamten Palast erfassen. Jeden Augenblick würde sie den Zauberer erreicht haben, und dann …

In einer Bewegung, die fast beiläufig wirkte, hob Farawyn abwehrend die Hand.

»Nein«, sagte er nur und schloss die Augen. Von seinem Gewand ging plötzlich ein geheimnisvolles Leuchten aus, und plötzlich stach von hoch über ihnen, aus dem Rumpf des Kristallschiffs, ein gleißend heller Lichtstrahl herab, der den Zauberer traf und einhüllte.

Farawyn breitete die Arme aus, worauf der Lichtstrahl sich teilte und in einem hellblau pulsierenden Blitz auf Syolan überging, der links von Farawyn stand. Den rechten Arm jedoch richtete Farawyn auf Dag und sah seinen ehemaligen Schüler herausfordernd an.

Dag zögerte – was verlangte Farawyn da von ihm? Er war nur ein Mensch und kein Elf und obendrein auch kein Weiser, kein Zauberer von Shakara …

»Es ist Zeit, Junge.«

Es war kein Befehl und keine Aufforderung, sondern nur eine Feststellung, die Farawyn ihm zukommen ließ. So als hätte alles, was der alte Fuchs ihn jemals gelehrt hatte, nur diese eine Bestimmung gehabt, so als würde die Vergangenheit in diesen einen Augenblick münden.

Dag erhob sich, seiner Erschöpfung und Verzweiflung zum Trotz und hob seinerseits die Hand, worauf der Energiestrahl auch ihn traf und einhüllte.

Einen Augenblick lang verspürte Dag noch Furcht, aber dann wurde ihm klar, dass dieses Licht ihm keinen Schaden zufügte, dass es nichts von ihm nahm, sondern ihn im Gegenteil mit neuer Kraft erfüllte; es entsprang der heilenden Kraft der Schöpfung und hatte nichts Zerstörerisches an sich – außer man gehörte dem Reich der Schatten an …

Die Lichtstrahlen, die aus den Augen Dags und der beiden Zauberer stachen, trafen Urkaid Mock-Loor mit voller Wucht – und sie zeigten Wirkung. Statt erneut hämisch aufzulachen, stieß der Dunkle König einen Schrei aus, der wenn schon nicht Furcht, so doch Überraschung verriet, und für einen Moment hatte Dag den Eindruck, als würde die Dunkelwolke kleiner werden – ehe sie sich wieder zu ihren vorherigen Ausmaßen aufblies und sogar noch vergrößerte.

Wieder ging ein Stoß dunkler Energie von ihr aus, den Dag diesmal als körperlichen Schmerz wahrnahm, so heftig, dass er niederging. Er verlor den Kontakt mit Farawyn, und das Netz aus Licht, das sie errichtet hatten, drohte zusammenzubrechen. Auch Farawyn wankte und Urkaid Mock-Loor lachte wieder.

»Ihr langweilt mich«, gab er bekannt, *»und deshalb werde ich eure kindischen Versuche, mich zu vernichten, nun ein für alle Mal beenden …«*

31

Als hätte Alured das Kommando gegeben, stieg eine schwarze Wolke aus dem Gipfel des Feuerberges, die den Himmel verfinsterte, ehe sie zerplatzte und Myriaden winzig kleiner Flocken wie Schnee zur Erde fallen ließ.

Asche, erkannte Alured.

Dann kam die Lava.

Der Berg schien sich gequält aufzubäumen, als Feuer und flüssiges Gestein aus dem Krater schossen und hoch in den Himmel geworfen wurden, in lodernden Kaskaden, die in der hereinbrechenden Dunkelheit weithin zu sehen waren. Und im nächsten Moment rann das glühende Verderben auch schon an den Hängen des Berges herab – und kam direkt auf den Vorsprung zu, auf dem die Gefährten standen. Unaufhaltsam fraß es sich darauf zu, fraß verkrüppelte Büsche und Bäume und troff über steile Abbrüche, während es näher kam …

»Weg hier!«, rief Alured, und noch nicht einmal Rammar widersprach. Über steilen, unter schweren Erschütterungen wankenden Fels verließen sie den Absatz. Ein Schotterfeld, das infolge des Bebens in Bewegung geraten war, stellte ein unüberwindliches Hindernis dar, sodass sie den steilen Abstieg durch eine Schlucht wählen mussten – doch auch hier war ihre Flucht irgendwann zu Ende, da sie kein Seil mitführten, über das sie sich in die steile Tiefe hätten hinablassen können.

»Und was jetzt?«, fragte Lyrx ratlos.

»Zurück! Zurück!«, rief Alured mit Alannah auf dem Arm – doch auch dieser Weg war ihnen verwehrt. Die ersten Ausläufer des flüssigen Magmas hatten den Vorsprung bereits erreicht und überfluteten ihn, damit war auch eine Rückkehr in den Berg ausgeschlossen. Die Gefährten saßen fest, eingekeilt zwischen dem Feuer und dem tödlichen Abgrund. Bitterer Rauch kroch heran und legte sich wie ein Leichentuch über sie, ein erster Vorbote des Todes …

»Großartig, Mensch!«, zeterte Rammar, die verbliebene Klaue zu einer drohenden Faust geballt. »Ist das deine ganze Kunst? Nachdem wir so viel überstanden haben, hast du uns ins Verderben geführt!«

»E-es tut mir leid!«, erklärte Alured hilflos. Schmerzlich ging ihm auf, dass das, was er im Durchgang erlebt hatte, wohl doch nur Vision gewesen war, ein leerer Traum …

»Deinetwegen«, beschuldigte ihn Rammar, während nur ein kurzes Stück oberhalb von ihnen der Berghang in Flammen aufging, als flüssige Glut sich darüberwälzte, »werden wir alle draufgehen! Sogar das kleine Balg!«, fügte er weniger zeternd, dafür in offenbar echtem Bedauern hinzu, und auch sein Bruder machte ein ebenso langes wie trauriges Gesicht.

»Es tut mir leid«, versicherte Alured noch einmal und presste Alannah an sich, auch wenn ihm klar war, dass er sie angesichts der herannahenden Zerstörungskraft nicht würde beschützen können.

Er ließ sich auf einem Felsen nieder, beinahe froh darüber, dass das Kind auf seinem Arm nicht bei Bewusstsein war, und wartete auf das Ende.

Der Rauch wurde dichter, verwandelte sich in einen orangerot leuchtenden Nebel des Todes, der sich über die Berghänge legte und alles zu ersticken drohte.

Alured merkte, wie seine Lungen brannten und die Luft zum Atmen knapp wurde. Verzweiflung erfasste ihn, und in

Gedanken bat er Daghan und Aryanwen um Vergebung dafür, dass er sein Versprechen nicht eingelöst und ihre Tochter nicht zu ihnen zurückgebracht hatte …

Plötzlich sah er es.

Es war ein Schiff, und es kam auf sie zu, geradewegs aus dem glühenden Nebel – und aus seinem Inneren wand sich etwas hervor, das wie eine riesige Schlange aussah …

Dag konnte den Sog fühlen.

Es war, als holte ein Drache keuchend Atem, um der Welt sein Feuer entgegenzuspeien. Alles schien in diesem Moment zu enden, die Zeit und selbst die Welt … als Farawyn seine Stimme erhob.

Der Zauberer murmelte etwas, und Syolan fiel sogleich mit ein. Zuerst glaubte Dag, dass es eine Beschwörungsformel wäre, die die beiden rezitierten, eine alter Zauberspruch.

Aber es waren Namen.

Cethegar.

Semias.

Filfyr.

Awyra.

Asgafanor.

Nyras.

Tarana.

Eoghan …

Diese und noch viele andere Namen nannten sie, und Dag erkannte, dass er all diese Namen schon einmal gehört hatte. Es waren die Namen von Weisen, von Zauberern der alten Zeit, die einst gegen das Böse gekämpft und in diesem Kampf ihr Leben gelassen hatten. Und noch während Farawyn und Syolan sprachen, konnte Dag erkennen, wie die Luft im Thronsaal zu flimmern begann und schemenhafte Gestalten erkennbar wurden, Männer und Frauen, Elfen in langen Gewändern, durchscheinend und von Licht umflossen. Seite an Seite standen sie, formten einen Kreis um die Dunkelwolke und erweiterten das Netz aus Licht, das Farawyn gewoben hatte, Masche für Masche …

Dag raffte sich auf die Beine und nahm seinen Platz wieder ein – und plötzlich stand jemand neben ihm eine Frau von unsagbarer Schönheit, aus deren Augen ruhige Sanftmut sprach. Auch wenn Dag sie noch nie zuvor gesehen hatte, wusste er, dass es Königin Alannah war, die einstige Herrscherin Erdwelts und Ahnin seiner Tochter. Und neben ihr nahm ein Mann Gestalt an, der jung war und energisch, jedoch kein Elf wie die anderen, sondern ein Mensch – Granock, Farawyns einstiger Schüler.

Seite an Seite standen sie, umringten den dunklen Herrscher und schickten ihm eine geballte Ladung heller Kraft entgegen. Von allen Seiten stachen die Lichtstrahlen auf ihn ein, stießen tief in die Wolke. Zu Beginn wehrte der Finstere sie noch ab, verstieg sich noch einmal zu höhnischem Gelächter – dann jedoch wurde seine Stimme schrill und panisch, und er verfiel in grässliche Verwünschungen. Doch auch das änderte nichts daran, dass seine dunkle Gestalt zu schwanken begann.

Die Wolke wurde kleiner, die Finsternis verdichtete sich, von der Gestalt im Inneren, die eben noch den Anschein erweckt hatte, aus der Wolke hervorbrechen zu wollen, war nichts mehr zu erkennen. Und schließlich verfiel Urkaid Mock-Loor, das uralte Böse, das in den Tiefen der Welt die Jahrtausende überdauert hatte, in fürchterliches Wutgeheul – ehe eine Eruption von gleißend hellem Licht die Wolke ganz verzehrte.

Der letzte Schrei des Dunklen Königs verhallte in einem schaurigen Echo, während das Licht so grell wurde, dass selbst Dag die Augen mit den Händen schützen musste.

Dann, schlagartig, fiel der Thronsaal ins Halbdunkel zurück.

Dag fand sich auf dem Boden wieder. Er öffnete die Augen, sah Aryanwen nur wenige Schritte neben sich liegen, entkräftet und benommen wie er selbst. Auf allen vieren kroch er zu ihr, nahm sie in die Arme und drückte sie fest an sich.

»Daghan«, flüsterte sie. Beide hatten sie das Bedürfnis, sich an etwas festzuhalten, und so klammerten sie sich aneinander wie zwei Ertrinkende.

»Ist es … vorbei?«, wisperte Aryanwen.

»Ja«, keuchte Dag. »Es ist vorbei.«

Der Dunkle König war tot.

Vernichtet von einer Eruption lichter Energie, die die Zauberer – oder vielmehr ihre unsterblichen Seelen – entfesselt hatten …

Stumm vor Staunen blickten Dag und Aryanwen sich im Thronsaal um. Die Dunkelwolke war verschwunden, und mit ihr auch die Schemen der Zauberer. Die Weisen von Shakara waren in ihre Wirklichkeit zurückgekehrt, aus der Farawyn sie offenbar kraft des Elfenkristalls gerufen hatte, damit sie ihre letzte Schlacht schlugen – und diesmal hatten sie den Sieg davongetragen.

»Farawyn?« Dag sah sich nach seinem alten Meister um, konnte ihn aber nirgendwo entdecken. Nur Syolan war da, in einigen Schritten Entfernung kniete er am Boden und sah nach einem seiner Elfenkrieger. Doch für den Himmelsreiter, der von einer der schwarzen Entladungen getroffen worden war, kam jede Hilfe zu spät.

Der Gelehrte sah Dags fragenden Blick und schüttelte nur den Kopf. »Farawyn ist nicht mehr bei uns«, sagte er nur. »Er weilt nun dort, wo auch unsere anderen Brüder und Schwestern sind, die die Grenzen der Zeit überwunden haben, um uns in größter Not beizustehen.«

»Wie ist das möglich?«, fragte Dag.

»Vieles ist möglich, Daghan von Erdwelt. Vieles, von dem ihr nicht einmal etwas ahnt.«

»Werden wir Farawyn jemals wiedersehen?«

»Ich denke nicht.« Syolan stand auf und straffte sich. »Farawyn hat seinen Teil geleistet. Wir sollten ihm den Frieden gönnen, den er sich verdient hat. Für dich und deinesgleichen jedoch beginnt ein neues Zeitalter, Daghan von Erdwelt. Es ist die Ära nach der Dunkelheit, der Aufbruch in eine neue Zukunft, die hier und jetzt beginnt, in dieser Stunde, von der die Chronisten noch in hundert und in tausend Jahren berichten werden. Und glaubt mir«, fügte er lächelnd hinzu, »ich weiß, wovon ich spreche …«

32

Die Schlacht um Tirgaslan war geschlagen – und mit ihr hatte auch der Kampf um Erdwelt geendet.

Nach dem Tod des Dunklen Königs war der Widerstand des Feindes zusammengebrochen. Als die Zwergeneinheiten vom Tod ihres Herrschers erfuhren, streckten sie die Waffen; Orks und Trolle versuchten, über die Mauern in den Wald von Trowna zu entkommen, doch die Himmelsreiter auf ihren Falken waren auf der Hut, und so wurden die wilden Horden vollständig aufgerieben. Die Schattenkrieger jedoch und die fürchterlichen Kreaturen, auf denen sie geritten waren, zerfielen noch im selben Augenblick, da ihr finsterer Gebieter von der Kraft des Lichts verzehrt wurde. Die Verheerungen hingegen, die sie angerichtet hatten, blieben bestehen, und erst in den darauffolgenden Tagen wurde das ganze Ausmaß der Zerstörung sichtbar.

Die von den plündernden Orks gelegten Feuer hatten fürchterlich gewütet, auch nach Tagen schwelten in der Stadt noch Brände, und dunkler Rauch stieg zum Himmel; Wehrtürme und Teile der Mauer waren eingestürzt, die Straßen übersät von Gefallenen, die rasch beigesetzt werden mussten, damit sich in der spätsommerlichen Wärme keine Seuche ausbreitete.

Die toten Orks und Trolle brachte man vor die Tore der Stadt, wo man ihre sterblichen Überreste verbrannte. Auch die Körper der gefallenen Zwergenkrieger wurden nach alter Tradition den Flammen übergeben; während die Asche der

Unholde jedoch in alle Winde zerstreut wurde, bewahrte man jene der Zwergenkrieger in Urnen auf, die man nach Gorta Ruun bringen und dort, in der angestammten Heimat des Zwergenvolks, beisetzen würde; und es war Königin Waldradas ausdrücklicher Wunsch, dass nicht zwischen der Asche von Freiheitskämpfern und solchen, die auf der Seite des Dunklen Königs gestanden hatten, unterschieden wurde. Es sollte ein erstes Zeichen der Versöhnung sein und den Grundstein dafür legen, dass das entzweite Volk des Berges in Zukunft wieder in Frieden und Eintracht leben konnte.

Der Leichnam Bertin Zwergenhammers jedoch wurde nicht den Flammen preisgegeben; seine sterbliche Hülle wurde einbalsamiert und sollte in den Grüften von Gorta Ruun ihre letzte Ruhestätte finden, wo auch die anderen Zwergenkönige lagen; und der Hammer Martog, das Symbol sowohl seines Kampfes als auch seiner viel zu kurzen Herrschaft, würde das erste Bauelement eines neuen Throns sein, von dem aus die Zwergenkönige kommender Generationen regieren würden – dem Hammerthron.

Noch immer war Dag tief erschüttert über den Tod des Freundes wie auch über die vielen anderen Opfer, die der Kampf um Tirgaslan gefordert hatte. Um der Toten zu gedenken, war im Thronsaal von Tirgaslan eine Versammlung einberufen worden, zu der alle, Menschen, Zwerge und sogar Elfen erschienen waren. Alle standen sie im weiten Rund versammelt: Hauptleute der Zwergenkämpfer und die Oberhäupter der Hochland-Clans; Bürger aus Tirgaslan und Gorta Ruun ebenso wie Syolan und seine Himmelsreiter in ihren blitzenden Rüstungen. Daghan konnte all ihre unterschiedlichen Präsenzen spüren, so stark, dass er sie beinahe vor sich sah – so wie er ihre Erleichterung spüren konnte, ihre Freude darüber, dass die Bedrohung gebannt und der schreckliche Krieg vorüber war.

Und ihre Trauer.

Es mochte Jahrhunderte, wenn nicht Jahrtausende her sein, dass die Völker Erdwelts in solcher Einheit zusammengestanden hatten. Es war ein historischer Moment. Selten zuvor in der Geschichte Erdwelts waren die Völker einander so verbunden gewesen, so einig in ihrer Freude wie in ihrer Trauer …

»Danke, meine Freunde«, ergriff Dag das Wort, »dass Ihr alle dem Aufruf gefolgt seid, hierherzukommen, an diesen Ort, an dem wir vor nur wenigen Tagen unseren großen Sieg errungen haben. Doch heute sind wir nicht hier, um unseren Triumph zu feiern, sondern um derer zu gedenken, die im Kampf ihr Leben gelassen haben.

Die Namen aller zu nennen, die für die Freiheit gefallen sind, ist mir nicht möglich; ich maße mir nicht an, sie alle gekannt zu haben und um jedes einzelne Opfer zu wissen, das in den vergangenen Tagen und Wochen gebracht wurde. Aber auch jene, die ungenannt bleiben, sind nicht vergessen, und wenn ich nun Einzelne aus der Masse hervorhebe, damit ihre Namen noch einmal in unserer Mitte erklingen und unsere Herzen mit Liebe und Dankbarkeit erfüllen, tue ich das, weil ich Einzelne stellvertretend für alle ehren möchte.«

Dag blickte in die Runde, fühlte die Ergriffenheit und die Trauer. »Einzelne wie den großen Farawyn, den viele von euch als Dwethan den Druiden kannten … Als einer von uns lebte er, dabei war er ein Sohn Mirons, ein König und Zauberer der alten Zeit, der uns an seinem Wissen und seiner Weisheit teilhaben ließ. Wir können ihm unmöglich dankbar genug sein, denn er ist es gewesen, der uns am Ende gerettet hat, mithilfe seiner Brüder aus dem vornehmen Elfengeschlecht, die uns zur rechten Zeit beigestanden haben – dafür werden wir ihnen immer verbunden sein und den Namen Farawyn auf ewig in unseren Annalen und Chroniken ehren.« Dag verbeugte sich in Richtung Syolans und der anderen Elfen, die ihm ihrerseits ihren Dank und ihren Respekt bekundeten.

»Einzelne aber auch wie König Bertin, den man den Zwergenhammer nannte«, fuhr Dag fort. »Ihr alle kanntet ihn, wusstet um seinen Mut und seine Kraft. Schon im Widerstand in den Tiefen von Gorta Ruun hat er dem Bösen mutig getrotzt und für das Licht gekämpft, und mehr noch auf den Zinnen des Osttors, wo er die Verteidigung Tirgaslans organisierte und die Horden der Finsternis aufzuhalten suchte. Er verlor sein Leben, als er den Rückzug seiner Kämpfer sicherte, opferte sich selbst, damit andere leben konnten – kann es größeren Mut geben? Ich bin stolz darauf, diesen großen Helden nicht nur gekannt, sondern ihn zum Bruder gehabt zu haben.«

In der Runde war es so still geworden, dass man eine Stecknadel fallen gehört hätte. Aryanwen griff nach Waldradas Hand, eine Geste nicht nur der Anteilnahme, sondern tiefer Verbundenheit.

»Der Nächste, dessen Name ich in diesem Rund nenne«, fuhr Dag fort, »ist Anghas Ca'Dur, der Herr des Roten Clans und Lord von Tarnag. Er war der Erste, der sich dem Kampf gegen die Dunkelheit anschloss, der dabei half, die Zwistigkeiten der Hügelclans zu überwinden und sich gegen einen gemeinsamen Feind zusammenzuschließen. Auch er starb in der Schlacht um Tirgaslan, ließ sein Leben im Kampf gegen einen Schattenreiter – und es ist von furchtbarer Tragik, dass zusammen mit Lord Anghas' Tod auch das Verschwinden seiner Tochter Catriona und seines Bruders, des wackeren Ferghas Ca'Dur, zu beklagen ist.

Mit Ferghas zusammen reiste ich nach Arun, um jene neue Waffe gegen den Dunklen König zu suchen«, erklärte Dag. »Während ich dort blieb, um eine neuerliche Invasion der Schatten zu verhindern, zogen meine Gefährten weiter nach Tirgas Winmar, und offenbar war ihre Mission von Erfolg gekrönt, denn die Stadt des Feindes ist nicht mehr … Doch Ferghas ist nicht zurückgekehrt, ebenso wenig wie Runward Eisenherz, Conor Ca'Bra vom purpurnen Clan und unser gestaltwandelnder Verbündeter Lyrx. Sie alle hatten mich nach Arun begleitet, und die Tatsache, dass ich hier bin und sie nicht, beschämt mich zutiefst.«

Dag senkte das Haupt. Für einen Moment schloss er die Augen, wissend, dass nun der schwerste Teil kam …

»Und auch jene sind nicht zurückgekehrt, die sich auf die Suche nach unserer Tochter begeben haben«, fuhr er leise fort, worauf Aryanwen auch seine Hand ergriff. »Die ehrwürdige Nagaya, der wackere Dado und Lord Anghas' Tochter Catriona – sie alle haben sich freiwillig erboten, an unserer statt nach Alannah zu suchen. Ebenso wie Alured, mein alter Freund von Kindesbeinen an, und zwei Orks, denen wir viel zu verdanken haben … Wir wissen nicht, was aus ihnen geworden ist, denn die Späher, die unsere Elfenfreunde« – er wies dankbar in Syolans Richtung –, »ausgesandt haben, sind unverrichteter Dinge zurückgekehrt, ohne auch nur eine Spur von den Vermissten. Die Nachrichten, die aus Tirgas Winmar zu uns dringen, künden nur von Vernichtung, von Flucht und Tod, und der Dunkle König verkündete, dass unsere Tochter nicht mehr am Leben sei … Dennoch halten wir an der Hoffnung fest, dass Alannah noch lebt, und mit ihr auch unsere Freunde – denn was bleibt uns denn noch außer der Hoffnung, auch wenn sie noch so gering sein mag?«

Er spürte, wie Aryanwens Hand in seiner bebte. Sie wussten, dass ihr Entschluss nicht auf große Gegenliebe stoßen würde, aber sie hatten sich entschieden … »Deshalb«, fuhr Dag leise fort, »werden Aryanwen und ich noch heute mit einem Geschwader von Himmelsreitern nach Tirgas Winmar aufbrechen und dort nach den Verschollenen suchen.«

Wie nicht anders zu erwarten gewesen war, reagierten die Versammelten mit aufgeregtem Gemurmel. Niemand widersprach offen, aber Dag konnte die Welle der Ablehnung spüren, die ihnen entgegenschlug.

»Ich weiß«, sagte er deshalb, »dass ihr uns nicht ziehen lassen wollt. Und ich weiß auch um die Gefahren, die in Tirgas Winmar womöglich lauern – doch diesmal wird uns niemand aufhalten können.«

»Wir sind geblieben, als unsere Pflicht es erforderte«, fügte Aryanwen hinzu, »haben die Schlacht um Tirgaslan gemeinsam mit euch geschlagen – doch nun ist es für uns an der Zeit, das zu tun, was alle an unserer Stelle tun würden, die jemanden verloren haben, den sie lieben. Und auch wenn die Aussichten, unsere Tochter zu finden, noch so gering sein mögen, müssen wir dennoch nach ihr suchen, ehe wir sie …« Aryanwen brach ab und sammelte sich, ehe sie leise weitersprach. »Ehe wir ihren Namen zusammen mit jenen nennen, deren Leben dieser schreckliche Krieg gef…«

Erneut unterbrach sie sich, ihre Traurigkeit und ihre Sorge schienen sie zu überwältigen. Dag wollte sie tröstend an sich ziehen, doch als er sie berührte, wurde ihm klar, dass da keine Trauer war, nur unsagbare Überraschung.

»Dag«, flüsterte sie, »dort oben …«

Dag wandte den Blick hinauf zum weiten Himmel, der sich über der zerstörten Kuppel spannte – und erspürte Präsenzen, deren Gegenwart er lange nicht wahrgenommen hatte.

Ein Luftschiff näherte sich dort, von hellem Sonnenschein beleuchtet. Noch war es weit entfernt, sodass keine Einzelheiten zu erkennen waren – doch Dag brauchte seine Augen nicht, um weit mehr zu sehen als alle anderen. Unruhe brach im Thronsaal aus, als man des Gebildes am Himmel gewahr wurde, das nun bereits tiefer ging und der offenen Kuppel entgegensank. Von der Besatzung war zunächst nichts zu erkennen, dann tauchten zwei Gesichter über der Reling auf – das eine so grün, rund und fett, dass es nur einem gehören konnte, das andere lang und schmal.

Dann wurde eine Strickleiter ausgeworfen, und mehrere Gestalten kletterten über die Reling.

Die Erste war Catriona.

Ihr folgte Alured.

Auf seinem Arm hatte er ein Kind – und noch ehe unbeschreiblicher Jubel im Thronsaal losbrach, sank Dag vor Freude und Dankbarkeit überwältigt in die Knie, Tränen in den Augen. Denn er hatte bereits erspürt, was alle anderen erst in diesem Moment bemerkten.

Alannah.

Sie war am Leben.

33

Nach den Tagen der Freude, des Wiedersehens und des unsagbaren Glücks war erneut die Stunde des Abschieds gekommen.

Zwei Monde lang waren die Elfen geblieben, war ihr Crysalyth, ihr riesiges Weltenschiff, wie ein kristallener Berg über Tirgaslan geschwebt, bis sich die Einwohner der Stadt zuletzt gar an den ungewöhnlichen Anblick gewöhnt hatten. Nun jedoch war der Augenblick gekommen, da Syolan und die Seinen wieder in ihre Welt, in ihre Wirklichkeit zurückkehren würden.

»Und Ihr wollt nicht noch länger bleiben?«, fragte Aryanwen, die Alannah auf dem Arm trug. Dank der Hilfe elfischer Heiler hatte sich das Kind rasch sowohl von den Folgen des Fiebers als auch von den furchtbaren Strapazen erholt und war wieder zu Kräften gekommen. Vergessen schienen die schrecklichen Dinge, die das Mädchen hatte durchmachen müssen, überwunden alle Dunkelheit. Dankbar schmiegte es sich an seine Mutter und schien, womöglich zum allerersten Mal in seinem Leben, einfach nur ein Kind zu sein.

»Nein«, erwiderte Syolan mit jenem sanften Lächeln, das auch so oft über Farawyns Züge gehuscht war. »Wir sind nur zurückgekehrt, um zu tun, was schon vor langer Zeit hätte getan werden müssen. Das ändert nichts daran, dass wir nicht mehr in diese Welt gehören«, fügte er erklärend hinzu. »Farawyn in seiner Weisheit hatte recht: Erdwelt gehört nun den

Menschen, denn mit all ihren Fehlern und Unzulänglichkeiten sind sie genauso, wie wir einst waren. Erdwelt ist bei euch in guten Händen, Daghan. Ihr braucht unsere Hilfe nicht mehr.«

»Meint Ihr?« Dag legte den Kopf in den Nacken, betrachtete das riesige Objekt über ihnen, das er als pulsierende Energie wahrnahm, als einen Quell von Kraft und Wärme. »Offen gestanden bezweifle ich das«, gestand er. »Und ich bezweifle auch, dass wir jemals genauso werden wie Ihr.«

»Das müsst ihr auch nicht.« Syolan lachte leise. »Nutze deine Fähigkeit, Daghan. Mache von ihr Gebrauch. Blicke mit ihrer Hilfe in die Zukunft und gewinne das Vertrauen wieder, das du einst in sie hattest. Du hast mir von den Träumen erzählt, die dich einst begeisterten, von Visionen riesiger Städte mit Häusern wie Türmen und Luftschiffen, die zwischen ihnen verkehren. Nun ist es an dir, diese Visionen zu verwirklichen, *König* Daghan.«

»Das klingt noch sehr fremd für mich«, gab Dag zu.

»Und dennoch ist es wahr. Die Macht liegt nun in deinen und Aryanwens Händen. Ihr habt gesehen, was die Verbindung von Magie und Technik vermag, im Guten wie im Schlechten. Wichtig ist, beides stets im Gleichgewicht zu halten, und dafür könnte ich mir keinen geeigneteren Herrscher vorstellen als dich – den Erfinderkönig.«

»Das klingt gut«, anerkannte Aryanwen, und Alannah klatschte begeistert in die Hände.

»Finderkönig!«, rief sie fröhlich aus.

»Vielleicht wird dir das hier von Nutzen sein«, fügte Syolan hinzu und übergab Dag etwas, das dieser als helle Flamme wahrnahm, als Quelle der Inspiration, als etwas, von dem Kraft und Wärme ausging, gerade so wie von dem Kristallschiff, nur eben in sehr viel geringerem Umfang.

»Was ist das?«, wollte er wissen.

»Unser Geschenk zum Abschied«, erklärte Syolan. »Die Erben Mirons werden Erdwelt verlassen, aber ein wenig vom Glanze Caladas wird zurückbleiben.«

»Ein Elfenkristall«, flüsterte Dag und nahm das Geschenk entgegen. Der Kristall lag leicht, fast schwerelos in seinen Händen, und es kam ihm vor, als würde etwas von seinem Licht geradewegs in sein Herz dringen.

»Du weißt jetzt, was er vermag«, sagte Syolan. »Setze ihn weise ein, vor allem aber dazu, deine Sinne zu verstärken. Auf diese Weise wirst du nie mehr blind sein, sondern sehend, auf mancherlei Weise – auch dann, wenn der Crysalyth Erdwelt wieder verlassen hat.«

»Wie soll ich Euch nur danken?«, fragte Dag.

»Haltet unser Andenken in Ehren – und vergesst niemals, was ihr sein könnt«, entgegnete der einstige Chronist von Shakara. Dann wandte er sich ab und trat unter dem Bogen des Großen Tores von Tirgaslan hinaus auf den Vorplatz. Hier hatte sich das Volk versammelt, um die Retter aus den Wolken zu verabschieden. Die meisten Elfen waren bereits auf den Crysalyth zurückgekehrt, nur noch ein letztes Geschwader von Himmelsreitern wartete darauf, Syolan zurück an Bord zu geleiten.

Und nicht nur ihn …

»Wie steht es?«, fragte der Anführer der Elfen lächelnd. »Sind die Reisenden bereit …?«

»Aye … und ihr seid sicher, dass ihr das wirklich tun wollt?« Ferghas' buschige Augenbrauen hatten sich kritisch zusammengezogen, während er Catriona und Alured dabei half, ihre Packsäcke durch die Gasse zu tragen, die sich in der Menschenmenge gebildet hatte.

»Allerdings«, versicherte Alured, der vorausging, einen prall gefüllten Packsack auf dem Rücken.

»Mehr als alles andere«, versicherte Catriona und sandte Ferghas ein Lächeln über die Schulter.

»Du bist eine Tochter des Hügellands«, wandte der Veteran ein. »Wie willst du in der Fremde zurechtkommen?«

»Es ist genau andersherum«, konterte Catriona lachend. »Gerade *weil* ich eine Tochter des Hügellands bin, werde ich überall zurechtkommen, wohin auch immer ich gehe. So jedenfalls hast du es mir beigebracht. Außerdem glaube ich nicht, dass ich nach allem, was geschehen ist, einfach nach Tarnag zurückkehren könnte. Ich bin nicht mehr das Mädchen, das ich einmal war.«

»Das ist mir klar«, versicherte Ferghas und schüttelte den Kopf. »Aber muss es gleich so weit weg sein? Unbekannte Welten, neue Abenteuer! Warum, bei den Herren der Pferde, könnt ihr jungen Leute davon nie genug bekommen?«

Sie hatten das Ende der Gasse erreicht und den Vorplatz des Palasts, auf dem die Schneefalken aufgereiht standen, zur Abreise bereit. Catriona und Alured beschleunigten ihre Schritte. Ferghas blieb ihnen auf den Fersen, zwei Packsäcke schleppend.

»Was ist mit deinem Volk?«, startete er einen letzten, schon fast verzweifelt wirkenden Versuch. »Der Rote Clan braucht einen Anführer!«

Catriona blieb stehen und wandte sich zu ihm um. »Der Rote Clan *hat* einen Anführer«, konterte sie. »Alles, was ich weiß, hast du mir beigebracht – ich könnte mir keinen besseren Clansherren als dich vorstellen.«

»Aye.« Der alte Haudegen biss sich auf die Lippen. Er schien einzusehen, dass er Catrionas Entschluss nicht mehr rückgängig machen konnte. Dennoch schien ihn etwas zu beschäftigen. »Da ist noch etwas«, begann er leise, wobei er nervös zu Boden blickte. »Etwas, das ich dir sagen muss, bevor du gehst … das ich dir schon längst sagen wollte, und schon in Kürze wirst du nicht mehr hier sein, und dann …«

»Ich weiß es«, sagte Catriona nur.

Er sah sie ungläubig an. Die Packsäcke ließ er vor Verblüffung fallen.

Sie nickte. »Schon sehr lange.«

»A-aber warum …?«

»Warum ich nichts gesagt habe?« Sie zuckte mit den Schultern. »Weil ich deine Entscheidung respektiert habe. Und weil ich dich nicht beschämen wollte.«

»Aber … woher wusstest du es?« In Ferghas' faltigen Zügen stand echte Bestürzung zu lesen. »Habe ich mich irgendwie … verraten?«

»Nein.« Sie schüttelte den Kopf. »Vater hat es mir gesagt, schon vor langer Zeit.«

»Dei-dein Vater?«

Catriona lächelte. »Er hat es gewusst, die ganze Zeit über. Mutter hatte es ihm offenbart, weil sie nicht wollte, dass ein Geheimnis zwischen ihnen steht. Und er hat dieses Geheimnis in all den Jahren bewahrt, weil er dich nicht kränken wollte.«

Ferghas glaubte, nicht recht zu hören. »Und ich fürchtete immer, er würde mir nie verzeihen, wenn er davon erführe …«

»Er hatte dir längst verziehen, aber er verbot mir, darüber zu sprechen, so lange er lebte.«

»Und … und du?«, fragte Ferghas. »Hast du mir auch verziehen?«

»Was sollte ich dir verzeihen?« Catriona lächelte. »Dass du immer für mich da gewesen bist, wenn ich dich brauchte? Dass du mich alles gelehrt hast? Dass du mir der Vater gewesen bist, den ich mir gewünscht hätte? Der mich als das angenommen hat, was ich war?« Sie beugte sich vor und küsste ihn auf die wettergegerbte Wange. »Danke, Vater«, flüsterte sie ihm ins Ohr. »Von ganzem Herzen.«

Damit wandte sie sich ab und folgte Alured auf die andere Seite des Platzes, vorbei an den Himmelsreitern und ihren Falken, die das Geschehen auf dem Platz wachsam beäugten. Der alte Ferghas brauchte einen Moment, um seine Fassung zurückzugewinnen. Flüchtig wischte er sich mit dem Handrücken über die feuchten Augen, dann nahm er sein Gepäck wieder auf und eilte ebenfalls zum Tor, dessen Flügel weit offen standen, sodass man den Palast und die im Bau befindliche Kuppel sehen konnte.

Daghan stand dort, der erst vor wenigen Tagen zum König gekrönt worden war, zusammen mit Aryanwen; dazu Königin Waldrada, die in Kürze mit ihren Leuten nach Gorta Ruun zurückkehren und dort die Herrschaft der Zwergenkönige neu errichten würde, mit dem wackeren Dado als ihrem Berater; außerdem Nagaya, Lyrx und all die anderen, die Seite an Seite gegen die Bedrohung gekämpft hatten. Und Syolan …

»Und ihr seid sicher, dass ihr das tun wollt?«, erkundigte sich der Anführer der Elfen gerade in dem Moment, als Ferghas bei ihnen anlangte.

»Aye«, pflichtete der Hochländer keuchend bei, »das habe ich sie auch gerade gefragt.«

»Und wir haben geantwortet, dass wir es mehr wollen als alles andere«, erwiderte Catriona. »Unser Entschluss steht fest. Alured und ich haben beide geliebte Menschen verloren in diesem Krieg. Uns hält kaum noch etwas hier in Erdwelt. Und das, was uns noch hält«, fügte sie mit einem liebevollen Blick in Ferghas' Richtung hinzu, »werden wir in unseren Herzen mit uns nehmen.«

»So sei es«, erwiderte der Elfenführer feierlich. »Der Überzeugung Farawyns eingedenk, dass die Menschen uns

Elfen dereinst beerben werden, sollt ihr mit uns kommen, als unsere Gäste und als Botschafter eures Volkes. Ihr werdet auf unseren Reisen Dinge und Orte sehen, die ihr euch in euren kühnsten Träumen nicht ausmalen könnt, werdet Erfahrungen machen, die euch verändern werden – und vielleicht werdet ihr eines fernen Tages zurückkehren und von den Wundern berichten, deren Zeugen ihr wurdet. Und noch in vielen Zeitaltern wird man an euch denken – an die ersten Sterblichen, die das Tor zu anderen Welten, zu einer neuen Zukunft aufgestoßen haben.«

»Lebt wohl, Freunde«, sagte Dag, und er und Aryanwen traten vor, um sich von den Menschen zu verabschieden, denen sie das Leben ihrer Tochter verdankten. »Niemals hatte jemand treuere Freunde als euch«, fügte Aryanwen hinzu. »Wir werden euch nie vergessen, was ihr für uns getan habt. Wann auch immer ihr von eurer Reise zurückkehrt, hier in Tirgaslan wird stets ein Platz für euch sein.«

»Danke, meine Königin«, sagte Alured und wollte sich verbeugen, aber Dag hielt ihn zurück und umarmte ihn stattdessen so wie früher, als sie am Hof von Ansun zusammen aufgewachsen waren, und Aryanwen küsste ihn zum Abschied auf die Wange. Auch von Catriona verabschiedeten sie sich herzlich – ehe zwei Orks vortraten und sich kurzerhand dazwischendrängten.

»*Korr*, Milchgesicht«, fuhr Rammar Alured an. »Du haust jetzt einfach so ab?«

»Sozusagen.« Alured nickte.

»*Korr*«, grunzte Rammar wieder, das grüne Gesicht missbilligend verzerrt. »Ist wohl nicht zu ändern. Aber pass wenigstens auf dich auf, verstanden? Für ein Milchgesicht bist du nämlich ganz in Ordnung.«

Aryanwen hob die Brauen. »Sollte das ein Kompliment gewesen sein?«

»*Douk*, natürlich nicht, garstige Königin! Aber wenn wir mit einem Milchgesicht durch Kuruls Flammen gehen müssten, dann am ehesten mit diesem da!«

»*Korr*«, stimmte Balbok zu und schnitt eine Grimasse, die man – wäre es nicht so abwegig gewesen – auch als Wehmut hätte deuten können.

Alured nickte den beiden zum Abschied zu, dann ging er mit Catriona zu den beiden Falken, die für sie bereitstanden. Nur Syolan blieb noch zurück.

»Leb wohl, Daghan von Erdwelt«, sagte der Chronist von Shakara. »Möge das Licht des Kristalls dich und die Deinen stets begleiten.«

»Lebt wohl, Syolan.«

»Auch dir möge die Macht des Kristalls stets gewogen sein, Königin Aryanwen«, wandte der Gelehrte sich daraufhin an Aryanwen, »und auch dir, kleine Alannah. Die Vorsehung hat das Fieber geschickt und dich vor einem grausamen Schicksal bewahrt. Möge sie auch weiterhin über dich wachen, denn du bist die Zukunft von Erdwelt.«

»Die Vorsehung?«, fragte Dag. Nach allem, was er erlebt hatte und was im Thronsaal von Tirgaslan geschehen war, hatte er das Gefühl, dass es Königin Alannah, dass es die Zauberer der alten Zeit gewesen waren, die über seine Tochter und im Grund über ganz Erdwelt gewacht hatten.

»Oder die Vergangenheit, wer vermag das zu sagen?«, entgegnete der Gelehrte mit weisem Lächeln. Er streckte die Hand aus, berührte Alannah am Scheitel und segnete sie nach elfischem Brauch. Dann wandte er sich ab und ging zu dem Falken, den einer seiner Leute für ihn am Zügel hielt.

»Syolan?«, rief Dag ihm nach.

Der Elf wandte sich noch einmal um.

»Habt Dank für alles«, sagte Dag noch einmal, und er und

Aryanwen hoben die Hand zum Gruß und winkten, als der große Gelehrte sich abwandte, zu seinem Falken ging und in den Sattel stieg. Dann breiteten die mächtigen Vögel auch schon ihre Schwingen aus, sprangen vom Boden ab und stießen sich mit wuchtigen Flügelschlägen in die Höhe, begleitet vom Beifall und dem Jubel der auf dem Vorplatz versammelten Menge – zuvorderst Syolan, dann Alured und Catriona, die zum Abschied noch einmal winkten, und schließlich die Eskorte der Himmelsreiter.

Innerhalb von Augenblicken waren sie zu winzigen Punkten geworden, die in der Masse des Kristallschiffs verschwanden. Und kurz darauf begann sich der Crysalyth selbst zu entfernen, stieg höher und höher in den blauen Himmel, ehe er sich schließlich funkelnd auflöste und in einem Hauch von Sternenglanz verblasste.

»Fort«, sagte Balbok nur, der mit vor Staunen offenem Mund zum Himmel blickte.

»Du merkst auch alles, Faulhirn«, knurrte Rammar und stieß ihm den Ellbogen grob in die Seite.

»Und was werdet ihr beide nun tun?«, fragte Aryanwen. »Wollt ihr nicht hier bei uns in Tirgaslan bleiben und euch weiter um Alannah kümmern?«, fragte sie, worauf das Kind auf ihrem Arm begeistert nickte.

Balbok stierte sie ungläubig an. »Du willst uns weiterhin hier haben? Obwohl man uns die Kleine unter dem *asar* weggestohlen hat?«

»Jeder macht Fehler«, meinte Dag. »Und ihr habt euer Leben riskiert, um euren wiedergutzumachen.«

»Korr«, stimmte Balbok verlegen zu, »das stimmt schon. Aber es ist das Milchgesicht gewesen, das …« Er verstummte, als Rammar erneut mit dem Ellbogen zuhieb, diesmal so heftig, dass Balbok ein Pfeifen entfuhr.

»Natürlich«, behauptete der dicke Ork. »Ohne uns wäre

das kleine Balg verloren gewesen. Nur uns habt ihr es zu verdanken, dass es noch am Leben ist.«

»Und dafür sind wir auch euch auf ewig dankbar«, versicherte Aryanwen. »Wie steht es also? Wollt ihr bei uns bleiben? Hier in Tirgaslan?«

»Ja ... bitte bleiben!«, fügte Alannah hinzu.

Die beiden Orks tauschten einen langen Blick, der bewies, dass sie wohl schon mehr über diese Frage nachgedacht hatten, als sie zugeben wollten.

»Es tut uns leid, kleiner *pochga*«, meinte Balbok, nachdem er sich ausgiebig geräuspert hatte, »aber es ist so ... Rammar und ich, wir ... wir möchten gerne ...«

»Wir wollen wieder auf unsere Insel zurück«, erklärte Rammar, was ihn einige Überwindung zu kosten schien – und hatte es in seinen Schweinsäuglein nicht soeben feucht geblitzt? »Wir sind schließlich selber Könige!«

»Ich weiß«, versicherte Dag. »Aber ihr sollt wissen, dass ihr immer willkommen seid bei uns. Und wenn es etwas gibt, das wir zum Dank für euch tun können ...«

»Wenn du so fragst, dann wäre da schon etwas, Mensch«, versicherte Rammar unbescheiden, jetzt wieder ganz der Alte.

»Was ist es?«, wollte Aryanwen wissen. »Sprecht den Wunsch nur aus, und wir werden euch ihn erf...«

»Ein Schiff«, erwiderte Rammar und grinste von einem spitzen Ohr zum anderen. »Wir wollen ein Schiff.«

»Korr«, stimmte Balbok zu und hob belehrend einen Klauenfinger. »Und zwar eins, das fliegen kann.«

Epilog

Ist das ein Leben!«

Von dem schmalen Landrücken aus, der sich zwischen den Meeresklippen und dem Krater erstreckte, ließ König Klogionn seinen Blick über die Festung des Orkkönigs schweifen – *seine* Festung, um genau zu sein.

Im Grunde war es kein richtiger *rark*, dazu fehlten die Mauern und Türme. Aber die unzähligen Höhlen und Ruinen waren auch sehr viel mehr als ein gewöhnlicher *bolboug*, wie Orks ihn sonst bewohnten. Und jeder einzelne Stein, jedes Trümmerstück und jede Scherbe gehörte ihm, Klogionn dem Buckligen, der sich in einem verwegenen Streich der Herrschaft über das Inselreich bemächtigt hatte.

Der Bucklige …?

Klogionn schnitt eine Grimasse.

Gewiss, sein Gang war nicht aufrecht, und er humpelte ein wenig. Aber der Beiname schien ihm dennoch wenig gerechtfertigt. Er würde sich etwas anderes überlegen müssen, etwas, das eines großen Herrschers würdig war. Klogionn der Große etwa … der Mutige … der Grausame. Der Beiname eines Herrschers hatte vor allem Respekt zu gebieten – auch und gerade dann, wenn man noch bis zum Morgen dieses Tages nichts weiter als ein einfacher Haushofmeister gewesen war, ein Speichellecker am Hofe Balboks des Brutalen und Rammars des schrecklich Rasenden. Der oberste Speichellecker, wohlgemerkt, aber eben nur das. Doch hinter der Fassade des beflissenen Dieners, die Klogionn stets zur Schau getragen hatte, hatte es ihn stets nach mehr verlangt.

Indem sie die Orks der Insel, unter ihnen auch Klogionn selbst, vom Joch der Sklaverei befreiten, hatten Balbok und Rammar sich zu ihren Königen aufgeschwungen. Sie hatten ihre Untertanen darin unterwiesen, was es bedeutete, ein Ork aus echtem Tod und Horn zu sein und sie gelehrt, wie man Blutbier braute; sie hatten ihnen das Rezept des *bru-mill* gebracht und ihnen ihren Stolz und ihre Selbstachtung zurückgegeben – aber sie waren lausige Herrscher gewesen.

Jedenfalls in Klogionns eitrigen Augen.

Zur Zeit der Sklavenhalter mochte er nur ein einfacher Vorarbeiter gewesen sein, aber er hatte gewusst, woran er gewesen war. Eine Lüge hatte stets zum Ziel geführt, und wenn einer seiner Untergebenen sich ihm widersetzt hatte, so hatte er Mittel und Wege gefunden, diesen loszuwerden. So hatte er sich emporgearbeitet, langsam, aber unaufhaltsam … Doch seit Balbok und Rammar die Geschicke auf der Insel bestimmten, hatte sich alles geändert.

Jeder Ork nahm inzwischen für sich in Anspruch, lügen und prahlen zu dürfen, dass sich die Balken bogen, und eine Nase, die einem nicht passte, wurde kurzerhand gebrochen. Klogionns über Jahre mühsam erarbeitete Tugenden waren gleichsam über Nacht wertlos geworden, und so hatte er beschlossen, dass er die beiden Könige bei nächster Gelegenheit loswerden und sich selbst an die Macht bringen müsste.

Die Gelegenheit war gekommen, als sie dem jungen Menschen Dag, der mit einem fliegenden Schiff auf ihre Insel gekommen war, in dessen Heimat folgten.

Den seltsamen Flugapparat so zu sabotieren, dass er in der Luft auseinanderfiel, war nicht weiter schwer gewesen. Kaum hatte das Ding die Insel verlassen, hatte Klogionn sich zum neuen Herrscher ausgerufen, in der sicheren Überzeugung, dass Balbok und Rammar in den Tiefen des Meeres eine ebenso feuchte wie dauerhafte Bleibe finden würden.

Die meisten Untertanen hatten es gleichgültig zur Kenntnis genommen – für sie spielte es keine Rolle, wer auf dem Thron fläzte, sich mit Madenwurst vollstopfte und mit Blutbier zulaufen ließ. Lediglich die Hauptleute der *faihok'hai*, der königlichen Leibwächter, waren anderer Ansicht gewesen. Bedauerlicherweise hatte es auch nicht genügt, dass Klogionn ihrem Anführer die Kehle durchgeschnitten hatte.

Der frisch gekrönte König der Orks atmete tief ein, sog zusammen mit der kühlen Abendluft, die nach Lavendel und Oleander stank, auch den wohltuenden Geruch verwesenden Fleisches in seine Lungen. Mit einiger Zufriedenheit ließ er den Blick über die Pfähle schweifen, die er über den Klippen hatte errichten lassen und an denen die Überreste jener *faihok'hai* hingen, die geglaubt hatten, den Königen Balbok und Rammar die Treue halten zu müssen – bis ihre weniger treuen Gefährten sie in Klogionns Auftrag eines Besseren belehrt hatten. Um ein Exempel zu statuieren, hatte Klogionn sie kurzerhand vierteilen und ihre Einzelteile an allen Enden der Insel zur Schau stellen lassen – alle sollten schließlich erfahren, dass ein neuer Herrscher auf dem Thron saß.

Das war am Vormittag gewesen.

Den Nachmittag seines ersten Tages als König der Orks hatte Klogionn damit verbracht, auf dem Thron zu sitzen, der infolge von Rammars ausladender Gestalt viel zu breit für ihn war, und die Regierungsgeschäfte zu führen – was nichts anderes bedeutete, als zu saufen, zu fressen und gelegentlich dabei zuzusehen, wie sich zwei Hofschranzen einen Kampf auf Leben und Tod lieferten.

Nun ging sein erster Tag als König zu Ende, und Klogionn war mehr als zufrieden. Nun würde er in seine Höhle zurückkehren und sich auf weichen Kissen zur Nachtruhe betten – natürlich nicht, ohne sich vorher noch vergewissert zu haben, dass kein Attentäter unter dem Bett oder in einer Nische lauerte. Sodann würde er schlafen und davon träumen, als Herrscher der Insel zu erwachen – und zum ersten Mal in seinem langen Leben würde dieser Wunsch in Erfüllung …

»He! Platz da!«

Als der Ruf erscholl, wusste Klogionn zunächst nicht, woher er kam. Er blickte zum *rark* hinab, aber da war keiner außer den ihm ergebenen *faihok'hai*, die am Rand des Kraters Wache hielten, und auch drüben bei den Klippen war niemand zu entdecken.

»Hörst du nicht, Faulhirn? Du sollst Platz machen!«

Nicht nur, dass die Stimme aus dem Nichts sich erneut vernehmen ließ – sie kam Klogionn auch auf hässliche Weise bekannt vor. Einem jähen Instinkt gehorchend, warf er den kahlen Schädel in den Nacken und blickte nach oben – nur um ein gewaltiges Gebilde zu erblicken, das aus dem blutig roten Himmel fiel.

»Kurul!«, rief er in einem Anfall von Panik. Aber es war keine Blutgaleere, die da dem Boden entgegensank, sondern einer jener seltsamen, an einer riesigen fischförmigen Blase hängenden Flugapparate, die die Menschen erfunden hatten. Und am Bug stand auch nicht etwa der Donnerer persönlich, sondern kein anderer als König Rammar, während hinten Balbok kauerte und mit beiden Armen winkte.

»Huhu«, machte er.

»Das … das ist nicht möglich!«, rief Klogionn trotzig.

In der Hoffnung, es würde sich nur um eine Täuschung handeln, wandte er sich zu seinen Wachen um. Doch die *faihok'hai* starrten ebenfalls zum Himmel, was bedeuten musste, dass auch sie dort etwas sahen. Hatten sie die Flugmaschine etwa schon früher gesichtet? Aber warum hatten sie dann nicht Alarm geschlagen? Warum nicht zu den Waffen gegriffen, um die Insel und ihren König zu verteidigen …?

Die Erkenntnis, dass es keine gute Idee gewesen war, die Anführer der königlichen Leibwache vierteilen zu lassen, dämmerte Klogionn, aber sie war nicht mehr von Belang. Tatsächlich hatte er Rammars zweimaliger Aufforderung, den Landeplatz zu räumen, noch immer nicht Folge geleistet, und als er das nächste Mal hinaufblickte, musste er erkennen, dass es zu spät war.

Die Gondel ließ sich geradewegs auf ihm nieder und riss ihn zu Boden, und infolge des schieren Gewichts, das vor allem der breitere der beiden Insassen besaß, wurde der eben erst gekrönte König der Orks ohne Federlesens zerquetscht.

»Was glotzt ihr denn so?«, rief Rammar den *faihok'hai* zu, während er mit erstaunlicher Leichtfüßigkeit über die Reling setzte. Dass er in einen See von dunklem Orkblut landete, bemerkte er gar nicht, so froh war er, seine Füße nach so langer Abwesenheit wieder auf die Insel zu setzen, auf der die Zeit anderen Gesetzen gehorchte als auf dem Kontinent. Während dort fast drei Jahre vergangen waren, war hier nur ein einziger Tag verstrichen.

»*Korr*, habt ihr noch nie ein Luftschiff gesehen?«, fügte Balbok mit breitem Grinsen hinzu.

»Nur für den Fall, dass ihr *umbal'hai* es noch nicht begriffen haben solltet«, raunzte Rammar weiter, »erkläre ich es euch noch mal ganz langsam: Eure Könige sind wieder da, verstanden? Rammar der schrecklich Rasende und Balbok der Brutale sind endlich zurückgekehrt!«

ENDE

Nachwort

Ist dies wirklich das Ende?

Mit dieser Frage musste ich mich während der Entstehung dieses dritten und letzten Bandes der KÖNIGE-Trilogie immer wieder befassen. Denn zwar stand von vornherein fest, dass dieser Band den laufenden Zyklus und den Kampf um Erdwelt abschließen würde; aber gleichzeitig schwang sowohl in meinem Kopf als auch in vielen Mails und Briefen, die mich erreichten, auch immer wieder die Frage mit, ob das Ende der KÖNIGE zugleich auch das Ende der »Erdwelt«-Saga bedeuten würde.

Als ich damit begann, die Abenteuer zweier gewisser Orks niederzuschreiben, ahnte ich nicht, dass dieses erste Abenteuer, diese RÜCKKEHR DER ORKS, den Auftakt einer Saga bilden würde, die heute, rund elf Jahre später, ganze zehn Bände und sogar ein paar Kurzgeschichten umfasst. Es begann mit der ORKS-Trilogie um die Abenteuer von Balbok und Rammar, in deren Zuge immer wieder vom Zweiten Krieg der Menschen und Orks gegen die Elfen die Rede war. Was lag näher, als danach die Geschichte dieses Krieges zu erzählen und dafür auf die umfangreichen Aufzeichnungen zurückzugreifen, die ich mir im Zuge der Arbeit an den ORKS gemacht hatte?

Die Idee zur ZAUBERER-Trilogie war damit geboren, die rund tausend Jahre früher angesiedelt war und die Geschichte des Zauberers Farawyn und seiner Getreuen und vom Kampf gegen den Dunkelelfen berichtete. Doch trotz des ungeheuren Erfolges, den DIE ZAUBERER zu verbuchen hatten, rissen die Rufe nach neuen Abenteuern von Balbok und Rammar nicht ab. Und da ich natürlich auch schon ziemlich genaue Vorstellungen davon hatte, wie es nach der ursprünglichen ORKS-Trilogie mit den Abenteuern der beiden weitergehen sollte, folgte mit DIE HERRSCHAFT DER ORKS ein vierter Band, der aber nicht nur eine bloße Fortsetzung liefern sollte, sondern auch die Überleitung zu einem neuen aufregenden Kapitel der Erdwelt-Geschichte.

Bekanntlich waren unsere beiden Orks am Ende ihrer Trilogie ja an den Fernen Gestaden gestrandet, einem Eiland, dessen Zeitrechnung auf magische Weise jener der übrigen Welt entrückt ist und wo die Zeit sehr viel langsamer verstreicht als im Rest von Erdwelt. Als Folge sind, als Balbok und Rammar dorthin zurückkehren, rund fünfhundert Jahre verstrichen – eine lange Zeit, in der sich viel geändert hat: Das Reich ist im Zerfall begriffen, Krieg herrscht allenthalben. Ein Zwergenkönig hat die Macht über Erdwelt an sich gerissen, Alchemisten frönen dunklen Künsten, während neue Erfindungen das Weltbild der Menschen erschüttern und eine unheimliche Bedrohung im Hintergrund wirkt. Wider Willen werden die Orks in jene Konfrontation um das Schicksal von Erdwelt hineingezogen, von der die KÖNIGE-Trilogie erzählt. Mit dem SIEG DER KÖNIGE liegt diese nun komplett vor, und ich hoffe, dass Sie, lieber Leser, davon genauso gepackt wurden wie ich beim Schreiben.

Der Aufstieg der Zwerge nach langem Niedergang; die finale Konfrontation mit dem Bösen aus Erdwelts Tiefen; die Frage, wohin die Elfen nach ihrem Abschied aus Erdwelt gegangen waren – all dies waren Themen, die ich im Verlauf der vorangegangenen Romane angerissen habe und die ich nicht offen im Raum stehen lassen wollte. Die KÖNIGE-

Trilogie sollte sie beantworten und dabei sowohl die Romane um die ZAUBERER als auch jene um die ORKS miteinander verbinden. Rätsel werden gelüftet und Fragen beantwortet, darunter auch die nach einem gewissen Druiden, dessen wahre Identität die Leser in den einschlägigen Foren sehr beschäftigt hat.

Wenn man eine solch große Geschichte, die einen doch über eine sehr lange Zeit begleitet hat, zum Abschluss bringt, so schwingt immer auch ein wenig Wehmut mit. Denn einen finalen Band zu schreiben bedeutet stets, sich von Figuren zu trennen, die einen lange Zeit begleitet haben und einem ans Herz gewachsen sind, und so war die Arbeit an den letzten Kapiteln dieses Buches mitunter auch schmerzlich. Von einigen Figuren wusste ich von Beginn an, dass sie das Ende des Krieges nicht erleben würden, bei anderen hat es sich spontan entschieden. Einige sind aus weit entfernter Vergangenheit wieder zurückgekehrt. Wieder andere, wie Alured und Catriona, haben einen völlig anderen Weg eingeschlagen – und wer weiß, vielleicht wird eines Tages ja von ihren Abenteuern zu lesen sein. Dann freilich nicht mehr auf Erdwelts bekanntem Boden, sondern in einer fernen unbekannten Welt …

Die Saga der KÖNIGE mag also zu Ende erzählt sein – der »Erdwelt«-Kosmos besteht auch weiterhin, und das allerletzte Wort ist noch nicht gesprochen. Denn zwei gewisse Orks warten noch darauf, dass ich mein vor langer Zeit gegebenes Versprechen halte und sie noch einmal auf Reisen schicke – eine Reise übrigens, die sie nicht nur in die Zukunft, sondern vor allem auch zurück in ihre Vergangenheit führen wird. Und wer bin ich, als dass ich ein Versprechen brechen könnte, das ich zwei Orks aus echtem Tod und Horn gegeben habe? Dafür habe ich den beiden entschieden zu viel zu verdanken (und auch entschieden zu viel Angst vor ihnen).

Es geht also weiter – sowohl in Erdwelt als auch in anderen Welten, aber dazu an anderer Stelle mehr.

Allerdings möchte ich mich aus diesem Band nicht verabschieden, ohne denen gedankt zu haben, ohne deren tatkräftige Mithilfe er nicht möglich gewesen wäre. Mein Dank geht an die engagierten Mitarbeiter des Piper Verlags, ganz besonders an Carsten Polzin für die wunderbare und freundschaftliche Zusammenarbeit beim Lektorat; an meinen Agenten Peter Molden; an Daniel Ernle, der alle »Erdwelt«-Bände mit Kartenmaterial verschönt hat; an meine Familie, die mich nach Kräften unterstützt. Und natürlich an Sie, liebe Leser, die Sie gerne in Erdwelt weilen.

Michael Peinkofer
August 2015

ADYSHAN – DIE GEHEIME SPRACHE

Anhang A

Grammatikalische Anmerkungen

Auch nach dem *farwyla*, dem mythenumrankten Weggang der Elfen aus Erdwelt, hat sich die elfische Sprache in verschiedenen Bereichen der Gesellschaft noch lange erhalten, vor allem in den Kreisen Eingeweihter und Gelehrter, die sie sowohl zu Unterricht und Lehre als auch zur Niederschrift neuer Erkenntnisse nutzten –die Bezeichnung *ádyshan* (alternativ auch *áthysan*) ist daher für diese spezielle Form des Neuelfischen gebräuchlich, deren wichtigste Eigenheiten nachfolgend kurz erläutert werden sollen.

Anders als das klassische Hochelfisch, das in den Gedichten Varsurs oder Noribas überliefert wurde und nach dem grammatischen Standardwerk Bloythans *Tarfuraith* genannt wird, stellt das Neuelfische ein sehr viel weniger geschlossenes Sprachgebilde dar, das zahlreiche Lehnwörter aus anderen Idiomen Erdwelts übernommen hat, so vor allem aus der Sprache der Westmenschen sowie, durch das Wirken alchemistischer Geheimbünde während des Dritten Krieges, auch aus der Zwergensprache. In einigen Gegenden Trownas, wo auch weit über den *farwyla* hinaus noch Elfisch gesprochen wurde – beispielsweise in den Gebieten der alten Elfenhaine – hat sich das sogenannte Vulgärelfisch entwickelt, das ebenfalls Wörter und Grammatik der Menschensprachen mit denen der Elfensprache mischt, jedoch lediglich mündlich tradiert wurde. Entsprechend verschmolz es im Lauf der Jahrhunderte mit anderen Sprachen, wohingegen sich das in zahlreichen Werken schriftlich erhaltene

Adyshan nahezu unverändert erhalten hat und noch immer erlernt werden kann.

Gegenüber dem Hochelfischen weist Adyshan einige Lautveränderungen auf, die wohl darauf zurückzuführen sind, dass die den Elfen nachfolgenden Benutzer der Sprache – im Wesentlichen Menschen und Zwerge – nicht über das Geschick elfischer Zungen verfügten und manche Feinheit in der Aussprache daher verloren ging. Einer gewissen Abstumpfung des gesprochenen Wortes folgte daher alsbald deren schriftliche Angleichung, sodass der im Hochelfischen weitverbreitete Laut *–th-* schließlich zu *–d-* wurde und das stimmhafte *–v-* zum stimmlosen *–w-* verallgemeinert. Auch die Unterscheidung der verschiedenen Zischlaute der Elfensprache ging verloren, so wurde das stimmhafte *–s-* bzw. –ss- des *Tarfuraith* häufig zu einem stimmlosen *–sh-*. Eine Ausnahme bildet das *–st-* wie z.B. in *cestail* (Burg), das in einigen Worten unverändert erhalten blieb. Obwohl die Schreibung beibehalten wurde, ist außerdem davon auszugehen, dass der elfische Singlaut c in späterer Zeit als k ausgesprochen wurde, was der Sprache insgesamt einen eher nüchternen und weniger poetischen Klang verlieh als in der Zeit der Hochelfen.

Substantive

Die natürliche Geschlechtsbestimmung des Elfischen wurde im *Adyshan* weitgehend beibehalten, durch das Anhängen der weiblichen Endung *–a* an die entsprechenden Substantive bisweilen sogar noch weiter betont. Die Anzahl sinnstiftender Suffixe hat sich gegenüber der Hochsprache reduziert, ebenso wie die grammatikalischen Formen der Deklination und Pluralbildung. So wird die Mehrzahl im *Adyshan* gemeinhin durch Anhängen des Buchstabens *–i* ausgedrückt, unabhängig von der klassischen, nach dem Wortstamm unterschiedenen Pluralbildung:

Hochelfisch/Tarfuraith:

codan – der Baum	*codana* – die Bäume
fahila – das Blatt	*fahilai* – die Blätter
tirgas – die Stadt	*tirgai* – die Städte

Neuelfisch/Adyshan:

codan – der Baum	*codani* – die Bäume
fahila – das Blatt	*fahili* – die Blätter
tirgasha – die Stadt	*tirgashai* – die Städte

Die Deklination der Substantive erfolgt nach folgendem, gegenüber der Hochsprache leicht vereinfachten Prinzip, das gleichlautend auch für die Pluralform gilt:

Nominativ	*Reghash*	die Gabe
Genitiv	*Reghashy*	der Gabe
Dativ	*Reghashta*	der Gabe
Akkusativ	*reghashtan*	die Gabe

Der im Hochelfischen anzutreffende Lokativ wird im Neuelfischen nicht mehr verwendet. Ortsbezeichnungen werden hier durch einfache Voranstellung der Präposition gebildet, z.B. *dai tandaiar* – »in der Tiefe«.

Verben

Die tradierte Infinitiv-Endung *–u* blieb auch im *Adyshan* erhalten, ebenso wie die Konjugation einzelner Tätigkeitswörter:

1. Person Singular	*far-a*	ich mache
2. Person Singular	*far-ain*	du machst
3. Person Singular	*far-an*	er macht
1. Person Plural	*far-awen*	wir machen

2. Person Plural	*far-anai*	ihr macht
3. Person Plural	*far-anor*	sie machen

Infolge zunehmender grammatikalischer Verwässerung werden in der Spätzeit allerdings auch eigentlich unregelmäßige Verben wie *bodu* (»sein«) regelkonform konjugiert:

1. Person Singular	*Dwa*	Ich bin
2. Person Singular	*Dwain*	du bist
3. Person Singular	*Dwan*	er ist
1. Person Plural	*Dwawen*	wir sind
2. Person Plural	*Dwanai*	ihr seid
3. Person Plural	*Dwanor*	sie sind

Das Partizip Präsens wird im *Adyshan* durch Anfügen der Silbe *–ash* an den Stamm gebildet, das Partizip Perfekt Passiv durch Anhängen der Silbe *–un*. Die im Hochelfischen beliebte substantivische oder adjektivische Verwendung des Partizips ist auch in der Gelehrtensprache gebräuchlich.

Die vielen verschiedenen Vergangenheitsformen, die die Hochsprache Lindragels kannte und die gemeinhin als Spiegel des differenzierten elfischen Zeitbegriffs gedeutet wurden, haben sich nicht bis in die Spätzeit erhalten; lediglich die einfachste Form der Vergangenheitsbildung, nämlich die Verbindung des Verbs w*andu* »haben« mit dem Partizip Perfekt Passiv findet sich in den Werken des *Adyshan*, ein deutliches Zeichen für den sprachlichen Niedergang jener Tage, z. B. w*anda cinun* »ich habe gesungen«.

Adjektive

Bei den Eigenschaftswörtern haben sich die Regeln der Hochsprache weitgehend erhalten, wohl weil sie einfach sind und einem klaren Prinzip folgen: Sowohl reine Adjektive als auch solche, die als Partizipien aus Verben gebildet werden, enden auf –a und werden dem dazugehörigen Substantiv entsprechend mitdekliniert. Die Steigerungsform wird oft auch durch eine mehrfache Wiederholung des Adjektivs ausgedrückt: Das Hochelfische *mavurálara* »größer« z. B. wird im Adyshan häufig durch die Wendung *marwurmarwura* ersetzt.

Zahlwörter

Die vielfältigen Bedeutungsebenen, die Zahlwörter in der Hochsprache einnehmen konnten, sind in der Spätzeit fast alle verloren gegangen, lediglich die Alchemisten können für sich in Anspruch nehmen, noch einige der alten Zahlenrätsel zu kennen. Weniger Eingeweihte benutzen die Zahlwörter nur im wörtlichen Sinn ihrer Bedeutung:

Null	*dim*	zwanzig	*dwaideg*
eins	*yn*	dreißig	*tirdeg*
zwei	*dwai*	vierzig	*pandeg*
drei	*tir*	fünfzig	*pumdeg*
vier	*panwar*	sechzig	*shideg*
fünf	*pum*	siebzig	*shaideg*
sechs	*shiw*	achtzig	*waideg*
sieben	*shaid*	neunzig	*nadeg*
acht	*waid*	hundert	*(yn)cynt*
neun	*narn*	tausend	*(yn)myl*
zehn	*(yn)deg*		

Adyshan, die Elfensprache aus der Zeit des Dritten Krieges, unterscheidet sich in vielerlei Hinsicht von der alten Hochsprache. Der wesentlichste Unterschied sind jedoch weder die lautlichen Veränderungen noch die grammatikalischen Vereinfachungen, sondern ist im Wesen der Sprache selbst zu suchen: Während die Elfen des Goldenen Zeitalters den Dingen nicht einfach Namen gaben, sondern sie ihrem ursprünglichen Wesen nach benannten, wurden die Worte später nur noch als Bezeichnungen betrachtet: Einen Baum nannte man *codan* und einen Berg *mainidan* – für die Hochelfen w a r der Baum *codan* und der Berg *mainidan*. Diesen wohl wichtigsten Unterschied erkannt und seine Bedeutung in vollem Umfang erfasst zu haben, können selbst unter den Gelehrten und Alchemisten der Spätzeit nur sehr wenige behaupten.

Anhang B

Wörterverzeichnis

acayr	Anker
adan	Flügel
adan	Verlobter/ Versprochener
adana	Verlobte/ Versprochene
ádana	geflügelt
aderyn	Vogel
adro	Meister, Lehrer
ádrodan	Lehre
adu	versprechen
ádyshdan	Ausbildung, Erziehung
ádyshu	lehren, unterrichten
ádyshyr	Lehrer
afon	Fluss
agarash	Schnitt, Einschnitt
ai	nach
ai'…'ma	dieser
aid	Elfisch (Sprache)
aimladu	kämpfen
alaric	Schwan
am	über, (einen Sachverhalt) betreffend
amber	Erdwelt
amweldu	besuchen
amweldyr	Besucher
an	nein, nicht
anádalu	atmen
angan	Mangel, Not
anghénwil	Unhold
angóvoru	vergessen
ángowor	Vergessen (Bann)
anmarwa	unsterblich
anmarwor	untoter Krieger
anmarwura	untot
anmeltid	verbotener Bannspruch
anrydan	Ehre, auch: Ehrerweisung
anturaid	Abenteuer
anwyla	schön
ar-aderyn	Silbervogel (Elster)
ar-aragu	öffnen
ar-aragyr	(Pforten-) Öffner
arf	Waffe
arfordir	Küste
argaifysh	Krise, Gefahr
argura	verloren
arian	Silber, Geld
arshwyd	Schrecken
arwen	fertig, auch: Genug!
arwen-hun	allein
arwidan	Zeichen
arwynidan	Anführer
ashbryd	Geist
ashgafana	leicht
ashgur	Schule, Ausbildung
ashguran	Schüler
atgyf	Erinnerung

awyr	Luft
baidin	Armee, Legion
baigwidan	Bedrohung
baigwidu	[be]drohen
baiwu	leben
baiwudan	Leben
baiwyd	Lüge
barawyd	Bruder
barn	Schmutz, Dreck
barwydor	Schlacht
bashgan	Junge, auch: Diener
blain	vor (Ort)
blodyn	Blume, Blüte
bodu	sein
bór	Bär
bóriash	Eisbär
bradan	Verrat
bradu	verraten
bradyr	Verräter
breudan	Traum
breudu	träumen
breudyr	Träumer
brunta	schmutzig
budúgolaid	Sieg
budúgolu	siegreich
bur	Magen
byshgédena	Gebäck
cacena	Kuchen
calo	Schloss, Riegel
calón	Herz
calu	[ab]schließen
carash	Kern
cariad	Liebe
cariu	lieben
caron	Krone
carryg	Stein
carryg-fin	Grenzstein
cartral	Heim, Hort
cashnog	Hass
cedad	Wand, Mauer
cefail	Pferd
cefanor	hinter
celfaídyd	Kunst
celfaídydian	Künstler
cenfígena	Neid
cerac	Wut, Zorn
cerasha	wütend, zornig
cerwyd'rash	Wanderer
cerwydru	wandern
cestail	Burg
cimad	Hilfe
cimadu	helfen
cinu	singen
cinu'rash/ cinu‘ra	Sänger/ Sängerin
cinudan	Lied, Gesang
cnawyd	Fleisch
codan	Baum
codana	Wald
codíalash	Sonnenaufgang
coracda	Krokodil
cranu	beben
cranudan	Beben, Erschütterung
crēu	erschaffen
crēudan	Erschaffung, Schöpfung
crēun	Geschöpf, Kreatur
crēuna	Kreatur
crēuna'y'margok	Ork (wörtl. »Margoks Kreatur«)
cryshalon	Kristall
cudíu	verbergen
cuduna	das Verborgene
cwyshta	Suche, Frage

cwyshta'rash	Suchender
cwyshtu	suchen
cyfail	Freund
cyfárshaid	Begrüßung
cylell	Messer
cyn	(be)vor
cyngarash	Rat, Ratsrunde
cynlun	Plan, Vorhaben
cynta	Erster, Erste
cyrraid	Ankunft
cyrru	ankommen, eintreffen
cyshgur	Schatten
cyshyltaid	Verbindung
dacdan	Flucht
dai	in
daifarníalash	Urteilsspruch
daifodur	Zukunft
dail	Rache, Rachsucht
dailánwad	Einfluss, Beeinflussung
daínacu	fliehen
dainysh	nachts
daiórgryn	Erdbeben
daishaimyg	Vorstellungskraft, Einbildung
daishwelu	zurückkehren
dalu	fangen, gefangennehmen
daludan	Gefangennahme, Haft
damwan	Unfall
dand	Zahn
dardan	Anfang, Beginn
darganfaidan	Entdeckung
darganfodu	entdecken
daru	anfangen, beginnen
derwyn	Eiche
deshru	beginnen
dgelan	Feind
díffroa	ernst, ernsthaft
diffrofur	Ernst
dígydaid	Zufall
dim	nichts
dinash	Stadt
dinishtrio	Zerstörung
diogala	wohlbehalten, sicher
diwed	Ende (zeitlich, auch im übertragenen Sinn)
dodainur	Rückkehr
dorwa	böse
dorwadan	Bosheit, das Böse
dorwy	durch
dorwysh	Tür, Zugang
dorysh	über (örtlich)
dragda	Drache
dragnadh	untoter Drache
du	Schwarz, Schwärze
dufanor	Tiefe, auch: tiefe Schlucht, Abgrund
dugyash	Düsterland
dun	Besitz
dun'rash	Besitzer
dur	Stahl
dwa	schwarz
dwaímarash	Ostsee
dwaira	östlich, ost-
dwáirafon	Ostfluss

dwairan	Osten
dwar	Wasser
dwarwa	Zwerg
dwed	weise
dweda	Weisheit
dwedan	Weiser, Zauberer
dwedana	Zauberin
dyd	Tag
dyna	Elf
dynia	Eisblume
dynu	blühen
dyr	Süden
dyrfraida	vollendet, vollkommen
dysbardan	Übertragung
dyshbard	(Unterrichts-) Klasse
dyshbardu	übergeben, übertragen
dyshgu	lernen
effru	erwachen
effrudan	Erwachen, Erweckung
eilíalash	Augenblick, Moment
eriod	immer
eriod	niemals
érshaila	schrecklich
esha	geheim
eshadan	Geheimnis
eshamuin	Geheimname (unter Vertrauten)
ewailysh	Wille
fad	Weg
fahila	Blatt
fal	wie (Vergleich)
faru	geben, machen
farun	(bestehend, gemacht) aus
Farwyl!	Lebe wohl!
farwyla	Abschied
farwylu	sich verabschieden, Lebewohl sagen
fendu	finden
filu	können
fin	Grenze
flash	Blitz
flashfyn	Zauberstab
fyn	Stab
gaer	Wort
gaffro	Bock
gaida	mit
galar	Trauer
galaru	trauern
galwalash	Ruf, Berufung
ganed	Mädchen
garu	gehen
garudan	(Fort-)Gang
gem	Spiel
genu	gebären
genyra	Gebärende
gladan	Schwert
gladian	Schwertkämpfer
gladu	fechten
glain	Tal
glan	Ufer, Küste
glarn	Regen
glian	Gestade
gobaid	Hoffnung
gorfénnur	Vergangenheit
gorwal	Horizont
graim	Gewalt, (zerstörerische) Kraft

graima	gewalttätig, zerstörerisch
gwahard	Verbot
gwahárdana	verbotenes (magisches) Wissen
gwahardu	verbieten
gwaid	Arbeit
gwaid	Blut
gwaila	schlecht, schäbig
gwair	Heu
gwal	Irrtum, Fehler
gwarshu	wachen, hüten
gwarshura	Hüterin
gwashanaid	Diener
gwashanaidu	dienen
gwawur	Dämmerung
gwyr	Wahrheit
gwyra	wahr
gyalash	Land
gyburdaid	Wissen
gydian	Seher
gydu	sehen
gyla	westlich, west-
gylafon	Westfluss
gylan	Möwe
gylan	Westen
gynt	Wind
gyrdaro	Kampf, Scharmützel
gystash	Gast
gyta	wild
gytai	Wildmenschen
gywar	Mensch
gywara	menschlich
gywardan	Menschlichkeit
ha'ur	Sonne
halash	Vater
hanash	Geschichte, Erzählung
hanashu	(zur Unterhaltung) erzählen
hanasu'rash	Geschichtenerzähler
haul	Recht
hedfanu	fliegen
hedfánudan	Flug
hedwalash	Frieden
hena	alt
holt'ras	Splitter
holtu	spalten, splittern
hud	Zauber, Magie
hunlef	Albtraum
ías	Eis
ilaish	Stimme
ilfantodon	Elefant
ilfúldur	Elfenbein
kaldron	Kessel
labhur	(Fremd-) Sprache
lafanor	Klinge
laiffro	Buch
laigalash	Auge
laigurena	Ratte
laima	schwerwiegend, weitreichend
larn	Hand
larwun	Alarm, Notsignal
larwunu	alarmieren
leidor	Dieb
lewalash	Mond
lhur	Zeit
lidairt	Pforte, Tor
lofrudaied	Mord
long	Schiff

lu	(positive) Kraft, Energie
lyn	Eid, Schwur
lynca	glücklich, vom Glück gelenkt
lyshgu	brennen
lysgudan	Brand
machlud	Sonnenuntergang
madau	vergeben
madaudan	Vergebung
maewa	Empfindung, Gefühl
mainidan	Berg
mainídian	Gebirge
mainidian minogai	Scharfgebirge
mainí-dian 'y'codíalas	Ostgebirge
maiwu	fühlen
maiwudan	Gefühl
manam	Mutter
maras	Meer
mardwail	Hammer
marwent	Friedhof
marwu	sterben
marwura	tot
marwuraid	Tod
marwuraida	tödlich
mawura	groß
mélin	Mühle
meltid	Fluch
menter	Handel
menterian	Händler
métel	Metall
milwar	Soldat, auch: Legionär
minoga	scharf, spitz
moir	derart, so
mola	kahl
muin	Name
nada	Schlange
nadh	nicht mehr
nahad	mein Vater (respektvolle Anrede)
negéshidan	Bote
negysh	Botschaft
neidor	Reptil
new'rash	Gestaltwandler, Wechselbalg
newida	neu
newidu	ändern, wechseln
niwur	Nebel
nodu	nackt
nysh	Nacht
nysha	nächtlich
odan	unter (Ort)
ogyf	Höhle
ou	aus, von … her, von
paisgodyn	Fisch
paisgodyn'rash	Fischer
pal	Kugel, Ball
parádan	Vorbereitung
parádu	vorbereiten
parur	bereit
parura	Bereitschaft
pawyshal	Gewicht
pêl	Ball
pela	weit (entfernt), fern
pelai glian	die Fernen Gestade
pelaidryn	Strahl
pena	Ende (örtlich)

penambar Ende der Welt
penderfad Entscheidung
penderfadu entscheiden
penderu nachdenken, erwägen
peraig Gefahr
peraiga gefährlich
peshur Sünde
plaigu biegen
pon Schmerz
prayf Prüfung
prysh Preis
rain Netz
reghash Geschenk, Gabe
rhiw Geschlechtsakt
rhulan Herrscher
rhulu herrschen, befehlen
rhuludan Herrschaft
rhyfal Krieg
rhyfal'rash Krieger
rhyfan'rash Fremder
rhyfana fremd-(artig)
rodgash Feuersbrunst, Feuer
ryd Freiheit
rydan Befreiung
rydu befreien
sha und
shafailu (still-) stehen
shafailudan Stand
shaiaralu sprechen
shaiaraludan Gespräch
shaid Pfeil
shaidyr Bogenschütze
shairalash Sprache
sherena Stern
sherentir Dreistern
shgrud Sturm-(wind)
shimu wissen, lernen
shiwerwa bitter
Shumai! Guten Tag!
shun Ton, Klang
shunu klingen
shwaidog Offizier
shyndod Überraschung
shiwi dich
shwaraiu spielen
ta oder
tafur Zunge
tagyr Tiger
taid Dunkelheit
taida dunkel
tailu schinden, quälen, auch milit. drillen, schleifen
tailyr Schleifer
taingu schwören
tampyla Tempel
tandaiar Untergrund, Tiefe
tarash Donner
tardan Schlag, Stoß
tarialash Bruch, Zerwürfnis
tarian Schild
taru schlagen, treffen
tawalian Heiler
tawalu beruhigen, auch: heilen
tawálwalash Stille
tingan Schicksal
tirdand Dreizack, sagenumwobene Waffe Norguds
tirgash Festung, befestigte Stadt

trafodu	verhandeln
trafodúdan	Verhandlung
tragwyda	ewig
tragwydur	Ewigkeit
tro	Biegung
trobwyn	Wendepunkt, (unerwartete) Wendung
trowna	geschützt, sicher
tryashal	Versuchung
tu	dick, fett
tubur	Fettwanst
tur	Turm
twailu	täuschen, betrügen
twailudan	Täuschung
twar	König
ucyngarash	Ältestenrat
una	einig
unu	einigen
unu	vereinen
unudan	Bündnis, Einheit
unudan	Vereinigung
ur	Spur, Fährte
ura	Letzter, Letzte
usha	hoch
wandu	haben
ymadawaid	Aufbruch
ymadu	aufbrechen, abreisen
ymarfa	Übung
ymarfu	üben
ymgaingaru	beraten
ymgaingarudan	Beratung
ymlain	voraus
ymlid	unter (Menge)
ymoshuriad	Angriff
yna	auf, bei, an
yngaia	»Nurwinter«, Ewiges Eis
ynig	einzig, nur
ynur	zurück
ysh	wenn, falls

Anhang C

Chronologie von Erdwelt

0	Elfen unter Miron erreichen Erdwelt, Beginn der neuen Zeitrechnung
um 25	Beginn der Drachenkriege
78	Glyndyr der Prächtige wird König, Beginn des Goldenen Zeitalters
617	Schlacht am Falkenjoch, Sieg über die Trolle
1229	Beginn der Regierung König Eoghans und seiner Erben
2827	Parthalon wird König, Wechsel des Herrscherhauses
4001	Sigwyn besiegt den Drachen Dragan, Gründung der ersten Goldenen Stadt
4010	Sigwyn wird König
4238	Sigwyn erhält Beinamen »Eroberer«, größte Ausdehnung des Elfenreichs
4239	Elfenkrone wird geschmiedet
4998	fehlgeschlagener Feldzug nach Arun
4999	Geografische Schriften Ruvians
5036	Verrat Liadins
5051	Absetzung Sigwyns durch den Zauberrat, Krönung seines Neffen Collwyn
um 7280	erste Krisen im Reich
11989	Iliador wird König, Beiname »Träumer«
12001	Hilferuf an den Rat der Zauberer
um 12500	Öffnung der Kristallpforten
12528	Quoray tritt aus dem Rat der Zauberer aus
um 12600	Beginn der Experimente Qorays
12608	Geburt der Zwillingsbrüder Curran und Cullan
12635	Schlacht in den Sümpfen, Sieg über die Legion des Schreckens
12675	Curran wendet sich Margok zu
um 12680	Entstehung der Orks
ab 12690	erste Übergriffe auf das Elfenreich
12705	Beginn des Ersten Krieges gegen den Dunkelelfen
um 12720	Zerstörung der Goldenen Städte
12776	Sieg der Elfen über Margok

ab 12800	Errichtung der Festungen Tirgas Dun und Tirgas Lan, Beginn des Silbernen Zeitalters
um 13000	Drachen verlassen die Welt, Zwerge und Gnomen tauchen auf
14178	Gründung von Gorta Ruun
ab 18487	Aufstieg des Zwergenreichs unter Adalhag dem Eisernen
ab 20000	Ork-Kriege; Aufstieg der Zauberer von Shakara
ab 25000	erstes Auftreten der Menschen
um 30000	Reich der Orks auf dem Höhepunkt seiner Ausdehnung
30789	Niederlage am Schwarzpass gegen Elfen und Zwerge, Beginn des Niedergangs der Orks
31431	Geburt Granocks
31448	Elidor wird König der Elfen
31456	Rückkehr des Dunkelelfen, Beginn des Zweiten Krieges
31488	Kriegsflotte gegen die Fernen Gestade, Schlacht in der Dunkelheit
31496	Entscheidungsschlacht um Tirgas Lan
31497	Farwyn wird König, Auflösung des Ordens von Shakara
ab 31500	Beginn des Bronzenen Zeitalters
ab 32000	erste Elfen kehren zu den Fernen Gestaden zurück, Reich in Auflösung begriffen, Kriege der Menschen
32189	Alannah wird Hohepriesterin von Shakara
32487	Rammar und Balbok in Shakara, Schlacht um Tirgas Lan, Krönung des Menschen Corwyn zum König
32488	Schlacht um Kal Anar, in Tirgas Anar umbenannt
32488/89	Rückkehr der *dun'rai*, Krieg gegen Rothgan-Margok
32489	Beginn der Friedenszeit unter König Corwyn und Königin Alannah
32559	Corwyns Sohn Iain wird König
32657	Errichtung des neuen Walls von Tirgas Lan, Beginn der Orkkriege, Bündnis zwischen Menschen und Zwergen
32861–65	Unabhängigkeitskrieg, Ansun sagt sich vom Reich los
32902	Geburt Tandelors
32914–18	Letzter Orkkrieg der Zwerge
32921	Tandelor wird König
32928	Adoption Winmars durch Zwergenkönig Reginald von Ruun

32935 Überfall der Zwerge auf die Nordmenschen, Beginn von Winmars Aufstieg

32938 Geburt Daghans, Überfall der Zwerge auf das Herzogtum Ansun

32939 Krieg von Ansun

32941 Geburt Aryanwens

32960 Balbok und Rammar kehren zurück, Niederlage von Ansun und Tod König Tandelors

32961 Marionettenkönig Lavan in Tirgaslan, Geburt von Alannah, Schlacht an der Engwacht

32962 Auftauchen des Dunklen Königs

32963 Kampf der Könige
Schlacht um Erdwelt

EISWÜSTE
NORDWALL
NARBENPASS
SÜDPASS
FALKENJOCH
SCHARFA GEBIRGE
NORD-SÜMPFE
TORGAS EINGEWEIDE
GORTA RUUN
SUNDARIL
TAIK
RE
FURT
GRENZFORTS
BLUTSEE
ANDARIL
BASTION DER ZWERGE
MÖWEN BUCHT
SMARADA
FURT
SCHWARZGEBIRGE
GRENZFLUSS
TIRGASLAN
WINMA
OSTFLUSS
RUINENS

HOCHLAND
SULN
H
SMARAGDSEE
HAMMERMOOR
SMARAGD
WALD
ÖDNIS
SUQAT
TIRGAS
WINMAR
OSTSEE
PFEILER
DES TODES
GRENZE

ENTDECKE
NEUE WELTEN
MIT PIPER FANTASY
Mach mit und gestalte deine
eigene Welt!
PIPER
www.piper-fantasy.de